博客思出版社

現代文學 35

留情布朗壩

古方智 著

時勢英雄不爭論成人與尊嚴

《高高的木棉樹》、《他鄉的故事》、《留情布朗孏》三本書，記述的是我在大陸大半生的生活經歷。

我的家鄉是客家人聚居的僑鄉，因為地少人多，生活貧困，過去很多人出外謀生，多數出南洋。

我出生在四十年代初，懂事之日，中國抗戰勝利，上學之初，國家政權改變。我在家鄉上小學、中學，高中未畢業回鄉務農。近二十年間，經歷土改、互助合作、工商業改造、反右、大躍進。

一九六零年，印尼排華，父親回國安置在雲南一間華僑農場，我前往投親。在農場當了一年臨時農工後，有機會重返校園，讀完高中考上大學。上大學期間，參加四清運動，文化大革命，到解放軍農場接受再教育。大學畢業後，在華僑農場和僑務部門工作，其間，經歷粉碎「四人幫」，撥亂反正，改革開放。八十年代末出港定居。

半個多世紀以來，中國大地發生的巨大變化，老話說「時勢造英雄，英雄造時勢」，這兩者是如何造就的？我以一個普通讀書人的眼光，通過記錄普通百姓的生活，反映這段歷史。

秦朝末年，傜役賦稅沉重，人民掙扎在死亡線上，在「今亡亦死，舉大計亦死，等死，死國可乎？」的形勢下，陳勝吳廣鼓動奴隸們揭竿而起，開創中國兩千多年改朝換代歷史先河。

近代中國，受世界列強欺淩，農民生活困苦，一群信仰馬克思列寧主義的共產黨人，把握人民群眾思變的時勢，「喚起工農千百萬」，推翻了舊政權，建立起社會主義中國。

從一九五零年至五六年，農村進行土地改革，組織互助合作，建立農業社，城市進行工商業改造，搞公私合營；過去留下的娼妓、鴉片、賭館等不健康的社會現象，很快被掃除；「三反五反」後，政治相對清明，多數幹部為政清廉，作風相對民主；統治階層很少提階級鬥爭，提倡勞動光榮，號召發展大

生產，支援國家工業化。上述種種變革得到多數勞動者的擁護，幾年間國家經濟得到飛速發展，工農民眾的生活得到較大改善。當時，家鄉很多海外華僑回國探親，「做好事」捐錢修橋補路，建學校。這幾年，家鄉百姓生活愉快，多數人相信和擁戴共產黨，全國形勢一片大好。

老百姓對英雄的迷信和對美好生活的嚮往，統治階層對「共產主義」的盲目追求，使英雄們對大好形勢作出錯誤判斷，認為中國人民可以在共產黨領導下向共產主義進發，從而制定出「三面紅旗」，跨越時代大躍進。

發射每畝產量幾十萬斤的糧食「高產衛星」，用木柴煤塊大煉鋼鐵「超英趕美」，建立人民公社「跑步進入共產主義」。半年後，糧倉吃空，青山砍光，田地荒蕪，工業停滯。全國到處出現水腫病，餓死人。短短幾個月，從「放開肚皮吃飯，鼓足幹勁生產」的「共產主義社會」，回到接近原始社會邊緣，百姓如大夢初覺，回到現實。英雄們未能創造出輝煌歷史。

國家執行「調整」政策，適當放寬自由經濟。人民公社允許開荒種地，搞多種經營，發展自由市場；工廠搞承包，實行計件工資，物質獎勵。從一九六二年底到一九六五年初，國民經濟得到很快的恢復，城市農村再次出現欣欣向榮的大好形勢。

這種形勢卻被認為存在「資本主義復辟」的危險，而世界上第一個社會主義國家蘇聯「衛星上天，紅旗落地」，蘇聯共產黨成了現代修正主義。為了防修反修，統治階層在全國開展社會主義教育運動，四清運動，緊接著文化大革命。

一九六六年九月十五日，我們這批來自全國的幾十萬大中學生（人們籠統地稱之為紅衛兵）在天安門廣場上聽林彪在城樓上宣佈：世界革命中心已經轉移到東方，轉移到中國。帝國主義是腐朽的，沒落的，垂死的資本主義，五十年內外到一百年內外即將走向滅亡，全世界很快就要實現共產主義了。

從天安門廣場回到學校，從城市到農村，從幹部到群眾，我不覺得有人真正懂得「文化大革命防

修反修」的目的意義，也沒有人相信全世界「共產主義」很快就要實現。

文革後期，社會混亂，全民內鬥。工農業生產，文教科技等遭到嚴重破壞，人民生活水準下降，軍隊分派，不聽指揮……從全國大軍區換防，林立果企圖搶班奪權，鄧小平幾上幾下，周恩來毛澤東等一批老共產黨人去世，共產黨的統治已經到了危險邊沿。

抓捕「四人幫」，結束文化大革命，不再以「階級鬥爭為綱」，「把全黨工作的重心轉移到社會主義現代化建設上來」。改革開放，引進外資，引進技術；「不爭論」，「要退夠」。資本主義的資本和先進科技，與十二億被壓抑了幾十年的中國人的競爭精神相結合，使中國經濟得到飛躍發展，中國真正實現了「大躍進」。中國共產黨提出「社會主義初級階段」和「中國特色的社會主義」理論，一方面經濟高速發展，國力迅速增強，人民生活水準提高；另一方面權欲結合，官商勾結，貪腐橫行；社會道德缺失，民眾唯利是圖，信仰模糊，許多社會醜惡現象重現。「有中國特色的社會主義」是一種什麼樣的時勢？這時勢將造出怎樣的英雄？英雄們又將造出怎樣的新時勢，引人矚目。

在大陸生活過的讀書人，都聽過無數次政治報告，「形勢大好，不是小好，而是大好，越來越好！」這是幾十年所有政治報告開篇第一句。到香港定居以後，我有機會看到許多在大陸看不到的資料，看到不同階級、不同信仰、不同觀點的專家學者，對大陸幾十年發展變化過程的「時勢」和「英雄」的評論，這些資料和評議讓我增長見識。

我記錄的是自己求學、成長、工作的人生歷程。這些穿衣吃飯、上學讀書、日常工作、人際交往、生老病死的小事，看似平淡如水，瑣碎無聊，但是，每一宗，每一件，都與執政者的方針政策，國家的發展變化，緊密相聯，息息相關。這些平民百姓生活中的喜怒哀樂反映出來的的喜氣，怨氣，凝結、匯聚、流動，成為「時勢」。有聰明才智的人能正確地掌握形勢，因勢利導，便能帶領民眾推動社會前進，成為英雄；相反，錯誤判斷形勢，甚至錯誤引導，便會走到邪路上去，破壞社會文明，成為歷史罪人。

我在這個世界上生活了七十多年，經歷過不同的社會制度，記敘的只是自己真實而平凡的生活經歷，不是對任何主義、社會制度、宗教信仰或英雄人物的評論。「人類最美好的社會——共產主義」；普世價值：民主、自由、平等、公平、公正，離自己看得見的社會現實仍然很遠。每年元旦，從領袖到平民都在祈求世界和平，但是，民族、國家、地區之間，為爭奪利益的鬥爭從來也沒有停止，人類科學技術的飛速發展，又讓人的思想認識跟不上潮流。但是，我堅信人類始終在向聰明、文明的方向發展，而不是相反。

人類生活在天地之間，天、地、人，三者之間互相聯繫，互相影響，互相依存。大到整個人類，整個民族，整個國家；小到一個村莊，一家人，一個人，每個人的生存、變化、發展，都不是孤立的。我出生在僑鄉，大半生和歸僑一起生活和工作。海外華僑、華人，國內的歸僑、僑眷，他們對「祖國」特殊而深厚的感情，讓我刻骨銘心，因為他們始終不忘祖先的出生和長眠之地，不忘自己是從哪裡來的。

作品中的人和事，都是我們這一個時代的人非常熟悉的，特別是我的家鄉人和一九六零年前後從國外回來的「華僑人」。我們這批四十年代前後出生的國內或國外的中國人，已經或即將離開歷史舞臺。我希望這些紀錄，讓有興趣閱讀的人，瞭解在中國的巨變中，平民百姓是怎麼生活的，人生信念又是怎樣轉變的，或可能從中得到一點啓示。

客家人，可能是中華民族中在世界上分佈最廣的一個民系。由於祖祖輩輩特殊的經歷，我從小就被灌輸要學會「謀生」，長大後要「成人」。要謀生，而不是謀死：為自己，也為別人，人類才會得到發展；要「成人」：不管滄桑如何變化，不管生活在什麼地方，不管有什麼樣的信仰，貧窮與富貴，風光與平凡，都要有「人」的尊嚴，生命才有意義。

作者 二零一六年九月十二日

留情布朗壩——目次

一、兵團華僑人

我回到了布朗壩。六零年我從家鄉來到這裡時，農場名稱是元水縣國營布朗華僑農場，現在改為滇南省生產建設兵團獨立 x 團。當晚，我寫了封長信給阿媽，把到部隊鍛鍊後分配工作，回到華僑農場—現在叫生產建設兵團工作的經過，講得很詳細。我還沒有回到農場，家裡已收到友德和永福，還有另外兩位國內同學的來信，我趕快一一回信，告訴他們我回到農場的情況。

第二天早上，我叫弟弟和我一起上墳，去告訴阿爸，我回來農場工作。走出家門，我問弟弟，那些墳地有沒有人管理或修整一下。弟弟說，這兩年，每年清明節都有人上墳，各家自己修整，沒有人統一管理。現在，歸僑把這片墓地叫做「華僑新村」。

「華僑新村」？怎麼會叫「華僑新村？」我不由得停下腳步，奇怪地問。

「不知道誰起的，可能是因為埋的都是華僑吧。」。

上到山坡上，望望四周，還是那二三十座墳，我不知道有沒有增加。有幾座墳的四周改用紅磚圍起來，前面立有用水泥做的墓碑。多數墳還是和我上次回來時看見的一樣，用石塊或土坯圍，墳前插的是木牌。

父親的墳周圍用的是土坯，墳上加了土。阿爸過早地離開了這個世界。以前，家鄉的男丁到了十八歲就要出來謀生。在外面站穩腳跟，掙得幾文錢以後，便返鄉成親，然後把老婆子女留在鄉下，自己在外面苦錢養家，老了葉落歸根。村子裡祖祖輩輩的男人都是這樣，如果不是世界風雲的變幻，阿爸不會長眠在這裡。

兩年多前我來到父親的墳前時，不但心裡充滿因為父親去世的悲傷，而且，當時對社會和自己的前途都感到茫然。當時，一個人坐在墳前，心裡有許多話想說，卻又什麼話也說不出來。現在，我告訴

父親：我已經回來農場工作，應該會安排在學校教書。自己雖然年近三十既未成家，更說不上立業，不過，成了一個大學生，不用赤腳下田出憨力氣了，現在領大學生工資，生活會有保障。原鄉的阿媽，身體還好，我會經常寫信問安，會寄錢給她；細媽和弟妹我會盡力照顧他們，以後，也可以經常上來看你。

山坡上的小雜樹長高了，墳之間無所謂路，只有人走過的痕跡。起身往回走時，下意識地去看了看各座墓牌，名字都不認識。有一塊很殘破的墓牌上的字引起我的注意。走近了才看清楚，寫著「陳坤元之墓」字樣。陳坤元，是紅旗分場一隊首任生產隊長，回國才三個月，在一次意外火藥爆炸事故中死去了。那次被炸死的還有一位女歸僑，不知叫什麼名字。這次事故，我剛來布朗壩時，阿爸在一次閒聊中講過給我聽，但是沒有講清楚。

六零年華僑剛回國時，農場場部還在布朗村，全部歸僑暫時安排住在小河東邊幾個傣族村子，現在的農場場部和紅旗一、二隊所在地，那時還是一片荒地，公路後面是一片荒山。兩位被炸死的歸僑是回國後最早去世的，當時埋在這荒山坡上，他們在天有靈想不到，十年後，這裡會被後輩叫做「華僑新村」，他兩人成了村子的肇基始祖。

望著這幾十座土墳，想起回家鄉時住過一晚的廣州「華僑新村」，我不覺苦笑。看著公路上往上、往下的汽車駛過，心裡說不出個滋味，又站了一會，才回家來。

下午，到團部去報到。李幹事看著我的工作介紹證明，像上次見到時一樣笑咪咪的。他邊辦手續邊問我：「你到兵團總部找著誰？那麼順利把你從思蘆地區商調回來？」

我腦子轉了個彎，回答：「像您說的，向組織寫了申請，兩邊的單位同意以後，就調回來了。」

李幹事不再問，低著頭辦手續。手續辦好後，李幹事把糧油關係證明遞給我。我邊接過來邊問：「是不是會安排我到中學教書？」

李幹事問：「你吃住在哪裡？」

「暫時住家裡。」

「那行，如果住招待所要出錢的，兵團剛把農業中學改辦成普通中學，應該會把你安排在中學，政治部研究後會通知你，有關食宿也會作出安排。糧油證明你自己交去糧管所，你吃國家糧的，以後自己到糧管所買糧食。」

我沒有詢問李幹事：我已經正式分配到獨立x團工作了，為什麼安排單位住房前住招待所要自己出錢。

吃晚飯時，看到家裡飯桌上整齊地擺著六個鋁質飯盒，我嚇了一跳：是不是歸僑成為兵團戰士以後，要求家庭吃飯要像部隊一樣有紀律？一會兒，細媽把飯菜抬出來，分到飯盒裡，所有弟妹，一人抬著一個飯盒吃飯。剩下一些菜飯，細媽叫我坐下來自己裝著吃。看到我迷惑的樣子，細媽說：「沒有辦法，你弟妹那麼多，不分著吃，小的搶不著，還經常吵架！」

「是不是糧食不夠吃？」

「主要勞動力每月口糧有三十二斤，沒有出來勞動的小學生也有二十八斤、二十五斤。除了這點口糧，沒有其它東西吃，肚子餓得快。」

「每個月油和肉供應多少？」

「每人每月供應二兩菜油或花生油，肉有時半斤，有時三兩。不夠油炒菜，分肉時家家都想分肥肉，用來煉油。」

「如果有點零食補充會好一點！」

「這誰不知道！在印尼時，餅乾、糖果隨便拿來吃，到吃飯時，你求他打他他們都不吃飯。主要是沒有肉吃，油水太少，菜飯不經飽，個個又是長身體的時候。」停了一會，又說：「家裡的生活補助，除了日常開支，剩不下幾個錢，也沒有閒錢給他們買零食。」

我沒有再說話，默默地吃飯。

晚上，去找陳永祥，他很高興我回來農場工作。我說：「農場的年輕人都想離開農場，我卻回來農場工作，不會有人說我是沒有本事才回農場吧！」阿祥說：「你何必管人說什麼，你覺得回來好就行！」聊了一陣，我說起剛才在家吃飯看到的情景，還有細媽的話，阿祥說：「用飯盒分飯吃，歸僑家裡子女多的都是這樣，你不要奇怪。你們家你爸爸去世以後，你細媽這些年夠艱難的，你弟妹那麼多，又還小。」

「我六零年來農場，和你一起在隊上勞動將近一年，後來也回來過兩次，都不覺得生活會那麼差，怎麼現在肉、油供應會那麼少？」

「這些年華僑的生活好像……怎麼說呢？六零年剛回來時，幹部宣傳華僑農場是按照蘇聯集體農莊的形式建設的：所有職工家屬吃飯在公共食堂，各隊有托兒所，相對集中的隊有幼兒園，農場設有俱樂部、閱覽室，有一支電影放影隊，建立了華僑小學，華僑醫院。後來公共食堂解散了，其它沒有變。這些設置，加上歸僑職工領農工工資，生產、生活條件相對周圍的人民公社社員確實要好得多。」

「我才上大學那年回來，覺得家裡的生活還可以。雖然聽到我阿爸滿肚牢騷，那是因為他將農場的生活和自己在印尼當小老板時比。」

「國內的生活當然很難和外面的生活作比較。不過，六二、六三年，華僑搬新房子以後，大家齊心合力，隊上生產搞得好，到六四年，生活確實有很大改善。那兩年隊上種出來的菜很多，分給各家，雖然用錢買，但很便宜，吃不完，用來養雞養鴨。隊上養的豬，年節不用說，每個月殺豬分給大家，只要隊上計劃好，農場也不怎麼控制，所以，油、肉供應比較充足。後來搞社會主義教育運動，接著就是文化大革命，很多人忙造反，農場糧食減產，隊上菜種不好，豬養不出，生活就越來越差。工資雖然還是照發，但是工資不高，商店也好，趕街天的街子上也好，又買不到什麼吃的東西，日子越來越不好

過。」

「兵團成立以後沒有多少改變嗎？」

「有點改變，不像那些造反派當家時成日亂糟糟的。但是，種田的事，要改變面貌不是短時間能搞好的。現在這些當兵的管我們，楊連長雖然住在隊上，除了開會讀文件讀報紙，也不跟我們下田，還是李ＸＸ（原來的歸僑隊長—現在的副連長）帶著我們靠大家自覺參加勞動。你現在回來，幫你細媽，好好照顧家裡。」

我六零年到農場在隊上勞動時，自己剛學說普通話，與其他人接觸不多，後來回來過兩次，也不會去關心農場各方面的情況，這次和阿祥吹到半夜，對華僑農場組建生產建設兵團的經過才有初步了解。

文革中期，省僑辦癱瘓，華僑農場無人管。一九七零年三月，滇南省春城軍區組建生產建設兵團，把全省在六零年前後建立的十三個華僑農、林場，全部納入滇南生產建設兵團，一萬多名歸僑職工和其他職工，成為兵團戰士。這是我們軍訓連正進行分配時的事，當時大妹的信寫得不清楚，自己也糊塗，加上高風格，沒有提要求分配到建設兵團。最後費盡精神，終於又回到農場，想來好笑。

陳永祥的父親是福建廈門人，年輕時出國，回到農場不到一年就因病去逝了，留下母子兩人。他母親有病，回國後一直沒有參加勞動。阿祥年紀和我一樣，還沒有成家，我在農場勞動時和他相處得最好。

辦好手續第二天，有個通訊兵來通知我，到團政治部報到。我來到團政治部辦公室，有兩個軍人坐在那裡。聽我自報姓名後，其中一個矮胖子指指凳子叫我坐，然後自我介紹：「我是政治部副主任顏某某。政治部研究決定，安排你到兵團中學擔任教師工作。中學指導員是部隊的，叫段友聲，還有一個負責行政工作的地方幹部，叫林長春。中學的校舍還沒有蓋起來，暫時附設在第三小學。你先去學校報

到，報到後暫時回來政治部上班，安排你做一些臨時性工作。」

「怎麼到學校報到又來政治部上班？什麼臨時性工作？」

「你先去報到，回來再跟你詳細說。」

我還在等著，是不是要給個介紹信之類，副主任看出我的想法，說：「你可以走了，你的工作安排我們已經叫通訊班通知學校。」

我走出辦公室，東張西望。整個場部機關沒有新建設，還是以前的上下兩排房子，上邊一排，是幾間領導辦公室，機要室和小會議室，下邊一座小三合院，是各科室辦公室，大門外原來掛的「元水縣國營布朗華僑農場」牌子，換成了「滇南省生產建設兵團獨立 x 團」牌子。

除了場部機關裡多了許多穿軍裝的人，其它沒有什麼變化。原來的農場黨委，後來的農場革委會及下屬機構，改為兵團司令部、政治部、後勤部，以及相應的科室。原來的生產隊變成連。營長、教導員、連長，由現役軍人擔任，副職由地方幹部擔任。連隊沒有派指導員，連下面也沒有設排、班。擔任團部機關各種職務的，現役軍人佔一半以上，

第三小學離團部不到兩公里，建在公路邊。我從家裡出來，走在公路上，心情很好。我終於成為中學教師：滇南省生產建設兵團獨立 x 團中學教師。學校雖然暫時附設在小學，但是，不是「戴帽小學」，是「獨立 x 團中學」。

第三小學校舍建在離公路只有幾十米的山坡上，一共有三排，走上去一看，前面兩排是第三小學教室和辦公室，中學在後面一排。

前面兩排有六間教室，中學這排只有四間，教室左側不成直線的還有一大一小兩間辦公室。較大的辦公室裡，一位軍人和五位教師正好會間休息。我走進去，向所有人點點頭，然後向一個穿軍裝，戴領章帽徽的軍人，開口叫他段指導員，並作自我介紹，向他報到。指導員起身和我握握手說：「我們已

經接到通知，歡迎你來學校工作。」一位年紀稍大的地方幹部接著起身自我介紹叫老林，其他四位老師也一齊起身握手，表示歡迎。林長春原來是華僑農場的場長辦公室副主任，顏副主任已經介紹過，其他幾位老師，幾個人都覺得面熟，包括老林，可能以前都見過面，也可能是心理作用。

以後他們都是自己的領導和同事了，我先把自己的情況作了簡單介紹。老林聽了說：「太好啦，學校剛成立，缺教師，你回來太好了。你家的情況我知道一些，弟妹多，可惜你爸爸走得早。家裡都好吧？」

「都好，弟妹都長大了，有兩個已出來工作。」

老林向我介紹幾位老師：教語文的馮亦信老師，是一九五二年師範學院歷史系畢業的，伍德生老師是師範學院六二級數學系畢業，兩位是本省籍；教政治的曹銘秋老師，是滇南大學歷史系六三級的，四川籍；周金標老師是玉河地區農業技術學校畢業生，和我是同鄉。

幾位老師都是學長和前輩，馮老師還是五二年的大學畢業生，讓我肅然起敬。我謙虛地說：「我剛從學校出來，以後要請各位學長前輩多幫助，不管教書還是其它工作，希望多多指教。」

馮老師說：「哪說得上學長前輩，我們這些都是虛度年華，學校正需要多來幾位年輕人才能帶來新風。」

曹老師說：「我們跟不上形勢了，小古是經過文化大革命鍛鍊，又在部隊接受過再教育的新時代的知識分子，學校將來的發展，主要要靠你們。」

我不希望其他老師再說這類話題，便問林校長學校情況。林校長回答我之前連連搖手：「別叫校長！別叫校長！團部沒有正式任命，只是叫我暫時負責一下。」其他老師說：「學校負責人就是校長嘛，不叫林校長，叫林負責嗎？」

林校長不理他們，向我介紹說：「中學的前身是農中，文革中期停辦了，建立兵團後才復辦起來，今年初改為普通中學。」

「農場以前有華僑小學和農業中學我知道，其它不了解。」

林校長介紹說：「解放到現在，布朗農場的教育事業發展很快。解放前後布朗壩只有一所小學，六零年設立華僑農場時建立了華僑小學。布朗小學招收傣族學生，華僑小學招收歸僑子女。文革前，華僑小學升中學統考成績，在縣上名列前茅。兵團成立後，為了讓路遠的小學生方便上課，兵團在原東風分場，即一營營部，新建了一所初級小學。現在，全團有三所小學，一所中學。」

「農中是哪一年建立的？為什麼當時不直接建成普通中學？」我問。

林校長說：「農中是一九六四年建立的。六零年以前，布朗小學每年高小畢業的傣族學生只有十幾名，縣中只招收兩三名，四五名。建立華僑農場後，六一、六二年，華僑小學每屆都有五六十名畢業生，這些歸僑子女學生成績好，基本上都升讀元水縣中學。可惜，因為縣中的規模實在容納不下那麼多學生，六三年借「調整」政策，不再全部招收華僑小學畢業學生，用錄取分數線或其它條件把關，只招收十多名，招收傣族學生人數沒有變。六四年，華僑小學前後兩屆近一百名畢業生上不了中學，歸僑反應很強烈。省僑辦派人下來和縣裡溝通，最後，從縣上調來伍老師曹老師兩位大學生，加上馮老師，農場老周和另一位農業技術員，辦起一所兩年制農業中學。沒有辦成普通中學，既是受到師資等條件限制，也是農場發展的需要。農中只辦了兩年，文革一來，學生造反，農場領導班子癱瘓，就自動停辦了。成立兵團時，為解決子女上學問題，復辦了農中，隨後改為初級中學。」

「農場復辦農中，又改為普通中學，要經過教育部門批准嗎？」

周老師說：「部隊幹部不想把子女培養成『有文化知識的新農民』，當然要改普中，現在辦成普通中學各種條件也還不具備嘛。」

林校長說：「這是上級的部署，我們不宜議論。農場屬部隊系統，因為「條、塊」問題，加上當

時教育戰線秩序不正常，縣中學不接收兵團小學畢業生，縣教育部門也不管我們，兵團把農中改為普通中學，上報配案就行了。」

學校已經考完試，這幾天在總結工作，準備放假。不過，昨天聽副主任說過，全體中小學老師還要集中一段時間，學習中央文件。

目前，中學只有初中一年級兩個班，按部隊編制，稱為一排、二排，班主任分別是伍老師和周老師。初一班第一學年只開了政治、語文、數學、歷史、農業知識五科。現在，正在招收三、四排。

伍老師對林校長說：「其它的以後再說吧。三、四排的招生人數已基本定案了，一會兒我把名冊交給你。」

「先交給指導員。」指導員沒有說話，也沒有宣布繼續學習討論，仍然看他的文件。林校長便轉頭對我說：「這兩年招收的學生比較亂，一、二排和三、四排都是如此，應屆畢業的和往年畢業的都有。三、四排招的是小學這兩年的畢業生，除了部分不想升學讀書的，都招進來了，所以人數比較多，有一百一十多人。到時古老師要擔任這兩個班的語文教學，一個班的班主任。教學上的事，你多找伍老師商量，學校安排伍老師負責教學方面的工作。」

「不行，不行！我一天書沒有教過，更沒有帶過學生，一來就當班主任……」

「誰也不是生來就會教書、會當班主任的。你是科班出身，又最年輕，要多挑點擔子。」林校長說完，又叫伍老師把初中一年級的語文課本和教學參考拿來給我，叫我先看看。

伍老師把去年的語文課本和有關資料給了我，新課本還沒有來。我接過課本時，馮老師說：「古老師來了太好了，你是學中文的，我可以交班，教回本行了。」

曹老師說他：「教什麼本行？你一直都是教小學語文，什麼時候教過中學歷史課，中學以後有三個年級，古老師教得下來嗎？」

我聽了沒有回答，大家又講了一陣閒話，指導員看看時間到了，宣布散會，沒有對我作什麼指示。

事務工作應該是林校長的事，我向他提出吃住問題，校長很乾脆：「住沒有問題，紅旗一、二隊還有幾間小房間，我去和隊上商量，安排一間給你，方便你照顧家庭。你家在這裡，就在家裡吃吧。」

「我家裡吃飯的人多，我想到機關食堂搭伙。」

「恐怕不行，管理機關後勤的是現役幹部，你不是機關幹部，不會讓你搭伙吧。」

周老師原來是農業技術幹部，他一個人住在機關宿舍，家屬還在家鄉。回家時我們兩個走在一起。我問周老師：「我文革中回過農場十多天，我家隔壁就有一個農中學生。有一天聞見她家炒咖啡豆，說是學校種的咖啡樹上採來的。這次回來工作前，在思蘆吃過半個象牙芒果，那芒果太好吃了。以前的農中辦得怎麼樣？」

周老師說：「剛才林校長不是做了介紹？當時建立農中，主要的目的還是為了安排華僑小學畢業生。農中每年招收一個班，開設語文、數學、政治、歷史、農業基礎知識、農業機械常識等課程。學校建在壩子東面山腳下，有一排校舍，一排教師宿舍和小食堂。農場在學校前面劃了兩片地，除了種幾畝水稻和甘蔗，主要試驗種植咖啡、芒果等熱帶水果。伍老師、曹老師、馮老師，加上我和老丘，由一位不擔任課程的副場長任校長，才辦了兩屆。農中停辦後，校舍和生產基地交回給生產隊，芒果移交給苗圃隊後，現在苗圃隊的芒果有十幾個品種。」

「現在學校的教學工作主要由伍老師負責嗎？」

「農中成立時，學校教學工作就是伍老師負責，大約半年後，農場曾宣布任命他為副校長。文革後，我們幾個老師和場部被打倒的幹部，都安排到各個生產隊參加勞動。兵團復辦農中，又改為普通中學，有了兩位領導，伍老師的副校長職務沒有宣布恢復，也沒有宣布撤銷。教學方面的具體工作他仍然在做。」

農場三所小學，按順序排：東風小學為第一小學，布朗小學為第二小學，華僑小學為第三小學。聽周老師介紹，布朗小學建校時間長，學校師資和設備都不算差；華僑小學初建時，上面比較重視，調派來的教師都是玉河地區師範學校畢業生，加上幾位在國外教過書的歸僑安排在學校教書，所以，文革前，布朗農場的小學教育水平，在縣上名列前茅。

吃過午飯，通訊員來通知到政治部開會。

到了政治部，只有顏副主任一個人。副主任問我到學校報到沒有，我回答已經報到，連工作都安排好了。

「安排好了也行，你到九月份開學後再去上課，這段時間跟著我下隊。」

「我已經領了語文課本和教學參考，第一次上講臺，總要準備一下吧？學校都放暑假了。」

「學校都放假了，還上什麼講臺？剛參加工作，一天班沒上就想放假？像話嘛！」

「那下隊幹什麼，又是勞動鍛鍊？我已經在部隊鍛鍊了一年半！」

副主任說：「少囉嗦！下隊去寫材料。去年十一月省裡召開了第一次『學代會』，今年要召開第二次。各師、團先召開，然後選出代表參加兵團『學代會』，再選出代表參加全省的大會。」

「我從來沒有寫過『學代會』材料，怕寫不成。」

「屁話，中文系大學生，寫個材料都不會？這兩年到處都在開『學代會』，你們在部隊不是也開過嗎？沒有吃過豬肉也見過豬跑吧。這裡有兩份材料，一份是去年省『學代會』的講用材料，一份是布朗壩農場的宣傳材料，等一會你把這些資料帶回去看看。『學代會』講用材料無非都是這樣，你看看就熟悉了。」副主任說著把一疊材料遞給我。我把材料接過來，副主任又說：

「我把獨立 X 團的情況跟你簡單介紹一下，讓你心中有個大體印象。」

我認真聽著副主任介紹，時不時翻一下手裡的資料，互相對照，加深印象。

布朗農場是一九五八年建立的，最初用來安置省裡的部分右派分子。一九六零年改為華僑農場，安置回國的印尼歸僑。壩子長約八公里，最寬處約兩公里，壩子中間有條小溪（大家稱為布朗河），從東山腳流出來，穿過壩子，流進西邊的元水河。春洛（春城到中緬邊境打洛）公路從東邊山頭轉出來，沿西面山坡蜿蜒而下，在山邊穿過壩子。布朗農場職工有兩大類：一是原居民傣族同胞，大概兩千人；一是一九六零年從印尼回來的印尼歸僑，一千八百多人。農場占地面積約四十平方公里，大部分是山地，壩子裡的良田有兩萬畝。農場主要作物是水稻和甘蔗，有部分香蕉和少量的芒果。

紅水農場原來是縣農場的一個分場，同樣是六零年安置歸僑以後改為華僑農場。總人口約一千人。除了少數國內幹部和家屬，其他都是印尼歸僑。農場只有幾千畝耕地，另有幾片山地。農場以種植水稻和甘蔗為主，同時試驗種植可可、咖啡等熱帶作物。

兩個華僑農場現在納入生產建設兵團獨立 X 團，編為三個營：布朗農場兩個營：一營，包括原來老職工的東風分場、布朗分場，共有十五個連；二營，包括原來歸僑的紅旗分場、建設分場，共有九個連。三營，就是原來的紅水華僑農場，有八個連。兵團有三個直屬連，還是稱「隊」：基建隊、運輸隊、青年墾荒隊。連以上各單位正職都是現役軍人，團部機關按部隊編制，加上地方幹部，人員比正規部隊龐大一些。其它的像小學、醫院、農中—現在改為中學，都是原來的。供銷社、糧管所、郵電所、（銀行）營業所，仍然屬地方。

布朗壩海拔只有四百米，緊靠熱帶河谷，氣候炎熱，雨量說不上充足，也不均勻。五八年以前，壩子周圍山高林密，豺子黑熊出沒。當時壩子裡只有一千多傣族居民，分居幾條村。傣族民居叫土掌房，用厚重的土坯砌成，房頂鋪上小圓木，上面用厚土築實。房子都是兩層，上層住人，下層養家畜。

解放前，由於人煙稀少，衛生條件差，每年都有人因患瘧疾死亡，所以，有「要到布朗壩，先把老婆嫁；只見娘懷胎，不見兒趕街」的歌謠。

離布朗壩二十多公里山裡，有鐵礦砂和銅礦砂。一九五八年，玉河地區集中十幾萬人在布朗壩「大鬧鋼鐵銅」，山上的森林都被砍光了，現在團部左右，公路下邊，還有許多廢棄的土高爐。六零年歸僑在這裡定居以後，把壩子裡的荒地開墾成良田，布朗壩山上已經見不到豺子黑熊，傣族同胞的衛生條件也改善了，瘧疾已經完全得到控制。

三營的情況簡單些……

副主任講的是滇南普通話，我分不清是哪個縣的口音，聽他介紹過程中，覺得他話裡話外，對這地方很熟悉。副主任介紹完以後，也問我一些歸僑的情況，可惜我不了解。到後來閒話時，我禁不住好奇問：「副主任很熟悉這裡的情況，你是本地人嗎？」

「我老家就是相鄰的石平縣，走山路來這裡才三十多公里，大半天就到了。」停了一會兒又說：「我初中畢業當兵前來這裡教過半年小學！」

「啊！原來不單是老革命，還是教育界的前輩，失敬！失敬！在這裡教過書，怪不得對布朗壩那麼熟悉……」

「算什麼前輩，那是陪一個搞地下工作的同志來這裡開展工作，來做樣子的。你在軍訓連是哪個部隊管你們？」副主任又開話題。

「x x 軍 x x x x 部隊。」

「那是砲兵團嘛。」

「副主任怎麼知道？你也是砲兵團的？」

「部隊出來的，一說番號就知道。我是軍區高砲營的。」

「兵團裡都是高砲營來的嗎？」

「不是，兵團是國防軍區組建的，什麼部隊的都有，不要問那麼多。下午沒有什麼事，你休息一下。

明天我們先到一營、二營，你帶著筆記本。」

才吃過中午飯，林校長來通知房間已經安排好了，在紅旗一隊，帶我去看。那真是個小房間，可能原來是作為生產隊會計室或保管室的。裡面已經有一張木板搭成的單人床，一張小桌子，應該是有人住過。我很高興就住在一隊，叫弟弟和我一起打掃乾淨，把舖蓋搬進去，就成了單身宿舍。

下午在家看材料。講用材料一大本，看了幾篇以後，覺得格式大同小異，和在軍訓連「學代會」上聽到的差不了多少。講用材料各篇的內容不相同，有些情節也寫得曲折生動，很感人，我沒有全部看完，覺得知道「豬肉味」了。接著翻語文課本。初中一年級語文薄薄一本，有十多篇文章。每篇課文前面有一段毛主席語錄，課文內容都是描寫工農兵幹革命的小故事，篇幅短，文字淺白，其中編有兩篇文言的古代寓言故事，古為今用，借以說明革命道理。再看教學參考資料，每篇課文都有提示：生字注音，生詞解釋，寫作背景，段落大意，中心思想等等。我放下心來，看起來，雖然是個「半倉米」，也還可以當老師。可惜，沒有如何當班主任的參考資料。最後翻了翻副主任給我的農場資料，主要是各分場和生產隊的情況介紹，沒有再翻下去，心想下到連隊再結合實際看。

晚飯後，阿祥到我房間來看了一下，便帶我到廣場上去。廣場在一隊後面，團部左前方，有很多年輕人在玩。廣場是多功能的：前面有舞台，可以召開全場職工大會，同時也是露天電影場，收穫季節的曬谷場。場子後面有籃球場、排球場。籃球場旁邊，還有一座可容三四百人的大禮堂，這些設施，都是建立華僑農場時建的。

有人在打籃球，有人在打排球，有人在打羽毛球。阿祥帶我和打排球的人打了聲招呼，兩人便加進去玩起來。休息時，七八個人坐下來，個個先和我打招呼，問我什麼時候回來之類的家常話。一連、二連，就是原來的紅旗一隊、二隊，隊上的年輕人，多數都認識，只是有些名字模糊了。因為福建籍歸僑的名字用福建閩南話發音，我要轉成普通話才記得牢。如音「恩」，是普通話的「永」；音「生」，是普通話的「成」；音「等」，是普通話的「定」等等。

這幾個人裡面，我上學前在農場勞動時就比較熟的，有一隊的謝啟新、李春光、黃盛昌，二隊的呂有良等人。有個人我覺得面生，問他怎麼稱呼，他還沒有回答，黃盛昌就說：「他是馬中委，共產國際戰士」，說得大家笑起來。看見我莫名奇妙，阿祥跟我說：「他叫李紹祥，是馬來西亞華僑，在國外時參加了馬來西亞共產黨，被派來中國學習游擊戰的。」我聽了不禁吃一驚：「這……是真的？怎麼現在會在農場？」阿祥說：「是真的！他們一共三個人，歷盡千難萬險回到福建。那時到處都是造反派當權，他們找到一個造反派組織，造反派頭目懷疑他們是台灣特務，沒收掉他們所有證件以後，把他們關了起來。後來，見他們又會說馬來話，又能寫馬來文，才放了他們。」「怎麼又會來到這裡？」黃盛昌說：「送來滇南這大山裡，真的是台灣特務也跑不回去了。」李紹祥罵道：「神經病！我們三個什麼都不懂，那些人把我們送到一個不知什麼部門，裡面的人說：先安排你們在華僑農場等候消息，事情弄清楚以後，再和你們聯繫。誰知道就來到這裡。」「以後沒有什麼部門找過你們嗎？」「我們都不知道那些人是誰，也不知道去哪裡問什麼人，所有證明文件也沒有了。算了！都過去了，不是『後生』時候，在這裡和阿祥他們一起耕田，糊塗過日子算了。」盛昌說：「紹祥現在是龍游淺水，說不定什麼時候是馬共中央來接回去，還是中共中央接上頭，就要一飛衝天。」

謝啟新對我說：「方智，你可能不知道，我們一隊以前有個裴多菲俱樂部，盛昌是主任，我們幾個是成員。你是大學生，回來當老師，和我們一起玩怕不怕？」我說：「六七年回來時聽我弟弟說起過這事。是誰說你們是裴多菲俱樂部的？」幾個人說：「盛昌回國時帶了個半導體收音機，最初，大家晚上無聊聚在他家，除了打撲克，吹牛，有時會收聽澳洲台的普通話節目，聽聽歌曲。不知道隊上哪個到上面匯報，場部派老區下來批評教育過我們。」「那時候，聽外國電台的也不單是我們，只是因為我們幾個年輕人聚在一起引人注目。文化大革命一來，李新忠幾個造反派把盛昌抓起來批判，說他收聽敵

台，組織裴多菲俱樂部。把他鬥得哭爹喊娘。」「其實，我們連裴多菲還是菲多裴都分不清。」我問盛昌：「後來沒有處分你吧？」「我算得了什麼？那時候歸僑中揭發出來罪行比我嚴重的多了。紅旗二隊有叛徒，建設三隊有……」阿祥打斷盛昌的話說：「算了，方智才回來，先不說這些餿事了。方智，你今年幾歲了？」「怎麼突然問起這個？」阿祥說：「原來的裴多菲俱樂部，後來變成光棍俱樂部了。我們這伙人都上三十或過三十了，這兩年，我們都在忙找對象結婚，我看你也差不多年紀了。」我回答阿祥：「我不是和你一樣歲數嗎，也就來三十了，你們都有對象了，那幫我介紹一個！」

第二天早飯後，我跟著副主任先下一營。一路上，邊走邊吹，副主任說：「召開『學代會』的準備工作，已經做了一個多月，各營推選出的先進代表，都寫出了材料。各營營部有一名宣傳幹事，都是老職工。一營的是傣族，只有小學文化程度，二營、三營的是歸僑，是初中畢業生。他們寫的材料，我簡單看過一下。去到營部，我把你介紹給營長、教導員。明天開始，你一個人下去找他們，在教導員指導下，和宣傳幹事一起修改講用材料。講用會召開前，把三個宣傳幹事召到團部，成立一個材料組，最後研究定稿，給代表在大會上講用。清楚了嗎？」

「清楚了。」

「我們下去還有個目的，就是從這些材料中發現比較突出，比較典型的東西，然後進行挖掘，整理加工，整一兩篇出來上報兵團總部，到時參加兵團總部『學代會』。」

「知道啦。」

一營營部就是原來東風分場場部。營部現役軍人除了營長，教導員，還有一個通訊員。其它幹部都是地方的，有原來的分場傣族幹部，有農場下放來的機關幹部。宣傳幹事小白，是個年輕人。

談了一陣其它工作以後，副主任問：「『學代會』上發言的幾個代表，你們最後定案了沒有？」教導員說：「基本定了，還是上次匯報的那幾個，要嘛，老白，你說說！」

老白說：「剛才營長教導員和我們正說這事。我們傣族這邊兩個分場，我到現在都還亂不清那個隊是第幾連，我還是說原來的隊算了。東風這邊，一隊和四隊一向都搞得比較好，四隊老刀年輕，有點文化，工作比較有魄力，他們隊複雜一些，老刀做了不少工作，這方面講得出點東西來；一隊老羅年紀大了，當隊長時間長，群眾很擁護。這兩個隊報上來的早稻畝產，平均數都比其它隊高，可以講講。布朗那邊，老刀你來說，你是那邊的人。」

老刀說：「布朗這邊八個隊，今年早稻產量高的是七隊、八隊。本來三隊一向是最高的，因為年初小河發大水，淹了些田，把產量拖低了。講生產和職工管理各方面，一向反映比較好的是八隊，不過八隊隊長老楊不大會講話，只會問一句說一句，怕講不出來；七隊各方面也一向比較先進，隊長喜歡新鮮事，經常會在隊上種點新品種什麼的，只是小打小鬧。」

「那八隊的叫連長來講行不行？」副主任問。

幾個幹部你望我，我望你。後來，營長說：「現在有些連隊也還不正常：有些連，團裡的任命下來了半年還不見人，有些人下來了經常請假，就是已經到連隊的，也基本沒有下田勞動，對農業生產不熟悉，怕講起來空洞。」

「先進個人有沒有變化和補充？」

教導員說：「沒有補充的了，還是那幾個。」又轉頭問宣傳幹事：「材料修改好了沒有？」

宣傳幹事回答：「修改過了。」說著把材料遞給教導員，教導員接過材料給副主任。副主任接過材料後指指我說：

「這是剛分來兵團的大學生，他父親是紅旗一隊的歸僑。這幾天，他會下來營部幫忙整理這些材料。」

幾個幹部望望我，我向大家點點頭。

從一營營部出來，我說：「傣族老鄉，不是老白，就是老刀，我都分不清哪個是哪個。」

「過去滇南的漢人看不起少數民族，說：『刀僰夷，普倮倮，馬回子』。彝族多姓普，回族多姓馬，傣族多姓刀姓白，如果在村子裡聽到漢族姓氏，那就是外面來上門的漢族人傳下來的。」

來到二營，營部的現役軍人只有營長和教導員。營部和團部離得近，少了通訊員。副營職和其它幹部都是歸僑，宣傳幹事是元水中學畢業回農場的年輕人。二營只有兩個先進集體，兩個先進個人材料。我翻了一下材料，集體和個人，都是寫回國後安心農場生活，不怕艱苦，積極建設農場的。從歸僑的角度看，還是有典型意義，只是寫得一般，很多話都是從報紙或資料上抄下來的。我準備先了解情況後再提意見。

幾個直屬隊沒有去，機關更不用去。副主任說，這些直屬單位，也就是墾荒隊工作艱苦些，天天上山開荒，你把他們送上來的材料整理一下就行了。

第三天到三營去。紅水華僑農場只有歸僑職工，各種情況和二營基本一樣。紅水華僑農場建立時，按省僑務辦公室的規劃，進行熱帶水果種值試驗，文革前已經種植了一些咖啡、可可、椰子、番石榴等果樹。文化大革命一來，上面下來作技術指導的技術員不來了，縣農科所也不協作了，計劃便停頓下來。果樹遭到破壞，多數枯死了，只好改種水稻和甘蔗。三營幾份準備上報團部的講用材料，寫得和二營的相似。副主任和營長、教導員討論了兩個多小時，我只是有時簡單問一句話，最後，定了大會發言的人，由營部繼續加工材料。紅水華僑農場場部就是一個四合院，除了機關，連供銷所，醫務室都在這個大院子裡。吃過中午飯，我們就回來了。回來的路上，副主任對我說，三營你不用下來了，他們的發言材料開會前再看看就行，明天開始，只跑一營、二營。

第二天，上午跑一營，下午就跑二營；後一天，上午跑二營，下午就跑一營。兩個營的教導員，都是見面後打個招呼，發幾句指示，就叫我和宣傳幹事一起修改講用稿。四五天以後，副主任叫我向他

匯報情況。

「材料都討論過了，內容就是他們匯報時講的那些，我們只是把內容充實了一些，最高指示盡量寫得有針對性。」

副主任笑道：「他們那些稿子，用的差不多都是那幾句：開頭『四海翻騰雲水怒，五洲震盪風雷激』，最後『下定決心，不怕犧牲，排除萬難，去爭取勝利。』這幾句話真成了『精神原子彈』，不管遇到什麼問題和困難，一唸都能解決。」

「所以，我們的修改主要也就是找語錄，本來就宣傳『遇到問題找（毛主席）著作，解決問題學著作』嘛。」

「有沒有發現比較典型，可以挖出點東西來的？」

「有兩份材料可以考慮：一份是二營提出的歸僑黃家瑞。黃家瑞的家庭在印尼比較富有，他是沒有遭到當地政府驅趕，自己買船票回國的。他父母和其他家人都還在印尼，只是兩夫婦帶著三個孩子回來。回到農場後，生活艱苦，勞動繁重，他不但沒有怨言，還熱情宣傳社會主義優越性，動員大家安心農場工作。那天教導員說的救火的事，材料作了充實加工，聽宣傳幹事說，是他們崔教導員親自修改的。」

「加工得怎麼樣？」

「就是把火場的環境和救火過程寫得險惡。說當時有一桶汽油已經著火，桶口冒出的火焰一丈多高，發出呼呼聲，眼看就要燒穿房頂，黃家瑞不顧生命危險，一手拼命按住桶口，把火焰按熄了。接著又把六七桶一百公斤重的汽油桶和其它裝有易燃物品的鐵桶搬出來，再回去撲滅了倉庫裡的火……自己身負重傷，保護了周圍群眾的生命和國家財產……」

副主任聽了笑笑說：「這老崔，還真能改！說說另一份吧。」

「另一份是布朗七隊的材料。那天老刀不是說他們隊長喜歡搞些新品種嗎？我和宣傳幹事後來去找隊長落實了一下。去年，他們有一塊水稻田，引用了廣西的良種，早稻畝產達到一千三百多斤。如果按這產量計算，晚稻就是低一些，雙季畝產也能達到兩千四、五。這產量不但農場前所未有，恐怕其它地區也沒有，只是面積太小。」

副主任想了想，說：「『階級鬥爭，生產鬥爭，科學試驗三大革命運動』，面積是小一些，看看可以從哪個角度去寫。」想了一會兒，一拍大腿，說：「對！從種良種，創高產這方面去寫！小古，我們現在就去七隊，找他們連長去。」

路上，副主任說：「黃家瑞的材料，在華僑農場內部宣傳宣傳可以，歸僑人數在兵團裡只佔很少數。而且，崔指導員那人嘴巴能說一些……生產建設兵團，還是生產為主，兵團大部分農場種橡膠，要著重宣傳的也是這個項目。整個兵團種水稻的，主要就是原來的華僑農場，我們搞個水稻高產的材料出來，報上去參加兵團『學代會』，可以交得了差。」

跟著副主任來到七隊，找到連長。連長說，良種的事具體情況我也說不清楚，要問副連長和會計。於是，找來副連長和會計，認真向他們詢問。

副主任問：「你們這材料上有個早稻畝產達到一千三的說法，交代得不清楚，是怎麼寫出來的？全隊的畝產是多少？」

副連長也是姓刀，說：「全隊的水稻產量當然沒有那麼高，那塊田只有三畝多些。早稻收穀子時，我在曬場專門過的磅，毛穀有差不多六千斤，折合乾穀子有四千斤的樣子。」說完望望會計，會計說：「沒錯，是分開專門過秤的，其它的畝產也就是六七百斤。」

「那為什麼這塊田的產量會那麼高呢？」

「品種不同，叫廣什麼矮幾號，我也說不上來，是縣農科所一個技術員給我的，說在縣勞改農場

種過，產量高，叫我試試。」

「我們隊長喜歡整點新東西，他自留地蔬菜品種最多。」會計說。

「沒有跟上面說過試種嗎？」

「沒有。以前場部的農技員還會下來轉轉，文化大革命以後誰還下隊？縣農科所那技術員只是給了我一小布袋，撒出秧來也就只栽了幾分田，看著長得好，收下以後單獨留著。今春把全部穀子育成秧，也就栽了那三畝多田。」

「除了品種不同，還有其它措施沒有？」

「聽那技術員說要栽密一點，其它也沒有什麼。那三畝田在大田中間，又是好田，我平時經常會轉過去望望，多灑了點化肥，其它沒什麼特別。」

「這產量沒有假？」

「那絕對不會！收穀子那天，從下田到稻子打完，我都在場。」

會計說：「那稻穀沒有上交，專門留著，隊長說找時間跟上面匯報，看怎麼處理。」

「好！這批稻谷好好保管，這事我會向上匯報，怎麼處理到時通知你。」又對三位連隊幹部說：「你們這個材料很好，這是中學的古老師，他會下來幫助你們把這材料整得好一些，到團裡開『學代會』時，你們兩個連幹部看哪個在團代會上發言。以後，可能還會參加兵團的『學代會』」

連長聽了很興奮，副連長卻沒有當一回事，看著我問：「古老師以前沒有見過，新來的吧？是華僑？」

我回答：「才回來沒幾天，我家在紅旗一隊。」

回到團部，副主任高興地對我說：「前兩天我一直發愁，不知道報什麼材料給總部。你把這份材料再挖掘一下，好好加加工，我看報上去後可以選出來參加兵團的『學代會』。」

接連幾天，團部不知在開什麼會議，副主任叫我一個人下去，我便一個人到一營去整理布朗七隊的材料。到了營部，教導員叫我自己下去。我提出想找連長共同研究，教導員說，連長這兩天有事出去了，種田的事他也不懂，你找副連長和會計就行了。

原來的材料，就是記述大忙季節全連戰士不怕苦，不怕累，战天鬥地，搶收搶插的過程，記述得簡單，每段前面有毛主席語錄。至於畝產達到一千多斤只是一句話，沒有交代高產是如何得來的。我一個人來到七隊，副連長很熱情。知道我家在紅旗一隊，說了好幾個他認識的歸僑，包括陳永祥，看來刀隊長是喜歡交朋友的人。我把副主任與教導員的指示跟他和會計傳達後，首先問：「你們和連長寫這材料時，是怎麼討論的？」

「那時連長也是剛來不久，就是問我一些隊上的事，那三畝田的收割過程，然後就是連長自己寫。」隊長說。

「原來的材料寫得簡單了些，只寫了大忙季節全連戰士不怕苦，不怕累，戰天鬥地的精神，缺少了怎麼用毛澤東思想指導種田得到高產的過程。」

隊長為難地說：「我們種田就種田，那有時時想著毛主席的什麼思想？」

「我見田埂上好多地方都插著『農業學大寨』、『為革命種田』、『多打糧食支援世界革命』的標語口號，你們連隊沒有開展學習毛主席著作嗎？」

「有！有！連長帶著我們學語錄，讀毛主席著作，號召大家鬥私批修，為革命種田。」

「對了嘛，只有樹立了為革命種田的思想，才會有衝天幹勁，不怕苦，不怕累的精神，種出高產糧。你們就講講怎麼在隊上，在田間，學習毛主席著作，用毛澤東思想指導種田的。」

隊長和會計你望我，我望你，半天說不出話。後來，隊長抓抓頭說：「我只是識得幾個字，報紙都讀不下來。學語錄，寫標語，那些都是當兵的搞的。我們這些老農民，下到田裡就好好幹活，那裡會

有那麼多思想？」

看看挖掘不出什麼東西，我不禁有些著急，問隊長：「那天你好像說過，農科所的人給你稻種時說了什麼話？」

「就是說要栽得密一點，這個品種能吃肥，還有怎麼管好『水』什麼的。」

我腦子裡突然出現一道光芒：『水、肥、土、種、密、保、管、工』，這不是偉大領袖提出的《農業八字憲法》嗎？

我興奮地問：「《農業八字憲法》聽說過嗎？你剛才說的『密植、施肥、管水』等等，就是毛主席的教導。對啦，我們就從這裡做文章，好好挖掘一下。」

隊長和會計都說：「這八字憲法以前聽說過，只是記不得。我們都沒有多少文化，總之，古老師問什麼，我們講什麼。」

我根據這八個字，詳細詢問隊長會計有關這幾畝水稻的種植過程，他兩人邊想邊說，我邊聽邊記，不久就記了好幾頁。

看到我記了那麼多，隊長和會計很高興，說：「我們只會出憨力氣，寫文章的事，就靠古老師了。」

「不是不是，共同研究，共同研究。實踐出真知嘛。如果這試驗是成功的，將來大面積推廣，那就要放『衛星』了。」

隊長笑笑說：「古老師，種田不比你們讀書寫字，寫得越多越好。種稻子，就是同一個品種，天氣變化、雨水多少、面積大小、不同肥料等等，對產量都會有影響。農科所的人叫我試種，就是叫我慢慢來，不要貪快貪大。」

「當然是一步一步來。說實話，這畝產一千多斤，真是太吸引人！我六零年來到布朗時，在食堂吃飯只有糯米飯，說你們過去只吃糯米，糯米的產量很低的，是不是？」

「我們傣族人吃糯米飯的習慣是老祖宗傳下來的。糯穀的產量很低，一畝也就是一百多斤兩百斤。解放前不說，就是五八年以前，布朗壩人口都不多。田多人少，我們只在村子周圍耕種，一塊田種兩三年再換另一塊，一年只種一季。稻田從來不施肥，種『衛生田』。栽插秧苗時，為了方便抓魚，插得很寬，差不多行株距一尺。由於不放肥料，田裡長魚和黃鱔，村民又把鴨子放下田裡養。那時，生活好過得很，傣族村裡的男人都是『兩個醃鴨蛋，三根乾黃鱔，二兩小酒天天乾！』。傣族姑娘如果不會抓黃鱔，會難嫁出去。」

「不會抓黃鱔會難嫁出去，說了都沒有人相信！生活那麼好過，怎麼又會說『要到布朗壩，先把老婆嫁』呢？。」

「不單是布朗壩，下面的元水壩，思蘆壩，還有其它地方，所有熱帶壩子都這樣說。氣候熱是一個原因，主要是不講衛生。我們的土掌房，下面養豬養牛，糞便又不經常清除，所以，下面的房子裡都是蚊子。人吃住在樓上，一般都不到下面去。吃飽飯，大人講閒話，小孩玩耍，都在房頂上。村子蓋的房子一間挨一間，房頂架上木板，從這家走到那家，平時下田都是從房子外面的梯子下去。蚊子多，容易打擺子（瘧疾），又沒有藥醫，就容易死人。」

「我六零年來布朗壩時，不見你們在房子裡養豬養牛了。」

「高級社以前還是養，到人民公社以後，牛都歸集體了，養在隊上的牛圈裡。後來又成了國營農場，我們都成了領工資的職工，其它沒變。私人養一頭豬，都圈在房子外面去了，有些就放在外面，也不圈，村子裡到處走。」

「不會有人捉去殺了？」

「不會！我們這裡過去從來沒有偷東西的。出門幹活，家裡門都沒有鎖，揹去吃的東西，掛在樹上，也沒有人拿。過去，我們傣族不會做生意，吃不完的芭蕉、雞蛋，拿到街上，一堆一堆的，和山頭

上下來的老彝族、哈尼族，東西換東西。五八年以後，外面來的人多了，特別是華僑回來以後，才學會做買賣。」

會計說：「華僑剛回來時，有一個趕街天，一個華僑小伙子拿了兩件襯衣要跟人換雞。我見那襯衣很漂亮，是新的，看著發亮，一點皺紋都沒有。便用兩支雞跟他換了。誰知，穿了兩天，一洗，才發現領子和衣袖都爛了。另一個華僑告訴我，那本來是舊衣服，用米湯漿了以後，用熨斗熨過，看起來就像新的一樣，我才知道原來有這樣做生意的。」

隊長笑他：「調皮的華僑只是幾個，還不是你也貪人的東西才會上當。華僑大多數都好相處，特別是年紀大點的。你們二隊種菜的老鍾，我去場部路過他的菜地，他從廣東老家傳來什麼蔬菜種籽，都要給我一點，教我怎麼種。他老說我們這地方的蔬菜品種少。」

回到營部，我向教導員作了匯報，提出和營部宣傳幹事一起討論加工七隊的材料。教導員說：「小白能和你討論什麼？別找麻煩。你根據副主任的指示，該怎麼寫就怎麼寫，到開會時我們安排人講就行了。」

我將了解的情況向副主任匯報，副主任很高興：「很好，我們就從『主席思想指方向，科學種田創高產』這角度去寫。」我覺得一個人跑得差不多了，提出和營宣傳幹事，團裡的李幹事共同修改。副主任說：「團『學代會』不久要召開了，明天我安排李幹事，通知三個營的宣傳幹事上來，組成臨時寫作小組，一起討論修改。」

寫作小組成立以後，副主任領導我們一起討論了半天，以後便不斷有其它工作不來參加，李幹事同樣經常有事出去，多數時候是我們四個人在「磨洋工」。三個營的材料，除了上面說的幾個比較典型的，還有做青年、婦女、歸僑、民族團結等工作的先進人物，反正照顧到各個方面。先進事績不同，講稿形式就大體相似：工作中、思想上遇到什麼問題，學習了毛主席哪篇著作，或哪段語錄，經過思想鬥

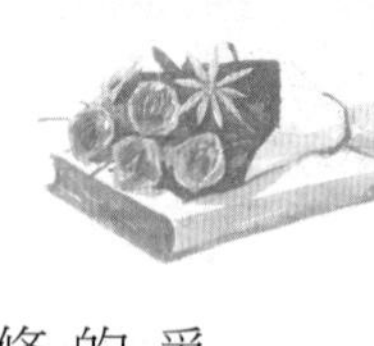

爭，認識、覺悟提高了，於是，找到了方法，解決了問題，出了成績，從而又對毛澤東思想有了更深刻的認識，樹立起無產階級世界觀。總之是精神變物質，物質變精神。整了一個多星期，全部講用稿基本修改完畢，只剩最後校對工作。

這天，我們正在向副主任匯報，林校長上來找副主任請示工作。林校長說，學校九月一日已經開學，四排班主任，三排四排兩班的語文教學工作，都等著古老師去上班，希望古老師盡快到學校去。副主任一聽，不耐煩地說：「你看不見我們正在研究講用大會材料嗎？團裡開完『學代會』，還要參加兵團的，可能還參加省裡的，小古一時走不了。學校工作你們自己安排，兩個班的語文課，先安排一個老師頂著。」

「學校就那麼幾個人，找誰頂嘛？」

「沒有人就你先頂著，行政工作可以交給段指導員！」

「指導員他……我也不會教語文。」

「不會教語文，讀語錄總會吧！別囉嗦了，我們開著會，有什麼以後再說。」

前天，我已經見到中小學老師夾著書包到學校上課了，我有一種想盡快見到班上學生的衝動。開完會，我跟副主任提出來：「講用稿的修改已經基本完成了，剩下的文字上的工作，我可以一邊到學校去接下安排給我的班級，一邊抽時間整理。」

「那不行，團裡的學代會都還沒有召開，你上起課來，有事再把你從教室裡叫出來也不好。」

「上不上課，我再和林校長商量，起碼我去把這個班的學生名冊拿回來看看，熟悉一下。三個營的材料都在這裡了，只需要再校對一下，我可以帶回家白天晚上都可以整。」

實際上，我不想坐在政治部辦公室整材料。李幹事回到辦公室時，只坐著看我們四個幹事，自己不幹事，看得我不舒服。三位營宣傳幹事也跟著說，他們的任務已經完成了，要求回去。副主任想了想，

說：「那好吧，你們三個回營去。小古呢，我跟你說好了，你可以抽時間去學校把班級接下來，但是先不進教室上課。講用稿盡快整好，特別是『最高指示』要認真檢查，不能套得沒有針對性，更不能搞錯。你這幾天還是一上班先到我辦公室，沒有事再到學校去。」我答應：「是！」

下午，我來到學校，跟林校長講了副主任的安排，校長說，那也沒有辦法，這語文課只好我去混著吧。說完帶我進教室。教室裡黑鴉鴉一片，從講台下面到教室後邊的門口，都擺滿桌子坐滿人。從衣服上很容易分得出來，學生多數是歸僑子女。按他們的年齡段，都是回國前幾年在印尼出生的。看到我們進去，本來吵鬧的教室，一下靜了下來，個個瞪著好奇的眼睛望著我。林校長把我介紹給學生，我微笑著向大家點點頭，沒有說話。等林校長講完幾句話，我們才走出教室門口，就聽到有學生說：「廣東！廣東！」有幾個紅旗一、二隊的學生認得我。

我在辦公室坐著和老師聊了一陣，剛想回去整理材料。林校長從隔壁辦公室過來，說指導員有事找我。我進到領導辦公室，指導員不問其它，開口就說：「你們班有個學生，喊反動口號，要把她清除出去！」聽見這話，我嚇了一大跳：都是十二、十三歲的小娃娃，喊什麼反動口號？我疑惑地問：「誰喊反動口號？喊什麼反動口號？」指導員不回答我，向林校長說：「你說！」

林校長搓著雙手：「這個……這個……是這樣：班上有幾個學生，前兩年，什麼時候了……喊過『打倒這個……這個……毛主席』的反動口號。學校把那個帶頭喊口號的女學生趙小英，不留意也收進來了。這個，以後影響不好，所以要清除出去。請古老師去執行，順便做做家長思想工作。」

「剛收進來又清除出去！開除學生是學校執行紀律，要由領導宣布，怎麼叫我這個才進校的普通老師做什麼工作？」

「古老師是歸僑子女，你是客家人，那學生家長也是客家人，容易溝通。這個……你現在是班主任，所以，請古老師出面好些。」

「農場情況，特別是文革時的情況我根本不了解，這學生喊什麼口號的前因後果我也不清楚，怎麼去做工作，不是招人罵嗎？」

「就是做做解釋工作，當然，也宣傳黨的政策。喊這種口號，如果是成年人，那就要打成反革命，要法辦勞改的。因為是小孩，只能做教育工作。學校沒有全部處理，只處理一個帶頭的，也是按政策區別對待，這點家長應該理解。聽說，這個……這個……那學生的家長趙啟賢，你父親生前和他常來往，關係好。所以，所以，請古老師出面，方便一些，方便一些！」

指導員不出聲，在看他的文件。

我不再說話，也沒有答應林校長的要求。我剛才進教室時沒有留意每一個學生，走在回家的路上，來時的興奮心情煙消雲散。我的班上有「小反革命！」而且還是趙伯的女兒。竟然有這樣的事，校長就是不安排，我都會去了解，我希望了解以後能讓學校收回成命，讓趙小英留在班上讀書。

布朗華僑農場的歸僑，除了有幾家湖北籍、上海籍，其他都是廣東籍和福建籍。廣東籍的以客家人為主，福建籍的以福清人為主。紅旗分場五個生產隊，客家人佔多數。建設分場四個生產隊，四隊客家人佔多數，其它三個隊，則多數是福建籍。年紀稍大的歸僑，見面時都會用家鄉話交流，所以，華僑農場職工有五種語言：普通話、傣族話、印尼話、客家話、福建話。如果細分的話，印尼話、福建話，又還有地區差別。

布朗壩的中心過去在布朗城，趕街在布朗城一個空地上。六二年場部和歸僑生產隊都遷出公路邊以後，紅旗一隊、二隊和場部連成一片，旁邊又建起一個大廣場，街市便改在公路邊供銷社門前的空地上。每個星期天都是趕街日，周圍山上的人民公社社員，農場本地職工，揹著各種東西到街市上擺賣。所以，布朗壩子的中心也從布朗城轉移到廣場這邊來了。

有幾個和阿爸處得好的歸僑，還住在布朗城也好，搬到公路邊以後也好，趕完街都會進來家裡坐

聊。我剛來農場在隊上勞動，或讀書期間回來幾次，那些叔伯把我當世侄相待。這些世伯中，就有紅旗五隊趙小英的爸爸趙伯。趙伯叫趙啟賢，年齡可能和阿爸差不多，因為長了一頭銀髮，年輕人便喊他趙伯。

晚飯後，我來到趙伯家，一見面，趙伯非常高興。等泡好茶抬出來，一坐下便說：「聽說你回來了，回來好，可以幫你細媽照顧一下弟弟妹妹。」

「一回來就叫去場部上班，沒有早日來看你。趙伯還在隊上下田？」

「不下田還能做什麼？聽阿英說，你當了他們的老師？怎麼又說在場部上班？」

「到場部幫忙寫材料，臨時的，正式工作是在中學當老師。」

「當老師好！只是聽說現在學校裡都是教些語錄，不久前還請了幾個歸僑搞什麼貧下中農管理學校，那些人現在還在管嗎？」

「聽說派了指導員以後他們不來了。」

我不知道怎麼開口，抬著杯子喝茶。看我好久都不說話，趙伯奇怪起來，望著我，問道：「方智是不是有什麼話要說？」

我放下杯子，斟酌著問：「小英他們幾個，去年還是前年，是不是說過什麼錯話，被人報告上去了。」

趙伯沒有馬上回答，端起茶杯喝茶，喝了好一會才放下茶杯問：「是學校的指導員叫你來問的？還是你自己聽說？」

「我今天到學校接小英他們這個班，指導員和林校長把我叫進辦公室，說到小英他們幾個人的事。兩位領導說，小英留在班上怕影響不好，學校決定要她退學，要我和趙伯作解釋，我想了解一下是怎麼回事。」

趙伯從桌邊站起來，在房子裡轉了一圈，先是鼻子裡哼了幾聲，接著仰頭哈哈大笑：「原來世侄還帶有這個政治任務！怪不得小英才去到學校，那位林主任說老師還沒有到校，叫她先回家聽候通知，連這種事也不光明正大，搞陰謀詭計！」

「小侄愚鈍，只能受上邊差使，請趙伯不要見怪！只是，不知道為什麼會出這種事？」

「不會，不會見怪！這幾年，比這荒唐的事都層出不窮，我已經見怪不怪！真是天大笑話：國家主席劉少奇，是大家喊打倒就倒台的嗎？北京城裡四個『偉大』的領袖，幾千里外的山溝裡四個無知小女孩，胡說幾句『打倒』，就能打倒？還說有什麼影響！真是把我家小英抬舉到天上去了。可笑！方智，不見怪，阿伯不會怪你！也不怪學校。方智不用為難，明天我就叫小英不用去上學了，這書不讀，我不在乎！」

我低著頭喝茶，沉默了好久才問：「我想了解一下當時的情況，到團部去要求學校收回成命。」

「不必了！情況我也不說了，以後你會知道。」趙伯在凳子上坐下來，喝了口茶，對我笑笑說：「阿英拿回來的書我翻了一下，不是在你這大學生世侄面前賣弄，那些書本學不到什麼東西，還不如讓她讀兩本我帶回來的老書。」

「這我相信，以前就聽阿爸說過趙伯的學問。」

「學問說不上。在家鄉時，我還差一年小學畢業，被阿爸帶出印尼了。」喝了幾口茶，趙伯問：「你原鄉的阿媽好嗎？你們鄉下人民公社的工分值有多少？」

「阿媽身體還好，有我阿叔和堂弟照顧。工分值也就是幾角錢，一年的勞動日，夠付隊上分穀子雜糧這些東西的款項罷了。」

「你現在領工資了，除了寄給你阿媽，也要幫補一下細媽，好好照看那些兄弟，同父異母還是親兄弟！」

「是。」

「有一天趕街回來，我順便到墳地上去轉了一下，好些墳地上的木牌，包括你爸爸的，都破敗了。現在沒有人勒石，你找時間用水泥倒一塊碑，自己寫上碑文，可以經得住風雨。記得你爸爸跟我提過，他那輩是廿三世，到時要把籍貫和世系寫上，將來不管子孫後代到哪裡，有機會有心回來看時，才能知道自己的來歷。」

我答應：「我記住了。」

小英有兩個哥哥，一個姐姐，都出來工作了。既然趙伯不說阿英的事，又說這書不讀也不在乎，我不好再多問。走在回家路上，心裡說不出是什麼滋味。

上午整了半天材料，下午，去到政治部見辦公室沒有人，便到學校去，學校已經在上課。走到教室前面，見一個小女孩站在教室門前，一見到我就說：「我要讀書！」我一看，這是個年齡和小英一樣的女孩，便問她：「你叫什麼名字？是哪個隊的？」「我叫林玉清，建設一隊的，我爸爸是反革命，我要跟他劃清界線！我要讀書！」又是「反革命！」我不禁心裡發冷。我望望辦公室裡坐著的兩位領導，回頭對林玉清說：「林玉清，老師剛來學校，有些情況還不了解。學校為什麼沒有把你收進來讀書，等我向領導問清楚再答你好不好？」「我要讀書！」林玉清說完望著教室。我只能小聲再次和林玉清說：「我真是剛從外地回來，你讓我先問清楚再答你，你先回家去，行嗎？」林玉清又站了好一會兒，才轉身走了。

我進到辦公室，指導員拿著什麼文件在看，頭都不抬，我剛向林校長一提，林校長說：「看見了，已經來了好幾次了，真是麻煩事。」

「這學生為什麼沒有收進來？」

「這小姑娘沒有什麼，是因為他爸爸林有源是反革命分子，所以沒有招進來。」

「他爸爸的反革命帽子是怎麼戴上的？是農場定的還是法院宣判的？」

「這是農場搞「社教」（社會主義教育運動）時的事，這林有源在歸僑中散布反動言論，說些社會主義搞得不好，共產黨就應該下台之類的反動話。農場發動群眾開會幫助他，他又在會上肆意攻擊領導，攻擊三面紅旗。當時說他是反革命，有沒有戴帽子我也不太清楚。」

剛下課進來的馮老師接嘴說：「林校長當時是辦公室主任，這事怎麼處理你應該知道吧？」

林校長急忙撇清：「這事我沒有參與處理，而且，不久又文化大革命，我也靠邊站了。造反派把林有源抓起來，不但在農場，還在縣上批鬥了幾回，掛上反革命分子的黑牌子，後來就成立兵團。」

「不是還有一個『可以教育好的子女』政策嗎？許多華僑資本家的子女，要求回國升學，國家政策都表示歡迎，不歧視他們！」

馮老師說：「古老師說得對，要按政策辦事。」

林校長說：「那是！那是！這事……指導員，你看……」

指導員抬起頭說：「兵團成立時，革委會是給這些人下過結論的，我們只能按上級指示辦。」

我不明所以地問：「按那一級上級指示辦？縣革委會還是兵團政治部？」

指導員不理睬我，林校長說：「再做做工作！再做做工作！」我剛要問去做誰的工作，馮老師拉著我走出了辦公室。

才兩天時間，就在學校遇到兩件「反革命」的事，心裡很不平靜。晚飯後，我去找陳永祥，提起這兩天遇到的事，覺得很難理解。阿祥說：「華僑回國以後，最初是愛國主義教育，後來是社會主義教育運動，後來是文化大革命，後來是劃線站隊，清理階級隊伍。整過多少人說不清楚，以後你慢慢會知道。」

「你先說說林有源的事。」

「林有源是建設一隊的，也是你們客家人。回國後，他從廣東老家探親回來，說鄉下很窮，六零年時沒有飯吃，很多人得水腫病，餓死人。又說剛回來時，幹部動員大家把帶回的東西賣給國家，說支援國家建設是騙人的，單車、手錶收來後，分配給當官的使用。國家收購歸僑的東西太便宜，歸僑吃了大虧。」

「憑這幾句話也不能打成反革命吧？」

「當時農場幹部批評他，說他污蔑社會主義，政擊黨的方針政策，又派人到生產隊組織群眾幫助他，他不服氣，和批評他的人辯論，結果越說越出格。」

「怎麼出格？」

「幹部說他是海外敵對分子，是反動華僑……他爭辯自己是愛國華僑，說以前滿清政府腐敗無能，華僑支持孫中山推翻滿清政府，國民黨沒有治理好國家，很多華僑支持共產黨打敗了國民黨，如果共產黨管理不好國家，要求它下台有什麼錯。」

「說出這種話，當然……」

「後來，又批判了幾回，成了對共產黨不滿，反對社會主義的壞典型。文化大革命一來，造反派把他抓起來，大會小會批判鬥爭，遊街示眾。成立革委會以後，在大會上宣布他是反革命分子，最初送到縣上，說要抓去勞改，沒幾天又拉回來，把他弄到布朗三隊，讓貧下中農監督勞動改造。」

「只是造反派在大會上宣布他是反革命分子，不是政法部門處理，也沒有文字紀錄之類嗎？」

「歸僑那裡懂這些東西？就是現在，也沒有幾個華僑懂什麼政治權利，法律制度，華僑農場的事，什麼都是幹部說了算。」

「他家有些什麼人，有沒有人提出過申訴？」

「向誰申訴？向哪裡申訴？聽說他有好幾個子女，有些還在印尼。兩公婆帶回來的有兩個女兒，

一個兒子。大女兒回國後在春城讀書，大學畢業後不知分配在哪裡工作，兒子在元水中學讀書。林有源被打成反革命那年，他兒子不知道是瘋了還是傻了，聽說日夜都躲在家裡不出門，好久都沒有人見過。到學校要求讀書的，是小女兒。」

從阿祥家出來，我覺得心裡鬱悶。回國安置在布朗農場的歸僑，部分產業工人和店員不說，其它小商販小店主，如果像我家土改復查後成分定為「華僑小商」，那麼，也還是屬於勞動人民階層。歸僑回國之初雖然一時不適應國內的工作和生活，卻都不怕艱苦，辛勤勞動，遵紀守法，這些年來，雖然家庭或個人遇到一些困難，但他們沒有「反黨反社會主義」的意識；而熱愛祖國，希望祖國繁榮昌盛的希望卻始終是熱切的。自己最後回到華僑農場工作，本來以為農場裡的職工只有傣族和歸僑，成分單一，不會像其它單位那麼複雜，誰知才到學校幾天，就遇到兩件有關歸僑「反革命」的事，讓我意想不到。

回來農場幾天，我沒有見到兵團有專責管教育的部門，不管中學還是小學的人和事，政治部幾位領導和幹事，好像都在管，又好像都不管。

團裡召開「學代會」。大禮堂外面插著彩旗，廣場舞台上的毛主席像和兩邊「為有犧牲多壯志，敢教日月換新天」的標語，重新描畫一新。白天，大會在禮堂舉行，晚飯後，在燈光球場舉行籃球比賽，然後放電影。講用大會是代表大會，除了代表，要求全團幹部和中小學教師參加聽講，有三百多人。大會開了三天。那些材料我參加過寫作和修改，內容都熟悉，便沒有好好聽，坐在會場後面打瞌睡。

「學代會」會後的一個星期天，我和阿祥一起趕街，聽見有人和黃家瑞開玩笑：「阿瑞哥，你練的是鐵沙掌還是什麼神功？能把一丈多高的火焰一手按下去？」「阿瑞哥那天是不是二郎神附身，不然，十幾桶一百公斤的大油桶一個人能搬出來……」阿瑞哥聽了不生氣，也不理他們，只顧和山上下來賣雞蛋的彝族大嫂討價還價。

有個別代表或幹部犯自由主義，將「學代會」上一些代表的發言，當閒話講出來也不奇怪。

我問阿祥：「阿瑞哥這人怎麼樣？」

阿祥說：「不怎麼樣，一個老實人，老先進分子。」

「怎麼先進？」

「怎麼先進？一回來就先進，就一直先進了。」

「你能不能說具體點，他最初是怎麼當先進的，是不是有一次救過火。」

「農場的大部分歸僑都是國家派船接回來的，自費回來的只有兩三家，黃家瑞是其中一家。據說他父親在印尼做大生意，比較有錢。他回國時帶的東西多，又不時有僑匯寄來，生活過得比其他人好。他平時在農場見人就說『社會主義好』，也寫信到國外宣傳『社會主義好』。他的優點是，雖然出身富裕，卻不怕苦，剛回來時開荒種田，勞動很辛苦，他幹活很賣力，所以，成了先進分子。文革前不但參加過縣裡、地區、省裡的僑界表彰大會，還參加過天安門前的五。一國際勞動節的觀禮。救火的事是有的，不過，那只是個小事故，沒有聽說有什麼損失，更沒有傷著人。」

團裡的「學代會」結束後，副主任叫我暫時可以回學校去上班，但不要上課。由於各種原因，整個兵團的「學代會」不召開了，由各師、團選出本單位「學代會」的典型材料，上報兵團政治部，再由兵團政治部挑選出先進典型，直接參加全省「學代會」。被兵團總部選上的先進單位或個人，所屬單位要派人到省裡參加兵團材料組整材料。我很可惜不能到兵團總部去，失去了一次見陳爾焦的機會。

去到學校，其他老師在上課，只有我一個人坐在教師辦公室。隔壁的校長辦公室比較小，還放了些辦公用具在裡面，不知道是不是這個原因，幾次到學校都見到指導員坐在教師辦公室看文件，而不是在校長辦公室學習。等老師下課了，我可以和老師吹吹牛，講點閒話。坐在辦公室看了兩天報紙，剛想接過馮老師的語文課來上，副主任通知我：兵團政治部選上布朗七隊糧食高產先進事績的材料，已經上報，準備參加下個月召開的省「學代會」，通知我跟他一起上春城，參加兵團材料組進行材料加工工作。

我跟著副主任去到春城，住進一間軍區招待所。材料組組長就是兵團政治部宣教處郭處長，剛上來時，見了面我和他打過一次招呼，沒說話。郭處長沒有住在軍區招待所，可能和省材料組一起住在什麼地方。兵團材料組有男有女，全部分住同一層樓的幾間房間，不知道一共有多少人。我們這四人間住三人，副主任和我，還有一個是 x 師 x 團的宣傳幹事。這位宣傳幹事是下鄉知青，叫小吳。小吳是團宣傳幹事，被派來參加寫師裡的一位先進個人的材料。他們師的材料員房間裡住滿了人，便把他安排住到我們這間房。小吳二十來歲，春城人，父母在城裡。整個兵團材料組是一個大組，各師、獨立團為寫作小組，剛上來時，召開過兩次寫作組全體人員大會，第二次大會將各小組的宣講內容和初定題目宣布以後，便分組自己寫，寫作情況由小組長向處長匯報。獨立 x 團寫作小組只有顏副主任和我兩人。顏組長的愛人在城郊一個工廠當醫生，郭處長不召集小組長匯報時，他便跑回家或不知道跑去哪裡。小吳白天參加他們師裡的寫作，晚飯後差不多也回家去了，房間裡多數時候都只有我一個人自覺工作。

根據省「學代會」的安排，生產建設兵團指定在大會上發言的只有兩位：一位是滇南 x 師 x 團的 x x 省籍女職工，這是一位五二年滇南建設橡膠園時的支邊青年，後來成為割膠能手，是個多年的省勞動模範；另一位是滇西 x 師 x 團的職工，在階級敵人進行破壞放火焚燒糧倉，並準備殺人後逃往國外時，和敵人英勇搏鬥，最後，雖然身負重傷，仍然制服了敵人，保護了國家財產。其它七八份，包括我們團的水稻高產材料，只作印發宣傳。小吳參加寫那位割膠能手的材料，他不是執筆者，只是每天都要到師寫作小組去參加討論研究。我們團的材料，我已經修改過多次了，只是根據副主任每次開會回來傳達的精神，在材料中加上「閃光」的語言。

只有二千多字的材料，而且只是供印發宣傳，副主任抓得不那麼緊，我也就應付了事。每次副主任作了指示後，我在這段加幾個詞，那段減幾個字，等副主任看了以後拿回來，又再這段減幾個字，那段加幾個詞。除了語錄，在段落中加上諸如：「莊稼一支花，全靠主席思想來當家；懷揣寶書密插秧，

地裡才能多打糧；敢鬥「私」字一閃念，畝產三千能實現……」之類的語言。

寫作小組的組長都是現役軍人，成員卻都是地方的，估計是兵團組建時間不長，現役軍人對農業生產還不熟悉。小吳他們團也是種橡膠的，他對橡膠生產有一定的認識，便抽調到師裡參加寫作。吃完中午飯回房午休時，我們兩人躺在床上吹牛，說到講用稿，小吳說：

「天天在討論找什麼『閃光』語言，『私字一出現，手中刀就偏；下刀不會差絲毫，因為最高指示記得牢；……那有那麼神奇。」

我想起自己寫的『閃光』語言，沒有接他的話。問：「你們那位先進人物是不是真的割膠產量比別人高？」

「這沒有假。xxx就是經驗豐富，技術好。割膠只能剛好割開樹表皮，深淺都不行：深了傷樹，淺了膠出不來，出膠產量多少，關鍵就在這割得恰到好處上。她是第一批派到海南島，在一個也是你們一樣的華僑農場學習種植膠樹和割膠的，學了好長時間。」

我沒有見過橡膠樹，沒有這方面的知識，便轉個話題：

「說起來，五二年號召內地省份青年支邊時，作過不少宣傳。我看過一場電影，就是講他們的。有個情節很好笑，講到有個新媳婦因為怕勞動，衣服裡填小枕頭裝懷孕不出工。後來為了響應祖國號召，堅決要求支邊來滇南，在眾人面前爬上桌子，從上面跳下來，表明自己沒有懷孕。從五三年到現在，都快二十年了，你們的橡膠基地現在建設得怎麼樣，生活過得還可以吧？」

「二十年前是早上吃洋芋，晚上吃包穀；現在是早上吃包穀，晚上吃洋芋。早上割膠，白天種樹，晚上『打洞』。如果當時知道滇南邊疆那麼苦，恐怕個個女人都會塞一個枕頭在肚皮上，假裝懷孕不要來。」

「不是吧！難道二十年了還是老樣子？各方面總會搞點建設，改變山區面貌吧！」

「變化當然有，就是山上種了很多橡膠樹，也出了很多橡膠。至於其它建設，真的是說不成！在那深山老林裡，交通通訊落後，文化生活貧乏，外人難於想像。那種地方，恐怕所有城裡人住久了都會變成猴子，除了找東西吃，就是找人日屄。」

「說得太過份了吧！我們農場六零年建場時也是很落後，現在差不多可以趕上縣城了。」

「那怎麼能比，你們團在主要交通線上，職工都是國外回來的華僑，有知識有文化，見多識廣。我們那裡的職工本來就是沒有什麼知識的農民，又來到深山老林裡，天天見的都是一樣的人和樹，天天幹的就是種樹割膠，活得像螞蟻一樣。」

「那也不至於像你說的那麼無聊，可以開展各種文藝體育等娛樂活動嘛。」

「有什麼娛樂活動，小屏幕的電影都是三個月、半年才來一次，平時，真是除了日屄就沒有其它刺激了。說了你都不信，有一個大白天，我和隊上的人正在勞動，一個人見老婆不見了，趕緊跑回家，一看，果然老婆正在和別人在床上幹得起勁，見他進來，也不停，繼續幹。這人氣得叫：『好了喂！看見我回來還在幹，再不下來我要打了啊！』那男人這才慢吞吞從他老婆身上爬下來，邊找褲子邊說：『叫什麼叫！回來了，讓你不就得了。』等那人出去，老婆卻在床上罵起來：『爛雜種，早不回來遲不回來，人家剛剛日到興頭上，就來搗亂！』老公聽了罵：『騷不得的爛屄，等老子來給你戮個夠。』爬上去接著幹起來。」

我不相信會有這種事：「他媽的小吳，你們這些知青太無聊，胡編出這種下流笑話！」

「古老師，我不是胡編的，真有其事，當然經過文字加工。」

小吳的父母是某政府機關的小幹部，現在的情況怎麼樣他沒有說，說起他讀中學時學校高中班有幾個歸僑學生，他和這些同學有過接觸。

國慶節，副主任回家去了。我沒有關心白天大街上有些什麼活動，在房間裡休息，等著晚上會餐。

各師團的材料已經基本定稿，兩天不見的小吳，下午早早回來了，兩人躺在床上瞎吹。到吃飯時間來到食堂，所有住招待所的軍人，加上我們這些穿百姓衣服的戰士，不分單位，八人一桌，湊夠就吃。十大碗，都是滇菜中的傳統菜：紅燒肉、紅燒魚、三七雞、粉蒸肉、扣肉等。質量不說，勝在份量大，三七蒸雞，不是用汽鍋蒸，一支大閹雞用小面盆裝著蒸出來的。多數是當兵的年輕人，十樣菜全吃得光光的，個個吃得肚子滾圓。小吳腆著肚子回到房子裡，在床上摸著肚皮說：「今晚不回去了，在這裡陪古老師。」

國慶過後，材料組的任務完成了，「學代會」下個月才召開，所有人分別啟程回單位。副主任叫我和他一起去軍區物資站購買文體用品。買了好些樂器，籃球、羽毛球等。部隊有重視文體活動的傳統，又看見歸僑和傣族有不少體育和文娛方面的人材，團裡準備組織毛澤東思想宣傳隊和體工隊。這次重到春城，我沒有喜悅感覺。同班同學有三個分到春城的，兩男一女，沒有去找他們，說不出理由；離學校很近，也沒有回一次學校，同樣，說不出理由。抽空到新華書店，特別想買回自己被炸掉的整套教科書，但是，大失所望。所有書店陳列的都是馬恩列斯著作和紅寶書，最後只買到幾本新版的字典詞典。

華僑農場過去是按工廠機關的作息時間，農忙時候星期天加班，農忙後安排補休。組建兵團後，按時作息，沒有要求加班加點。

阿祥說的光棍俱樂部的七八個，年齡都是接近三十或三十出頭。我是中學停了幾年，大學又多讀了兩年，大學畢業剛參加工作，年齡也近三十了。阿祥他們幾個都有了對象或領了結婚證。

有一天下午，一伙人打完球坐在球場邊上休息，一個姑娘從廣場外的路上走過，我無意中多看了兩眼，黃盛昌說：「是不是看上人家了，我幫你介紹好不好？」

「神經病！又不認識，第一次見就會看上人家。」

謝啟新說：「那姑娘在小學教書，你在中學教書，都是當老師，這姑娘很不錯的。」

「再說吧。我是停了幾年學，拖到現在還是光棍一條，你們幾個為什麼也會那麼遲？是響應國家號召，實行晚婚？」

幾個人說：「我們這幾個雖說在印尼也讀到初中，可惜成績不好。回國時十六七、十七八歲，高不成，低不就，不敢要求讀書，只好在農場擎大筆（形容拿鋤頭）。剛習慣國內生活，到想談戀愛的年紀，就遇上文化大革命，人人都在造反。不知不覺就過了十年，急著找對象也就是這兩年的事，再不找就老了。」

「這幾年，農場的歸僑姑娘都想離開農場，嫁到城裡當工人。」

謝啟新說：「城裡的歸僑沒有幾個，城裡的本地人不會來農場找一個歸僑做老婆。男人三十多歲沒什麼，女人等不起。」

黃盛昌說他：「還是你有本事，幾個人最先找著的就是你，ｘｘ是二隊的美人哩。」

我說：「我有個同班華僑同學，喜歡說『男人三十一支花，女人三十老媽媽』，他比我大好幾歲。分到曲青。」

阿祥對我說：「你是個大學生，找起來應該容易些。建設分場不說它，我們紅旗分場除了剛才路過那個，還有好幾個年紀相當的。」

幾個人說出好幾個歸僑姑娘的名字，我一時記不住。

晚上躺在床上想：已經是而立之年。當老師，連一堂課都還沒有上，說不上立業。阿媽的來信雖然沒有明說，那詢問的口氣看得出來。想起在軍訓連過了一年以後，友德已經不再說「一支花」的話來自我安慰，算起來他已經三十四歲高齡，不知道他現在找到對象了沒有？永福也比我大一歲，也不知道他找到對象了沒有。

大學裡女同學少，她們找對象又多數向外發展，男生在同班或同校能找到對象的很少。等待分配

那段時間，學校裡好些家在縣城和農村的同學，都在家鄉找對象，結了婚才到部隊農場鍛鍊。王連生講過一個故事：他們班一個同學，回到家裡半天功夫就找到一個婆娘。那同學過兩天就要回學校了，這天走在小街子上，看見一個姑娘，動了心，不知不覺忘乎所以，跟在那姑娘身旁說：「大學生，四十七（元），無爹無哥，有娘有房，嫁我幹不幹？幹去登記，不嫁就算！」那姑娘回頭望他幾眼，走著走著，竟然就答應了，跟他去登記，成了他婆娘。文革正酣時，沒有人花前月下談戀愛，不少男女都是別人介紹認識以後，三言兩語，看上幾眼，合了眼緣就結婚。當時，流傳一句順口溜：一表人才、二老升天、三轉一聽（單車、手錶、縫衣機、收音機）、四季衣服、五十（工資）上交（老婆）、六親不認、七日相守、八面玲瓏、菸酒（九）不沾、十分滿意。我其它條件談不上，只有「大學生」一項，工資比阿祥他們幾個高出十幾二十元。心想，可能的話，那就先成家吧。吃飯時和細媽提起自己的想法，細媽極表贊同，同樣數出好幾個姑娘的名字，做了詳細介紹。

沒有多久，我認識了那天見到的，在農場第二小學教書的姑娘。她是印尼僑生的客家人後代，可惜父親去世得早，六零年跟著媽媽和哥哥與妹妹回國，哥哥已成家。她元水縣中學畢業後，回生產隊幹了兩年，被安排到小學教書。她哥哥在基建隊工作，她和媽媽也住在基建隊。客家人的子女，喜歡按排行叫名，她只有一個哥哥，便叫阿二妹。

認識以後，希望互相了解，慢慢培養感情。

大學時，我們班同學中談戀愛的不多，不只是因為教育部有不準談戀愛的規定，而是多數同學都在認真讀書，到文革後期無所事事，才有不少同學忙找對象。我們六個在宿舍閒談時，當然會談到愛情。我覺得謝永福最浪漫，他喜歡讀普希金愛情詩，時常會背《我曾經愛過你》，不知道他是不是有個夢中情人，我們都笑他患了單相思；潘希卓很現實，就是希望早日工作，和自己喜歡的人「鐘鼓樂之」；劉友德很少談感情事，王連生沒有幾句正經話，李有光幹什麼事都按計劃辦事。

「關關雎鳩，在河之洲。窈窕淑女，君子好逑。」，「在天願作比翼鳥，在地願作連理枝。」讀過一些文學作品的文科大學生，哪個沒有過對愛情的美好嚮往呢？如今，已經不是朦朧初醒少年，也不是讀紅樓西廂的青年了，更主要的是，文化大革命把這些東西都當成「四舊」掃掉了。應該像阿媽說的，找一個「能窮在一口鍋裡，富在一張床上」的女人。

前些日子，啟新，盛昌，阿祥三個結婚。這幾年，多數人結婚都沒有搞什麼儀式，更沒有請客吃飯。領了結婚證，雙方家長和親友一起吃個茶點，抽支菸，散幾粒糖，熱鬧一下，就算成親了。

這天走在路上，阿祥見到我開口就問：「怎麼樣？領結婚證了沒有？」

「才認識兩個月，起碼多了解了解吧！」

「女人，不結婚，不生孩子，你永遠無法了解；等結了婚，生了孩子，你了解了，高興也好，後悔也好，都太遲了！」

「誰跟你說的？」

「相信我啦，快點去領結婚證。」

我想阿祥說得有理，徵得本人和雙方家長同意後，兩人寫了申請書，到團部去登記結婚。

從團部一間辦公室出來，我仔細看手裡的結婚證：頂頭正中是毛主席像，兩邊是紅旗，下面是一段毛主席語錄：最高指示「我們作計劃、辦事、想問題，都要從我國有六億人口這一點出發，千萬不要忘記這一點。」下面是結婚證書正文：

XXX男　現年XX歲，自願結婚，經審核符合中華人民共和國婚姻法關於
XXX女　　　XX
結婚的規定，發給此證。

公章日期

看著結婚證，我想起不知道什麼時候看過的一本書，其中有一段講到：道家是提倡禁欲的，但是又禁不絕房中事。於是，每次房事時都向上天申告：不是弟子貪欲啊！是為了傳宗接代罷了！最高指示那句話當然「句句是真理」，印在這個地方卻恐怕不是人人都能理解。我問身邊的小學女教師：「你知道1+1等於幾嗎？」女教師說：「你是不是結婚證到手，高興得傻掉了？」我說：「不是哩！你好好領會這上面的『最高指示』，1+1可以等於2，也可以等於3、4、5，也可以等於1，等於0。你好好看看這結婚證，這關係到國家人口發展，民族的興旺或衰落呢！」

阿媽接到我結婚的喜訊，很快就回了信。可惜的是，信中除了表示很高興和深深的祝福外，沒有半句評論。我相信阿媽看了我們的照片以後，會說幾句讓我深思的話的，我只能埋怨代筆的勉智，大概他沒有這個文字表達能力。

拿著結婚證書，到團部找到一個負責後勤的地方幹部，交了申請書，給我們在紅旗二隊旁一棟混合宿舍分了一間房子。這房子當然比原來那間大，房子裡面已經有一鋪用木板架在三條長凳上的雙人床，一張桌子，一把椅子。兩人把自己的行李搬進去，就成一戶人家。

這是一幢磚瓦結構的二層樓房，住著十幾家人。紅旗一隊、二隊的連長也住在這裡，另外還有地

方幹部、小學老師、幾家紅旗二隊職工。我住在二樓，向其他住戶學習，在門前走廊上用土坯砌起兩眼小灶，安上小鍋。有了在學校當教師的工作，又有了一個窩，就算成家立業了。今後要在這裡生活，繁衍後代。

省「學代會」召開以後，我在政治部的臨時性工作結束了。副主任全身投入到組織毛澤東思想宣傳隊和各種球隊的工作中去，我回到學校全心全意當老師。

中學調進五位老師：其中三位是歸僑：梁立宜、曾漢良、阮忠華。阮忠華老師原來在華僑小學任教，現在調到中學教英語。何友之和黎文錦老師，分別是從二小、三小調上來的，兩位都是玉河師範學校畢業生，本地區其它縣人。聽阮老師說，小學老師抽調到中學後，挑選了三位玉河中學高中畢業，回農場勞動的歸僑知青補充進小學當老師。

梁立宜和曾漢良，我回來後在廣場上玩球時已經認識。曾老師年紀比我小幾歲，他是一所農業學院六六級畢業生，去年分配到原紅水華僑農場當農業技術員。他母親和姐姐在布朗農場紅旗一隊，兵團成立後，為了照顧家庭，要求調回團部，還是當技術員，現在調到中學擔任物理教師。梁老師是滇南大學數學系的，在機務隊工作，現在調中學擔任數學教師。

在廣場上一起玩的幾個人，這兩年都結婚成了家，梁老師年齡最大，卻還是單身。我曾經悄悄問阿祥，阿祥說：「老梁的經歷比較曲折，你慢慢就知道了。他和醫院的蘇醫生來往了幾年，他叔叔一直催促他，可他們一直拖著。」

五八年建場時，農場只有一間衛生室，有一名老中醫。下放來的右派中有兩名醫生，有病人時被叫來看病，沒有病人時參加勞動。建立華僑農場時，上面安排了一名衛生學校畢業生，一名部隊轉業醫生，加上一名歸僑中醫，成立農場醫院，附設在場部。不久，兩名右派醫生和其他右派分子都轉移到縣農場去了。場部搬遷後，所有房子劃給了醫院，文革前夕，兩位年輕醫生一位被任命為院長，一位成了

黨支部書記。兵團成立後，有位解放軍幹部的愛人是一名女軍醫，被安排在醫院成了負責人。

蘇醫生是一九六五年由省裡分配到布朗華僑農場的醫學院畢業生，我到醫院看病時認識，沒有交談幾句。這天吃飯時和老婆提起來，我問：「你認識蘇醫生嗎？」

「當然認識，她來農場都那麼多年了。」

「不，我是說她的情況你了解嗎？我那天去看病時，覺得她滿懷心事，神情憂鬱。聽說她和梁老師關係比較好是嗎？」

「蘇醫生六五年剛來布朗時活潑得很，還教我們唱歌跳舞，春節時在廣場上表演。是被李新忠整了以後才變成這樣。」

「怎麼整她？」

「說她是台灣特務，拉去到處批鬥，又關了好幾天，反正整得很慘，有半年時間都不會工作，瘦得不像人。」

「梁老師那時怎麼樣？」

「能怎麼樣，他那時也才剛剛平反。明知蘇醫生被冤枉，也幫不了忙。想起來，如果在文革還沒有開始時，兩人就把婚結了，什麼事都沒有。你們這些大學生就是想得太複雜。」

我想起阿祥的話，笑笑，沒有回答。

中學四個班，二百多學生。十名教師：六位大學本科生，一位國外高中畢業生，三位中等專業學校畢業生，加上兩位領導。一間農村中學，師資力量算強了。

我擔任四排班主任和三、四排的語文課，按以前的中學教師工作要求，已經達到工作量，但是，政治學習多，安排各種勞動的時間多。梁老師，曾老師和我是新教師。我雖然讀的是師範，功課沒有學完，也沒有上過實習課，不論是教學經驗，還是管理學生方法，都要多多向老教師學習。

我把教學參考看了好幾遍，雖然參考資料把教學步驟寫得很清楚，我還是做了教學筆記。這天第一次上講台，我早早來到學校，代課的馮老師和我交代了幾句，叫我不用緊張。

聽到上課鈴響，我拿著課本、教學筆記和粉筆進了教室。班長喊完「起立」，我回答「坐下」。看到全班同學都很認真地望著我，我沒有緊張，反而覺得很高興，有「孺子可教」的感覺。把「古方智」三個字寫在黑板上，然後自我介紹。又聽見有學生小聲「廣東，廣東」的說話，還有學生說：「沒有馮老師的字好看」。這是意料中事，我在大學時，只偶爾在黑板上寫過字，沒有正經練過（黑）板書。開始上課，不長的課文才讀了一半才發覺：這課文，看是一回事，上講臺朗讀，又是一回事。課文雖然簡單，很普通淺白的語言，但是，要聲音宏亮、口齒清楚、字正腔圓地用普通話朗讀出來，實在不是一件易事。沒有經過教學實習，自己備課時也沒有大聲地朗讀出來。讀著讀著就感覺到，按普通話要求，自己的拼讀、音調都不準確，再一走神，連句讀也讀得不對了。到講解字，詞，分層次，段落大意，中心思想時，我只是照本宣科，然後在黑板上抄書。兩節課的內容，第二節課不到一半就已經講完了。還有半節課不知該講些什麼，只好布置大家做作業。下課以後，有兩個同學說，老師讀課文讀得不準。我老實回答是的，我的普通話真的不準，以後要好好學習提高。

全班五十八個學生，歸僑子女佔大部分，原農場幹部子女、傣族職工子女、部隊幹部子女佔三分之一。向我提出讀音不準的，是地方幹部子女。下課以後，我和馮老師他們幾個講起自己上課情況，他們都安慰我不要緊，多上幾節課也就等於實習了。伍老師說：「當老師都是這樣：剛當老師時時間用不完，教上幾年後時間不夠用。到你時間掌握得剛好時，就是老教師了。」不知道是不是接觸的時間不長，還不夠熟絡，我覺得學生不調皮，很聽話。教了兩個星期，我發覺：對那些段落大意，中心思想，不但學生不感興趣，連我自己都覺得枯燥無味。因為每篇課文都是：通過記述什麼，描寫什麼，揭露或展示了什麼社會現實，說明或揭示了什麼問題或思想，每篇課文雖然內容不同，都是套用這幾句話，給人千

遍一律的感覺。當我把參考資料上的分析抄在黑板上，多數同學照抄，抄過幾堂課，就有了老師和學生都在敷衍了事的感覺。三位大學本科的老教師，伍老師和曹老師不同科目，不便請教，便請教教過語文的馮老師。馮老師謙虛地說：「每篇課文都有最高指示在上面，又有教學參考資料，我以前也只是照本宣科而已，說不出什麼經驗。」我覺得馮老師是過分謙虛，去問何老師。何老師說：「馮老師以前教語文教得可生動了。他在小學上語文課，很多老師都會去聽他的課。文化大革命批鬥過他，他現在確實只照本宣科了。」既然如此，也就不好再問，只能自己慢慢摸索。講每篇課文的歷史背景時，學生比較有興趣聽，但是，我不敢過多發揮，只能根據同學的理解能力適當聯繫。歸僑學生和傣族學生，受印尼語和傣語的影響，給學習漢語詞、句結構和意思表達，造成一定的障礙。印尼語和傣語的詞序都是與漢語顛倒，句子順序和表達方式也有所不同，因此，改他們的作業，特別是作文，很費功夫。但是，我還是更有興趣改歸僑學生的作業和作文，他們的思想海闊天空，比較活潑，傣族學生的也比較生動，最沒意思的是幹部子女學生的作業和作文，很多都是報紙上抄來的話，當然很通順，不用怎麼改，也只能評高分。

有一天正在上課，突然聽見四排教室在喊「毛主席萬歲！毛主席萬萬歲！」的口號聲，嚇了我一跳，以為是有什麼高級幹部來視察。到教室門口伸出頭看，剛好何老師走過，向我搖搖手，表示沒有事，示意我繼續上課，搞得我半節課心神不定。

下課後，指導員不在了，黎老師才告訴我：「那是指導員維持課堂秩序，組織教學的一種方法！」聽得我莫名奇妙。原來，指導員不擔任課程，整日坐在辦公室看文件可能也覺得悶，有時會向曹老師要一節政治課，去給學生講講毛主席著作，做做思想教育工作。指導員的口才實在不怎麼樣，又不掌握學生思想，學生聽上幾分鐘就開始交頭接耳，然後大亂。指導員最初毫無辦法，後來不知怎麼靈機一動，舉起右手，高喊：毛主席萬歲！毛主席萬歲！於是全班同學先是一愣，然後只能跟著齊聲呼喊，秩序一

下統一起來，指導員便繼續宣講。

「指導員怎麼會想出這種辦法維持課堂秩序，這方法好像……」我不理解地問。

黎老師說：「不敢妄評，古老師是科班出身，應該掌握許多組織課堂教學的方法。」

「這方法也不能說不對，政治課就是要突出政治嘛。我是希望把政治課都交給他，好專心教歷史。」曹老師說。

何老師說：「你想得美，指導員是領導，給你當專職老師？」

小學生不用說，就是中學生，上課時集中注意力的時間不會太長，所以，老師講課時要注意多數學生的情緒，調整節奏，用不同的方法把學生的注意力吸引回來。這道理說來容易，做起來難。

梁老師教初一數學，曾老師教初二物理，何老師教一年級的政治，他們三位的課時相對都比較少。不過，領導要求他們沒有課也要到學校「坐班」，他們又不像指導員一樣，天天在認真學毛主席著作或看文件，我看他們有時顯得很無聊。

梁老師和曾老師都是福建籍。梁老師幾兄妹回國讀書，父母還在國外。他的弟弟和妹妹大學畢業後，都分配在春城工作；曾老師的父親在國外已經去逝，母親帶著他們兄弟姐妹多人回來，兄弟姐妹中，有讀上大學，畢業後分到外地工作的，也有在農場小學畢業，升讀元水中學畢業回農場當農工的。梁老師有個叔叔在紅旗一隊，所以，他回到農場時，也在紅旗一隊安排了一間房子給他。不知道梁老師為什麼大學沒有讀完就來到農場工作。

課程表上安排兩節「學農」課，沒有編排「學工、學軍」課，但是，連隊水稻栽插收割，甘蔗收割時，會安排「支農」勞動，以前的寒暑假，改稱為「農忙假」，師生真正放假休息的時間很短。總之，勞動的時間安排得多。

省學代會剛開完，傳來省革委會主任被暗殺的消息。這在當時不但轟動全省，而且轟動全國，震

驚中央。團裡的現役軍人和幹部，很多人都顯得神情緊張。我們的指導員是個喜怒不形於色，臉色很少變化的人。他召集全體教師幾句話傳達完消息後，要求全體教師：「只能聽上級的指示，不能信謠傳謠。」所有老師望著他，以為他會講事件發生的經過，上級有什麼指示，他卻再不說話了。

黎老師問：「上級的什麼指示？你都還沒有說！」

「總之不能聽信謠言，更不能傳播謠言！」

全體老師面面相視，不得要領。馮老師和何老師齊聲問：「我們沒有聽到什麼謠言？怎麼傳播嘛？省革委主任究竟是怎麼為革命獻身的，你也沒有告訴我們？」

「這是一場尖銳的階級鬥爭，我們不能掉以輕心！」

大家還是只能你望我，我望你。林校長說：「出現這種嚴重的事故，群眾中肯定會有議論，小道消息也很多。我們要相信黨中央，相信兵團領導，不管聽到什麼說法，不去傳就是了。」

過幾天，確實各種各樣的傳說都有，大家背著兩位領導，只當茶餘飯後的消遣話題。其實，在很多歸僑的眼裡，傳說堂堂國家主席劉少奇都不明不白死了，全國武鬥也不知道打死多少人，一個省革命委員會主任被人打死了，沒有什麼好值得大驚小怪。

我和梁老師，曾老師，還有幾個小學的歸僑老師在一起時，會沒有顧忌地發些不負責任的議論，傳些小道消息。這位省革委主任，是響噹噹的三軍造反派頭頭，文革中偉大領袖親自派到滇南工作的。他來滇南時間不長，推行的幾項政策卻影響頗深。實際上，到文革中後期，大道也好，小道也好，不管什麼消息，都難分得清真假。我想到另一件事：這位主任是廣東仁化人，解放初，第一次派來我們村搞土改的江風同志，也是廣東仁化人，和他是同鄉。兩人的職位當然無法相比，兩人的思想方法和作風，也無法相比。上面委派父母官，是造福一方，還是為害一方，百姓只能望天打卦。

兵團決定選址建中學校舍。蒙指導員和林校長看得起我和曾老師，說我們兩個最年輕，多跑跑，

去尋找適合地點，並劃出平面圖。根據不佔良田這個大原則，我和曾老師只要兩人都沒有上課，便到處跑，接連跑了一個星期，選了三個地點，分別劃出位置圖，呈報到團部。最後，團黨委把校址定在「小團山」下面。

「小團山」原是無名小山，紅旗一、二隊從布朗城搬過來以後，歸僑職工在山下面開荒種地，給它取了這個名字，慢慢叫開了。小山座落在團部與「華僑新村」側的公路旁，山高大約六七十米，周長一千多米，山頂長著十幾棵桉樹，其它都是小雜樹。山前面有一塊幾百畝的長方型荒地，紅旗一隊把它開墾出來，種過玉米、黃豆，現在種著花生，因為缺水，靠天吃飯，產量很低。我和曾老師測量以後，劃出平面圖，計劃在中間比較平整的地方，建十間三合院式的校舍，校舍下面修一塊籃球場。籃球場下面建兩排教師宿舍和食堂。校舍上面到小團山中間的地，平整以後可以修一塊小型足球場。如果將來學校發展，還可以在小山下的足球場邊上建校舍，形成一個校園區。我和曾老師把設想和簡易平面圖紙報上去，很快就批准興建。

我和曾老師閒話時，忍不住問他：

「梁老師怎麼會沒有讀完大學就回農場工作？」

「我也是聽說，劉少奇訪問印尼回國經過春城時，住在春城溫泉賓館，梁老師跑去要求見國家主席，結果被抓了。詳細情況不知道，他不說，你不要去問他！」

「那當然，你們在外面是一個地方的嗎？」

「是，離得不遠。他在外面教過書，當過體育老師。」

部隊作風雷厲風行，花生一收完，推土機開上去平整土地，基建隊跟著上去開基溝，砌牆基。兵團批准建設的校舍和宿舍，是磚柱土坯牆瓦頂結構平房，這種房子用量大的是土坯。基建隊長跟指導員和林校長說：「想要建得快，你們發動學生自己打土坯。」老師們都希望早日把學校建起來，不用再和

第三小學擠在一起。於是，全校師生總動員，接連兩個月，每天下午第二節課後拉到坡地上打土坯。老師學生都曬脫一層皮，終於打夠土坯，大家鬆了口氣，希望下個學年可以搬進新學校。

這天下午下課後，大家正準備回家。林校長手裡拿著一個豬肉罐頭進來問：「哪個要吃罐頭？哪個要吃罐頭？」黎老師以為辛苦了兩個月，校長拿罐頭來慰勞老師，回答「我吃！我吃！」伸手去接。林校長把手縮回去說：「不是送給你們吃！是這樣：小葉（林校長的愛人葉老師，在第二小學教書）他們幾個小學老師不是派去縣上參加修水庫嗎，原來說今晚要回來，我開好罐頭等著她。誰知，又帶口信來說不回來了，那這罐頭不是浪費了嗎？」「你不會吃嗎？怎麼會浪費呢？」「小葉不在家，我怎麼敢一個人把罐頭吃了，那還不吵翻天！我是來問問你們那位想吃罐頭，我轉讓給你。你看，還幫你開好了。」黎老師他們幾個一聽，都笑得前俯後仰，嘲笑林校長，怕老婆怕到這種程度。林校長說：「算了算了，你們不吃算了，我再去問問其他人。這罐頭不換回錢來，還真有點難辦。」說完仔細把打開了的罐頭包好帶走了。等校長走了，我和梁老師、曾老師，都還沒有完全明白是什麼意思，黎老師幾個又說起林校長怕老婆的一些笑話，我們三個才領略林校長怕老婆的程度。

葉老師家在春城效區，師範學校畢業後在家鄉一間小學教書。林校長那時當兵，部隊營房在城邊上。當年，部隊實行軍銜制，林班長剛好提升排長。年輕軍官，鮮紅的領章帽徽，肩上扛著一棵金星，「聽得皮鞋響，來了個小排長」，確實令不少少女神馳。兩人在一次舞會上認識了，接著戀愛，結婚。一年後，林排長轉業到家鄉縣糧食局當副局長。這個縣是玉河地區一個離省城最近的縣，各方面都不比葉老師的家鄉差，葉老師便跟隨丈夫轉到縣裡一間小學教書。一九五七年，有一批右派分子要送到布朗農場勞動改造，縣委派林副局長帶隊。誰知，把右派分子送到布朗農場後，縣委指示他不用回來了，就在布朗農場工作。指示沒有說明任何原因，也沒有說明在農場安排什麼職務。林副局長不斷向上級左申訴，右申訴，都沒有結果，後來有知道內情的人告訴他：因為縣上劃成右派的名額沒有達到上級要求的

指標，把他的名字加上去，補足名額上報了。林副局長堅持不斷投訴，不久是大鬧鋼鐵銅，一直到建立華僑農場，地區才來了個文件，讓農場黨委根據農場實際安排他的工作。林某人是個黨員，當過排長，副局長，便任命他當了農場辦公室副主任。總算恢復了幹部身份，有了職務，直到這時，葉老師才帶著兒子，委屈地來到布朗農場。葉老師比林校長年輕十歲，又長得漂亮，從靠近省城的縣來到山溝溝裡，當然心裡有氣，在家裡成為「河東獅」是很正常的事。黎老師說：「這老林，可能受氣受多了，有一天在家看著老婆的大照片，又愛又恨，便抬起巴掌左搧一下，右搧一下，嘴裡說著：『小婆娘，搧你兩巴掌！看你還惡不惡。』正比劃著，小葉進來了，問他：『幹什麼呢？吃撐了是不是？』他揉揉肩膀說：『剛把一家人的衣服洗好，肩膀酸酸的，活動活動。』」

放學回家時，梁老師、曾老師，我們三個同路回一隊。阮老師家在建設二隊，方向相反。阮老師年齡比我們三個大，已經有三個子女，他老婆在隊上勞動，家務比較重，經常一下課就急急忙忙回家。

三小有三個歸僑老師，兩男一女。男老師一位姓許，一位姓文。課間或下午下課後，我們三個經常會和許老師、文老師一起，站在辦公室外的芒果樹下聊聊天，我喜歡聽他們講華僑在國外時的生活。大家都講普通話，只是他們一時想不起中國話如何表達時，會間中夾上一句印尼話。我們當然免不了會議論時政，只要沒有領導和國內教師，說話很沒有顧忌，可能他們相信我不會「告密」。許老師家在建設一隊，文老師家在建設四隊。建設四隊在學校與紅旗一隊之間，放學回家時，文老師會邀請我們進他家坐坐，喝茶聊天。

文老師大號文克忠，五十來歲，是農場五位僑領之一。

僑領，是在一個地區的商界、社團、或華人文化教育等方面，有一定影響和號召力的華僑。各地僑領，在六零年該地區華僑與印尼政府的抗爭中，起了一定的推動作用，回國時，自然就成了這地區的帶頭人。一九六零年，印尼華僑分批回國，被安置在全國多個省市自治區。

安置在滇南省元水縣布朗農場的一千八百多歸僑，在印尼時居住在多個不同地區。回國前夕，由我國駐外機構協調，從相對集中，人數較多的地區共選出五位僑領作為領隊，又從五位僑領中選出一位總領隊，一位副總領隊，其他三人為小領隊。回到農場以後，姓王的總領隊被選為省僑聯副主席，他投資國營錫業公司，不久搬到公司所在地去了。姓謝的副總領隊，同樣被選為省僑聯副主席，和家人住在農場，只在開會時上省城。其他三位領隊，郭建明擔任農場副場長，甘銘昌擔任紅旗分場場長，文老師表示無意擔任行政工作，他在國外教過書，農場尊重他的意願，安排在華僑小學教書。

回國時安置在布朗農場的歸僑，稱得上比較富有的只有四家：投資錫業公司的總領隊王老伯，當選為僑聯副主席的謝老伯，有一位福建籍的回鄉去了，還有一位就是在廣州華僑新村買屋的譚氏。

做小生意的當然也有差別：像我父親，在印尼有一間六七百平方米的商住兩用的店舖，賣日用百貨和五金工具。父親包攬辦貨等一切外務，外出時，細媽和請來的一個店員看舖，家裡請一男一女兩個家庭佣工。經營所得，除了養一家七八口和三位工人外，逢年過節還要寄錢回鄉下。回國時，將生意清盤，變賣全部家產，將印尼錢購買回國後的生活用品，其它購買黃金、手錶、單車等較值錢的東西。回國後，將帶回的黃金、手錶、單車等物資賣給國家收購站，收回的人民幣不到三千元。我父親在僑居小鎮的華僑中，不算富，也不算窮。

布朗農場的歸僑，出賣帶回的物資能收回二千元以上的，是少數。只帶些衣服和日用品回來，沒有什麼東西可賣的，也是少數。多數是賣得千兒八百的。

歸僑帶回的所有物品，按政策只能賣給國家專門設立的收購站，私賣私買都屬違法。像大件物品：單車要落戶；縫衣車，收音機，使用時人人都看得見；解放後不久，特別是五七年反右反資產階級思想以後，國內已經沒有人佩帶金飾，老百姓收入有限，也沒有人有餘錢買來私藏。所以，這幾樣東西沒有國內幹部職工敢私買，也就沒有歸僑私賣。但是，手錶，藥品，小工具等小物品，少數比較精明的人，

當時沒有全部賣給收購站，後來偷偷賣給私人。這些人在社會主義教育運動和文革中被揭發出來，受到批判鬥爭。

文老師帶一副眼鏡，身材比較瘦。他小時候跟隨父母出國，幾十年過去，仍然說得一口正宗客家話，講起普通話來也是客家音調。上學或回家路上，只有我和他走在一起時，我們就會用客家話交談，梁老師或曾老師也在一起時，講普通話。

有一天上學時，只有我和文師一起走，兩人第一節都沒有課，便慢慢走，邊走邊談。已經走到辦公室下面的芒果樹下，因為上課時間還未到，便站在樹下繼續聊。我想起趙伯的女兒小英的事，心想文老師知道，便詢問他。

我剛把開學時指導員和林校長要我處理趙小英退學，趙伯豁然對待的事簡單說完，文老師一下子臉色變得烏黑，說了句「神經病！」便衝進中學教師辦公室，對指導員和林校長大聲責問：「兩位尊敬的領導，我想請教你們，我校畢業生趙小英為什麼不能升學？請你們說明理由！」

辦公室裡除了指導員和林校長，梁老師和馮老師也在裡面。林校長趕緊站起來說：「文老師別激動，別激動，有什麼事慢慢說。」

「請問兩位領導，有什麼理由把趙小英收進中學後又勒令她退學？」

林校長：「這個……這個……」

指導員坐著沒有動，抬起頭說：「該生呼喊反動口號，是嚴重罪行。」

「指導員同志了解所謂喊反動口號的來龍去脈嗎？這事中小學老師清楚，林校長也應該清楚！」

林校長：「這事……當時……那時……」的說不出整句話。

文老師說：「如果林校長沒有向指導員如實反映，我今天向指導員作出說明：那年，有一個公社的毛澤東思想宣傳隊來農場演出。那時的演出，每個節目結束時演員都喊著：『打倒——劉少奇』、『毛

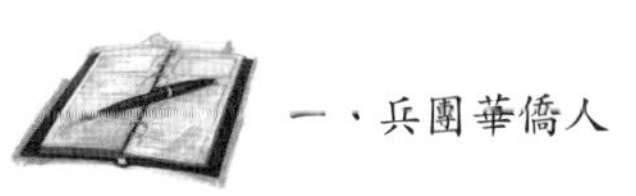

主席——萬歲』的口號，邊喊邊退場，有一個演員不知是不是演暈了頭，每次都把打倒對象喊成毛主席。那幾個小女孩站在台前聽見了。第二天一起玩的時候，當成玩笑學樣喊了幾聲，這就叫呼喊反動口號？叫嚴重罪行？」

「當時的支左部隊，是有紀錄在案的。」

「當時生產隊所有歸僑職工都出來證明，不認為是什麼反動口號。如果有什麼紀錄在案，那是不光明正大的紀錄！你們這些人對歸僑的歧視真是太……」

文老師話沒有說完，突然猛烈地咳嗽，咳得喘不過氣了。我和梁老師，馮老師，趕快把他拉出了辦公室。

阮老師剛好下課，過來和我們一起扶著文老師，送回三小的辦公室坐下，許老師倒了杯開水遞給文老師，梁老師撫著他的背，文老師又咳了好一陣，才慢慢平靜下來。我心中不安地到教室去上課。

放學時，文老師已經回家去了。回家路上，我把來學校時向文老師詢問趙小英的事，因此引起文老師責問指導員和林校長的經過，告訴梁老師和曾老師，他們聽了不說話，我覺得內疚。

文老師在家休息了兩天，再上班見面時，我們都不再提那天的事，文老師的身材本來就瘦，我們覺得他的身體越來越差。

過了兩個星期，有一天放學回家時，梁老師和曾老師才向我問起當時叫趙小英退學的經過。曾老師說：「這種事文革風起雲湧時多不勝數，有個小報刊有一天出版的報紙，一版有『打倒』兩字，另一版有『毛主席』三字，摺疊起來剛好把『打倒』蓋在『毛主席』上，整個報社都被打成現行反革命。」梁老師說：「趙小英的事我當時聽說過，還以為已經過去了，想不到中學招生竟會翻出來。其實，如果按所謂的『公安六條』，算得上反革命事件的，是紅旗一隊廁所裡不知什麼人寫的標語。」

曾老師說：「這事我剛回來時聽我妹妹說過，講得不太清楚。」

梁老師說：「『那是六七年初的事，誰先發現報告的不清楚，一隊公共廁所牆上，有人寫了條『打倒毛主席』的標語，是用木炭寫的。」

「查出誰寫的嗎？」

「沒有查出來，實際上也沒有怎麼查，到處都在鬧革命，縣公安局來了幾個人，都是造反派，照了幾張像就走了。」

「如果梁老師猜測，會是什麼人寫的？」

「過了一個多星期，那標語才有人去擦掉，不知道是誰擦的。那標語我還很認真看過，可以肯定的是，不可能是歸僑或傣族老鄉寫的。字是用家裡木柴燒成的木炭寫的，字寫得非常流利漂亮，恐怕我們中小學這幾個老師的板書，都沒人比得上。」

「原來有這種事！這農場裡還真有點複雜。」

「我六四年回農場勞動時，農場還有一些沒有帶帽子的中右分子，都是名牌大學出來的。農場場部的所有房屋，還有紅旗一、二隊那些磚木結構的二層樓房，就是他們設計監造的。」

「梁老師的意思是，有可能是那些右派寫的？」

「我沒有這麼想，那幾個人文革前就被調整到縣上的農場去了。對那些右派我不了解。不過，我在農場工作這幾年，有一個感覺，不管什麼原因從外面來農場工作的幹部，都不安心在布朗工作，甚至心懷不滿。原來的農場黨委書記尹育清，是玉河地委派來的，他到農場不久，把地區各縣下來原來吃國家糧的幹部，全部轉成吃農場糧，說是為了讓大家安心建設農場。可是他自己一家，卻一個都沒有轉。文革一來，造反派為這件事鬥爭他，他也老實承認：我自己一家的糧食關係不轉，也是因為不想一直呆在這裡，希望找機會早日離開布朗！」

玉河地區下轄十個縣，十個縣的自然條件和經濟發展，相差很大。其中四個靠近春城的縣，自然

條件和生活水準，與春城效區縣不相上下，最差的就是邊遠的元水縣和新坪縣。

元水縣除了元水河谷有些小壩區，其它都是高山，全縣氣溫差別很大，高山寒冷，壩區酷熱。地處壩區的縣城，夏天氣溫有時會高達 40 度以上，過去每年都有熱死人的紀錄；高寒山區雲霧迷漫，一年四季都要烤火。五八年以前，元水縣與其它縣不通公路，縣裡沒有什麼工業，農業生產水平很低，商品交流靠馬馱人揹，百姓生活貧困，地區文化落後。

在五八年和六零年組建農場過程中，省、地兩級政府都選派了一些幹部下來工作。由於氣候難於適應等多方面的原因，這些幹部到元水縣以後，往往工作不到六十歲退休年齡，便在當地去世。因此，外地幹部，把被派往元水縣工作視為畏途。

五八年修通公路，安排右派到這裡勞動改造，參加生產建設。六零年組建華僑農場，安置印尼歸僑在這裡開荒種田。這兩批人都帶來了科學技術和文化知識，對促進當地的生產和經濟發展，改變當地人文面貌，起了很大作用和深遠的影響。不過，國內的任何宣傳，或國內的幹部認識，都不會提到這兩批人的正面作用。

過了一會兒，梁老師才接著說：「我倒不認為農場裡有什麼反革命分子！有些人心懷不滿，趁天下大亂發洩一下情緒罷了。好比有的歸僑，回來以後覺得生活不好、工作不滿意，罵幾句共產黨幹部、罵幾句政府，就是反革命分子嗎？」

這天，我們放學回家時，見文老師坐在門口喝茶，他看見我們，招手叫我們上去。坐下來，文老師問：「中學蓋得怎麼樣了？那塊地方本來不錯，可惜離墳地近了點。」

「地基一起好就蓋得很快。砌好磚柱，中間土坯堆上去，可能不久就要上樑了。」

「門、窗是基建隊做好的，我見天天都有馬車拉上去，看來春節後就蓋得好。」

文老師說：「再快也要明年新學年才能用。春節過後，雨水來了，不會像現在這麼快了。喝茶，

這是老吳從家鄉帶來的家鄉茶。」

說了一陣閒話，文老師又提起小英的事，問我：「老趙就這樣叫他女兒不要讀了？」

我回答：「文老師別再為這事生氣！那天趙伯的確很淡然，說現在這種書，不讀也罷！」

文老師長長地嘆了口氣說：「是呀！這正是我佩服他的地方。老趙喜歡讀古書。回國時，別人帶能賣錢的東西，他把國內帶出去的一些老書又帶了回來。六三年，五隊老謝的女兒，升學統考成績全縣第一名，卻沒有被錄取。我去縣教育局交涉，說是政治審查不合格。老謝不過是剛回來時說了幾句後悔回國的大實話，就說他思想反動，不愛祖國。林有源被打成反革命，他女兒中學不收進去，我已經不敢說話，可是，把趙小英收了又趕出去，這叫什麼王法？」

曾老師說：「文化大革命以來，很多事情荒謬到讓人難於置信。」

梁老師勸說：「華僑回來十多年了，說無可奈何也好，說逆來順受也好，總還是要過下去。我和趙叔有時候也會閒談幾句，我覺得，確實要學他豁達一些。」

文老師點頭說：「是呀！我現在已經很少管閒事了，小娃娃罵人『多管閒事多吃屁』，我是『多管閒事多受氣』，喝茶，跟你奶奶問個好。」

從文老師家出來，梁老師說：「文老師在國外時，熱心華僑社團工作，又是他們那地方的華中學校領導之一。」

曾老師問：「在幾個僑領中，文老師的文化程度應該是比較高的，為什麼只安排在小學當一個普通老師？」

梁老師說：「聽說最初安排他在場部或分場工作，他自己提出到華僑小學教書。當時華僑小學校長由縣上派，安排他擔任副校長，他也堅決辭了。小學都是華僑子女，派來的李校長不懂印尼話，學生有什麼事都找文老師，他有時比校長還忙。長時間忙工作，又不注意休息，他那身體讓人擔心！」

海外的華文學校，比較重視文娛教育，華僑社團也經常舉辦文體活動。回到國內以後，雖然生活在山區，每逢年節或喜慶日子，布朗壩的歸僑都會自發組織各種球類比賽，特別是比較擅長的羽毛球，還會組織小型的歌舞表演，自我娛樂。當地的傣族和彝族，也有自己的節日和歌舞。過去，農場不夠重視，沒有加以引導和組織。現在兵團政治部把這方面的人才組織起來，成立了兵團毛澤東思想宣傳隊，兵團籃球隊，羽毛球隊。這些文體活動的開展，都非常成功。宣傳隊不但在農場表演，還到縣上、區上去演出，水平與縣上的宣傳隊不相上下；至於籃球隊，與縣上各機關，各區籃球隊的比賽中，勝多輸少，羽毛球隊則打遍地區各縣無敵手（有些縣沒有羽毛球隊）。那段時間，社會上的毛澤東思想宣傳隊、籃球隊，和文革初期的戰鬥隊一樣多，宣傳隊的演出和籃球比賽，也差不多和最初的武鬥一樣頻繁。農場裡，營之間，歸僑連隊之間，經常組織比賽，場部下面的燈光籃球場，每天晚飯後都圍滿人。電影都是樣板戲，大家也百看不厭，雖然食品供應仍然很差，大家苦中作樂，這年春節過得比較熱鬧。

現役軍人幹部，帶家屬的少，沒有帶家屬的多。幾位團、營主要領導，軍齡夠長的，家屬在正規部隊已經隨軍，便一起來到團裡安排工作。其他軍人幹部，如果家屬本身是國家幹部，單位又在城市，或者在家鄉是國家工作人員，都不會跟來農場。像顏副主任，愛人是個醫生，單位又在城區，便不可能跟來農場。

副主任一人在布朗，管宣傳文教衛生，平時就是帶著宣傳隊，球隊，到處跑跑。他以前在布朗呆過，和傣族老鄉又吹得起來，便經常下隊，我看他日子過得很瀟灑。他如果見到我沒有上課，就會叫我跟他作伴，一起下去到處轉。

這天下午又找我跟他下一營，說上次學代會宣傳敢於和當隊長的父親錯誤思想鬥爭的青年白ｘｘ，政治部準備再詳細了解一下，寫材料上報黨委，研究加於培養。我說：「這些事，怎麼不叫李幹事跟你去？他不是宣傳幹事嗎？」

「述幹事！你又沒有上課，跟我下隊，也是向工農兵學習嘛！」

兩人先到營部，問了一些情況後，便來到白ｘｘ所在的七隊。副主任找連長吹了幾句，又進了幾家認識的傣族老鄉家裡吹了幾句，我也沒有留意他是了解白ｘｘ的表現，還是吹其它閒話。兩人出來時，看見隊上有個小水塘在撈魚，副主任在池塘邊上和副連長聊了一會，順便秤了兩斤非洲鯽魚。副主任說沒有帶錢，我掏出錢付了。我聽到隊上有些人見到副主任叫他顏老師，想不到十幾年前當了幾個月的老師，當時的學生還記得。回家時，路過另一個隊的菜地，與種菜的職工聊上幾句，又秤了一斤青菜、一斤青辣椒，也是我付的錢。到家時，我把手裡的魚和菜遞給副主任，副主任說：「我一個人在食堂吃飯，沒鍋沒灶，要來怎麼做？」說完走了。我把魚和菜提回家，老婆很高興。

歸僑回國安置到農場最初吃集體伙食，解散食堂後，農場沒有給每個家庭劃分自留地，由生產隊規劃集體蔬菜地，安排兩位有經驗的職工種菜，收摘下來賣給各戶。傣族職工一直都有自留地，而且隊上同樣有集體蔬菜地，種出來的蔬菜除了賣給職工，同時供應機關和直屬單位小食堂。中小學教師沒有集體的蔬菜地，個人也沒有自留地。黎老師，何老師幾個沒有帶家屬的單身漢，過去掛在學校附近的直屬單位吃飯；馮老師，曹老師的家屬在生產隊，可以由隊上供應。像我這種夫婦都在學校工作的，就沒有著落。我只有靠每星期日的趕街天多買，或遇到就近生產隊蔬菜收割得多時，賣給一點。有時家裡一片菜葉都沒有時，便到細媽家裡要上一把。

所有吃國家糧的幹部職工，每月供應半斤豬肉，三兩菜油，不定期的買四兩或半斤殼花生。老婆是吃農場糧的，也就是農村糧戶口。她的糧、油、肉由農場供應，口糧固定，油肉數量不固定，不會多過吃國家糧的。夫婦中，不管男方還是女方，只要有一方是吃農村糧，子女就只能跟吃農村糧，而不能跟吃國家糧。

團部的現役軍人都是吃國家糧，除了國家正常供應外，機關食堂還有自己的養豬場和蔬菜地，生

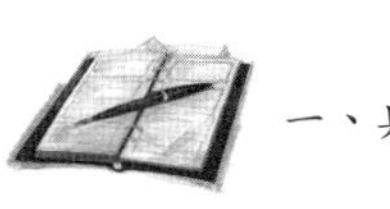

產隊上交的東西，可以適當截留，伙食辦得比較好。能夠在機關食堂開伙的，除了現役軍人，也包括少數地方幹部。傣族家庭不好比，「地頭蟲」找吃的門路總是多些。農場裡幹部職工中三種成分：現役軍人、傣族和國內職工、歸僑職工，歸僑家庭的生活變得最差。

我剛回到農場時，生活上很不習慣。農場供應差，油水不足，怪不得家裡那些兄弟妹子，個個像餓狼似的。我不免懷戀起軍訓連的生活，懷念起當炊事班長的日子。

過完春節，新學期開學後，眼看校舍節節升高，教師宿舍和食堂，也已經動工。按這建造速度，下學年可以搬進新學校。

這天下午到學校路上，梁老師說他弟弟從春城來信，上面有關於歸僑出國探親的文件，城裡已經有幾個歸僑批准出去了。曾老師說，前幾天打完球洗澡時，二隊的白友若說他要回印尼去，大家都以為他又是在說夢話。我說，國內幹部職工如果是夫妻分居每年都有探親假，探望父母好像是四年一次，夫妻每年一次，不如問一下學校領導。到了學校，曾老師問指導員是不是上面有歸僑可以出國探親的文件。指導員瞪大眼睛說：「出國？你是外交人員？」「不是去辦外交，是去探望自己的親人。」「國內探親有規定，到外國去探親，從來沒有聽說。」「城裡已經傳達文件，有人提出申請了。」「有文件該傳達到哪一級會傳達到哪一級。」指導員說完看他的文件，不再理曾老師。

我才參加工作，還提不到有條件探親，更想不到出國，就像指導員說的又不是外交人員。

過兩天，收到友德的來信，說他批准出國探親，買好車票星期六到春城，停留三、四天，希望能上來見見面。我像指導員一樣瞪大眼睛，將信看了好幾遍，才清楚地意識到：歸僑出國探親是真的，友德要離開滇南，回印尼和家人團聚！已經是星期四，我向指導員和校長提出要求，請星期六和下星期一兩天假。星期六一早，攔了一輛過路的貨車，下午五點多到了春城。按信上的地址找到旅館，友德正坐在房間裡等我。一見面，高興得不知從何說起。這是一個四人客房，有一個旅客坐在床上。兩人在房子

裡坐了一陣，友德說，出去走走吧。兩人走出旅社，來到一個公園，找了個偏避的地方坐下來。

看著相處六年，分開一年多的友德，我仍然疑惑地問：「你真的要出國，回印尼去？」

「聽說一時還回不了印尼，會停留在香港。」

「是不是上面有什麼文件？哪裡批准你出去？」

「國務院僑辦發的文件，可以批准部分歸僑出國探親。本人向單位提出申請，報到省公安廳批准後，發給出國的通行證。有光和永福已經到香港了。永福一批下來就走了，行李都沒有處理，把單車、皮箱鎖在房子裡，收拾了幾件衣服就走了。他讓我告訴你。」

我驚奇得說不出說來。

「永福急著走不奇怪，有光的父母不是在福建嗎？」

「以他老婆的名義申請的，有光比我們精靈。可以探親的消息在曲青一傳開，剛分配工作的歸僑大學生，差不多都提了申請。」

「前幾天我們學校一個老師才說有這個文件，又有個單身漢跟人說他要申請回印尼去，我都只是當消息聽聽，想不到你這就要出國了。」

「我們四個分到曲青的：我分到機械廠，永福在化肥廠，友光兩口子在造紙廠，都在工廠當工人，沒有分到學校教書。連生的消息前不久才落實，分到滇西北靠西藏一個縣。那地方一年有半年大雪封山，無法進出，與外界不通音訊。」

「怎麼會分到那種地方？為什麼？」我吃驚地問。

「聽說在軍訓連臨近分配時，為了爭取表現，幾個學員早上一起搶著舀糞坑的糞用來澆蔬菜。有一天，連生沒有搶著糞瓢，拿著一個不知哪裡撿來的搪瓷口缸去舀糞。那搪瓷缸上有毛主席像和萬歲的字。結果，被人揭發……最後雖然沒有打成現行反革命，但是，分到那艱苦地方改造去了。」

「作孽！比蕭正峰更慘。蕭正峰起碼回到家鄉，回到父母身邊！不知道他國外的父母知道嗎！」

「哪裡知道？只能聽天由命，我們又幫不上忙！我到春城只寫信叫你上來，其他同學一個都沒有通知。」

兩人沉默了好長時間。我問：

「手續、車票這些都辦好啦？」

「辦好了，坐飛機到廣州，再坐火車到深圳過關。」

「友德，我知道你還在學校讀書時就想離開國內，那你為什麼要回國？回來後悔過嗎？」

友德想了好久，又望望四周，不見有人，才緩緩地說：「說不上後悔。在國外，小時候學孫中山先生的《三民主義》，後來，繼承孫中山先生事業的國民黨失敗了，宣傳《新三民主義》的共產黨勝利了。共產黨提出建立民主國家，走社會主義道路，我覺得：舊的、新的《三民主義》，和社會主義是相通的。可惜，上了大學，學習階級鬥爭學說、共產主義理論，反而把我弄糊塗了。」

「以前宿舍裡幾個人都說過對共產主義學說不理解。」

「本來，搞不懂那些深奧的理論不要緊，我們只是一個普通人，只要國家治理得好，人民安居樂業就行了。可是，回國以後天天聽到階級鬥爭，後來的文化大革命，讓我失去了信心。」

「這些年的階級鬥爭天天講，年年講，確實讓人聽得心驚。」

「剛上大學時，潘老師教古代文學，講古人的思想：『以民為本』，『民為貴，君為輕』，為官者『清廉，愛民』，我印象很深。我們這些從國外回國求學的學生，不懂得那麼多『主義』，就是希望國家富強，人民生活幸福。我覺得，不管什麼『主義』，只有得到人民理解和擁護的，才是好『主義』。現在天天講鬥爭，國外與帝修反鬥，國內與地富反壞右鬥，鬥到同學朋友，親戚家人都在窩裡鬥，看到陳玉蓮被打死，我心都寒了。」

聽友德提到陳玉蓮，我不由得想起其它被誤殺的同學，一時說不出話來。

「你在農場工作怎麼樣，生活還過得去吧？」友德問。

「農場中學的學生主要是歸僑和傣族子女，現在的學校到處都一樣是混日子。學校有幾個歸僑老師，我和大家相處得很好。生活上說不成了，前幾天放歌頌列寧的電影，『麵包會有的，牛奶也會有的』，要等得。」

兩人靜了一會兒，我問：「你和永福都沒有找著……」

「沒有，曲青也沒有適齡的未婚歸僑姑娘。」

友德沉默了好一陣，問：「你老婆也是一家回到農場的嗎？你細媽他們怎麼樣？」

「是，一家都在農場。細媽和弟妹他們在農場勞動，能怎麼樣？」

「恐怕以後農場也會有很多歸僑申請出去。其實，生活艱苦並不怕，剛分到曲青時，幾個歸僑下班以後坐在一起喝悶酒，覺得：一是回國學習文化的希望落空，浪費了十年青春；更主要是政治上得不到信任，連身份、工作、能力等等，都得不到認同和尊重，讓人悲觀失望，覺得前路茫茫。」

「真是那麼悲觀？」

「不是悲觀，是失望，是對……失去了信心。但是，華僑愛祖國，希望祖國繁榮昌盛的心不會變。」

「海外華僑的愛國之心，恐怕只有自己知道！」

「你在學校好好教那些歸僑子女，讓他們多識幾個字。我還是幾個月前接過希卓的信，他還是在戴帽小學教書。」

「前兩天我接到他的信，說正在聯繫調回一個華僑農場，那個農場有不少緬甸歸僑。他老婆是農村人，在景山別說縣上沒有單位接收，連當地的人民公社都不收留，因為沒有生產隊願意讓一個外來人佔有一份土地。」

「這是個麻煩事。我上次收到他的信以後沒有回信，你回信時告訴他，我和永福友光都出去了。」

「到了香港，生活、工作怎麼樣？」

「單位辦的是批准探親手續，給了到深圳的來回路費，憑出港證明兌換了幾百元港幣。到了香港先找工作，車到山前必有路，還沒有聽說香港餓死人。香港要去外國很自由，出去以後先找機會回印尼看老母親，和兄弟見面，先了了這個心願。」

第二天，兩人猶豫了好一陣，還是決定不去陳明先家了，怕見了面沒有好消息。自從下軍訓農場以後，不知道連生和明先有沒有聯繫，我們是沒有通過信。下午，友德坐飛機走了。

回到農場，我把同學已經出香港的消息告訴梁老師和曾老師，他們都說兵團也應該傳達了吧。過兩天下午下課後，指導員通知開會傳達文件精神，指導員看著筆記本傳達了有關可以批准少量歸僑出國探親、繼承財產的文件精神。說「精神」，是因為沒有見到文件是什麼樣子。歸僑連隊由連長口頭向歸僑職工傳達。

傳達文件以後，就像一塊大石拋進許久沒有流動的池水裡，表面上看不出有什麼變化，但是，只要留意一下，水下面不斷有音波在傳動。

布朗農場多數歸僑是全家一起回國的，在國外父母仍然健在的不多。家中有已經成年的子女沒有跟隨回國，仍然在外的家庭多一些，至於在國外有財產繼承的有多少則無人知道。

歸僑對上級文件，特別是中央文件的認識非常有限，回國十一年來，文革前不說，就是文革中，普通的歸僑職工，也很少見到上面印有一排紅字的「紅頭文件」，回國以來也從來沒有歸僑會根據「紅頭文件」，向誰提出過有關各種政策的疑問或要求。因此，聽到傳達精神後，所有歸僑都在私下議論「嚴格控制，批准少量」是什麼意思。

過了幾天，聽說有三家人提出出國申請，也有人傳說不止三家。白友若到處跟人說他已經申請，

不久就要回印尼去了。申請出國的手續，由兵團姓陳的保衛幹事負責。

兩個多月後，白友若和建設二隊的一個三口之家，得到省公安廳的批准，辦理了出國探親的有關手續。等白友若辦好手續回來，紅旗一、二隊的人擠滿他的屋子，傳過來傳過去看他的《來往港澳通行證》，這時才完全相信：可以出國，可以回印尼，是真的！

這天下午，我們三個回家路過文老師家時，文老師的愛人叫我們進去，說文老師想和我們聊聊。文老師見我們坐下來後說：「悶得慌，想找人聊聊天，你們沒有事吧？」

我們一齊回答「沒什麼事」

「聽說白友若批准出去探親，手續都辦好了，不知道他什麼時候走？」

梁老師說：「應該是這兩天的事，他走起來簡單，家裡除了兩套衣服，沒有什麼東西。聽二隊的人說，他單身回來的，回國時也只有一口小皮箱，大家對他的身世不太了解。」

「他回國前在我們那地方住了一些年頭，不過，出生地是哪裡，家裡有些什麼人，我們都不清楚。他到我們那地方時大約十六七歲的樣子，看著老實，一家商店老板收留他做個小伙計，後來又在幾家商店做過店員，直到回國。我們只知道他是福建人的後代，其它情況有人問過他，他說小時候的事忘記了。」

「他平時跟我們一起打球，一起玩，也是從來不提家裡的事。不像我們，隊上的人，就是不同省籍，不同地方回來的，也都互相了解。」

「也可能真是忘記了，也可能是不願意提。回國前，我見他孤身一人，也沒有什麼家產，曾問過他：你還有沒有親人在其它地方？你是印尼籍，到其它城市也可以謀生。你原鄉在哪裡都不知道，不一定回去吧。他堅決表示要回『祖國』。」

「聽他說，和他一起批准的另一家人，前天政治部把他們叫上去，專門對他們進行了愛國主義和

社會主義思想教育，叫他們出國以後，不講國內落後的、一時還有困難的方面，要宣傳祖國的強大，宣傳社會主義優越性。」

文老師搖搖頭說：「回來十多年，天天聽宣傳『海外孤兒有了娘，偉大的祖國是華僑的堅強靠山』。回來的歸僑，有不少是在印尼僑居好幾代的。你們一隊的陳金星，已經是五六代。排華時，領事館的人號召大家起來鬥爭，大家抬標語，舉五星紅旗示威遊行，陳金星他們幾個，一上街，把標語都抬反了。好些人別說中文，連中國話都說不上幾句。在集中營，我問陳金星原鄉是哪裡？他說老祖宗傳下來，在『xx府xx縣xx鄉xx保x里，那是一個福建地方。』

陳金星夫婦回來十多年了，到現在都還說不出幾句普通話，他不懂中文，只會印尼文和荷蘭文。

文老師說：「海外的華文學校，華僑子弟入學第一課就是進行『愛祖國』的教育。我們說的『祖國』，就是祖宗的國家。國家，是家族、氏族、民族，按某種形式組成的權力架構，要成『國家』，一是有土地，有百姓；二是有政府和執政者。有土地，百姓才可以『生於斯，長於斯』，死後長眠於斯，百姓才會稱之為『祖國』。列祖列宗出生地不會變，『祖國』永遠不會變。『國家』是權力架構，由政府管理，『政府和執政者』是會變的。過去兩千多年，中國變更過幾十個皇朝。推翻滿清以後，經過民國政府、國民黨政府，現在是共產黨執政的政府。所以，你們要明白：『祖國』是歷代黎民百姓的，不是哪一屆政府的，更不是哪一家皇帝，哪一個政黨的。」

我第一次聽到這樣解釋「祖國」，這和以前老師教的不一樣。

「執政者腐敗無能，百姓民不聊生，就會揭竿而起；福建廣東因地利，不少人投奔怒海，出洋謀生，成為『海外孤兒』。但是，華僑不管漂泊在世界上任何一個角落，都不會忘記『祖國』；不管朝代、政權如何更替，『祖國』的信念不會變。六零年印尼政府排華，華僑有回大陸的，有去台灣的，有移民到其它國家的。你不能因為他們不喜歡某個政黨政權，就說他們不愛『祖國』。華僑心中的『祖國』，要比國內同胞深沉寬廣。」

「大陸一直都不承認台灣是『國家』，特別是聯合國的席位由大陸取代以後。支持和擁護大陸政府的，稱為『愛國華僑』，否則，就是……」

「『祖國』、『國家』、『政府』、『政黨』，是四個不同的概念，不能互相代替。」

「可是，在有些共產黨幹部的嘴裡：共產黨就是政府，所做的一切都是代表國家。所以，你敢批評幹部，批評政府，就是反對國家，反對共產黨，是嚴重罪行。」

「這是混淆視聽。政黨，是為了某種政治理想組織起來的特定人群，『特定人群』的理想和利益，不能代表普遍人群的理想和利益。」

我想起送友德出國時又提到學校時討論過有關共產主義的問題，便以請教的口氣說：「文老師，我從小在國內接受黨的教育，有一個和國內同胞比較統一的認識：都認為共產主義是人類最美好的社會，實現共產主義是全人類的共同願望，共產黨所做的一切都是為全體人民謀利益的。」

「我不太懂得共產主義理論，我相信海外華僑華人也沒有幾個懂。海外華僑華人從前支持孫中山先生推翻滿清，支持抗日戰爭，支持共產黨建立新中國，是因為舊政權腐敗無能，弄得民不聊生，人民希望改變現狀；當祖國受到外敵入侵時，海外華僑華人和國內同胞同仇敵愾，共同禦侮。華僑希望國強民富，在國外能直起腰杆做人，回到國內能安居樂業。如果那美好的共產主義理想得不到人民群眾的認識，政府的施政得不到人民群眾的理解和支持，那共產主義只是空中樓閣。」

梁老師說：「回國後這麼多年的政治學習，思想教育，我們確實對馬列主義理論認識有限，就是很多方針政策，我們都不理解。可是，沒有人敢提出來討論，動不動就會被扣上『思想落後，立場反動』的帽子。」

「在抗戰時期，連美國人都讚揚延安的共產黨是一群上進的人。我在國外看到共產黨宣傳的政綱，

卻還是高喊形勢一片大好，越來越好，叫人難於理解！」天，紅旗落地』，號召人人造反，結果引起全民內鬥。現在只講鬥爭，不事生產，人民生活越來越差，我覺得很多東西都變了，難道『權力使人腐化』是絕對真理？文化大革命提出防修反修，說是『衛星上都是為國為民的，所以得到許多海外華僑的讚賞。可是，執政才短短十年，特別是回來後又過了十年，

我們三個沒有回答，也不會回答。

過了一會兒，曾老師說：「這次傳達的文件精神，說是批准出國探親，農場發給他們兩家人來回雙程路費，以為歸僑出去後還會回來。」

「歸僑出去了不會再回來。本來，探親不過是普通人的權利，過去不能出去，雖然有國外的原因，但是，主要是國內的控制。現在，申請還要經過政府的審查批准！希望這政策不會又有變化。」

我想起友德的話，問：「文老師是不是覺得，農場的很多歸僑都會要求申請出去？」

文老師指著梁老師和曾老師對我說：「你問問他們兩位想不想出去？梁老師的叔叔，曾老師的媽媽，還有你細媽他們，你問問他們想不想出去？」

梁老師說：「回來十多年了，我奶奶今年九十一歲，天天問阿叔和我，為什麼爸爸不來看她。我爸媽也快七十歲，當初我回國時的想法，以為讀完大學出來工作，會有機會經常回去看望父母，誰知回來就出不去。」

曾老師感嘆：「可惜，東南亞一些國家的政府，這幾年都在反華排華。」

「這是另一個複雜問題。以前客家人中流傳一句話：番鬼著褲，唐人走無路（無路可走）。有些華僑看不起印尼人，好像穿『沙籠』就不開化，穿褲子就『先進』。華僑，是借住人家的地方。當地人落後，不能歧視人家；當地人先進，不能嫉妒人家，才能和本地人民友好相處。所以會發生排華反華，有歷史和現實的，有國際和國內的多種多樣的原因。還是剛才講的，國家對內政策也好，對外政策也好，

要用正確的方針策略去解決，不是一味採取『鬥爭』的方法，搞什麼世界革命的方法。華僑多數已經落地生根，國家如何對待他們，如何處理好與僑居國的關係，應該慎之又慎。華僑當初堅決要回『祖國』，現在，想離開『祖國』，這是當政者要認真思考的問題！」

從文老師家出來，我說：「我家鄉很多人出南洋，村裡人可以說都是僑眷。我來到滇南又和歸僑生活在一起，本來以為對歸僑多少有些了解，原來知道得太少。」

梁老師說：「三隊的孟老伯，在印尼時當過華文報紙的總編輯，他對華僑的情況和心態最了解。他也是你們客家人，你不妨找他吹吹牛。」

「永明伯我認識，簡單交談過，有機會時向他請教。」孟永明大伯比趙伯年紀大些，平時話不多。

梁老師說：「海外華僑僑居不同的國家，不同的地區，生活在不同的階層，各地華僑的思想感情和思想方法會有差別，但是，就像文老師說的：熱愛祖國，希望祖國繁榮昌盛的願望是一致的。華僑不是要離開『祖國』，而是想離開管理著『祖國』的『現政權』。」

「這話說不得！被幹部聽見要受到批判鬥爭。」曾老師說。

回到家裡，想起剛才在文老師家的談話，不禁想知道細媽的想法。我離開阿媽和家鄉來投靠阿爸，想不到沒有相處幾年，阿爸就長眠異鄉。我讀上了大學，工作由國家分配，最後回到父親生活過的華僑農場。細媽的家庭情況我沒有了解過，她和印尼的親人有聯繫嗎？弟弟妹妹會長大，他們的出路只能自己去走，如果細媽和弟妹都希望出國，我自己怎麼打算呢？

印尼這個千島之國各地經濟發展很不平衡，細媽出生的地方比較落後，只有農業經濟，而且，據說那地方華裔華僑多過當地居民，連印尼人都會講客家話。他們講的客家話，與家鄉的客家話有些少差別。我回農場工作以前的十年間，和細媽接觸的時間不多，回來這一年，也只是講點簡單的家常話，沒有長談過。

這天吃過晚飯，上去看她，閒話家常，想聽聽她對有人申請出國的想法。坐下來講不了幾句，就講到阿爸的去世。

細媽說：「你阿爸回來以後，成日唉聲嘆氣，想不通。他在外面那麼多年，對國內的情況一點都不了解，以為回到國內還可以像在印尼一樣做生意。結果，全部歸僑回來以後，都是下田當農民，隊上安排他放牛，他哪裡想得通？回國時，把全部家產賣了換成印尼錢去買黃金，以為帶回來值錢。當時，印尼很多華僑為了回國搶購黃金，把金價搶貴了，誰知，國內黃金不值錢，一克才賣3.4元。其它帶回的東西也不值錢，幹部來動員賣東西，說是支援國家工業建設。一塊21鑽瑞士手錶，一架英國出的新單車，都只賣到一百來塊錢。在海外辛辛苦苦幾十年，全部家產換得兩千多塊錢，沒有幾年又花完了。看著眼前那麼多只會吃飯的娃娃，不就想不通！一天到晚喝那甘蔗酒，抽那等外菸，鐵打的也頂不住！」

「阿爸得了高血壓，看了醫生和吃藥後，血壓沒有控制下來嗎？」

「開始常常說頭暈，去醫院檢查說得了高血壓，開了藥天天吃。有一天走在路上突然跌一跤，爬不起來，話也說不清。農場醫生趕緊把他送到縣醫院，住了半個多月，會起身了，醫院叫農場接回來，說是老年病，只能長期在家療養。」

「如果堅持吃藥，血壓應該控制得下來，可能那劣酒劣菸吃得多，很傷身體。」

「酒沒有喝了，菸一時戒不掉。主要是你阿爸這人坐不住，說家裡孩子吵，老是跑出去，我又天天要出工。那天下午，聽說是出去看打籃球，在曬場上又摔了一跤，別人揹到醫院，搶救到半夜，就……」

看到細媽不停抹眼淚，心裡難過，我沒有再提出國的事，安慰了幾句，便回到自己的小窩裡。

在家鄉，從小學到中學，有不少父親在南洋，母親在家鄉的同學，都和我一樣南洋有「細媽」，

偶然聽到沒有的，反而覺得奇怪。「細媽」雖然沒有見過面，同樣是我們這種家庭中重要的家庭成員。在南洋「討小」的華僑，很多老了「葉落歸根」，但是，印象中沒有見過有人「葉落歸根」時把「細媽」帶回家鄉共同生活。外面有「番婆」（實際多是印尼僑生女），「大婆」一般都不會出南洋，這「妻妾」就只有在照片上見過面，不會生活在同屋簷下。大婆的子女，也只有出南洋繼承父親生意，才會和「細媽」見面和相處，而「細媽」生的子女，多數都不會回家鄉生活，除非是原鄉的大婆不會生，或只有女兒長大後出嫁了，才會送一個「番仔（家鄉人普遍把僑生子喊成番仔）」回來「做種」。解放前，見過村子裡有個「番客」，把「番婆」帶回村子裡住了幾天。聽阿媽和叔母他們議論，都讚揚那家「大婆」，說些「會容人」「有肚量」之類的話。在我的記憶中，阿媽很少跟我提到細媽。來到農場以後，細媽也極少跟我提到阿媽。

農場裡，類似我這樣的家庭不知有幾家。像我這樣，離開家鄉，離開母親來投奔父親的，前後有七、八個，都是客家地區來的。來到滇南讀上書，後來考上大學的，只有我一個，有兩個讀上中專，其餘在農場當農工。

而在家鄉的「大婆」來農場投靠丈夫，形成妻妾同在的，只有紅旗五隊的一家。這位「大婆」叫阿喜伯母，已經年過六十，沒有子女。來到農場後，「小婆」和丈夫吵起來，農場幹部和僑領出面做工作：國內只能是一夫一妻，「小婆」年輕，有五個子女，丈夫只能與「小婆」生活。與「大婆」的婚姻是解放前「明媒正娶」的，以前的婚姻沒有婚書，也就無所謂「解除」。最後，農場另外給「大婆」安排了住房，婚姻關係沒有了，動員他們當親戚來往，和睦相處。

阿喜伯母身體還好，要求工作自食其力，農場把她安排在一個直屬隊蔬菜地種菜，領十八元的臨時工工資。她一個人住在直屬隊職工宿舍一間小屋子裡，丈夫和小婆一家在紅旗五隊。我回到農場工作以後和她認識了，她不會講普通話，聽到我講的純正的客家話，路上一見到我就喜歡和我閒談幾句。有

一次，我見她身體比前幾年剛來時好，精神開朗，問她：「新伯（以前的丈夫）和小婆的子女有來看你嗎？」喜伯母說：「冤枉！那小婆像防賊一樣提防他，哪裡敢來？」又說：「那第二個（兒子）好，會來看看我，我給他帶兩把菜回去，他會砍挑柴來給我。」喜伯母家鄉沒有很親的親人，聽她說，她鄉下的人民公社，工分值才有三角多錢，除了兩間破屋，也沒有其它值錢的東西，所以，她安心在農場的生活。

歸僑剛回到布朗的六零年、六一年，我還在農場勞動時，常聽到有人回家鄉探親，探原鄉大婆和子女，或者探望其他親人。他們探親回來後，議論花了多少錢，還帶回去單車、手錶、衣服等印尼帶回的東西，兩年後就很少聽說有人回去了。阿爸剛回國時也唸唸不忘要回家鄉看看，終於沒有成行。我了解阿媽，她不會來看望阿爸。現在阿爸已經不在，這曾經的「妻妾」更不會有見面的機會了。

農場有六七位華僑討的是印尼女人，客家話中真正的「番婆」。印尼民族和中國人外表很容易看得出來，生下來的子女是混血兒，也容易看得出來。「番婆」不會講中國話，我過了十年回到農場，見到那些「番婆」還是不會講中國話。話說回來，那些三、四代以上，年紀比較大的僑生子女，雖然是中國人，也同樣不會講中國話。大家用印尼話交談，華僑、僑生婆、番婆，相處得很好。

算起來，阿爸去世時，細媽還不到四十歲。她帶著自己生的三個，加上前妻留下的三個，共六個子女。其它地方的華僑不清楚，布朗農場的歸僑普遍子女多。多子多福思想是一個原因，更主要的是，經濟條件許可。家裡做點小生意，賺的錢請得起印尼佣工，子女生下來由佣人帶，因此生得多。

細媽在印尼時，小時候種過田，回來在農場種田，她並不覺得辛苦。兩地的物質文化生活可能不好相比，她也很少提。她在印尼中華學校讀過幾年書，一般的書、報，基本能讀得下來，只是不太理解。由於過去對祖國了解很少，回國之初，幾乎百分百相信農場幹部的話。到文化大革命以後，就變得迷糊，什麼都覺得奇怪，什麼都不敢相信。

文老師病倒了，晚上發病，大量咳血。農場醫院把他送到春城省人民醫院，檢查結果，是晚期肺癌。文老師咳嗽已經很長時間，農場的醫療條件比較差，不能作很好的檢查，他長時間抽菸，一直被當成是支氣管炎和一般咳嗽治療，總之，沒有引起家人和學校的足夠重視。在省人民醫院住了一個多月，暫時止住咳血，就回來家裡療養。剛回來時我們去看過他，這天放學後，聽說他精神好些，我們三個約好一起去探望，阮老師和我們一起去。文老師見我們來，很高興。先和阮老師打招呼：「老阮，坐坐！家裡都好嗎？」阮老師邊答應：「好，好！別動別動。」邊把想從躺椅上坐起來的文老師按回去半躺著。

梁老師說：「看起來，文老師的精神比剛回來時好好些。」

「前兩天撿了兩副中藥熬來吃，吃了覺得氣順了些。」

阮老師說：「西醫治病，中醫調理，兩樣結合起來，應該有好處。」

「希望是這樣。我回來後，學校李校長和老師來看過幾次，我這身體，怕一時好不起來，只有讓他們辛苦了。」

「三小的事李校長會安排，文老師放心休養，不用掛唸。」

「管不了了。」文老師說完轉頭問梁老師：「最近外面有信來嗎？你父母身體怎麼樣？現在跟誰住？」

「前個月才收到信，我媽媽身體還好，爸爸精神也好，就是腿腳不靈便。他們跟我姐姐一起住。」

文老師說：「立宜，你還是早日申請出去看望父母，國內的政策有時真的變得快。」

「已經寫信告訴我姐姐，現在國家有這個政策，她也希望我早日申請出去。」

「那還等什麼？歸僑想走，不是因為勞動、生活艱苦，是覺得沒有出頭的日子。回國前，說國家會安排大家在城鎮生活，於是，很多華僑去學裁縫，學做糕點，學照相，學開車，希望回國後，不但有謀生的技能，也能為建設國家出一分力。誰知，幾十輛汽車，把人拉到這山溝裡。那些僑生，大人小孩

見到土房子，聞到那牛屎味，都不要進去，坐在汽車上哭。直到下半夜，農場幹部叫我們去做動員工作，我們幾個領隊，一個一個勸說，說盡好話，才把大家勸得搬進去……說老實話，當時就有人覺得，回來是上當受騙了。」

聽見文老師咳嗽，文老師的愛人抬著一碗湯藥出來，叫文老師別說那麼多話，趕緊喝藥。文老師慢慢將湯藥喝下去，對我們三個說：「住了一個多月醫院，除了醫生問病，就一個人悶著，沒有人說話。六零年三月間，歸僑進布朗壩時，你們三位年輕人當時不在，今天和你們講點閒話……」

「半個多月的飄洋過海，又幾千里的長途跋涉，才整理休息了幾天，就抬起鋤頭，開荒種地，修路建房。十幾年過去了，在這條路跑車的司機，每次路過都說，布朗壩變化真快。這變化我們自己當然也看得見，可是，從華僑變成歸僑，從歸僑變成國營農場工人，從國營農場工人變成建設兵團戰士。名字變得好聽，可政府對我們這些人的態度沒有變好。不是愛護你，信任你，只是使用你，懷疑你。十年來，農場招工、招幹、參軍、入黨，都沒有歸僑的份。幾個華僑老師心裡想，好好教書吧，希望後代讀了書能找得好點的出路。可是，華僑小學每年畢業五六十名學生，元水中學才招收七八個，十來個，多數回家種田。文化大革命一來，連書也讀不成了，許多歸僑都覺得回到祖國這條路不知怎麼走下去。」

阮老師說：「剛回國安置在農場時，雖然有些人不滿意，勞動、生活又那麼艱苦，但是，很少聽到有人埋怨政府，因為還有個希望。」

文老師嘆了口氣說：「那時我們下去做工作，也是相信國家的困難是暫時的。不是說困難是自然災害、蘇聯逼債造成的嗎？與國內同胞相比，當時國家也確實在物資供應方面照顧歸僑。所以，那時個個歸僑都積極勞動，經過大家努力，六三、四年生活也有了改善，誰知後來開展社會主義教育運動，接著又來文化大革命！國家的路怎麼走我們這些人管不了，現在有條出國探親的路，就趕快走吧。立宜，你與父母相隔十幾年不見一面，不是為人之道。老阮和小古小曾，家人在農場，可以先看看，慢一步，

我恐怕是沒有機會了！那些子女，將來靠他們自己去闖。」

阮老師和梁老師連忙安慰說：「文老師不要這樣想，現在醫學發展很快，很多病都有了特效藥，看文老師的氣色，已經有所好轉。文老師子女都長大了，阿嫂賢淑，你靜心休養，好好調理，身體會慢慢好起來！」

看見文老師的愛人出來，我們又一齊勸文老師好好靜養，然後告辭出來。出門後，阮老師回頭走了，我們三個一時也沒有心情談話。文老師才五十出頭，如果身心健康，正值壯年。看他現在這身體，我們覺得難過。

曾老師說：「文老師的身體令人擔憂。有一次上山砍柴，我走進『華僑新村』看了一下，回國後在農場去世的，多數年紀都不是很大。」

梁老師問：「古老師，你父親去世時，有多大年紀？」

「還不到六十。說虛歲六十，實足年齡才五十八！」

「裡面最年輕的才四十多歲，是福建籍的。」

「這『華僑新村』是誰叫出來的？不會是農場幹部吧？」

「這塊墳地埋葬的，都是紅旗分場去世的歸僑。六零年剛回國時，有一家歸僑在廣州華僑新村買了層樓房，一家搬過去了。紅旗分場歸僑中和他有親戚關係的，有些回家鄉路經廣州時會借住他家。不知道是不是這些人在隊上閒談時，當黑色笑話說出來，傳來傳去傳開了！」

班上有個布朗三隊的傣族學生，三天沒有來上課。這天下午沒有課，我下隊去做家訪。布朗三隊在小河對面的山邊，離學校有兩公里。我騎著單車從公路轉到小路上時，見路旁田裡有十幾個傣族職工在幹活，便停下來問：「請問范要先在嗎？」一個人回答：「老范在隊上整馬車。」我來到隊裡曬谷場上，看到一個三十多歲的老鄉在修整馬車，便上前叫了一聲，果然就是范要先。

我支好單車後問：「我是中學范巧英的班主任，她怎麼幾天沒有來上學？」

老范停下手裡的活，拍拍手，掏出香菸遞過來，我表示不抽，老范自己點著了：「你是古老師啊，前兩天巧英她媽媽病了，她在家照顧一下。」

「他媽媽現在好了沒有？什麼時候回去上課？你有幾個娃娃？」

「三個。兩個女的，一個男的，巧英是老二，她姐姐出來勞動了。」

「那你好好安排一下，明天讓她來上課，別耽擱了學習。」

老范解下腰上的圍裙，鋪在車轅上，伸手讓我：「古老師坐，我聽巧英說過，說古老師很和氣，不罵學生。其實，我老婆也不是什麼大病，巧英可能自己不想讀書，借這個機會便不上學了。」

「為什麼不想上學？那你這個當家長的也不管？就這樣讓她在家閒著。」

「古老師，我們這些老傣族不像你們華僑，沒有幾個喜歡讀書。你看，一個壩子，解放到現在，就只有幾個在元水中學上到初中。好像是六一年還是六二年，七隊有個考上玉河中學上高中，才讀了一年就跑回來了，說學習跟不上。我們傣族人怕不是讀書的材料。」

文革以後，有批判「知識越多越反動」的，有批判「讀書無用論」的，這種自認「不是讀書的材料」所以不讀書的說法，我還是第一次聽到。六二年我到玉河中學插班高二時，聽老師說起過：本來你們班有個布朗壩的傣族同學，可惜上學年臨考試時，自動退學回家了，當時自己沒有在意。前不久，才聽說那個同學叫白燕飛，已經安排在布朗小學教書教了幾年。

「你說的是白燕飛，他當時沒有讀下去，有各種原因。我在玉河中學和師範學院讀書時，班上都有不少是少數民族同學，怎麼會說少數民族就不是讀書的材料呢？」

「我家巧英讀得成讀不成不知道，我無所謂。姑娘願意讀就讓她讀，等她回來我問問她。」

「不是問問她，是要動員她教育她，子女不讀書，做家長的也有責任！不會是你有意不給她讀，

讓她在家給你抓黃鱔、養鴨子吧！」

老范一聽笑起來，說：「古老師還知道我們傣族人的習慣！現在哪裡還有黃鱔？田裡施化肥，灑農藥，別說黃鱔，連青蛙都沒有了。沒有那些東西，鴨子也不好養，成天關在家裡，最多養兩三隻，養多了沒有那麼多飼料給牠吃。」

「那你們的小酒喝不成了？」

「酒還是要喝，只有吃點老醃肉。」

正說著，見范巧英和兩個小姑娘揹著小背籮，從房子後面的山上下來，一見到我，便想閃進屋裡去。老范叫她：「還不過來叫老師。」范巧英這才走過來，叫了聲：「古老師。」

老范問她：「老師今天專門來家裡，爸爸問你，你自己喜不喜歡讀書，老實和老師說。」

「我……讀書，還是喜歡讀，就是怕讀不會，又怕那些華僑會笑我。」

「范巧英，老師雖然教你的時間不長，但我覺得你很聰明，各門功課都不錯，特別是語文比好多同學都強，怎麼會說讀不會呢？是有華僑同學欺負你嗎？」

「不是，不是！他們沒有欺負我，是我自己怕人家笑話。」

老范說：「比起布朗城的七隊、八隊，我們這隊的人是比較怕羞。我們這個隊離場部遠些，有些人又很少趕街，和別人打交道的機會不多。」

「可我看你還是見過世面的嘛。」

「古老師別笑話我，能見過什麼世面。我趕馬車，最遠也就是跑跑縣城。說了你都不信，我們隊有些老媽媽，雖然只有廿四公里，一輩子沒有去過縣城的都有。」

我回頭跟范巧英說：「聽到沒有？那天剛學了句成語：『井底之蛙』。一個人一輩子連縣城都沒有去過，就像井裡的青蛙一樣，外面的世界是什麼樣子都不知道。你要是多讀點書，又到『井』外面看

看，增長了見識，變得聰明，就不會見到人就害羞，怕人家笑話了。」

又說了一會兒話，范巧英答應明天來上課，我才告辭回家。騎著車子從村子出來，從村子下面到公路這段小路有點坡度，我下來推著車子走。走到職工幹活的田邊，我邊走邊和人打招呼，見到一個滿頭白髮的人，留意一看，穿的衣服不一樣，原來是歸僑。心想：應該是被整到這個隊勞動的林有源了。我故意放慢腳步，仔細端祥了一下：因為一頭白髮，一下子看不出年齡，不過，臉色沒有「枯槁」的感覺，而且，腰板很直，身體精神都不算差。他可能注意到有人望他，抬起頭來望了我一眼，似有若無的點了下頭。

走上公路，向右走是回家，向左走是到建設一、二、三隊。我一直想去看看林玉清，剛才又見到她爸爸。我雖然知道不可能爭取到讓林玉清進校讀書，卻還是想看看她家的情況。正猶豫間，見七八個男女同學騎著單車飛速而來。看見我，一男一女兩個趕緊剎車停下來，叫了聲：「老師！」問我去哪裡。這是我班上的學生，女的姓李，男的姓杜，正好是建設一隊的。我於是說：「去你們隊。」說著話，三個人翻身上了車。

建設分場四個生產隊都在公路邊，除了四隊，其它三個隊離華僑小學近的一公里多，遠的差不多三公里。這三個隊的中小學生，都騎單車上學。生活在印尼的很多地區的華僑，單車是普通的交通工具，基本上家家都有，子女很小就會騎單車。回到農場以後，才上到三、四年級，很多學生都騎單車上學。有些個子小，坐在車座上踩不到踏板，便一支腳從三角架中穿過去踩踏板，雙手扶住車把，單車上只露出半個頭。從遠處看去，一時看不到車座上的人，好像只是車子在飛馳。小時候看連環畫，說蒙古人從小騎馬，有一種叫「蹬裡藏身」的技術，當時以為很了不起。如果讓他們看看歸僑小學生那「三角架裡藏身」，把單車騎得像飛一樣的技術，恐怕也要驚到目瞪口呆。這些小單車騎士，讓那些來往的汽車司機佩服得五體投地，也因此在上學和放學時間，所有汽車駕駛員在路過這段路時，都會小心駕駛。華僑農場建場十多年來，這段路上騎單車上學的中小學歸僑學生，沒有出過交通事故。

兩個學生在前，在用印尼話交談，日常用語我可以聽懂一些。

「死啦，老師要去我們家，不知要跟我爸爸說什麼！」阿杜說。

「怕什麼，我們又沒有做錯什麼事。」姓李的女同學說。

「總會有話說啦，上課講話啦、不按時完成作業啦……啊！我們還給指導員起過綽號，老師會不會知道？」

「我們是用印尼話起的，老師不會聽到吧？」

我假裝沒有聽懂他們說什麼。大約二十分鐘，到了一隊。推著單車上到第一排房屋前，我對他們兩個說：「老師今天不去你們家了，林玉清的家在哪裡？」兩個人一聽，驚奇地問：「老師要去她家？」我回答：「不能去嗎？」姓杜的說：「他爸爸是反革命，你不怕？」「我又不是找她爸爸，是找林玉清，怕什麼？」姓李的說：「就是，我們都經常和她一起玩。不過，她哥哥很古怪。」說完帶著我走到第二排房子前，指著最後一間說：「那就是林玉清家。」我點點頭，他兩個回家去了。

來到門前，見門虛掩著，我叫了聲：「有人嗎？」不一會兒，門打開了，林玉清出來一看見我，征了一下，叫了聲：「老師，你找……誰？」我還沒回答，突然看到房間裡有個人影一閃而過，飛快地竄過套間門，進了另一個房間。「有事來你們隊，路過你家門口。你媽媽在家嗎？」林玉清望了眼屋裡說：「我媽還沒有收工，老師請進來坐。」「不進去了，就在門口站著說會兒話吧。」

「你還有到學校去要求讀書嗎？」我問。

「沒有，我不想讀書了。」

「你不是喜歡讀書嗎？」

「我……現在不喜歡了。」

「你以前讀到幾年級？」

「五年級。」

「你一直在家幹些什麼，有時候會看書嗎？」

「煮飯，洗衣服，去自留地；回來又是洗衣服，煮飯。我把以前小學的書都看完了，我還看中學的書。」

「看中學的書？哪來中學的書？」

林玉清回頭看看家裡：「我哥哥的書，他以前在元水中學讀過。」

「那些中學的書，你看得懂嗎？」

「有些看得懂，有些看不懂。」

我看著眼前曾經說過「我要讀書」的小姑娘，問她：「以前小學的老師有幾個調到中學，中學有好幾個歸僑老師，你知道嗎？」

「知道！」

「林玉清，你以後除了做家務，還是多看看書，好嗎？聽說場部大禮堂樓上，要辦一間圖書室，到時你可以去借書。多看書，你可以學到知識，懂得很多道理。遇到看不懂的地方，你可以到中學來找我們，老師會教你。如果來學校，要在下午四點半學校放學的時候。知道嗎？」

「老師真的會教我嗎？」

「會的，我和那幾個歸僑老師，還有其他老師，都會教你。」

看見林玉清認真地點點頭，抬手看看時間，隊上也差不多要收工了。我覺得如果見到林玉清的媽媽，也找不出有意義的話來交談，便說了聲：「我說的話記住了！」見林玉清又再認真地點點頭，我便

推著單車，轉身下來。阿杜和一伙學生在曬谷場上玩，見我下來，七嘴八舌地問：

「看見林大文沒有，是不是瘋了？」

「聽說頭髮很長，像個妖怪是不是？」

「是憨掉了！他白天不出門，一聽見有人來就鑽到床底下躲起來。」

「晚上就會出來，到甘蔗地偷甘蔗吃。」

我對阿杜和其他學生說：「你們不要亂說，林玉清的哥哥好好的，沒有瘋，也沒有傻，就是怕你們笑他，所以不敢出來。」

第二天，課間休息時，我和幾個老師說起見到林玉清的事。馮老師說：「他兄妹兩個都很聰明，可惜了！你見到她哥哥沒有，現在怎麼樣了？」

「我沒有進她家，只是在外面和林玉清談了一陣。看來她真的喜歡讀書，聽她說把小學課本都讀完了，又看她哥哥中學讀過的書。我跟她說，如果看到不懂的地方，來學校找我們，我們可以教她。」

幾個老師都說：「希望她會來吧！」

農場接來三百名上海知識青年。全國上山下鄉的熱潮已經過了，這批知青是上海效區縣的人民公社社員子女。這批知青多數是文革初期的初中生和小學生畢業生。三百名男女知青，一時難於全部安排到連隊去接受工農兵再教育，便組織了一個一百多人的河工連。剩下的三五個一組安排到一營的傣族連隊勞動。河工連主要整治布朗河。布朗河從東山流下來，流過壩子，把壩子一分為二。平時河水很小，小學生上學可以踩著石頭過河。下大雨時，河水就會泛濫，人和牲畜都不能過。多年來，山洪下來時，沖毀了兩岸一些農田，河道變得彎曲寬闊，布滿亂石。現在，兵團計劃把河道改直，用水泥砌石塊築起河堤，堤兩邊建大寨田。在場部和布朗村之間的主要村道上，建一座可以通行汽車的鋼筋水泥結構大橋。

河堤修築基本完工以後，農場規劃了十畝河灘地給中學，讓師生改造成大寨田，作為學農基地。這兩年，中學課程表上課時最多的是『學農』課，而『學農』課只勞動，不學什麼農業知識，曹老師因此「調二話」說：「還是以前的農中好，文化課正常上，又學習農業科學知識，現在改成普通中學，比『農中』還要『農中』。」

這天下午，我正在河邊帶學生建大寨田，副主任走過來，要我跟他去七隊看秧田。我跟領導交代以後，跟著他到七隊去。過了布朗城村子，往大田一望，覺得眼前發亮：整片秧田裡一片碧綠，秧苗的顏色高矮完全一樣，讓人看了賞心悅目。這片秧田不單是七隊的，應該是好幾個隊的都有，過去各隊自己撒秧，不會像現在一樣，幾個隊的秧田連成一片。

「這些秧苗好像都是一個品種？」

「就是！都是我們材料上寫的桂廣 x 號。」

「去年七隊不是只產了幾千斤嗎？怎麼能撒得到那麼大面積？」

「團部到縣農科所去買，沒有買夠，又派人去廣西買了一些。」

「要大面積推廣？」

「計劃擴種一千畝，如果平均畝產達到二千斤，就是兩百萬斤。」

「不是因為那篇講用材料就大面積推廣吧？」

「那篇材料有那麼大作用？團黨委專門把七隊連長、副連長、會計叫去匯報，最後團黨委研究決定的。如果今年來個大面積高產，這一砲打響，頭頭到兵團總部開會，也有東西可以講了。」

聽到副主任這樣說，我沒有了剛看到秧苗時的高興。我不但想起七隊副連長的話，還想起初中時學過的《植物學》。書中講到蘇聯植物學家米丘林移植蘋果的實驗：良種的栽培不但要由小面積到大面積逐步進行，由一地區到另一地區，也要一步一步慢慢遷移種植，良種才能逐步適應氣候和水土。一個良種從試驗到推廣，要經過好多年由少到多，由小面積到大面積的實驗總結，才能成功。我不是學農業的，不懂這方面的科學知識，而且，是團黨委決定的，更不敢妄加議論。

副主任是高射炮營的，參加過援越抗美。聽他說到「這一砲打響了」，便想把話題引開去，聽他吹牛。

「如果這砲打瞎了呢？」

「胡說八道，怎麼打瞎了！」

「我在軍訓連時有一次去參觀砲團打炮，那次發射好幾種砲，其中有一發榴彈砲彈射出去沒有爆炸，弄得演習的部隊上下都很緊張。」

「那情況很少有的。因為是和平時期，有這事故才緊張。真打起仗來，打出去的炮彈數都數不清，同樣會有沒有爆炸的，誰管得了那麼多。」

「你們的高射砲，打上去打不著飛機，掉下來是不是會炸死人？」

「你這憨包，你以為砲彈打著飛機才炸，打不著就要砸到地上才炸？當然不是，那砲彈是設計好的，打到一定高度就會爆炸，就是打到飛機左右、上下，只要離得近，一爆炸，就能把飛機打下來！」

「是我們的軍隊打下的美國飛機多，還是蘇聯打下的多？」

「那誰知道！除了蘇聯，還有東歐國家，連古巴的都有。他們的打法和我們不同，他們是打追尾，我們是打迎頭。」

「什麼是打追尾，打迎頭？」

「高射砲打出去的彈高有限，飛機一飛高就打不著，只有在它俯衝下來時打。將高砲在飛機俯衝時對著機頭瞄準，叫打迎頭；等飛機俯衝以後，重新拉起來，對著機尾瞄準，叫打追尾。」

「那麼哪種方法容易打著！」

「當然打迎頭容易，但是危險。」

「那你們為什麼要打迎頭？因為勇敢，不怕犧牲？」

「也不單是這樣，我們的高砲沒有他們的打得高，彈速也比不上，追尾很難打中。」

「原來有這麼多學問，那你打下幾架美國飛機？我們的部隊犧牲了多少人？」

「這些都是國家機密，那會公開！打仗嘛，那有不死人的？那子母彈落下來一爆炸，小鋼珠到處飛，鑽到人身上，搶救不及就完了。有些救回一條命也留下終身傷痛……」

副主任話沒有說完，加快腳步走到前面去了。有一次，在政治部整材料時，聽到他和另一個同樣參加過援越抗美的部隊幹部吹牛，說到他當時是連指導員，打過幾次惡仗，兩人講得激情滿懷。最後，兩人慨嘆：總算命大，活著回來了。

我在後面跟著，看到前面走路不那麼平穩，肩膀總是偏向右邊的副主任，不覺油然生出敬意。等我跟上去，副主任回頭問我：「你到學校教書有段時間了，你們指導員怎麼樣？」

「他應該改名字，把段有（友）言，改成段無言。」

「什麼意思？」

「他每天坐在辦公室裡看文件，一看就是一整天，不跟誰說一句話。」

「把他安排在中學，當時就意見不統一。他以前是在軍區負責守衛軍用倉庫的小支隊隊長，工作本身就少說話。這人責任心很強，幹了二十幾年，從來沒有出過差錯。這樣的同志，來到兵團一時不知道安去哪裡好，最後安在中學。」

我不知道副主任有沒有聽到他喊萬歲的事。我不會講出來，因為，這樣的事既不好笑，在上級面前講自己領導的是非，也不厚道。

第二天去學校路上，我把兵團大面積種植良種的事告訴曾老師。曾老師一聽吃了一驚，說：「這太冒險了！如果是廣東培育出來的良種，就更危險。廣東的天氣濕熱，這裡的氣候乾熱。生產隊去年只是小面積種植，剛好去年上半年這裡的雨水比較多，也就濕度比較大。那兩塊田又是在大田中間，有個很好的生長小環境，產量那麼高，那是特殊情況下得來的。現在大面積種植，我不知道會是什麼結果。從今年的天氣看，雨水不會多，別說大豐收，怕正常收成都難。」我說：「那怎麼辦？要不要跟上面，或者跟顏副主任說一聲？」「沒有用！農場五六個農技幹部，他們都不說，當然是有顧慮。解放軍喜歡搞大兵團集中力量打殲滅戰，這計劃只有團黨委研究決定才能執行。種田和打仗不一樣，最後吃了大虧才會吸取教訓！」

文老師去世了。半夜裡病重，團醫院把他送到省城的醫院，再沒有回來。他臨終交代家裡說：「不要再拉回布朗壩了，就在城裡火化，把骨灰先寄存在城裡，將來有機會，葬回家鄉祖墳地。」家人按照他的遺願，火化後將骨灰寄存在省城的一間寄存處。在省醫院和農場家裡，都沒有舉行任何儀式。我們只在路上和文老師家人相遇時，安慰幾句。

過了一段時間，有人傳說，文老師的遺言還說了一句話：「如果回布朗壩，我這個『領隊』無顏見那些先我下世的歸僑鄉親！」

文老師是六零年回國安置在農場，唯一去世後火化，沒有將遺體安葬在布朗壩的歸僑。

幾個傣族連隊大面積的良種秧苗栽插下去以後，長勢很好，初期看不出什麼問題。可惜，到早稻該抽穗時，天氣酷熱，雨量比往年少。其它本地品種的稻田沒有受到多大影響，照樣抽穗，這大面積的良種稻子，卻還是一片青綠，不見一粒禾花。兵團領導心急如焚，天天帶著連隊領導在田邊轉。後來，採取加大放水量，發動群眾向禾苗潑水等等辦法，都不見效。一個月過去了，兵團領導和連隊職工終於失望，望著那大片只有葉子，很少禾苗抽穗的稻田，只能唉聲嘆氣。

全團人口四千人，每年口糧近兩百萬斤，飼料和其它用糧一百多萬斤，共三百五十多萬斤。上千畝水稻失收，按平常年景，單季少收八十萬斤糧食，等於全團人口近半年的口糧。

除少數領導留守主持工作，大部分領導分赴各地求援。從縣到省，從兵團總部到軍區，從省內到省外。

這天見到顏副主任，我問：「副主任沒有出去嗎？」

「我才不出去求人，那天開會還有人想怪我，簡直是……」

我說：「學習毛主席著作積極分子大會上用來宣傳的講用材料，又不是科學論文……」

「我帶著七隊的幾個幹部匯報時，特別是副連長老刀，一再調強這良種只是小面積試種過。到黨委開會作最後決定時，我又不是黨委成員。那幾個黨委成員，除了副政委和張主任下過連隊，副團長他們……算了，不說了！歸僑不會有什麼議論吧？」

「歸僑連隊又沒有種這些品種。會議論什麼？」

「影響到全團職工吃飯吃肉，還不會說怪話？不過，總不能看著我們餓肚子，問題總會解決。」副主任一邊說，一邊走了。

獨立x團的團長是軍分區司令兼職，與副政委、副團長、參謀長、政治部主任，組成五人的黨委領導班子。司令很少到農場，日常工作由副政委主持。

「軍民團結如一人，試看天下誰能敵」，在上級的協調下，糧食缺口終於從各處得到支援。縣、地區、省都支援了部分，支援數量最大的是廣西省革委會，當然都要出錢買。

全國已經有不少印尼歸僑出國探親，回不了印尼，都在香港定居。印尼歸僑回國前和印尼政府展開鬥爭時，有些人在印尼軍警的要求下簽了永不回印尼的聲明。農場多數歸僑對香港情況不夠了解，所以，雖然多數人都想離開農場，卻還是不敢貿然提出申請。兵團不公開申請人，也不公開發給申請表的人員名單，申請人自己也不說，搞得很神秘。張樹生，黃盛昌、黃家瑞，這三位農場比較出名的人，把申請表交上去以後沒有隱瞞，很多人知道。張樹生在文革中造反，到處衝殺，在歸僑中不得人心；黃盛昌是裴多菲俱樂部主任，在大小群眾會上批鬥過；阿瑞哥是先進人物。他們三家的條件比較相似，父母都還在印尼，而且比較有錢。這天，阿瑞哥從團部下來，有人和他開玩笑：「阿瑞哥，你社會主義國家主人不當，出去當資本家的奴才。對不起你這先進人物稱號啊！」阿瑞哥一時不知怎麼回答，幸好陳幹事經過，幫他解圍說：「你不知道黃家瑞是申請出去探親嗎？探親以後還要回來建設社會主義的嘛。」

謝啟新他們幾個都羨慕盛昌可以很快就提出申請，特別是盛昌的父親有朋友在香港做生意，他批准到香港以後還會有人照顧。只有阿祥和紹祥不動心。梁老師和曾老師就說不著急，先看看再說。

布朗農場的歸僑，有不少親戚朋友安置在福建、廣東、廣西各華僑農場的，也有子女或親戚，回國以後讀大學，畢業後分配到全國各地的。那段時間，大家都在打聽消息，歸僑與外地的信件往來比以前多了許多。大家在路上相見或幾個人閒談時，都會打聽香港的情況，問有沒有親戚朋友批出去了，到香港後的工作生活怎麼樣。

中學校舍，教師宿舍和食堂都蓋好了。校舍是三合院式的平房，共十間教室，兩間辦公室。教師宿舍是相對的兩排平房，只有八間。食堂那棟除了伙房和小飯堂，還有一間可以作事務長住房兼辦公室的房間。除了阮老師，我們幾個都搬到中學，指導員也從機關招待所搬上來，住在教室中間的一間辦公室。林校長和周老師一直都是住在機關宿舍，離學校很近，不願意搬遷。更主要的原因是，他們以前就是華僑農場機關伙食團成員，成立兵團後不能把他們開除出去，現在兵團機關伙食團的伙食比普通職工的家庭伙食好得多。中學食堂辦起來，把伍老師的愛人調去當炊事員，因為吃飯的人少，全部工作都由她一人包辦。

開學第一天，全體總動員，把桌凳從三小搬進新校舍，結束了寄人籬下的日子，全校師生興高采

烈，喜氣洋洋。

兵團在計劃建中學的同時，在離中學不遠的地方重建醫院，和中學差不多同時完工。新醫院佔地面積比老醫院大，門診部和住院部的規模擴大了，也增加了一些醫療設備。建設兵團獨立 X 團在短時間內，同時完成兩項大型建設，得到廣大職工的讚揚。

新學年開始。一年級又招收了兩個班，全校六個班，全校師生員工，人數超過三百。從生產隊調進一名文革前縣中學畢業的女歸僑擔任音樂教師，又從小學抽調兩名教師上來，按老辦法把幾個回農場的高中畢業生補充進小學。

新學校一片喜氣洋洋，可惜，開學後幾個老師拿到新課本都在搔頭。為了貫徹「五・七道路」精神，所有教科書的內容，與生產和生活結合得很緊。物理課講電的基本常識，教「三機」：抽水機，碾米機，拖拉機。老師缺乏實踐，學校沒有「三機」模型和實物，老師教起來感到困難。三年級沒有化學課，有衛生課，內容講防疫防病，中草藥知識。至於政治，語文，歷史，內容幾乎揉成一團，讓人分不清重點在哪裡。我教語文課還是老一套，講完字、詞、句、語法，其它照教學參考資料抄黑板。最難教的是英語，擔任英語課的阮老師叫苦說：「課文單詞、句子，差不多都是政治名詞。除了『毛主席萬歲，萬萬歲，階級鬥爭』之類，還有『繳槍不殺』等句子。我們以前哪裡學過這些東西？」

這天下午全體老師開完會下來，曾老師悄悄問我：「你聽到隊上傳說的廣播沒有？」

「什麼廣播？」

「昨晚上澳洲台的廣播，說二號人物可能出了問題，坐飛機跑去蘇聯，在蒙古摔下來了。」

「有這種事？前兩天還說怎麼好幾天的報紙上都不見副統帥了，真是什麼想不到事都可能發生！」

過了幾天，團部宣布第三小學放假三天，全團現役軍人在三小開會學習。學習期間，學校前後左右，有警衛班的戰士持槍把守，不准閒雜人靠近。看到所有軍人都臉色凝重，神情緊張，有些國內老師

悄悄打聽：是不是要打大仗了？我和曾老師，梁老師聽了，只能相視一下，不敢說出那重大機密。三小的會結束後，又在團部召開地方黨員大會。這些會開完後的下午，指導員回到學校，要求所有歸僑老師先回家，其他老師留在辦公室傳達上級文件。指導員要我也回家，我說我不是歸僑，是廣東出生的「土八路」。指導員說：「你是僑眷，還是有海外關係，所以和歸僑一樣對待。」我只好跟著梁老師他們離開辦公室。

伍老師他們幾個聽完傳達回到宿舍，個個顯得神情緊張，在食堂打飯見著面，也不像平常一樣交談，好像一跟歸僑說話，就會洩露國家機密似的。

第二天下午，全團統一時間，由現役軍人連長向歸僑職工傳達中央文件，中學由指導員向我們傳達。阮老師，梁老師，曾老師，剛調進中學的女歸僑鄧老師，連我加起來一共五個人。五個人坐在辦公室，面對著指導員，指導員像以往開會一樣，拿著筆記本傳達「精神」：林彪叛黨叛國，駕駛三叉戟飛機外逃，摔死在蒙古溫都爾罕。指導員說話時神情嚴肅，聲音低沉，拿筆記本的手有些發抖。這「精神」當然比國外電台廣播的簡略得多。

晚飯後下去球場打球，阿祥講起下午在生產隊傳達文件時鬧出的一場小風波：黨和軍隊的副主席、副統帥，竟然叛國投敵，這是重大的國家機密，也是非常嚴重的政治事件。一隊楊連長傳達之前，先反覆強調：只准聽，不准記筆記，不准外傳，更不准寫信到海外。楊連長正式傳達，剛提到林彪反革命集團外逃……一個僑生婆站起身要走，說：「我以為什麼大秘密！這事我知道了，我孩子生病，要帶去醫院看病，我請假先回去。」連長聽了大吃一驚問：「什麼？你知道了？你是怎麼知道的？從哪裡知道的？是誰告訴你的？」這位僑生婆說：「澳洲電台早廣播啦！好多人都知道。」連長氣衝衝地說：「還好多人都知道！你們竟敢收聽敵台！」

「收聽敵台」這個罪名好久沒有人提了，想不到今天連長又把這帽子拎出來，全隊職工一下亂起

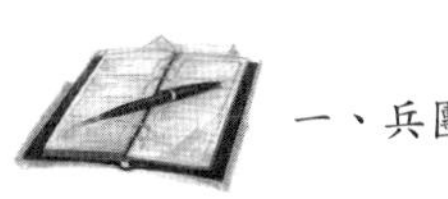

來：

「政府什麼時候宣布過澳洲是我們的敵人了？不是說我們的朋友遍天下嗎？」

「連長剛才才說林彪叛黨投敵，澳洲電台不過是講了實話，怎麼就成了我們的敵人呢？」

「這收音機一打開，天上的什麼聲音都聽得到，是不是以後不准聽收音機了？」

「把所有歸僑的收音機都沒收算了！」

「解放軍不是天下無敵嗎？怎麼連敵人的廣播都擋不住？」

……

會場亂成一鍋粥，連長招架不住，忽忙宣布散會，跑到團部去匯報。

歸僑回國時，多數家庭都帶有收音機。這些收音機是荷蘭等歐洲國家生產的，也有少數日本產的，多數是電子管的座式，半導體的不多。收音機質量好，收音效果好，國家對台灣電台和美國之音廣播，雖然有電波干擾，在這遠離城市的大山裡，也還是能斷斷續續收聽得到，剛回國時有人會收聽。後來農場幹部下隊做工作，歸僑都聽話，基本沒有人再收聽這兩個「敵台」。但是，澳洲台的普通話廣播，可能沒有受到干擾或干擾很少，在布朗壩收聽得非常清楚。澳洲台在時事廣播中，插播一些解放前上海的流行歌曲、電影歌曲，還可以寫信去點播，所以，受歸僑歡迎，有不少人收聽。農場搞社會主義教育運動時，像黃盛昌那伙年輕人，因為不但聽澳洲台，平時還說些落後話，農場認為影響歸僑青年的健康成長，便給他們安了一個裴多菲俱樂部的罪名，加以批判教育。實際上，其他年紀較大的歸僑，偶然會收聽澳洲台，華僑農場幹部知道這種情況，也睜隻眼閉隻眼，文革中期後，造反派當家到兵團成立前，已經沒有人過問澳洲台這件事。歸僑收聽澳洲台，主要是聽音樂，偶然聽到一些政治消息，也不會流傳。但是，像副統帥外逃摔死在外國這樣的重大消息，多數人聽了都會跟知心朋友私下議論。

楊連長可能第一次遇到這種「敵情」，認為是嚴重事件，但是，向上級匯報以後，上面怎麼對待

不知道，後來連長在隊上沒有再提這件事，不了了之。

團裡的現役軍人連長，他們雖然住在隊上，但是，基本不跟職工一起下田勞動，也不到歸僑家串門，甚至在外面見人連招呼都不打。

我和曾老師聽阿祥講完，都覺得好笑，我說：「這些當兵的，不能天天和職工一起下田勞動也罷了，因為害怕『海外關係』不敢接觸歸僑，怎麼能了解歸僑的思想，教育和帶領歸僑群眾幹革命？」

盛昌說：「聽隊長的匯報囉，他們還會培養幾個親信，向他們通風報信，沒有培養你嗎？方智？」

「我們指導員把我歸到和你同類，你問漢良，我和他一起聽傳達的。」

曾老師說：「你家裡是歸僑，老婆也是歸僑，你的成份已經變了。」

「我家土改時被劃為華僑小商，我的家庭出身一直都是填華僑小商。我現在是老師，老婆是歸僑，我的娃娃以後填家庭成分時不知道填什麼了。」

盛昌說：「填兵團戰士囉。不過，這戰士身份不同，我們團現在有五種戰士，歸僑是五等兵。」

「胡說一通，什麼五等兵。」

盛昌說：「一等兵，現役軍人；二等兵，轉業復退軍人；三等兵，下鄉知識青年；四等兵，傣族老鄉；五等兵，廣大歸僑同胞。農場裡，不管政治上，工作上，生活上，都分成這五等，而且還有等外的。」

已經在黨章上寫明是接班人的副統帥竟然叛國投敵，兵團裡的現役軍人，情緒都顯得很緊張。為了防止階級敵人乘機搗亂，進行破壞活動，警衛班加強了巡邏放哨。

布朗壩雖然是一個不知名的小山村，但是，在國共兩黨爭奪大陸的鬥爭史上，這裡曾經發生過一場大風雨。一九五零年一月，在布朗壩子與元水縣城之間的元水河兩邊山頭上，國共兩軍在這裡進行了大陸最後一場大戰。國民黨新八軍，廿六軍，共六萬多人在這裡被殲，軍長被俘，一名中將在山坡上的

一棵樹上上吊自殺。當年追殲這股國民黨軍隊的解放軍ｘｘ軍副軍長陳某，就是現任省革委會主任。這段故事，不少親身經歷過的傣族老鄉會跟人吹，熟讀歷史的馮老師，在學校與老師閒聊時，也吹過幾次。現在團部的幾位主要領導，說不定還有當時參加過戰鬥的幹部或戰士。如今國家出了那麼大的事故，說明國內外階級鬥爭實在是尖銳複雜，可能有哪位團領導，又把布朗壩當成了戰場。

布朗壩的天氣，九月十月仍然很熱。這天晚上，我在屋裡批完作業，抬著椅子到門外乘涼。曾老師住我家隔壁，伍老師住我家對門，他兩人也坐在門口，三個人有一句沒一句地說著閒話。突然，聽到「呯」的一聲槍響，三個人趕緊站起身來四處張望，四周一片漆黑，辦不清是哪裡打槍。一會兒，看見團部後面有手電筒光，又聽見人的說話聲。其他老師不知道有沒有聽見，沒有人從房間裡出來，我們三個胡亂猜測了幾句，便準備回房休息。突然看見團部辦公室的燈都亮了起來，又是一片鬧哄哄的嘈雜聲。學校離團部只隔著一條菁溝和公路，又是夜間，彷彿聽到「抓特務」的話，三個人好奇，便一齊走過去團部看究竟。

團部的辦公室院子裡都是人，全是紅旗一隊二隊的歸僑，青年人居多。聽他們說，阿四哥被抓起來了，說他是特務，我們聽了不禁大吃一驚。三個人擠到窗前往裡一看，見阿四哥在裡面被手拷拷住，臉上流著血，還有個揹槍的軍人看著。

四周的歸僑有說印尼話的，有說普通話的，都在要求解放軍放人：沒有人相信阿四哥會是特務！阿四哥的老婆是印尼人，嚇得臉無人色，不斷向人詢問和哀求。

不久，政治部主任跟著警衛班長來了，所有歸僑一起圍上去，二隊歸僑副連長王荃彝急忙上前說：「主任，說阿四哥是特務，怕只有瘋子才會相信！我們全隊人，還有很多歸僑都可以擔保，他不可能是特務。我們要求你馬上放人！」周圍的歸僑在大聲說：「誰都知道阿四哥是個好人，你們憑什麼說他是特務把人抓起來？」「說阿四哥是中國共產黨黨員有人相信！說他是台灣特務，連蔣介石都會把嘴笑歪了！」「阿四哥在印尼曾經保衛過周總理，你們把好人當壞人，敵我不分！」……王副連長罵他們：「大家先別亂叫了好不好，讓我先叫主任把人放了再說！」然後轉頭向主任說：「請主任快點放人，叫醫生給他治傷。」張主任已經聽警衛班長簡單匯報了情況，也知道了這是紅旗二隊放牛的老歸僑，便轉頭對周圍群情洶湧的歸僑大聲說：「大家先安靜下來，不要激動！不要激動！我們一定會把事情搞清楚，這可能是一場誤會！」回頭叫警衛班長進去先給阿四哥打開手拷，然後把警衛班長和戰士支了出去，並派人去醫院叫醫生來治理傷口。那臉上的傷口，可能是剛才被人按下去時磕在石頭上磕破的。主任和王副連長一起進房子裡去看阿四哥。阿四哥一見到王副連長就罵起來：「屌佢咩孶（日他媽屄），這些當兵的發顛，我上山去尋牛，走累了，剛坐下來抽支菸，就來捉我，還打槍。」副連長趕緊說：「好啦好啦，不要亂罵了，主任已經說了，是一場誤會。」

等醫生來了，幫阿四哥處理傷口。張主任又詳細問了王副連長有關阿四哥的個人和家庭情況，知道確是一場誤會。最後，主任走過去拍拍阿四哥的肩膀說：「老同志，一場誤會。當前國際國內的階級鬥爭形勢異常尖銳複雜，警衛班的戰士提高警惕也是應該的，老同志要正確理解！沒有事了，你回去好好休息，在家休養幾天，好不好！」說完，叫王副連長把阿四哥帶回去，並且做好安撫工作。又問：「剛才看見他很生氣，是不是用外國話罵人了？」王隊長說：「不是外國話，是廣東的家鄉話。說剛才把他嚇著了，要『調給他一支雞』來補補身體。」張主任說：「沒問題，下次隊上分豬肉的時候，多分一斤肉給他」。

今天，阿四哥吃過晚飯到牛圈看牛，發現前天下的一頭小牛犢不在，以為丟在山上了，便拿著手電筒上山去找。找了兩個鐘頭，已經十點多鐘了，沒有找著小牛，只好下山。走到團部後面的半山坡上，只有幾步就到家了，便坐下來休息，抽支菸。在機關附近放哨的哨兵，突然發現山上有人用手電筒光，一下射向天上，一下射向對面山上。再看對面山上，也好像有火光時有時滅，不久，山上的電筒光不照

了，卻見有忽明忽滅的光點一閃一閃的。哨兵急忙報告警衛班長，班長一聽，向山上注意觀察了一會兒，果然發現情況，於是，帶了兩個戰士揹著槍，迅速向山上摸去。摸到好像香菸頭的火光跟前，見黑糊糊一個人坐在那裡，班長和戰士撲上去，一人抓一隻手。沒有料到，那黑影猛地起身，兩手往後一摞，班長和戰士都被摞倒在地下。另一個戰士機靈，退後一步，抬起自動步槍向天「呯」的開了一槍，大聲喝令：「不許動，舉起手來」。那黑影嚇得大叫：「唔好開槍！唔好開槍！」說話間，班長和戰士已經爬起身，三人一湧而上，把那人按倒在地反手拷起來，押下山，看管在一間辦公室。

紅旗一、二隊幾個在外面吹牛的年輕人，聽到槍響，正議論間，聽到團部人聲喧嘩，說抓了個台灣特務，紛紛跑上去看。從窗外望進去，一見抓起來的是阿四哥，大吃一驚，趕緊跑回隊上一邊找王隊長，一邊奔走相告，兩個隊大部分歸僑便都跑上團部來了。

王隊長拉著阿四哥從辦公室出來時，一伙人跟他開玩笑：「阿四哥，褲子乾了沒有？剛才那一槍，有沒有嚇得賴尿！」「你平時吹牛功夫有多硬，不是說三五個人近不了你的身嗎？」大家嘻嘻哈哈，簇擁著他一家人回家。快到家門口，阿四哥不進家門，隊長問他又要去哪裡，他說我還得到牛圈去看看，說不定那牛犢自己回來了。大家都罵他，是不是那一槍沒有嚇夠？他還是堅持要去看，隊長只好跟著他去。進到牛圈仔細一看，那小牛犢睡在母牛身旁，安安穩穩的，可能是剛才阿四哥才吃飽飯，眼花沒有看清楚。現在看到牛犢子還在，氣得他拔下插在門後面的鞭子，要去抽那母牛。隊長把他手裡的鞭子奪下來，把他推著回家去了。

阿四哥叫楊國才，廣東平遠縣的客家人。解放前，家鄉的歌謠有「平遠賊多」的句子。因為那裡山多地少人窮，自古以來起來造反的人多。以前是造封建王朝的反，後來是跟隨共產黨鬧無產階級革命。阿四哥小時候跟祖父母在家，父親在印尼做小販。他小時候不喜歡讀書，喜歡跟人耍槍弄棍。村裡人說他：「上村四狗牯，畏書如畏虎；今日搞竹棍（客家人用來練功夫的槍棍，有竹、木兩種），另日

（以後的日子）食番薯」。十多歲時，父母請水客把他帶出印尼，跟著阿爸做小販。父母去世後，子承父業，還是做小販。沒有錢，三十歲上，討了個番婆（印尼女人）。他為人仗義，喜歡結交一些好弄拳腳功夫的朋友。阿四哥特別愛國，不但和其他人閒談中，就是在「自家人」（客家人見到鄉里的口頭語）面前聊天，也聽不得別人說中國的壞話。萬隆會議時，他聽從領使館的召喚，和一些熱血華僑青年，為保護中國代表團出了一分力。

回國時，阿四哥已經快五十歲，隊上分有十幾頭黃牛，沒有人願意放，他便主動接下來放。每天帶著午飯把牛趕上山，看著牛吃草，到下午三四點鐘才把牛趕回來。可能是一個人在山上寂寞，下山後，見到人話就多。回到農場以後，不管什麼風雲變化，他一腔愛國熱情不減，不管聽到誰說國家、政府半點不是，就要和人爭辯。有些年輕人，有時就會故意說幾句不傷原則的話逗他，弄到他生氣時，敬他一支香菸，誇他幾句，他就會轉怒為喜，耍兩下功夫給大家看。

文化大革命以後，造反派把農場領導打倒了，後來聽說連國家主席劉少奇都給打倒了，他覺得天下大事變得無法理解，便只管放牛，不再關心國家大事。

不單歸僑連隊，連傣族連隊都有很多人認識他，曾經和他吹過牛，跟他開幾句玩笑，大家開心一下，想不到他會被當成特務。

回學校時，曾老師說：「這些當兵的真是神經過敏，竟然想得出在農場抓台灣特務！」

「也不動動腦筋，真有特務，還會跑到你機關旁去打信號？」伍老師說。

我說：「上次是省革委會主任被殺，這次是副統帥叛國投敵，好像全國上下都弄得『八公山上，草木皆兵』了。」

有一天從學校下來，遇到顏副主任，他叫住我：「小古，學校最近沒有什麼事吧？」

「沒有哇，會有什麼事？」

「傳達x號文件，大家沒有什麼議論？」

「能議論什麼？國家大事，中央文件怎麼說怎麼聽，那能亂說。」

「歸僑中不是傳達文件之前就有人聽到國外電台廣播了嗎？你沒有聽他們在下面傳說？」

「他們講印尼話，我又聽不懂。」

「你成天跟他們在一起，你老婆，你兄弟，都是講印尼話，你還會一點都聽不懂？總之，以後你聽到歸僑中有什麼議論，跟我吹吹，我們好及時掌握下面的思想情緒。」

聽到副主任的話，我不覺笑起來。

「你笑什麼？」

「我都成『叛徒、特務、內奸、工賊』了。」

「扯淡，什麼意思？」

「在學校讀書時，我和歸僑同學住一間宿舍。政治輔導老師也是叫我隨時向他匯報歸僑同學的思想動態，和你現在說的一樣，還不是『內奸』？」

「你算了吧！掌握歸僑的情緒和想法，也是為了幫助他們解決一些困難嘛，又不是叫你幹壞事。」

「我還正想找你反映我的情緒哩！傳達中央文件時，指導員把我當歸僑，最後一批傳達；真有什麼照顧歸僑的政策時，又把我當國內幹部。我兩邊的照顧都沾不著，兩邊的區別對待就有份！」

「算毬啦，對歸僑『一視同仁，適當照顧』，現在還有什麼好照顧！」

那段時間，農場裡各種消息都有。部隊和地方幹部傳的是小道消息，歸僑中傳的是「敵台」消息。有一天幾個人一起吹牛時阿祥說：「今天下午楊連長見到我，問我最近澳洲台廣播什麼新消息沒有。」

「你有沒有告訴他？」

「當然沒有，我跟他說我沒有收音機，也不跟別人一起收聽澳洲台。」

「聰明！別以為你以前是共青團員，到時照樣把你打成『裴多菲俱樂部』成員。」

「楊連長可能也是真的想知道消息，他上次傳達文件被大家說了一頓之後，反而變得和氣了，見著人打招呼，偶然還會下田幹半天活。他們這些當兵的，除了聽上面的文件，小道消息又難分真假，也許真的是想打聽點外國傳來的消息！」

我家裡沒有收音機，聽阿爸說，回國時帶回的收音機，被動員賣給國家了。我現在領的那份工資，想買收音機，要勒緊褲腰帶好長時間，而且，現在收音機廣播的內容，和報紙刊登的完全一樣，國內的收音機也收不到澳洲台。

我問他們：「過了那麼多年，外面帶回來的收音機不會壞嗎？你們的收音機都收得著澳洲台？」

「要半導體收音機才收聽得清楚。六零年的時候，在印尼買一個好的半導體收音機還是比較貴，帶半導體收音機的沒有幾家。最初，電子管收音機收不到外國電台或收音效果差，不知道是哪一個教的，把天線用竹竿接長，伸到屋頂上，就能收得到。後來，有積極分子去場部揭發，場部派人下來禁止，全都把竹竿撤了。文革後大家造反，沒有人管，有人又搞起來。」

「是誰去揭發的？」

「總有幾個要求思想進步的人，隊長也會向上匯報！」

盛昌跟阿祥開玩笑：「阿祥，你那時是進步青年，不會為了入團，也出賣過大家吧！」阿祥不耐煩答他。

「農場最初沒有團組織，後來有幾個春城來的歸僑下鄉知識青年，有華僑補校的，也有其它學校的，農場才建立團支部。」

我回想起來，點點頭說：「這我聽說過。」

梁老師說：「這你又知道？」

「我剛上大學時，聽春城華僑補校考到師院的同學說起過。六四年華僑補校曾送過十多個歸僑學生上山下鄉，當時還開大會歡送，人人戴著大紅花，全校敲鑼打鼓送出校門。這十幾個多數下到華僑農場，也有個別下到農村。最有名的是個女的，下到離城不遠的一個縣，後來還被培養成女副縣長，上過報紙」

阿祥說：「他們下來農場時，場部也組織過一批青年去歡迎，開座談會。不久，就由老區組織年輕人學習，由老區等人介紹，我們幾個加入共青團，紅旗分場和建設分場分別成立團支部。」

曾老師笑阿祥：「你們這幾個歸僑中的團員，好像都不下田了，在機關和直屬隊工作，怎麼只有你還在跟著牛屁股犁田？」曾老師在大學也是共青團員，到年齡就退團了。

「還不是跟著這幾個落後分子，被他們拖了後腿！」阿祥怪盛昌和啟新幾個。

「自己不要求進步！文化大革命剛開始，那幾個團員跟著老區去捉春城來的紅衛兵；後來農中學生和春城下來的紅衛兵一起造反，鬥老尹老區他們，你都不參加，還怪別人！」

在學校裡，我和曾老師對農場的文化大革命情況不了解，跟阿祥他們幾個一起玩時，他們很少講到文化大革命。

梁老師六四年就到農場了，有一次我們三個議論到文化大革命，他簡單說過幾句：最初有幾個春城歸僑中學生下來串聯，發動大家起來造反，農場曾派老區下來調查，要抓他們。後來公路上來往的汽車都掛滿造反標語，春城又下來十幾個紅衛兵，都是中學的印尼歸僑學生，串聯一批年輕人起來造反，主要是農中和元水中學的學生，加上幾個年輕人，一哄而起，組織戰鬥隊。接著是布朗（銀行）營業所的李新忠，拉攏起幾個幹部和傣族年輕人，組織起造反組織，把其它幹部拉出來鬥爭，後來和縣上造反組織起來奪了權，成立革委會，把農場搞得一團糟，後來便組建兵團。

曾老師說：「農場只有一派組織，幸好沒有發生武鬥。」

「李新忠他們曾經提出在歸僑中劃階級成分，上面下令不準搞，如果搞起來，歸僑要大亂，要死人。又有人想在歸僑和傣族之間挑起矛盾，沒有人聽他們的。但是，那些造反派發動群眾鬥群眾，每個隊都有歸僑被批鬥，有好幾個被鬥到頂不住自殺，幸好都沒有死。」

「剛開始打彈弓，抬梭標時，農場有十幾個上去參加春城覺悟兵團，我還找過他們。」

「那幾個年輕人無聊，以為打架好玩，一聽見打槍，都趕緊跑回來了。」

「歸僑回國以後，不懂什麼『階級鬥爭』歸僑之間也沒有多大的利害衝突。問題是，雖然沒有死人，卻像文老師說的，文化大革命給歸僑心靈上造成的影響非常深遠。」

農場的氣氛平靜下來，現役軍人幹部照樣在忙機關工作，歸僑職工和傣族職工忙下田，學生老師忙教學。

這天放學後，我從學校下來到供銷社買東西，剛走到廣場上，見王荃犇隊長在前面，後面是阿祥，謝啟新，呂有良，黃盛昌四個，抬著擔架快步走向醫院。阿四哥的老婆和兒子女兒，在後面邊走邊哭。我連忙跟上去，問出了什麼事，王隊長說：「阿四哥被牛撞傷了，傷得很厲害。」到了醫院，醫生讓大家都出去，只有阿四嫂和大兒子留在裡邊。大家到外面的院子裡站著，沒有人說話。沒有多大功夫，就聽見阿四嫂和兒子很響的哭聲，隊長和阿祥幾個趕快進去，一會兒王隊長出來，神情哀傷地說：「傷得太重，救不回來了。」我和另外幾個人站在院子裡一直沒有進去，又過了一會兒，進去的人都陸續出來了。

有良說：「我剛收工回來，聽見阿四嫂一家又哭又喊，進去一看，阿四哥躺在床上，胸前衣服上都是血，嘴裡還一直有血涌出來。我嚇得趕快叫隊長，又跑到醫院扛來擔架，大家七手八腳把他抬到醫院。」

「醫生說，胸骨和肋骨都不知道斷了幾根，胸腔和腹腔裡都是血，就是大醫院也救不回來了。」

有人問：「阿四哥是怎麼搞的，會傷得這麼厲害？」

「聽阿四嫂說，他下午去山上趕牛時，一頭母牛下了頭小牛，可能小牛學走路時跌跤，有條腿跌壞了，阿四哥去抱小牛，那母牛就牴他。第一次牴在身子左側，等他站起身來，懷裡抱著的小牛掉了，那母牛又向他胸前連牴了兩次，這兩次牴得重。」有良說。

「以前要下小牛的母牛都不放上山的，怎麼這次會在山上下小牛？」

「很難說，母牛什麼時候下小牛有時看不準，以前也有在山上下的。只是阿四哥應該知道，你動著剛生下來的小牛犢，母牛會來牴你。」

「傷得那麼厲害，還有本事自己走下山來，真是神仙！」

「聽阿四嫂說，回來還說不用去醫院，躺著休息一下就好了。不久就一直嘔血，不省人事，阿四嫂才嚇得叫人。」

王隊長去場部匯報，李幹事跟隊長一起來到醫院。聽完醫院領導向李幹事報告了搶救經過，李幹事對阿四嫂和子女作了慰問。阿四嫂是印尼婆，聽不懂李幹事說些什麼，由王隊長翻譯給她聽，兒子姑娘只會低聲哭。等李幹事回去後，王隊長和隊上幾個人與阿四嫂商量安排後事。

第二天傍晚，阿四哥安葬在「華僑新村」。紅旗一隊、二隊，走得動的人都參加送葬。兩個隊的房子連在一起，有些還互相交錯。往日，吃晚飯前後，會有人在公路邊的酸角樹下吹牛，望望公路上往上或往下開過的汽車。如果見到阿四哥從山上趕牛下來，就會幫他吆喝一聲，和他開開玩笑。

有人埋怨王隊長：「不管怎麼說，阿四哥也是為了保護集體財產去世的，兵團應該表彰一下，隊長沒有向上反映？」王隊長說：「怎麼沒有反映？上面說：又不是為國捐軀，總不能說是為牛捐軀，因此號召大家向他學習吧。」阿四哥墓牌上只寫著「楊國才之墓」五個字，以後有人到「華僑新村」掃墓

時，看到這名字，也沒有幾個人知道楊國才是誰。

學校的林負責人調走了。據說他愛人的兄弟造反起家後，當了什麼單位的革委會主任，把他姐姐和姐夫調回春城效區。調回去會安排什麼工作，林負責人不會告訴大家。老師們都為他高興，要指導員閅個茶話會為他送行，林負責人表示自己為搬家事很忙，大家的好意心領了，指導員又沒有堅持，便免了。有老師「杞人憂天」，擔心老林調回去以後，在家裡更沒有位置了。

團部重新調了一位原農場幹部到學校，仍然叫負責人。新負責人叫陳其春。段指導員沒有變動。

二、教然後知困

以前的華僑農場幹部，有三種成分：一是上級委派或調動的地方幹部，二是部隊轉業安排的幹部，三是當地傣族幹部和歸僑幹部。地方幹部由省，地，縣下來的都有，有些是由上級黨組織部任命下來的，有些是在反右鬥爭後建立農場和大鬧鋼鐵銅以後留下來的，轉業軍人是由軍區和地方黨委協商安置的。

陳負責人是轉業軍人，四川籍。轉業前是連級幹部，擔任過華僑農場副場長。所有老師還是叫他校長。陳校長砲兵出身，如今耳朵重聽，要帶助聽器才聽得清楚別人說話。他到學校第一次見面時，聽到伍老師和他說話很大聲，我不由得想起在軍訓連時第一次聽到榴彈砲發射那震耳欲聾的響聲。打過招呼以後，黎老師小聲對我和幾位歸僑老師說：「學校領導，一個不愛說話，一個聽不清別人說話，今後，學校工作主要靠大家自動自覺。」

學校教學方面的工作，兩位領導的確很少管，靠老師「人自為戰，各自為戰」（電影《地道戰》中八路軍指揮員的語言）。那幾年，教育部門沒有下發「教學大綱」，學校也就不制訂全校教學計劃，各科任教師也就沒有擬訂和提交學科教學計劃。課前沒有人檢查你的教案，兩位領導也從來不進教室聽課，老師有沒有認真備課只能靠自覺。梁老師還是單身，有時睡過頭了，臨上課前隨手在香菸紙上劃幾道數學題，就趕去上課。我有一本教學參考資料，臨時看一遍，不用備課，也可以蒙騙得了學生。全校的學農活動，開墾大寨田，兩位領導就抓得很緊，他們不但堅決按上級布置的要求完成勞動任務，而且，除了到團部開會，「學農」課從來不缺，分別參加到各個班級中去，弄得學生埋怨，說兩位領導像個監工。

把河灘地改成大寨田，第一步是把田裡的鵝卵石清除乾淨。這勞動對初中學生來說比較繁重。地面上的鵝卵石撿掉以後，把埋在沙裡的石頭挖出來比較費勁。如果用釘耙刨，可能效果會好些，但是，這種在家鄉每家都有的農具，我在布朗壩沒有見到過。學生帶的都是鋤頭，刨不了幾下，鋤頭便多數都脫掉了。我這個班主任，每次勞動都為幫學生重安鋤頭把頭痛。馮老師沒有當班主任，可以隨意到某班參加勞動。有一次到我們班參加勞動，幫我給學生修鋤頭。我見他從口袋裡掏出膠皮和木契子，把膠皮包在鋤把頭上，再套上鋤頭，用木契子契緊，在大石上頓幾頓，那鋤頭便十分穩當。馮老師對我說，他以前在山上教書時帶小學生勞動，修脫掉的鋤頭把有經驗了。這天的學農課，有幾個學生的鋤把脫掉了，都來找他修。臨下課時，馮老師對那些學生說：「我沒有那麼多膠皮，以後你們自己帶膠皮來，破鞋底，斷皮帶都可以。我負責木契子，幫你們修。」後來，每當要帶鋤頭的勞動中，我看見馮老師都在幫同學修鋤頭，我因此懷疑，可能有些學生在勞動課時，有意把家裡快要脫掉的鋤頭帶來，讓馮老師幫忙修。石頭撿完以後，再從山上挑來含有腐植質的土，鋪在隔成方塊的田裡，平整後泡上水，等土壤鬆化了，再翻耕幾次用水泡著，明年就可以試插早稻。經過全校師生的努力，大寨田終於修成了，指導員和陳校長都非常高興。陳校長在總結大會上提出在全校評出這次修大寨田勞動中的先進班級、先進學生、先進教師，全校師生熱鬧了一個下午，評出先進班級兩個，先進同學十四位，先進教師兩位。教師評比會上，記不清是誰提馮老師的名，馮老師急得連叫：「不行！不行！」馮老師年紀最大，不但和大家一樣積極勞動，特別是想辦法幫同學修理勞動工具，提高了勞動效率，功不可沒，因此，一提出馮老師的名字，全體老師一致通過。

有一天吃過晚飯，我準備到教室後面的小團山上散散步。才走出家門，見馮老師的愛人忽忽走來，一見我就說：「老馮不知道為什麼在哭，我想找陳校長，又怕他聽不清，要嘛古老師幫我去看看。」我說：「走吧，為什麼無緣無故會哭？」「剛才吃飯都快吃飽了，又叫我炒了點花生說要喝酒，喝著喝著，怎麼就一臉都是眼淚。」

進到馮老師家，馮老師見我進來，用袖子抹了把臉，說：「古老師，坐，坐，喝兩口！」說著，

拿起酒瓶給我倒了半杯白酒。

我抬起酒杯，吮了一小口：「高粱酒，農場釀酒廠買的？」

「是，供銷社只有甘蔗酒，酒廠平時都是釀包穀酒，難得釀一回高粱酒，剛好碰上買了一斤，喝了一些，這是剩下的。」

「今天高興，喝上一口？」

「哼！是高興呀，評上先進教師，是該高興一下，慶祝一下！」說完，抬起酒杯和我碰杯：「喝！」

「馮老師，你是我的學長，前輩，我平時很少和你坐坐，今天陪你喝一口！」

「喝！古老師，我從師院畢業時，你還在上小學吧？當時，學院安排我留校任教，我為了爭取進步，積極要求參加了省政府機關的土改工作隊。那時參加土改工作要冒生命危險的，全省各地都經常有土匪作亂，殺土改工作隊員。我父親是個中醫，家裡有幾畝薄田。那時候家鄉也在土改，家裡寫信來，說工作隊把我家劃成富農。我就是土改工作隊員，我也掌握土改政策嘛！我認為我們家不應該劃成富農成分，便寫了封信寄回去給當地土改工作隊。我父親比較木訥，不善言辭，我只是把家裡的情況作了詳細介紹說明，要求他們按政策復查一下。結果，縣土改工作隊的告狀信寫到省土改工作隊，說我立場不穩，企圖包庇剝削階級家庭。後來，把我清除出土改工作隊。」

「馮老師，這都二十年的陳年舊事了，當時，各地區土改工作隊的政策水平……」

「古老師，這事我不計較，說不定我真的有錯，自己政策掌握不好。後來，分配我到元水縣當老師，我也沒有不樂意，本來就是師範畢業生嘛。那時玉河到元水還不通公路，從玉河縣下來，把行李馱在小毛驢背上，走了一個多星期才來到元水縣，安排在中學教書。五七年，把我從縣中學下到山頭上的小學，我也不計較，山上的小學生也要有人教。『盈乎萬鈞，必起於錙銖；竦秀凌霄，必始於分毫。是以行潦集於南溟就無涯之曠；尋常積而玄圃致極天之高。』要教好一個小學生，不比教一個大學生容易。古老

師，我同班同學中有人教大學，有人教中學，我在山頭上教小學，我自得其樂！」

「六二年把我調到布朗華僑農場小學，我很高興。所謂『赤子之心』，這些剛回來的歸僑子女，都是赤子。那時，我教書別提有多認真了，連校長都笑我：你這大學生教小學，何必下那麼大功夫？萬丈高樓從地起，我是希望像起地基一樣，把這些赤子教好。可是，地基起得再好有什麼用？華僑小學畢業生，成績在縣上是上游，到第三年，縣中就只收了幾個，多數都沒有書讀了。農場辦起農業中學，農業中學也罷了，當個有知識的農民，同樣是個出息。後來呢？文化大革命來了！我教了十幾二十年書，現在被評為先進教師，不是因為我會教書，是因為我會修鋤頭！修好鋤頭，能使學生更好地挖地球！哈哈！這像是一齣戲，不像現實，是不是？古老師，你們，你們不是在看戲吧？」

我抬起酒杯跟馮老師碰了一下說：「不是也有句話，叫做：人生如戲，戲如人生嗎？臺上，是小舞臺；臺下，是大舞臺，臺上臺下，你看我，我看你，不都是在看戲嗎？」

「我還真懷念在山頭上的日子：四周沒有人家，只有藍天白雲，蟲鳴鳥叫。教幾個小娃娃，閒來帶他們『晨興理荒穢，帶月荷鋤歸……』」

我看瓶裡的酒已經不多，把它往我杯裡倒了幾滴，剩下的倒在馮老師的杯子裡，說：「馮老師，師院歷史系的老師我不熟悉，我們中文系的老師文革中都受到衝擊。這兩年不是說『知識越多越反動』嗎？但是，我覺得多數同學還是佩服有學識的老師。套句楚子的話吧：滄浪之水清兮，可以濯吾纓；滄浪之水濁兮，可以濯吾足。我不會喝酒，今天捨命陪君子，一醉方休，一齊乾了這杯！」

馮老師的愛人過來奪他手中的杯子，對我說：「古老師，不能再讓他喝了，他已經喝了不少！」

我說：「讓他喝吧，馮老師今天高興！」

馮老師咪著眼，抬起酒杯說：「喝！我高興！喝！」一口把酒乾完，便伏在桌子上。

馮老師的愛人把他扶到床上睡下，轉回來坐下和我聊天。

「馮老師是我的學兄，我和他差著十幾年。讀書、教書，他都是我的前輩。」

「什麼學兄前輩，他這人除了識幾個字，一樣本事沒有！」

他們的兩個女兒都長得像馮老師，細皮嫩肉，白淨清秀，一脈斯文。如果像媽媽，就比較粗黑。大嫂是山頭上的彝族，她原來在公社做婦女工作，但還沒有進入國家幹部行列，跟隨馮老師調到華僑農場以後，農場沒有給她安排職務，成為普通職工，在生產隊參加勞動。

「馮老師討著你，是他的福氣！大嫂是怎麼和馮老師認識的？」

「那年他被派到一個山頭上去開辦小學，那地方以前沒有學校。兩間土坯房，地上用土坯壘起來，架上木板當課桌，就是學校。周圍幾個村子離得遠，開頭只有幾個學生。我那時在公社當個工作人員，做婦女工作。公社主任叫我去幫他，動員家長送娃娃讀書。這老陳，看著是個大男人，連我們山上的小姑娘都不如，火也不會燒，飯也不會煮，點著明子（用來引火，飽含松脂的松樹片）用搪瓷口缸煮麵條，水沒有煮開就放麵條進去，煮成黑麵糊，看著可憐得很！」

「那你就幫他煮飯，煮成他老婆了？」

「那有那麼容易，我想不通：這些城裡的男人，怎麼會笨成這個樣子。後來學生開始多起來，他這人會疼娃娃，娃娃又喜歡他，公社主任就來動員我：我們不讓這個馮老師走了，你和他成個家，好好照顧他，讓他安心在這裡教書。說來說去，說了很多次，便嫁給他囉。」

「你知道嗎？我們背後都羨慕馮老師，說他討了個好老婆。特別是你兩個姑娘，很逗人喜歡。」

說到兩個女兒，大嫂滿臉陶醉，又吹了一陣，天黑了好一陣我才回家。

上海知青來了不久，兵團又陸陸續續來了十幾個知青，男女都有。聽口音，有些是北京的，有些是春城的，有幾個也是上海的。這些人沒有和上海知青安排在一起，都安排在各直屬連，有兩個女的，安排在團部。有一天，一個小伙子走進學校閱覽室，不跟人打招呼，坐下來看報紙雜誌。我和梁老師坐

在裡面，以為是那個老師的親戚，便沒有問他。過了一會兒，那小伙子問我：「你們學校有多少學生？有幾位老師？都是什麼文化程度？」說話北京腔，一副上級領導的口氣，只是看著太年輕。

「你是上級派來視察工作的吧？本人斗膽，請問尊姓大名？」我問他。

「不是。我姓荀，是新來的知青，看到這裡有所中學，進來看看。」

「原來是新來的知青。聽說最近有幾個從其它師團調來的，不知閣下原來在哪個師團？」梁老師問他。

「滇西 x x 師。」

「你們可以隨便要求調動嗎？」

「老頭兒把我弄來這裡，在那邊怕我跑出去。」

「跑去哪裡？」

「跑到緬甸當緬共。老頭兒糊塗，我那會去當緬共（當時跑出去參加緬共的，以春城華僑補校上山下鄉緬甸歸僑學生和春城籍知青居多），有時候跑過去，是去買手錶。」

「那邊的手錶便宜嗎？你買那麼多手錶幹什麼？」

「他們那邊買賣手錶，不管牌子，用手掂掂重量，越重的越貴。買來帶回城，賣出去可以賺錢嘛。」

「你父母是在什麼單位工作的？」

「原來在國務院，靠邊站了。」

「你剛才還說靠他把你調來這裡。」

「人情還在嘛，兵團有個領導過去是他老部下。你們都是哪個國家回來的？」

「印度尼西亞。你們幾個都是一起調來的嗎？怎麼會要求來這裡？」

「誰知道那些人是從哪裡來的。我來之前打聽過了，你們這裡比其它師團好些。」見穿著軍裝的指導員進來，那知青不打招呼，起身走了。

全省原十三個華僑農場中，布朗農場佔地面積最大，歸僑人數和全場職工人數都最多。文革前，農場經濟已經得到很大發展，文化生活也比較豐富多彩；布朗壩離春城二百五十公里，公路鋪成瀝青路以後，大半天可以到玉河，不到一天可以到春城。想起小吳吹牛時說的那些雖然誇張，相比之下，布朗農場各方面的條件確實比其它農場好。這些人既然是靠關係調整到獨立 x 團來的，工作安排也都比集體來的上海知青好。

全團職工的口糧供應沒有減少，只是，比起農場自己種出來的大米，從廣西買來的大米實在難吃。不同品種的大米口感不同，更主要是米太陳舊。當農民有一種比城裡人優越的地方，就是不會吃陳米。國家每年收購公餘糧後，新穀入庫，把倉庫裡的陳穀換出來，輾出大米供應給城市居民，所以，城裡人幾乎吃不到新米飯。陳米煮出來的飯味淡，不軟糯，特別是冷了以後硬綁綁的，更難吃。傣族老鄉過去是吃糯米飯的，所以，那些年紀大的傣族職工，更是一吃飯就要埋怨幾句。

文化大革命形勢一片大好，越來越好，市場供應越來越差。買不到香皂，肥皂，買牙膏要帶用完以後的牙膏皮。洗衣服找樹上的皂角，挖地下的皂根，女的洗頭髮用草木灰水。這天在小河裡洗澡，因為沒有香皂，幾個人都是拿塊小石頭搓身上的油泥。阿祥不搓，只用水沖，說：「我不敢用石頭搓，我不像你們，在教室裡不曬太陽。我每天下田，皮都曬脫了，再搓掉一層皮，要搓到肉了。」梁老師把自己的香皂遞給他。梁老師的弟弟在春城工作，有時會帶點香皂之類的日用品給他。永祥一邊用香皂抹身，一邊說：「現在是『夾得麼騰生，夾查窩麼眠張』這日子不好過！」梁老師和曾老師聽得大笑起來。我問他們阿祥說什麼你們那麼好笑？梁老師說：「阿祥說的是閩南話，那是過去窮人唱的歌謠，用普通話說就是：想喝茶，沒有糖果；想睡女人，沒有床。」我笑阿祥：「你老婆聽見，今晚不給你上床了！」

其它副食品供應更說不成，除了有時會供應三兩白砂糖，其它基本沒有。由於糧食減產，飼料供應減少，影響整個農場和各生產隊的生豬產量，職工每月供應的豬肉也減少了。以前連隊都是每人每月供應半斤，現在豬養不好，每月每人只能供應三兩。農場只有幾個傣族生產隊有個小魚塘，產量微不足道。撈魚時，除了賣點給場部機關食堂，其餘都只分給本隊職工。整個農場只有一個大水塘，兩年才會在春節前撈一次魚，照顧歸僑職工，每人可分配半斤到一斤，回國十年都是如此。

再過幾天就是春節。廣場舞台周圍插起了彩旗，春節期間，不但團裡的毛澤東思想宣傳隊有演出，縣上和一些公社的毛澤東思想宣傳隊也會來表演。還會放「老三戰」（地道戰、地雷戰、南征北戰）和「樣板戲」電影。春節前就開始組織各種球類的循環比賽，歸僑的精神讓我佩服，吃得差，年輕人卻還有精神在球場上奔跑，中老年男女也有精神在周圍看得津津有味。籃球場是燈光球場，到時間李幹事把燈亮起來，整個廣場很熱鬧。

大年三十，隊隊殺豬，分到家裡的豬肉，是每個家庭唯一的油葷。

歸僑職工家裡都養雞，養兩隻，最多三只，沒有多餘的糧食，多了養不起。養雞主要是用來下蛋吃，特別是家裡有小孩的家庭。那兩年，除了雞蛋，沒有其它營養品，所以，就是春節這樣的大節日，也沒有家庭捨得殺雞。

華僑農場時期，農場對生產隊生豬飼養的管理非常重視，以使全場職工的豬肉供應得到保證。文革前，職工和職工子女每月和年節的豬肉供應量，由農場下達指示，生產隊安排宰殺分配。兵團成立後，沿用這個老辦法，但是，由於生產隊生豬飼養比以前差，團部只能統一指示減少供應指標。今年春節，團部下達的供應指標是：連隊所有職工和子女，不分大小，每人淨肉半斤，豬內臟和豬骨不計算在內。

紅旗二隊連長沒有帶家屬來，春節前回家團聚去了。連副王荃犇隊長，在豬廄揀了一頭比較肥的豬，希望除了分肉外，可以多撕點板油下來，每家分上一小塊。殺好豬，分到最後還剩十斤左右的肉。

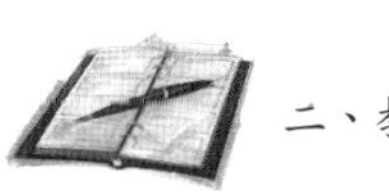

按以前的規矩，隊上分不完的肉，要上交給農場供銷科（最後給機關食堂）。王隊長覺得，一年一度的春節，這肉所剩數量不多，與在場群眾商量後，來個瞞上不瞞下，將剩下的肉，按家庭不按人頭切碎分掉了。這情況，過去也有過，只要不是隊上有意揀超重的豬殺來多分，多出的肉不是太多，分掉了上面也不追究。這次多出來的肉，大約每家多分了半斤。不知道是本隊還是別隊出的「叛徒、內奸、工賊」去場部告密，各家才把肉拿回家不久，機關食堂事務長李順，跟著一個解放軍幹事下來追查。歸僑對部隊編制職務分不清楚，除了幾個主要領導，對機關穿四個兜的幹部，都稱「幹事」。這兩人找到王隊長，王隊長也老實承認有這事，幹事和李順先對王隊長批評一頓，要他把多分下去的肉收回來。王隊長雖然覺得為難，因為的確是違反上級規定，現在兩位幹部追到隊上來，只好一家一家去收那多分的半斤肉。

三個人一家一家去收，幹事和李順站在門外，王隊長不管進到哪家都是挨人罵，最後，來到亮星伯家。亮星伯一家三口，本來只分得一斤半肉，加上最後那塊，將近兩斤，拿回家已經下鍋，準備整塊煮熟了，供一供灶神，聊表意思。聽到隊長要把已經下鍋的肉都拿回去，亮星伯很不高興地說隊長：「你也是幾十歲人，還當了幾年隊長，叫人把下到鍋裡快煮熟的肉拿回去，也不怕神明生氣！如果說多分了，下個月我不分那半斤肉，補回去不就行了！」王隊長說：「上面就是不行嘛！要現在就交回去，兩個幹部在外面等著，家家都拿出來了，撈出來給他們吧。」說著，拿起鍋邊的筷子，把鍋裡那小塊的肉夾起來放進提著的籃子裡，轉身走出門來。亮星伯一看，氣得頭上冒菸，對著王隊長背影罵道：「王荃蕣，你這吃屎長大的，也不怕雷公劈！『當麥嘓膦棍隊長』（當什麼雞巴隊長），這年不過了，這肉都拿去餵狗算啦！」說著，把鍋裡另一塊肉挾出來，望著門外的人拋了出去。隊長剛走出門把籃子遞給李順，兩個幹部轉身要走，聽見「叭」一聲，一塊豬肉落在地下，又聽見「拿去餵狗算啦」，李順回頭指著門內的亮星伯喝道：「你說什麼？你說什麼？你說我們是狗？你敢污蔑解放軍是狗？污蔑共產黨是狗？你好大的膽子！」外面已經有幾個左右鄰居圍觀，聽見李順把話說得兇險，便七嘴八舌爭辯說：「老李同志，剛才我們都聽見了，陳亮星沒有說解放軍是狗，也沒有說共產黨是狗，你不能冤枉好人！」

「對啦，我們倒是聽見你說的：『解放軍是狗』、『共產黨是狗』這句話。」「陳亮星把分給他的肉餵狗，是他的事；你把肉拿回去，是狗吃還是人吃，大家都明白！怎麼能給人亂扣帽子！」又有人大聲說：「老李是文化大革命中造反起家的，造謠污蔑，打砸搶，扣帽子是他的拿手好戲！」王隊長急得用印尼話勸大家：「求求你們都少說一句，不要再添亂了好不好？」。那解放軍幹事一直沒有說話，可能聽到有人說李順是造反起家的，轉身便走，李順也跟著走了。

亮星伯還在罵人。有人把滿是灰塵的肉遞給亮星伯：「別生氣了，拿回去洗乾淨快煮來吃吧。」剛才那肉丟出去，不知誰家的狗經過，看見一塊肉從天上掉下來，叼起就跑。幸好有人看見追過去搶了回來。亮星伯還在生氣：「地下撿起來，又被狗咬過，不要了！你要你拿去吃。」那人說：「亮星伯，是你說的，那我拿走了！」亮星伯母上前把肉搶過去，罵道：「『死佬發脹』（罵人死掉已經屍身發脹），有吃還嫌髒，前幾天，埋在地裡的死豬都被人挖來吃了！」王隊長趕大家：「回去！回去！別在這裡胡說八道！」大家才散去。

過完春節，開學沒幾天，開展「批林整風」運動。全部部隊幹部集中在第三小學進行整風，學校延期開學。又是像上次一樣，周圍有警衛班的戰士荷槍守衛，搞得緊張兮兮。參加「批林整風」的地方幹部只有幾個副主任級別的，其它都是現役軍人。過幾天，有風聲傳出，會上鬥爭很激烈，整風期間，有好幾次派人到醫院叫醫生，有幹部在會議期間生病了。這次整風整了兩個星期。中學段指導員參加運動去了，陳校長沒有參加整風，那耳機也不是天天都帶著。老師們便在背後議論：因為是副統帥出事，可能問題涉及到部隊，兵團的軍人又是從不同部隊調來的，文化大革命中有支持這派的，有支持另一派的，所以鬥爭激烈。

所有老師沒有把這次整風當一回事。三小的整風結束後，指導員回來領導學校開展批林整風。除了課程表上規定的政治學習課，還安排在下午課外活動時間加班學習。學習的文件有批判林彪推行極左

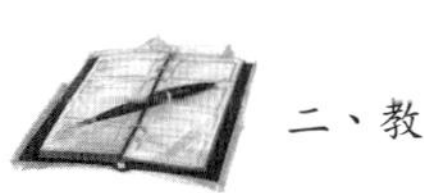

路線搞形左實右的；有要求清查與林彪反黨叛國集團有關人員的；有宣傳加強黨的一元化領導、又有批判無政府主義、批判瞎指揮、批判派性鬥爭反覆……總之，大家覺得那些精神不容易領會，也與學校教學工作聯繫不上，因此討論難於深入下去，很多時候只是聽指導員讀文件或報紙。

傳達批判林彪的兒子林立果搞的政變綱領《五七一工程紀要》，也是先黨內，後黨外，先部隊幹部，後普通幹部，最後傳達到普通群眾。不過，這次指導員沒有把歸僑老師和國內老師分開。

這《紀要》全文宣讀，讀完以後讓大家討論批判。因為紀要內容具體，又是謀害偉大領袖毛主席，大家發言比較積極，狠批林彪反黨集團的滔天罪行。梁老師發言說：「這紀要說，一小撮秀才橫行，長期搞鬥爭打擊幹部群眾，紅衛兵後期受壓，人民生活水平下降這些，和當前的社會現實……」話未說完，指導員兩眼瞪得溜圓，大聲責問：「你說什麼？你說這紀要上的污蔑言論是對的？你再說一遍！」看到平時很少說話的指導員疾言厲色，嚴詞責問，大家都嚇了一跳。見大家不說話，指導員還在「你說！你說！」地指責梁老師。梁老師見指導員掙得滿臉通紅，平靜地說：「我的話都沒有說完，指導員同志就忙著批評指責。我不敢說自己政治水平有多高，但我對林彪的言行早有看法：講突出政治，說政治可以衝擊一切；毛主席的話，句句是真理，一句頂一萬句。這些都是形左實右的表現。現在看得很清楚，他的這些荒謬言論，搞亂了全國人民的思想，破壞了國民經濟建設和工農業生產，結果使人民的生活水平下降，引起全國人民對社會現實不滿，以便他們乘機搶班奪權。請問指導員。我這看法沒有錯吧？」

「你這是狡辯，梁立宜老師，你是犯過政治錯誤的，要吸取教訓！不能再在大是大非問題上犯錯！」

聽到指導員這樣說，本來平靜的梁老師生氣了，也提高了聲音：「我犯過什麼政治錯誤，請指導員在全體老師的面前講清楚！」

指導員說：「你犯過什麼錯誤，你自己心中有數。」

梁老師說：「指導員同志不好說是嗎？我可以向全體老師說明：一九六四年我大學四年級時，當時的國家主席劉少奇訪問印尼回國路過春城，住在一個溫泉賓館，我前往要求見國家主席，公安人員說我私闖禁區，把我抓起來關了半個月。我據理力爭，最後把我不明不白送回農場勞動。指導員說我犯的政治錯誤是不是這一項？」

「你自己跑去要求見劉少奇，又被公安局關了半個月，還不是嚴重錯誤？」

「劉少奇當時是國家主席，一個國家公民要求見國家主席有什麼錯？至於公安局不准我見國家主席，還關我半個月；學校不等我畢業，就把我送來農場勞動，這是當時的處理。後來，公安局和滇南大學，都對我的問題作了澄清，恢復了我的大學生資格，按我的志願安排在布朗華僑農場工作。這就說明當時公安局和滇南大學對我的處理是錯誤的，已經給予糾正。這些，難道作為學校主要領導的指導員不清楚嗎？」

老師們雖然相信梁老師不會有什麼不良動機，但是，自己跑去要求見國家主席，確實只有從國外回來沒有多長時間，不了解國情的歸僑學生才會有這天真想法。因此，大家一時都沒有說話，指導員也不再指責，陳校長就一直在擺弄他的耳機。

過了好一會兒，曾老師打破沉悶發言說：「梁老師剛才的發言說得很好。文化大革命中出現的很多問題，都是林彪反革命集團推行極左路線造成的。我們應該集中力量批判他的極左路線造成的影響，肅清它的流毒，不要再把矛頭對準群眾。」

大家這才接著發言批判林彪反黨集團的滔天罪行，指導員任由大家自由發言，到時間宣布散會。

過了一個星期，指導員通知：星期六下午，在禮堂召開全團中小學教師批林整風學習會，有團領導參加，任何人不得缺席。聽到這個通知，梁老師說：「中學老師旗幟不夠鮮明，現在指導員請來救兵，要把我當靶子打！」部隊系統突出政治，兵團的政治學習抓得緊，這兩年，中小學老師經常集中在一起，

名義叫「學習討論」，多數時候是李幹事主持讀文件，文件讀完差不多到下班時間，讀完了事。

下午上班時間，七八十位中小學老師來到廣場旁邊的大禮堂。兩點半的上班時間到了，還不見主持會議的李幹事宣布開會。又過了二十分鐘，才見政治部張主任手裡提著文件袋進來，一進來就向大家點頭說：「對不起，有點事耽擱了，讓大家久等。李幹事，宣布開會吧。」等主任坐下來，李幹事宣布開會，幾句開場白後，請張主任作指示。張主任連連說：「沒有什麼指示，我今天是來向老師們學習的，希望大家聯繫我團和學校實際暢所欲言，不要有什麼顧慮。」李幹事請坐在身旁的指導員說幾句，指導員說了一句「讓大家發言吧。」就不說話了。李幹事又請陳校長講話。陳校長望望大家，然後帶上耳機首先發言。陳校長講的一口四川普通話，一開口就「我們要堅決呸！大膽呸！呸倒呸臭！」把好些小學老師聽得交頭接耳。一直聽到陳校長後來的話，才聽清楚他說的四川話「呸」是「批」，要堅決批倒批臭林彪反黨集團。我懷疑那天指導員指責梁老師時，他的耳機已經沒有電，指導員對梁老師的指責，梁老師的辯駁和老師們的發言，他都沒有聽清楚，所以，陳校長的發言把林彪反黨集團狠狠「呸」了一通後，沒有聯繫中學實際說出如何整風，話就結束了。接著幾個小學校長和老師的發言，批完林彪反黨集團的滔天罪行後，聯繫實際也只是講自己學校存在的一些問題：諸如有些老師備課不認真，批改作業馬虎，上課遲到早退，有時在教室抽水菸筒，有時呵責，甚至用粉筆頭打學生等等常見的毛病，沒有人提到中學的什麼問題。看看冷場，平時很少發言的馮老師舉手發言。馮老師系統地，有理論有實際地批判了林彪煽動極左思潮的罪行，歷數極左思潮對文化大革命、對國民經濟建設、對軍隊革命化建設、對教育革命、落實幹部政策和知識分子政策、對僑務政策等等的干擾和破壞。最後還對兵團的批林整風工作表示了高度讚揚，認為：通過批林整風，整個團的軍隊幹部精神面貌發生了巨大變化，從而促進了全團的思想革命化建設，促進了工農業生產的發展……我對馮老師的長篇發言佩服得五體投地，因為平時很少聽他長篇大論。受到馮老師發言的啟發，中學老師一個跟著一個發言，個個慷慨激昂地把林彪反黨集團批判一通。眼看快五點了，還有人在準備發言。李幹事和段指導員耳語了一陣，就請張主任給大家作

指示。張主任清了下嗓子，指示說：「今天的批林整風學習會開得很好。老師們對林彪反黨集團的罪行進行了徹底批判，同時，我們也要看到，林彪反黨集團推行極左路線的流毒，不是一次兩次批判會就能肅清的。剛才老師們提到的許多學校工作中的不正之風，教學工作中存在的一些問題，都是極左路線影響造成的。今後，我們應該在學校黨支部的領導下（小學老師又在交頭接耳：中小學哪來的黨支部？）認真學習，貫徹執行上級的指示精神，搞好學校工作。我就簡單說這麼幾句。」

散會回學校的路上，曾老師說：「這次學習會是雷聲大，雨點小！」黎老師說：「馮老師的長篇批林發言，像一陣風把烏雲吹散了，那還有雨？」馮老師爭辯說：「你們應該正確評價我的發言是經過精心準備的！」黎老師說：「李幹事幹不成事，段指導不善指導，陳校長的發言沒有指出中學教師中的不正之風，虎頭蛇尾。其他老師的發言，又不理解上級意圖，主任接不上火，只好草草收場。」何老師壓低聲音說：「聽說部隊幹部在第三小學閉門批林整風時，聯繫本單位實際，點了幾個幹部的名，進行了批判鬥爭。具體有什麼錯誤，可能涉及軍隊機密，我們無從知道。農場七八十位中小學老師，都是知識分子，雖然和林彪拉不上關係，各人或多或少存在各種非無產階級思想在所難免，指導員和政治部想抓一兩個典型批評幫助一下，這想法很正常。」曾老師說：「想在歸僑老師找典型吧，那天指導員不是想抓梁老師的辮子嗎？」梁老師說：「我每天就是講講 x＋y，不像阿四哥會半夜跑到山上去照電筒、點火抽菸，抓我什麼典型嘛？」

班上的何遠生兩天沒有來上課，也沒有請假。問他同一個隊的學生，說是他爸爸病重。何遠生的爸爸是紅旗四隊隊長何忠明，去年學代會二營選出的先進個人。他的事蹟很平凡，寫出來實在算不上典型，但是，在隊上聽到那些年紀大的歸僑說他的工作表現時，讓我很感動。何忠明小時候從家鄉出印尼，在印尼做小生意，回國時正是壯年，被任命當生產隊長。剛回國時，歸僑生活上不習慣，又要開荒造田，工作生活艱苦，很多人都不安心。忠明叔有五個未成年子女，妻子身體也不很好，他白天帶領職工一起

勞動，晚上到各家訪問，和大家談心，做了很多工作，使全隊歸僑慢慢安定下來，投入到農場建設中；文化大革命運動起來後，一些年輕人造反，到處衝殺，不參加勞動，他又是一個一個做工作，帶領他們堅持出工，搞好生產。那麼多年來，他帶領的紅旗四隊，不但隊上職工的思想比較安定，隊上的水稻產量，也是歸僑生產隊最高的。

這天晚飯後，我去看他，四隊和五隊相鄰，看完他順便到五隊看望趙伯。

走進何家，看到斜靠在床上的忠明叔，我不禁大吃一驚。半年多沒見，竟變得認不出來：身體消瘦，臉色泛黃。見到我進來，忠明叔有氣無力指指凳子說：「古老師坐！」

「聽說忠叔病了，來看看你。除了農場醫院，還到縣醫院去看了沒有？」我坐下來問。

「去過了，縣醫院的醫生說肝有事，叫我去玉河地區醫院詳細檢查。」

「那就上去檢查一下，大醫院設備、醫生都比下面強。」

「孟醫生說安排了，後天有車上去，他會陪著上去。」忠嫂在旁邊說。

「有孟醫生陪著去最好，家裡誰去？」

「家裡還有幾個小的，我走不開。隊上要安排人去，我說不用了，有孟醫生陪著，叫阿遠跟著去，可以幫手。」

看忠叔閉著眼睛，沒有精神，我說聲好好休息，便告辭出來。何遠生十五歲，已經長得有忠叔高。他跟著我出來，問：「老師，那我的功課怎麼辦？」我說：「好好照顧你爸爸，功課回來再說。」「我怕到時考試不及格。」我拍拍他的肩膀說：「回來以後老師給你補課，不用擔心。」

轉到趙伯家門口，趙伯坐在門外的長凳上。我說去看忠叔，趙伯望著遠處的田野沒有答話。

「看來忠叔的病不輕，臉色很不好！」我打破沉悶說。

「他這病是自己耽誤的！我早跟他說過，那病是黃疸病，耽誤不得，哪裡聽得進去，先進也不是這樣先進法。」

「黃疸病就是西醫說的肝炎病是吧，這病不好治。不知忠叔怎麼會得這種病。」

「西醫的說法是傳染病，中醫書有幾種說法。得種這病，既和成日泡在水田裡，與濕熱有關，更主要是辛勞日久，營養不良以至血氣虧損引起的。」

「忠叔當隊長，確實是盡心盡職。上次寫材料，說那年天旱時，他晚上照看秧田水，第二天照樣和大家一起下田勞動，真的讓人感動！」

「剛回來那些年，開荒造田，建設新家園，連那些在海外嬌生慣養的僑生妹，人人都願意吃苦。頭兩年吃的還不那麼差，大家看著茅草地變成田，田裡種出糧食，都覺得苦中有樂。後來，文化大革命一來，有些年輕人跑去造反，造反造不出糧食，肚子要吃飯，那些田基本靠我們上年紀的人去種。今年收穀子時更離奇了：搞工分與基本工資掛勾，學習大寨評『政治工分』！說什麼『你帶著私心雜念為搶工分下田，就是挖社會主義牆腳；你為中國革命為世界革命種田，就是建設社會主義。每天下田，連長先帶大家讀書讀報，開會討論，大家鬥私批修：這人一個上午從田裡扛了十五麻袋毛穀，是為革命種田的，評他十二分；那人扛了二十麻袋，因為有私心雜念，只能評八分。最後，敢於『鬥私批修』的人越來越多，扛出來的麻袋就越來越少。谷穀堆在水田裡不會自己走出來，阿忠只好自己扛，一包一包扛到田間路上，用車拉回來。接連一個多月，鐵打的也挺不住！」

我沒有答話，趙伯長長地嘆了口氣說：「雖然有了出國探親的文件，也不是個個都能出去，農場又是這個樣子，怪不得老文死了都不願意回布朗壩！」

後來增加的幾個老師，都是家在生產隊的，而且，學校也沒有那麼多教師宿舍，不可能都搬上來。在食堂吃飯的還是原來那幾個人，每月一次供應的豬肉，各位老師都拿回家了，集體伙食沒有定量的油肉供應，靠兩位領導到團部叫苦叫得兇時供應一點，有時，連跑幾個生產隊蔬菜地，都買不足一天的菜。

涼拌，或者做成醃菜，時間一長，小食堂的鐵鍋都生銹了。

後來，只好把早餐停了，由老師自己在家裡煮。中、晚飯就是炒兩樣青菜，沒有多少油炒菜，能涼拌的

為了盡快解決食油問題，兵團組織了一個臨時的花生連，到一個叫干塘子的山坡開荒種花生。地整好以後，一等到天下雨，便動員機關幹部和全體中學師生參加點播花生。花生地離學校十多公里，帶中午飯去。因為炒青菜放在飯裡會滲出菜汁，飯菜冷了難吃，老婆從細媽家裡拿回一包隊上分的花生油渣，加點米粉攪勻，放上香茅等佐料，用蕉葉包起來烤熟，讓我帶去下飯。吃飯時，幾個老師和學生坐在一起吃，我見一個叫陳國新的男學生飯裡只有一根黃瓜，便將油渣餅分了一半給他。飯後休息半個小時，才開工後不久，突然聽見有人叫：「古老師，陳國新昏倒了！」我和馮老師急忙跑過去，見陳國新倒在地上，口吐白沫，我趕忙把他抱起來，馮老師說：「中毒了，吃了拌有六六粉的花生！」說完，拿起起水壺給他灌水，把手指探進他的喉嚨，陳國新身子一挺，又彎下腰去，大口大口地吐起來。在其它地塊的花生連連長也過來了，看看我懷裡閉著眼睛的陳國新，又望望地上的白沫，說：「吐出來就好啦！」然後叫來一個警衛班解放軍，和我們一起下公路攔汽車送回醫院。

下到公路，看見我和馮老師扶住一個病人，又有解放軍戰士站在身旁，第一輛過路貨車就停下來，把我們送回農場醫院。在醫院作了檢查，打針吃藥，沒有洗胃。

花生種籽拌了六六粉，主要是防止飛鳥和地老虎等蟲子吃，安排勞動之前，我在班上已經反覆強調，叫大家一定不能偷吃，陳國新嘴饞，萬幸吃得很少。陳國新的父母趕來醫院，看到兒子已經沒有危險，還是免不了埋怨一番，我向他們檢討，怪自己沒有帶好學生。

考完試，暑假只安排休息一個星期，然後安排半天政治學習，半天到生產隊參加勞動，老師們都有意見，指導員說是政治部安排的，大家便不再說話。

這天早飯後，剛要出門，團部來人通知，叫我和伍老師上政治部，有工作安排。兩人來到政治部，

顏副主任對我們說：「團裡推薦了十名知青去縣上參加考大學，安排你們兩人到縣上參加監考和閱卷工作。參加考試的學員有李幹事帶隊，不用你們管，監考閱卷老師，由縣教育局安排，吃住在縣中學。」

工農兵上大學的消息，這兩年報紙上都在宣傳：根據北京大學、清華大學的經驗，廢除考試制度，「實行群眾推薦，領導批准，學校復審相結合的辦法」招收學生。我有點奇怪地問：「不是推薦上大學嗎？又改什麼卷子？」副主任說：「我們省這次的工農兵上大學，是推薦與考試相結合，先由單位推薦表現好的青年去考試，再根據考試成績和一貫表現，擇優錄取。」

據說團裡選拔推薦的十名男女青年，有外地來的下鄉知青，有本農場的歸僑知青，傣族知青。聽副主任說，全縣有近百名知青參加考試，招生單位有北京、上海、四川等地和本省的大學。我和伍老師剛走出門外，副主任叫我：「小古，你回來一下。」伍老師見沒有叫他，先走了。回到辦公室，副主任說：「我們這次推薦的知青中，有幾個文化程度實在是太差，特別是那個任XX，另一個叫李XX。你跟伍老師打個招呼，一是這次考試不會要求太嚴，監考的時候留意一下，該提醒的要提醒；二是評到他們的卷子，再差的也不能打個零分。語文政治兩科好說，數學課就要提醒伍老師，該放寬的放寬。明白我的意思了嗎？」

「怎麼不跟伍老師一起說？」

「憨粗粗的，你跟他說就行了，也不必說是我說的。」這話聽得我摸不著頭腦。見我不說話，副主任又提醒說：「評卷的就是縣中學幾個老師和你兩個，總之，評到我們團的幾個，放寬些就是了。」

第二天，來到團部等上車，參加考試的兩男八女，我只認識一個男的歸僑小伙子，其他九個都不認識。歸僑叫夏萬春，六六級元水中學畢業的，一直在生產隊勞動。夏萬春家裡只有母子兩人，是很默默無聞的一個，不知道怎麼又會推薦他。他一見我，高興地問：「古老師，是不是真的能上大學？」我應付他：「推薦與考試相結合，最後誰能上大學不知道，你好好考就是了。」到了縣裡，李幹事帶著考

生住進縣招待所，我和伍老師先到教育局，跟著一個幹部來到縣中。縣中的老師，有好幾個是師範學院的校友，有數學系的，有中文系的。伍老師把我介紹給各位師兄，交流一下學校近況，回憶一下母校的老師和讀書時的趣事，很快就熟悉了。一共安排了六個老師閱卷，由縣中一位姓李的教導主任當組長。

九十多名考生，安排了三間教室作考場，只考三科：政治、語文，數理化合為一科。第一天上午考政治，下午考語文，第二天上午考數理化。

監考人員有縣教育局和知青辦公室的幹部，加上縣中四位老師和我們兩個，共有九個人，每間教室有三位監考老師。我不認識任、李兩人，也不知道他們在哪間教室。「考、考、考，老師的法寶」，當老師的一進考場，就會板起面孔，眼觀六路，耳聽八方，這是一種職業病。想起領袖「把學生當敵人」的批評，我連忙放鬆臉上肌肉，堆起笑容。

政治題考的都是天天聽到的國家大事；語文科的題目很簡單：填空，組詞，詞語解釋，造句。還有一題是要求閱讀一小段文字，然後回答兩條問題，作文題是《記一次勞動》。

所有的考生一進考場都很認真，可惜，有些考生知識水平實在太低，可能知道意思，就是寫不出字來，在那裡急得抓頭搔耳。有些聰明的考生，用別字、拚音、打x、留空，不管怎麼說，政治、語文兩科，所有考生都能堅持考完。至於數理化科，有些考生不到半個小時，就離開考場了，據李老師說，數理化科很難說是什麼水平，考題多數是工農業生產和生活中的實用知識。

閱語文卷的是縣中的李老師，楊老師和我。如果按文革前中學語文教學大綱要求，這次語文試題只有初二年級水平，所以，大部分答卷都還不會不及格，不過，好的和差的相差很遠。差的只能說是慘不忍睹，無話可說；而有兩份答得好的考卷非常突出，字詞解釋將出處、多義、用途，解析得非常清楚，組詞造句無可挑剔。作文只要求寫五百字到八百字，這兩篇文章都寫了近二千字。一篇寫參加水庫勞動；一篇寫秋收。文章記敘中夾著簡潔優美的場景描寫，恰如其分的感情抒發，讓人看了有身臨其境的

感覺。李老師，楊老師和我，將卷子傳閱了半個小時。李老師說：「試題的程度不論，這種答卷的水平不上大學文科太可惜。」楊老師說：「你們農場那些上了玉河高中回來的，在元中時都是我和李老師教過的學生，他們的成績都很好，這次一個都不見推薦參加考試。」我回答：「這我不清楚，送了一個也是縣中畢業叫夏萬春的學生來。」楊老師說：「夏萬春我記得，這學生也不錯。不過……」李老師說：「其實，各地知青的文化知識水平差別都很大，搞推薦就難說了。」

只用了兩天時間，把九十多份卷子閱完了。語文科怎麼說都不會得零分，也就沒有留意副主任說的兩名考生。剛下來縣中那天晚上，我把副主任的意思和伍老師說了一下，又不好說得太明。評卷結束後，沒有問他數理化科的成績考得怎麼樣，伍老師也沒有提有沒有留意到那兩位考生的卷子。

最後一天到縣教育局開總結會。才開一會兒，我突然覺得渾身發冷，不久，便冷得手腳抖個不停。伍老師把我送到縣醫院，一驗血，得瘧疾了。這是我生來第一次得這種傳染病。醫生問我是不是住院，我又覺得不再發冷，好像沒事一樣。伍老師笑著說：「還是趕快找車子回農場吧，農場醫院用的是同樣的藥。你別以為沒事了，再過一會兒，一陣熱，一陣冷，一陣頭痛，夠你受的。」兩人向教育局領導說明情況，便找到車子趕緊回農場。還沒有到農場，我已經在汽車上熱得渾身發軟，頭暈眼花，看不清東西。不知道什麼時候回到農場，伍老師把我揹到醫院。我迷迷糊糊，任由醫生護士打針灌藥，睡到第二天，眼睛看得清了。老婆不知道跟誰要來從印尼帶回的奎寧。醫生見了，吩咐我不要吃，說用醫院的藥就行了，奎寧吃多了耳朵會聾。家鄉人把印尼帶回來的奎寧叫「萬隆丸」，又叫「斷寒丸」，治瘧疾非常有效。在醫院住了三天，冷熱輪流發作，好的時候沒事人一樣，發作起來要人命。記起讀書時看過的一支小曲：「冷時節冷的冰凌上臥，熱時節熱的蒸籠裡坐，顫時節顫的牙關錯，痛時節痛的天靈破。兀的不害殺人也么哥」，到現在得了這個病，才感覺到這小曲寫得準確生動。想起這兩天那冷熱交替，痛不欲生的難受勁，不禁又想起「要到布朗壩，先把老婆嫁」的歌謠。回家後還發作了幾次，只是症狀越

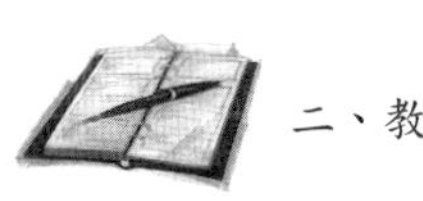

來越輕。連吃二十一天藥，醫生交代半年後還要吃一個療程，要連吃三年。

不久，有五個知青被錄取上大學。兩個取在省城，兩個取在上海，一個取到北京。五人中，有一個是大批來農場的上海效縣的女知青，被招進滇大中文系，其他四個，是後來零散來的那批，我不知道其中有沒有副主任提到的兩個人。夏萬春有一天見到我，問我是不是他考得太差，因此沒有考上，我鼓勵他繼續努力。

獨立Ｘ團中學八十多名首屆初中生即將畢業，畢業後能否到縣上上高中，有多少學生能上高中？學校老師都在議論，兩位領導卻沒事一樣。這幾年全國都沒有招生統考，元水縣只有縣中有高中班，他們怎麼招生我們也不清楚。這次下去評卷時，伍老師和縣中校長提到我們學校初中畢業生升學問題，校長說：「現在都廢除考試制度了，這兩年，我們的高中班只辦了四個班。我們自己學校的初中畢業生，還有區中學的，戴帽小學的，那麼多初中畢業生，現在不搞招生統考，怎麼收生我們都在頭疼，到時再說吧。」和幾位師兄閒談時，他們說：「文革以後大學停辦到現在，去年才搞工農兵上大學。現在上高中上大學都不統考，講思想表現，搞推薦，以後這書怎麼教都不知道。」

教育改革廢除考試，廢除統考，小學、初中、高中的學生老師，都不像以前為升學統考緊張，學校也不用考慮「升學率」，連縣中學的師兄都覺得這書不知道怎麼教，我們這才辦起來的農場中學，我這個才教了幾天書的新教師，免不了感到困惑。

學校按時間上完課，簡單考個試，不像以前一樣進行畢業考，也沒有舉行畢業典禮，也沒有印制和發給學生畢業證，學期結束，開會宣布放假就散夥了。

我問伍老師和周老師兩位班主任：「兩個班的學生究竟能不能到縣中升高中，有幾個能升高中，學校沒有宣布，你們兩位班主任也不知道嗎？」

伍老師說：「領導說了，同樣是搞『群眾推薦，領導批准，學校審批』。」

「既然是『群眾推薦，不是要全體老師討論一下嗎？」

周老師把我拉到一邊悄悄說：「我這個班裡，有團主要領導幹部子女，聽說他們親自跑到縣上交涉，縣中答應招收我們的學生，但是，招幾個，招收誰，不是我們能管的了。」

最後，縣中收了我們學校八個初中畢業生，有幹部子女，有傣族和歸僑職工子女。其他升不了學的學生，全部安排在生產隊勞動。初中畢業才十六歲、十七歲，只能當臨時工。

兵團有一間中學，三間小學，教職員工八九十人，學生一千零幾十人，佔了全團人員四分之一。不知道是不是首屆初中畢業生的升學問題引起團黨委的重視，黨委宣布任命一位地方的政治部副主任管教育。副主任姓田，五十多歲，身體不太好，聽說年輕時還當過小學教師。副主任主管中小學一千多師生員工，卻是個光杆司令，下面沒有工作人員。有一天田副主任到中學參加會議，老師們很高興，提了很多意見。我見田副主任連筆記本都沒有帶，怕他腦子記不得那麼多，只提了一句：「我當班主任的班級明年畢業，希望明年推薦學生上高中的工作，能有機會參加。」

我教的三、四排升上三年級。又有好幾個學生自動退學，歸僑和傣族職工子女都有。初中畢業升不了高中，上大學要推薦，都覺得讀好書也沒有出路；課本內容枯燥無味，學校勞動、政治活動多，老師教得不吸引，很多學生因此厭學；農場申請出國的歸僑家庭雖然不是很多，但是，有很大影響。

歸僑回國以後，那怕在文化大革命最亂的時候，家長也不願意未成年子女賦閒在家，因為擔心他們閒著會學壞。現在，多數歸僑家庭都在思考和議論出國，也影響學生的學習情緒。有一天，聽學生說悄悄話，班上有兩個女同學想退學，我決定去家訪了解情況。這兩個學生都是建設三隊的。星期天早飯後，黎老師見我要出門，聽我說要去建設三隊家訪，便說一起去，因為他也聽到班上有學生說不想讀書。黎老師現在是二年級五排的班主任。

建設三隊所在地叫「歌舞班」。一九六零年，北京新成立了一個華僑歌舞團，招收的團員大部分是剛回國的印尼歸僑學生。歌舞團成立不久，安排來滇南的布朗華僑農場勞動鍛鍊，就住在現在建設三隊。歌舞團在農場鍛鍊了將近一年，他們住過的那排土坯結構的房子，現在已變成生產隊的農具和雜物房。那批能歌善舞的年輕人走了，這原來沒有名字的山邊小村子，歸僑給它取了一個很美的地名：「歌舞班」。「歌舞班」離學校有兩公里多，我和黎老師不緊不慢地走路去，邊走邊談。

「你們班的胡蘭芳，他爸爸在印尼時當過日本翻譯，你知道吧。」黎老師問。

「聽說過，文化大革命初期，造反派鬥他，他們同一個地方回來的歸僑還保他，是不是有這事？」

「他有個女兒叫胡梅芳，讀小學時我是她的班主任，我認識她爸爸比較早，交談過幾次。文革中，我問過他們隊上的人，他們說，侵佔印尼的日軍中，駐他們那地區的司令官，是他日本留學時的同學。他當翻譯時，保護過那地方的華僑，生命財產損失少一些。」

「怎麼說也是為敵方服務，屬漢奸一類。」

對日本侵華時的日軍翻譯，我們都有一個固定形象：一身日軍黃色軍服，胖高個，挺著肚子，腦滿腸肥。主子面前點頭哈腰，百姓面前橫行霸道。特別是電影《張兵張嘎》演出以後，那形象更是深入人心。

黎老師說：「不說其它，他也是學生家長。前幾天剛好中日建交，這幾天的報紙都在登這消息，我們去找他吹吹牛，這人很能吹的。」

我本來沒有打算去訪問他，不是因為他是「日偽人員」，而是因為他女兒讀書用功，成績很好，是個不用老師操心的乖學生。我說：「到時看吧。」

到了隊上，我和黎老師分頭家訪。經過了解，幾個學生不想讀書，主要還是上面說的原因。我班上這個姓鄭的女同學，兄弟姐妹比較多，可能家長平時沒有很好留意子女的學習，成績比較差，便不想讀書。而這個同學是隊上那些女孩子的頭，她說不想讀書了，其他幾個便跟著說要退學。我把學生的學

習和思想情況和家長講了以後，家長也說自己疏忽了，表示一定不會讓女兒退學：「不大不小的，不讀書閒在家裡，我們天天上班，沒有人管要變成二流子。」我答應今後多關心他女兒，多下來和家長聯繫，共同做好思想工作。又找了另外兩位學生家長，都說沒有聽說女兒要退學，猜測是老鄭的姑娘說不想讀書，幾個人跟著說。兩位家長同樣答應一起做好子女的工作，不會讓子女退學。

從學生家裡出來，和黎老師碰了頭，看看時候還早，兩人正商量是不是現在就回去，見一個個子不高，五十多歲的老歸僑，從一家房門口走出來，和黎老師打招呼：「黎老師，難得見你下來，進來坐坐。」說著彎腰伸手示意請進。黎老師對我說：「他就是胡海風，胡蘭芳的爸爸。」又指指我對胡海風說：「這是古老師，胡蘭芳的班主任。」胡海風說：「知道，知道，聽小女說過，只是無緣結識。請進，請進！」我見眼前這個乾瘦老頭，和我腦子裡的日軍翻譯形象實在相差太遠，不覺微笑。跟著黎老師進到屋裡，環視四周，房間擺設與所有歸僑的家庭沒有什麼區別。坐下來，胡海風先問黎老師：

「黎老師調到中學，教務比以前繁忙，很少下隊來了！」

「中學的學生全場都有，不像華僑小學只是歸僑學生，加上中學開辦時間不長，忙一些，下歸僑連隊的機會少了。」

「那是。農場辦起中學，幾年間，發展到幾百學生，是大好事！聽蘭芳說，古老師是紅旗一隊的，令尊在下有過耳聞。」

「家父去世得早，當時我還在求學。」

「紅旗和建設的歸僑來自不同地區，紅旗的小商販多；建設這邊有部分是產業工人，所以，兩邊的歸僑，語言和生活習慣都有所不同。」

「前幾天中日建交，老胡應該看過報紙了，你這個日本通怎麼看？」黎老師問。

「好事！好事！一衣帶水的鄰邦，和為貴！和為貴！只是，從報上看：『日本表示由於戰爭給中

國人民造成的重大責任，表示深刻的反省』；我國政府『為了中日人民友好，放棄對日本的戰爭賠償要求』。鄙人竊思，八年抗戰，中國犧牲千萬計的生命，難於計數的國民財產。這『深刻反省』四字，未免太值錢！怕後人會有看法。」

「這是兩國政府領導人經過談判協定的，當然會得到全國人民的擁護！」黎老師說。

「當然！當然！毛主席和周總理都是當今偉人，他們高瞻遠矚，平常百姓應該深刻理解。」

我跟著黎老師叫他：「老胡，如果不介意，可否請教你是怎麼到日本留學？學什麼科目？」

「不介意！不介意！很簡單，我家鄉福建不是山，就是海。我祖父、父親在家鄉養過牛羊，後來到印尼做生意，也賺了點錢。我小時候在家鄉讀書，中學畢業時，有兩個同學要到日本留學，我寫信向父親要求跟同學一起去。學什麼呢？父親說，學養牲畜，將來生意不好做了，回家鄉養牛養羊，也可過日子。便學了動物學。在日本還沒有畢業，就被父親叫去印尼，跟著做生意。後來日本南侵，想不到會遇到同校的日本同學在我們那地區當司令，認出了我，便不由我願不願意，給日軍當了翻譯。」

「日本侵略軍在中國異常殘暴，他們在印尼恐怕也一樣殘酷無情？」

「那當然！任何一個侵略者，要統治奴役被占領國家的人民，只能用盡殘忍手段。在印尼我們那地區，一個縣就是三個日本兵，統治的辦法只有一個，就是格殺勿論。比如：捉到一個偷東西的，把所有人都趕到場子上，問那偷東西的人，是哪隻手偷的？等那人伸出手來，抽出長刀一刀砍斷。至於姦淫擄掠，殺人放火等暴行，罄竹難書。」

「那你還給他們當翻譯，不是為虎作倀？」

「我不會殺人！那些造反派鬥我時，說我是漢奸，我說我那時是華僑，要叫也只能叫『僑奸』。那司令同學對我說，你告訴這裡的中國人，承認南京政府，我不殺他們，還允許他們做生意；說自己是屬於重慶政府的，不准他們做生意，還隨時可能被殺。說老實話，我確實教當地華僑如果日軍問你時，

說承認南京政府。當時，也有些堅持只承認重慶政府結果被殺的。對於海外華僑來說，我不覺得這種堅持，於國家有多大意義，於個人和家庭則是悲劇。」

我想起師院六四級的那個歸僑學生，因為贊同赫魯赫夫「人都死了，原則還有什麼用」的觀點結果被處分的事。這是個革命原則問題，很難用幾句話說得清楚。

「那你覺得日本人是個怎樣的民族？中國是不是可以和日本長期友好？」

「我不懂政治，也不敢講政治。我學動物學的，既然人也是動物，我可以講點動物性。世界上有眾多的國家民族，就像非洲大草原上有各種各樣的動物。這些動物，為了生存和發展，互相殘殺。大草原上有獅子、大象、野牛、斑馬、羊羚等等成千上萬大小動物。其中有一種動物叫野狗，我們家鄉叫豺狗。這野狗個子不大，體粗腿短，頭尖脖子粗，樣子有點猥瑣，看著不起眼。牠們單個時，不但不兇惡，好像還有點害羞。可是，牠們群體性特別強，而且聰明，一旦成群結隊，就非常強悍兇殘。在非洲大草原上，敢向最兇猛的獅子、最龐大的大象發動攻擊的，唯有這豺狗。」

「雖說人也是動物，但是已經進化為有靈性，有理智的高級動物，怎麼能和其它禽獸相提並論！」

「沒錯，人有理智，可人的理智不也是進化而來的嗎？地球上的生物，鳥吃蟲，牛吃草，老虎吃肉。人就什麼都吃，植物，動物，蟲魚飛鳥，什麼都吃。所謂『飽暖知榮辱，飢寒起盜心』，人到了飢寒交迫，垂死掙扎時，就會失去理智，顯露出動物的本能，因此才有『人相食』的事。而且，人比所有動物都兇殘，是由於人類的貪婪，對物質的追求永遠不會滿足。你想：一個小小的日本，敢於向世界上強大如美國，龐然大物如蘇俄，人口眾多如中國，發動猖狂進攻，企圖最後吞併整個世界，這哪裡還有靈性、理智？這與大草原上的野狗有什麼分別？」

「老胡，你這比喻不恰當，人和動物終究不一樣。剛才說的中日建交，希望兩國人民友好。你怎麼扯到動物身上去了。」黎老師說。

「兩國建交，兩國人民希望友好，這絕對沒有錯。但是，人民不等於政府；普通百姓，和搞政治的人也不同。我那當司令的同學，一喝酒就什麼心裡話都說。他認為：日本國土狹窄，資源缺乏，生存條件惡劣，是老天對他們民族不公平。他認為日本民族是世界上最優秀的民族，霸占蒙滿，侵略中國，進攻蘇俄，最後統治全世界，是理所當然的事。這想法，恐怕日本有少數人，過去，現在和將來都不會改變。」

「只要兩國人民希望友好，少數有侵略野心的軍國主義者，終究被人民遺棄。」

「沒錯沒錯，鄙人淺見：害人之心不可有，防人之心不可無。把《義勇軍進行曲》作為國歌：不但在當時警醒中華民族，將來，也還可以永遠提醒自己。」

聽他這麼說，想起在學校聽到藝術系師生修改國歌的事，我問：「老胡，日本敢於侵略人口比他們多得多的中國，除了日本軍國主義的原因，你那當司令的同學，有沒有說中國的原因？」

「有！說中國人多，可是一盤散沙，不能『萬眾一心』這是致命弱點。中國人就是到了國外也不夠團結。」

黎老師問：「那為什麼會不團結呢？」

「這問題太複雜，而且，各個民族，各個國家，人民不團結的原因不盡相同。我覺得：中華民族自大，妄自尊大，是主要原因……」

我覺得這話題說下去，要妄議時政了，轉換話題問：「老胡，日文難學嗎？」

「和學其它外文一樣。有些人看著日文都是漢字，以為容易學，這是誤解。字是漢字，讀音和意義不同，當成漢字去理解，反而容易搞錯。」

「這日文裡怎麼會有那麼多漢字呢？」

「日本民族原來沒有文字，後來引進中文作書寫工具。用簡化漢字草書造出來的，叫平假名；用

漢字偏旁造出來的，叫片假名，這些當然都是漢字。歷史上，朝鮮、越南、日本都沒有文字。日本最先用漢文造字，朝鮮、越南就直接使用中文。後來，朝鮮和越南自造文字，就完全和漢語劃清界線。日本侵略中國時，宣傳同文同種，建立東亞共榮圈。這既是他的野心，也是他的聰明之處！」

「你說得太玄了吧，他們古時用中文造字，怎麼又會扯到野心上去？」

「這正是日本人深謀遠慮，野心不死的明證。日本佔領台灣、滿蒙幾十年，經過『同文同種』的奴化教育，這些地方的國民，差不多成了日本人。實際上，日本人佔領蒙滿以後，進一步霸佔華北華中，進一步霸佔東南西南，這幾塊國土被吃掉，西北就可以一口吞下。先吞併了中國，壯大起來，再謀略亞洲，最後才可能稱霸世界，那得要幾百年時間。吃東西要一口一口吃，一塊一塊吃。日本軍人太心急，百多年光景就想把整個地球一口吞下去，因為貪婪，結果噎死了。小日本的失敗是撐死的。」

「那麼，照你說的，如果日本軍國主義一步一步來，假以時日，日本就真能吞併中國，獨霸世界？」

「不！世界上沒有任何一個民族可能獨霸全球；小日本連中國也吞併不了，何況全世界。所謂『人心不足蛇吞象』，一場黃粱夢罷了。」

黎老師說他：「對了！老胡，毛主席早就說過：一切號稱強大的反動派，都是紙老虎。德國的希特勒，日本的軍國主義，是紙老虎，已經被打倒了；美帝國主義也是紙老虎，遲早也要被世界人民打倒，那像你說的心急不心急的問題！你呀，可得好好學習毛主席著作啊！」

「那是！那是！我有認真學習，蘭芳他們帶回來的毛主席語錄，毛主席著作，我都有認真學！」

我有意揶揄他：「老胡，聽你講到日本殖民統治台灣、蒙滿的事，說得滿有道理。如果你當上日本皇室的謀士，恐怕日本軍國主義還一時亡不了！」

「哪裡哪裡！古老師言重！山野村夫一時口快，胡說八道，別當一回事，當作笑談罷！」

見小老頭有點後悔說多了的樣子，我和黎老師笑起來。我覺得老胡的普通話是我所見到的農場歸

僑中講得最好的，不禁有點奇怪，便問：「老胡，你家鄉福建哪裡？」

「永定，也是客家人。」

「客家人？可是，你的口音不像……」

「我在印尼生活的地方多數是閩南人，我學會講閩南話，客家話反而講得少了。至於普通話，還是在日本留學時學會的，那時的中國同學，全國各地的都有。」

我不由得稱讚說：「老胡見多識廣！」

「哪裡哪裡，老朽虛度歲月。」

老胡可能平時隊上的人很少和他談時事，今天見到兩個老師，便忘乎所以的吹起來。我們覺得，和一個歷史上有問題的人多談政治不好，便找些其它的話說。我到處望，不見胡蘭芳，不知躲到哪兒去了。

「胡蘭芳在學校很乖，成績不錯，你在家有教她嗎？」我問。

「我從來不教她功課，現在的功課我也不懂。讀書靠自己，自己不想讀，父母壓迫也沒有用。」

黎老師說：「我以前聽胡梅芳說，你有教她功課的。」

「梅芳後來讀的是農業中學，她的功課有些我懂得一點。對子女，我只叫他們要學會謀生本領，至於用什麼本領謀生，活得如何，得靠自己。」

「老胡有考慮出國嗎？」黎老師問。

老胡連連搖手說：「沒考慮，沒考慮！」

回家路上，我說：「這翻譯官有一套自己的看法，而且也關心時事政治。」

黎老師說：「老胡在日本上過高等學校，不但懂日文，聽說還看得懂英文，加上經歷豐富，所以

能說會道。我來華僑農場不久，發現歸僑中有文化，有見識，或有其它才能的人不少。」

「那位住在一隊俱樂部，在上海和趙丹等人同過事的王老師，可惜前幾年去逝了。」

「王老師剛回來時安排擔任華僑小學副校長，因為身體不好，才半年就退下來養病了。華僑剛回國時，有些國內幹部看見好些華僑不懂中文，不會講普通話，就認為歸僑沒有『文化』。其實，在印尼華文學校讀過書的歸僑不說，就是不懂中文，但是懂印尼文，懂荷蘭文、英文的歸僑不少。那些自己沒有什麼文化的領導幹部，說歸僑沒有『文化』，讓人覺得可笑。」

「老胡這日軍翻譯的身份確實洗不清，不然，以他的知識水平和口才，到中學教書，比我們有過之無不及。」

「這不可能，文革前不可能，現在生產建設兵團是軍隊系統，更不可能。」

「瞎說罷了。你在農場參加造反派組織的活動嗎？」

「我們幾個分配到元水縣，又從縣上分到布朗來的小學老師，勢單力薄，來的時間也不長。只是在那些學生鬥校長，造反派鬥農場走資派時，跟著大家喊幾句口號罷了。」

「老陳和伍老師有沒有被鬥？」

「老陳是農場副場長，他兼任農中校長是掛名的，學校都沒有來過幾回。伍老師是副校長，他來農場也才兩年時間。文革開始時，有幾個農中學生鬥了他們幾次，後來就沒有人管他們了。小學老師中，除了何老師比較積極參加活動，我們幾個都跑回家去了。」

「文革中我回來過農場十幾天，見到場部也是貼滿大字報，不過沒有認真看。」

「歸僑和傣族，對政治認識不深，也不那麼熱衷，特別是年紀大的。當農民的實在：不種田就沒有飯吃。上次兵團開『學代會』，你們寫的先進人物和先進事績，當然沒有錯，但是，真正作出無私貢獻的，是那些堅持在田裡幹活，默默無聞的職工，他們是無名英雄。」

兵團的政治宣傳工作，經常大會小會，大轟大嗡，但是，各種政策和上級精神落實到連隊時，各連連長對生產隊的具體管理比較鬆。因為市場上各種物資供應不足，所有家庭為了改善生活自找門路。傣族和歸僑家庭，都到處開挖自留地，有些家庭悄悄養豬。農場所有職工家庭，煮飯都是燒木柴，全場上千戶人家的燒柴，用量很大，一到星期天，上山砍柴的歸僑成群結隊，年紀大的多數用肩挑，年輕人和半大孩子多數用車子。車子是用軸承做成的小板車。這軸承小板車最初是小孩用來在廣場上玩的，後來有人用來拉柴。有人帶頭，大家跟著學做，有三輪的，有四輪的，大小不一的小板車越來越多。軸承車能裝一百多斤，二百多斤，車子只要一人操作，人可以坐在木柴上面，順著下坡公路溜下來，比肩挑省力得多。鋼珠軸承，最大的也就直徑十三四公分，車軸離地六七公分，公路是柏油路，行走沒有困難，但是，公路上很多汽車來往，讓人看了覺得危險。

不過，軸承車裝上木柴占地不到兩平方米，也不敢在公路中間行走。拉柴的多數是些大孩子，成群結隊，所以，駕駛員遠遠看見，都會特別小心，有些好心的司機，還會把車停在路邊，等這群軸承車隊過完再走。

教室後面的地，推土機推平以後，學校發動全校師生，每天下課後去撿半小時的石頭。學生都很積極，希望早日可以把小足球場建好。等把表層的石子基本撿完，在兩邊用木頭安起大體和球場面積相配合的球門，就成了一塊80x50米的小足球場。足球場首次使用，老師和學生混合編隊，接連舉行了兩場足球賽。踢到最後，不但個個渾身是土，個個滿臉和頭髮也和足球一樣變成黃土顏色。二十個人在土球場上奔跑，就像場子上有二十個土黃色的球在飛一樣。學生在足球場上，比在課堂上精神得多。

團部通訊員通知我去政治部，說副主任在辦公室等我，不知道又有什麼差使。去到政治部辦公室，門開著，裡面沒有人。政治部辦公室只有副主任和李幹事辦公，張主任在上面一排房子上班，那裡有黨委成員的個人辦公室。以前上來副主任辦公室，他剛好有事出去一會兒就回來，會叫我坐在裡面等他。

這次應該也是有事出去很快就會回來，我便進去在旁邊椅子上坐下來等他。抬頭向桌子上一看，見桌上一份文件打開著，副主任可能正在看文件，才出去。我見那文件不是「紅頭文件」，是通報之類，免不了好奇，便伸頭去看。一看，不禁大吃一驚：內容是關於落實中央關於懲治吊打知青和強奸女知青罪犯執行情況的，而且，通報的內容主要是滇南生產建設兵團。通報提到：兵團共發生捆綁吊打知青一千多起，受害知青一千多人；調戲姦污女知青的幹部有兩百多名，受害女知青四百多人。點名某些師團的參謀長、保衛科長、營長、連長、指導員等等，有人在短時間內強姦數名，十幾二十幾名女青年。這些人最後被執行槍斃……我看得心裡發抖，不敢再看下去。副主任進來，看到我發呆，看看桌上的通報，收起來後隨便問了一句：「你看這通報了？」我承認：「隨便看了兩眼，沒有翻你的東西。」副主任坐下來對我說：「兵團總部有個通知，要搞一個文藝會演。你能不能寫一個什麼劇本？寫好後先交上去，如果兵團宣傳處的人看上了，會叫我們團宣傳隊排練，到時下去參加會演。」

我推卻說：「不行，我從來都沒有寫過劇本。」

「兵團會演也不是什麼大型演出，又不對外。一個小歌劇，小話劇，花燈劇之類，你總寫得出來吧？先寫出來看看，應付一下，不然，說我們獨立 x 團宣傳隊連個小節目都拿不出來。」

聽副主任說得有理，我只好動腦筋想：話劇和歌劇，不是一般人寫得出來的。滇南的花燈看過幾次，花燈調是現成的，只需要編故事情節和歌詞。滇南花燈調的詞和家鄉的山歌差不多，可以試試。便說：「可以試試寫齣小花燈劇。」

「準備編個什麼故事？」

「上次去一營時，聽你和老白、老刀他們吹牛，說五零年追擊國民黨軍隊解放軍經過布朗壩的事，我見那柱子上還掛著一盞舊馬燈，老白說，這還是當年和後來土改時用過的，就用這盞馬燈做文章。」

「怎麼做文章？」

「把馬燈比喻成指路明燈，寫一個農場毛澤東思想宣傳隊學習毛主席著作的故事，反正編唄。」

副主任想了想，說：「行，你編出來再說。」

我轉身要回去，副主任叫住我：「你剛才看到的通報，可不能出去亂傳，要犯錯誤的！」

「怎麼說我也在軍訓連呆過一年多，知道部隊的規矩。」

「看過就算了，不能出去傳。那些老憨兵也真是太過分了，不槍斃幾個，剎不住這股風！」

「部隊幹部戰士我也見過和相處過一些，我簡直很難想像，有人會做出這樣的事來。」

「部隊裡全都是男人，一天滾打摸爬，思想工作又抓得緊，個個都憋著。你沒有聽說過當兵的話：『三年不見女人面，看見母豬都眼大眉彎』？這些人從正規部隊調到兵團，每天不搞訓練搞生產，在那深山老林裡，一下見到那麼多十幾二十歲的大姑娘，自己又有點權，不就色迷心竅，無法無天了！」

「難於想像！那麼多知青在一起，也不會起來反抗。」

「怎麼反抗？不單是滇南的，新疆、內蒙、黑龍江、廣東，所有生產建設兵團都有發生這種事，越是邊遠的地方越嚴重。山高皇帝遠，這些知青叫天天不應，叫地地不答，這次不是公安部派人下去，還殺不了那些人。」

「殺了那幾個就能解決問題？這些知青真是太可憐！」

「總之，這種事說起來很複雜。這些知青都是年輕人，遠離父母，男男女女在一起，本身就有很多問題。他們自己在一起亂來，懷孕打胎的事各個師團都有。年輕人本身有這個生理需要，這種事很難說。」

「那讓他們結婚成家不就行了？」

「說得簡單，這些大城市來的知青，誰像你一樣願意在山溝溝裡過一輩子。個個都在想方設法找門路離開，結了婚還怎麼回城？」

說。」

「照你這樣說，那……」

「不說這些了，總之再提醒你，不能出去傳！你還是趕緊把小劇本寫出來，能不能用，交上去再說。」

我答應著走了出來。回到學校，在閱覽室找了本以前出版的花燈調劇本。下課回家後，接連看了幾遍，又想像那天見到的馬燈，躺在床上想情節：兵團宣傳隊到山上民族村寨演出，走在山路上，宣傳隊長和隊員因為山村只有馬燈照明，擔心不夠明亮影響演出效果發生爭論，結果在山上迷失了方向。全體隊員只好走回頭路，回到東風一營找到副營長老白問路。副營長聽了他們迷失方向走錯路的原因，借掛在木柱上的馬燈說故事，講當年滿懷革命豪情，提著馬燈，為追擊國民黨軍隊的解放軍當向導，後來在燈下搞土改，搞合作化的故事。借此說明，只有繼承革命光榮傳統，樹立全心全意為人民服務的思想，心中明亮，方向明確，小小的馬燈也能大放光芒，指引我們做好宣傳工作。如果心中沒有煉出積極宣傳毛澤東思想的紅心，樹立全心全意為山區群眾服務的思想，就是大白天也會走錯路。在副營長老白的帶領下，宣傳隊又一次認真學習毛主席著作，心中明確了方向，重新上山，接連幾晚在幾個山寨演出，得到山區群眾的熱烈讚揚，成功地宣傳了毛澤東思想。

花了兩個星期課餘時間，把故事寫成歌詞，套上曲調，編成一齣兩幕四場小花燈劇，題目就叫《指路明燈》，交給了副主任。副主任看了覺得還可以，把劇本寄給了兵團宣傳部，又說，不久兵團宣傳部有人上軍區路過，會在團部停留，他們看了有什麼意見再說。

過了半個多月，這天上午我正在上課，通訊員把我從教室裡叫出來，通知我馬上到團部。我安排好學生趕到團部，李幹事和一個不是現役軍人的年輕人在政治部坐著。前兩天，副主任上春城出差去了，李幹事向我介紹，那年輕人是兵團總部來的張幹事，又向張幹事說了我的名字。等我坐下來，那年輕人手裡拿著劇本問我：「這花燈劇是不是你寫的？」我答道：「是。」又問：「你是歸僑還是滇南人？」「僑眷，廣東人。」「你不是滇南人，不熟悉滇南的地方戲曲，也沒有經歷過這地方的一系列鬥爭，怎麼能在短時間內寫出這齣滇南花燈劇來？我們懷疑這是抄襲來的！」我聽了覺得腦袋嗡嗡作響，氣往上湧。望望李幹事，李幹事不說話，低著頭在看一篇什麼東西。李幹事已經看過我的劇本，我不知道他和張幹事事先交換過什麼意見，既然不說話，那就是同意張幹事的看法！我伸手把張幹事放回桌上的劇本拿起來，壓住一肚子氣說：「你說對了，還真是抄來的！花燈調是從一本劇本上抄的，馬燈的故事，是一營的副營長講的，我只是胡編了一下！」兩位幹事一時不說話，我說：「對不起，我正在上課，學生還等著我回去。這事請李幹事向副主任匯報。」轉身走出辦公室。

走到公路上，我像阿四哥一樣用客家話罵道：「崖屌佢！」把手中的劇本撕成碎片，撒到公路下面的菁溝裡。後來，我把家裡的一本筆記本塞進爐子裡燒掉了。那本筆記，記的就是國共兩軍在元水江畔最後一仗的事。

我從來沒有當作家的夢想。最初，我和副主任下隊，聽到他和傣族老鄉聊起當年部隊如何追擊國民黨，傣族老鄉如何支援部隊的故事，便隨手記了下來。後來，在學校聽馮老師吹滇南和平解放前後的歷史，又會提到元水河畔兩軍作戰情況，我也會隨手記下來。當時的語文課本內容太枯燥，上課時，如果能聯繫得上課文內容，穿插一點革命故事，可以提高學生聽課的興趣。這花燈劇如果也算得上是文藝作品的話，是我生平第一次創作，誰知，被人說成是「抄襲」，等於說我去偷了別人的東西。我確實感到氣憤，又感到沮喪。

副主任回來後，問我劇本的事，我說：「李幹事沒有向你匯報嗎？兩位幹事認為那是抄襲，被我撕掉了。」

副主任說：「李幹事也沒有說得清楚，你也是，你當時可以解釋一下嘛。」

「浪費精神！人家已經認定那不是你能寫出來的，還怎麼解釋。那兵團的張幹事是什麼角色？」

我回答。

「你管他是什麼角色，反正是代表兵團政治部宣傳處下來的。算了，既然他認為不能用，那我們也算交了差。」

「副主任知道建設三隊那地方為什麼叫『歌舞班』嗎？」

「聽說以前有個華僑歌舞團在那地方住過，是不是嗎？」

「那歌舞團下來不久，正好彝族趕花街，那些團員跟著老山蘇（山蘇是彝族一個分支，農場的傣族叫他們老山蘇）學跳彝族舞。歌舞團在農場鍛鍊將近一年，除了勞動，也經常下去學習少數民族的歌舞。歌舞團回北京之前，舉行了一場演出，跳了幾場滇南民族舞。有的農場幹部看了演出後說：「這些華僑人，怎麼化粧打扮，也不像中國人！」

「你這是什麼意思？」

「『華僑人』！你以前沒有聽過哩！這是華僑農場幹部對歸僑的稱呼。我們這些國內出生的，像你是滇南人，我是廣東人，那些知青是上海人、北京人，都是中國人。華僑不是國內出生的，那些幹部搞不清『印度尼西亞、馬來西亞、緬甸、柬埔寨……』這都是些什麼地方。他們只知道政府宣傳說，這些人是『華僑』，是外國回來的。因此，他們不管你是哪個國家回來的歸僑，給取了個共同的新名字：『華僑人』，用來區分農場的其他國內同胞！」

「扯淡！不就是說你的劇本抄襲嗎？那張什麼的逑幹事，只是個北京上山下鄉的中學生，你何必跟他計較！」

「本來就是瞎扯嘛！說句老實話，六零年剛回來那兩年，政府對廣大歸僑同胞，生活上確實有『照顧』。可是，一直以來，政治上的『照顧』，連我這個『僑眷』也沾光，時時讓你感受到：你們這些沾著『僑』字，有『海外關係』的，不但什麼都信不過，而且，幹什麼都不行！」

「好啦好啦，宣傳隊那幾個歸僑和傣族，可能也不會演花燈劇，我們不參加會演了也好。你也不要發那麼多牢騷，好好教你的書。」

「我發點牢騷算什麼？那班華僑歌舞團的歸僑，恐怕有牢騷都發不出來！回國時十幾二十歲，嚮往社會主義祖國，一心想『學成文武藝，貨與……為人民服務』，可是，文革一來，東方各國的民族歌舞變成封資修毒草，受到批判不說，青春年華不再，現在怕個個都變成大叔阿嬸了，眼淚只會往肚子裡流。」

叔忠從地區醫院送回來時，已經是彌留階段，到家不久就去世了。去世是預料中事，家人傷心欲絕，全隊男女都痛哭，副主任代表團黨委下來作了慰問。忠叔母不希望搞什麼儀式，就像其他歸僑老人去世時一樣：不管男女老少，進來點上一支香，向擺在桌子上忠叔的遺像鞠躬，然後默默坐下來，來一批，走一批。有好些傣族男女老鄉也來，和歸僑一樣燒香鞠躬，坐上一陣。隊上的年輕人都顯得很傷心，反而要年紀大的阿叔阿伯勸慰他們。忠叔沒有葬在「華僑新村」，埋在四隊後面的山上，這是他生前交代的。忠叔母說，忠叔一直想開發後面的山地，用來種植芒果，他希望農場以後會改變主意，不要讓這些山地荒著。

趙伯沒有去看忠叔，按規矩，白頭人不送黑頭人。

「聽說忠叔生前一直想開發屋後的山，用來種芒果，怎麼上面不同意呢？」我問趙伯。

「不單阿忠，好幾個歸僑生產隊都提過。後面的山，多是風化石，土地不瘦，種芒果會有收成。」停了好一會，趙伯嘆了口氣說：「共產黨有些政策叫人想不通。幹部成日宣傳『以糧為綱、學大寨、修大寨田』，幾千人困在壩子裡，周圍幾十萬畝山地不開發，林牧副魚不發展，好像人只會吃飯，不會吃其它東西。在印尼時，華僑家庭大小平均一個人每月才吃十來斤大米，現在三十二斤都吃不飽，不單是油水，也是缺少副食。把勞動力安排種植其它作物竟然會叫不務正業，荒謬。」

過了一會又說：「阿忠人死心不死，埋在後面山上，等著有一天看到芒果樹開花！話說回來，這屋後的山向陽，比場部旁邊的地更開濶，又安靜。我以後也睡這裡，和阿忠做伴。」

「怎麼說這話呢！趙伯身體精神那麼好，會長命百歲！」

「我從來不忌諱死，人的生死是自然的事。方智，你留意沒有？我們歸僑連隊每個隊都有幾個很長壽的老人，這些都是在印尼出生，很多代的僑生婆，有兩個還是印尼人。這些人不會聽，也不會講中國話，所以，她們從來不關心外面的事。國家這十多年的變化她們視而不見，充耳不聞，只管自己的簡單生活，是不是因此活得長？」

「這個我沒有想過。我們一隊梁老師的奶奶已經九十二歲了，還很有精神。二隊有個阿婆，我問過她，八十六歲了，還天天到處挖自留地種菜。隊上把她這裡挖的剷平了，她又在另一塊地挖，插上幾棵紅薯苗，一枝木薯桿。」

「『兩耳不聞窗外事，一心只讀聖賢書』，聖賢書如今不讓讀了，改成『不管春夏與秋冬』，看來是一種養生之道！但是，如果讀過幾本書，要完全做到『不聞窗外事』就很難！」

這一年，兵團又推薦了五個工農兵上大學，沒有再搞考試了。五個都是女的。其中有一個歸僑，其他四個是從其它師團調整來的知青。不久，又有幾個集體來的上海男女知青，兩個歸僑青年，兩個傣族青年，被招進春城的一支省建築工程隊。那些後來又零星來的幾個各城市知青，陸續悄悄的走了。

有一天，一個春城女知青去醫院看中醫。那中醫姓謝，是個歸僑。謝醫生的醫術是自學和積累經驗得來的，在國外行醫多年，回到農場後，安排在醫院當醫生。年輕人一般很少看中醫，這女知青不知怎麼會找謝醫生看。謝醫生特別認真地給她望、聞、問、切，做足功夫以後，謹慎地說：「姑娘，按你這症狀和脉象，好像是初孕的症狀，只是，不知道你是不是……」話未說完，那女知青就臉脹得通紅，騰地起身走了。謝醫生不知是怎麼回事，又不認識這知青，不好去過問，便繼續給其他人看病。才看完

兩個病人，正要叫下一個進來，便聽見外面有人大聲問：「哪個是謝醫生？謝醫生是哪個？」謝醫生聽見叫自己，從診症室出來，看見一個現役軍人幹部在走廊上張望，知道是這位幹部喊的，便答應說：「我是謝某人，是不是找我？」

「你就是謝醫生？你是什麼大學畢業的醫生？你會不會看病？」

「對不起，我沒有給你看過病，不知道為什麼這樣責問我。」

「我們連有個知青，人家一個沒有結婚的大姑娘，你說人家懷孕！你這病是怎麼看的？」

謝醫生這才反應過來，原來是為剛才看病的姑娘來的，便心平氣和地解釋：「領導同志，我是醫生，只看病，不看人。我憑病者的口述和脉象，提出有初孕象徵，我正要進一步了解情況，那姑娘不說一句話，起身走了。我正為這事納悶，你就來醫院責問，我不明白你的用意！」

「總之，你要為這個女知青消毒，說明你的診斷是錯誤的！」

謝醫生說：「我還沒有給那位女知青確診，沒有說她已經懷孕，何來消毒一說！」

有一些看病的人圍過來聽熱鬧，醫院的女負責人和孟永清醫生過來，孟醫生把謝醫生拉回診症室，女負責人大聲訓斥了連長幾句，把他拉出醫院去了。

這女負責人是現役軍人。兵團成立前，醫院原來有兩位領導：孟永清醫生是院長，羅南平醫生是黨支部書記，兩人的年紀都比較輕。兵團成立時，二營教導員的愛人，原來是部隊營衛生隊的隊長，被任命為醫院負責人。女負責人是什麼學歷，什麼級別，下面的人不知道，不過，年齡比兩位原來的領導大，黨齡應該也比兩位長。醫院內的領導關係怎麼調整，沒有聽到宣布，群眾也不知道。

學校和醫院相鄰，剛好那天阮老師去看病。第二天，幾個歸僑老師下課回家路上閒話，阮老師說起昨天看見的事。曾老師說：「謝醫生是不是水平有問題，還是年紀大了看不準。怎麼能把沒有出嫁的大姑娘看出有身孕來。」阮老師說：「這種事不好說，謝醫生行醫幾十年，應該不會看錯。他只是說有

這脈象，並沒有說是確診。」大家聽阮老師好像話裡有話，免不了追問阮老師。阮老師望望前後，見沒有領導和國內老師，便說：「那位找謝醫生的是機務連連長，住在機務隊那兩層樓的樓上。那樓上還住著另一位連長。有一天，我吃了中午飯去機務連我妻舅那裡，取叫他幫忙修的單車。我舅子住機務連那兩層樓樓下，還不到上課時間，我和小舅子在門前坐著吹牛。才坐下不久，見那女知青來找他們機務連連長，進去後，關上門，很久沒有出來。那也住在樓上的連長，不知有什麼事，去敲了三四次門，裡面就是不開門，也不答應。過了有一個小時，我都要來上課了，那連長又再去敲門，一直敲，故意敲得很響，還聽見他在門外說：「再不開門，我上團部報告去了。」那裡面的機務連連長終於開門出來，女知青低著頭急急走了，兩位連長就站在門口吵架。

機務連連長很不滿意地說：「你叫什麼？一連叫了四五次，有什麼事嘛？」

另一位連長：「找你當然有事，沒有事怎麼會叫你！」

「你有多大點事！知道人家裡面有事，等一會兒再來叫不行嗎？」

「你有什麼事！和一個女的關起門在裡面，叫半天不開門，搞哪樣名堂？」

「你說搞哪樣名堂？」

「搞哪樣名堂你自己知道，別以為別人都不知道！」

「既然我自己知道，別人也知道，你還叫什麼嘛！」

「你……」那連長氣得說不出話來，回頭走了。

曾老師說：「這種關起門的事不好說。」不久，聽說團裡批准那知青到春城去看病，當然沒有檢查出懷孕症狀。不久，又由醫院開了病退證明，回春城去了。

有一天下午，那姓荀的北京知青又來中學。他時不時來中學，進閱覽室看看書報雜誌，有時聊幾句。我們見他進來，梁老師說還以為你走了呢。他說，這就要走了，回北京。說著從兜裡掏出本書，還

給學校，那書是什麼時候從閱覽室拿走的都不知道。曾老師問他：「你們這幾個後期來的北京上海春城知青，好像都走了。」

「都走了，上大學、參軍、招工。我和王浩是最後走的。」

「沒有聽說來農場招兵的。」

「去當兵的只有一個，悄悄走了，沒人知道。」

「你是招工嗎？回去幹什麼工作？」

「是辦的病退，回去再說。」

「病退？這兩年，你們這批人好幾個都被推薦上大學，今年有個女的推薦上了北京ｘｘ大學。怎麼沒有推薦到你？」

「我表現不好。」

像以前一樣，一見指導員進來，姓荀的就不再說話。又看了一會報紙，快到放學時間，看見我們要出來，他便先走出去。在走廊上走出幾步，和我們招招手說：「走了，不再見了！」又用右手大拇指和食指圍成圓圈，比劃說：「我不是女的，沒有這個，上不了大學！」等他走下樓去，年輕的歸僑女老師問：「他比個圓圈什麼意思？要有錢才能上大學是嗎？」梁老師說：「發發牢騷罷了，沒有什麼意思。」

吃過午飯，我下去服務連理髮，服務連是建立兵團後成立的。華僑農場時期，屬農場經營的商業只有一間小食館，一間理髮室。兵團成立一年以後，因為生活各方面的需要，成立了一個服務連。服務連負責管理供銷社、小食館、理髮室、縫紉組。供銷所原來是縣商業局經營的，通過協商，由兵團接管經營。

布朗農場的歸僑在國外開理髮舖的，有兩位，一位姓麥，回國時已經年紀大了，沒有再工作。另一位姓柴，是三十多歲的年輕人，回國後安排在隊上勞動。剛回國時，很多歸僑都不到理髮室理髮，嫌兩位女師傅剪得髮式土，又理得不好。於是，歸僑中有些年輕人學會理髮，互相幫著理。老人和孩子，便會找兩位歸僑師傅理髮。因為不是正式理髮室，大人小孩，親疏遠近，沒有統一標準的隨便收點錢。他們這種做法，說不上是做好事，也說不上做生意。剛回國時，歸僑對國內各種政策不了解，農場幹部對如何管理歸僑，也還沒有一定之規，便沒有人管他們。過上一年多，有人看到姓柴的除了領著農場工資，又額外撈外快，心理不平衡，便向上級反映，要求禁止。最初，農場幹部只是勸說，到一九六四年，農場開展社會主義教育運動，對這些有資本主義尾巴，有資本主義復辟危險的人和事進行清理和打擊。

如果說剛回國時，對歸僑進行熱愛社會主義祖國、安心農場、建設邊疆的教育，還算不上政治運動的話，那麼，社會主義教育運動，就是歸僑回國後黨和政府對他們開展的第一場政治運動。當時，除了這兩位幫人理髮的，還有那些幫人照過像、幫人做過衣服、做過木工傢俱；把國外帶回的小日用品、衣服、藥品等賣給私人；收聽外國電台，懷念和宣傳外國生活方式和享受的……總之，對所有被認為不符合社會主義要求的一切言行，都進行了清算。當時農場非正式地成立工作小組，派幹部下來生產隊發動群眾對這類人進行批評幫助，雖然最後沒有帶帽子，卻也被當成了「思想有問題，表現落後」的人。

柴增壽是年輕人，批評幫助後，仍然有不少年輕朋友找他理髮，他聲明已經不收錢了，可惜上面不相信，以是，把他調到基建隊爆破組去炸石頭。炸石頭一整天都在山上，沒有時間幫人理髮；而且那活要出大力，流大汗，有利他改造思想。

有一個星期天，老柴和十幾個人坐農場的汽車進縣城。離農場十幾公里，就是元水大橋。這大橋是鐵索吊橋，舊吊橋在五零年國民黨軍隊逃跑時被炸掉了，現在的吊橋是後來重新修建的。六二年以前，吊橋兩岸是解放軍駐守，後來才改由民兵守衛。汽車過鐵索吊橋時，坐在汽車上感覺得到橋面會不斷搖晃。不知道老柴是不是想表現自己在炸石組學到的知識，還是覺得兩岸守衛的民兵不夠警惕，發表

評論說：「那麼多汽車過這吊橋，守衛的民兵又不檢查，帶上兩公斤炸藥，點上火索悄悄丟下去，等汽車過了，這橋還不就炸塌了！」當時，大家還胡亂議論一陣，沒有人當回事。文化大革命一來，不知道是誰揭發，說柴增壽某年某月某日，在路過元水大橋時，曾說過用兩公斤黃色炸藥，炸斷大橋。結果，馬上被打成現行反革命。企圖炸毀戰略公路大橋，是極其嚴重的罪行，大會鬥，小會鬥，批鬥時少不了挨打。有一天，老柴被鬥到實在頂不住了，夜裡趁看守人員不留意，跑進廁所上吊。誰知命不該絕，上吊的繩子斷了，掉進糞坑裡，被人發現後拉出來，用沖沙水槍沖了半天，等把身上的髒東西沖走了，也把他沖醒了，老柴決定不再自殺，要好好活下去。

原來的理髮室有兩個女理髮師，一位傣族，一位彝族。兵團服務連成立後，了解到柴增壽的理髮技術好，「炸橋」一說是子虛烏有的事，便把他調進理髮室當師傅，還增加一名歸僑女青年給他當徒弟。

服務連連長是現役軍人，副連長卻安了兩位。一位是供銷社負責人，是位歸僑，只管供銷社；另一位是上海女知青，負責管縫紉組和理發室。這位女知青是上次整黨以後剛發展入黨後提升的。

我才進到理髮室，見裡面吵得不可開交。一個叫「大頭」的上海知青，腳下踩著一塊撕爛的理髮用圍裙，指手劃腳地和老柴幾個理髮員吵架。「大頭」要從理髮室出去，老柴他們攔住不讓他走。吵著吵著，「大頭」突然從枱上抓起一把剃刀，左右揮舞，嚇得老柴和理髮員連忙退出門外，我也趕緊跑了出來。這時女副連長進來，大聲喝了兩句，兩人便用上海話吵，我們聽不懂，也就插不上嘴，只是看著他們吵。吵了一會兒，「大頭」將剃刀放回枱上，爭吵聲就沒有停。我問那歸僑徒弟是怎麼回事。她說，「大頭」來理髮，老柴給他理好以後，他說理得不好，不給錢，耍賴，後來和老柴吵起來，把圍裙也撕爛了，我們幾個和他說理，他不聽，還想打人。突然，「大頭」走出門口，用手指著女副連長，用普通話向周圍的人說：「你們以為這女人真是什麼先進青年嗎，她是怎麼入黨的，是靠脫褲子入黨的！一個脫褲子黨員，當個副連長，有什麼了不起！」女副連長一聽，羞得滿臉通紅，氣到說不出話，坐在理髮

椅上哭起來。「大頭」正得意地又在用上海話說著什麼，望見服務連連長正從團部下來，便一溜煙跑了。

「大頭」是上海知青中的知名人物，叫什麼名字不知道。剛到兵團時被分配在河工連，修築河堤的勞動比較艱苦，他經常裝病不出工，又多次挑惹事非，打架鬧事，教育後規矩幾天，不久又是老樣子。修築河堤完工後，河工連解散，所有知青都分散安排到傣族連隊，接受貧下中農再教育。他分到東風三隊，很快就成了周圍幾個村子都討厭的人物。偷小菜，偷雞，偷看女人上廁所……這些毛病可能是上山下鄉前就已經養成的，隊上的人別無他法，只能日夜提防。

才過了半個月，「大頭」被打死了。

三隊的保管員白ｘｘ，老婆要生孩子了，家裡養著兩隻大閹雞準備。這天早上，白ｘｘ起來餵雞，一看少了一隻，馬上想到「大頭」這慣偷。跑到「大頭」房間一看，這人還在床上睡覺，一地的雞毛、雞骨頭。保管把他拖起來，兩人吵了幾句就打起來。這「大頭」從小打架，也練得有些拳腳功夫，保管不是他的對手。隊上的五六個青年，一看這人太過囂張，便一齊拿起棍棒，衝進去幫保管。「大頭」挨了幾棍棒後，爬到房頂上，手持一根扁擔，和下面的人對峙。保管叫大家先不要和他對打，自己跑去團部報告，準備要求團部派人來處理。走到半路，剛好遇到中學范老師回家。范老師是東風五隊的傣族，元水中學高中畢業生，吸收到中學教體育還不到半年。保管把事情跟范老師一說，范老師多嘴：「這個人的確太不像話，自從來到隊上，弄得四鄰不安，就該好好教訓他一下。」保管說：「隊上那些年輕人早就想教訓他了，現在把他圍在房頂上。準備打他一頓。」范老師說：「你現在去團部報告，團部派人來，又不準你們打人，最後還不是思想教育，口頭警告了事。只要不打死人，打得他疼才會怕。」保管一聽覺得有道理，便回隊上去了。保管回到隊上，見房子下面已經有十多個年輕人圍著，把只能教訓一下，把他打疼的意思跟大家一說，個個都說「知道！」。十幾人一邊吶喊，一邊架起梯子往上攻。「大頭」雖然兇狠，兩拳難敵四手，十多個人爬上房頂，把他圍著，棍棒像雨點般落下來，「大頭」抵擋不

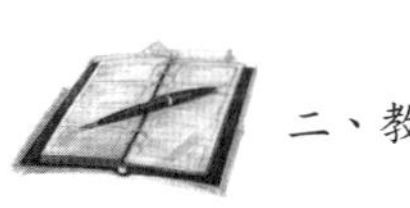

住了，便從房頂上跳下來，往前面山上奔去。後面的年輕人緊跟著，一直追到山坡上的水溝邊，追上了，又是圍著一頓爆打，把他打倒在水溝裡。見「大頭」倒在水溝裡，大家也不敢再打。水溝的水很淺，看到「大頭」有氣無力地掙扎起身，斜靠在溝邊上，大家指著他臭罵了一頓，覺得解氣了，才轉身下山。臨走前，一個人搬起一塊石頭壓在「大頭」身上，說讓他一時掙不起來，多在水裡泡一下。一伙人下山回到隊上，跟保管一說，以為這回狠狠教訓了他，等他下來後再去罵他一頓，誰知，等到中午過後，還不見人下來，保管叫幾個人跟著上去一看，見「大頭」倒在水溝裡，水淹過頭臉，已經死了。幾個人嚇得臉色都變了，七手八腳把人抬下來，趕緊派人到團部報告。團部一邊派人下來，一邊往縣公安局報案。公安局來人調查，保管和隊上的年輕人都坦白承認追打過死者。調查結果，死者被打傷後，坐在水溝裡，本來已經支持不住，身上又壓了一塊石頭，以至無力起身爬上水溝，最後倒在水溝中溺死了。

偷雞摸狗這些劣蹟罪不至死，運用私刑，打死知青，在當時中央指示要堅決維護上山下鄉知識青年權益，從重從快從嚴鎮壓殘害知識青年的犯罪分子的風口浪尖上，當天抓了十幾個人。案件清楚，犯罪嫌疑人都坦白交代，起訴後很快就判決下來：保管和最後壓上一塊石頭的青年，兩人分別判九年和八年有期徒刑，阻止保管到團部報案的范老師，判七年有期徒刑。其它參加打人的，免於刑事處罰，由貧下中農在勞動中進行教育。

三個人被送去縣裡的勞改農場勞動改造。中學的體育老師又沒有了，體育課暫時由班主任放羊。兵團派人把死者的父親從上海接來，領導出面做安撫工作，會不會有什麼賠償，沒有人知道。最後，「大頭」被葬在中學小團山後面的公路邊，立了一塊一米五高，五十多公分寬的水泥墓碑，上面刻著：上海知青巫 x x 之墓，多數人才知曉「大頭」的尊姓大名。這墳墓建得比「華僑新村」所有墳都堂皇，只是，孤零零一座建在這裡，後來也不見有人來掃墓。

醫院的蘇醫生嫁到春城去了，我們幾個聽了都感到愕然，梁老師聽到這消息，表面上很平靜，照

樣上課，那神情卻像大病了一場一樣。

梁立宜老師在印尼高中畢業留校教書時，曾經有過戀人，不知道什麼原因分手了。他回國求學，在大學將畢業時受到不公平對待，安排在農場勞動，精神受到很大挫傷。蘇醫生六零年一個人回國讀書，六五年春城醫學院畢業，本來可以分配在城裡的，卻滿腔熱情，要求分配到華僑農場，為歸僑和少數民族服務。當年，農場的歸僑大學生只有她和梁立宜兩人，兩人年紀相當，接觸以後，蘇醫生對梁老師的遭遇深表同情，兩人有了共同語言。可是，梁老師總覺得自己不明不白被送到農場，雖然沒有戴什麼帽子，卻也沒有按大學生待遇領工資，又安排在機耕隊勞動，覺得自己配不上人家。

文革初期，在同學的幫助下，滇南大學和市公安局為梁老師作了平反，恢復了大學生資格和待遇。當兩人的關係將得到正常進展時，蘇醫生卻受到一次極大的傷害。

元水縣人民銀行布朗營業所有個職工叫李新忠，文化大革命爆發起來造反，打倒營業所所長奪了權。農場的造反組織大聯合，他又被推選為全場的造反派組織頭頭。李新忠在文革前一次看病時，要求蘇醫生多開病休日子，被蘇醫生拒絕了，當了造反組織頭頭以後，為了報復，先叫小嘍囉散布謠言，說蘇醫生的父母和台灣有聯繫，蘇某人是特務，把蘇醫生抓起來大小會批鬥，關了幾天幾夜，其間把蘇醫生衣服脫光，名叫搜查微型發報裝置，進行猥褻污辱，並企圖強姦。這件事，對蘇醫生傷害太大，好長時間失去生活信心，和梁立宜的關係便沒有很好發展。

那位鬧出小風波的春城女知青，在找謝醫生之前，先找過蘇醫生。蘇醫生診斷以後，要她作進一步檢查，那女知青不願意，卻私下跟蘇醫生要打胎藥。蘇醫生不能給她藥，又不好進一步追問是怎麼回事，便要她找醫院領導。那知青沒有找領導，可能私下想：找中醫看看，說是月經不調，要兩副中藥，看看喝了能不能把問題解決，便找到謝醫生，沒有想到最後會鬧出風波。事後，那現役軍人女領導批評蘇醫生沒有及時向上級領導匯報，目無組織紀律；謝醫生埋怨她，同事之間，都是歸僑，也不先通通氣，

讓他受了冤枉氣。

蘇醫生覺得現在裡外不是人，又聯想起前兩年前受的污辱，覺得心灰意冷。剛好，一個在春城當工人的歸僑，不久前老婆因病去世了，來農場探望親戚，順便散散心。那工人將近四十歲，有一個孩子。有一天在那工人的親戚家遇上蘇醫生，兩人閒談之間，蘇醫生說起自己的遭遇，那歸僑工人深表同情。蘇醫生本來已經打算申請出國探親，想到時詢問一下梁老師是否也準備提出申請。誰知還沒有找到機會長談，又鬧出知青這件事。蘇醫生覺得自己當初滿懷熱情到農場工作，現在，工作和遭遇都不順利，和梁立宜的關係也處理得不好，農場已沒有什麼可留戀。那工人回單位後，又寫信來勸慰，語言中暗示追求，他的父母也還在印尼，準備申請出國。加上那工人的親戚來牽線，一來二去，蘇醫生便在農場開了一張證明，沒有聲張就把自己嫁到城裡去了。

我們都同情梁老師，但是不知道怎麼安慰和幫助他。

十月間，我和曾老師接到一個喜訊：六六、六七、六八屆大學畢業生轉正定級。文革前，大專院校畢業生參加工作，領國家行政幹部級別的臨時工資，工作一年後，經審評合格，便可轉正定級，成為正式的國家幹部。由於文化大革命，這項政策已經多年沒有執行，我們一直當著國家的臨時工，當到自己都忘記了。現在，一聽說轉正定級漲工資，不禁喜出望外。全團符合資格的只有我和曾老師兩人。我們兩人五六年來都沒有違法犯罪行為，工作努力，經過學校全體教師討論通過，填表上報，上級批准，就成了正式國家幹部，定為行政二十三級。元水縣是六類工資區，我兩人的工資由四十六元漲到五十七元。發工資那天，我拿著多出來的十一元錢，非常高興。曹老師見我笑得燦爛，潑冷水說：「那麼高興！我們過去工作一年就轉正了，你已經少發了五年的轉正工資！」我剛才的高興一下被他這句話吹散了。走了幾步遇到指導員，自己多事，問指導員：「指導員，我們本來是工作一年就轉正定級的，現在遲了五年，那五年的轉正工資可不可以補發？」指導員站下來看著我說：「補發什麼工資？現在轉正定級

了，成了國家正式幹部，不是衷心感謝黨和人民的關懷，好好工作，而是討價還價，這是什麼思想？」我回答說：「只是問問罷了，當我沒有問過。」指導員走出幾步，又回頭對我說：「地方的行政二十三級，相當於部隊的正排級！」我連忙立正回答：「是！指導員同志。」指導員是正連級幹部。

工資漲了，經濟也有所好轉，市場的的物資沒有那麼緊缺了。人民公社社員的情況不了解，農場職工養豬，養雞，種自留地的多了，自由市場慢慢繁榮起來。女兒已經一歲多，生活總算比較安定了。

三排、四排兩個班畢業了，跟一排、二排一樣，沒有招生統考，怎麼推薦，推薦了幾個，我也是有幾個學生到縣中上高中後周六回來才知道。說心裡話，當時工農兵上大學都是由組織推薦，對學校初中畢業生誰能上高中，大家也就不太關心。說得灰心一點，甚至連如何教好文化課，多數老師都不關心。

我給這一百多名學生教了三年語文，把他們送出校門以後，連我自己都想不出曾經教給他們多少知識。這兩個班最後畢業時，只剩下八十多名，三年間，有幾個歸僑子女隨父母出國，有幾個傣族職工子女自動退學，有幾個部隊幹部和當地幹部子女轉學到其它學校，學生流動已經成了獨立X團中學的常態。當了三年班主任，不管是和歸僑學生還是其它成分的學生，我和他們都建立了感情。可惜，這師生感情，不是在課堂教學中培養出來的，而是從支農勞動中互相幫助產生的。這不禁使我想起馮老師的醉意而覺得惆悵。新學年要我接初三班語文，就是五、六排，同時擔任五排班主任。初一、初二的語文由黎老師、何老師教。社會上傳言，明年開始，初中升高中由地區舉行統考。黎老師和何老師推卻自己是中專生，為迎接統考，初三應該由我這大學生把關。前兩屆初中畢業生只推薦了幾個到縣中上高中，多數都回生產隊參加勞動，上了高中也沒有大學可上，照樣回農場當農民，所以學生的學習積極性不高。明知黎老師和何老師是推托之詞，我覺得把不把關都無所謂，沒有推辭接教初三年級的語文課。

劉友德他們三個在香港定居以後，最初來信比較頻密，慢慢就少了。今年以來，只有友德來信，永福和有光只在友德的來信中順便問好。每次來信都說香港工作、生活節奏快。除了同班同宿舍的三

人，還有不少認識的師範學院的歸僑同學，都已申請出港定居。友德在一間電子廠工作，信中說：香港還是英國殖民地，是發達的資本主義社會，在香港，一個普通打工者，衣、食、住、行，最大的問題是「住」，要有多年的積蓄才買得起住房。如果租住私人樓，租金貴；租住政府的廉租屋，輪候時間長。從友德信中能看到的喜悅心情：一是回印尼探親，見到十多年沒有見面的老母親和兄弟姐妹，親戚朋友；二是在香港沒有了「思想」上的管束，覺得很「自由」。至於出去後遇到些什麼困難，除了說到為成家苦惱外，其它都沒有提。我對資本主義只有片面的書本知識，看了他的信也感受不深。

農場已經有十幾家批准出港定居。張樹生和黃家瑞兩家都已經批准出港，跟他們一起申請的黃盛昌，卻沒有消息。他說每次去問陳幹事，都說要輪候審批，叫他耐心等待。

這天我們幾個人在一起時，他又在發牢騷。

啟新說他：「聽說阿瑞哥他們送東西給當官的，所以批得快。你也給當官的送點東西嘛，又不是沒有！」

我問：「有這種事，你聽誰說的？」

啟新說：「聽誰說？我還聽說，有人走後門，直接從團部领導那裡要的申請表。」

盛昌說：「剛回國時，阿瑞哥給領導送菸，那是公開的。」

阿祥說：「那是另一回事。黃家瑞這人怎麼說呢？他自己不抽菸，可是，兩邊口袋都裝著香菸：一邊是『大重九』，一邊是『金象』。見到書記場長，送『大重九』，一般幹部送『金象』。後來商店沒有香菸賣了，他有僑匯券買了菸，照樣送。有時拿錯菸，當人的面換另一個牌子，人家笑他也好，罵他也好，他不會害羞，也不會生氣。」

我覺得這是個奇人，曾老師說：「那是個二佰五。黃家瑞的父母在印尼有錢，名聲在外，聽說張樹生的父母在印尼也比較有錢，他哥哥又在香港做生意。這些當兵的都以為香港是水深火熱的地方，先

批家裡經濟條件好的也不奇怪。」

「盛昌家在印尼還不是有錢，怎麼不批？」啟新說。

「這就不知道了，我也只是亂猜。」

部隊歷來把「政治思想工作」放在第一位。黃文瑞是個先進人物，張樹生是個下鄉知青，文革中參加造反，沒有站錯隊，也沒有犯什麼錯。盛昌的表現就差得多，就是「裴多菲」的賬不算，平時喜歡頂撞隊長，經常說怪話，已經歸入落後分子一類。領導上怕他出去說社會主義不好的話，先扣住申請不上報是可能的。

我說盛昌：「早點遲點，總會批給你的，你還是快點生娃娃，我們幾個都當爹了，就是你兩公婆還兩手空空。」

盛昌說：「我們一直沒有生娃娃，就是聽我朋友說，香港出生的孩子和國內帶出去的孩子，以後讀書，甚至工作，各方面待遇都不一樣。而且，我們填了申請表以後，更不敢生了，到批准時，多出一個人來不是自找麻煩？」

阿祥說：「不要想得那麼複雜，還是快點生，再不生，女人過了三十歲生不出來了。」

「就是，應該生娃娃與等批准兩不誤。」

有一天下課後，看見班上的四五個歸僑女生在悄悄傳一張信紙，一見到我便跑掉了。我見其中有個是二隊運叔的女兒錢雲萍。錢運生兩公婆是僑生，客家話講得很流利。他們兩女兩子，大女兒錢雲萍今年上初三，在我這個班。平時在路上遇到運生嫂，她喜歡和我交談幾句，現在大女兒在我班上，更是一見面就要問一下雲萍的情況。我決定去運叔家家訪，了解一下班上學生的思想狀況。

來到運叔家裡，和運叔、運叔母聊了一陣後，便問錢雲萍：「阿萍，剛才你們幾個在看什麼東西，怎麼一見我過來就跑掉了？」

「看一封信，是阿昌從香港寄給阿虹的信。」

我有意開玩笑地說：「是不是有什麼秘密的信，怕老師看見？」

「也沒有什麼秘密，是因為，我們最初以為……」阿瑞說著轉頭望了下運叔。

運叔說：「望我幹什麼，有什麼跟老師說說怕什麼？」

「我們最初以為是阿昌喜歡阿虹，寫信來追求她，所以才要阿虹把信拿出來給大家看。」

「小小年紀，不好好讀書，就講追求哪個，真是！」運叔罵阿萍。

「都說不是啦，那信只是說香港生活好，叫阿虹趕快申請出去嘛。」

運叔說：「香港有多好？那信說些什麼？」

阿萍猶豫了一下，說：「那信都還在我這裡。」

運叔問：「人家的信，怎麼又會在你這裡？」

阿萍望望我：「見老師過來，阿虹怕老師會搜她的書包，便塞到我書包裡。」

我說：「真傻，老師怎麼會搜你們的書包？」

運叔說：「拿出來看看！」

「算了吧，看人家的信不好。」我勸運叔。

「小娃娃的信，看看怕什麼。」

阿萍進去從書包裡拿出信遞給我。我說：「你把信給我看了，阿虹不會罵你？」

「不會的，又沒有什麼秘密。」

我打開信，這信不講什麼格式：「阿虹，香港好，像天堂，樣樣東西都有，超級市場裡東西多到數不清，豬肉魚肉什麼肉都是罐頭，罐頭比新鮮豬肉便宜，我吃罐頭都吃到怕，飯很香很好吃，沒有菜

都可以吃三大碗，不像布朗的飯那麼難吃，你快點申請來，早來早享福，阿 x 還一天找你玩嗎，阿爸阿媽天天加班……」信重複寫的都是些香港印象。錢叔伸過手來，我把信給了他，他隨便看了一眼就還給了阿萍。

運叔說：「王 x x 出去有半年了，小娃娃的信作不得準，看見吃的東西多，便覺得什麼都好。」

「王 x x 在國外還有些什麼人？他們有幾個孩子？」

「他父母還在印尼，年紀都大了。他有四個孩子，第二個比阿萍小。他們家在外面開鞋舖的，家裡比較過得去。」

在過去的宣傳教育中，別說香港、台灣。連美、英這些發達資本主義國家，勞動人民都是生活在水深火熱之中。聽說農場七一年申請的有三四家，只批了兩家，當時，大家說他們是勇敢分子。後來陸續有人申請，有人批准，通信的人多了，歸僑對香港的情況有了了解。

這封信不知怎麼會傳開來，特別是傳出「香港像天堂，早來早享福」這兩句話，後來，連指導員都知道了。他在辦公室問我：「古老師，聽說你們班有個同學，收到香港的來信，宣傳香港比國內好，你知道嗎？」

「我知道班上有學生收到國外的來信。農場很多歸僑家庭都和國外通信，國家政策是通訊自由，沒有什麼好奇怪的。」

「問題是外面的來信宣傳資本主義比社會主義好，宣傳資本主義的優越性，這就是嚴重的政治問題了。」

「段指導員，你不要說得那麼嚇人！一個十來歲的孩子，去到一個新地方，簡單說了點見聞，就是宣傳資本主義的優越性？她們恐怕連你說的什麼叫『主義』叫『優越性』都還不懂！」

「總之，說香港比社會主義祖國好，就是不對！你要在班上做好學生的思想工作，消消毒。」

「我不覺得班上有什麼毒。兩個小孩子通信，你也當政治問題來抓，那學校的政治問題太多了，怕你這政治指導員抓不過來。」

「你不能不承認這對其他學生有影響，總還是要做做工作吧！」

「我們天天都在宣傳毛澤東思想，宣傳社會主義優越性。為什麼不是我們去影響他們，反而是怕人家來影響我們呢？」

指導員氣得臉色發青，不說話了。其實，我自己心中有數：出港學生的來信，不是指導員說的政治問題，但是，在一定程度上會影響班上歸僑學生的學習情緒，關鍵要引導他們正確認識，不要因為家庭申請出國探親，便放棄學習機會。這工作要和家長配合去做，才有好的效果。如果像指導員說的，當什麼政治問題去抓，只會起反作用。

這年的春節比去年前年熱鬧，不但生活稍有改善，主要是多了話題，都想在拜年時交流一下申請出國的想法。除了本農場出去的歸僑來信，全國其它華僑農場親朋的來信，國外親人的來信，都在講出國探親的事。

回國十多年來，歸僑之間都用印尼話交談，原華僑農場的地方幹部，有幾個和歸僑接觸多，又比較有心的，會聽懂不少印尼話，但不會學說。兵團中的現役軍人領導就不會聽，兵團雖然重視政治思想工作，由於語言不通，只能依靠歸僑幹部向他們匯報情況，讓領導掌握歸僑思想動態。

過完春節，農場提出出國申請的歸僑開始多起來。這之前，在團機關的幾位幹事中，負責保衛工作的陳幹事是最沒有事幹的，因為兵團有個警衛班，保衛工作已經被他們幹完了。最初安排陳幹事負責歸僑出國申請時，因為申請的人少，他的工作也不多。春節以後，向他打聽情況的，正式提出申請的，都比以前多，他才忙起來。

陳幹事四十歲左右，帶著家屬。按他的軍齡，在正規部隊是不能帶家屬的，建設兵團寬鬆一些。他們原來有一個女兒，七零年來兵團不久，又生了一個女兒，他一家沒有住在機關宿舍，住在廣場旁邊靠近紅旗一隊的一個小套間。這小套間原來是用來擺放電影機和鑼鼓彩旗之類宣傳器材的，後來這些東西搬走了，房子空著。兵團成立，不知道怎麼會安排陳幹事一家住在這裡。陳幹事的愛人叫小李，在供銷社工作，兩個小孩就近放在一隊托兒所。托兒所的保母都是年老的歸僑婦女，只會講幾句簡單的普通話。我細媽和兄弟都是一隊職工，我女兒出生後，也是放在一隊托兒所。我和陳幹事有時會去托兒所送、領孩子，遇見了便會吹牛，慢慢熟了。

有一天，我去領女兒回家，剛好見著他，便一起抱著娃娃回來。我說他：「陳幹事也學會叫『阿婆、阿婆』了，還叫得怪親熱。」

「沒有辦法，剛來時，我這姑娘一抱進托兒所就哭，天天哭，弄得個個阿婆都怕接，我和老婆只好跟阿婆陪笑臉。」

「小娃娃怕生，又聽不懂阿婆的話，剛開始都這樣，現在不是很少哭了。」

「現在另一個問題出來了，娃娃回到家裡，講印尼話，講客家話。我跟老婆聽不懂，不知道她要什麼，又是拼命哭！」

我聽了不覺好笑：「那你也學點印尼話囉。」

實際上，陳幹事聽得懂幾句印尼話。他家就在廣場旁邊，紅旗一隊、二隊的年輕人，每天都在廣場打籃球、排球，或三五一堆閒聊，他偶爾會和大家吹幾句。後來，陳幹事在門前擺了個小桌子下象棋。最初是陳幹事和別人下，後來陳幹事不下，也有幾個人在下。有歸僑，有國內幹部和職工，除了刮風下雨，都有人在那裡圍著，成了一個象棋擂台。由於下棋的多數是歸僑，都用印尼話吵吵鬧鬧，陳幹事聽得多了，自然會聽懂一些。這些歸僑多數是年輕人，陳幹事也不算老，一起下象棋，有時爭執起來，也

官民不分，展現出軍民一家的景象。自從陳幹事負責歸僑申請出國的手續以後，這象棋攤不知道哪天開始就沒有了。

歸僑申請出國，第一步是寫好申請書，闡明家庭情況，出國探親或繼承財產等理由，然後把申請書交給陳幹事。陳幹事收到後，向申請人了解情況，作初步審查。然後，政治部安排時間，幾個領導參加，對各份申請書進行討論，決定某一家庭發給申請表。申請表是從省公安廳發給縣公安局，又由縣公安局下發給兵團。陳幹事把申請表發給政治部決定準予申請的家庭，申請人填好表後交回給他，兵團政治部再審查討論，提出意見，蓋上章，由陳幹事送到縣公安局。縣公安局審核後，上報省公安廳。省公安廳批准後，發出「來往港澳通行證」，寄到縣公安局，由陳幹事領回來發給本人，才可以辦理有關出國手續。填了申請表的，上報後什麼時候批准是上級的事，這些人比較少來找他，就是來詢問一下，也好打發。經常來扯皮的，是交了申請書沒有發給申請表的人，得給他們做解釋工作。省公安廳下發申請表，時間和數量都不定，兵團討論把表發給誰不發給誰不能公開，所以，這解釋工作永遠也做不完，這個打發走了，另一個又來，經常有人在他家門口坐到很晚都不走。現在，陳幹事不但沒有時間和大家一起下象棋，而且，一改以前和歸僑青年嘻嘻哈哈的脾氣，顯得莊重。

滇南省籍的華僑和僑眷，人數要比廣東、福建少得多。不知道是不是這個原因，我來到滇南以後，總的感覺是包括幹部在內，很多人對華僑、歸僑、僑眷、僑屬的界線分不太清楚，對各種僑務政策也認識不深。很多幹部只要聽到「海外關係」，都擔心有「裡通外國」嫌疑。聽說剛回國時，還發生過布朗郵電所把歸僑的海外來信送交農場保衛科的事，文革中，有些人更把歸僑劃到黑九類。

歸僑剛回國時，與海外的通信頻密，自從農場搞社會主義教育運動，接著文化大革命，一來歸僑自己不想給海外親人添麻煩，二來我國與一些國家的通訊不正常，農場裡多數歸僑與海外親人的通信都中斷了，有兩年，農場的郵政局一封外國來信也沒有收過。自從貫徹探親政策，有幾家歸僑批准出國以

後，所有歸僑家庭便翻箱倒櫃，把藏在箱底的地址找出來，寫信和國外親人聯繫。

我沒有再詢問細媽關於出國的想法，知道她和所有歸僑一樣，希望能出去。三個弟妹已經成年，大的妹妹已經有對象，準備不久成親後和丈夫一家申請出港。兩個弟弟和其他年輕人一樣，希望有機會出去闖世界，他們把他舅父和姨媽的地址找了出來，細媽也找出自己出生地父親的地址，一齊叫我幫他們寫信聯繫。

按理說，跟我們最親近的是水生伯父一家，阿媽在家鄉一直都有和伯父通信。令人傷心的是，六九年我到部隊農場接受再教育時，阿媽來信告訴我，伯父在國外已經病逝。我沒有見過伯父伯母，他們領養的堂兄弟也沒有見過。當我知道伯父去世時，心裡為失去一位親人難過了一段時間。據阿媽後來來信說，因為伯母也已經年老多病，三位侄子沒有回過家鄉，也不會中文，伯父去世後，家鄉也就沒有再收到印尼的來信。在家鄉時，我以阿媽的名義給伯父寫過不少信，伯父家的地址我一直都記得，但是，我來到滇南沒有給他們寫過信。父親在世時和伯父母通過信，後來，父親去世時，細媽也給伯父寫過一封信，不知是國內寄的信伯父沒有收到，還是伯父回了信國內沒有收到，總之，同樣斷了聯繫。

我根據弟弟和細媽給我的地址，分別以細媽、弟妹、我自己的名字寫了三封信，分別寄給細媽的父親、弟妹的舅父和姨媽、伯母和堂兄弟。三封信都是報平安，談思念之情。我寫的是中文信，請學校阮老師翻譯成印尼文，連同中文信一起發了出去。

等了幾個月，一家人已經沒有多大信心了，突然接到一封印尼的來信。兩兄弟拿著印尼文的信，急不及待的跑來學校，請阮老師幫忙看信。

阮老師看了一遍以後，告訴我們信是大妹三姐弟的舅父寫來的：ｘｘｘｘｘ：收到你們的信很高興。幸好我們老家你大姨媽還住在那裡，才能收到信。我們的名字都改成印尼名字了，不然，工作和生活都會很困難。以後你們的信不要寫中文，也不要直接從中國寄來，印尼政府看到我們有中國寄來

的中文信，會以為我們是特務。你們表姐已經在德國讀了兩年書，學醫，她想當醫生，你們可以寫信給她。

「就這些？」阮老師把信讀完了，兩兄弟用沒有吃飽的眼神望著阮老師。

「就這些。下面是印尼的通訊地址，還有德國的通訊地址，。」

我剛到布朗農場時，阿爸閒談提起過，這個細媽一家是好幾代的福建籍僑生，她們有幾個姐妹，只有一個兄弟。這兄弟在外國留過學，回國後在印尼政府部門工作。可惜，阿爸回國時沒有他們家庭的任何照片，我記得在家鄉時看過這位細媽和阿爸結婚的照片，那時年齡太小，已經沒有什麼印象。

接到信，三姐弟高興得不得了。回到家裡，我和他們說，回信時可以跟你舅父提國內有探親的政策，可以到香港，不要提到印尼。細媽沒有接到來信，難過了好久，她不知道是父母去世了，還是家裡搬遷了。我心裡同樣難過，主要是掛著伯母。雖然沒有見過面，伯父去世後，她是家裡最大的長輩，那幾個堂兄弟是不是已經變成「番鬼」了呢？萬隆是比較大的城市，華僑華人又多，我準備找一位萬隆有親戚的歸僑，請他麻煩外面的親戚打聽一下。

農場兩百多戶歸僑，批准出去十幾家以後，正式提出申請的增加到幾十戶。兵團對申請控制得比較嚴，政治部每次討論後，發出幾份申請表不公開，上面發下的申請表有多少，是不是全部發給申請人了也沒有人知道。兵團討論發表沒有固定時間，有時一個月發了兩次，有時兩個月都不發一次。歸僑只是在生產隊開會聽到連長口頭傳達有關探親的文件精神，文件的具體內容不清楚。從申請到上報縣公安局，再上報到省公安廳，這些過程更不清楚。歸僑回國十多年來，還沒有幾個人學會和政府部門打交道。填了申請表上交給陳幹事了，只能在農場等待，這些人心急；提了申請沒有填表的，更加心急；其它正在觀望的歸僑家庭，則心神不定。每當省公安廳通知某人批准了，全隊歸僑就會轟動一次，情緒波動一番。批准出國的歸僑家庭辦理手續和處理家俱那幾天，左鄰右舍，親戚朋友，從早到晚，都會有人到他

家裡坐聊：從回國到出國、從農場到香港、從國內到印尼、從過去、現在、到將來，談論不休；還有托帶信息、代尋親友、叮嚀祝福等等。一直熱鬧到這家人終於離開農場。

弟弟的第二封信寄出去以後，經常跑來中學家裡坐半天，都是講出國的事。他兩個小學還沒畢業就遇上文化大革命。中學沒有上，閒了幾年，安排在隊上勞動，每月工資二十元錢。那幾年沒有人管，他們這班大男孩，多數都學會抽菸。他們覺得日子過得很無聊。

我勸他兩：「像你們這個年紀，遇上文化大革命讀不成書的，全國不知有多少。你們不用上山下鄉，也不用回城待業，在農場總算有個工作，只是下田辛苦點。閒時找點書看看，其它不說，多識幾個字也好。」

「翻開書，十個字有八個字不認識，那裡會讀書！」

「不是吧？小學畢業，起碼認識一二千字，怎麼會不識字？」

「五年級沒有上完就停課了，到現在快十年沒有看書，學過的字早忘記了。」

「不懂的我教你們，學多少算多少。一點文化都沒有，到什麼地方也只能出憨力氣。」

「幹苦活我們不怕。聽那些出去的人來信說，在香港幹活也很辛苦，但是，那邊的工資比農場高得多，東西又多，辛苦以後起碼吃得好。還說，只要勤勞，在外面還有機會學各種技術。在農場，就像隊上的牛一樣，每天下田幹活，回來關進牛圈，丟給你一把稻草。天天吃飯，幹活，睡覺，這日子過得一點意思都沒有。」

兩兄弟每次講到出國的事都令人不開心。舅父沒有回信，德國的表姐來了一封英文信，只有兩行。意思是，收到來信，知道了，好好生活，希望將來有機會見面。本來，兩兄弟想起小時候和表姐一起玩的情景時，滿懷深情，接到這只有兩句話的英文信，舅父又沒有再來信，不禁失望。

分隔十多年了，，親人在外的情況我們不了解，哪能一相情願認為他們就一定會幫我們。我只好

勸慰他們：「已經聯繫上就是好消息。以後你們多寫信，不用寫其它，三言兩語，問個好，報個平安。寫好請阮老師翻譯了寄出去，不要再斷了聯繫就是了。」

我帶著舅父和表姐的信去找陳幹事。陳幹事聽了我想為兩個兄弟提出出國申請的要求後，為難地說：「現在提出出國申請的，都是父母親還在外面的，你這兄弟探望舅父，恐怕有點難批。」

「上面批不批是上面的事，你這裡先批准給他們填張表吧。我們家的情況複雜一些。他們兄弟的親媽死得早，從小在舅父家長大。再說，我伯父一家還在印尼，父親回國前一直都是和他共同經營生意，不是也可以從繼承財產這個理由申請嗎？」

陳幹事說：「這事我不好作主，你和顏副主任關係好，你去找他，讓他在討論時幫你說話，可以起作用。」

「那行，我找機會和副主任說，到時你這負責具體工作的，也幫個忙行不行？」

「只要頭頭沒有意見，我還會阻攔不成？上面每次發來的申請表就那麼幾份，提出申請的有幾十家，個個都說自己條件比人強，真叫人頭疼！」

「你這段時間也太辛苦了，我有一天路過，很晚了還見到有人坐在你這裡不走。」

「辛苦點沒有什麼。」說完，陳幹事把頭湊過來，低聲說：「有些歸僑為了要申請表，要送東西給我，這事整不得。」

我不知道陳幹事跟我說這話的目的是什麼，便打哈哈地說：「那你還不乘機發點財？怪不得那天我送娃娃去托兒所，剛好你老婆也送娃娃，那些阿婆個個爭著接你姑娘，以前個個嫌，現在變成搶手貨，成寶貝了。」

陳幹事高興地笑起來：「這是真的，我也感覺得到。」又搖搖手說：「小古，你和那些歸僑相處得好，遇到有想送東西的人，你幫我提醒一下。這事不是開玩笑的，傳出去，跳到黃河都洗不清，弄到開除軍籍，回家當農民，那才冤枉！」

「人直不怕影邪，你沒有收人的東西怕什麼？」

過兩天，我去找副主任，跟他說找過陳幹事要申請表的事。副主任聽了說：「現在要申請表的人多起來了，香港還是個英國殖民地，資本主義社會，富人的天堂，窮人的地獄，這些歸僑怎麼都想出去？」我說：「香港好不好我不知道，不過，你每個月起碼都會跑回家一趟，看你老婆孩子。歸僑回來十幾年，想見親人很正常吧！」「胡扯！這是兩回事。」副主任罵完後說：「到討論時我把你兄弟的情況提出來說說，其他人沒多大意見的話，叫陳幹事給你兩份表。說好了，是給你兄弟，不是給你的。」我說：「知道，我也沒有想過要到香港去。」過了半個月，陳幹事叫我去領表。等到把表領回來，我幫兩兄弟填了表交上去。當晚，兩兄弟可能做夢已經到了香港。

伯母和堂兄弟一直沒有來信。後來，幫忙打聽信息的人告訴我，他萬隆的親戚按我給的地址找到那間商店，店主已經不是姓古的。看來伯母一家不知道搬到哪裡去了，聽到這消息，我感到非常失望。

兒子出世以後，人口增加了，工資沒有增加。我的工資比起以前一起在隊上勞動的阿祥他們幾個高，覺得自己讀上大學非常幸運。

暑假期間，有一個開貨車的熟人路過農場，駕駛室沒有帶人，問我要不要上春城。這兩年，除了當時分配到春城的三位，又有三位同學調回城裡了。趁假期上去找他們吹吹牛，聽聽班上其他同學的近況，順便買點山村買不到的東西，於是，我一個人上春城去。

那幾年，農場的歸僑因私事上春城或玉河，幾乎不會有人到縣上客運站買票坐長途客車。經常跑這條路的各單位貨車司機，為了方便自己，都會利用駕駛室捎帶過路客時，交上一兩個歸僑朋友，互相幫忙辦點事。捎帶我的這司機就是與弟弟認識的，上下路過有時會停下來，到家裡喝口水，或者吃餐飯。

進到城裡，第一天到處閒逛，東張西望。市容變化不大，市場供應比上次來時好一些，只是很多

東西仍然要票。省城的商品要比山區縣城供應的好。各種商品，供應大城市和供應農村的，產地不同，牌子不同，質量也不同。最普通的如布料、服裝、糖果、餅乾等，省城可以買到上海或廣州生產的，在兵團供銷所，就往往只能買到春城或者玉河地區生產的。同樣用票證購買的商品，用工業券購買單車，省城可以買到上海、天津出的鳳凰牌、飛鴿牌單車，布朗就多數時候都供應春城出的春花牌。春城熱鬧的街道只有那麼幾條，大半天就走完了，給老婆孩子買了幾樣東西，吃了晚飯，便去找同學。我先找到一個同學，一見面，非常高興，約好第二天把另外幾個同學約到他家聚一聚。

第二天下午，除了女同學有事沒有來，五位男同學都來了。一見面，都互相問長問短。在學校讀書時，我和這幾個城裡的同學接觸不是很多，想不到幾年不見，現在親熱得不得了。各人把自己的近況簡單通報以後，便天南海北的吹起來。說著說著，一個同學問：「古方智，杜鵑和梁家福自殺了你知道吧？」這是叫人怎麼想都想不到的事，我呆了半天，問：「我沒有聽錯吧？怎麼會……自殺！」剛才還溢滿屋子的熱情氣氛，一下子冷卻下來。

幾個人或低頭喝茶，或眼望著窗外抽菸，過了好一陣，一個同學才說：

「是真的。梁家福是才分下去不到一年就自殺了，杜鵑是去年的事。」

我腦子裡出現黃秋燕和他們兩人的面容。黃秋燕是因為病，這或者是老天爺安排上的失誤，讓她年輕輕得了這種病。可是，梁家福和杜鵑，他們為什麼要自殺呢？同學幾年，實在看不出，也想不出兩人有自殺的理由。

「梁家福分到地區文化局，本來是個好單位，聽說他工作表現也不錯。怎麼說呢？他看上地區招待所一個服務員，追了半年沒有追上，一時想不通，回到城裡吃老鼠藥自殺了。」

「太憨囉！不就一個招待所服務員嗎？世上又不是只有一個女人。」

「原來梁家福是個『情痴』，讀書時看不出來。」

「什麼『情痴』，是個『情憨』！要說『痴』，杜鵑才真是『痴』！叫『文痴』，她死得太可惜。」

「杜鵑分到一個邊疆縣文化館，聽說她除了上班和下鄉，成天就是寫作。他們文化館的一位同事非常敬佩她，後來又由敬生愛，兩人談起了戀愛。誰知道後來怎麼會自殺！」

「總有個原因吧，不可能無緣無故自殺。」

「還真是個謎！我聽到消息後，去過她家裡看她媽媽，她一家人都說不知道原因，也可能是不想說。」

「她自殺時，把一背簍文稿揹到河邊，點火燒掉，然後投水，真叫人想不通。最可惜是那些燒掉的文稿，以杜鵑的才情，說不定是些傳世之作。」

「這不好說。現在的文學作品，都是歌頌工農兵英雄人物，描寫的是高、大、全的光輝形象。杜鵑那種細膩婉約的情思和表現手法，恐怕與時代不合拍。」

我聽著幾個同學你一句我一句的議論沒有說話，腦子裡不斷閃過他們兩人的影像，特別是杜鵑那走路目不斜視的樣子。

梁家福和杜鵑都是城裡人，在座的幾個同學，應該對他兩有更多的了解。六十個同窗，多數是應屆高中畢業考上大學的，大學畢業才幾年，多數還不到三十歲，就少了三個。而其中可說是班上成績最好，或者說最有才情的女同學，卻沒有人說得出原因自殺死了。

一直到吃飯時，喝了兩口酒，大家的情緒才慢慢好起來。我把劉友德，謝永福到香港後的工作生活情況；潘希卓，范美英的分配單位告訴他們。他們把知道的分到各地的同學的情況互相通告，其中特別通報了張敬忠幾個班幹部，李文甲等幾個「知名人士」的情況，多數同學都是分到中學或戴帽小學教書。六個同學都已經成家，有了孩子。除了兩位是在文革後期戀愛結婚的，另外四個，都是分工或回城以後才經人介紹認識結合的。今天聚會，女同學沒有來，五個男同學的家屬都不在場，六個男人說話便

放肆，像回到學校讀書時一樣。

一個同學問我：「古方智，你愛人也是歸僑嗎？漂不漂亮？以前讀書時，學校裡那些歸僑女同學，好像驕傲得很，不知道都嫁給誰了？」

我回答說：「其他班的我不知道，我們班的范美英，剛才不是說了，嫁的也是越南歸僑，兩口子在一個縣裡的化肥廠，范美英在職工子弟學校教書。」

「歸僑學生男的多，女的少，女的找男的要容易一些。」

「你這小子，是不是讀書時看上哪一個歸僑女同學了，到現在還掛著人家？小心你老婆知道不饒你。」

「其實，歸僑女同學中漂亮的沒有幾個，只是她們穿得漂亮。『三分人才，七分打扮』，人是（木）椿椿，全靠衣裳，把國內同學比下去了。」

我說：「這話說得是，我愛人就是很普通一個：穿歸僑衣服像歸僑，穿傣族衣服像傣族，穿教師衣服像教師，穿農民衣服像農民……」

「不會是穿男人衣服就像男人吧？」

「他媽的，你這人本性難改，狗嘴裡吐不出象牙！古方智，別理他。」

「這有什麼！我那口子，不穿男人的衣服都像男人！」

「你是晚上白天都被老婆騎在身上吧？怪不得當年的『書生意氣』，一點都沒有了。」說得幾個人都笑起來。

我說：「其實，居家過日子，一日三餐，油鹽柴米，生兒育女，家庭和睦這才最實際。」

「想起來，在學校讀書時，一個比一個浪漫。讀了幾首情詩，就把愛情、婚姻、家庭，都想像得像『天仙配』那樣動人。等到畢業出來工作以後，才知道現實和想像差距太大。」

「古方智，你愛人是回到農場才認識的？談戀愛時，很浪漫了一陣吧。」

「大山裡，只有田埂路，那像你們在省城，可以兩人一起逛公園，壓馬路，談情說愛。」

「這你又錯了，那幾年，城裡面誰還敢去花前月下談戀愛，工糾隊發現了，還不把你當流氓份子抓起來。」

「最可惡是有些紅小兵。晚上看見一男一女在一起，就向你打石頭。有一次，有一對在湖邊談戀愛的，被幾個小混蛋猛地推落湖裡，差點淹死了！」

「說起來有點喪氣，我們幾個回城以後都老大不小了，單位上沒有合適的，只有請親戚朋友介紹，等到把人帶來，見上兩次面，問：『嫁給我幹不幹，幹就登記去。』把一切小資產階級情調的過程都簡化掉了。」

我說起王連生講的故事，幾個都說：「真實！真實！」又說：「我們都是來自五湖四海，為了一個共同的革命目標，走到一起來的。」

「對！革命時期，革命夫妻，革命家庭。抓革命，促生產，無產階級專政下繼續革命。」

「我看你抓革命不怎麼樣，促生產就很努力，快有第三個了吧？」

「去你媽的，好話都給你說歪了！」

五個人邊吃邊喝邊吹，說些不沾天不著地的話。到最後告別時，五個同學這個送我兩塊香皂，那個送我一支牙膏，或一包餅乾，或一包糖果。我上來時沒有想到要帶什麼東西，農場也沒有土特產好帶。同學的熱情使我非常感動，也有點老年「潤土」進城的感覺。

我上春城前兩天，副主任也回家探親，聽我說起可能到春城，他約我到春城後去他家吃餐飯，再一起回兵團。

告別同學的第二天，想想副主任既然熱情邀請，便決定一登龍門拜訪。副主任的愛人是工廠醫務

所的醫生，副主任給我寫了他的家庭地址。他閒談時說過，有一個女兒讀高中，一個兒子讀初中，聽副主任平時的口氣，是很美滿的家庭。他愛人曾來過兵團，我沒有見過。

這天是星期天，我坐上公共汽車走了近一個小時到了工廠，在別人指引下找到吳醫生的家。門半開著，我在門外叫一聲：「顏副主任在家嗎？」裡面出來一個中年婦女。我問：「請問是吳醫生吧？我是布朗農場姓古的，副主任和我相約一起回農場。他在嗎？」婦人睨視著我：「我是吳醫生。你就是布朗壩中學的古方智？老顏跟我說過，他有點事到部隊（原部隊單位高炮營）去，下午回來，叫你等他。進來坐吧。」我進到屋裡坐下，吳醫生向套間裡叫：「小青，倒杯水出來。」一個姑娘抬著一杯茶出來，放在桌子上，這應該是他們的大女兒。吳醫生說：「喝水。」也坐了下來。我一時找不著話說，便端起茶杯喝茶。

「你們副主任在兵團工作怎麼樣？群眾反映好不好？」吳醫生開口問。

我一時不知道怎麼回答這樣的問話，小心地回答：「我在學校教書，學校以外的事，很少去關心。」

「我去過你們團，巴掌大一塊地方，有人放個屁，都能臭一個壩子。我聽老顏提過，經常會叫你到團部寫點東西，他很信任你不是？」

這話說得不好聽！我覺得今天好像來得不對，怕遇上麻煩：「前幾年省裡開『學代會』，副主任安排我到政治部跟他整過幾天材料，以後在學校成天忙教書，沒有事不會到團部去。這次上春城買點東西，剛好聽說副主任也上來，兩人相約做個伴回去，我順便來看望吳醫生。」

「那我謝謝你。既然古老師那麼好心，我問你一件事，你老實告訴我好不好？」

「我知道的都會說。」

「你們副主任跟滇南大學那個姓孫的女知青，到底有什麼關係？」

想不到吳醫生單刀直入，提出一個叫人難於回答的問題。這下我不禁心裡打鼓：兵團推薦工農兵

上大學，下邊有不少議論。只是，歸僑不會管這些閒事，傣族連隊離得遠，有什麼議論聽不見，至於地方幹部議論什麼，我不會去打聽。這兩年，推薦上大學、招工、病退回城的知青，共有二十幾人。推薦上大學的，全都是女知青，絕大多數是靠關係從其它師團調動來的。從表面上看，這些女知青，都是和某位領導關係比較密切的。其中，有一個回城工作的，一個到滇南大學讀書的女知青，和副主任來往多，很多人都看得見。但是，我確實沒有聽到有人說他和某女知青關起門「搞什麼名堂？」

我斟酌著回答說：「聽說上大學的名額都是上面分下來，由各連隊討論提名，經過兵團政治部討論通過，報到上面批准的。這些過程，我們普通老師不會知道。」

「你別跟我說些冠冕堂皇的話！我是問你老顏和那女知青有什麼關係？你聽到些什麼議論？」

「請吳醫生諒解，我住在中學，除了學生老師，平時接觸的都是歸僑，很少聽外面的議論。」

「我在春城幾百公里外都聽得見，你在農場裡聽不見？被人議論的也不單他一個，還有ｘｘ長、那個什麼教導員、什麼連長，都不是好東西！別以為我們不知道，ｘｘ長的愛人還約我下去鬧呢！鬧有什麼用？姑娘不自愛，母狗不翹尾巴，公狗爬得上去嗎？你和老顏關係好，是包庇他，說不定還和他同流合污……什麼東西，都是些「稗軍人」！早該像中央文件上說的，通通拉出去槍斃……這老混蛋，幾個月不拿錢回來，上春城來也不住家裡，不想過算了，散伙拉倒……」吳醫生越說越氣，越說越大聲，我嚇得心驚膽戰，不知道怎麼應付。

正下不了台，姑娘和兒子出來，把吳醫生拉了進去。那姑娘進去時，轉過頭來狠狠地瞪了我一眼。我不知所措地又坐了一會，尷尬地起身對著屋裡說：「吳醫生，等副主任回來告訴他，我回去了。不好意思，打擾你了。」沒聽見裡面有沒有答話，趕緊出來。

坐在回城的公共車上，心中窩憋。本來，這次登門造訪不是我主動相約，是副主任提出邀請。也怪自己有私心，想到副主任門路廣，能找個不要錢的車回家，可以省幾元錢。這下好了，小便宜沒有沾

著，被這婆娘捎帶罵了一餐。

「稗軍人」！我不禁嘆息。吳醫生也是農村出來的吧？不然，不會想得出這個詞語。我想起上次和副主任在秧田走過，看到他走得不太穩的身影而生出的敬意，覺得心中非常失落。

我連中午飯都沒有吃，也不想在城裡多住一晚了，買了車票，先到玉河，第二天回到農場。過兩天副主任回來，見著面兩人心照不宣，我不提去過他家，他也不問。

這幾年，農場周圍山上人民公社的少數民族社員，經常會有人扛木板下來賣。松木、杉木、水冬瓜、核桃樹……有好幾種木料。這些木板解成兩米長，厚薄或一公分，或兩公分。把板子排成一丈，最便宜的每丈賣七、八元，貴的賣到二十元。這些樹木的砍伐，不知道是合法還是不合法，好像縣上也沒有人來管。兵團不會去管這些社員，不少人都在買木料做傢俱，有些部隊幹部和家在外地的地方幹部，買來請認識的貨車司機拉回家。那兩年，特別是城裡，流行「男人學木工，女人學裁縫。」

這天吃過晚飯，我下一隊找李春元，想跟他借兩樣木工工具，準備把阿爸回國帶回的大木箱折了，改成用來裝衣服的小木箱，順便給自己做一張小飯桌。李春元現在在基建隊當木工，他不但建房的木工做得好，各樣傢俬也做得讓人稱讚。我的木匠活當然說不上水平，跟春元借工具時，跟他說好，有些關鍵活他會幫手。來到他家，見他正忙，地上擺著一個小玻璃柜，一個可以折疊的飯桌。我問他是幫誰做的，他沒有停手裡的活，過了一會才回答，都是幫那些當兵的做的。

「你上次才說幫人做了幾樣，這邊還堆著一大堆木料，要做到什麼時候才做得完？」

「做到幾時算幾時囉，也不單是叫私人做，聽說基建隊的木工都在幫一些當兵的做。」

「那算什麼？付不付工錢？」

「誰知道」

「只是一個人在兵團，沒有家屬的也做嗎？」

「也做，做成活動的三門櫃，可以拆下來拉回家去。」

我見另一條木工凳上有木板支在上面，便過去用推刨刨木板，邊幹邊吹牛。「你白天要上班，休息時間幫人幹，那麼辛苦，有沒有給你點報酬？」

「那還敢提報酬？文化大革命一來，就批判我開地下工廠。其實，那時我才剛剛學做木工，幫人做點小傢俱，主要是練技術。才幫人做了幾樣東西，就叫『地下工廠』，真是好笑！」

「揭發批判你的都有誰？」

「過去的事不要提了，都是一個地方回來的，現在又是一個隊的人。」

「可惜，六四年的時候號召學雷鋒，給人義務理髮是做好事，你給人做木工比理髮辛苦，同樣是白幹，沒有人說你是學雷鋒！」

「現在幫人做還不是義務，這兩樣東西是陳幹事的，人家開了口，你能拒絕嗎？」

開學前，兵團分配來四位工農兵大學生，都是女的。一位學醫的分到醫院，一個不知學什麼專業的分在團部，兩位分到中學。分到中學的都是滇南大學畢業生，學化學的叫吳渝青，是四川知青；學中文的叫華玉英，是上海知青。學校按他們的專業安排教化學和中文。工農兵大學生的分配，原則上是哪裡來哪裡去，兵團送出去的分回兵團以後，可以在兵團內部各師團之間調整，這四位都不是我們獨立x團保送出去的。工農兵大學生，雖然拿著一樣的大學畢業證，水平會相差很遠，這和他們下鄉前是高中畢業，還是初中畢業；或在上山下鄉期間是否仍然堅持自修有關。分到中學的四川知青，文革前上到高中二年級，大學學習期間應該是用功讀書的，伍老師和我聽她的課，覺得知識水平不比過去的正規大學畢業生差多少。學中文的上海知青，文革前只上到初一。這位老師的知識和教學水平，就差得很遠。我經常去聽華老師的課，目的是幫助促進一下，下課後也免不了要抽時間給學生補補課。中學老師都是斯文人，在教學中，和兩位工農兵大學生老師共同研究，互相幫助，大家相處得比較融合。

分在團部工作的，能力水平如何不知道，分到醫院的女醫生，不久鬧出一場無傷大雅的笑話。有一天，一個已婚歸僑青年去看病。他掛了號，來到診病室看見只有女醫生一個人，便想退出來。女醫生見了，叫住他：「來看病是嗎？進來吧。」這歸僑坐下後，醫生問他哪裡不舒服，他支支吾吾半天說不出來。女醫生再問他：「你不是來看病嗎？究竟哪裡不舒服？是哪裡痛還是怎麼啦？你說呀。」這歸僑扭怩回答說：「下面痛！又癢又痛！」「下面哪裡痛？」「雞巴，雞巴又癢又痛！」女醫生一聽，騰地站起來，大聲說：「你！耍流氓！你是那個隊的？」看見女醫生發火，把這歸僑也嚇得站起來，半天說不出一句話。過了會兒，這歸僑一想：我確實是那東西紅腫起來，又癢又痛，這才來看醫生，有什麼錯？你這醫生是怎麼當的？以是和女醫生吵了起來。其他醫生聽見兩人吵架的聲音，趕緊進來把兩人勸開了。

有少數中文程度比較低，在農場又長期只講印尼話的歸僑青年，不會用書面語言表述身體器官和自己的病症，只會說這粗俗的口頭語，結果，引來一場誤會。

全國在批判林彪反黨罪行以後，又開展批林批孔運動，評法批儒。因為林彪寫過「克己復禮，唯此唯大」等孔老二的話，把他的罪行和兩千年前的孔子言行聯繫起來批判。本來，政治部來學校請馮、曹兩位學歷史的老師，要求他們給全體幹部和中小學老師講講歷史上法家和儒家的鬥爭故事。可惜，中學兩位學歷史的老師都不爭氣，推辭講不出來。後來，團部只好從元水中學請了一位老師來開講座，巧合的是，那老師剛好叫孔繁 x，是孔夫子的 x x 代子孫。孔老師給兵團全體幹部作了一整天的評法批儒報告，使大家認識到，他的老祖宗，中國人崇拜了兩千多年的聖人，原來是那麼反動的東西。

第二天上課前後，我們都拿兩位學歷史的老師開玩笑：「兩位歷史老師，平時上課頭頭是道，講起歷史掌故什麼都知道。這回叫你們講儒法鬥爭故事，竟然上不得臺盤，要請縣中學的老師來講，多沒有面子！」

曹老師先向大家作揖說：「見諒！見諒！你們不是不知道，我口才不好，又怕醜。平時，哄哄娃娃還可以，面對那麼多上級領導，解放軍幹部，我一緊張就想小便，話也說不流利，本人確實上不得臺盤。」

馮老師說：「孔老師作的報告我真的講不出來。不是說『歷史是任人打扮的小姑娘』嗎？我實在是不會替人打扮的苯人。我兩個女兒，從小到大，我連頭髮都沒有幫她們梳過，哈哈。」

年輕的女老師問：「那孔老師講了那麼多法家，以前讀書時，只聽說過孔子、老子、莊子、荀子、墨子這些，這少正卯是什麼『子』，有姓少的嗎？」

「不是姓『少』，『少正』是古時皇室的一種官職，這人名『卯』，稱為『少正卯』。孔子殺少正卯的故事，也是傳說。春秋戰國時期，是一個思想非常活躍的時代，所謂百家爭鳴，各種思想、主張，都出現過。至於是什麼『家』：儒家、法家、道家、墨家、兵家等等，是後人根據自己的看法歸納成的。」

「那是不是像孔老師說的：秦始皇、漢高祖、武則天，還有什麼商鞅、李斯、賈誼、王安石等等，這些人是法家，就是代表革命的？儒家就是代表反動的，不革命的？」

「這我就不懂了！所以，我不會講，也不敢講。還是按照孔老師的評講去理解吧！」馮老師連連搖手表示不再議論。

隨後幾個月，根據兵團政治部的要求，中小學開展評法批儒活動，不久，報紙上宣傳，文化大革命偉大旗手江青同志，到天津小靳莊發動社員寫詩評法批儒，上面要求中小學生也寫詩。那年的中小學教材緊跟形勢，政治、語文、歷史課的內容，幾乎都是評法批儒。上語文課就像開故事會，老師可以在課堂上天馬行空，信口開河。學生反而高興，當故事聽，作業可以胡亂寫上兩句歪詩就算數，老師學生都在胡混。

臨近年底，兵團突然亂紛紛的，傳說生產建設兵團要撤銷。我問顏副主任有沒有這回事，他說：

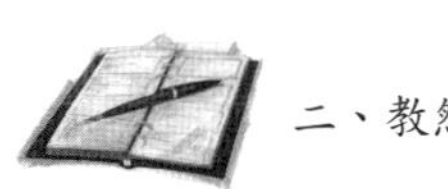

「部隊的事，令行禁止，說走就走，沒有什麼奇怪的。」家裡的兩兄弟很著急，怕填了申請表，解放軍叔叔一走，不知還算不算數。這天中午，我看陳幹事家沒有什麼人，便走進去，想打聽一下兩兄弟申請書的消息。誰知，剛開口，陳幹事就火氣衝天地說：「不要問我，我已經不管這事，你去問政委，問主任！」

我覺得這火發得莫名奇妙，便不以為然地說：「陳幹事今天是怎麼啦？我好像沒有得罪過你！問一句你份內的事，高興答我一句，不高興可以不理我。不必向我發這無名火。」

「算啦！古老師，我不是向你發火。你們有些歸僑不像話，在農場申請出國時，求爺爺告奶奶說盡好話。一去到香港，寫信到團部告狀，說我跟他們要東西。要個毬！我要過誰的東西？」

「上次你就跟我說過這種事，我還是那句話：『人直不怕影邪』，沒有的事何必怕人說。」

「寫信的人是誰都不知道，又不敢落真名。什麼領導水平，憑一封匿名信就想整我？叫我檢查，檢查個毬！真正要檢查還輪不到我，誰見我要過什麼東西了，拿出人證物證來！那些要人家脫褲子的，才真要好好檢查哩！」

聽到這話，我趕緊轉身要走，陳幹事叫住我說：「古老師，我看你和小李（春元）很要好。我前不久請他幫忙做了幾樣小傢俱，要給他錢，他死活不要。我只好送了他兩條菸，兩包餅乾。叫我管歸僑申請出國的工作，我都是按政策辦事。我都不知道得罪了誰，這樣整我要不得嘛。你和那些歸僑吹牛時說說，不要冤枉好人！」

我說：「陳幹事，我這人不太會管事。剛才來找你，就是想問問我兄弟的申請報上去了沒有。」

陳幹事說：「已經報到縣公安局去了，反正以後歸僑出國的事，我都不管了。」

看到陳幹事家裡已經開始收拾東西，看來當兵的要走是真的。陳幹事說申請已經報到縣裡，不知道縣公安局有沒有報到省裡。猛然想起自己還有一個玉河地區中學的同學，當年被動員不參加考大學，

回來後安排在縣法院工作。公、檢、法是同一系統，不妨去找她，看能不能從旁打聽一下。這位女同學我讀大學回農場時也沒有找過她，已經多年不見，現在有事才找上門去，心裡有些不安。想起兄弟每次來家裡談到出國事時的焦急神情，還是硬起頭皮到縣裡去。來到法院，一打聽「張樹芬同志」，裡面的人說：張樹芬前年到西藏和愛人團聚去了。她愛人是援藏幹部，以前我就聽她說過，見不到人，不禁失望而回。我事先沒有把找同學的事告訴兄弟，否則，多了兩份失望。

才過了幾天，兵團要撤銷的消息落實了，正式公布之前，多數有家屬的幹部已經開始搬家，先把老婆孩子傢俱搬回去。除了自己有辦法找到汽車的，其它由兵團安排汽車，自己只出汽油錢。

陳幹事也是讓老婆孩子先走，不知道他從那裡弄來那麼多工業券，從供銷所買了一架鳳凰牌單車，一枱蝴蝶牌縫紉機，加上李春元幫他做的一個玻璃櫃，一張吃飯桌，兩個木箱，看來「雞窩」不小。聽說家當比陳幹事大的有好幾家，只是因為陳幹事的家就在一隊旁邊，加上他兩個女兒放在一隊的托兒所，兩口子和一隊二隊的人接觸比較多，所以比較顯眼，搬家那天便免不了會有人在旁邊看熱鬧，發兩句議論。

終於在一天早上，召集全體幹部大會，傳達上級有關撤銷兵團，將農場移交省農墾總局管理的文件。聽完傳達以後，各連連長再回到連隊傳達。

中學是知識分子成堆的地方，不知道是陳校長自己想出來的，還是老師提議的，全體老師開了個「茶話會」歡送段指導員。陳校長的開場白以後，指導員簡單講了「軍人一切行動聽指揮，時刻聽從黨召喚」之後，謙虛地講了自己工作中的不足之處，希望大家多提意見，以利今後取得更大進步。

啞場一陣子，想不到梁老師首先發言：「兵團的部隊領導，包括我們學校的段指導員，明天要走了。兵團成立只有短短四年時間，不但對農場的穩定起了很大作用，也對農場的發展建設起了一定作用。農場的思想建設、生產建設取得的成績，有其它單位的群眾講，我在這裡想說的是，農場的文教衛

生事業，這四年得到很大發展。原來兩間小學，發展成三間，原來停辦的農中，建成正規中學。農場建成了新的醫院，人員設備都增加了。兵團組織起毛澤東思想宣傳隊，開辦了圖書室，組織了各種球隊。其中，羽毛球運動得到省體委羽毛球隊的重視，在我場建立起少年羽毛球訓練基地。這些，對農場青少年的成長，起到一定作用。這些成績，也有我們指導員的一份功勞……」

去年成立的布朗少年羽毛球訓練基地，是由省羽毛球隊派人下來指導建立的。訓練基地設在中學，聘用梁老師為不拿報酬的負責人。訓練基地由省體委定期下撥一筆經費作補貼，聘請兩位在軍區、省、地羽毛球比賽中得過名次的農場歸僑職工當業餘教練。訓練基地從中小學生中選拔十多名有潛質的男女少年，在課外時間進行訓練，為省羽毛球隊培養後備隊伍。農場有一批熱愛羽毛球運動的歸僑，農場羽毛球訓練基地的建立，除了梁老師的努力，兵團起了推動作用。

梁老師帶了頭，大家便接著發言。

「指導員對中學建設作出了一定的貢獻，建校舍宿舍時，積極向團部反映意見，提出要求，使建設進度加快了。」

「做土坯時，大力督促師生，嚴格把關，注重質量，加快了學校建設進度。」

「對師生的思想教育工作抓得緊，雖然方法上仍有改進之處，但是出發點是好的。」

「我們指導員最大的優點是嚴格要求自己，特別是在思想作風，生活作風方面，群眾反映比較好。」

「指導員來到學校以後，很少回城探親，農忙假和廣大師生一起下田勞動，起了模範帶頭作用。」

看到指導員像在團部聽傳達中央文件或上級報告一樣，很認真地記筆記，大家的發言反而有點拘束起來。所有老師都發了言，陳校長看看都發言了，便請指導員最後作指示。指導員仍然像平時一樣，臉上看不出任何表情地對大家的意見表示了感謝，到最後才聽到他說了一句有感情的話：「以後你們上春城，到我家裡來坐坐。」

散會後回家路上，馮老師說：「梁老師忠厚，以前指導員喜歡針對你，你卻為他唱讚歌。」

梁老師說：「也不是唱讚歌，說了幾句實在話。兵團這幾年，其它我不清楚，也就沒有說，文化教育方面確實做了不少工作，成績有目共睹。指導員是『一切行動聽指揮』，叫他向左，絕不會向右的軍人，我說不出他有多好，但比有些人好。」

馮亦信老師說：「客觀而言，當時成立兵團是文化大革命形勢所需。軍人對農業生產和歸僑情況都不熟悉，四年來，兵團在基本建設和文化建設方面取得一些成績，生產發展和生活改善方面，則乏善可陳。獨立x團除了發生一起知青與本地青年打架致死案，沒有發生過幹部捆綁吊打知青、強姦女知青的惡性事件。至於知青批准回城、招工、推薦上大學，歸僑申請出國等工作中，有關利益交換，收受禮物等等問題，『捉賊要贓，捉姦要雙』，議論而已。『麵包會有的，牛奶也會有的』，希望會越來越好吧。」

曾老師說馮老師：「會上好像沒有聽到你發言，會後才來總結一番。」

馮老師說：「剛才大家在會上是公開發表，我這是內部傳達。」

對農場體制的再次改變，傣族職工有什麼議論我聽不見。這天來到細媽家裡，只聽到兩個兄弟因為申請出國沒有消息在發牢騷。兵團時期批准出國的歸僑不算多，中小學老師中也還沒有申請出國的。

各連隊由連長傳達文件後，第二天早上起來，連長就不見了。生產隊沒有人再叫副連長，大家像以前一樣叫隊長，隊長像以前一樣敲鐘叫人出工。

三、青山遮不住

生產建設兵團獨立 X 團改為「滇南省農墾總局布朗華僑農場」，原來兵團所屬農場，除僑務系統的十三個華僑農林場，其它農場原來就是省農墾總局的。農墾總局經過整頓，領導班子健全了，省僑辦機構還在混亂，所以，華僑農場暫時由農墾總局管理。

農墾總局機關在春城，總局派了個工作組下來，把以前華僑農場幹部，後來造反派組織成立的農場革命委員會幹部，重新進行整頓，同時，由總局派出幾個中層幹部，組成一個新的領導班子。新班子的書記兼場長還是華僑農場時的書記兼場長尹育清，原來的各個時期的幹部，整頓以後，有人官復原職，有人調整，也還有少數幹部仍然在下放的傣族生產隊勞動。

農墾總局管理華僑農場只有兩年，滇南省僑務辦公室經過整頓，新領導班子成立後恢復運作，十三個華僑農林場又回復原來體制，由省僑辦管理。

農墾系統管理華僑農場，領導階層知道只是過渡性質，所以，只求維持正常的生產生活秩序，平穩過度，不要出亂子。當然也不是毫無建樹，總局在很短的時間裡，建成了一座日榨量五百噸的糖廠，對農場後來的生產發展起到一定的作用。

農場的甘蔗，以前出售給元水縣糖廠。縣糖廠收購甘蔗，首先要照顧人民公社社員。甘蔗長在地裡，有個最佳收割期，收早收遲了，質量降低了，收購價不一樣，重量也會減少，因此造成經濟損失。農產品不值錢，出售給縣糖廠還受人限制，自己建起糖廠生產榨糖，經濟效益要好得多。糖廠建在紅旗五隊與東風七隊之間，農墾總局有幾個農場建有糖廠，從計劃，設計，建廠，到試榨，都駕輕就熟。一邊蓋廠房，一邊送一批年輕人到縣糖廠和農墾總局的糖廠進行培訓，到廠房蓋好，機器運到，再從其它糖廠調來技術骨幹，安裝機器，試榨，第二年就生產出合標準的白糖。

農場恢復由僑務系統管理，布朗華僑農場和紅水華僑農場重新分開，各自獨立。布朗農場的名稱和六零年成立時一樣，只是重新做了塊新牌子，黑體字換成紅色的字。

布朗華僑農場在滇南十三個華僑農林場中，歷來得到省僑辦重視。恢復華僑農場體制後，各級組織又經過一次整頓，書記兼場長尹育清沒有變，原來的歸僑副場長郭建明，轉業軍人副場長楊永勝，兩人官復原職。因為有一個國內幹部的副場長退休了，把東風分場場長李順洪提拔上來，增加了一位傣族副場長。中層幹部多了幾個造反派任職，分場和生產隊幹部，除了有兩個隊的隊長年紀大了不再擔任，由副隊長扶正，其它都是文革前的舊人馬。文化大革命中，沒有聽說有造反派去奪一個生產隊長的權，自己當幾天生產隊長過過癮。

農場的科室也還是沿用以前的，辦公室、生產科、財務科、保衛科、宣傳科、供銷科、工交科等等。從兵團解散，農墾總局接管，到回歸華僑農場這兩年時間，場部機關因為人員調動，機構調整，人員分工等，弄得各項工作都有點散慢，經常有事不知道找誰。

歸僑對這些變化不大關心，關心的是出國申請。兵團和農墾局交接時，不知道哪裡出了秕漏，有段時間無專人管出國的事。後來，臨時指定由區德根管。區德根從接管到熟悉，又有個過程，因此，這兩年批准出國的歸僑人數很少。而最讓人洩氣的是，兵團最後一批十幾二十人填的申請表，宣布作廢。為什麼作廢，老區只推說是上級的決定，他也不清楚原因，總之，這批填了表的人埋怨也沒用。我兩個兄弟的申請在其中，兩兄弟只能在家發發牢騷。

其中最無辜的是黃盛昌，和他一起申請的張樹生和黃家瑞，到香港都快成永久居民了，他的申請到哪裡去了都不知道。當時，兵團說送上去了，縣公安局說沒有送上來，後來當兵的走了，申請書也沒有了下落。農墾總局時最初不知道找誰，後來找區德根又推上推下，不得要領。直到恢復華僑農場，老區被正式任命為保衛科科長，名正言順地承擔起辦理歸僑出國申請工作，才讓黃盛昌兩口子重新提出申

請，重新填寫申請表。再後來，聽信我和阿祥的話，還是先生了個孩子，又補充材料，直到現在還在等待批准。

兵團解散後，管中小學的政治部副主任田xx調回地區工作，農墾總局時沒有宣布由誰接任，一千多師生成了無王管。恢復華僑農場後宣布由宣傳科管，名叫宣傳科，沒有科長，只有一名臨時負責人。負責人叫唐子華，是個歸僑。唐子華還年輕，是文革前元水中學的初中畢業生。他文化大革命中造反，成了建設分場的造反派小頭目，華僑農場革委會成立時，是革委會委員，兵團時在政治部是沒有職稱的工作人員。

華僑農場剛成立時，只有兩所小學，農場沒有設置專門的管理機構，由農場辦公室兼管。後來成立宣傳科，主要是抓歸僑思想教育，沒有管學校。現在，農場有一所中學，三所小學，要搞好農場教育，管理好一千多名師生，是農場建設的一項重任。我們不知道農場黨委的想法，為什麼只是安排一位臨時負責人。唐子華實行「無為而治」，除了把中小學教師集中起來讀文件，其它所有工作都下放給學校自己管，所以，他覺得這一千多師生管起來很輕鬆。他在場部機關上班，平時很少見面，只在星期天趕街買菜時見得多。他年輕，老師們對他說不上尊重，也說不上不尊重，都直呼其名。

不久，農場辦公室正式發文，任命陳其春為中學校長，同時指示何友之老師協助工作。不知道為什麼不直接任命何老師為副校長或教導主任，而伍德生老師沒有什麼名份。

被打倒的鄧小平恢復工作，任命為中共中央副主席，國務院第一副總理，中央軍委副主席，主持黨、政、軍日常工作。從新聞簡報的電影上，大家看到周恩來總理已經顯得精疲力竭，偉大領袖毛主席也不再「神采奕奕」。鄧副總理上台以後，狠抓國民經濟工作，大力整頓交通、工業、農業、科技、軍隊等方面的亂局，全國各條戰線出現了明顯的變化。農場有兩個歸僑批准入黨，一個是副場長郭建明，一個是兵團時被派到一營當過副營長的丘森發。郭建明文革時被打倒，成立兵團時沒有安什麼職位，在

政治部協助做歸僑工作。丘森發是文革前黨委的培養對象，六五年曾被保送去一所農業大學進修，可惜沒有讀幾天書，就發生文化大革命，提前回到農場。兵團後期，一營的傣族副營長老白因病離職，一時沒有合適人選，被派去一營（東風分場）當副營長。農墾局接管到恢復華僑農場，改任東風分場副場長。

這一年的徵兵工作，招收了兩名歸僑青年當解放軍。參軍和入黨，是歸僑回國以後，除了上大學以外的最大願望。說得實際點，這除了是一種政治待遇，也是跳出「農門」，可以離開農場的兩條路。可惜，這遲到的喜訊，已經對農場的歸僑沒有什麼吸引力，多數歸僑的心思，都在思量如何想辦法早日出香港。

校舍上面的操場周圍，種上了紅花木和鐵刀木。這兩種樹長得快，幾年功夫已經長得比房子高。有一天下課以後，梁老師，曾老師，馮老師，黎老師和我，五個人相跟著登上小團山，舉目四望，差不多可以望盡整個壩子。山頂上有一小塊平地，建有三座墳，墳周圍長著十多棵桉樹。這三座墳安葬的是解放軍某部的一位班長，兩位戰士，三位都是貴州籍。

馮老師說：「記不清哪年了，一輛載著解放軍戰士的軍車，在紅旗三隊後面公路上翻車，死傷十幾個，三位死去的埋在這裡。」

「怎麼沒有送回原籍？孤零零埋在這裡。」

「可能限於當時的條件吧，看這碑上描過的字，油漆還是很新的，可見部隊常有人來掃墓。」

「雖然不是在戰場上犧牲，也是為國獻身的烈士。你們看這些桉樹長得那麼好。如果我們把這小山修整一下，種上各種花草樹木，修上兩條沿山小徑，建兩座亭子，到綠樹成蔭時，老師學生漫步小徑，或遊戲，或看書，也是一個有利修心養性的地方。」

「壩子裡除了水稻就是甘蔗，周圍山上也都是些雜樹。在學校旁邊搞個小景區，可以增加農場的文化氣息。」

到開全體教師會時，我把在小團山上幾個老師的議論提出來。曹老師說：「還花草樹木，修心養性！搞了那麼多年的文化大革命，古老師的封資修思想還沒有清除掉，別無事找事。」

馮老師頂他：「曹老師門前都種上兩棵樹了，不是種下封資修思想吧？」

「布朗的天氣，門前屋後不栽幾棵樹，熱得頂不住，那扯得到什麼思想上去。」

陳校長說：「那小山本來是長滿麻栗樹的，五八年大鬧鋼鐵銅時砍光了，現在成了荒山。提出來搞綠化，上面不會不同意，但是不要提什麼花草樹木、亭閣小徑的話，免得找話說。」

說起「綠化」，布朗壩差不多年年搞。五八年，整個地區十幾萬人在這裡大鬧鋼鐵銅，把布朗壩周圍幾十座山的樹木都砍光了。從一九六五年開始，每年一到清明前後，地區和縣裡就會運來大批松樹籽，發動全場職工和小學生上山種樹。我七零年回到布朗以後，年年都要帶學生上山播種。那幾天，中小學停課兩天，師生扛著鋤頭，在周圍山上到處挖個小坑，灑幾棵松籽。可是，種了那麼多年，我沒有見到長出一棵松樹來。

聽陳校長這樣說，大家瞎吹一陣，就沒有了下文。

這天，唐子華來學校傳達農場黨委有關教育工作指示，其中講到學校辦公費支出時說，按農場黨委發的文件規定：中學辦公費按學生人頭每學期 0.35 元撥給，學校收的學生學雜費，則要上交農場財務科。

曾老師說：「唐子華，學生的學雜費每人每學期 0.8 元，按我們學校三百多名學生計算，我們收上來的二百多元學雜費上交，農場撥給的辦公費才一百多元，那農場不是反而賺錢？」

何老師笑道：「那也不是，農場建學校，給老師發工資才是主要開支。」

梁老師說：「剛才說的是辦公費，怎麼又扯到教育經費？學生的學雜費上交財務部門，真是天下奇聞。」

「六個班級三百多名學生，一百多元的辦公費，買粉筆都不夠。老師拿著一枝粉筆就可以進教室教書？唐子華同志沒有當過老師，都見過老師教書吧？」

唐子華平時怕見中學老師，因為中學老師提出來的問題他都不會回答，現在也一樣，只會說：「不知道，我是照場部的文件傳達。」不管老師再說什麼，都還是這句話。

我說：「多說無補於事，農場是政策性虧損單位，十多年都是吃政府補貼。據我所知，農場從來也沒有研究制定過教育經費支出項目。會哭的孩子有奶吃，像以前一樣，只要是學校必要開支，陳校長勤寫報告要錢，農場多少都會給一點；農場上次已經作出指示，我們那十畝大寨田以後收割的稻谷，要無償上交農場，這比種劉文采的田還不如。我有個主意。上次我們不是議論過在小團山上種樹的事嗎，如果我們提出種芒果樹，綠化了小團山，又可作勤工儉學的收入，符合『五・七道路』精神，一舉多得。」

曾老師說：「這是個辦法，那山除了靠公路這邊土質差點，其它三面土質都不錯，坡度也不大，開成梯地種芒果，一定會有收成。」

黎老師說：「其它都不要說，只說是為了走『五・七』道路，上面不能不准許。」

大家議論了一陣，覺得這事可行，要陳校長表態。校長說大家都贊成，我沒有意見，還是請小唐向場部請示一下，上邊同意了再幹。

過兩天，陳校長跟大家說，場部同意了：種出來的芒果由學校自己處理，作為勤工儉學收入，用以添置學校教學設備。這是一座小荒山，不用花農場一分錢，能種出芒果來是好事，所以，農場領導爽快地答應了。所有老師都很高興，大家的想法其實還不是什麼五・七道路，主要是想美化環境，又能種出點水果來吃。於是熱烈討論，商量怎麼合理安排，調整課時，全校師生齊上陣，開山種芒果。

小團山總面積有幾千畝，山頂原有的十多棵桉樹當然要保留，還給烈士墓劃出範圍，舖草種花，

另外三面山坡規劃開成梯地。上去實地開挖以後發現，那些風化石多是表面的，深層沒有大岩石，因此，老師們增加了種出芒果，改變小團山面貌的信心。兵團時期，上面經常安排中小學全體師生參加勞動，由於當時學校無所謂教學計劃，也就不影響教學進度。今年以來，中小學各科教材有所改進，教育部門也對學校提出正常教學的規範要求，所以，學校不能安排過多的勞動時間。全體老師討論時，多數老師擔心影響教學進度，一時不知道怎麼安排比較合理。曾老師提出一個辦法：搞承包，把小山劃成地塊，分別由各班承包，各班自由安排時間勞動。陳校長不知道聽清楚了沒有，反正大多數老師贊成。於是，由曾老師上山規劃，分出地界，分給各班級。各班主任自行安排時間勞動，帶著學生先把雜樹連根挖掉，雜草清除乾淨，再開成簡單的梯地。到開挖芒果塘時，班上更把整塊地分別承包到小組，小組又承包到個人。這種勞動對初中學生來說雖然有點吃力，但是，大家展開勞動競賽，幹得熱火朝天。由於搞了承包，多數班級都利用課外活動時間勞動，也不再佔用課時。結果，原計劃要兩個月時間才能完成的，一個多月就完成了。芒果苗由苗圃隊提供，有「高壓苗」，有「實生苗」，學生對種樹，比對挖山更有興趣。學校跟苗圃隊聯繫好以後，有不少學生在上學時把樹苗領回來，下課後挑著水把樹苗種上去，種好後，還在旁邊插塊小木牌，寫上「某年某月某日，某某與某某種」的字樣。種樹那段時間，最忙的是曾老師，他是技術指導。

有一天勞動小憩時，看到馮老師和四五個女同學圍在一起，我以為又是學生叫馮老師修鋤頭把，不禁生氣地想去罵這些不懂事的學生。我還沒有走到跟前，看見一個學生把什麼東西藏進口袋裡，然後個個站起來，裝模作樣的說：「幹活囉！」抬起鋤頭走了。

等同學走散幹活去了，馮老師說：「是看一張從香港寄來的彩色照片。」

「風景照還是明星照？」

「是一張女人的半身像。那相片做得很新奇，從這個角度看，穿的是一種衣服，眼睛是睜開的；

換一個角度看，穿的是另一種衣服，眼睛是閉著的。」

「這兩年，有些歸僑的親戚從香港寄回來的東西，除了衣服和吃的，還有掛歷，照片，那照片就是你剛才看的立體照片。一隊有個歸僑，寄來的照片被沒收了，郵局寄來一張說明：賣弄風情的女人，屬色情圖片，予於沒收。」

「那照片是什麼樣子的？」

「都說沒收了，那能看見。」

「也難怪那些小姑娘好奇，我這麼大年紀，以前都沒有見過這種照片。」

「香港各種各樣新鮮東西多。以前在家鄉時，我父親從海外托人帶東西，多數是從香港買了帶進來。」

「最近有些歸僑同學經常議論出香港的事，難免影響班上的學習情緒。」馮老師有點擔心地說。

「沒有辦法，因為國家封閉得太久，加上其它原因，正常探親也造成大家的思想波動，只能盡力做工作。」

申請和批准出國，受影響的不止是歸僑學生的學習情緒，也影響到學校的教學工作。有三個小學歸僑老師已經申請，等待上面批准。中學曾老師的岳母一家，申請很快就會批下來，曾老師夫婦已經表明，等他母親出國後，他們家就會提出申請。梁老師隨時都可以申請，只在決定什麼時候而已。

保衛科長區德根，和我是同鄉。家鄉出南洋的人多，老區的父親也是出過南洋的，回鄉後去世得比較早。他沒有兄弟姐妹，媽媽好幾年前從家鄉來布朗和他一起生活。他母親來農場後安排在托兒所工作，前年已經退休。客家婦女一生都閒不住，區媽媽身體又很硬朗，退休後開了一小塊菜地種著。

一九五六年，滇南省教育部門到廣東省招了一批中專學生，其中玉河地區農業學校招收的，都是客家地區的農村子弟。這批人一九五九年畢業後，分到玉河地區所屬各縣工作。華僑農場成立時，由分

到元水縣的畢業生中調進六名到華僑農場。這批人，最初都是當農業技術員，後來，工作需要，黨委抽調了其中兩名到農場辦公室，有意加以培養，區德根是其中之一。區德根家庭出身好，表現也好，一年後，不但吸收入了黨，還在領導撮合下，和一位也是客家人的僑生妹結了婚。區德根原來在辦公室負責歸僑職工的思想教育工作，沒有正式職務，不久，農場成立宣傳科，準備任命他為科長。正當他工作家庭一帆風順時，文化大革命來了。他是黨委書記的紅人，因此受到衝擊，造反派把他鬥倒之後，下放到傣族生產隊勞動。兵團成立時，由於各種原因，兵團黨委不敢完全依靠「農場革命委員會」的造反派幹部，便從下放幹部中挑選了幾個回場部協助工作，區德根又是其中之一，被安排在政治部。當時沒有給他安排具體職務，下連隊搜集情況，開大會時布置會場等等，總之是「工作人員」。

原來的黨委書記重新上台，區德根順理成章又得到重用，被任命為保衛科科長。去年以來，申請出國的人比兵團時多得多了，老區也就比兵團時的陳幹事忙碌得多。我剛回兵團工作時，因為是「自家人（客家人見面時的口頭語）」，他也是一般工作人員，平時見面有說有笑。

家裡兩兄弟的申請表作廢以後，成日愁眉苦臉。這天，我專門找上門去，想問問區科長，我兩個弟弟上次申請作廢是怎麼回事，能不能像黃盛昌一樣補給申請表重填。

進到科長家裡，見裡面坐著三個歸僑，是兩家人。來科長家，應該都是為申請出國事，我和他們互相點頭笑笑，老區也是抬頭點了一下，算是打了招呼。老區坐在桌旁椅子上，在看一封不知哪家的海外來信，桌子散著幾支別人敬的香菸。我見區媽媽在外面的廚房裡，便過去和區媽媽閒話。等那兩家歸僑談完話走了我才進去。老區抬手看看手錶說：

「你看，差不多天天是這樣，想休息一下都不行。」

「兵團的時候，你說天天走田埂，覺得無聊，現在忙起來又夠你煩了。」

「以前也沒有閒著，只是工作性質不同！以前搞的是技術性工作，現在是政策性工作，『政策和

策略是黨的生命』，一點都不敢馬虎。怎麼？找我有事嗎？」

「想來問問，我弟弟他們那批人，兵團時不是填過出國申請表嗎？不知道是什麼原因作廢了，能不能重填？」

「兵團解散，經過農墾總局，又恢復華僑農場，體制變了。以前的申請作廢，那是上面的政策，我們無從過問。」

「那我兩個弟弟怎麼辦好？」

「只能重新寫申請。不過，按你們家的條件，恐怕很難排得上號！」

我把兵團時陳幹事所以發給申請表的理由講了一遍。區科長說：「知道，知道！都是探親和繼承財產這兩個理由嘛。有些父母還在國外，年紀大了，家裡還做著生意，要國內的子女出國繼承，這條件就充分得多，是不是？現在，申請的人比以前多，當然要按條件分先後，你說是不是？」

「那我就按你說的，重新寫份申請吧，反正照你說的，按政策辦就是了。」

看到老區神情疲累的樣子，我便告辭回家。想著事在人為，當晚又替兩個弟弟重新寫了申請，叫他們自己交上去。

趙伯帶口信叫我上去，不知有什麼事。我也有段時間沒有去探望他，吃了晚飯，散步慢慢走上去。見到趙伯，他身健力壯，精神很好。

趙伯說：「叫你上來，講講閒話。原鄉的阿媽好嗎？」

「還好！多謝趙伯掛念！」

「有人透露消息說，小雲過兩天就要批准出去探親了。你弟弟的申請怎麼樣？」

小雲是趙伯的大女兒，去年結了婚，和丈夫一家填寫了出港申請表。小雲她婆婆的母親還在印尼，小雲丈夫兩個舅舅在印尼做生意，時不時有僑匯寄來，這是被認為出國探親條件比較充分的。

「重新寫了申請交上去了，聽老區的口氣，好像條件不那麼好，怕申請表都不會給他們填。」

「條件還不是憑嘴說的，多去催催。你妹妹一家申請沒有？」

「還沒有，她家是婆婆小叔小姑他們申請了，準備等他們批准後再申請。怕一起申請人多，難批。」

「這也是。說起來，你爸爸回來後安排在農場就不安心。那個時候，走又走不了，回原鄉又回不去。現在，你們幾個都大了，又有政策可以出去，可惜他沒有等到！」

見我沒有回答，趙伯又說：「等你大妹或兩個弟弟出去以後，想辦法讓你細媽和她的三個子女也申請出去。至於你，你自己有頭腦，我不會指點你。」

「我還沒有想過，先好好工作，子女長大再打算。」

「上次你說有幾個同學都已經出去了，經常通信嗎？」

「一直都有通信，只是，他們不會詳細講外面的情況，只說說自己的工作、生活，提到外面住房比較困難。」

「沒錯。農場這兩年出去的，有幾個和我通著信。去到香港定居的歸僑，如果不是印尼還有錢支援，憑自己做工，短時間想在香港買間屋很困難。香港有種叫『政府樓』的『廉租屋』，要住夠七年，成為正式居民，才可以申請，還要排隊輪候。農場出去的，都是先花幾千，萬把塊錢，買間寮屋住。住得差，但是，其它方面農場沒法比。」

「現在歸僑對香港的情況已經比以前了解，學校裡，不要說幾位歸僑老師，連學生也會有外面的來信，互相傳閱。」

「剛才提起你爸爸。你讀了那麼多書，講知識你比我們強，只是，你沒有在國外生活過。華僑、歸僑的內心，你不一定了解。剛開始有人申請出國時，不是有幹部，甚至歸僑幹部，在那裡教訓：社會主義國家的主人不當，情願去當資本家的奴才！國內幹部我不去說他。歸僑中，有些在印尼家庭環境比

較差，生活比較艱苦的，這些人回來後，按國內的政策叫做『出身好』，得到重用。可是，在農場當個幹部，是不是真的就是國家主人？說這樣的話，讓人覺得淺薄！」

「個別國內幹部說這話不奇怪，有歸僑幹部也這樣說，只是鸚鵡學舌。」

「這兩天看報紙以後，想找你聊聊天。前段時間，鄧小平重新出來以後，搞整頓，好像經濟有點起色。現在又來反擊右傾翻案風。那天看電影，周總理瘦得那麼厲害，不知道有什麼病。這個國家究竟是怎麼回事都不知道。」

「那天學校老陳讀文件，批判鄧小平搞右傾翻案，說什麼『寧要社會主義的草，不要資本主義的苗；寧要社會主義低速度，不要資本主義高速度』，連從來把上級文件奉若聖旨的老陳，都說對這文件不理解。」

「國計民生，發展經濟，起碼讓百姓吃飽穿暖。五九年，鄉下寫信到外面說沒有吃的，得水腫病，叫寄豬油，米麵，最初沒有幾個華僑了解是怎麼回事。」

「所以才會回國？」

「印尼政府排華是主要原因。不了解實情，『飽漢不知餓漢飢』也是事實。在印尼，就是少數很窮的華僑，都很少有長期吃不飽飯的日子，所以，想像不出當時家鄉困難到什麼程度；國家在外面的宣傳，圖文並茂，說得天花亂墜。」

「當時宣傳是自然災害和蘇聯逼債造成的困難，是暫時的。」

「回來以後，國內百姓的生活還是很艱難，我們都看得見。我差不多天天看報，國內的宣傳工作確實做得好。共產黨說打天下，坐天下，靠什麼？靠的就是『兩杆子』：槍杆子，筆杆子。此言不虛。」

「經過二十幾年的發展，我們國家比以前強大得多，這是世界公認的。但是，如何治理國家，講到兩條道路鬥爭，走共產主義道路等等，是個很複雜的問題。」

「華僑哪裡懂什麼道路鬥爭，什麼主義！印尼政府驅趕華僑，不准我們在小地方做生意。為了維護國家和民族尊嚴，領使館人員號召和帶領我們和印尼政府進行鬥爭。然而，就多數華僑而言，主要還是以為回到祖國會有更好的生活，想不到事與願違。」

「剛開始傳達歸僑可以探親時，已經去世的文老師認為，所有歸僑都會要求出國。以趙伯看，多數華僑對當初回國有沒有後悔？是不是全部都想離開農場？」

「很難有後悔不後悔一說，但多數人都想離開農場是肯定的。平民百姓，無非就是希望有好日子過。華僑剛回來時，覺得生活還不如印尼，有幾個人發牢騷唱：『社會主義好，就是吃不飽』。幹部下來批評教育，除了扣大帽子嚇唬人，不讓人說話，說不出讓人信服的道理。黎民百姓，想過好日子，這是正常人性。我們這個歲數的人，都是國家積弱貧窮時出國的。聽到建立新中國的消息，多數華僑奔走相告，熱烈歡呼，對新政府寄以厚望。你剛才說的，國家發展很快，比舊中國強大，這不能否認。以前的不說，就是文化大革命這些年，有了原子彈以後又試驗成功氫彈，又是人造衛星上天。要說當前國際上強鄰環伺，居心叵測，當政者急於強軍，本也無可非議。但是，『居廟堂之高，則憂其民』，『國』與『家』不可偏廢。否則，『庖有肥肉，廄有肥馬，民有飢色，野有餓莩』，國家和政府如果得不到百姓的擁護，那是外強中乾。『政之所興，在順民心；政之所廢，在逆民心。』歸僑想離開農場，就在於很多政策既不得民心，更不得僑心。」

我對政治問題不在行，有些理論我也不太懂，怕再說下去講錯了，便轉個話題問：「外面傳說，農場要成立僑聯，準備叫趙伯當主席，有這事？」

「老郭來找我說過這事。以前紅旗三隊的還是個省僑聯副主席。不管當個什麼主席，如果只會在開會時說幾句無關痛癢的好話，不能反映歸僑的實情，當什麼主席也沒有用。」

「農場是個小地方，歸僑人數不多，你和場部的幾個領導都熟悉，如果趙伯經常向他們進言，多少會起作用。」

又說了一陣閒話，趙伯感嘆說：「我們以前生活在國外，對國內的情況不是那麼了解。回來這十幾年，國家運動不斷，變化太快，讓人覺得跟不上時代。但是，我相信物極必反的道理，世事的好壞都不會一成不變。」

有一天，紅旗三隊一個歸僑的親戚從香港回來，帶了一台叫錄音機的機器。那機子也就比半導體收音機大些，前面一大一小兩個喇叭，按一個按鈕，彈開中間小門，把一個香菸盒大小的東西放進去，按鈕一按，那歌一首接一首唱上差不多一小時。把盒子倒過來放進去，又唱差不多一小時。那聲音不像收音機，沒有沙沙沙的雜音，就像人在你面前唱一樣。唱歌的有男有女，什麼張小英、鄧麗君、鳳飛飛……那聲音比澳洲電台的廣播清楚多了。那幾天，從早到晚，家裡都擠滿年輕人聽歌，那錄音機從早放到晚，也不會燒壞。

半個多月後，這港客和建設四隊達仁叔的姑娘領了結婚證。這男的也是六零年從印尼回來的，當時有極少數歸僑被安置在工礦企業，他家是其中之一。這人有三十出頭，出來工作幾年了。出港前已經結婚，聽說到香港以後老婆和他離婚了。這次來農場的目的，就是再找一個對象，達仁叔的姑娘，是中學剛創辦時一排的學生，剛滿十八歲。

原來的批林批孔，又加上批周公，才過新年，周總理去世了。在所有中央領導人中，歸僑最熟悉和敬佩的，就是周總理，因此，許多老歸僑都感到傷心。不久，鬧出「四五」事件，鄧小平又下台了。華國鋒成了第一副主席，接替了周總理。總之，時局變得像萬花筒一樣。大部分歸僑感到更加看不清前路，也沒有心情去管這些變幻，幾乎所有歸僑，都希望有朝一日能出國，離開農場。

農場正式成立僑聯，趙伯推說自己年紀大了，只願意任副職，黨委把管文教的唐子華調去當主席，趙伯當副主席，調任張希昌老師管文教工作。張老師回國時當過領隊下面的小組長，當過生產隊長，後來當小學老師。文革中成立農場革委會時，他作為文教組的造反組織成員吸收進革委會，兵團時也是在團部當一般工作人員。張老師接替唐子華，還是叫負責人，沒有任命為科長。張老師年紀比多數中小學老師都大，對工作也比較有承擔，所以，大家比較尊重他。

這天，張老師來到中學召集全體老師開會，請大家討論把初級中學辦成普通中學的可行性。張老師說，前幾天，為元水縣中學招收我校初中畢業生問題，已經跑了好幾趟，招收名額不單沒有增加，反而有所減少。而且，兵團時期商定的每名學生的寄讀費，也要求我們增加。農場幾位領導覺得，以其每年出「寄讀費」，年年去求人收不了幾個學生；送這個不送那個，又在學生家長中造成矛盾。不如創造條件，農場自辦高中。

張老師把上面的意見一提出來，大家議論紛紛。

有些不明情況的年輕老師說：「元水中學是怎麼說的，以前是兵團，說不是同一個系統，現在恢復華僑農場了，不是應該多收才對嗎？」

何友之老師說：「華僑農場由省僑辦管，不歸地方管，也不是同一個系統。正因為這個原因，文革前農場才自己辦起農中。」

我想起在縣中和幾個學長聊天時，他們說的「縣中有縣中的難處」。我沒有說話，伍老師也不出聲。自從宣布任命陳其春為校長，何老師協助工作後，開會時伍老師很少發表意見。

馮老師說：「自己辦高中當然好，可是，師資，設備，校舍等等條件是不是具備，要好好考慮。不然，一哄而起，到時下不了臺。」

張老師說：「黨委初步討論過，基建問題好解決。如果定得下來，現在的十間教室可以維持第一年，然後立即開工，在球場靠小團山腳下再起一排兩層混磚結構的教學大樓，規劃十二間教室，以後初高中都集中在新教學樓。原來的教室可以改造成試驗室，學生宿舍等其它用途。現在好些老師都還住在外面，農場計劃在學校再蓋教師宿舍和擴建食堂。」

最初，全國各地大、中學停辦，為了不讓小學畢業生流入社會，便讓小學「戴帽」上初中課本，名曰「戴帽小學」，三年後，各地「戴帽」小學生初中畢業了，不能再載高中的「帽子」。原有的初級中學，沒有像小學一樣安成「戴帽初中」，上高中課本，初中畢業後便流入社會。

各地復辦高中以後，初中畢業生人數眾多，原有的高中班收生有限，很多地區便不管條件是否成熟，自辦高中班，或把初級中學改辦成完全中學。由於招收學生不統考，各地高中生的質量便參差不齊。

為了保證高中學生的教育質量，地區教育局發出正式文件，明年開始，全區恢復中等學校升學統一考試。

相比元水縣一些區上自辦高中的學校，農場中學的師資等條件不算差。這幾年受「讀書無用論」，「知識越多越反動」思潮影響，加上初中生畢業只有幾個由領導悄悄「推薦」上高中，弄得農場中學老師和學生教與學都沒有勁頭。

如果農場中學辦起高中班，同樣可以解決初中畢業生出路問題，通過統考錄取學生，也不會再受到背著群眾搞「推薦」的批評，還可以刺激老師學生的教學積極性；職工子女就近讀高中，更會得到家長的支持。總之，大家覺得雖然有不少困難，但是可以克服，農場中學自辦高中班好處多。

經過認真討論，老師們基本統一了支持辦高中的意見：明年畢業的兩個初中班學生通過參加地區統考，擇優錄取，開辦一個高中班。當時，各地、縣的中學高中班，條件好的辦三年，條件差的辦兩年。我們學校先辦成兩年制高中，能否改成三年，看發展情況再決定。

我心裡希望學校得到發展，也贊成辦高中，但是，我沒有發言。農場多數歸僑都打算申請出國，如果所有歸僑老師和歸僑學生都走了，這學校別說發展，維持下去都難。

回家路上，我見曾老師剛才沒有發表意見，問他是不是有什麼看法，曾老師說：「我贊成學校開

辦高中，只是，我已經準備申請出國，出不了這份力了。」反問我：「你好像也沒有發表意見。」我沒有像曾老師一樣說出自己的真實想法，找其它藉口說：「我也贊成辦高中，只是，前不久才看過電影《決裂》，憑『老茧』上大學，還用得著讀那麼多的書嗎？」曾老師說：「上面的想法和你想的不一樣，農場辦高中不是為了輸送上大學的人才。初中畢業十五六歲，還不能正式安排勞動，放在社會上造成麻煩。讀兩年高中，有學校管著，畢業時剛好十八歲，就可以吸收為農場工人。」「但是，教了這幾年書，我感覺歸僑子女也好，幹部子女和傣族子女也好，還是有一些想認真讀書的學生。文革初期大學停辦了，後來又說『大學還是要辦的』，現在宣傳憑『老茧』上大學，我們國家的教育道路究竟要怎麼走？叫人想不通。」

一個星期以後，黨委正式發出文件，農場中學明年開辦高中班，要求中學研究作出具體工作安排。全體老師討論制定出開辦高中班的具體辦法，把工作計劃報上去以後，小團山下面，推土機又開上來平地起地基。

聽到自己學校要辦高中的消息，大多數同學都很高興。以前初中學生一上到三年級，有些就會因為畢業後有兩年時間無所事事而發愁，現在可以多讀兩年，或說得不好聽，在學校多混兩年，總比在家閒著好。消息一宣布，確實激發了多數同學的學習熱情。

兩個初中畢業班，由於學生流動，只剩下八十多人。高中只招一個班，要淘汰一半。我和所有科任老師都乘這機會鼓動大家用功學習，爭取在升學統考中取得好成績。決定開辦高中以後，全校的學習風氣有所好轉，經過半年多的緊張教學，迎來了中考。有些家庭出國申請已經上報，正等待批准的歸僑學生，不再參加統考；有部分傣族學生，由於思想認識，成績差等原因，也不報名參加統考，最後參加考試的只有六十八名。中考是地區教育局出題，全區統一考試，各縣統一閱卷。縣教育局安排農場中學自設考場，自己安排老師監考，上面只派了一位幹部巡視。最後，縣教育局也不要求我們參加縣上的評

卷和錄取學生工作，由農場黨委主持招收學生。黨委指示由張老師主持，學校陳校長，何老師領導組織伍老師和我等幾位老師閱卷。閱卷工作結束後，也不知道是那幾位領導共同討論，參考縣中的錄取分數線和學校實際，按考生成績錄取了三十三名學生，升入農場中學首屆高中班。

錄取學生的第二天晚飯後，陳校長上門來，叫我做好思想準備，擔任高中班班主任，教語文課和政治課。我表示接受擔任這兩門課的教學工作，至於班主任，我推辭說：「講學歷，講教齡，講思想覺悟，學校還有幾位老師都比我強。請校長再認真考慮，找一位更合適的老師。」過了兩天，農場書記兼場長老尹來學校要求我當班主任，說是經過組織研究決定的。我心裡想：高中班的課程，學校已經安排伍老師教數學，按學歷和資格，應該由伍老師擔任班主任，不知道他為什麼不願意承擔。現在農場最高領導說是組織決定，意思就是不可推卻了。

農場中學首屆高中班，是由農場中學初十班十一班學生招進來的，我是初十班的班主任。這兩班學生中的歸僑學生，是從印尼回國的年齡最小的歸僑。他們從農場托兒所，幼兒園，小學，初中，現在上高中。兩年後，將完成整個青少年的教育成長過程。

我們師院六七級中文班，入學時六十位同窗，到最後離開軍訓連分配工作時，少了一位。五十九名師範學院學生，除少數分配到新聞單位和政府宣傳部門工作的，大多數都分到中小學教書。這幾年，同學通信除了各種信息，也互通學校工作中的心得體會。分到正規中學挑起重擔的，感到可以發揮自己的專業知識，施展自己的聰明才智，當然，工作比較辛苦；分到山區、鄉間戴帽小學的，覺得委屈自己，無法施展自己的才能，只是混日子。布朗華僑農場中學是一個企業辦的，規模很小的學校。我覺得自己沒有為祖國培養出多少人才的雄心壯志，也不會因為學校規模不大就不求上進的混日子。我想把自己學到的知識盡可能教給學生，使他們掌握一定的知識，按照學過的教育學的說法：讓學生掌握一定的「分析問題和解決問題的能力」，成為一個對社會有用的人。可是，不久前看了電影《決裂》，多數老師都

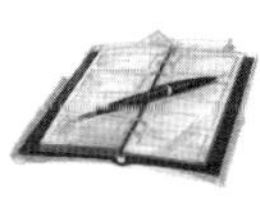

覺得很喪氣，聽到有些學生在學校裡學電影中的人物，說「馬尾巴的功能」（電影《決裂》中一位教授講課中的語言，諷刺他只會死背書本，不懂生產知識），讓人哭笑不得。

開學才幾天，傳出讓全國人民，全世界人民最最悲痛的消息：偉大領袖毛主席與世長辭了！山河垂淚，日月無輝，神州肅穆，哀樂低迴。後來還傳出消息說，當天凌晨啟明星發出的竟不是往日的銀輝，而是一片血紅。尹書記帶著幹部群眾在廣場上舉行吊唁活動時，有好幾個群眾悲傷過度暈了過去。

中學的何友之老師遭到不幸，真正是「禍不單行」。何老師的家在峨崗縣一個小鎮上，他愛人在鎮街道縫紉社工作。毛主席去世時，縫紉社接到上級指派的任務，日夜趕縫黑紗。他愛人有先天性心臟病，悲傷加上勞累過度，忙了幾天後一睡不起，遺下兩個年幼兒子。何老師接到噩耗趕回家去，那客車在半路發生車禍，致七名乘客死亡，三名重傷，何老師是重傷者之一。何老師坐的是春城汽車客運總站的客車，車禍致殘後，要與農場協商對何老師的賠償和今後的生活安排。農場派辦公室副主任林貴木和我上去處理。醫院已經下診斷結論：胸椎第五節由於外力撞擊粉碎性骨折，切斷中樞神經，造成高位截癱。前幾天，何老師站在公路邊等車回家時，我們見他神情悲痛，還上前安慰了他幾句，想不到他以後永遠也站起不來了。

布朗農場沒有設中途汽車客運站。客車路過時，旅客在路邊招手，客車有空位，師傅就會停下來搭客。運輸公司有不成文規定，容許司機超載，就是說：車上沒有坐位了，如果你願意，也會賣給你「站票」，中途有旅客下車時才有座位。何老師那天扛了一布袋從農場輾米廠買來的新米，車上已經坐滿人，便把米袋放在司機位後面的水箱下面，人坐在米袋上。估計是水箱倒下時打在背上，打碎了他的脊柱骨。

我們進到醫院時，看見何老師面如死灰，看見我們來了，也沒有說一句話，只是眼角不斷浸出淚水。愛人死了，兩個兒子，一個剛上小學，一個才四歲。他有一個哥哥、一個弟弟，各有家庭，父親已

經去世多年，母親年老。看到前幾天還精明強壯的何老師，如今躺在床上臉面消瘦得變了樣，只有頭和手能動，我一時想不出什麼話來安慰。林副主任和何老師打過招呼，出去找運輸公司負責處理事故的人去了，我坐在床邊，一隻手握著何老師的手，一隻手輕輕地撫摸他的手背。何老師閉著的眼睛裡一直在流淚，我久久幫他抹一下，兩人都不說話。

林副主任和我在運輸公司和傷者家屬（何老師的哥哥為代表）之間兩邊討好，拖了幾天最後形成協議。形成協議過程中，我提出寫上最後一條：說明協議中的各項賠償，是根據當時的工資、物價水平等協定。將來，上述各項水平如有變化，應對協議有關數額作出調整。運輸公司一個幹部可能覺得我節外生枝，問：「又加上這條，是什麼意思？」我說：「何老師四十歲都不到，以後還有幾十年要過。將來，在職職工的工資加了，市場各種物價漲了，他的賠償金作出適當調整才合乎情理。」那幹部一聽就笑起來：「古老師是歸僑吧，好像對國內的情況不是那麼了解！我們國家的物價十幾二十年都沒有變。周總理生前向全世界宣布過，我國既無外債，又無內債。國內物價平穩，不但沒有上升，好些商品的價格還有所下降。我們運輸公司，春城到元水縣的票價就十幾年都沒有調整過。所以，就連我們公司的幹部、工人的工資，也是多少年沒有調整。市場物價下降了，人民的實際生活水平就都提高了。古老師，你說是不是！」我說：「你的話沒錯，可是，幾十年後的事，誰知道呢？到時所有支出都不用增加，就算是一句廢話吧。」公司負責協商的領導說：「寫上吧，寫上吧！我們都對何老師的不幸遭遇非常同情，兩家又都是國營單位，我們一定會按協議做好後續工作。」最後，何老師提出回家鄉療養，和母親，兒子在一起生活。林副主任和我買了各種食品和日用品，在病房和何老師坐了大半天，東拉西扯，找些寬心話說說。跟他哥哥一起落實了運輸公司送他回家的汽車，我們就告別回家了。

回到學校，向陳校長和所有老師作了匯報，大家都十分同情何老師的遭遇，特別是和他一起從玉河師範學校分配來的黎老師，難過得說不出話來。滇南多山，山高路險，出門難，車禍多。才前後幾天，何老師妻子去世，自己又因交通事故傷殘，說起來，個個聽了都搖頭嘆息。

學校裡所有老師都顯得沒有精神，又說不出是為什麼。正當人人都覺得像在荒山裡找不到路的時候，傳來驚天動地的消息：王洪文、張春橋、江青、姚文元被抓起來了。很多歸僑最初聽了將信將疑，接連幾天，聽到廣播，看到報紙都有這個消息，才相信是真的。場部組織人敲鑼打鼓，放爆竹熱烈慶祝。學校老師人人大發議論，胡言亂語。有些學生聽了感到驚奇：江青不是毛主席的老婆嗎？前幾年是副統帥叛國投敵，現在是偉大領袖的老婆被抓起來，這些複雜的政治變幻，別說是中學生，很多歸僑職工也不太明白是怎麼回事。

接連幾天，學校都在下午課外活動時間組織老師讀報學習討論，聲討「四人幫」的滔天罪行，歌頌華主席的英明決策。

這天下午討論時，陳校長先讀一首郭沫若發表在《人民日報》上的詞《水調歌頭》。粉碎「四人幫」》：「大快人心事，揪出四人幫，政治流氓文痞，狗頭軍師張，還有精生白骨，自比則天武后，鐵帚掃而光……擁護華主席，擁護黨中央。」陳校長剛讀完，曾老師插嘴說：「陳校長還記不記得：五月份反擊右傾翻案風時，你這位老鄉也發表過一闕詞，同樣是《水調歌頭》。」曾老師一提起，大家都說：「記得，記得，陳校長那時也讀過。」馮老師記性最好，說：「我還記得幾句：四海《通知》遍，文革卷風雲，階級鬥爭綱舉，打到劉和林……走資派，奮螳臂，鄧小平，妄圖倒退，奈『翻案不得人心』。『三項為綱』批透，復辟罪行怒討，動地走雷霆……』這郭老腦子轉得就是快，步步跟得緊！」梁老師說：「這不算什麼，他還有一首詩：《獻給在座的江青同志》：『親愛的江青同志，你是我們學習的好榜樣。你善於活學活用戰無不勝的毛澤東思想，你奮不顧身地在文化戰線上陷陣衝鋒，使中國舞台充滿了工農兵的英雄形象。』」大家一聽都笑起來，幾個年輕老師說：「這哪能算是詩？只是幾句口水話，梁老師自己編出來的吧？」梁老師說：「我哪有本事編得出來！這是我上春城和同學吹牛時聽說的，我

有幾個同學是學中文的，他們亂吹，還說郭沫若解放初寫過『毛主席呀毛主席，你真賽過我親爺爺』這樣的句子。古老師是學文的，你讀過這些詩沒有？」我說：「我沒有讀過他這些詩。陳校長這位老鄉，善乘風鼓浪是真。」陳校長說：「什麼老鄉不老鄉，揭發批判四人幫的罪行，你們怎麼扯到他頭上去嘛，別離題了！」黎老師說：「是陳校長先讀他的詩的，這幾年一直要求大家緊跟黨中央，緊跟毛主席，現在毛主席去世了，我們應該緊跟華主席對吧！」大家你一句我一句，都覺得這形勢變得快，不知道能不能跟得上。陳校長說：「毛主席有『你辦事，我放心』的條子在那裡，緊跟華主席不會錯。」

何老師因為車禍回家療養了，張老師來學校宣布黨委決定：陳其春校長職務不變，伍德生老師擔任副校長，古方智老師協助校長工作。會議結束後，有老師問：「古老師，你這協助校長工作是什麼職務？」曹老師說：「過去的大公司、銀行，有『協理、襄理、助理』等職務。你這協助工作，不知道比那些職務大還是小？」幾個年輕老師說：「真奇怪！安個教導主任不是名正言順嗎？」我裝傻聽不懂。文革以後，很多單位都不任命正式職務，只安臨時負責人、召集人之類，農場從兵團到現在，管教育的也還只是負責人。

農場有兩個幹部跟錯人，給抓了起來。一個叫趙長安，一個叫章新祿。趙長安是農場的名人，綽號叫「趙首長」。他原來是玉河地區機關一個普通幹部，五八年初被安排到布朗壩管理右派分子。當時，派來農場擔任主要領導職務的，多數是部隊轉業幹部，這些軍人在部隊習慣稱上級為「首長」，到農場後，下面的人便仍然稱他們「首長」。趙長安派到農場時，只是安排他參加管理右派分子勞動，沒有安排什麼職務。那些右派請示他：趙同志，有事向你報告時，應該怎麼稱呼？趙某人想了想，說：跟部隊幹部一樣，你們也稱「首長」吧。這「趙首長」的名字就這樣叫開了。建立華僑農場一年多以後，多數右派分子被撤走，趙首長留在農場沒有右派可管理了。剛好農場成立基建隊，基建隊隊長是轉業軍人，隊裡暫時留下兩個右派分子負責技術工作，趙長安是個初中生，能跟著右派技術員看圖紙，便被任命為

副隊長，稱他趙副隊長不順口，所有人便仍然叫他趙首長。章新祿是文革前的大學生，一個內地省份的農學院畢業，聽說是為了支援邊疆自願從內地省來到滇南的，在農墾局所屬一個農場工作，農墾總局管理華僑農場時才調進布朗來。章新祿在生產科當農業技術員，是場部機關唯一的大學生，平時工作勤勤懇懇，不太引人注意。文化大革命全民造反時，章技術員在農墾局時的表現不清楚，趙首長在農場雖然跟著造反派衝殺，因為手下沒有人馬，成立革委會時，沒有謀得一官半職。後來，造反司令李新忠回縣裡爭權去了，農場幾個造反派小頭目號召力不夠，幾個組織統一不起來，趙首長曾經出來號召拉攏，企圖整合起來，自己謀一個位置，可惜號召力不夠，沒有成事。華僑農場正有點兵荒馬亂時，就成立兵團了。在開展批林批孔，反擊右傾翻案風時，趙、章兩人像打了雞血針一樣，跳得很歡，兩人聯合起來在農場串聯幹部群眾，搜集重新上台的書記尹某人的復辟材料，到玉河地區和省裡串聯，不但聯繫上省裡的兩派造反派頭頭，還找到當時全國聞名，時任省批林批孔辦公室副主任的上海知青朱 x 家。在得到這些人的支持後，回農場鼓動群眾，企圖推翻農場領導班子，重新奪權。才亂了幾天，四人幫就跨台了。省裡的幾個造反派頭頭和朱 x 家逮捕法辦，他兩個被作為省造反派「壞頭頭」在農場的代理人，被抓了起來，先在農場開大會批判鬥爭，然後押送到縣裡判刑，送到縣勞改農場勞改。

打倒四人幫，除了華主席的英明，還有幾位老同志居功至偉。其中之一是葉劍英老帥。葉劍英是梅縣客家人，趙伯的家鄉與元帥的家鄉離得不遠。那段時間，各種報刊雜誌都在宣傳老帥協助華主席粉碎「四人幫」時的英明神武，特別把他在歷次中國共產黨和中國革命遇到挫折和危難時，挽救革命挽救黨的事蹟，描述得非常詳盡。各種報刊雜誌，都在引用毛主席「諸葛一生唯謹慎，呂端大事不糊塗」這句話。老歸僑中，特別是在梅縣家鄉讀過書，二十年代前後出南洋，後來回國的阿伯阿叔，碰在一起都要議論一番，很為家鄉有這麼一位鄉賢感到自豪。僑生男女不懂這些典故，除了關心申請出國，沒有人會理那麼多閒事。

可能是上高中的新鮮勁過了，同學的學習積極性不像統考前。在教師會上，很多老師都提出各種看法，提出不同意見，表示要共同努力，把首屆高中班辦好，老師們的熱情支持，使我感動和得到鼓舞。

有一天，班上的同學放學回家後，我去巡視教室，看看教室的衛生清潔。走到一張課桌後面，見抽屜裡有兩張字紙，免不了好奇拿出來看。這是兩張筆記本上撕下來的紙張，寫滿了字。隨意看了幾眼，有點奇怪，怎麼會寫有女性生理知識的內容。那幾年，農村培養「赤腳醫生」，生產隊的衛生員都發有《赤腳醫生手冊》。心想：這可能是哪一個學生，把家裡人學習《赤腳醫生手冊》時做的筆記，無意中被帶來了。我把兩頁紙放回去，剛走出教室，突然覺得不像學習筆記：因為還看到「偷偷地看」、「臉紅心跳」的字句，回去再拿出來一看，果然不是學習筆記。前兩個星期，在春城教書的同學來信曾經提到，近日，城裡的一些中學生中，私下流傳一本叫《少女之心》的手抄本。信中說，這是一本手抄的色情小說，對中學生的毒害非常大。春城有間中學，班上流傳這黃色手抄本，十幾個女同學，連班主任在內，都成了流氓。我再仔細看，上面的字確實像中學生寫的，字寫得不工整，也有錯漏。同學的信中並沒有提手抄本的具體內容，憑這兩張紙也看不出是不是就是手抄本。我把那兩頁紙夾在教學講義裡，踱回講台前。心想：如果真的班上有同學傳閱這手抄本，這書又是哪個學生從哪裡流傳來的？有多少人傳閱？如果這手抄本真像同學說的有那麼大的毒害，便不是件小事，心裡免不了緊張起來。

按座位表名單，這是一個叫田秀娥的歸僑女同學的位置。田秀娥家在建設三隊，這學生平時表現和成績都很好。她喜歡打籃球，打羽毛球，和梁老師比較接近，我決定找梁老師幫忙，先從側面了解。

我和梁老師一說這事，他沉思了一會兒，說：「我上次上春城也聽同學說過這事。古老師，你這學中文的，所謂黃色書籍，真有那麼大威力？看了就會變成流氓？」

我說：「自古以來都有淫書的說法。壞書誨淫誨盜，容易使人沉迷，作用不能小看，所以，歷代對這些書籍都會嚴加禁止。」

梁老師笑著問：「那你看過一些禁書沒有？有沒有受到影響，變成流氓！」

「我國古代有不少色情禁書，我們都不知道，聽老師提到的最有名的色情禁書就是《金瓶梅》，一般人也看不到。師院圖書館有《拍案驚奇》、《今古奇觀》之類有色情描寫的小說，學生也不給借，我有機會曾經看過幾篇。說起中學生時代的事，我在家鄉讀初三時，幾個同學偷偷看過一本叫《男女之秘密》的「禁書」。小冊子是講男女生理構造的，除了文字講解，還有幾幅印制很粗糙的繪圖。那時才十五、六歲，確實看得臉紅心跳。後來，有了《生理衛生》教課書，書上的文字和繪圖，其實比小冊子清楚得多。」

「歸僑同學剛回國時，在春城的幾所大學，私下流傳過幾本印尼帶回的中文小說，你看過沒有？」

「師院也流傳過，我看過兩本。一本是《日本的貞操》，一本是《錯誤的教育》。前一本是寫二戰勝利後，佔領日本的美軍玩弄污辱日本婦女的；後一本是寫華僑青年與印尼少女的愛情故事。我不覺得這兩本書有什麼問題。」

「這兩本中文小說，是印尼華中的老師推薦學生看的，有人帶回來，在歸僑同學中流傳。在我們滇大，被老師發現後，說是色情書籍，不但把書沒收了，還對幾個同學做了批評。現在聽說的這個手抄本，我們都沒有見過。不過，我覺得，恐怕也不是什麼了不得的淫書。我們國家，男女之事是個禁區，現在的中小學又沒有生理衛生教育。中學生在這方面出錯，有多方面的原因，那能簡單地歸罪於一本手抄本！我抽時間去找田秀娥了解一下，相信沒有多大的事。」

第二天下午放學後，我從教室下來，見田秀娥和梁老師坐在球場邊上。梁老師向我招手，我走過去，先說了幾句閒話，梁老師對田秀娥說：「你和古老師說吧。」田秀娥神情自然地對我說：「那兩頁紙是李麗珍的筆記本上的。她上次去春城帶回來一本用鋼筆抄的書，有個題目，叫《少女之心》。她給我看，我看了幾頁，覺得沒有意思，便還給了她。那筆記本有些紙散掉了，我還給她時，可能掉出來兩頁在課桌裡我沒有看見。」

「李麗珍有沒有跟你說這本書還給誰看過？現在是不是還在她手裡？」

「沒有聽她說給誰看過，她給我看的時候，叫我不要給別人看見，我還給她的時候，她說要拿回去燒掉，免得給她爸爸看見罵她。」

「李麗珍有沒有說那書是哪裡來的？」

「說是她表妹給她的，還說，她表妹當時把這抄來的書說得多神秘。李麗珍說那筆記本她也沒有看完，像赤腳醫生的書，故事也不好看。」

我和梁老師對視了一眼，跟田秀娥說：「沒有其它事，那天我在你的課桌裡見有兩頁紙，看看像是什麼筆記，梁老師說，他先找你問問。這叫《少女之心》的手抄本，前段時間在城裡的一些中學生中流傳，聽說有些同學看了不能正確對待，影響了學習。李麗珍可能好奇，從城裡帶了回來，既然你們都覺得無聊，也沒有認真看，老師只是了解一下，就這樣，回去吧。」

田秀娥起身回去以後，梁老師說：「田秀娥說的是實話，筆記本沒有流傳，也已經燒掉了。農場的學生比較純樸，如果真看了典型的『色情小說』，恐怕會大驚小怪，早就暴露出來。農場不像城裡，學生不住校，天天和父母在一起，特別是歸僑家庭，有點風吹草動，家長早就找上門來了。」

「說得是。李麗珍他爸爸經常出差到春城，兩個姐姐出嫁了，家裡只有她和她媽媽。這個學生成績比較好，思想也比較成熟。」

「那麼古老師就沒有必要再提這件事，不必和她父母提，也不必和陳校長提，免得他們又小事化大。」

「你說得對。」

「古老師，我回國十多年來，有一個感覺：我們的政府，總是把社會上出現的所有問題，都歸罪

於階級敵人的破壞，歸罪於人民群眾的落後思想，從來也不檢查自己的方針政策正確與否，長此下去，人民只會與政府離心離德。」

想起自己的青春期成長，我向陳校長建議，請醫院的醫生不定期地來學校，針對不同班級的學生講生理衛生、防疫防病的知識。陳校長聽了，望著我說：「布朗壩這個熱地方，娃娃本來就成熟得早，再去跟他們講什麼生理知識，那不是再去催熟？」說完把耳塞拔下來，我只好不再說話了。

學校在河灘地上修大寨田時，我和黎老師擔任班主任的初三班，是主要勞動力。恢復華僑農場體制後，中學課程表上安排的勞動時間比兵團時期大為減少。高中班只辦兩年，除了保留兩節勞動課，不再安排其它時間參加支農勞動。大寨田今年開始收稻谷，安排初中班的學生下田收割。陳校長見我沒有上課，說學校用來裝穀子的麻袋不夠，要我去場部領二十條麻袋。學校沒有總務主任，總務工作都是臨時抓差，像農場分點什麼吃的東西，食堂殺豬分肉等等雜務，陳校長臨時指派，只要沒有上課，個個老師都樂意做。我推著食堂的小板車，來到場部，找負責後勤管理的副場長楊永勝。場長辦公室不見人，到他家裡找著了。我拿出蓋了學校章的申請領物條，請他批准簽字。楊副場長拿著領物條問：「你們學校要麻袋幹什麼？」我說：「領物條上不是寫著嗎？學校有十畝大寨田，收了穀子，沒有麻袋裝著，怎麼交來場部？」「給你十條夠了，多了浪費。」「不是我私人要的。十畝稻田收多少穀子，一條麻袋裝多少，你不知道嗎？」「總不能你要多少就給你多少，要節約鬧革命嘛。」「如果你不批，我找老尹去！」這是陳校長教我的殺手鐧。「你們這些人，什麼事都找老尹，領幾條麻袋，又不是什麼大事，也去找書記。」說完，大聲向裡屋叫：「阿毛，把圖章拿出來。」副場長的兒子楊文學，是我教過的四排的學生，出來跟我打了招呼。老楊吩咐兒子：「寫上『同意』，蓋上章給老師。」楊文學寫好「同意」二字，蓋上楊永勝的私章，把領物條遞給我，我到倉庫領了麻袋拉回來。

六零年組建華僑農場時，農場五位主要領導：黨委書記尹育清，是玉河地區調派幹部；場長段貴

辦，副場長楊永勝，副場長陳其春，都是轉業軍人，另一位副場長郭建明是歸僑。文革前夕，段場長退休，場長由黨委書記尹育清兼。尹書記是什麼文化程度不知道；郭副場長在印尼華中讀過初中；三個轉業軍人中，周有源高小畢業；段場長和楊副場長，是部隊掃盲班學員。楊永勝的文化程度低到這個程度，出乎我的意料。

一九七七年底，全國恢復高考，這是文化大革命大學停辦後的首次高考招生，因為應屆高中生還沒有畢業，從已經參加工作或勞動的歷屆初、高中上山下鄉或回鄉知青中招生。有關恢復高考的消息當時才在報紙上公布不久，農場也沒有聽說有人報名參加，我還以為又是考試加推薦之類，所以沒有引起重視。據後來《人民日報》報導，全國有二百五十萬人參加，最後招了多少大學生，有沒有公布具體數字我也沒有留意。

不久，報紙宣傳和公布教育部消息，明年秋季，正式恢復應屆高中畢業生參加高考制度，這才引起我和所有老師的重視。這是一個天大的喜訊，特別是對農村人口來說，又看到了「跳龍門」脫離農村，當國家幹部吃商品糧的陽光大道！這消息使所有老師感到振奮，對農場的國內幹部，漢族職工，他們的子女，都帶來很大的刺激，在這批學生的帶動下，全校的學習風氣開始好起來。遺憾的是，多數歸僑和歸僑子女，不把高考當一回事。

首屆高中班三十三名學生，歸僑子女、幹部和漢族職工子女、傣族子女各占三分之一。其中，歸僑子女，幹部、漢族職工子女的成績要好些。

農場自辦中學的首屆高中班，又是文革大學停辦十年後恢復高考，如果參加高考不幸被剃光頭，不但老師臉上無光，家長有意見，也會嚴重影響全校學生的學習情緒。個個老師都對我這個班主任提出希望，好像這次高考是我上考場似的。當初接這個班主任時，還沒有統考這回事，以為像前幾年一樣，和學生混兩年日子，畢業出來就送去生產隊勞動。現在，有了高考這個大關，擔子的份量太不相同。

學生參加全國統一高考，是對學校教學的一次檢查，所有老師都懂得這個道理。教師會上，全體老師都表示願意為高一班出力。大家對剛恢復的高考如何出題都心中無數，馮老師首先發言說：「高考已經停了十年，現在恢復，這考題會怎麼出，題目水平高低，我們都不摸底。應該派人上春城打聽消息，搜集各科複習資料，拿回來分析整理，結合學生實際，進行教學和練習，加緊訓練，提高學生水平。」馮老師一提出建議，所有老師紛紛出謀獻策，陳校長又是不斷把助聽器塞進耳朵，不斷從耳朵裡拔出來，不知道是不是又沒有電了。他這助聽器是從上海買來的，花了七十多元，差不多是他一個月的工資。

我和伍老師不用說，連多年沒有和老同學聯繫的馮老師和曹老師，都主動寫信和在城裡教書或做其它工作的同學聯繫，請求他們寄複習參考資料。各科資料搜集來以後，全體老師抽時間共同研究，經過挑選，刻印出來輔導學生。沒有擔任高中課程的老師，也經常抽時間到高中班轉一轉，幫學生解答問題。在全體老師的鼓動下，高中班掀起了一股學習熱潮。

正當大多數同學用功讀書的時候，有兩個歸僑學生自動退學了。這幾天並沒有聽說有批准出港的，不知什麼原因突然退學。這兩名學生成績都比較好，其中叫李國華的，如果按成績排隊，在班上三名以內。我趕緊上門了解情況，希望做通思想工作，動員他們回校讀書。

走進李國華家，他爸爸媽媽很熱情，他爸爸叫李永昌。寒喧過後，我問李國華為什麼會突然退學。永昌叔望著李國華說：「你自己跟老師說吧！」

「出去香港的人都說，國內讀的書到外面沒有用。」李國華眼睛看著地下說。

「讀書是學知識，有知識到哪裡都會有用，怎麼到香港就會沒有用了呢？」

李國華低著頭不說話，我接著說：「聽到恢復高考的消息，班上的同學多數都用功起來。你以前讀書一直都很認真，成績也好，我不敢擔保你能考上大學，但是，你為什麼不再堅持幾個月，讀到高中畢業，借高考的機會檢查一下自己的學習成績？況且，能考上大學，讀完大學再出香港也不遲呀。」

李國華還是不出聲。永昌叔望望兒子，轉過頭來說：「不瞞古老師，阿國以前讀書很用功的，從來都不用人管。只是自從申請出港以後，他們幾個要好的同學一起，經常說起出香港的事，讀書不像以前認真了。上個月，他叔叔從香港來信，說起他們出去香港的生活，叫他出去之前最好先學點技術，出去容易找飯吃。」

「他叔叔是從哪裡出去的？」

「那是我最小的兄弟，比我們先回國，在天津上大學，上完大學就在那邊當老師。弟媳也是大學生，是個醫生。前年出香港後，兩口子在那邊不能教書，也不能當醫生了，都在工廠做工。」

李國華抬起頭說：「我叔叔信上說，香港政府不承認國內的大學生，讀了大學也沒有用。他叫我趁早學點像開車、修車、電焊、或做建築等技術活，出去容易找工作。」

香港政府不承認國內學歷，友德他們寫信告訴過我，但是，具體情況我不了解。從理論上講，多讀點書，不管你承認不承認學歷，這知識都會給自己的工作帶來幫助。可惜，只空洞地講這些理論，很難說服人。

永昌叔說：「我本來跟阿國說，應該趁年輕多讀點書，有知識總會有用，哪裡會聽？剛好機務隊的老關要找一個學徒工，他喜歡阿國，說他老實，幹活肯出力。老關一問他，阿國馬上就答應，第二天便跟他上班去了。說起來我都覺得對不起老師，本來要去學校跟古老師解釋，你就上門來了。」

「我本來也是要先跟老師說的，怕老師不同意我退學。這邊，又怕不馬上答應關師傅，他找了別人，所以趕快去上班。關師傅人好，技術又好，跟著他可以學到很多東西。機務隊有個任伯是廣府人，在那裡上班，有時還可以跟他學幾句廣府話。所以，沒有跟老師說一聲，就不上學了……」李國華不好意思地說。

「你們家的申請報到省裡了沒有？」

「誰知道。那天上去問老區，他說已經上報了，問報到哪裡，上到省裡沒有？他又說不知道。」「老區這人，現在很難說話，不等你說完就『知道啦，知道啦！』邊說邊走，不理人！」永昌叔母插話說。

看來李國華不會再回校讀書了。另一個學生家裡的出國申請也是已經上報。這學生人很聰明，讀書雖然不像李國華用功，成績也不差。聽李國華說，他退學後閒在家裡，只等批准出港。和永昌叔夫婦說了些閒話，覺得沒有必要去另一位學生家了。

走在路上，我覺得可惜。回到農場教書已經七八年，我對班上和學校各種不同成份的學生，不會有任何成見，更不敢有歧視。我在教學活動中覺得，歸僑子女的思想比較活躍，接受能力和分析能力比較強，因此，成績普遍比其他成分的學生好。讀書成績好，當然不等於其它方面都好，不同成分的學生，有不同的特點。

六零年回國時安置在農場的歸僑，他們回國時就讀小學的子女，由於縣中學招生人數的限制，後來的文化大革命中小學停學，全部都只上到小學或農中，這些人多數只能算是半文盲，就像我的妹妹和兩個弟弟。文革前，在農場讀完小學，大批考上元水中學上初中的只有兩屆，將近一百名，從元水中學初中畢業考上玉河中學讀高中的，也是兩屆，共十六、七名，這十多名歸僑子女，高中還沒有畢業就碰上文化大革命。因此，一九六零年回國安置在農場生活的歸僑子女，從來就沒有試探過上大學的路子。今年恢復高考制度了，農場中學辦起了高中班，這其中，歸僑回國時帶回的年齡最小的子女，經過小學初中的曲折求學經歷，終於讀完高中，迎來高考，最後又因香港政府不承認國內學歷而放棄學習知識的機會，這讓我感到非常無奈和遺憾。

按文革以前的學習進度，高中畢業班第二學期就要分類。我讀高中時是分三類：理工、醫農、文史。去年的高考招生，只分為文理兩類。我們的高中班現在還有三十一名學生。全體老師研究，兩年制高中，無所謂分類了，政治、語文、數學一起上，史地和理化分開上。考慮到我們是兩年制高中，要和三年制高中競爭不現實。所以，把目標定得低，希望有個把考上大學本科，有三幾個考上專科，就已經達到目標。接著把三十個人進行排隊，排出十二三個有希望的「苗子」，重點栽培。

正在又忙又緊張的時候，第三個女兒出生了，出生日子有點尷尬。今年以來，政府一直在宣傳計劃生育，不准生第三胎，因為當時還沒有作出明確的規定，我便沒有留意。陳校長的愛人孫孃孃，是婦女主任，生孩子的事歸她管。同住在學校，孫孃孃出門見到年輕老師，不管男女，都會做做計劃生育的宣傳工作。這天晚上九點多鐘，老婆又生了個女兒，順產，很高興。剛到十點鐘，場部的高音喇叭響了起來，那全場都聽得到的有線廣播，在反覆宣讀省裡下發的有關文件，連續讀了四五遍：從今年x月x日零時零分起出生的第三胎，一律屬超生。超生戶按下列有關規定執行……我一聽日子就是今天，驚出一身冷汗。連忙從醫院跑回學校，到陳校長家裡問孫孃孃。孫孃孃告訴我，文件規定是從今天晚上凌晨零時零分以後出生的第三胎，才算超生。我放下了心頭大石。原來，醫院領導向場部報告，兩小時內，醫院不會再有孕婦分娩，所以，農場可以在十點鐘就宣讀文件。孫孃孃後來好幾次見到我兩口子都說：你們這老三啊，再遲兩個多鐘出來，你兩口子就慘了：不准加工資，不准升職提幹，不准入黨……等等。

自從公布了不準生第三胎的政策規定以後，孫孃孃的工作忙了許多。不管誰到農場醫院生孩子，要有准生證。准生證是由農場計劃生育委員會發放的，計劃生育委員會主任和婦女主任同是孫孃孃。她每天都要跑生產隊，了解落實育齡婦女的生育情況，做好工作，決定准生證的發放。孫孃孃大號叫孫翠仙，是峨崗縣的彝族同胞，五八年參加大鬧鋼鐵銅以後，留在農場成為加強管理右派分子的幹部。後來和六零年轉業到華僑農場的老陳相愛結婚，一直都是做農場的婦女工作。孫孃孃文化不高，但是對黨忠心耿耿，工作任勞任怨。不知道是認識水平高還是其它原因，他們只有一個兒子，現在推行起計劃生育工作來，特別理直氣壯。歸僑中的工作好做，因為生得多的那批婦女已經過了生育年齡，回國前後結婚的，或者新婚的，已經很少有生第三胎的。經濟是一個原因，為了申請出港是另一個原因。填報了出港申請書的家庭，如果已經上報，到批准時多出一個人來，便自找麻煩：補充申請，重新照相，一級級上報，又要拖一段時間；就是尚未填申請表的年輕夫婦也暫時不生，因為要兩張申請表和得到批准，比要三張、四張表和得到批准容易得多。總之，年輕的歸僑夫婦暫時不生或不敢多生，讓孫孃孃的工作少了許多。孫孃孃的主要工作對象是傣族同胞和國內幹部職工。從布朗壩過往的人口紀錄看，傣族同胞雖然不會像歸僑在海外生那麼多，但也是超過兩個的居多。現在，為了貫徹執行計劃生育政策，孫孃孃天天忙到天黑才回家。要改變千百年來「自由生長」的習慣，這計劃生育工作不容易做。最初是苦口婆心動員吃藥、帶套、上環、結紮，到最後就只能大叫一聲：「不准生！」不發你「准生證」，強制你去人工流產。不知什麼時候開始，那些年青傣族婦女和大姑娘，遠遠一見到孫孃孃走來，就叫：「不准生來了！不准生來了！」這「不准生」成了她的綽號。其實，陳校長和孫孃孃兩個為人都很好，沒有什麼架子。兒子陳家俊已經上中學，一家三口，和所有老師都處得很融洽。

經過幾個月的刻苦用功，迎來了高考。只有二十三名學生參加，有八人因為各種原因不報名。農場專門派了一輛卡車，由伍老師和我帶著，來到縣裡。全縣有將近兩百名考生，五門科目，考了兩天。

等考完試回到家，我和伍老師才詢問學生考試情況。所有同學都覺得考得不好，對考上大學沒有信心，聽得我心裡發涼。語文科考試，歷來作文分佔的比重大，我問考什麼作文題，學生說沒有作文，讓我大惑不解。詳細問下來，才知道是讓考生讀一篇文章，然後「縮寫」成短文。我說：「上課時，天天都講『概括、歸納』段落大意，不就是『縮寫』的意思嗎？」有些同學聽了說是，有些還在莫名奇妙。問到古文題，有幾個同學說不算太難。

過了幾天，縣教育局通知伍老師和我到地區參加高考閱卷工作，我兩人便來到玉河，住進招待所。

閱卷的老師，多是師範學院的校友，像我們這六七級，六八級的後輩，我只見到一個，是另一個系的。我分在語文閱卷組，組長是玉河地區中學的語文教研組長張老師。我在玉河中學讀書時，他沒有上過我們班的課，但是認識我。

高考的作文題，是縮寫一篇《速度問題是一個政治問題》的文章。文章大約有二千字，要求縮寫成五百到六百字。文章的內容明白易懂，開頭引用華國鋒主席在《全國工業學大慶會議上的講話》點題，然後闡述「多、快、好、省地建設社會主義」的重要意義，批判林彪、四人幫「寧要社會主義的低速度，不要資本主義的高速度」的反動本質。這議題，兩年來報紙、廣播天天講，學校的政治課語文課，也離不了這個題材，而且，我自以為上課時講得深刻：「多快好省」是我讀高中時就學過的，寧要寧要這兩句，批林批四人幫，差不多每天上課都會提到。我冷眼看看其他閱卷老師，看來都對如何評閱一時心中無數。中學作文課的教和學，離不了記敘文、論說文、說明文三大題材，我自己沒有專門讓學生練習過縮寫。幸好考題有個提示：要概括大意，不照抄原文。我心裡想：學生腦子轉個彎，理解了「縮寫」和「概括、歸納」的意思，作起來不算難。可是，批了多份考卷以後，很少看到能按提示要求，比較好地進行「縮寫」的。有些確實就是相隔幾句的照抄原文；有些完全按自己對文章的理解改寫；有些寫成讀後感。我請教張老師怎麼評分，他說放寬要求，只要通順、不離題，分數都給高點。

因為語文考試中作文分佔的比重大，文革前的高考，估作文題幾乎是所有高三年級語文老師要花一定精力的工作。今年恢復高考的作文題，相信所有語文老師也只會按語文教學大網要求的三大題材中去估，我自己就根據可能出的內容，擬了五六個模擬題給學生練習。想不到出了個以前沒有考過的「縮寫」，我想起毛主席「把學生當作敵人，搞突然襲擊」的講話，不禁苦笑。

到批改文言文考題時，笑話很多。文言考題，無非是把文言翻譯成現代漢語，解釋文言的實詞、虛詞。考題一共有三小段節選：一段是《資治通鑑》上的「上（唐太宗）令封德彝舉賢……」；一段是

《韓非子。外儲說上》「曾子之妻之市……」一段是《禮記》「……教學相長」。唐太宗那小段要求翻譯全文，其它兩段只要求翻譯某句或某詞。這幾段文言，如果中小學階段學習過古文和文言基礎知識，做起來不難。但是，由於文革以後的語文課，編的都是突出政治的文章，選了幾篇文言文，也是為當時的政治服務的，教材中文言基礎知識編得少，如果科任教師本身古文知識差，沒有很好教學，學生的水平就會差得遠。才批閱不久，有位老師就忍不住大聲叫起來：「奇才！奇才！這位考生真是奇才，想像力大豐富了！大家聽聽這翻譯：（上）唐太宗命令，要與封建德國彝族姑娘舉行婚禮，很久都沒有舉行。唐太宗生氣了，大臣們對他說，不是我們不盡心，是還沒有找到好姑娘。唐太宗說，我又不是要找什麼器具用，各取所長也行。古時候的也可以，難道別的朝代不行嗎？不安好心也不可以誣蔑全世界的人！」一時把全組老師聽得哄堂大笑。不久，又有老師在唸：「『特與嬰兒戲耳』，竟翻譯成『特務玩小孩的耳朵』，這書是怎麼讀的！」剛開始，有老師讀出來，大家還跟著一起哄笑，聽了幾次以後，就沒有人跟著笑，也沒有人再唸了。大家笑過一陣才意識到，學生鬧笑話，老師臉上也不光彩。我自己擔心，這些鬧笑話的試卷，說不定有我教的學生哩。考卷都是二十份一起釘縫起來，看不到考生的名字，而且迴避批閱，即各縣來的老師不批閱本縣的考生。

吃飯時，問伍老師數學卷子怎麼樣？伍老師一直搖頭說：「整不成，整不成，沒有改到一份像樣的。」

一個星期完成了閱卷工作，最後一天吃飯後，我找張老師聊天。張老師問我農場學校的情況，我把農場中學建立發展過程跟他作了介紹，主要講到師資力量、教學設備、教學經驗等方面的困難。張老師說，有個發展過程，不要著急。張老師答應以後多聯繫，有教學參考資料和教學研究活動時，會留意我們學校。

回到農場等待通知，我和學生一樣焦急。不久，縣教育局通知，我們學校有六人上了錄取分數線，

於某日到縣醫院進行體檢。這六位同學高興得連連問：是不是考上大學了？是不是考上大學了？通知體檢的全縣有三十多人，體檢也是錄取學生的一道關。我先給這六個學生潑冷水：上錄取分數線，通知體檢，都還不是正式錄取，等到填報志願，體檢合格，學校寄來正式錄取通知書，入學報到後，才算是大學生。

終於等到錄取通知書。一名錄取省民族學院中文系，四名錄取玉河師範專科學校，分別是兩名英語專業，一名中文專業，一名化學專業。參加了體檢的一名歸僑學生因為報考的專業科目分數差了幾分，因此落選。我安慰和鼓勵他，希望他重讀，明年再考。這五名考上大專的學生，兩名歸僑，另三名是幹部子女，傣族同學一名都沒有考上，讓人感到失落。讓我同樣感到失落的是，如果不是出國風，農場中的歸僑學生，能夠考上大專院校的人數會多好幾個。農場兩年制首屆高中畢業生有這成績，也算有了交代，我和學校所有老師都這樣安慰自己。

這年元水縣考上大專院校的共有十七名，十名大學本科，七名專科。文革前，元水縣沒有高中班，初中畢業生參加中考按成績錄取到玉河地區中學上高中。以前的情況我不清楚，一九六零年元水縣考上玉河中學上高中的有六名，其中中途退學一名，到六三年畢業時，加上我這個六二年插班生，還是六名。六三年高考前動員回鄉參加工作一名，最後只有五人參加高考，四人考上大學。如果前後比較的話：六三年全縣只有五名考生，80％考上大學本科；一九七八年，全縣近兩百名考生，有二十二名考上大學本科和專科，錄取率約10％。但是，這兩種結果不好作比較，因為文革前考上玉河上高中的幾名學生，都是從元水縣中學一百名左右的初中畢業生中選拔出來的。十多年來，元水縣中小學教育得到飛速發展，辦起了兩所完全中學，五所初級中學，中小學畢業生數字，都增長了許多倍。

高二班班主任是伍老師，他教數學，我還是教語文、政治。高一班取得一定成績，全校師生都得到鼓舞。老師們勁頭十足，希望再接再勵，爭取更好的成績。在高二班同學的帶動下，學校安排上晚自習，因為路程有遠近，採取自願原則。

到年底，中國共產黨召開十一屆三中全會，黨中央的方針政策，不再強調以階級鬥爭為綱，強調無產階級專政下繼續革命，以前批判過的右傾翻案是錯誤的，還是要搞好經濟建設。到了一九八零，華國鋒不再兼任國務院總理，第二年，又辭去中共中央主席，中央軍委主席職務。中共中央主席改為總書記，由胡耀邦擔任，國務院總理是趙紫陽，鄧小平擔任中共中央軍委主席，形成中華人民共和國第二代領導核心。

這兩年的政治時事變化，同樣讓人眼花潦亂。

有一天老師政治學習，曹老師說陳校長：「陳校長，前兩年你說有『你辦事，我放心』的條子，叫我們跟華主席沒有錯，看來又跟塌了。現在是不是要跟胡躍邦了？」陳校長好像沒有聽清他說什麼，沒有回答他。

伍德生副校長說：「還是跟黨中央，按黨中央的政策辦事不會錯。現在中央在狠抓經濟工作，布朗街子上比以前熱鬧，東西也比以前多。」

馮老師說：「聽我老婆說，人民公社的政策放寬了，自留地，自種果樹，自養家畜，都放寬了，所以，揩下來街子上賣的東西也多了。」

農場雖然沒有提放寬什麼政策，只是不像以前管得那麼嚴，很多人多開自留地，很多傣族和歸僑家庭都養起了豬，有條件的家庭，養的雞鴨鵝數量也增加了。

六零年歸僑開荒時，田地都規劃得比較方正，邊邊角角留下的空地比較多。這些面積較大的不規則荒地，後來劃分給歸僑家庭作自留地，每家分的面積都不大，也沒有統一的標準。現在上面政策放寬了，勞動力多的家庭便見縫插針，田邊地角，河灘地，水溝邊，到處開挖，種上兩行菜，幾棵紅薯苗。細媽和弟妹也多開了兩小塊自留地，家裡多養了幾隻雞，養了一大一小兩頭豬。下午下課以後，

我有時會到自留地去，幫忙鬆鬆土，拔拔草，順便摘一把蔬菜回家。這天去到自留地，細媽和弟妹都不在，卻見旁邊自留地裡，隊上的連福叔母和三隊的張長發在吵架，兩人手裡抓著一根木薯，拉過來奪過去。我和他們開玩笑說：「兩位阿叔叔母，在表演什麼節目呢，這裡又沒有觀眾。」連福叔母見到我來，不再搶了，將手裡的木薯順勢一送，長發叔便一屁股坐在地上，站起來又吵。

這是一片菁溝裡的荒地，被開出來種菜，他們兩家的菜地相鄰，長發叔在菜地邊上種上木瓜、木薯，枝葉伸到連福叔母菜地裡，她便將伸過來的枝葉砍掉。今天，連福叔母把地下長進自己地裡的木薯挖出來，準備拿回家，剛好長發叔來到菜地，兩人便吵了起來。

長發叔家在紅旗三隊，是個客家人，原鄉離我們村子很近，回國後因為家鄉沒有很親的親人，沒有回過鄉。我剛來布朗時，他聽說我家村子和他家村子離得近，喜歡跟我打聽家鄉的人和事，我回布朗工作後，見到面時都會聊聊天。

他有五個兒子，名字中有一個「富」字。有一年春節，歸僑在籃球場上看比賽，正式比賽結束後，大家湊合起來非正式比賽，長發叔帶領五個兒子上陣，受到大家喝采，那五個兒子被稱為張家五虎。連福叔母是紅旗一隊的，她家和我細媽同住一排房子。連福叔母有四個女兒，名字都叫某花，稱為姚家四朵花。前幾年不知什麼時候開始，張家二虎有富和姚家大姑娘金花談起了戀愛。兩人很相襯，感情也很好，兩家家長本來沒有什麼意見，只是金花年齡還小，還沒有談婚論嫁。誰知，自從農場歸僑申請出國成為趨勢以後，連福叔兩口子一心要幾個女兒找個能很快批准出港的歸僑，現在，長發叔一家連申請書都還沒有寫，連福叔母要拆散這對戀人，讓金花另找對象。

連福叔母罵長發叔：「成日以為自己家勞動力強，欺負人，把木瓜、木薯種到邊上，遮住別人種的菜，你叫古老師評評理嘛。」

「長發叔，按照國際法，侵犯別人的領空領海，別人是可以把你的飛機打下來，把船拖回去的啊。」

我和長發叔比較熟，有意幫連福叔母。

連福叔母一聽就說：「是不是嘛，古老師是個大學生，連他都說你欺負人，霸佔別人的鄰空。」說罷，拎起剛才被她挖出來的兩根木薯，回家去了。

看著連福叔母走遠了，長發叔對我說：「連福嫂本來就夠惡的啦，你還幫她。木瓜木薯不種在邊上，莫非種在地中間嗎？種的時候我就跟她說了，到時你要，木瓜隨你摘，木薯隨你挖，現在木薯都沒有長成，就把它挖掉了。」

「你家二虎不是跟金花談戀愛嗎，兩未來親家，還計較這個。」

「親不成了，她嫌我家出國條件不夠，不讓金花和我家老二來往。」

長發叔和我一樣，小時候跟母親在原鄉，父親在印尼做生意。長到十來歲，父親把他帶出印尼，與細媽一起生活。後來，母親在鄉下去世了，父親也在印尼去世了。他成家立業以後，細媽帶著兩個異母弟妹到另一個城市投奔哥哥。回國前，雖然分隔兩地，和細媽異母弟妹還是一家人，有來有往，回國後才斷了聯繫。

報紙上有關知識青年返城的消息才刊登沒有幾天，學校旁邊的公路上，又見到滿載人和行李的卡車飛馳而過，只是方向相反。汽車上的乘客，當年下去時，都是天真爛漫，稚嫩的面孔；現在看到的，男的很多已經滿臉鬍渣，女的臉色灰黃。當那些汽車從學校旁邊經過時，兩個知青老師站在教室外面走廊上望著，已經沒有心思教書。沒過幾天，那近三百名上海知青，好像一夜之間就不見了。在中學工作的吳渝青老師和華玉英老師，在農場辦理好回城手續，一齊向所有老師告別。兩位校長跟她兩說：「我們已經通知全體老師，明天下午開個茶話會，歡送兩位老師。」兩位老師聽了，堅決要求茶話會不必開了，就在辦公室向所有老師話別。校長不好強求，只好簡單從事，大家喝著白開水，說了不少有感情的話。所有老教師確實很捨不得她們離開，看她們兩位，心已經飛到家裡去了。

吳老師教高中班化學，她基礎知識好，教了幾年書，已經積累了一定的教學經驗，教學效果很好；華老師教初中語文，經過努力，有了很大進步，兩位老師都很受學生歡迎。

才過了兩個星期，擔任高中物理課的曾老師，後來從小學調上來教初中數學的張老師，先後批准出港。兩位老師直到離開農場前兩天，還在堅持上課，兩家人相隔兩天離開農場，他們在廣場邊的酸角樹下上汽車，沒有上課的老師都來到公路邊向他們揮手告別。

學校教師，一個釘子一個眼，幾天時間少了四位老師，他們的課時只好給其他老師加班。高二班面臨高考，擔任物理的曾老師走了，安排教數學的梁老師兼教物理；教化學的吳老師走了，把教初中化學的周老師調上來擔任。初中老師調上高中課程，又抽調小學教師上來擔任初中課程，反正是拆東牆補西壁，別讓學校垮下來。

近兩年批准出港的歸僑比以前多，每次有人批准出港，生產隊上要熱鬧幾天，學校裡比較要好的同學，也會和出港的同學依依惜別。

不久，報紙廣播都在聲討越南政府忘恩負義，侵略柬埔寨，妄圖稱霸東南亞。公路上掛著偽裝網的軍車不斷，有坐滿軍人的，有拉各種火砲的。有時幾天幾夜不停的過，吵到睡不好覺。

援越抗美時，《人民日報》天天登載「又消滅 x 萬 x 十萬美軍和南越傀儡軍」的消息。有一天梁老師不知道是不是數學課上得枯燥，在辦公室拿著一張報紙吹牛說：「不久前報紙刊登，侵越美軍增加到五十五萬。可我從不久前報上登的數字，粗略統計一下，被消滅的美軍數量已經超過一百萬。」曹銘秋老師說：「你說的是連南越軍隊一起計算的吧？」「不是，我統計的是報紙上說被消滅的美軍。」幾個老師翻翻以前的報紙，你一句我一句湊了一下，覺得報上登的數字，前後不能吻合，相差比較大。我想起五八年大躍進時的宣傳，沒有參加議論。馮亦信老師說：「這不奇怪，為了鼓舞士氣，在戰爭中把反映敵我雙方勝敗的數字，報大或報小，這手法古今中外都是如此。大家都看過《三國演義》，書中

所有描寫戰爭的數字，不論哪一方，出兵幾千，幾萬，就會號稱幾十萬、百萬。這在三十六計中叫「虛張聲勢」；為了邀功，向上虛報殺敵數字，回朝時，把老百姓殺了當戰俘，都是家常便飯。」

當年，出國參加抗美援越的解放軍從越南撤回來時，兩國的關係惡化沒有完全公開。當北越打到南越，西貢陷落，學校老師還覺得這是世界革命的又一個勝利，為越南統一歡呼。可是，不久就傳來迫害華僑華人，百萬華僑華人逃亡投奔怒海的消息。

有好幾年沒有聽到打仗了。六二年和印度打仗，六九年和蘇聯打仗，打仗時間短，離滇南又遠。這次不同，「車轔轔，馬蕭蕭」的景象每天都在眼前出現，人們未免有些緊張。十幾二十年來，一直宣傳中越兩國人民是「同志加兄弟」，廣大的中國國土，是越南人民的強大後方。越南人民的民族解放戰爭，決定性的奠邊府戰役，是陳賡大將帶領中國人民解放軍幫助打的，陳賡大將當過春城軍區司令員，滇南省的中學生都熟悉這段歷史。兵團時期，我還多次聽到親身參加過援越抗美的顏副主任，還有其他幹部講幫助越南人民抗擊美國侵略者的故事。中國人為越南革命犧牲了不少人，越南全國統一才一年，「同志加兄弟」怎麼就翻臉無情了呢？

從稱蘇聯老大哥，到中蘇分裂，珍寶島上打一仗；從中印友好，到六二年在邊界打一仗；後來，一直稱為友好的東南亞國家印尼、緬甸等國反華排華，到這次準備教訓社會主義小兄弟越南，這些國際風雲的變幻，使我對「國際主義精神，全世界實現共產主義」的理論，再一次感到艱深。

農場接來一批越南難僑，有幾百人。印尼歸僑同胞不關心這些風雲變化，也不會關心這些難民的過去未來的命運，還是只關心自己的出國申請。

幸好打仗的時間不長，布朗壩也聽不到隆隆的砲聲。只聽說仗打得很惡，狠狠教訓了越南軍隊一頓，我們也犧牲了不少人。一個多月後，又見接連不斷的軍車，從春洛公路沿山而下，勝利回防。

第一批難僑有二三百人，男男女女，多數穿的花襯衣，喇叭褲，男的頭髮養得很長，那樣子很像

電影裡看到的菲律賓一帶的華僑。有些傣族老鄉見了，好奇地說：「這些新來的難僑，穿的衣服比老歸僑更像『華僑』。」「這才是真正逃難的難僑，拖兒帶女，有些還赤著腳，連個皮箱都少有。」一九六零年印尼歸僑安置到布朗壩時，那情景我沒有見到，現在，看到這些難僑狼狽的模樣，我才對「反華排華」的現實有了一定的認識。馮老師對我說：「六零年從印尼回來的華僑，一車一車的，好多人穿金戴銀，帶手錶；大皮箱，大木箱，單車，縫衣機。我見有一家，連吃飯的大理石桌子都搬了回來。越南不也是社會主義國家嗎？，這同是社會主義的越南政府，整起中國人來，比其它國家的反動派狠！」

農場前後接收了好幾批難僑，一共有一千二百多名，安置在跟布朗壩隔一座小山，叫干壩的壩子裡。

干壩屬元水縣青龍區，原來是干壩人民公社。公社佔地五十多平方公里，人口近兩千，絕大部分是彝族。根據省、地、縣三級政府和國務院僑辦、省僑務的協商，把整個公社，包括人口、土地、財產，全部劃歸布朗華僑農場。布朗華僑農場佔地面積增加到一百零幾平方公里，人口增加到七千多人。

整個春節前後，為了接收難僑和做好公社社員的身份轉變工作，從土地規劃、生產隊編制、房屋修建、生活生產用具添置等等，農場全部幹部都投入到這項工作中。干壩人民公社改為布朗華僑農場干壩分場，建立了六個難民生產隊，給每個生產隊修建了房屋，規劃了耕地。壩子裡原來彝族同胞的八個生產隊規模不變，新建立的難僑生產隊與原居民彝族同胞的村寨分開，自成一個小村落。原公社黨總支書記李文學，公社主任普朝光，兩人都是彝族同胞，改任農場黨委副書記和農場副場長。為了幫助難民盡快適應國內的工作和生活，農場選派了六名印尼歸僑、六名傣族青年組成工作隊，進駐分場。工作組首先協助難僑自己推選出生產隊長，組織大家進行生產勞動，幫助他們解決生活上遇到的困難。

不久，上級發文通知：今後，對從越南回來的難僑，一律稱為「難民」，不稱「難僑」，更不稱「華僑」，總之，不能帶「僑」字。

干壩名如其名，是個乾壩子。由於缺水，長期以來，公社社員的生產生活條件都比較艱苦。現在，一下湧進去一千多人，困難可想而知。過去，一遇到天大旱，壩子裡人畜吃水都成問題，要從布朗壩拉水進去。國家政策，國營農場有支援扶助附近人民公社的義務，以前農場送水進干壩，水白送，只收汽油錢，現在，成了一家人，再送水時，汽油錢也不收了。不知道今年老天會下多少雨，三千多人的生活用水，是比「救火」更緊要的事。

去年，安置第一批難民後，聯合國難民事務高級專員公署來了兩位官員，在國務院僑辦和省僑辦的幹部陪同下，到干壩和布朗壩周圍山頭，前後視察了幾天。那些官員回去後，難民署撥款一百五十萬美金，計劃在布朗壩東山腳下修建水庫。一九五八年大躍進時，布朗壩東山腳曾經土法上馬修水庫，因為當時的技術條件和人力財力等條件都不足，剛清好壩基，就下馬了。現在在舊址上重新開工勘探，盡快把水庫重建起來，解決干壩的生活和生產用水。

農場在省僑辦和國務院僑辦協助下，聘請省裡和北京的建築工程隊進行水庫工程建設。才過了半個月，省十 x 治建築工程隊和北京一個水利施工隊，從春城、從北京，浩浩盪盪前後開進布朗壩。從場部公路到東山腳的土路，承受不了重型車輛行駛，農場發動全場職工齊上陣，擴濶加固。一個星期以後，停在公路上的各種大小車輛、重型機械，轟隆隆開進東山腳水庫工地。兩個施工隊伍，在水庫工地周圍山坡上建起臨時工棚，施工人員住進去以後，原來只有山雞出沒的山谷，白天機器聲隆隆作響，晚上燈火通明。下面村裡的傣族老鄉說，現在的水庫工地，比五八年大鬧鋼鐵銅時有氣勢多了，大鬧鋼鐵銅時，雖然人多，但是，沒有機器，沒有電燈，只有數不清的人，就像幾窩螞蟻在混戰。

為了加快工程進度，同時為了保證難民署的撥款能盡量用到難民身上，聯合國難民署要求將所有難民勞動力都安排到水利工地勞動，負責土方工程。實際上，難民署的官員也是瞎指揮，水庫是機械化建築，不像解放初期全民大搞水利時的土法上法，單由難民負責土方工程，遠遠跟不上機械化施工進

度。為了加快工程進度，農場只好從各生產隊抽調一部分勞動力參加，後來，還不得不請求附近人民公社派一部分社員前來支援。

難民署同時撥款五萬美金，擴建農場醫院和增添醫療設備。醫院擴建是個小工程，承包給玉河地區一個縣的基建隊，和水庫工地同時開工。

農場領導班子和所有幹部，都忙得焦頭爛額，無暇顧及學校：流失的老師從哪裡補充？難民中有不少中、小學適齡兒童要入學；干壩小學畢業生原來到縣中上初中的，以後要由農場中學收生，干壩離中學十幾公里，這兩批學生只能住校。學生住校，要將教室改成宿舍，添置床舖，食堂增加人手等等。更重要的是，學校辦學方向要研究：前幾年各地辦起來的兩年制高中，多數已經壓縮合併，改成三年制高中。華僑農場的學校不能併到地方上去，而本系統太分散，也不可能合併。學校想要改三年制高中，各種條件都不具備，高中班能否辦下去，如果停辦，初中畢業生的出路問題……

轉眼，高二班參加高考，伍老師帶著他們到縣上考完回家以後，沒有一個學生到學校打個照面。我擔任班主任的高三班和初中各班級學年考結束，就放暑假了。兩位校長在學年結束，宣布放假的會上，沒有提下學年的工作計劃，更沒有提出解決當前問題的辦法。我這個協助工作的，不知道如何協助。

農場中學從高二班開始，已經沒有印尼歸僑學生，有的是回國後在農場出生的歸僑子女學生。而且，從高三班開始，歸僑子女人數也已經不多，班上大部分是傣族學生和漢族學生。

放假後的第二天，我吃過早飯，慢慢踱到操場上，準備走到小山上散散心。學生一放假，學校顯得冷冷清清，整個校園裡，只有住校老師養的幾隻雞在啄食。見到馮老師走出來，兩人點點頭，不約而同向小團山走去。小團山上種植的大多是「三年芒」品種，我上次上去時，看見有幾棵已經結果。

「我上次看見有十幾棵樹結了芒果，現在應該熟了。」

「早被學生吃到肚子裡去了。今年結果的樹太少，明年要派人管理了。」

兩人一會兒就走到山頂，站在墓地前面，望著大半個壩子。遠近的水田裡，都是耕作的職工，從場部下面公路到東山腳的村道上，人來車往，到處是一片繁忙景象。兩人望了一陣，馮老師指著周圍的山說：

「我分配到元水縣時，路過布朗住了一晚。那時，這周圍山上都是又高又密的樹，多數是松樹和櫪樹。上午從青龍下來，進了村子，才下午三點多鐘就不敢走了。那時，就是學校下面到場部下面這片坡地，長滿黃茅草，傣族老鄉說，四點鐘以後，就有豹子在這裡出沒。五八年集中十幾萬人在這裡大鬧鋼鐵銅，把樹都砍光了。」

「砍樹容易種樹難！『十年樹木』，如果是松樹，二十年都長不起來。年年清明前後發動幹部和中小學師生上山種樹，不見長出一棵。」

「周圍的山都已經成了光山，壩子周圍這個小環境的氣候改變了，失去了松樹自然生長的條件，所以長不出來。你看操場兩邊的鐵刀木和鳳凰木，才三四年已經長得比房子高。」

「為什麼不在山上種這兩種樹呢？」

「因為這兩種樹不成材，只能當燒柴，不能作棟樑，沒有大用。」

過了一會兒，馮老師說：「解放初期，布朗壩只有一所初級小學，建立華僑農場以後，發展成兩所完全小學，還開辦了農中；組建兵團，增加到三所小學，又將農中改辦成初級中學。前兩年，農場中學開辦高中班。當時決定辦高中，也就是一時之需。實際上，我們學校並不具備辦高中的條件，布朗壩沒有條件直接培養『人才』，農場中學應該全力辦好初中，輸送有潛質的學生到縣中和地區中學，借他們的力量培養『人才』。農場中學辦好初中，就是種好鳳凰木和鐵刀木，創造出能生長松樹之材的地理環境和氣候，為以後長出松樹作長遠準備。」

「回國求學的印尼歸僑，包括農場的歸僑子女，很多是可以成才的，可惜各種條件都得不到滿足。

現在又都想出國，這學校真的難於維持了。」

「學校還是會維持下去！除了本地老職工，現在不是又來了越南難民嗎？這些人也是炎黃子孫，古老師不能失去信心。」

晚上，我找伍老師一起到陳校長家，共同討論學校前途問題。

伍老師說：「當前最迫切的是物色教師，一個月後開學，這是迫在眉睫的事。」

陳校長說：「上次學校建議向地區要求分配老師的事，農場已經派人去過地區教育局，教育局領導口頭答應，到時會把畢業生直接分配到華僑農場，以免分到縣上被截留，只是分配幾個沒有定。」

「就是能分配三幾個，也還差得遠，前天梁老師提出來，不管是從北越還是南越回來的難民，其中應該有大學生或高中生，這些人也會講普通話，可以物色來教數理化或英語。」

「第一屆高中畢業生，差不多都被安排進糖廠和水庫工地，調動幾個有潛質的學生到學校，以老帶新，大膽使用，教上一兩年，再送出去師範專科學校培訓。」

三個人討論了兩個多小時，陳校長答應盡快把意見反映上去。才過兩天，張老師來學校把伍老師和我叫到場部，我們以為陳校長先來了，一起討論學校的問題。來到黨委辦公室，卻只有尹書記一人，書記讓座後，先問學校的情況，等伍老師匯報完，尹書記說：「經過黨委會認真研究，決定老陳調回場部任職，農場中學由你兩位負責，伍老師任校長，古老師任副校長兼教導主任。希望你兩位好好工作，看有什麼想法和要求，提出來研究，共同把學校辦好。」

聽到尹書記的話，我一時不知如何回應。前段時間老師還在議論：這個時候看陳校長氣定神閒，不知道校長有什麼安天下的妙計。原來他確實已有安排，只是沒有意料到他在這個時候調回場部，我也想不到會在這個時候任命我當副校長兼教導主任。

伍老師望望我，向書記說：「我們感謝黨委的信任，接受組織安排，盡自己的能力做好工作。現

在，學校存在的困難確實比較大，我和古老師前兩天才找陳校長討論如何物色老師的問題，要嘛古老師先說說。」伍老師副校長升任校長，是順理成章的事，他這一表態，等於也代表我愉快地接受這個光榮任務了。我沒有思想準備，還在想副校長兼教導主任是什麼意思，推辭說：「我沒有想好，還是伍老師你說。」伍老師考慮了一下，詳細地把那天我們和陳校長討論的想法，逐條提出來。尹書記聽了，很乾脆的說：「只要是有利於農場教育發展的各項措施，你們都盡量提出來，黨委一定全力支持，盡快解決。農場現在差不多全部精力物力都投入到難民的安置工作和水庫建設中去了。水庫要爭取今年底蓄水，明年初把水引進去，首先解決人畜飲水問題。學校的事就完全依靠你們兩位，你們大膽工作，有什麼具體的問題，找張老師商量，就這樣，我相信你兩位能把學校工作搞好！」

張老師一直沒有說話，從辦公室出來，伍校長到供銷所買東西。我和張老師走在回學校的路上，我說：

「怪不得今早一起來就聽見烏鴉叫，原來有這喜訊！」

「古老師說什麼怪話，不是喜鵲叫才有喜訊嗎？」

「學校對面就是『華僑新村』，只有烏鴉，那有喜鵲？喜鵲叫有喜，那是南方人的說法。北方人相反，聽到烏鴉叫才是喜。」

「你編出來的吧？」

「不是我編出來的。這個時候任命我當副校長兼教導主任，我都不知道是悲還是喜。我是想起讀過的一首白居易的詩，詩中有『故人錦帳郎，聞烏笑相視。疑烏報消息，望我歸故里』的句子，當官榮歸故里，當然是喜，可惜我們是南方人。」

「不要玩嘴巴了，任命你當副校長，是組織上對你的信任，你要好好工作。」

「是蒙張老師看得起我對我的信任吧？你也是，應該推薦我當校長，不是當副校長兼教導主任！」

「你就想一步登天！伍老師出身好，資格比你老，你以為你比他有本事，能讓你爬到他上面！」

「別別別！您可千萬別說有本事的話，剛才是跟張老師開玩笑。副校長兼教導主任，是有苦勞沒有功勞的差使，我也只能幹這個，謝謝張老師的栽培了。只是，我想不通，都到年齡了，怎麼不讓老陳在學校幹到退休算了，又把他調回場部幹什麼？不是多此一舉。」

「這你又不懂啦。老陳明年要退休，如果在校長職務上退，只是科級。他原來是副場長，副處級。以前叫他當農中校長，只是兼職，還是副場長身份。文化大革命被奪權了，兵團時把他安排到中學，職務和級別都沒有恢復。恢復華僑農場以後，其他副場長都官復原職了，只有他沒有復原，當然有意見。副處級和科級，退休後待遇不一樣，為這事，他已經到場部鬧了好幾次。」

「原來有這個名堂！這我理解了。話說回來，張老師，我從來沒有想過當什麼主任、校長，我一直都認為這些『長』是上面派來的。想不到，在『此危急存亡之秋也』，叫我當上『副校長兼主任』！」

「什麼『之秋也』，什麼意思？」

「學校裡，老師回城的回城，出港的出港，連曹老師、黎老師幾個外省外縣的老教師，都心動要求調回家鄉去。這學校能不能辦下去都不知道，還不是『存亡之秋』！」

「學校當然要繼續辦下去，正因為有困難才叫你們挑重擔嘛。聽伍老師剛才提出來的想法，都是可行的，學校怎麼會辦不下去？明天我到學校去，召開全體教師會，宣布黨委決定，再發動大家出謀獻策，同心合力，共渡難關。」

「還有個問題是，老陳一調回場部，中學就真是『群眾辦學』了。伍老師以前就是農中副校長，後來雖然沒有安什麼名份，也一直在抓學校的教務工作。只是，讓人搞不懂的是，他申請入黨都好幾年了，為什麼到現在還進不去？」

張老師轉頭就走：「黨內的事，我們不宜議論！」。

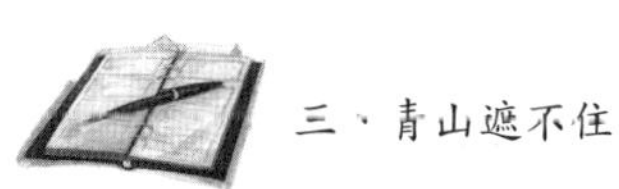

第二天下午，張老師來學校開會，宣布黨委任命。所有老師聽說陳校長要離開學校，都表示惋惜。又對伍德生校長和古方智副校長表示祝賀，表示全力支持兩位新領導的工作。

「為人謀而不忠乎？」「為下克忠，事上竭誠，盡心盡力」；「忠於人民忠於黨」「黨的利益高於一切」，讀了十六年書，又經過各種運動和再教育，以上兩種信念，已經溶匯成「全心全意為人民服務」的思想扎根於腦海深處。牢騷發過以後，還是要認真工作。

接連幾天晚上，伍校長和我，分別到各位老師家去聊天、談心。解決教師問題的想法，老師們都認為切實可行，要抓緊工作。對農場中學的發展方向，最後也統一了思想：按農場實際，學校調整辦學方向：以辦好初中為主，高中班向職業高中發展。初中畢業生，通過中考輸送成績好的學生到玉河地區中學上高中的同時，將目前兩年制高中畢業生中成績好的，每年輸送八至十名，到縣中插班上高三班，畢業後參加高考，借縣中的力培養出大學生。

伍老師和我，到縣教育局和縣中學去通風和游說。縣教育局局長，縣中學校長，都有春城師範學院畢業的師兄，應了句「朝中有人好辦事」的話，聽到兩個師弟拼命叫苦，答應會大力支持。實際上，如果我們學校的兩年制高中生，畢業後選送成績好的在縣中再讀一年參加高考，對他們提高高考升學率，在整個地區縣中高考成績排名大有幫助，所以，縣中校長爽快地答應了，甚至不像兵團時候要求「寄讀費」。縣教育局長，答應向地區教育局反映，要求玉河地區中學把僑務系統企業辦的布朗農場中學，與縣中初中同等對待，按中考成績招收我們學校的初中畢業生。

走訪了一些同學後，首先挑選了兩位七八級高中畢業的一位歸僑男學生，一位傣族女學生，準備調進學校培訓成初中教師。

過兩天，張老師和我們一起進干壩去物色能擔任教師工作的難民。

這幾批回來的難民，最早一批是南越的，後幾批南北越的都有。越南國家統一了，被驅趕回來安

置在農場的南北越難民很不統一。六個生產隊中，有三個隊南北越難民分別編隊，三個隊南北越的混合編在一起。但是，日常生活中，南北越的難民基本不相往來。不管南越或北越回來的難民，基本都會講廣西白話，北越回來的，好多人的普通話講得比印尼歸僑還好。這些難民，以前多數生活在城市，回到中國把他們安置在這山溝裡種玉米甘蔗，像印尼歸僑剛回國時一樣，都不安心。

我們先到北越難民多的生產隊。聽到我們來詢問有沒有大學生，一下子來了五六位，自報是越南某大學畢業，學什麼專業，在越南做過什麼工作。當聽到我們是中學老師，想請他們到農場中學教書時，多數都顯得失望，原來他們以為是可以按他們的專業，重新安置到大城市去。其中一個學城市環境與綠化專業的，還大談了一通他到過的春城，認為春城應該如何綠化、怎樣搞好環保。他們都公開說回到中國不安心，想念去了外國的親人，希望出去和他們團聚。有關難民安置的政策，我們都不作回答，只向他們介紹學校的情況，並且借機指著圍在我們周圍看熱鬧的孩子說，學校已經準備接收這些適齡少年到中學讀書，以後上中學的孩子還會增加，如果你們願意到中學教書，有利你們孩子的成長。

最後，有一位叫張泰觀的難民，表示願意到學校教書。張泰觀在大學學冶煉，在北越一間鋼鐵廠當過車間主任，他認為自己可以教高中物理或化學。他一家四口，回中國前，兒子已經上六年級，女兒上三年級。張泰觀和他愛人的親人，已經流亡到加拿大，他表示比較安心現在的生活。

來到南越難民為主的生產隊，多數人顯得冷淡。雖然有幾個人聚過來詢問，也不像剛才那些北越難民，會自我介紹。正當我們想離開時，隊長突然想起來，說有個女的，叫徐劍琴，曾經在美國駐南越使館工作過，懂英語，應該會願意去教書。我們問那人現在在哪裡？隊長說正在山上放牛。我們請他把人叫回來，隊長叫了一個小孩上山去，過了一個多小時，領著一個有三十歲樣子的年輕姑娘回來了。交談起來，她自己介紹在南越時高中畢業，在美國使館做過翻譯。言談中，覺得她普通話不算差，英語很流利。一問她願不願意到中學教書，她滿口答應。她是單身回中國來的，父母家人和所有親戚朋友，都流亡到外國去了。

張老師答應張泰觀和徐劍琴，回去後馬上向農場領導匯報，上面一批准，就會派人來接他們到中學任教。

過了幾天，又接到一個喜訊：地區教育局分配三名玉河師專畢業生到布朗農場中學。三個學生分別是物理、化學、政治專業的。

我們農場考上玉河師專的四名畢業生，都分配回元水縣，縣上再分配時，不會分配到華僑農場這個「外系統」。如果他們想回農場，只能工作以後再由農場和縣上進行「商調」。我去動員兩個歸僑學生回農場中學，誰知兩人都說，他們和家人一樣，都準備申請出港，沒有必要再調來調去了。還私下說悄悄話，以後一個人在縣上提出申請，不用和農場那麼多人爭，可能批得更快一點。

學生住校、食堂增加人手等工作很快就解決了。黨的一元化領導，行政上尹書記一句話，機務隊和基建隊木工組立即行動，很快就給學校做好二十張雙層單人床；把兩間教室改成三男一女共四間學生宿舍，財務都是由農場財務科轉賬；又由生產隊調動兩名男歸僑職工到中學食堂，一名擔任事務長，一名擔任採購兼炊事，伍校長的愛人仍然當炊事員。農場還劃給一塊菜地，基建隊幫助建起一個小豬圈。

開學前一個星期，三位分配來的師範專科生來報到了，加上兩位準備培訓的新老師，五位都是二十來歲的年輕人。兩位難民新老師也搬了出來，張泰觀一家四口，安置在場部的機關住房，他愛人安排在供銷社工作。徐劍琴單身，安排住在學校。事務長，炊事員都是生產隊老職工，不住校，接到通知已經到學校上班。

新學年仍然招收兩個初中班，一個高中班，招生人數與往年相同。十九名難民學生，原干壩公社的學生，加上農場一個離場部比較遠的茶葉生產隊學生，共三十多名，安排住校，這些新增學生人數，超過今年批准出港的歸僑學生人數。陳校長和歸僑老師、知青老師共五位老師離校，又補充回七位老師，全校師生總數都增加了。

開學這天，教室裡，宿舍裡，食堂裡，到處人聲喧嘩，整個校園，又顯出了生氣，伍老師和我把心定下來。

七九級高二班學生三十一人參加高考，只有一名傣族學生考上玉河師範專科學校數學專業，包括五名歸僑子女在內的其他都落第了。去年參加了體檢後落選的歸僑女同學，在縣中上高三後，考上廣東暨南大學，升學名額只能算在縣中名下。

七九級高中畢業生沒有安排回生產隊參加農業勞動，全部安排在水庫和糖廠，這使我們看到高中班向職業班轉向的可能性。

全體教師振作精神，希望辦好在新形勢下，向新的方向發展的農場中學。

玉河師專分來的三位年輕人，陳林和崔志岸是外省籍的，父母支邊在玉河地區某企業工作。周孟北的父母是本省的，父親在五七年被打成右派，先在布朗農場勞動，後來安置在縣農場，他父親前年才平反，回到原單位。三個人的家庭現在都在玉河縣城。三個人各有特色：陳林喜歡踢足球，周孟北喜歡書畫，崔志岸是學政治的。三位都是共青團員。我和伍校長商量，三人都按他們的學習專業安排教初中兩位本校高中生，男的刀建光，由伍老師帶，培訓教數學，女的白若嫻，由我帶，培訓教語文。開學第二天，三位年輕老師來找我，問他們的共青團組織關係交給誰，我聽了一時尷尬得說不出話來：學校沒有團組織，也沒有黨員。我連忙去找伍校長，簡單商量以後，決定借他們三位的東風，把學校共青團組織建立起來。我們把學校情況和他們一說，叫他們和農場團委聯繫，早日把學校團組織建立起來，他們非常樂意接受這個任務。一個星期以後，陳林組織起學校足球隊，不再像以前要比賽時臨時湊合，周孟北組織起學生會，辦起了學生會專欄，崔志岸負責共青團組織，上起了團課，準備吸收第一批共青團員。三個剛從專科學校出來的年輕人和兩個本校高中畢業生，都沒有家庭拖累，幹勁衝天，成天和學生打成

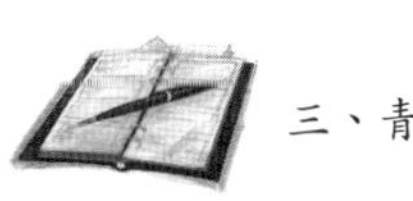

一片，使學校顯出一股朝氣。

張泰觀老師上高中物理，徐劍琴老師上初中英語。學校有難民學生寄宿，要求徐老師照顧那些學生，她很高興擔任這項工作。兩位老師雖然是初上講台，都勤學好問，其他老師也熱心幫助，很快就適應了教學工作。張老師穩重，實在，話不多，待人接物和國內幹部差不多。徐劍琴還是年輕人，比較活潑直爽。她剛接到國內的英語課本時，覺得又好玩又新奇：對課文中的毛主席語錄感到新鮮。她覺得課文中的單詞有很多是以前沒有見過的，語法也很不一樣。我們不懂英語，請阮老師和她共同研討，讓她先聽阮老師上課。一個星期後就走上講台，學生說她說的英語比阮老師的好聽。

各種活動開展起來，整個學校一片新氣象。

陳校長還是吃住在學校，說「一動不如一靜」，索性等到離休以後，直接搬回四川老家去。黨委宣布恢復他副場長職務，但沒有具體安排什麼工作，只是叫他在中學、小學、各生產隊走走，聽聽職工的反映，做做思想宣傳工作。陳校長退休退得很徹底，有一天下午，全體老師正在開會，陳校長押著四個學生到辦公室門外，一個人進來打招呼說：「開會呀，打擾你們。有幾個學生私自跑去大水塘游水，沒有老師，也沒有成年人看著，出了問題怎麼辦？你們要好好教育一下。」說完走了。我從辦公室出來一看，那四個學生中，就有陳校長的兒子。我把他們帶到閱覽室，叫他們看書，我開完會找他們。不一會兒會開完了，老師們問是怎麼回事。我說：「剛才老陳不是說了，有四個學生跑去水塘游水，叫我們教育一下。這四個學生中，就有他兒子陳家俊。」老師們一聽都笑起來，發議論說：

「這老陳搞什麼名堂，自己的兒子自己不教育，送到學校來叫別人教育，前幾天還是校長嘛。」

「這不奇怪，古老師是教導主任，他兒子是學生，教育學生是你的責任。」

「他不是離休手續都還沒有辦嗎?就把什麼工作責任都退掉了!」

「這才是好同志。我有個同學前些日子才寫信叫苦：他被提拔成一個單位的頭頭，可是，退休的

老領導退而不休，經常跑到辦公室提些參考意見，又向他推薦人才，弄得他都不想幹了。」

「可他自己的兒子就在那兒，總不能連兒子都送來叫別人教育！」

「你們沒有摸到老陳的心理：他這個獨兒子，兩口子寶貝得不得了。老陳耳朵不好，孫孃孃就捨不得打罵，所以，這陳家俊難免調皮一點。那水塘前幾年先後淹死過兩個小學生。老陳擔心兒子的安全，想借學校老師的力，幫他看好這獨兒子。」馮老師這話提醒了大家，都說陳家俊不單是學生，還是老校長兒子，多留意一下也是應該的。

前些日子孫孃孃也和我說過，叫我好好教育她家家俊，特別要求我管緊點。接著就說：「你家這老三真是生得及時啊！要遲那麼兩個小時，古老師就一樣也整不成了！」這是大實話，如果觸犯了「超生」條款，這副校長兼主任還真的當不成。只是，這話讓人聽了總覺得怪怪的：好像我家三姑娘是她幫忙及時叫出來似的。

在閱覽室把四個學生訓了一頓，特別把陳家俊嚇唬了一下，因為我那兒子也會偷偷跟著他去大水塘玩。

晚飯後下到廣場，見到阿祥一個人在球場邊站著，籃球場上只有兩三個中小學生在投籃。紅旗一隊、二隊以前一起打球的年輕人，剩下盛昌、有良、紹祥，啟新和春元已經批准出港。有良前不久和他妹妹打架，把妹妹打跑了。

有良只有兩兄妹，和父母一同回國，現在父母已經五十多歲。有良有了一個兒子一個女兒，妹子還沒有結婚，一家七口住在一起。兩兄妹年齡相差比較大，感情一直很好。因為家裡條件不夠好，一家到現在還沒有填寫申請表。妹子已經過了二十歲，去年和另外一個隊的小伙子好上了。那小伙子家裡的條件也不好，同樣沒有提出出港申請。看到那麼多人都到香港去了，有良希望阿妹找一個能很快批准出港的人結婚，自己和父母才能申請出港，為此兩兄妹吵架打架，前不久把妹妹打得跑到廣西一個華僑農

場姨媽家去了。

我和阿祥在球場邊台階上坐下來吹牛。我問阿祥：「啟新和春元他們怎麼樣？上星期我收到漢良的信，說外面的工作很緊張，比較辛苦。」

「漢良在農場是教書的，沒有幹過苦活嘛。啟新他們覺得在工廠幹不怎麼辛苦，還經常加班，拼命掙錢。」

正吹著，見盛昌怒氣衝衝走過來。阿祥問：「怎麼啦，兩口子又吵架了？」

盛昌說：「娃娃生病，昨晚上哭了整晚，剛從醫院回來，給他灌藥，又哭又鬧，煩死了。」又說：「都是你兩個混蛋出的餿主意，害人精。」

「前兩天你不是看了春元的信嗎，他老婆出去又生了個姑娘，現在老婆不會幹活，一家四口靠他一個，一人做兩份工，累得像一條狗一樣。」

「算啦，不說了，總之讓人心煩。」說完走了。

盛昌兩口子的出國申請去年報上去後，他老婆才生了一個兒子，多了一個人，重新照相，補交材料等等，拖到現在還沒有批。

我和阿祥剛想回去，梁老師從學校下來，三個人又坐著吹牛。阮老師從醫院回家路過，看見我們，打了個招呼，下了單車，也坐下來一起閒聊。阮老師問梁老師打算什麼時候申請。

梁老師望望身後的房子說：「我在春城工作的兩個弟弟都先後批出去了，他們也回印尼見了爸爸媽媽，我奶奶九十多歲，我想在農場多陪她幾天。」

阮老師說：「你奶奶有你叔叔一家人陪著，你還是申請走好，一邊等批准一邊考慮終身大事。」

梁老師已經快四十歲，回國後，讀書、工作、愛情，都不順利。

阿祥說：「阮老師說得對，你還是趕快申請。現在農場裡還有一些條件不很好，又急著想出香港

的姑娘，等你一批下來，有人會自己找上門來！」

「那就不是嫁我梁立宜，是為了嫁香港。」

「嫁雞隨雞，嫁狗隨狗，嫁給猴子滿山走。你還怕人家到了香港會跑掉嗎？」

阮老師說：「歸僑的家教還是比較傳統的，為了出路嫁人也不是什麼不光彩的事，更主要都是歸僑，決定了跟你，感情可以培養出來。」

梁老師說：「再說吧。」

農場僑聯成立以後，除唐子華和趙伯兩位正副主席，吸收了幾個老歸僑和難民（農場的印尼歸僑，很少人會稱「難民」，仍然稱他們「越僑」）組成委員會，農場在機關食堂旁邊的一棟平房裡，安排了一間辦公室，唐主席和趙伯兩人輪流坐班。有一天中午下來，見趙伯還沒有回家，便走進去。趙伯說剛才在小食館吃了碗米線，不回去了。又說：「我正想上學校找你。過去沒有僑聯，好像也沒有那麼多事，這辦公室的牌子一掛出來，就天天有人來找。」

「這說明僑聯早該成立，歸僑中有很多問題需要有人幫助解決。」

「話是這樣說，當初我答應參加僑聯工作，不敢想有什麼作為，也就是希望通過僑聯工作，歸僑之間多活動活動，聯絡感情，力所能及的話，幫助解決點困難，可是，說來容易做起來難。」

「群眾組織都是這樣，無權無錢，樣樣求人，辦什麼事都不容易！」

趙伯說「我找你，還真有事要你幫忙。」

我笑道：「才說無權無錢，學校是個清水衙門，我能幫趙伯什麼忙？」

「老林家的事你知道，他已經回家了。回家後，把小兒子送到城裡的女兒那裡找了醫生治療，身體上沒有什麼毛病，只是心理上的問題。現在說的是他女兒林玉清。林玉清雖然是小學畢業生，但是這些年一直自學，我和她交談了幾次，語文水平怕趕得上高中生。你這個中學教導主任，能不能幫忙說說話，把她調去教小學。」

我知道林玉清用功自學，但是，還沒有想到過她可以當老師。這幾年，把幾所小學的骨幹老師抽調到中學，小學校長已經很有意見。干壩劃歸農場以後，干壩小學成了農場第四小學，同樣缺教師。前幾天，二小的白校長見到我，還跟我叫苦，叫我在高中畢業生中物色合適人選到他們學校當老師。想到這裡，我對趙伯說：

「這事我可以幫得上忙，現在農場四所小學都缺老師。我去找二小白校長，把林玉清的情況給他詳細介紹一下。你也叫林玉清作好準備，白校長如果同意了，會對她進行一些考核，還會叫她試教。按知識水平應該沒有問題，從平時接觸看，口才和應對各方面也不錯，應該適合當老師。」

「那你盡快找白校長，一有消息就告訴我。」

我回答：「好的！對啦，趙伯還得先找張老師說好，他是管中小學的，不能跳過他！」

「這事我會和老張說，他那裡沒有問題。」

說完林玉清的事，兩人繼續坐聊。

趙伯說：「僑聯成立以後，最先提出來要求解決問題的，就是那些被批鬥的人。最大的罪名當然是反革命，說起來，當時也無所謂上報備案。搞批鬥，戴帽子，都是農場自己搞的，群眾鬥群眾，每個隊都鬥了一些人，什麼亂七八糟的罪名都有，造成了很多矛盾。」

「我回來農場工作以後，在中學和國內老師發議論也好，跟隊上那些年輕朋友閒談也好，提起文革，他們都不想多談。」

「歸僑不願提，你也沒有必要去了解。農場的歸僑都是漂洋過海，搭同一條船回來的。不能說所有歸僑都是善良之輩，也不敢說其中沒有心地不好的人，但是，他們懂什麼階級鬥爭，路線鬥爭？有個別歸僑，文革中竟然也在歸僑中抓什麼帶收發報機的台灣特務，揪現行反革命，那不過像是被人唆使亂

咬的惡狗。現在，大家都希望離開農場，不想再提以前的事。歸僑之間造成的怨氣，希望時間能沖淡吧。」

「聽說李新忠不單在農場，在縣裡還幹了許多違法的事，已經抓去勞改了。平時所見，有幾個文革中搖旗吶喊，批鬥別人的人，在歸僑中很不得人心。」

「布朗壩最幸運的是，李新忠挑動歸僑和傣族的矛盾，沒有人上他的當。他伙同幾個歸僑中的混賬東西提出在歸僑中劃分階級成分，也被上面阻止了。」

兩天後，趙伯告訴我，已經和張老師通氣，叫我最好親自向白校長推薦一下，我便抽了個時間去第二小學找白校長。白校長一見面就說：「古校長是來報喜還是來送憂？」

我連忙說：「報喜，報喜！」

「這兩年，我被中學抽老師抽怕了，再抽，小學就要失血而亡了。」

「這次是輸血，向你推薦一位女歸僑，是個年輕人。」

「什麼文化程度？」

「小學畢業，不過……」

「古校長別搞我！去年我們學校李老師退休，他那在隊上養豬的兒子『頂替』到學校，這些文革中的小學畢業生那裡會教書？老師們都呱呱叫，說『走了個教書的，來了個養豬的』，現在，退又退不回去。」

我說：「白校長別急，先讓我把話說完嘛。」我把林玉清的情況作了詳細介紹，然後打包票說：「口說無憑，你定個時間，我通知她來學校，你親自對她進行詳細考核，再叫她試教幾堂課。如果我說得不準，我下來替你教書。」

白校長一聽笑起來：「古校長那麼大包大攬，那好，我信你，叫她下星期一上午來學校。」

我回來把事情告訴趙伯。兩個星期以後，白校長告訴我，正在辦理手續，把林玉清從生產隊調進二小當老師。

徐劍琴老師單身，在食堂吃飯路過我們家時，看見我的孩子，會進來和他們玩一會兒。她平時也會和我交談，問問英語課本上的中文詞匯和一些日常用語。據徐老師自己說，她已經二十九歲。徐老師長得不算漂亮，但是，給人一種明淨得看了舒服的感覺。有一次，進來說了幾句閒話，已經比較熟悉，又見她開朗，我便和她打趣：

「你名字叫徐劍琴，只是看起來柔弱有餘，豪俠不足。你爸爸是讀書人吧？」

「我爸媽都是做小生意的。我爸爸讀過中國書，他給我取這名字，是希望我長大以後能夠自立。我覺得自己只是個弱女子，哪有豪氣。」

「那是你爸對你期望高。你怎麼會一個人回來，家裡的人現在在哪裡？」

「那時看著形勢不對，爸媽帶著弟妹先走了。我留到最後，本來是想到美國去的，沒有料到最後走不成了。不過，說老實話，我也想留下來看看『解放』是什麼樣子！」

「那還真是有點豪氣！現在知道是什麼樣子了？」

「後來西貢亂起來，大家都在逃命。我跟著一些人逃亡，不知怎麼就跑到中國。在那個干壩，隊長安排我在山上放牛，我抱著一頭小牛的脖子哭，那牛也跟我一樣流眼淚。」

「多想點高興的事吧，你爸媽他們有消息嗎？」

「接過一位朋友的來信，說已到了加拿大，一家人都平安，我正在想法聯繫。」

「那太好了！喜歡教書嗎？」

「我以前沒有教過書，教了幾個月，我覺得這些學生很可愛。」

在食堂吃飯的單身老師，只有黎老師、梁老師和徐劍琴三位。梁老師打好菜飯，有時會進來我家，

和我一家坐在一起吃，一邊吹吹牛。有一次吃完飯後，老婆跟梁老師說：「梁老師，我天天看見你和徐老師兩個打好菜飯從我家門前經過，徐老師還是單身，我看她人很不錯，年紀也相當，老古去給你牽牽線，能夠合成一家就好了！」我這個大男人還沒有往這方面想過，老婆這樣一提，覺得這是一件好事，便說：

「徐劍琴雖然到學校的時間不長，看起來這姑娘真的很不錯。那天我問她，她說爸媽和弟妹都到加拿大去了，她一個人跑回來，還真有點勇氣，也覺得可憐。」

「我當時還不是一個人回來！」

「你不同，你們那地區回來的起碼十幾家人，還有你叔叔，你回來又在春城讀大學。」

梁老師聽了不出聲，過了一會兒才說：「這些越南華僑，雖然同樣是中國人的後代，我總覺得和他們有些距離。要互相熟悉了解，有一個過程。」

「東南亞的華僑，多數都是福建、廣東籍的，越南的的華僑可能廣西籍的多些。華僑華人的經歷都差不多，比較容易有共同語言。」

「有一天，我去醫院看病，聽見一位年紀比較大的難民在那裡發牢騷，罵他們自己人：『南邊的醉生夢死，北邊的男盜女娼』。」

「越南以前是法國殖民地，獨立後，又打了二十多年仗，想不到統一後越南政府竟然瘋狂迫害華僑華人。」

「他們不像印尼歸僑那麼團結，卻比印尼歸僑有膽量，天不怕地不怕的。」

「可能打仗把膽子都打大了。不過，我覺得徐劍琴和一般的姑娘沒有多少分別，聽學生反映，脾氣很好，教書很耐心。」

「我也聽學生說過，英語水平不錯！」

「剛才我老婆提的，有沒有這個想法？」

「才來幾個月，起碼多看看，多了解一下。」

見到阿祥和盛昌時，我和他們說起梁老師和徐劍琴的事。他兩興奮地說：「太好了！這事我們明天就去催老梁，你兩公婆和那女的說說好話，做做工作，希望能促成這事。」阿祥說：「這次無論如何想辦法給他們搞成，本來，和蘇醫生是最好的一對，誰知沒有結果。」我說：「男人一過了四十歲，心就淡了，只會變成老光棍！」盛昌說：「立宜這人，這方面自己不主動。你現在是個副校長，一定要多出點力。我的申請馬上要批了，爭取在我出去之前定下來！」我說：「這和副校長有什麼關係，又不是分配學校工作。」又問盛昌：「是不是你上去省公安廳聽到批准的消息？」「把補充材料交上去後，我兩公婆上春城去，省公安廳說，沒有什麼問題了，上面不會拖多長時間。」我說：「你的申請真的是時間拖得太長了。」盛昌一聽又來氣：「我的申請拖那麼久，就因為是下面沒有報上去，兵團時候說不成了，後來是老區那雜種……算了，不說了。」阿祥說：「方智，盛昌只會在家裡罵人，還是要老婆出馬，跑老區家，跑縣公安局，跑省公安廳，才辦得成事。」

不知道阿祥和盛昌怎麼鼓動梁老師，那以後，我見梁老師不但主動和徐劍琴說話，還看見他到她住處去坐談過。我想趁熱打鐵，有一天看見徐劍琴在房子裡和一個女學生談功課，那女學生剛好出來，便借機走進去。徐老師見我進來，提過來一把椅子讓座。她的住房是原來的教員休息室，裡面只有一張單人床，一張辦公桌，一把靠背椅，兩把小椅子。她的行李也很簡單，一個小皮箱，一個行李袋。我坐下來，環顧了一下房間，說：

「徐老師來學校幾個月了，學校條件差，對你關心不夠，如果你工作、生活上有什麼困難，盡量提出來，學校想辦法幫你解決。」

「我不覺得有什麼困難！比起一個人在山上放牛，我很滿足現在的教書工作。只是我以前沒有教

過書，教得不好，還要多向其他老師學習。」

「老師和學生對徐老師的反映很好，特別是老師們都對你很佩服，說你一個女孩子，和父母遠隔萬里，在這山村學校裡教書，實在難得！」

看到徐老師一時不出聲，眼睛有點發紅，我故作輕鬆地說：

「徐老師，我問個也許不該問的話，如果說錯了，請你不要生氣：你回來前有愛人或男朋友沒有？或者分開走散了？」

徐劍琴聽了，苦笑說：「謝謝古校長關心。男朋友當然有過，不過，或者還說不上談論婚嫁吧。現在是幾乎所有朋友都天各一方，有些甚至生死未卜。我現在最大的希望，就是和家人團聚，找朋友或成家的事，只能順其自然。」

「這我明白。如果能做到既能成家，又能和父母團聚，兩全其美就好了？」

「哪有這樣的好事？」

「學校的梁老師，也是一個人回國的。讀完大學以後，遇到一些挫折，弄到現在還是單身。他現在也很希望回印尼探望父母，按現在國家政策，他有出國探親的條件，還想找好對象，再一起出去見父母哩。」

「他的情況我聽他簡單說過，梁老師人很好的。」

我告別出來，不能一來就說得太直白，怕把事情搞砸了。

誰知，兩個多月後的一天，我剛從縣上參加了三天教學研討會回來，伍校長跟我說：「徐劍琴老師要求結婚，嫁給一個廣東來的大學老師。」我聽了大吃一驚，趕忙下去找阿祥。阿祥說：「聽說了，還以為你知道。」「那是個什麼人？」「也是個印尼歸僑，前兩個街子天，那人跟三隊的房有仁趕街時，盛昌還問過這人是誰。」正說著話，盛昌走過來，他的出國申請上個星期通知批准了，這幾天正在

辦理手續。一聽到這事，大罵道：「他媽的雜種！上次在街子上見到，我就說這人來路不正，老遠的跑這裡來搶人家的姑娘。怎麼樣？想辦法揍他一頓，把他趕跑行不行？」阿祥說：「發神經！惹出事來，你不想出國了？」我嘆息說：「我還說梁老師這事急不得，慢慢來！姻緣的事，怕是注定的，梁老師這近水樓台得不著，卻成了人家的千里姻緣。那人是怎麼來的？是誰牽的線？」阿祥說：「聽說是房有仁介紹的，他不是在干壩當工作隊嗎？原來就認識那個徐老師。這廣州來的姓郭的，有個朋友和房有仁一個隊，不知怎麼又認識了房有仁，就拉上了關係。」盛昌埋怨我：「前幾天你還說看起來進展很順利。兩個男子漢，有一個還是副校長，連個女老師都看不住！」「胡說八道些什麼！去看看梁老師吧，找點話安慰一下。」阿祥說：「千萬別去，免得被他罵！又不是十八二十歲的小伙子，立宜還會有什麼想不開？」

過兩天，徐劍琴老師在場部領了結婚證。在學校裡，見到梁老師和其他老師，她像平時一樣微笑著打招呼。我心中總是覺得惋惜：不單是為梁老師，也為我們學校。這天，在路上見到房有仁，免不了有點好奇，又有點埋怨。

我說他：「房有仁，你真是太有本事了！兩個離得天遠，丁點關係沒有的人，你竟能夠把他們撮合在一起！」

房有仁回答說：「古老師是嘲笑我吧？我在干壩當工作隊時就認識徐劍琴。難民剛安置在干壩時，難民村亂糟糟的，來的來，走的走。她一個女孩子，連飯都不會煮，傍鄰居家吃飯。隊上照顧安排她放牛，其實很可憐。後來，徐劍琴有了家人到了加拿大的消息，一時還沒有聯繫上，不知道什麼時候才能出去團聚。那個廣州來找對象的郭老師，是六零年隨父母回國的，大學畢業後在一所大學工作，父母還在廣東。他來農場的目的，就是想創造出國條件，在農場找一個有條件出國的姑娘結婚。徐劍琴一直想申請出國與家人團聚，可能對申請手續不熟悉，又找不著門路；我聽那位郭老師說，他在廣州有幾個朋

友曾經幫助過難民申請出國。我見他們兩人有相同的目的，可以合起來互相幫助，便介紹他們認識了。也可能真有緣份，才認識交談了幾天，他們就定了終身，領了結婚證。我覺得：如果兩人真有情緣，那世上多了一個幸福家庭；如果只是假意，各人達到目的之後，分道揚鑣，再去尋找自己的幸福，也不為過。」

房有仁並不知道梁老師有意追求徐劍琴，他也想做一件好事。我聽了只能默默地點點頭。

徐劍琴後天就要和丈夫到廣州去了，她一直堅持上課到今天。下午，見我從教室下來，她叫我進到房子裡，指著桌上的教科書和其它傢俱說：「古校長，學校的東西我都收拾好了，我自己的東西很簡單。我明天就要離開學校，很感謝這半年多學校和老師們對我的照顧！謝謝你們，謝謝古校長！」我祝她一路平安，祝她終身幸福！我和她都沒有提梁老師，也沒有提她的丈夫。

她的愛人在街子上見過一面。三十四五歲年紀，中等身材，相貌斯文，和農場的印尼歸僑沒有什麼分別。他回國後考上大學體育系，畢業後分配在大學當體育教師。六零年前後回國安置在各地的歸僑：城市也好，農場也好，都想出國，已成一股潮流。這位姓郭的大學老師，雖然在大城市工作，同樣想出國，在原單位申請和批准都比較困難，想辦法找了一條迂迴曲折的路子。

傳說，在滇南申請出港，等待批准的時間要比廣東福建快得多。這位郭老師剛好有個朋友在布朗農場，便不遠千里，來到布朗。誰知來到農場一個月，得不到農場歸僑姑娘青睞。農場的歸僑姑娘實在：以前還沒有貫徹歸僑出國探親文件時，小姑娘為了離開農場，嫁到春城或滇南其它小城市的有好幾個。那些歸僑來農場找對象，都是通過熟人介紹來的。像他從幾千里外的大城市，貿貿然來到農場找對象的，還從來沒有過。而且，現在情況也不同了：自己有條件出港的姑娘，怎麼會嫁一個沒有條件出港又素不相識的人？自己沒有條件的，找個有出港條件的農場歸僑現實得多。總之，憑那大城市、大學教師的招牌，已經吃不開。大學老師眼看沒有希望，將要打道回府了，想不到房有仁把徐劍琴老師介紹給

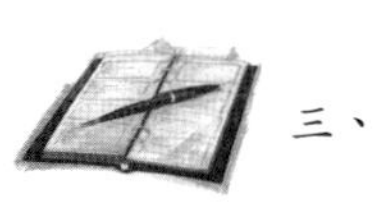

他，兩人一拍即合。

早上，伍校長、阮老師和我三人，送徐劍琴老師到學校的公路邊。梁老師沒有來，他第一節有課。看著徐老師夫婦，提著簡單的行李，離開學校，從公路上走下去的背影，我再次為她祝福。

我覺得非常可惜，本來應該是梁老師的好姻緣，又被人搶走了。

過了幾天，盛昌一家三口出港，梁老師、阿祥和我三個，還有隊上的幾個一齊在公路邊送他。盛昌對所有人都顯得非常捨不得，過了半個多小時，師傅按了幾次喇叭，他還在和阿祥他們這樣那樣的說個不停。梁老師說：「你是不是捨不得離開布朗，把行李搬下來，別走了算了。」盛昌罵道：「神經病！」向大家招招手，上車走了。我們望著汽車已經走上半山腰，阿祥跟梁老師說：「立宜，你知道嗎？盛昌還跟我和方智說，想去向那個體育老師挑釁，和他打一架把他打跑。」我笑著說：「人家是體育老師，恐怕練過武術，打起來盛昌不一定打得過人家吧？」梁老師也笑道：「這個二流子，流氓習氣不改，剛回國在ｘｘ華僑補校讀書時，就是打架大王。」我問：「他家在印尼是不是很有錢？」梁老師說：「也說不上很有錢，算是一個地區的富商吧。他從小就調皮，他爸爸把他送回國內受教育，希望能成才。可惜，回到國內還是調皮，讀不成書。」阿祥說：「城市大學沒有讀成，農場的勞動大學讀了十幾年，可以畢業了。犁田耙田，收穀子，砍甘蔗，養豬種菜，樣樣農活家務都會。」我說：「如果真的回到印尼，他爸爸看到這個成了莊稼漢的兒子，可能會當成『金不換』呢！」

房有仁和父母一起回國，父母健在，有個妹子已經出嫁。他家因為條件不夠好，還沒有申請出港。他也是玉河高中畢業生，農場安置首批難民就被派到干壩當工作隊，表現很好。幾年的工作中，他和一個難民姑娘相處得好，產生了感情。兩人年紀不輕了，雙方家長商量為他們辦喜事。據他爸爸跟隊上的人說，什麼都準備好了，就等選個好日子。想不到，就在這時姑娘一家批准到英國和親人團聚。當時，只有少數的難民能獲准到外國與親人團聚。他們出國的申請手續和印尼歸僑不同，不是經公安部門出具

來往港澳通行證，而是通過外國駐中國使館簽證，直接到某國家。干壩離布朗究竟隔著一座小山，直到房有仁送姑娘一家到北京出了國，又回到布朗有些日子，才有人知道姑娘一家已經離開干壩了。喜事沒有辦，隊上的人也不好問。有好事的人問老區：房有仁有沒有和那姑娘領結婚證？老區回答說沒有。房有仁自己不再提以前的事，好像從來也沒有這段感情一樣。有些人免不了議論：已經好多年的感情了，為什麼不像印尼歸僑戀人一樣，先領著結婚證，使男方以後能以夫妻關係申請出去團聚呢？原因外人無法知道。安置在布朗華僑農場的難民，到今年為止，只有三家難民得到外國使館簽證後，按正當手續批准出國。想不到房有仁做好事，幾天時間成就了別人一段姻緣，自己經營了幾年的戀情，卻未能成正果，真是世事難料。

自六八年回去看過阿媽，又過去十年。勉智成家後，自己在縣冶煉廠當工人，老婆在大隊當個掙工分的婦女幹部。他們已經有了兩個兒子，阿媽和他們一家四口生活在一起。勉智寄了兩次一家人的照片，阿媽、維生叔、維叔母，都已經老了。讓我感到安慰的是，阿媽精神很好，腰板坐得很直，看來身子骨還硬朗。

學校的工作走上正軌以後，我打算安排一下自己的生活。以前是每月給阿媽寄生活費，現在，想把她接來布朗壩一起生活。我寫信徵求阿媽的意見，信上當然說得好聽，是為了自己的一片孝心。然而，也有私心在其中：阿媽來了可以照顧自己的子女，使我少點後顧之憂。寫這封信時，我拿著阿媽和勉智一家人的照片看了很久，因為估計阿媽會有自己的想法，不一定願意來布朗生活，所以，我的信不是直接提出要求。後來接到回信，阿媽果然不願意到農場來，理由是年紀大了，故土難離。其實，除了這個理由，恐怕不想見到阿爸的墳，甚至不想面對細媽。我感到無奈，也感到心酸，為阿爸阿媽，也為自己。我只好考慮抽時間回去看望她，不知道什麼時候能夠成行。

住校生雖然人數不多，卻有越南難民學生，有彝族學生，有漢族學生，有男有女，很讓人操心。

特別是那些難民學生，還不習慣國內的生活，會不打招呼就跑回干壩去。原來有徐劍琴老師看著，那些難民學生有什麼問題她會照顧，現在她走了，張泰觀老師又不住在學校，伍老師和我少不了每天輪流去關照一下。這天，我進宿舍查看，有兩個難民學生不見了，同學說是有事回家了。第二天去看，還不見他們回校，又有一個學生跑回家去。最初還以為是不習慣住校、逃學。我急忙騎單車進去干壩，一問，鄰居說已經走了，怕已經在大海上，我聽了不禁大吃一驚。回來到場部去反映情況，看見書記等人正在開會。原來，這幾批難民才安置在干壩不久，就已經和安置在其它地區的難民互相聯繫，相約起來離開農場。安置在全省各地的難民，都有流亡現象：一批批難民串聯起來，到廣西一個叫「斗門」的地方，向那邊的漁民買條木船，然後偷偷駛出公海，向經過的貨輪求救，被送到世界各地的難民收容所，等待重新安置。僑辦已經派人下來，正在和農場領導開會研究對策。難民中傳說，從越南直接出海逃亡被安置到歐美和澳洲等國家的難民，生活待遇等各方面比安置在中國的過得好，所以不安心農場。干壩自然條件差，雖說在加緊建水庫，但遠水解不了近渴。這段時間不下雨，難民居民點的吃水，天天都要從布朗壩用汽車拉進去。

聽場部的幹部說，這兩天有十幾家難民串聯起來，準備徒步離開農場。看見領導正心焦，我不敢打擾。回到學校詢問那些難民學生，有沒有準備和家人離開農場的，都回答說沒有。

第二天上午十點多鐘，上完第二節課，我和老師坐在辦公室課間休息，突然從場部下面的公路上傳來人群的嘈雜聲，教室裡的好幾個難民學生，可能聽見是越南話，一下子跑出了教室。我見他們跑下去，趕快跟著來到場部下面的公路上。公路上有三十多個男女老幼，有推單車、木輪車的，有肩挑手提著簡單行李的，還有抱著娃娃的，要徒步離開農場。這群人被郭副場長和區科長幾個幹部攔在公路上，正在吵嚷。僑聯的趙伯和唐子華幾個印尼歸僑也在場，只是沒有說話。

郭副場長對其中一個看來是帶頭的瘦高個子中年人說：「你們不能走，有什麼困難可以跟我反映，

我是省人大代表！」

瘦高個問：「什麼人代表？代表誰？」

「我是農場職工選出來的全省人民代表大會的代表，你們有什麼要求可以跟我說，我可以代表你們向政府反映，幫助解決。」

「你可以代表我們？那好，我們要離開農場，到國外去和親人團聚，請你幫我們解決。」

「政府花錢在農場蓋好房子，把你們安置在這裡，你們應該在這裡好好工作和生活，有什麼要求可以提出來，慢慢商量解決，不能再跑出去當難民，造成不好的影響！」

「我們本來就是難民。你剛才還說可以代表我們，其實，你不代表人民，更不代表我們難民，你誰也代表不了！中國政府把我們安置在這裡，我們不願意，我們要離開，去找聯合國難民署，讓他們重新接收安置。」

區科長幫著勸說：「布朗華僑農場是安置歸僑同胞的，六零年安置了一千多印尼歸僑，他們在這裡工作生活了十多年。我們都是中國人的後代，越南政府反華排華，把你們驅趕回來，國家把你們安置在這裡，雖然各方面有一定的困難，只要大家共同努力，就一定能夠改變面貌，改善工作和生活條件……」

那瘦高個子不等區科長把話說完，搖搖手說：「我們是難民，不是華僑，不是歸僑，更不是中國人！你那些話，留著跟那些印尼歸僑說吧！」說完，手一招，大大小小又動身往前走。郭副場長他們幾個堵不住，只能一邊跟著走，一邊勸說，但是沒有人聽他們的話。正不知如何是好，尹書記和才任命的難民臨時副場長范紹光從場部下來了。尹書記對大家說：「難民同胞們，這裡離春城兩百多公里，你們老的老，小的小，拖兒帶女，這樣長途跋涉，萬一在大山上有人生了病怎麼辦？我看是不是先停下來，等我打電話向上級反映你們的要求，等上級有了答覆你們再決定行止好不好？」

范副場長用越南話勸說大家，吵吵嚷嚷，說了半天，這一群男女最後停下來，坐在路邊不走，也不回去。省僑辦不知道下來幾位幹部，不見他們出來做工作。我跟唐子華和趙伯三人站在不遠處看了一會兒，然後把那幾個難民學生叫回學校，又追問他們家裡是不是想走，幾個都說不是，只是出來看熱鬧，看看走的人裡有沒有自己的朋友。我把他們勸進教室後，心想：學生也好，他們的家長也好，如果他們要走，哪裡會阻攔得了。

到了中午，這批難民就在路邊支起鍋做飯，吃了飯也不回去，范紹光副場長和幾個工作隊員仍然在做工作。我來到公路邊，看看再沒有學生下來，便走進僑聯辦公室，和趙伯，唐子華聊了一會兒，見永明伯進來，我連忙起身打招呼。

孟永明大伯是大埔客家人，爸爸在世時，他和趙伯一樣，來過我家和阿爸坐聊。我回來農場工作後，和他見了面交談幾句，他話不多。永明伯在印尼時當過一家地區華文報總編輯，是個文化人。他比趙伯年紀大，身體不太好，剛回國時，農場安排他到華僑小學教書，他沒有接受，認為自己不會教書，後來在生產隊當保管員，現在已經退休。

永明伯坐下來說：「你們聊，你們聊。我下來買點東西，想不到公路邊那麼熱鬧。」

唐子華接著剛才的話題說：「連自己是中國人的後代都不承認，寧願冒著生命危險再跑出去當難民，不知道他們怎麼想的。」

「強調自己的難民身份，是希望得到更好的援助而已，不必想到其它。」趙伯說完，轉頭向永明伯說：「老孟，這幾年世界上難民越來越多，你這老報人，說說是怎麼回事？」

永明伯望望唐子華和我，說：「難民自古就有，我們客家人的老祖宗就是難民。」

「我們的老祖宗是難民？」我聽了一時不理解。

「客家人的老祖宗從北方逃難下來，不是難民是什麼？」

趙伯說：「說來也是，逃難的人當然是難民，不過古代社會沒有『難民』一說吧。現代社會的國際性難民，是什麼時候開始有的？」

永明伯說：「近代出現難民和使用『難民』這個詞，大概在二、三十年代，首先出現在法國和英國。最初的難民是因為宗教迫害，引起百姓逃亡，流離失所造成的。二戰時，納粹對猶太人的種族滅絕行為，造成大量的難民。戰後，為了保護這些難民，聯合國成立了負責難民問題的專門機構—聯合國難民事務高級專員公署，專門處理難民問題。籠統說，難民分為四類：經濟難民、自然災害難民、戰爭難民、政治難民。現在這些越南難民，既不是經濟困難，也不是自然災害引發的，那就是戰爭和政治難民了。」

唐子華說：「反正越南政府不是好東西，忘恩負義，反目成仇，製造出這麼多麻煩問題。」

見永明伯微笑著沒有說話，趙伯說：「說起來也還是炎黃子孫，他們不願意留在農場，今天攔回去，明天後天照樣走。剛才老郭打出省人大代表的招牌，他們哪會理你那一套。」

我問：「郭副場長什麼時候當上省人大代表的，我們都不知道。」

「好像是前年吧，當時丘森發來徵求過幾個老歸僑的意見。有沒有找過你，老孟？」

「沒有，我回來十幾年都是兩耳不聞窗外事，老郭成了人民代表，還是後來聽你說的。」

「以前你們隊上有個省僑聯副主席，現在老郭成了省人大代表。早上那難民說他不代表人民，誰也代表不了。」

「別說那些難民，就是印尼歸僑，或者國內人也沒有人相信『人民代表』代表人民。華僑回國以後，聽得最多的是：『中國共產黨是人民群眾根本利益的忠實代表，只有共產黨才能完全代表人民』。」

我和國內同學或其他人交談時，很少會有人提出誰代表人民的利益這個問題，而在歸僑中不止一次聽到，今天聽到那位難民也說到這個問題，便向永明伯請教：

「永明伯，我從小受的是共產黨的教育，就我自己的認識來說，私有制社會是不合理的社會，共產黨領導人民推翻舊制度，建立新制度，走社會主義、共產主義道路，如果黨和人民的願望、利益是一致的，共產黨不就可以說是代表人民利益嗎？」

「不管哪一個統治階級或統治者，強調自己代表人民，為人民謀利益，都是為了尋求執政的合法性與合理性。封建皇帝稱皇權『受命於天，既壽永昌』；資產階級推翻封建制度，提出還政於民，實行民主選舉；共產黨武裝奪取政權，後來搞『人民代表大會制』，宣傳『代表最廣大人民的利益』，其目的都是尋求執政的合法性。」

「如果實現了真正的民主選舉，反映了全民意志，共產黨的執政不就具有了合法性與合理性？」

「所謂『民主，自由，平等』，羅蘭夫人早有名言：自由，自由，多少罪惡假汝之名而行。資產階級的『全民普選、三權分立、兩黨輪流執政』，共產黨的『民主集中制原則指導下的人民代表大會制、人民民主專政』，諸如此類，老朽都不認為能夠真正做到合理，連『相對合理』的成分也各不相同。所以，所謂『合法性』也就是相對而言。」

我爭辯說：「私有制形成剝削，剝削是一切罪惡的根源，這一論證沒有錯吧！那麼，建立公有制社會應該是人類的共同願望，至於什麼時候實現共產主義，那是另一個問題。」

「有關共產主義的理論，老朽年輕時候拜讀過，那時是不求甚解，現在天天聽到宣傳要為實現共產主義而奮鬥，是求甚不解。你趙伯以前喜歡看老書，現在喜歡看紅寶書，方智不妨多向他請教。」

趙伯說：「共產主義是很遙遠的事。我們國家拋開兩黨鬥爭不說，這幾十年大陸和台灣各方面都得到很大的發展，這也是不爭的事實。只是大陸有些政策讓人不明所以，特別是文化大革命……」

「所以，那崇高而遙遠的目標世界上有幾個人懂？共產主義像天堂，人人都說『天堂』好，可是，有幾個人願意上『天堂』？別說平民百姓，就是那些革命導師，偉大領袖，也只願意過有欲望，有追求的生活，願意生活在有苦有難，有歡樂有痛苦的人世間，而不願意生活在無憂無慮、無欲無求的天堂。」

「永明伯剛才說，您年輕時也讀過共產主義理論，我大膽問一句，永明伯是不是覺得這共產主義理想是無法實現的，所以這信仰也就……」

「不，不不！我對任何政黨理論和宗教信仰都不敢妄加評論！古今中外，為各種理想和信仰奮鬥終身，不惜流血犧牲的仁人志士數不勝數。我的意思是：仁人志士可以為為信仰和理想獻出一切，但同時他們也像凡人一樣有七情六欲；真有天堂，也要一步步走上去，不可能一步登天。」

趙伯笑道：「現在科學發達，火箭、人造衛星都上天了，還愁上不去。」

永明伯對我說：「所以，人類科學技術的發展進步，會影響和改變人們的思想，也就會影響和改變人們的信仰，改變這樣那樣的主義。這些年一直在批判現代修正主義，我倒是覺得，不管是什麼思想，什麼主義，只有不斷修正，才跟得上時代的發展。」

趙伯說：「難得老孟今天又發了一通偉論，人生短短幾十年，只有過好今天的生活，才能創造美好的將來。」

「閒談罷了，方智不要聽你趙伯說是什麼偉論。聽小孩說，你教書教得不錯。『傳道授業解惑』，『傳道，授業』非易事，至於『解惑』，就更加艱深。」

我誠懇地說：「永明伯的教導小侄謹記在心。」

後來，難民不再成批走，一家兩家相約起來半夜裡悄悄走，走上公路後，攔截貨車離開農場。農場派到隊上的工作隊，不可能日夜看住他們，經常是第二天看見房子空了，才知道人已經走了。走的多數是南越回來的難民，他們逃難時身上藏有黃金，用來到廣西向漁民買船。

有一個歸僑青年，叫李春旺，在難民第五生產隊當工作隊。李春旺元水縣中學初中畢業，因為家裡兄弟姐妹多，父母身身體不好，便沒有參加升高中統考，回農場參加工作。文革前，李春旺是農場的培養對象，文革後中斷了。農場安置難民後被派去當工作隊，這年他廿七八歲，還沒有對象。他所在的

生產隊，隊上的難民都是南越回來的，其中有一對五十多歲的夫婦，都是盲人。盲人夫婦在越南靠算命為生，回來以後不能算命了，也沒有勞動能力，只能政府養起來。李春旺的住房，就在盲人夫婦隔壁，見兩夫婦日常生活中遇到困難，便經常幫助他們，日子一長，關係處得好。李春旺回布朗家裡時，順便幫盲人夫婦買點東西，幫他們做做家務，兩夫婦留著他一起吃飯，日子一久，儼然一家人一樣。算命先生能說會道，但普通話不太會講，主要是講「白話」，李春旺有點語言天才，半年多時間，跟盲人夫婦學得一口廣西白話，雖然說得不太準，但是說得流利。

李春旺平時一個星期，最多兩星期就會回家一次，這次有三個星期沒有回家，家裡也沒有留意。後來，聽到有難民傳說，有個當工作隊的印尼歸僑跟著難民走了，他爹媽有點吃驚，連忙叫另一個兒子跑進干壩打聽。隊上的人說：「早走了，跟著瞎子夫婦到廣西，可能已經到另一個國家去了。」

李春旺的父母和兄弟姐妹聽到這消息，又著急又擔心，怪他一句話不交代就走了。父母到場部去找領導，領導也說不出個所以然來。人都不知道到哪裡去了，也無從打聽，一家人埋怨也沒有用，只能忻求老天保佑，擔著心事過日子。想不到，過了半年多，接到一封從英國來的信，拆開信一看，正是這出走的兒子、兄弟寫來的。信中說：那盲人夫婦和別人約好一起到廣西出海當國際難民，因為他們看不見，最初自己同情他們，答應送他們到廣西後就回來。到廣西後，幾十個難民找到專門做這種生意的「蛇頭」，買了條木船，儲夠糧水，準備出海。盲人夫婦說，他們買船出海，付的是黃金，兩夫婦隨身還帶有這東西，怕出到大海有人見了起歹意。因此，盲人夫婦對自己說：我回到中國這些日子，你一直照顧我兩夫妻，我們眼睛看不見，心裡感覺得到：你是個好人。我們無兒無女，你現在學會講白話，就當我們是一家人，我再跟蛇頭出一筆錢，你和我們一起出海，到時不管安置到哪個國家，是不是還和我夫婦在一起，你再作下一步打算。自己想：現在印尼歸僑都申請出國，自己家裡一時也沒有條件，既然盲人夫婦提出這個要求，不如借此機會搏一搏，便跟著上了船。在海上也不知道漂了幾天，被一艘貨輪救起

後，輾轉安置到了英國。現在在一處難民營裡，不但平安無事，每星期還安排幾天有工資的工作。現在寄上八英鎊，孝敬父母，希望兄弟姐妹不必掛念。一家人接到這封信，高興得又哭又笑，個個淚流滿面，半天止不住。剛聽說兒子跟難民跑出海時，老兩口聽人說跑到海上的難民船有些被大風大浪打沉，一船人餵了大魚；有些到後來缺水缺糧，船上的人互相殘殺，多數死於非命。想不到現在平安到了英國，還寄了錢來，真是比當初生下這個兒子時還要高興。

這件誰也意想不到的事，在印尼歸僑中引起很大的轟動，接連許多天，李家都擠滿人，傳看那封像是天外飛來的信，發表各種議論。

進入八十年代，這幾年，印尼歸僑按正途申請批准出國的，已有幾十家。這些歸僑回不了印尼，都定居在香港；越南難民投奔怒海的，不知道有多少家，傳說，有被安置在其它國家的，也有被安置在香港難民營的。這些準確與不準確的消息，在歸僑和難民中流傳，兩者互相影響。

已經在香港定居的印尼歸僑，有些人回來找對象，有些人回來結婚。一些出港前各方面條件不好，在農場找對象比較困難的男青年，成了港客，身價提高了，回農場找對象也就容易得多。有些是戀愛對象，男方批准時女方年齡不到，領不了結婚證，現在回來辦結婚證，大擺喜酒，請客吃飯。

定居香港後回農場的人多了，帶回來這樣那樣新奇東西，使大部分布朗人知道了香港物質豐富，很自由，工人工資很高這個資本主義的社會現實。跟前幾年不同，現在如果還有港客帶一個喇叭、一大一小兩個喇叭的錄音機回來，會被人笑話。錄音機越帶越大，兩個大喇叭，兩小兩大四個喇叭，四個大喇叭，單卡，雙卡，功能越來越多。因為布朗壩收不到信號，暫時還沒有人帶電視機。至於電飯煲，電風扇等各種小電器，各色各樣吃的穿的用的，都是以前沒有見過的新鮮玩意兒，讓人眼花瞭亂。印尼歸僑六零年帶回的夏威夷短袖衫，窄腿褲，已經沒有人好意思穿出來。年輕人穿喇叭褲，穿印有稀奇古怪圖案的T恤。趕街天，走在街子上的歸僑青年男女，一看穿著打扮，就知道這個家庭是不是有家裡人

或親戚已經在香港定居。吃過晚飯，每個歸僑生產隊，都有一兩家在放錄音機，不停地唱到十一、二點。離過春節還有兩三個月，農場郵電所就差不多天天有人來領取從香港寄來的掛曆、明信片。如果收到的是一張寫有：「該掛曆屬色情物品，予以沒收」的條子，就免不了要和郵電所王所長爭吵一番。進到歸僑家裡，每家都掛有香港寄來的掛曆。看到這些景象，有些幹部感嘆說：布朗壩已經變成小臺灣、小香港了。

學校裡，歸僑學生不用說，連一些傣族女同學，也會唱鄧麗君、張小蘭……的歌。

有一天，伍校長賊驚驚地對我說：「古老師，這不行嘛！你看那個陳林老師，來到農場以後，頭髮越來越長，褲子就越來越短（布朗天氣熱，下課後穿的西裝短褲）不是他教育學生，是學生影響老師了！」

「年輕人，喜歡趕時髦不奇怪，何況，現在農場裡連幹部子女，傣族同胞，很多年輕人都學歸僑的打扮，時代在發展變化，無傷大雅吧。」

伍老師說：「不單穿著上。那天他們共青團組織活動，帶著一些學生拎著一架錄音機，放的也是港臺歌曲，我總覺得不適合。」

「你當時沒有跟崔老師說說？」

「沒有，我就是覺得有點為難。你我都還是普通群眾，又不是組織成員，他們才來學校工作不久，去干涉他們的共青團活動，好像不是那麼好。」

我想想也是，苦笑著說：「兵團時候，不是有過發動群眾幫助黨整風嗎？何況你不單是『群眾』，還是校長！你抽時間找崔志岸個別談談，對共青團活動提建議，又不是去干涉團組織活動。」

兩人又談了陣其它工作，想起伍老師剛才說的兩位學校領導都是「群眾」的話，我不由得笑著問他：

「伍老師，聽說你申請入黨好些年了，為什麼一直沒有結果？」

「是好多年了。第一次，是剛來農場任命我當農中副校長的時候。申請遞上去不久，就搞文化大革命了；第二次，就是你說的，兵團整黨時。那時說整黨後要發展組織，何友之和我一齊寫了申請，他也是第二次。整黨後是發展了一批黨員，只是沒有我兩人的份，後來兵團解散了。段指導員走時，曾對我說過，把我的申請移交給老陳。老陳找我談過一次話，叫我繼續鬥私批修，加深對黨的認識。」

「按理說，你出身好，努力工作，為什麼爭取多年還是……」

「老陳不是叫我繼續加深對黨的認識嗎。他退休時，我的入黨申請交給誰了他也沒有說。怎麼樣，你也寫一份吧？我和你一起交去農場黨委，我順便問問我的申請。」

我說：「我怎麼好和你相隨？我更要好好學習，加深對黨認識，以後再說吧。」

三個年青老師剛分來學校時，伍校長看到他們經常和歸僑學生混在一起，還覺得和學生打成一片是好事，現在，看見他們穿的衣服也像港澳的式樣，頭髮養得長一點，又擔心起來。這幾個年輕老師的衣服是有些歸僑學生的家長幫他們做的。

華僑農場建場二十多年，農場幹部和職工的成分，從衣著上一看就能分出來。農場中小學的國內男教師，灰、黃、藍中山裝衣褲，是固定式樣，天氣熱的季節上課時穿短袖襯衣，不上課時只穿針織汗衫；女教師的襯衣有點花色，外套也是男教師一樣的灰、藍色。現在這三位年輕人，穿得和歸僑差不多，當然引起伍校長的注意。我回來農場以後，一直是老婆出面請一位歸僑幫我剪裁衣褲，穿得和歸僑一樣。

建設三隊的梁奇偉，已經五十多歲，因為長相顯得年輕，好熱鬧，又喜歡和年輕人玩，隊上十幾二十歲的小伙子喊他「阿奇哥」，年齡相同的女孩子就喊他阿奇叔，因為他女兒也有二十歲了，喊他「哥」沒有規矩。阿奇哥兩口子只有兩個女兒，大的叫阿麗，小的叫阿美。阿麗前兩年嫁給元水縣城一

個客家老鄉，是縣上水利局的小科長，結婚以後，阿麗遷到縣城裡去了，已經有一個孩子。阿美去年才結婚，女婿是另一個隊前幾年出到香港定居的歸僑。

阿奇哥的女婿出香港以前在農場基建隊工作，到香港以後，還是做基建，香港人叫「做地盤」。香港的「地盤工」，工作辛苦，但工資比工廠的普通工人高，也比較自由。據說，一天的工資就有二三百元，是農場工人一個月工資的十倍，而且，半個月就發一次工資，在農場職工看來，那錢根本吃不完。女婿從去年結婚到現在，已經回來過三次，說是做「地盤」的下雨天開不成工，回來休息。阿奇哥最初說他，坐飛機飛來飛去花錢，女婿說：「廣州到春城的飛機票才七十幾元，我一天的工資都夠坐個來回。」阿奇哥想想也是，不像自己在農場，辛苦一個月領二十來塊錢，只夠坐汽車到春城一個來回。女婿回來結婚時，帶了錄音機、電風扇、電飯煲等大電器，後來每次回來，衣服鞋襪、洋菸洋酒、糖果餅乾，大包小包拎回來，不但兩公婆高興，左右鄰居看著也羨慕。加上有了這些東西以後，差不多天天有人來家裡吹牛聽音樂，家裡比以前熱鬧許多。

前幾天，女婿回去香港不到兩個月，又回來了，還是說下雨天開不成工。阿奇哥心想：就是開不成工，也該在香港家裡好好休息，長途奔波，不在乎坐飛機的錢，也要留意自己的身體，嘴上不好說，悶在心裡。

白天，在田裡幹活的大姑娘小媳婦說：「阿奇叔的婿郎（女婿）又回來了，大包小包的，不知道又拎回什麼新玩意兒，吃了飯到他家玩去。」吃過晚飯洗過澡，五六個大姑娘小媳婦約好，來到阿奇哥家門口，見他一個人坐在門口搖著扇子納涼。

「阿奇叔，女婿又回來啦，見他拎著一個大包包，這回又拎回一個什麼『機』？拿出來見識一下！」

「什麼『機』？這『機』大倒是大，可惜不是人人都會玩。」

「哪，誰才會玩？」

「只有阿美才會玩，別人玩不成。」

「有那麼稀罕？究竟拎回的是什麼『機』？」

「拎回一條大機（雞）巴。」

五六個姑娘媳婦，像聽到槍響的一群麻雀，哄地一下散了。

其實，阿奇哥不是耍流氓，有意向這些年輕姑娘媳婦說下流話。阿奇哥在隊上負責放水。平日裡，田裡撒下稻種，秧苗出土以後看秧水，白天黑夜，不知要跑多少次田埂，每天晚上也睡不了幾個鐘頭，那些日子就比較辛苦；到收穀子時，他相對清閒，而在田裡幹活的職工就比較辛苦。這個時候，阿奇哥在田埂上走，顯得悠閒，便會說些風話，和田裡幹活的男男女女調笑。鄉下農民的笑話，免不了葷腥，也不分大小。

更主要的原因是：農場的歸僑平日常用的語言是印尼話，對印尼語敏感，所以，歸僑之間那怕是吵架，也很少說印尼話的粗口。而對不是日常使用的普通話，包括在農場學說的幾句傣族話，反應比較遲純，平時說和聽到這兩種話的粗口，都不會覺得很「粗」。

阿奇哥本來對女婿這次回去日子不長又回來確實有些看法。剛才吃完飯，見小兩口才放下飯碗，桌子上碗筷還沒有收，就躲進房間嘻嘻哈哈，老婆見了也不說他們，不免有點不高興，便跑出房門口坐著，不見不煩。坐在外面看看風景，搖搖扇子，心裡靜下來，想想自己何嘗不是年輕時候過來的，為這種事跟他們生氣，未免可笑。坐了一會兒，自個兒笑了兩聲，這氣也就散了，又高興起來。這時，正好看見一群姑娘媳婦嘻嘻哈哈過來，又來看熱鬧，開口問拎回什麼「機」，便惡作劇地和他們開了個葷玩笑。

阿奇哥愛熱鬧，又大方，經常到他家玩的年輕人，多數也是兩個女兒以前的同學和小伙伴。這其中有四個常客，阿興、阿旺、阿發、阿達，有一天晚飯後，四個人又到阿奇哥家去聽錄音機，吹牛，玩

到主人要睡覺才出來。四個人走到外面曬場上坐下來，剛才喝了加有「伴侶」的咖啡，都很有精神，便坐在曬場邊上瞎吹。

「大錄音機見得多了，又有迷你錄音機。你看阿美剛才把那東西裝在口袋裡，走到哪裡聽到哪裡，連上山砍柴都可以帶著聽，真是太好了！」

「有電視機才好，等於坐在家裡就可以看電影。」

「電視機現在城裡都有了，只是我們這裡收不到。」

「不是說不久要在山頭上安裝信號中（繼）什麼站嗎，聽阿美說，他老公下次回來要帶大彩電。」

「我上次去春城看過電視，那電視機也是有些單位才有，不是私人的。聽說香港就是窮人家裡也有電視機！」

「不單是錄音機、電視機這些東西，從香港帶回來的，吃的、穿的、用的、玩的，樣樣都比國內的好！真奇怪國內怎麼就做不出來？」

「就是做得出來，你也買不起！一個月二十幾元，能吃飽飯就不錯了。」

「可惜我們幾個家裡申請出香港的條件都不好，想到香港過好日子，怕要等到下輩子了。」

四個人不出聲，又坐了好久，一個說：

「喂！四隊的李春旺不是跑到英國去了嗎？我們就不能也想想辦法！」

「什麼辦法？哪裡去找一對啞巴夫婦帶我們出去？還要多少錢才行？」

「到廣西不要多少錢，關鍵是那邊跟人合伙買船要用黃金！」

四個人放低聲音商量：家裡阿爸阿媽回國時，多少都帶有點金首飾回來，如果跟阿爸阿媽要不到，就偷出來。像李春旺一樣，到了國外掙了錢寄回來，阿爸阿媽都不知多高興。阿發說：「我認識一個難

民，和我很合得來，他家已經決定出去，不久前還去過廣西探過路，不如……」四個人一直商量到快天亮，決定跟越南難民一起偷跑，去闖自己的世界。

這段時間，越南難民一家人或幾家人悄悄離開農場，是經常發生的事，這四個人什麼時候跟難民走的，一時沒有人留意。直到一個多月以後，省僑辦通知農場，廣西北海地區的邊防人員抓到四個企圖偷渡的年輕人，經審訊是我省布朗華僑農場的印尼歸僑，這四個人現在關在收容所，要農場派人去領回來。農場領導這才知道出了紕漏，急忙派區科長到春城，在省僑辦一名幹部陪同下，去到廣西把人帶回來。把四個人帶回來以後，農場給他們辦學習班，做思想教育工作。向上級請示匯報後，僑辦和相關部門研究後指示：鑑於他們對自己的錯誤有比較深刻的認識，四人的行為尚未造成惡劣影響，決定免於行政處分，除要求該四名職工作進一步深刻檢查外，指令各家家長嚴加約束。四個年輕人除了頭髮剃光了，身體和精神都沒有受到什麼損傷。

李春旺成功到了英國，四個年輕人步李春旺後塵企圖出國，結果失敗了。這四個人回到農場後沒有受處分，又引起農場年輕人的議論。印尼歸僑中已經申請出港，或有比較充足條件申請出港的，只是當作閒談。

才過了一個多月，又有三個年輕人企圖偷越國境，私自出國。這三個年輕人中有兩個歸僑，一個傣族。

三個年輕人不是同學，也不在同一個生產隊，可能平時玩耍時認識，相處得比較好。他們怎麼聚在一起商量出國，事件的前後經過沒有人知道。三個人可能沒有那麼多錢到廣西湊合難民買船，又吸取前面四個人的教訓，決定不走水路走旱路，從南邊越過邊界，先到緬甸，目的地到泰國或新加坡。三個人準備好乾糧和水，找了一張滇南省地圖，便在一個夜間出發了。臨出發時，傣族小伙子說，我哥哥是基幹民兵，他有一支衝鋒槍放在家裡，還有子彈，我把它揹出來帶上，遇到野獸或壞人時可以防身。兩個歸僑聽了覺得有道理，傣族小伙子便悄悄把槍揹上了。第二天，那基幹民兵發現槍不見了，子彈也不見了，還以為是兄弟偷偷揹著上山打岩羊去了，準備等他回來好好罵他一頓。誰知兩天沒有回來，在兄弟的床上找到一張字條，說和兩個朋友出國去了，等賺了錢才回來。基幹民兵嚇了一大跳，連忙向場部報告。農場黨委幾個領導聽到報告，著實吃驚：如果只是外逃也就罷了，現在是帶了一支衝鋒槍，還有子彈，問題就嚴重得多。黨委一邊派區科長到縣公安局報告，一邊組織了七八名基幹民兵，由民兵營長帶隊，荷槍實彈實施追捕。民兵營長估計他們不敢過元水大橋，會從場部後山出發，到了元水河沿河而上，找機會過河，再折向南行。一隊民兵才在山上追了一天，到天快黑時，看到三條好漢坐在一棵樹下，見到民兵，高興地站起來，向他們要水喝、要東西吃。這三個人拿著一張省級行政區地圖，在山上走了三天，還是在干壩後面的山上。後來，乾糧吃完了，連東西南北也分不清，正商量是不是回家算了，便看見追捕他們的民兵。民兵把他們帶回農場，剛好縣公安局派來的五個公安人員到來，便把他們帶走了。三個人的父母跑到縣裡，想去把兒子領回家，公安局要他們回家聽候處理。

那幾天，僑聯唐主席和趙伯輪流往縣上跑，反映歸僑對三個人犯錯的看法和家長要求，希望縣裡能從輕發落。這天中午，我到僑聯辦公室問那三個人的消息。趙伯半天不說一句話，坐了半天，趙伯說：

「你永明伯昨天走了。」

「怎麼突然走了，不是說還要留幾天嗎？你還約我一起去他家坐坐，給他送行。」

「他家裡人已經先上去春城了，住在他大姑娘那裡。那天我和區科長下縣裡去，我約他一起去，心想你永明伯知識淵博一些，又可以多個人幫著說說情理。誰知，到了公安局，他和那些人講理講法，根本就是對牛彈琴，氣得他和公安局的人吵起來，回來第二天，跟我說了聲，就坐上農場上春城的車走了。」

我不了解他們下去交涉的情況，沒有答話。

又坐了好一會兒，趙伯說：「幾個無知的年輕人，無非是想離開農場，找個生活好點的地方，何來意圖叛國投敵一說？更何來偷盜民兵槍枝子彈，實施攜槍外逃的罪名？老趙跟他們理論，要他們依法辦事，可他們半句話都聽不進去。現在不是秀才遇著兵，是百姓遇著官。老趙氣得說：連毛澤東都說自己是『和尚打傘，無髮無天』你們這些小毛官哪裡還會有『法』懂『法』？會『依法辦事』？我怕再說下去，連他都會被抓起來，把他拉出來回家了。」

「那些民兵的槍枝，在家裡都是隨處放的，有些傣族老鄉只要有辦法弄到子彈，經常有人揹著上山打岩羊。他們幾個順手揹出來，也就是為了防身而已。」

「一直以來，農場的民兵組織就有槍枝管理不善的責任，不好說了。」

本來，永明伯出港手續都已經辦好了，剛好出了三個人想私自出國被抓的事。趙伯約他一起去公安局說情，想不到惹了一肚子氣，不愉快地離開了農場。

過了半個月，區科長通知三個家長到場部，告知縣公安局通告：三人意圖攜帶武器叛國投敵，屬於嚴重罪行，公安機關已經將案件移交檢察機關，進行起訴，等待判決。又過了半個月，宣判下來：三人分別判處有期徒刑五到七年，即日收監，不久，押付縣勞改農場勞改。三家家長哭哭啼啼，區科長分別做工作，說法院唸在他們年幼無知，坦白交代罪行，農場又出面求情，才判得這麼輕。不然，這攜槍外逃，叛國投敵的罪行，槍斃都有可能。

三人的刑期，其中提出攜槍的傣族青年刑期最短，槍枝保管不當的基幹民兵沒有受到處分。

走廣西的四個，在家裡躲了一個多月，頭髮已經長成寸頭，才出門照樣在隊上勞動。他們見到我，和過去一樣打聲招呼，交談幾句。我什麼也不問，他們也什麼都不說。後來想走旱路的三個，被送去勞改了，要好多年後才能回來。

這七個企圖私自出境的年輕人，有五個是我教過的學生，其中有三個還是我當班主任同一個班上

的，我教了他們三年。那幾年的課本，學不到什麼知識，學校和老師評論學生表現，也就是看他們聽不聽話，勞動是不是積極。我覺得這五個都是很聽話的學生。

八零級高三班畢業了，按原來的協商，送了六名到縣中接著上高三，六名都是國內幹部和國內職工的子女，本來有一個歸僑子女，兩個傣族子女達到要求可以送的，他們三人表示要出來工作。其他都沒有參加高考，像高二班的畢業生一樣，一部分招進糖廠當工人，一部分被安排在水庫和引水渠工地，培訓當施工員，總之，沒有回生產隊下田的。上學期學校全體老師開會研究決議，八一級—高四班的四十多名學生，明年畢業後，就宣布停辦高中，八二級招進來的高中班，課程向職業高中轉軌。這方案上報後，得到農場黨委的批准。初中畢業生考上玉河高中的只有三名。玉河地區中學這幾年的高考升學率都在80％以上。

水庫建設進展順利。時間花得稍長的是挖築壩基。壩基工作完成，用土築大壩時，工程進度很快。剛開始築壩時，我帶學生去參觀過一次，才一個多月，再次上去時，見兩邊的山被劈去一半，山上的黃土變成大壩，大壩已經升到將近半山。想起五十年代初期在家鄉挑土打夯築壩，人山人海，鋪一層黃土夯一層，一天長不了幾寸。眼看這一天一個樣的大壩，不由得深深感嘆科學技術的力量。工地上機械化施工，都是北京和春城的工人，其它做各種雜工的，主要是難民職工和農場老職工。

這天剛下課，負責水利工程的郭副場長和財務科長來學校，見到伍校長和我，焦急地說：「十萬火急，請兩位校長發動全體老師幫忙，做做水利工程民工支付賬。」伍校長說：「學校老師只會教書，哪裡又會做什麼支付賬？」楊科長說：「兩位先聽我說，事情是這樣的……」

原來，按難民署的要求，水庫建設的土方工程，實際上就是除機械化施工外的其它雜工，要安排全部難民參加，還必需按規定每人按日發放工資人民幣一元二角，發放口糧大米一公斤。過兩天，難民署的官員要到布朗壩視察，提出要檢查發放給難民錢、糧的日支付賬。

我猜測難民署官員的想法，是希望把難民署撥出的款項，盡可能都用在難民身上。這想法本身沒有錯，但是，要想早日解決難民的生活生產用水困難，必需盡快建好水庫。如果按他們的要求，單由越南難民去完成土方工程，哪有可能跟得上機械化施工？所以，為了搶工程進度，農場領導只能從實際出發，除了安排全部難民勞動力上水庫工地，同時，盡可能調動其它生產隊的勞力上水庫。特別有一段時間難民人心不穩定，每天上水庫工地的人越來越少，農場不得不請求附近的人民公社支援，由公社派社員來參加水庫建設。難民署規定給上水庫工地難民的工資、口糧不會少，但是，發給農場職工和人民公社社員的工資和口糧，不可能和難民一樣。農場發放給難民的工資口糧，也是統一發到生產隊，再由生產隊發放，不可能每天發放到個人，並做出流水賬。現在，難民署官員要檢查每天發放的支付賬，財務科當然拿不出來。

看到科長著急的神情，伍老師和我都笑起來：「科長找錯廟門了，這種支付賬我們學校老師哪裡會做？」楊科長說：「農場領導商量後才叫我來找你們和小學老師幫忙的。我們商量出一個辦法，請你們把學校這些年的學生花名冊找出來抄在表上，後面填上上工日期，支付工資、分配糧食數目，不就成支付賬花名冊了！」伍校長說：「這樣搞法，行不行啊？」副場長說：「這也是沒有辦法的辦法，請你們照楊科長剛才說的做就是，其它不用管。那些難民署官員還有上面兩級僑辦的人陪著，他們會幫忙應付。」

等兩位領導走了，伍校長把全體老師召集起來，講了上面要求做的工作。馮老師說：「這不是騙人嗎？不好吧！」崔志岸老師說：「不是騙人，是騙『鬼』，這些難民署的官員都是『洋鬼子』。」幾位班主任把楊科長劃好的表格拿下去，照學生花名冊填好名字，其他老師幫助填日期、填金額、糧食，金額的數目都是相同的，填寫起來並不難。忙了兩個下午，總算搞好了，我抱著賬本交去財務科。到財務科一看，連小學交上來的，那辦公桌上堆著幾十本賬本。我心裡想：來兩個洋鬼子，就算真的懂中文，

也不知要多少天才看得完，而且，真的講認真，莫非還照著花名冊一個一個去找人落實嗎！

這天晚飯後，到供銷社門前轉悠，見到兩個洋鬼子也在那裡散步。其中一個個子高大，一頭卷髮，五十來歲的，胸前掛著一架小照相機，我見他時不時用手在相機上按一下，可能在偷拍人像。供銷社門前，平日都是吃飽飯在閒逛聊天的人，個個穿著整齊，精神飽滿，被他拍幾張像，傳出去也不失中國人的體面。一會兒，見到小華從場部下來，可能去供銷社買東西。那洋鬼子抬起相機，叫道：「小華，給你照相。」小華邊走邊搖手說：「不要照！不要照！」原來這洋鬼子會說中國話。小華是個歸僑子女，去年才調去場部電話室當接線員，可能洋人去打過電話，認識了。等小華從供銷社出來，洋人又故意擺出要照相的樣子，對小華說：「你的頭髮和我一樣，都是卷的，可是，我的，不美麗，你的，很美麗。」小華說：「頭髮不是美麗，是好看、漂亮。」洋人指著自己的頭說：「對對對！我的漂亮，是生的，你的漂亮，是做的。」小華聽了，也指指洋人的頭髮，又指指自己的頭髮，說：「都是做的！你的，你媽做的，我的，自己做的。」說完，不等洋人回話就跑掉了。看到那洋鬼子在那邊聳聳肩膀，不理解的樣子，我不覺好笑。這小華才當了幾天接線員，聽得多，說得多，嘴巴和反應能力都練出來了。

農場有兩個機要部門：一個是打字室，一個是電話室。過去，打字員和電話接線員，安排的都是國內幹部子女，就是出身好，政治上可靠的人。後來，有兩位歸僑入黨，兩位歸僑青年參軍，剛好一位接線員年紀大了，便把高中才畢業的歸僑子女小華調去接班。

不知道前幾天做出來的賬本，兩位洋人有沒有認真檢查。《水滸傳》有句話：「由你奸似鬼，喝了洗腳水」這難民署官員可能以為自己懂點中文，可以看得懂賬本，他哪裡知道中國文化的許多奧妙。農場領導絕對不是有意糊弄他們。聯合國難民署的官員不了解農場實際，要加快水庫建設速度，只能採取變通辦法。

大妹隨丈夫和家人批准去了香港。他們到了香港，便寄回平安信，同時附了一封邀請信，要求母

親偕弟妹出來團聚。原來重新給兩個弟弟寫的申請，交給老區後杳無音訊，我也一直沒有追問。這次，我給家裡重寫申請，以細媽偕所有子女出港與女兒團聚的名義提出。申請交上去以後，往老區家裡跑了多次，沒有結果。今年以來，知道上面發下來的申請表多，我改變策略，不但往老區家跑，也往尹書記家裡跑，最後，終於給家裡發了六份申請表。

農場有兩家批准到澳門。

貫徹歸僑探親政策最初幾年，布朗農場沒有歸僑申請到澳門。農場有親戚在澳門的只有幾家，關係也不是很密切。在大家的傳說中，澳門地方太小，又沒有多少工商業，出去難找工作，就是找到工作，工資也比香港低得多。當初，可能全省範圍申請到澳門的人都很少，申請條件相對比較寬鬆。這一年，省公安廳分發到縣公安局，又由縣公安局分發到布朗農場的澳門申請表有九份，結果，只有兩家人申請，才填了六份表，剩下三份上交回省公安廳了。這兩家申請到澳門的歸僑，他們的親戚，都是前幾年才從福建申請出去的，也不是直系親屬，但是，兩家人從申請到獲批的時間，比申請到香港的時間短得多。特別是兩家人出去以後寫信回來說，雖然澳門各方面可能比不上香港，但是，工作和生活比起農場來要好得多。消息一傳開，又引起所有歸僑的轟動，以至本來有條件申請到澳門的人，後悔也來不及。

布朗壩的天氣，到了六七月份，晚上十二點以前都熱得難於入睡，所有老師改完作業後，便在門口坐著吹牛、打撲克。這天晚上，我、伍老師、梁老師、馮老師，正在家門前打小二，突然聽到房子下面的菁溝裡有人奔跑，有人大聲喊：「跑上去了！跑上去了！你從上面公路上去堵住他們！」我們四個一聽，以為是追趕小偷或什麼壞人，便分頭從下面和上面，兩頭包抄過去。等追到操場邊的公路上，只見二隊的榮生叔兩夫婦，正在打罵他女兒李鳳雲，他兒子指著旁邊的王志鋒責罵。榮生叔夫婦罵他女兒：「這死丫頭，說了多少都不聽，你要跟著小鋒，你不出香港啦？一個人留在布朗？」當哥哥的說小鋒：「你不要妄想！我們家很快就要批准出國了，我妹妹不會嫁給你，你趁早死了這條心！」榮生叔母

又罵他兩：「我才在門外影影綽綽見到有人過來，一轉眼功夫就不見了！你們膽子也太大了，跑到這菁溝裡幹什麼？」榮生叔聽了又要去打女兒，梁老師連忙把他拉開了。李鳳雲一直捂著臉哭，小鋒不敢出聲，也不敢走。我和梁老師勸住榮生叔夫婦，拉著推著他們兩口子，讓他們一家人順著公路下去。馮老師和伍老師把小鋒拉過去，帶他從操場教師宿舍這邊下去。我和梁老師跟著榮生叔四個人，邊走邊勸說兩句，一直走到離他們家門不遠，才回學校。伍老師和馮老師也把王志鋒送回家回來了，四個人坐在房間門口，沒有心思打樸克了，坐著吹牛。

小鋒是部隊轉業幹部王連東的兒子，和李鳳雲初中同班同學，初中畢業後，又一齊到元水中學上高中。同學五年，兩人有了感情，隨著年齡增長，青年男女眼裡只有愛情，沒有父母想得那麼複雜。後來李鳳雲家申請出國，眼看就要批下來了，這才感到「愛情」路不平坦。這天晚上，小鋒悄悄把鳳雲約出來，到廣場下的水井旁坐著談前途。剛談不久，見父母找過來，嚇得便往水井下邊的菁溝跑。榮生叔一家便從菁溝一直追到公路上。

伍老師說：「我剛才問小鋒，你和李鳳雲談戀愛，你爸媽知道嗎？小鋒說，知道，最初他們也不同意，說自己是幹部子女，和有海外關係的歸僑子女戀愛結婚，將來家庭社會關係變得複雜。後來，他爸媽同意了，可李鳳雲全家又堅決反對。」

馮老師說：「這兩個年輕人，很般配的一對，可惜因為出國問題，拆散一對鴛鴦！兩口子過日子，說到底在於感情。不是王婆賣瓜，我家那老彝族，我覺得比有些漢族婆娘好哩！」

伍老師說：「你倆是大山上的痴心女子，遇上城裡的多情漢。農場裡，就是過去還沒有出國探親政策，歸僑和國內年輕人自由戀愛結婚的，不是也沒有嗎？」

「怎麼沒有？不是有三對嗎？」梁老師說。

伍老師說：「那是剛回來時領導撮合的，是先結婚，後戀愛。」

我說：「那是時機沒有成熟。剛回來那幾年，歸僑封閉管理，和本地職工很少接觸往來，連小學都是華僑小學和本地小學分開。七零年辦起中學以後，同班、同桌一起上課，幾年下來，人非木偶，當然產生感情。以後，歸僑、傣族、彝族、越南難民之間的隔間，很快就會被愛情的力量衝開。」

伍老師和馮老師先進屋休息了，我和梁老師坐著繼續聊。梁老師不久前填了申請表，應該很快就會批准，他出港以後的接班老師我們都安排了。徐劍琴老師的影像已經漸漸淡忘，我試探著說：「梁老師，好些到香港定居後的歸僑都回來找對象，上次阮老師也提過，你有沒有想過物色一個，結婚以後再出去？」梁老師思索了一陣，回答說：「我現在如果放出風聲，相信會有人願意。可惜，我已經人到中年：找一個年輕的，難情投意合，也誤人青春；找個年紀相當的，農場的歸僑連個二婚的都沒有！」「梁老師不要怪我說錯話，剛才馮老師說的，難道因為出國，就非要找個歸僑不可嗎？我覺得農場裡不管漢族還是傣族，很多姑娘都很不錯！」「不也正像我們剛才看見的？如果是十七八歲時，少年不識愁滋味，有了愛情就有一切，什麼民族、什麼籍貫、什麼出身，都不是障礙。我們這個年紀，要成家，考慮的問題要複雜得多。我父親在印尼不是有錢人，我到了香港靠做工生活。剛開始，農場有些國內幹部認為香港的資本主義社會是地獄；這兩年，看見回來的歸僑帶回花花綠綠的東西，以為香港是天堂。不管找一個什麼樣的人，如果對外面的世界沒有正確的認識，糊哩糊塗跟了你出去，到時在外面看到的和在國內時想到的相差太遠，就免不了吵鬧不休。你說是不是？」我沒有回答。過了一會，梁老師又說：「上次那個徐劍琴老師，我知道你們幾個在推波助瀾，想促成好事，事後還為我惋惜。我所以不夠主動，是因為我想得比你們多。年齡相差稍大一點是一個原因；不同國家回來的，經歷、生活習慣等方面的不同是一個；家庭背景不同又是一個。這些情況沒有互相了解清楚，只為了出國這個目的，出去以後各種矛盾出來了，怎麼長久相處？到時分開豈不是對兩人又是一種傷害。」

這天有事到細媽家裡去，看見長發叔老二在連福叔家門前劈柴，大姑娘金花在身邊看著，兩人說說笑笑。心想，可能連福叔兩夫婦不阻攔他們來往了，兩人終於可以成眷屬。剛好連福叔母從房子裡出來，抬出一杯水遞給有富，看著有富喝水。我和她開玩笑：「連福叔母，是不是長發叔把地裡的木薯木瓜都送給你做聘禮，你又把金花許給二虎了。」連福叔母接過有富喝水的杯子，把沒有渴完的水向我潑過來，罵道：「死『多托』（印尼話，指本地人，國內人，有輕蔑之意），等你姑娘長大了，叫人拉一車紅薯做禮金討你姑娘。」我笑著跑掉了。

趕街時見到長發叔，我問他：「長發叔，你家二虎有本事啊，我那天看見他在金花家劈柴，母女兩個都怪疼他的，什麼時候辦喜事？」

長發叔聽了笑咪咪的，望望前後左右，伸過頭來神秘地說：

「我們家填了出國申請表，已經交上去了。」

「上次你不是說老區不給表，說你條件不夠嗎？」

長發叔放低聲音說：「老尹給老區說了，我們家夠條件，叫他發給我們申請表。」

「長發叔有本事！是你找老尹提出要求的？」

「不是，是老二的關係。老尹剛被打倒時，不是被整去磚瓦廠勞動嗎？那時有富是磚瓦廠職工，李新忠那些造反派叫他監督老尹，專門讓他幹苦活。有富那人老實，不但不會整他，私下還照顧他。」

「原來有富做了好事，這是好心有好報。」

「上個月，有一天老尹遇到有富，問他家裡申請出國了沒有，有富把家裡的情況一說，老尹說，後母也是母親嘛，同父異母兄弟也是兄弟嘛，他們還在外面做著生意，怎麼會說不夠條件呢？這不，就發給表填了。」

「一填了表，有富又要上門幫忙做家務了！」

長發叔又用手掩著嘴說：「其實，他們一直暗中有來往，金花老實，不像她媽那麼精刁，兩人有

好幾年的感情了。」

連福叔母的第二個女兒也已經有對象，男家快要批准出港，說好一拿到通行證就辦喜事。

友德和永福都已經結婚生子。友德的愛人，也是回來滇南一個華僑農場找的，他在那個農場有親戚，一直到老婆批准出港以後，他才寫信告訴我。從寄來的照片看，兩人很般配。永福找的是從廣西出去的印度歸僑，沒有寄照片。婚後的生活如何沒有說，更不會談感情事。他們在香港工作和生活，應該比我在農場的工作忙，來信都是簡單幾句話，幾次來信都提到「為口奔馳」這個詞。他們剛出去時，都問我什麼時候出來？幾年之後，沒有再提了。李有光好久沒有來信，友德信上會提到他，說他兩口子和人合伙做生意。

有一天夜裡，已經十一點多鐘，我改完作業，兩眼發黑，搓搓臉，正準備門門睡覺，突然有個人推門進來，嚇了我一跳。仔細一看，原來是一隊的陳有泉。陳有泉望望裡屋，小聲說：「真不好意思，這麼晚來打擾老師。」我說：「他們早睡了，有什麼事？」陳有泉又望望裡屋，望望我，欲言又止，顯得為難。我站起來說：「我也坐累了，走，到門外說去，順便透透氣。」出到門外，站在芒果樹下。

陳有泉說：「我白天不好意思來，晚上又影響老師休息，真是……」

「沒有關係，有什麼事，你說吧。」

「我是被我爸爸罵得頂不住了，只好厚著臉皮來找老師！」

「你爸爸罵你幹什麼？」

「他叫我寫出國探親申請書，我寫不出來。」

「出國探親申請書不難寫嘛。什麼時候回國，家裡有些什麼人，出國探望什麼親人，那麼簡單都不會？」

「那天，我和我爸去找老區，才提出來，老區就說我爸爸：你父母子女都在農場，要出去探望誰？

如果是一般的親戚，大家都有，申請了也很難批。」

「是這樣……那你們家在外面還有些什麼親戚？」

「那天我爸爸的話都沒有說完。其實，我爸爸不是現在這個爺爺奶奶親生子，現在的爺爺奶奶實際上是我舅公、舅婆。我的親爺爺奶奶還在印尼。當初，因為我舅公舅婆沒有子女，又有生意，便和我親爺爺奶奶商量，讓我爸爸過去照顧他們，將來接手做生意。六零年印尼政府排華時，現在這個爺爺奶奶那地區的華僑被驅趕到集中營，我爸爸媽媽和我們當然也一起被驅趕，為了照顧他們，我們便一起回國了。我爸爸有一個哥哥、一個妹妹，就是我伯父和姑姑，後來都移民到荷蘭去了，現在，我在印尼的親爺爺奶奶，身邊也沒有子女，所以，我爸爸媽媽很希望出去探望他們，和他們團聚。」

「你說的這情況，有什麼證明文件沒有？」

「我爸爸和我現在這個爺爺，他們的印尼出生證，連姓都不同。後來回到農場，在隊上填報登記的姓也不同。這情況，我們印尼同一地方回來的人都知道。而且，文革前和這兩年，我印尼的爺爺和荷蘭的伯父、姑媽，都有來信。」

「如何有這些證明，那關係很明白，探親的理由很充分。你的申請書，把這些關係寫清楚就行了。」

「說出來害羞人，我就是覺得自己寫不清楚，才不得不來找老師。這兩天，爸爸把情況跟我說了以後，我自己試著寫了一陣，可是，拿起筆來，想說的話，字不會寫；字會寫了，寫不成句子；寫成句子，又覺得不是自己的意思！唉！老師，你這個學生太不成氣，我……」

陳有泉是我教過的第二屆初中班學生，他爸爸就是文老師生前提過的：在印尼集中營和印尼政府鬥爭時，把標語抬反了的華僑之一。陳有泉初中畢業後，送到元水縣中學上高中。他在班上各方面都一般，兵團保送的名額本來沒有他。他爸爸跑到學校找指導員和林校長，要求說：他們家是好幾代的華僑，一家人中文、中國話都不懂，希望家裡這個長子能多讀幾天書，多學點中文。幾個老師都被他爸爸

的話所感動。他爸媽和我細媽同一個隊，我每次到細媽家時，他爸媽見面都會點頭微笑，不會說話。我鼓動林校長帶我跑去縣中找校長說情，最後多增加了一個名額，送去上高中。陳有泉下面有一個弟弟，一個妹妹，在農場讀初中時，父母管得嚴，成績一般，表現規矩。離開家到幾十公里外的學校住校，一下少了父母管束，更主要的原因是，那幾年的中學課本、學校管理、社會風氣都好不到哪裡。我教了他三年初中，他到縣中上了兩年高中，究竟學到多少文化知識，確實只有天知道。

我跟陳有泉說：「你們家這種情況不算複雜，我可以幫你把申請書寫好。你跟你爸爸說，拿著這申請書，連同那些印尼的出生證，印尼、荷蘭親人的來信，先去找農場僑聯的趙伯，讓他出面向老區證明：你們申請書所寫的情況是真實的。這樣，老區就會接收你們的申請。」陳泉水聽了，高興地回去了。

過了幾天，我轉到僑聯向趙伯問起陳有泉家的事，他說已經辦好了。又說，像陳金星這類情況，其實還有好幾家。在印尼，華僑在親戚或者朋友之間，過繼、抱養，也就是按民間習俗辦，不會有什麼證明文件，主要有證人就行了。又問：「是不是常有人請你幫忙寫出國申請書？」我說：「不多，有過幾家。都是不識中文，或中文程度差的僑生。」

「我這裡倒是經常有人來要求幫忙寫東西，不單是寫申請，還幫忙寫信。」

「寫什麼信？」

「這裡交申請書或把申請書上報時，老區不是要求要有海外親人的來信嗎？現在印尼的華僑大部分都不會寫中文信了，就是從農場出去香港的年輕人，能寫出流利中文信的也不多。所以，有些人叫我以他們外面親人的口氣寫好中文信，寄到外面去，外面照抄一遍，又寄回來交給老區，附在申請表中上報縣公安局和省公安廳。這種信，也就是申訴各種條件和理由，請求早日批准國內親人出國的意思。」

「有這種事，那老區知道嗎？」

「不管他知不知道，又不是什麼作奸犯科的事。那天我陪陳金星找他交申請書，拿的證件都是印尼文、荷蘭文的。這些文件只有陳金星懂，我不懂，老區更不懂。他總不能說自己不懂的東西，就不是證明吧！」

「這也是。說起寫申請，坤元伯母你知道的。」

「知道，最可憐就是阿坤元，才回國兩個多月，就在菜地裡被炸死了，死得不明不白！」

「她有一天上來叫我幫她寫申請，除了探印尼的親人外，還要探台灣的表哥，說她表哥在國民黨海軍部隊當大官，駐在高雄。」

「那你寫了沒有？」

「寫了，不會有什麼問題吧？」

「歸僑中有親戚在台灣的，不止坤元的老婆一家。全國解放時，我們家鄉有些人跟隨國民黨撤到台灣的，這是一種；另一種，是五十年代後期，印尼的中華學校受到限制或停辦以後，為了子女讀上中文書，也有送台灣的。」

「去台灣的人多嗎？」

「具體數字不知道，回大陸的要多得多。我有個遠房親戚最好笑，他先把大兒子送去台灣讀書，自己帶著其他子女回大陸，安置在福建一個華僑農場。後來，一個女兒和一個兒子也讀上大學。六二年台灣反攻大陸，他給我寫信時還很得意地說：不管誰輸贏，我兩邊都有人。到文化大革命一來，他上大學的兒子揭發他，要和他劃清界限，被農場造反派鬥得剩下半條命，真正是聰明反被聰明誤。」

「後來怎麼樣，現在宣傳和平統一，不會再把台灣關係看得那麼嚴重了。」

「那人命好，子女都大學畢業出來工作了，不久前來信，已經填了出港申請表，等待批准，又回了一趟家鄉去看祖屋。你提的這事，等方便時我和老尹他們提提。有這種關係的，不止坤元的老婆一家。文革中，造反派發動群眾揭發了好幾家，說是有親人在台灣，要鬥他們，但是，拿不出證據，他們又死

不承認。現在，像坤元的老婆一樣，為了申請出國，會主動說出來。」

「說起坤元伯母，我想問趙伯，那次一隊菜地火藥爆炸，炸死三個，燒傷四個的事，後來一直沒有人過問嗎？」

「這事你聽哪些人說過？」

「我剛來農場時聽阿爸說過，說得不清楚，後來我沒有向誰打聽過。」

「當時剛回國，有一天上午，你們一隊的人在田裡幹活，突然下起雨來，有七個人跑進菜地的草棚躲雨，不久就發生爆炸，阿坤元，興梅嫂，還有一個說是右派，三個炸死了；坤元嫂，阿興梅，還有一男一女兩個種菜的傣族，四個燒傷了。華僑剛回來，除了害怕，什麼都不懂。後來，只聽上面來調查的人說，菜地有一包炸藥，不知道誰抽菸丟的菸頭引起爆炸，當作事故處理就完了。」

「菜地怎麼會有炸藥？起碼也應該找出個事故責任人吧！聽阿爸說，對死者家屬和傷者也沒有撫恤，只是簡單安慰幾句。」

「這事過了好幾年，歸僑對國內情況有了了解，有幾個在基建隊工作，參加過炸石的歸僑有了一些火藥知識。文革前那一年春節，省僑辦有人下來搞慰問活動，開座談會。會上有人提起這件事，要求重新調查：為什麼菜地會有炸藥？那硝氨炸藥是要雷管才能引爆的，雷管和炸藥不能放在一起，這是常識和規定，為什麼又是火雷管和炸藥放在一起？至於說三個人都在裡面抽過菸，這菸頭是怎麼點著火雷管的？總之，希望弄個水落石出，有個交代。」

「那後來呢？」

「當時上面來的人和老尹都表了態，答應會和縣公安局聯繫，找出以前的調查材料，重新調查。可是，不久就文化大革命，老尹被打倒了，也就沒有人再管這件事。到現在已經過去二十年，雖然老尹還在管事，但是農場也好，縣公安局也好，當年那些材料哪裡還找得著。只能是無頭案了！」

坤元伯母只有兩個女兒，當時都還小；興梅叔有一子一女也還小，現在，兩家的孩子都已經長大成家。一家是父親，一家是母親，要說讓他們去追查自己父親，自己母親的死因，找出真相追究責任，他們沒有這種能力。

星期天，吃過早飯休息一陣，準備去街子上看看買點什麼。走出門，見對面墓地有個人，一看是趙伯，便繞到公路上去。

趙伯說：「前久下了幾場雨，上來看看。」

我看著那些土墳問趙伯：「前些年不好說，現在有條件了，歸僑怎麼沒有人修石墳，像家鄉一樣修成交椅墓？」

「二次葬可能只有客家地區有吧，那是歷史原因形成的。這裡沒有檢骨殖的人，也沒有裝骨殖的金盎，只能入鄉隨俗了。」

「如果裝在金盎埋起來，骨殖保留的年代會久遠些。」

「再長遠也會化為塵土，慎終追遠，關鍵在教化！」

「趙伯說得是！」

看見菁溝邊有些地方被水沖塌了，趙伯說：「靠菁溝要壘起一道石堤，以免坍塌；這山邊修一道矮牆，防止牛跑進去踐踏；也要安排一個老職工經常修整管理。一提錢，老尹就強調困難，其實也花不了幾個錢。」

「農場年年吃國家補貼，要尹書記拿出一筆計劃外支出，他肯定要強調困難。」

兩人走出墳地，說著話來到街子上。街子比以前熱鬧許多，不僅本場職工，周圍山上的社員，還有外地來的小商販在擺攤做生意。我跟著趙伯轉來轉去，看見一個叫蔡運隆的歸僑，小桌子上擺著一盆水，旁邊放著一包包黑黑的東西。一問，原來他賣的是「固體醬油」。只見他把那固體醬油切下一塊，

在水裡攪化，就成了醬油。有些人伸出手指沾來放進嘴裡嚐嚐，有人嚐了以後掏錢買，有人嚐了沒有買。趙伯笑笑，沒有再走過去。兩人買了點小菜，我還買了點核桃，便一起走回僑聯辦公室。

趙伯說：「剛才你見到了，華僑會做生意。蔡運隆賣固體醬油，還有好幾個華僑從春城買些鹹魚，餅乾之類下來賣，總之是農場商店沒有的東西。在印尼做小生意也就是這樣，開始搞長短途販運，擺攤子，賺了點錢以後便開小商店。」

「四清運動中，這叫做投機倒把，是打擊對象。」

「農場的供銷社是國營商店，賣些什麼商品由商業局分配：省裡配給縣，縣配給農場。憑票供應的商品，像現在的單車、縫衣機，以前的白糖、香菸之類，由上面按計劃分配。除了分配的商品，只賣些火柴、鹽巴、醋、針線紐扣之類。國營商店不叫做生意，叫『保障供給』，賺不賺錢不關商店的事。所以，那麼多年，供銷社都只賣瓶裝醬油，還經常缺貨。現在蔡運隆賣這固體醬油，又便宜又方便，這錢當然只好由他賺了。」

「城裡已經有不少人擺攤子做買賣，也有個體經營的小商店，農場沒有公布有關方面的政策，對這幾個做生意的歸僑，好像是睜隻眼閉隻眼。」

「有關個體經營的政策已經有了，可能僑務系統貫徹得慢一些。我聽春城下來的歸僑說，春城市僑聯在城裡開了一間商店，從廣東採購一些商品來賣，生意很好。剛才說到農場僑聯樣樣求人的困境，我有一個主意。」

「什麼主意？」

「我們也開一間僑聯商店。由僑聯向歸僑自籌資金，屬集體經營，自負盈虧。我們只要求農場提供房子，安排兩個職工，暫時仍然領取農場的工資，作為農場對僑聯工作的支持。商店經營賺取利潤，按比例將大部分資金用於僑聯開展工作。我相信老尹他們會同意。」

僑聯開會研究後，向農場黨委提出報告，不久得到批准。僑聯隔壁本來就有兩間空房，由僑聯提出人選，請了一男一女兩位在職歸僑，男的任經理兼採購，女的當售貨員，會計、出納由僑聯派人兼任。忙了幾天，僑聯商店披紅掛綠，放了一串爆竹，正式開張，辦起農場第一家私營企業。

採購經理跟著農場汽車，到春城或其它縣，採購各種日用品和副食品，適當加價再賣給農場職工，受到歸僑和其它職工的歡迎，商店一開張就生意興隆，每天店門一開，人流不斷。趙伯見到我，高興地說，等今年春節，再向那些香港回來的港客募捐一點，我們自己把墓地修整得好一點，到時好好取一個名字。

水庫建設進展很快，可是，水壩建到一半多，資金出現問題。當初，中越戰爭爆發，難民來得急，所以，從聯合國、國務院僑辦、省僑辦，對修建水庫事前的勘察和計劃，都做得不夠周詳。這水庫在一九五八年大躍進動工時，限於當時的技術條件和修建規模，並沒有做好壩基的詳細勘探工作。這次重新動工修建，省僑辦技術員下來了解情況，在農場和縣上找了幾位當時參加過勘察地質的人調查，由於時間過去十幾年，資料沒有完全掌握，開建水庫又勢在必行，便倉促上馬了。一開工鑽探，壩基以及輸水隧道的山體，地質狀況都不理想，修建起來，工程量和建築材料大量增加，整個工程費便大失預算。當時難民署撥的一百五十萬美金，兌換得四百多萬人民幣。省僑辦還有農場歷年的政策撥款留存三百萬，共有七百多萬。當時以為就是超支一點，農場再籌措幾十萬，有八百萬可以完成水庫建設和配套工程。想不到，攔水壩才築到一半多，八百萬已經差不多花完了。兩個建築工程隊，拿不到錢，停工不幹。那幾天，坐著難民署官員，國務院僑辦有關領導，省僑辦領導的小車，穿梭似地在場部與水庫之間來來往往。亂了一個多星期，經過再次核算，水庫加上三十多公里的引水渠，干壩修建兩個水塘，全部工程最後完工約需人民幣一千三百萬。難民署官員表示：難民署的資金是世界各國捐出來的，是「清水衙門」，再也拔不出一根毛。最後，還是『自力更生』才是硬道理，不足資金由國務院有關部門承擔。

資金一到位，工程加快進度，不到年底，水庫主體工程基本完工。農場領導放下了心頭大石。負責水庫工程的幾個幹部高興地說：「這下好了，洋鬼子只給了我們一條領帶，我們自己花錢買了西裝、皮鞋，配成一套。」

醫院擴建工程順利完成了，原來土坯結構的門診部和住院部，全部推倒重建，改為混磚結構。不但面積增加了，比舊醫院寬敞漂亮得多，醫院還增添了x光機，牙醫設備等等。醫院安排醫護人員到地區和省紅十字會醫院學習，又從農場高中畢業生中調進五六名女生，由醫院自己培養，準備將來擔任護士工作。

和越南的大仗打完了，小仗一直沒有停。農場後來還來過兩批難民，這些難民是從其它臨時難民營調過來的。這兩批難民都是邊民（居住在兩國邊境上平民），有苗族、傜族等少數民族。從穿戴打扮上看，他們比布朗壩周圍山區的彝族、哈尼族同胞，還要「山區」一些。他們能吃苦，剛到農場便安排他們到水庫工地幹活，按日發給他們工資和糧食，他們非常高興。讓人哭笑不得的是，農場為難民建房時，已經按難民署要求，房間配置好木床，桌凳，廚房安好鍋灶，配上了吃飯桌。可是，這批少數民族難民住進去後，把灶拆了，在廚房裡養豬。像在邊境大山上時一樣，在睡房中間支上鐵三腳架，吊起鍋煮飯，把木床，桌凳劈來當燒柴，一家圍著火塘睡覺。農場又派出工作組，幫助他們改變生活方式，帶領他們進行農業生產。他們的子女，以前也可能從來沒有上過學，我和伍老師兩人，配合小學校長和老師，下去做工作，動員他們上學讀書，可惜收效甚微。

安置到農場的越南難民，原屬南越的，有一半多離開了農場，是不是都投奔怒海去了，可能無從查找，因為也有流動到國內其它難民營的。留在農場的，多數是北越回來和後來的「邊民」。

今年開始，有些早年從越南移民到外國的移民，以及後來被安置到世界各國的難民，有幾個來布朗農場探親，同時申請親人出去。他們都像房有仁曾經的戀人一樣，通過外國駐北京使館簽證，直接到

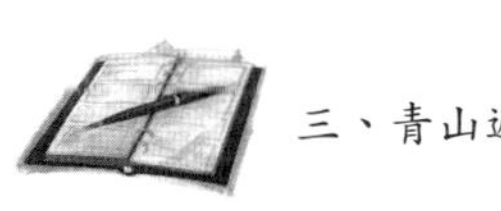

簽證國，這批人人數不多。

回國時的一千多印尼歸僑，批准出港的有一半或一半多。這數字農場沒有公布過，一般人也不會去打聽。從趕街天看得出，在街子上買雞蛋、雞、鴨、蔬菜水果的，多數是越南難民。

細媽和五個弟妹終於批准出港。我一直為兩個弟弟的出路發愁，他們也已經快三十歲了，再不批准出港，也要為找對象發愁。兩個弟弟都相處過女朋友，女方已經先後隨父母批准出港，我不知道他們的關係能否維持，這只能靠他們自己。

寫信告知在香港的妹妹和其他親朋，告訴他們出港的日期。要離開生活了二十多年的布朗壩，弟妹歡呼雀躍，細媽好像有點捨不得離開。家裡除了有兩張鐵床和兩個木箱，沒有什麼值錢的東西要處理。前些年，不管是哪一家批准出港，離開農場前，家裡人來人往，要熱鬧好幾天。家裡養了豬的，會把豬殺了，請親朋好友吃一餐，吃飯的親朋好友，會包個紅包送作盤纏。到離開農場那天，公路邊站滿了告別和看熱鬧的人。現在，批准出港已經成平常事，像紅旗一隊二隊，已經走了三分之二。今年以來，再有人離開農場，已經沒有人有興趣在公路邊圍觀和告別。一家人坐一位和弟弟相熟的駕駛員的貨車上春城，我沒有打算送他們到春城去。早飯後，在公路邊看著汽車遠去，心裡免不了難過。前後一起生活了十幾二十年，不說完全貼心，卻日夜互相關心，他們到了香港會過得怎麼樣呢？看著汽車越走越遠，直到山後看不見。

我順著公路慢慢走到「華僑公墓」。昨天細媽和弟妹來向阿爸告別時，我沒有和他們一起來。有意不一起來，是想讓細媽他們多和阿爸說知心話。墳地已經建起了一人高的圍牆，四周修好了排水溝。前面還建了一個門牌，上面是「華僑公墓」四個字，這是趙伯的手筆。有了這個新的名稱，已經很少人再叫「華僑新村」了。父親的墳前，留著昨天拜祭時燃剩的香燭竹枝。我坐在墳前，想起剛到布朗見到父親時的情景，想起幾個晚上父親和我的長談，想起在四清工作隊接到父親去世消息時的心情。我不深

究「地下有知」這話的含義，但我相信父親會很高興細媽和弟妹離開了農場。現在，我還在這裡陪伴他，如果有一天我也離開農場呢？我不去多想，起身慢慢走下山來。

我把細媽和同父異母弟妹都批准出港定居的事，給阿媽寫了封信。我在信中沒有談自己以後的打算，只簡單談了在學校的工作，我想等以後考慮得比較成熟時再說。不久，接到阿媽的回信。回信對細媽他們出港，說了些祝福的話。來信主要敘說家鄉已經分田到戶，敘說分田到戶後一屋人的生活狀況。農場周圍的人民公社好像還沒有聽說分田到戶，華僑農場更不會有這種政策。剛讀這封信時我有點疑惑，等接到下一封信，才知道這是中央的政策，人民公社實行包產到戶，生產隊把田、地分到各家各戶，由各家各戶自主經營。阿媽分到的田地和勉智妻子三人的連在一起。現在，各家各戶可以自己作主，想種什麼就種什麼，只要按時交夠公糧等款項就行了。田地收成都是自己的，農產品也可以自由買賣。又說，只要不遇到大的天災，收成以後，飽暖有餘，比吃大鍋飯好得多。可能自己這些年一直在國營農場工作和生活，對農村人民公社有關政策沒有留意，雖然每天都看報紙，反應有點遲純了。分田到戶，只是經營權，土地還是集體所有，我想起小時候在家鄉經歷過的情況：各家各戶的經濟基礎、勞力多寡、經營能力等等不同，幾年以後，會不會又出現貧富懸殊呢？阿媽和勉智妻子兩人能把田地耕好嗎？從信上看，阿媽和維生叔他們都為分田到戶歡欣鼓舞。

老陳辦了離休手續以後，老兩口先回四川老家去聯繫修建住房的事。農場有三個離休幹部，只有他和場部生產科的老何準備回老家安度晚年，他們都先回到家鄉民政部門聯繫有關事項。老陳從家鄉回來以後，幾位老教師到他家吹牛，詢問他回鄉的情況。

老陳說：「這次回去，見到家鄉變化很大。有關離休幹部的待遇，上面有政策，各地貫徹都一樣：按文件規定劃給地皮，建房費用由農場出，有個統一標準，我們家鄉的地區類別和這裡一樣，建房費用也就和這裡差不多。麻煩的是子女工作，按政策可以帶一個未婚子女，可是，要想安排合適的工作，看

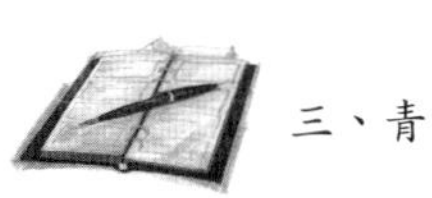

來比較難。」

孫孃孃說：「我家家俊回去，只能安排在商店當個售貨員，那怎麼行。他現在在稅務所工作，以後大小也是個幹部！」

曹老師說：「生產科的老何回湖南老家，聽他說帶最小的姑娘回去，可以安排比較滿意的工作。」

「各地情況不同，他那邊城市大些，各種行業多，可能容易安排。」

「還有人事關係呢，聽說老何有些親戚在家鄉當官的。」

「楊副場長已經決定不回山東老家了嗎？」馮老師問。

老陳說：「他說老家已經沒有什麼親人，不想回去，就在這裡終老了。」

「在這裡養老也不錯，他那兒子阿毛都找著對象了，是茶山老黃的姑娘。」

老陳是離休幹部，有由單位出錢回鄉建房的待遇。農場中小學的教職工，資歷最老的就是五二年參加工作的馮老師，也還沒有資格享受離休待遇。大家出於好奇，跟著議論罷了。

學校的梁老師批准出港了。印尼歸僑老師只剩下阮老師和去年初調進來的房有仁。

梁老師的奶奶去年去世了，他叔叔一家今年填了出港申請表等候批准。梁老師離開布朗前一天晚上，只有阿祥、紹祥和我三人和他坐在一起聊天。我們都不再提找對象的事，也不談出國探親的事，談得最多的是青少年羽毛球訓練基地。基地已經自動解散了，幾年來，基地為省和地區培養了一批運動員，現在有兩名成了省羽毛球隊的女隊員。擔任教練的歸僑換了三批，農場已經找不出教練，也沒有歸僑子女有興趣參加訓練。

張泰觀夫婦兩人的親人都在加拿大。張老師有氣喘病，他說加拿大天氣太冷，他的身體不適應，安心在布朗生活。至於一子兩女，剛上中小學，張老師說，等他們長大後路怎麼走，由他們自己去選擇。

一個學年結束時，原農中的曹銘秋老師，由小學抽調到中學的黎文錦老師和另外兩位老師，都調回家鄉去了。

外地分到元水縣工作的幹部，年滿五十歲或接近五十歲，只要有單位接受，可以調回原籍或調到其它地區工作，這是元水縣的土政策（不是上級政府制定的政策，由本單位自行規定執行的政策，被稱為土政策）。制定這個土政策的原因就是前面說的：解放初期，由於元水縣天氣，生活條件惡劣，外地來的幹部，往往不到六十歲退休年齡就去世了，讓他們提前調回家鄉或其它條件好的地方工作，可以多活幾年。實際上，七十年代以後，元水縣的生活工作條件已經大大改善，全縣人民的平均壽命已經大大延長了。

在縣教育局的支持下，從縣裡調整了三位傣族教師進來，兩男一女，男老師方有朋，是滇南民族學院畢業的工農兵學員，另一位男老師李明生、女老師方紹英，是縣中學師資培訓班畢業的學生，三位都是元水縣本地人。

從七十年代後期開始，農場中小學中的印尼歸僑子女人數都逐年下降，印尼歸僑回國兩年以後，出生率大為減少，後來又晚婚晚育，後來又為了出國「不敢生」，中小學的學生主要是傣族學生和彝族學生，其次是難民學生。

普通高中停辦後，農場中學宣布改為職業高中。說老實話，改制以後伍校長和我都心中無數。農場雖說是一個獨立的小社會：工、農、商、學、（民）兵，五臟俱全，但是，只有七千多人口的小單位，除了生產隊能接收較多的勞動力，其它單位都容納不了幾個人。從學校方面說，按學校現有條件，要培養各種職業，師資和設備都不足，辦職業高中班同樣存在很大困難，只能走到哪山唱哪山的歌。

如果全部印尼歸僑都申請出國以後，農場只剩下越南難民，布朗華僑農場會改為難民營或難民農場嗎？

四、畢竟東流去

省僑辦下來一個整黨工作組，整黨工作結束後，將會調整農場領導班子。整黨就是整頓全體黨員的思想、作風和組織。年初，原來的省僑辦主任退休，調整了一位自治州的州委書記接任。工作組由這位剛上任不久的僑辦主任帶隊，有十來個成員。馮老師去供銷社買東西時，見到好幾個工作隊員在和路人聊天，回到學校時說：「省僑辦下來一個工作隊，是不是又要搞什麼運動了？」我笑他：「您老過慮了，是整黨工作組，你又不是黨員。三中全會不是作出了決議，不提階級鬥爭為綱了嗎？現在是搞經濟建設，搞改革。」共產黨從成立之日起，不知道已經整過多少次黨，中學一個黨員都沒有，大家便沒有把整黨當回事。過了兩天，場部召開全體幹部大會，全場生產隊和各直屬單位的隊長、廠長、院長，以及中小學全體教師全部參加。僑辦主任在大會上宣布開展整黨工作，宣傳這次整黨工作的的重大意義，然後由工作組組長宣講整黨工作和農場機構改革的進程和步驟。

建設兵團的時候經常召開幹部大會，那時候要宣傳貫徹的文件、通知、指示等等很多。到農墾局接管，恢復華僑農場體制，全體幹部大會一年都難得開一次。中小學老師對整黨不太關心，因為中學小學沒有黨組織。中學兵團時的指導員和林校長，後來的陳校長，都沒有在學校宣傳過有關黨的知識。至於機構改革，也是場部機關的事。

幹部大會開過以後，農場的全體黨員集中學習整頓。學校每個星期半天的政治學習照常，伍校長帶著全體老師學習發下來的文件，大家暢所欲言，不著邊際地議論一番，會後就沒有事了。過了半個月，星期六下午學校老師正在學習，僑辦主任和兩位組長帶著一位隊員，沒有預先通知便來到學校看望大家。中學建校以來，從兵團、農墾局到恢復華僑農場，還沒有主要領導到過學校辦公室，這次才上任的僑辦主任到學校來看望大家，全體老師喜出望外，非常高興。互相介紹認識以後，伍老師向領導簡單介紹了學校情況。僑辦新主任姓段，兩位組長一位姓葉，一位姓徐。三位領導和大家閒話家常，詢問各位老師的家庭和生活狀況。座談了近一個小時，主任說：「就是來看看大家。整黨工作不但是黨內的事，也是農場全體幹部職工的大事。聽說農場中學成立十多年了，還沒有建立黨組織，這不大正常，這情況要改變。希望全體老師積極幫助工作組搞好這次整黨工作，為後來的機構改革和調整農場領導班子出一分力。」說完，帶著組長和隊員走了，留下徐副組長和大家一起學習。

徐光斗副組長，四十來歲，自我介紹是個緬甸歸僑，滇南大學中文系畢業生。老徐文革前大學畢業，分到省僑辦工作，僑辦受衝擊癱瘓後，下放到五・七幹校勞動，後期任命為五・七幹校校長。省僑辦經過整頓恢復正常後，調政宣處任處長。徐副組長隨後又順便把工作組組長和其他成員作了簡介：組長葉世華，是僑辦經營管理處處長。葉組長原來是一個華僑農場的黨委書記兼場長，不單有多年的領導工作經歷，也具有豐富的生產經營管理經驗。其他成員都是僑辦各處室的幹部。工作組組長，也是工作組臨時黨支部書記。

徐副組長又是歸僑，又是大學生，中學老師覺得有共同語言，大家說話就隨便一點。

因為是整黨活動，老師們自然先議論黨組織的事。大家你一言我一語議論了一陣，我發言說：「以前的事我不清楚，從兵團開始，中學和醫院是一個系統。政治學習時組成一個小組，有時由陳校長主持，有時由醫院孟永清院長主持。至於黨組織，聽說醫院和中學是一個黨支部，黨支部書記是醫院的羅南平醫生，我們不知道陳校長在支部的職務，這麼多年，沒有聽陳校長在學校宣傳過黨的知識。」

馮老師說：「中學以前只有陳校長是黨員，他耳朵不好，與人交流不方便，宣傳不足也不奇怪，主要是老師們不積極靠攏組織。學校來了幾個年輕老師以後，學校組織了共青團，聽說發展了不少共青團員，只是很不見你們活動？」

崔志岸老師頂他：「學校團支部經常都在開展活動，我叫他們下次活動時邀請馮老師參加！」

「不不不！是我這老頭沒有看見，說錯話！崔老師不要見怪。徐副組長，最近春城變化大不大？有什麼新消息？」馮老師問。

「不要叫什麼副組長，我在馮老師面前是小徐，其他年輕老師倒還可以叫我老徐。現在的消息都在大道上，都是報紙上登出來的，不像以前只有小道消息。」

周孟北老師說：「最近報紙上在爭論清除精神污染問題，好像爭論得很激烈，不會又引起一場運動吧。」

老徐說：「運動肯定不會搞了，爭論當然會有，也會爭論得很激烈。」

「現在春城不但大街上到處擺攤子，公園裡幫人算命排八字那些過去禁止的亂七八糟的東西又出現了。」

「這些東西你們華僑農場很見不到。從玉河縣城上去直到春城，一路上的漢族村子，到處都在修墳建廟，以前跳大神的端公師孃又活躍起來。」

「以前書店裡只有清一色的馬列著作、毛主席語錄。現在愛情、偵探、武打俠義、秘聞佚事，什麼五花八門，希奇古怪的書都有。」

「這些是不是就是精神污染？老徐你說說，這開放是不是有點開放得過了頭？」

老徐說：「以前禁錮得太久，太厲害，一下子放開來，確實有點鮮花毒草，枯枝敗葉一齊出現的感覺。問題是，總不能像過去那樣，用行政命令的辦法去解決。」

「我們農場都是華僑和傣族，現在加上難民，漢族地方那些不健康的活動可能少些，但是，他們思想上的東西，沒有人看得見。」

「華僑也好，難民也好，都是人民群眾，農場搞得好不好，關鍵在領導班子。」

老徐說：「這次整黨運動，就是要整頓領導班子的思想作風和工作作風。舊的農場領導班子已經

工作二十多年了，我們要充分肯定他們過去的成績和貢獻，也要看到社會的發展進步，各級班子都會有不適應新時期要求的地方。學校雖然沒有黨組織，但是，旁觀者清，或者可以更清楚看出農場的問題。大家暢所欲言，放開談吧。」

阮老師說：「黨內的事我們不懂，六零年剛回國時，歸僑什麼都相信政府，領導說什麼都是對的。後來，歸僑才覺得有不少問題。農場有些領導沒有文化，大字不識幾個，上面的文件、政策，我們又看不到，慢慢對上面的方針政策不那麼相信了，不過，不敢說是共產黨有什麼問題。」

「農場書記副書記、場長副場長，沒有一個大學生，中層幹部有幾個中專生，也是技術幹部。」

老徐說「過去叫『外行領導內行』，這情況要改變。全省十三個華僑農林場我都跑過，布朗農場的條件是最好的。十三個農場二十多年都是吃國家財政補貼，只有布朗農場在六四年實現過一年收支平衡。除了領導班子問題，在經營管理，生產發展方面，大家也可以敞開思想談談。」

聽老徐提到生產經營管理和發展問題，我想起阿媽來信說到包產到戶的事，便說：「我母親來信說，家鄉已經包產到戶，她分到的田和旱地，不過兩畝多些。個人自主經營，只要沒有大的災害，收成之後，除了上交公餘糧，飽暖有餘。所以，關鍵是推行什麼樣的政策。」

「我們是國營農場，不能像人民公社那樣包產到戶吧？」有的老師說

「是不是包產到戶不說，我是覺得，按我們農場的自然條件，竟然會達不到收支平衡，真叫人想不通。過去，農場幹部說歸僑，『你們是國家養著的』，歸僑最反感這句話！」

老徐說：「農場幹部的工作作風，工作方法等問題，與過去上面的政策有關，這些我們再進一步討論，古老師談到有關經營管理方面，能不能談談自己的看法？」

「布朗農場全場七千多人口，職工四千左右。職工平均工資（算整數）三十元；幹部一百多人，平均六十元。全場一年的工資不過十幾二十萬。如果沒有大型基建項目或添置大型設備，（有這種項目

都是上級撥款）其它開支也只是十來萬。總支出就那麼三十萬左右。總收入方面，七千多人的口糧，每年大約三百五十萬斤，飼料和工業（釀酒等）用糧一百多萬斤，自己生產出來的五百五十萬斤糧食；糖廠日榨量五百多噸，一個榨季將近六萬噸，出白糖七千多噸。這兩大項，扣除成本，利潤遠不止三十萬。歸僑剛回國時，勞動力少，小孩多，國家補貼生活費，說政策性虧損說得過去，可是，到後期，歸僑子女都長大後，吃國家補貼的家庭已經沒有了，農場還是說年年虧損，還是說歸僑靠政府養著，讓人想不通。一個小家庭，包產到戶後都能『飽暖有餘』，我們那麼大的國營農場，各方面條件比單家獨戶強多了，怎麼就會經營不好，搞到入不敷支，成虧損單位？」

聽我這麼一說，大家便熱烈議論起來。

「農場的賬真的不知道是怎麼算的！幾千個職工一年苦到頭，說我們年年吃財政補貼，別說歸僑聽了不舒服，我們這些當老師的，也覺得不光彩，確實叫人想不通！」

「多數歸僑在印尼時都是做小生意的，一對夫婦經營一間小舖子，可以養七八個子女，還請工人。回來下田幹活，比在海外辛苦，可發給的工資不夠基本生活開支，說要國家每月補助多少多少，沒有人想得通。這生產出來的東西值多少錢，發給的工資是多少，都是政府規定的。安排你在農場，你只能當農民，不准你幹其它工作。因此，歸僑回來以後就不安心，想離開農場！」

「最好笑的是，財務科幹部成日說我們學校『超支』，學校又不是生產單位，辦教育是每個國家必要的國民支出，連這都不懂。」

「所以，學校每次想要購買設備，添置點圖書，向上邊要錢都很難。」

……

老徐最後說：「今天大家暢所欲言，談了很多很好的意見。我們國家前些年走了一些彎路，現在撥亂反正，黨的工作重點轉移到現代化建設上來，堅持以經濟建設為中心，這次整黨和機構改革，目的

就是要做好這個轉化工作。希望老師們大力支持工作組工作，共同努力把工作搞好。」

過了兩天，才吃過晚飯不久，老徐來到我家約我出去走走，我和他順著公路邊散步邊聊，老徐說：

「聽你前天下午的發言，我覺得你對農場的情況比較了解，你在場部工作過嗎？」

「沒有，我一直都在中學教書。我剛回農場的七零年七一年，不是到處都開『學代會』嗎？我為兵團整理先進單位和個人的講用稿，下隊蒐集材料，記下了農場的基本情況。」

「那也是十多年前的事，聽你的發言，你是熟悉農業生產的，難道你當過農民？」

「我從小生活在農村，從小下田，中學時停過學，也確實當過幾年農民，這些年又一直有支農勞動，對農業生產不生疏。」

「那你能不能深入說說，農場經營方面有什麼值得改進和發展的地方？」

「這個沒有認真考慮過，不過，平時和幹部打交道，在學校和老師的閒談中，對農場的生產經營方式有所議論。現在人民公社一家人分幾畝田，都可以維持一家人的生活。我們農場佔地上百平方公里，可開發的耕地面積四五十萬畝，七千多人口，平均每人有多少耕地面積？關鍵是國家政策，剛才在會上我不好說，如果還是只能困在壩子裡這幾千畝水田上『以糧為綱』，農場永遠也發展不起來！」

「人民公社的政策已經改變了，華僑農場的機構改革，也包含著生產經營、管理方面的改革，一步一步發展。」

「如果放開政策，農場在保證口糧、飼料用糧的前提下，大力發展甘蔗、芒果這兩種經濟作物，發展多種經營，才能轉虧為盈。布朗壩子的良田有上萬畝，保證生產全場職工的口糧和其它用糧不是問題，但是，甘蔗產量就遠遠滿足不了糖廠，這兩年雖然收購附近人民公社的甘蔗，糖廠也還是『吃不飽』，而且，收購公社甘蔗也不是長久之計。布朗和干壩周圍幾十萬畝山地，這些山地都不貧瘠，多數比較平緩，不用花多大力氣就可以開發出來。首先芒果上山，水庫修好後，甘蔗也上山。幾年以後，糖廠『吃飽』，芒果收成，農場就可以大翻身。然後才能發展多種經營，發展其它產業。」

「那麼簡單！職工的思想能跟得上嗎？」

「那是第二個問題。剛才老師們講的，華僑農場建立之初，主要領導班子文化水平大低是個問題，農場的傣族職工、歸僑職工和難民職工，當然同樣有許多問題有待解決。總之，不提高幹部隊伍和職工隊伍的文化水平和思想水平，有了好的政策也不能發揮作用。」

工作組忙整黨，學校老師忙教書，其間兩位組長還來中學座談過兩次，有些組員還到一些老師家走訪。有一天，老徐到學校通知我去場部。進到辦公室，原來段主任又下來了。主任見我進來，熱情招呼：「來，來，坐！我上次下來時間短，到學校時間太匆忙，沒有好好和老師們座談。聽老葉和老徐說，老師們對農場工作提了很多好的建議。古老師對農場的發展有些心得，我想聽聽。古老師敞開思想，詳細談談，好不好！」

我一時不知從何說起，那些想法是平常大家閒談議論的，並沒有想過向誰闡述。看到我沒有說話，主任說：「不要拘束，想到哪裡說到那裡，我在地區工作時，也喜歡到學校找老師談心。」

看到主任溫和的態度，老徐又「說嘛！說嘛！」地催，我只好放開膽子，慢慢說起來。我把那天開會和後來跟老徐講的，清理了一下條理，詳細地說了一遍。主任邊聽邊問，我知道的說，不知道的不敢亂說。其中，說到種田還是要講科學知識時，我講了兵團大面積種植良種，結果沒有收成引至缺糧的事例。看到主任聽了很吃驚，我有點後悔，覺得背後說人，得罪了部隊。一直交談了兩個多小時，主任才看看手錶，點點頭說：「很好！有點頭腦。聽徐主任說，你是大學六七級的，在部隊接受過再教育？」

「是。鍛鍊了一年半時間，七零年分配工作，因為家在農場，要求回兵團來了。」

「那你在農場工作也十多年了，聽老徐說，你也是出身農村的。很好！這次整黨和機構改革工作，需要全體幹部職工積極參加，特別是將近一百位中小學教師，是一股重要的力量。你們一定要發揮作

用，幫助工作組共同搞好工作，為建設發展農場出一分力。小徐，我看就這樣，不影響古老師上課了。」

我告辭出來，老徐送我到門口便回辦公室去了。

不知不覺過了幾個月，有一天晚飯後老徐又來找我，兩人一起走到操場上，坐在球場邊一條木凳上。老徐說他回省裡去了一個星期，剛回來。我問他是不是回去匯報工作，工作組的工作什麼時候結束，老徐沒有回答我的問話。停了一會兒，認真地說：

「小古，你要作好思想準備，組織上準備調你到場部工作。」

「到場部去，去幹什麼？我從學校畢業出來一直都是教書，沒有幹過其它。」

「到場部去不是幹一般的工作，是準備擔任農場主要領導職務。」

我嚇得差點從凳子上滾下來！

「老徐，你跟我開玩笑吧！」

「我是代表組織和你談話，很認真的。整黨工作結束後，下一步就是調整領導班子。新班子要求革命化、年輕化、知識化、專業化。經過這幾個月的調查了解，工作組臨時支部進行了研究，並且向（僑）辦黨組作了匯報，認為你可以進領導班子工作。」

聽到老徐「代表組織」的話，我不由得認真的思考起來：自從參加工作，不管與什麼單位，什麼人的言談中，還沒有聽到過有誰「不服從組織」安排的，特別是安排你升職。我感到疑慮地對老徐說：

「我哪裡符合那四個『化』呢？」

「農場裡大學本科生只有中學幾個，你最年輕；你雖然不是學農的，但你出身農村，還當過農民，又在農場工作十多年，掌握一定的農業生產知識；你受黨的教育培養幾十年，不會不革命吧！」

「人人都要求思想革命化，和當領導是兩回事。」

「只要你願意革命，到時候把你吸收入黨組織，在組織力量的推動下，你會很快成為合格的領導

幹部。」

「這個…這個…」加入黨組織，我確實還沒有想過。

「你加入過共青團沒有？」

「我連少先隊都是最後才加入，當時班上要實現紅領巾班。」

「過去，很長時間推行左的組織路線，不但歸僑入黨難，連有海外關係的僑眷，要加入黨團組織也比較困難。現在，這種錯誤傾向已經改變了。前年，郭建明和丘森發兩位歸僑，不是吸收入黨了嗎？」

「我們國家的變化的確很大，我總覺得，這十多年來發生的事情，將來的歷史學家不知道怎麼編寫。」

老徐笑道：「這你操心太多了吧。人類歷史，是一條永不停息的長河，我們國家的歷史，正像我們自古歌頌的黃河，長江。她自西向東，日夜奔流，有時平靜溫柔如處子，有時咆哮兇殘如猛獸；有時緩緩直行，有時左衝右突。在這長河中，有幾個是在風口浪尖上推波逐浪的英雄？我們這些人，只是在大潮中隨行的一滴水，一粒沙。我們只能順應潮流，跟著往前走就是了。我們國家這幾十年，上百年的變化，總的就是從半封建半殖民地社會，向新民主主義社會、社會主義社會、共產主義社會前進。這個發展規律，你和我一樣，不是都在大學學過嗎？」

「老徐，你是歸僑，我們又同是六十年代文革前的文科大學生。我們學的政治課本應該是相同的。我跟你說句實在話，我的政治課學得不好。」

「什麼意思，考試不及格？還是對馬列主義，共產主義理論有懷疑？」

「不是懷疑，是不能深刻理解。比如說：『在階級社會裡，階級鬥爭是社會發展的唯一動力』；『階級鬥爭，一些階級勝利了，一些階級消滅了。這就是歷史，這就是幾千年的文明史』這些話，我就一直都很不理解。」

「那你說說，社會發展的動力是什麼？」

「從土地改革，到文化大革命。『階級鬥爭年年講，月月講，天天講』，我覺得，『階級鬥爭』並沒有發展社會生產，多數時候反而是破壞了社會生產，特別是破壞了社會文化的生產。」

「黨的十一屆三中全會以來，不是不再提『以階級鬥爭為綱』了嗎？社會主義初級階段的理論明確提出，把黨的工作重點轉移到現代化建設上來，今後黨的中心工作，就是堅持以經濟建設為中心。這些文件你沒有好好學習啊！」

「當然學過，就是上面不組織學習，自己也會認真看，讀過幾年書的人，總還是會關心時事。我的認識也正是文件上講的：『人民日益增長的物質文化需要和社會生產之間的矛盾』，這才是促進社會發展的唯一動力，而不是什麼『階級鬥爭』。你也是歸僑，我才敢大膽講。我們家鄉的村子裡，十家有七家出南洋。我一個叔公對我說，客家人，從北方流落到南方，從中國，背井離鄉出南洋，無非就是為了生活：第一求生存，第二求生活。人類為了生存和生活，向自然界索取物質，這過程產生了文化，這個向自然取得物質和發展文化的能力，就是生產力。『生產力』是社會學、政治經濟學的說法。用普通人的話說，就是你有沒有『本事』活著，有沒有『本事』活得好。華僑在國外，不懂得什麼階級，這個人會賺錢，就是有本事，不會賺錢，就是沒有本事。這個『眾人』的『本事』集合起來就匯成了社會的『本事』，成了社會的生產力。這個生產力，在階級社會產生前就已經存在，在階級消滅以後，就是共產主義以後，也還存在。」

「小古，你這個說法抹殺了階級和階級鬥爭也不行吧！」

「我並沒有抹殺階級和階級鬥爭。馬克思主義對『階級』最經典的定義是列寧下的，為了考大學和應付考試，我到現在都還背得。我能理解人類社會存在階級和階級鬥爭，但是，不理解搞階級鬥爭就會實現共產主義。」

「共產主義是很遙遠的社會，有些東西我們現階段也許不完全認識。現代社會只有兩種主要的思想體系：一種是資本主義思想體系，一種是共產主義思想體系。你總不至於說，暫時對共產主義不完全理解，就信仰資本主義吧？」

「老徐，我只是通過自己的親身經歷談點自己的認識：我不會認為私有制社會是最好的社會，但是，這種不合理的私有制，卻在促進社會生產力的發展；公有制的社會，聽起來很迷人，我經歷過五八年『一大二公』的所謂『共產主義』社會，那『一大二公』的制度，名字好聽，卻破壞了社會生產力。你不會說我的思想反動吧？」

「我們不是在討論嘛，我是五八年以前回國的，大躍進我也經歷過嘛。我國三十多年走過的路，特別是文化大革命，是值得深入研究的課題，先不說這些了。你對中央現在提出的『社會主義初級階段的理論』怎麼看？」

「這個我比較理解，它使我想起五四年前後經歷過的社會現實。那個時候，社會上有私有制、有集體所有制、有全民所有制。那時的農村，農民既能多勞多得，又強調要共同富裕；政治上宣傳民主，講法治，天天宣傳發展大生產，人民當家做主，很少提階級鬥爭。當然，我只是看到農村的生活，城市生活我不太清楚。我想：如果那時的國家政策能一直堅持下來，就像現在才提出的『堅持以經濟建設為中心』，那我們國家的發展要快得多。」

「我國從新民主主義走向社會主義，當時的路子是不是走得太快了，這是個值得探討的問題，現在不是提出來很多政策『要退夠』嗎?我們討論到現在，我覺得你還是信仰社會主義。黨章列明最高綱領和最低綱領，社會主義發展的最終目標，就是走向共產主義，兩者本質上是一樣的。這些理論問題，等有時間我們再好好學習和討論。先講現實問題：整黨工作結束後，農場要發展一批黨員，中學先發展你和伍德生老師，中學暫時還是和醫院組成一個黨支部，以後中學再發展黨員，成立學校黨支部。你和伍老師抽時間去找醫院羅醫生和孟醫生，他們會向你們詳細講解黨章，作你們兩人的入黨介紹人。」

一晚上都沒有睡好，翻來覆去的，覺得這變化真是太大了。到星期天，我去找趙伯。「若要好，問三老」。

到了趙伯家，我把事情前後經過說了一遍，只是說要調去場部，沒有說擔任什麼職務。趙伯聽了，笑道：「書生論政，工作隊竟然信你。」

「就是！我不就是開座談會信口開河發了通議論嗎？」

「聽你剛才講農場的經營發展想法，倒也不是無稽之談。」

「趙伯不要笑話我，這些想法，也就是和趙伯你們閒談中聽來的，覺得有道理，便記在心上了。這次講出來，工作隊就聽進去了。」

「二十多年來，農場原來那幾個主要領導，多數大字不識幾個，為什麼都可以當場長書記？一是一切都按照上面的指示辦事，生產和開支等計劃都是上面定好的，下面只是執行；二是指令傳下去後，靠生產隊長帶著職工自覺幹活。說老實話，這領導不難當。你多讀了幾年書，各種知識總會多些，既要執行上面的方針政策，又要結合農場的實際，只要掌握得好，腳踏實地，不應該比他們幹得差。現在國家提出不搞階級鬥爭，要搞經濟建設。提出幹部要『四化』，這是一股新風，對國家的發展只有好處。」

「趙伯的意思是我能幹？」

「可以幹，能不能幹好，另當別論。」

說到當農場領導幹部，要加入黨組織，我說：

「以趙伯的學問和見識，我還想請教加入黨組織的事，我以前真的沒有想過，覺得有點突兀。」

趙伯聽了沒有說話，兩眼望著遠遠的青山，在那裡慢慢喝茶。過了一會兒，收回目光，悠悠地說：

「你如果真到場部去當幹部，要做好工作，入黨是必要的。華僑在國外，組織同鄉會、商會等等，

組織起來的主要目的不單是聯絡感情，更主要是為了容易謀生，而且，在受到當地政府無理欺壓時，有點抗爭的力量。世人活在地球上，為了更好地生存和生活，都要成群結隊，結成團伙。脫離社會，單獨的個人無法生存。為了爭奪最大的社會利益，團伙間不斷進行爭鬥，隨著社會的發展，團伙經過嚴密地組織，最後形成政黨。政黨取得了政權，組織政府叫統治，在台下為了奪取政權的鬥爭叫造反、叫革命。現在，掌握政權，領導社會主義中國的是共產黨。你想做好工作，不是共產黨員，有誰聽你的？」

「趙伯，我讀了這麼些年的書，學校老師從來也沒有這樣講的。我還是第一次聽你這樣奇特的說法！我們從小受的教育都是：共產黨是『無產階級的先鋒隊』。『團伙』是個貶義詞，是指黑社會，你用來說共產黨，不是顯得大不敬嗎？」

「你學的是學院經典，我說的是平民百姓的白話。解放之初，傳說家鄉有對父子，因為對改朝換代，對新舊政權意見相左，這老父親寫了副對聯：蔣說毛匪，毛說蔣匪，無非歷史一人物；父說子非，子說父非，只是現實兩仇人。孫中山組織反清復明，最初叫洪門，後來叫同盟會，現在不是叫國民黨嗎？」

「這我學歷史時知道一些。小時候，常聽大人議論『朱毛朱毛』，確實當成是土匪。剛解放，學校掛的是毛主席和朱總司令的像。到後來，到處都只有毛主席的像，文革這些年不用說了。領袖活著時，天天喊萬歲萬萬歲，把他說得天上有，地下無。現在人不在了，黨的決議否定了文化大革命，最近社會上有些議論，好像什麼錯誤都往他一個人頭上推，很多人反而成了有先見之明的哲人。」

「俗話說『事後諸葛亮』、『馬後砲』。共產黨內的事，我不太懂。在印尼時也好，回到農場也好，有幾個在家鄉讀過點古書的三五知已，『閒坐說玄宗』，議論時事，評論古今名人。我們覺得，兩千多年來，中國走到今天，不管你喜歡也好，不喜歡也好，歷史記載著三個人：第一個秦始皇，他統一中國，不然，中國這塊大地上，也像歐洲大陸一樣有幾十個國家，千百年來大小戰爭從來沒有斷過；第

二個孫中山，帶領民眾推翻封建皇朝，使中國步入現代社會，不然你我現在還留著辮子；第三個是毛澤東……」

「這幾年坐聊時，趙伯對毛澤東發動文化大革命深惡痛絕！」

「對毛澤東我有幾個看法：第一，是一個信仰馬克思主義的革命者。對共產主義的理論我不了了之，他的信仰中摻有多少中國文化我也不予評論，但毛澤東是忠實的共產主義戰士；第二，是個梟雄。試想，一個湖南鄉下人，像你我一樣農民的兒子，憑自己的雄心、天資、膽識，沒有任何政治資源，白手起家，在二十八年間，不折不撓，縱橫捭闔，締造和掌握世界上最大的政黨、締造和掌握一支強大的軍隊，最後建立新的政權，成為一個大國至高無上的神聖領袖，不論你對他愛還是憎，不能抹殺他在中華歷史、乃至世界歷史上的位置；第三，是政治強人。中華人民共和國建立到現在，從建國之初，國弱民窮之時，不畏強權，敢與美國為首的聯國對擂，後來敢於蔑視兩個超級大國，要中國人自立更生，挺起腰杆做人，自有他令人佩服之處。第四，他是人，不是神。是人都有弱點、缺點，特別是年老之後。南北朝時的梁武帝蕭衍，多才多藝，學識廣博。他的政治、軍事才能，在南朝諸帝中堪稱翹楚。可是，到了老年，迷信宗教，奸佞居前而不見，大謀顛錯而不知。最後因侯景之亂而亡，臨死時還興嘆說：『自我得之，自我失之，亦復何所恨云云』，因此，成為千古笑柄。過去把他吹得英明神武中國幾千年才出一個，現在又有人把他說得一塌糊塗。不過是有些人想借此表示自己的高明，有些人是為自己曾經為虎作倀開脫。」

「前兩年為那些文革中被打倒的，已經去世的老幹部平反，有些群眾說是：『批判會上無好人，追悼會上無壞人』。」

「打倒四人幫後，我們那老帥鄉里回了一趟家鄉，聽到家鄉生活貧困，父老鄉親向他叫苦，他把全縣公社書記拉到山西去參觀大寨，叫大家學大寨改變家鄉面貌，結果個個書記罵他。你說是大事糊塗

還是小事糊塗！」

「胡耀邦現在下台了，他上任後也做了不少好事。他來雲南考察時看到大部分地區百姓都生活困難，批評雲南幹部太老實：不吵不鬧，不叫不到（上北京），不給不要。說雲南有色金屬資源那麼豐富，百姓是抬著金飯碗要飯吃，要放開礦山讓老百姓挖礦。結果，把礦山挖得支離破碎，把資源破壞了。」

「所以，不管對方針政策的認識，對各級領導，包括對大人物的評價，都要自己思考，不能人云亦云。當幹部想要做點實事，要『不唯書，不唯上，只唯實』」

「趙伯的話讓我大長見識。人類歷史是由人類共同創造的，前幾年討論『是英雄創造歷史，還是奴隸們創造歷史』？政黨、領袖、群眾的關係，是一個複雜問題。」

「我國古人講『天、地、人』，把它稱為『三才者』，這三者缺一不可。『天』是萬物賴以生存的空間；『地』是萬物藉以生長的條件；有了天地，才能養育萬物，生生不息；『人』能順應『天、地』，才能借天地養育得於發展，成為萬物之靈。每一段歷史，都由天、地、人的因素決定。天時，指天下大勢；地利，指地理環境；『人和』，指眾人齊心。離開了天時、地利，人和，誰也創造不出歷史，只會像所有動物一樣自生自滅。世界上的英雄豪傑，能夠利用天時、地利、人和，鼓動起人心，便會形成一種群眾熱潮，形成社會潮流。潮流符合歷史發展的要求，社會就會進步；反之退步。各種宗教領袖稱『群眾』為『信眾』，百姓迷信神鬼猶可恕，迷信領袖，搞個人崇拜，就是自作孳了。像文化大革命所以搞得天怒人怨，就是這個道理。總之，鑄造歷史離不開天、地、人三大勢。每一段歷史的鑄造，不能歸功、或者歸罪到一個人頭上！」

「趙伯講的道理深刻，小侄年輕，要好好學習和思考。我小時候讀書為了出南洋謀生，長大後知道讀書為了報效國家，接受了十多年黨的教育，認為所有人的最終目標是為了實現共產主義。我不是個有遠大志向的人，如果能將自己學到的知識，為一方百姓做出點好事，就覺得人生有意義。」

做好這份工作，那就腳踏實地好好幹，不要瞻前顧後。」

「方智這話實在。『讀書本意在元元』，布朗只是個小地方，又是華僑農場，你覺得自己有能力

老徐也已經和伍老師談過話，我和他約好一起到醫院找院長孟永清醫生，黨支部書記羅南平醫生。我們先口頭提出加入黨組織的願望，兩位黨員同志給我們認真講解黨章，我們分別詳細談自己的認識。伍老師的入黨申請書已經轉交給他們了，羅支書對他說，還是重新寫一份吧，幾年前寫的，現在認識應該提高了。我是第一次寫。我的申請書簡述了中國共產黨從誕生到打倒「四人幫」的發展，說明共產黨已經是一個成熟的政黨；在共產黨領導下，堅持走社會主義道路，中國一定會有光明前途。過兩天，我和伍老師把申請書交上去時，兩位黨員醫生表示願意做我們的入黨介紹人，再次講了許多黨的有關知識。過了一個月，農場共有五位同志同時批准入黨。五個人在場部黨委辦公室，對著黨旗莊嚴宣誓，成為中國共產黨預備黨員。

老尹調回玉河地區，任統戰部副部長。郭副場長調到省僑辦工作。前年以來，楊副場長等不少老幹部，都已經陸續退休。歸僑丘森發調回場部，接任黨委書記，原來干壩的公社總支書記李文學繼續擔任副書記。

農場空下來的場長、副場長職位，整黨工作組搞民意測驗，在全場幹部中選賢任能。在生產隊長以上幹部大會上，由工作組組長老葉講解了民意測驗的目的要求，介紹了原農場生產科科長張梅生、東風分場場長李紹興、剛提拔接替郭副場長的建設分場場長陳建新、中學教師伍德生和古方智等五位候選人，由參加測驗的幹部不記名投票，推薦農場新班子場長一名，副場長兩名，投票結果不公開。

我估計不會有多少人投票讓我去當場長或副場長。在農場十多年，雖然歸僑生產隊和傣族生產隊，差不多所有正副隊長都認識我，但是，他們只知道我會教書，恐怕沒有人認為我會領導大家搞生產。

過了一個星期，工作隊臨時黨支部把我們五個人召集起來開會，介紹一位從紅水農場調來的幹部，

同時，說明參考民意測驗結果後，工作組臨時支部研究決定，並上報省僑辦黨組批准的人事任免決定：調紅水農場場長梁任遠任布朗農場場長，任命古方智、張梅生、陳建新為副場長。

經過整黨和機構改革工作，成立了新的黨政領導班子：農場黨委書記丘森發，副書記李文學，團委書記白友生。行政領導班子：場長梁任遠，副場長古方智，張梅生，陳建新，臨時副場長范紹光正式任命為副場長。原來的傣族副場長李順洪、彝族普朝光沒有提出來作民意測驗，仍然留任原職。工作組臨走前召開全場幹部大會，宣布新領導班子，再由隊長向全體職工傳達。

分場組織除少數到年齡的幹部退休作出補充，其他沒有變動。

新來的梁場長，玉河地區人，是個部隊轉業幹部，高中肆業。梁任遠部隊轉業後，由地區組織部門報請省僑辦黨組任命，擔任紅水華僑農場場長，才工作不到一年，現在調任布朗農場場長。

新行政班子討論分工：場長抓全盤；張副場長是玉河農校畢業生，分管農業；陳副場長是歸僑，分管僑務和機關後勤；李順洪、普朝光、范副場長分別負責傣族、彝族和難民工作；我原來是老師，分管文教衛生。還有工交、基建一大攤子，這是農場工作的重擔，誰挑這個擔子，誰就是不公開的第一副場長。五位副場長都在推，推到後來，幾個副場長都說，農場黨委和行政兩個班子，只有古老師是大學生，又最年輕，能者多勞，應該好好鍛鍊，勇挑重擔……梁場長望著我，誠懇地說：「小古大膽擔起來，有什麼問題我在背後支持你。」我不知道黨組織內有沒有先通氣，參加會議的老葉和老徐兩位組長都不說話，也就是認可的意思，由不得我不幹。

老葉和老徐對新領導班子的工作作了指導和鼓勵，工作隊的工作就勝利完成，要打道回城了。回去前，老徐來找我談心。

從五三年起，不斷有東南亞國家的華僑青年學生回國求學，都是回到北京和廣州的華僑補習學校讀書。五八年大躍進期間，有一批泰國、緬甸、越南、柬埔寨等國華僑青年差不多同一時間回國，老徐

是其中一位。他們先回到北京華僑補校學習，後來被安排到滇南勞動鍛鍊。這批到滇南的華僑青年，勞動鍛鍊後有安排上大學的，有安排工作的。在讀大學期間，春城軍區情報部門還從這批學生中招收過情報工作人員，有些人大學畢業後，被安排在軍區外語學校教外國語。說起這段經歷，老徐講了好多故事。我覺得他已經把我當成朋友談心，便不由得問他：「你們不是搞了民意測驗嗎？我不相信會有幾個人投我的票，認為我可以當副場長！」

老徐說：「所以我們事前就說了不公開嘛。群眾的意見要聽，也還是要有組織原則。那些投票中，推薦伍德生老師的票還比你多呢，可能他出身好，又當過農中副校長。但是，我們聽取過老班子和下面一些人的意見，最後工作組臨時支部經過詳細討論，覺得還是你比較合適。」又放低聲音說：「辦黨委的計劃，三年後要把你調整到黨的崗位上去。」

「三年以後再說吧。把鴨子趕上架，你倒是走了，我在這裡怎麼撲騰都不知道。」

「我們下來這幾個月，都覺得：按自然條件，布朗農場是不錯的。問題是，現在印尼歸僑人心思走，越南難民也還沒有完全安定下來。新領導班子在做好當前各項工作的同時，要抓緊培養本地幹部，特別是傣族幹部、彝族幹部和難民幹部，才能接得上任。」

「你也知道農場當前困難重重，工作難搞哩！又把我推上去！」

「總要有人幹嘛。丘森發推上去當書記，陳建新原來是分場場長，當時調到場部並沒有正式任命，現在明確當副場長。他們兩個是歸僑，你是個僑眷。華僑農場主要領導有三個僑字號的，加上一位難民，突出了華僑農場的幹部特色；行政班子當中，一名大學本科生，一名中專生，難民的范副場長是高中文化程度，另外兩名是中學生，一位傣族、一位彝族副場長，是考慮人員結構，文化程度只能算勉強過得去；你們幾個都是中年人，再加緊培養，把團委書記提上來，年齡結構也還可以。專業化，張梅生是農校畢業的，其他幾個都在農場幹了十幾二十年。你和梁場長，學好農業生產知識和農場經營管理，相信

都不算太難。至於革命化，就全靠你們自己。」

「我這是禍從口出！」

「算了吧，也許是時勢造英雄哩！」

「布朗山上以前只有狗熊！」

「還是要有信心搞好工作。華僑農場工作，歸僑僑眷自己都不出來擔負，說不過去嘛。低麼（知道嗎）？涯（我）系大埔人。」

聽到老徐的兩句客家話，我不禁笑起來：「大埔客家話和我們家鄉的客家話是很接近的，被你說得怪腔怪調。」

老許也笑起來：「緬甸華僑不如印尼華僑，確實很少講家鄉話。」

「明天你們……」

「天一亮就走，以後會經常見。」

丘森發擔任黨委書記，文化和工作能力都勉強。李文學初中文化程度，已經接近五十歲，他原是小學教師，後來是公社總支書記，現在擔任副書記。白友生就是兵團開「學代會」時宣傳過的先進青年，後來加入黨組織，在分場擔任過副場長，現在擔任農場團委書記，可惜只有高小文化程度。黨章規定，要有三年以上黨齡才能擔任黨委書記。老徐向我透露三年後的信息，我沒有想那麼多。大部分印尼歸僑出港以後，農場幹部職工的成分按人數排列是：傣族、彝族、難民、漢族、印尼歸僑。印尼歸僑在農場成了「少數民族」。

我還是吃住在學校，沒有搬到場部機關去。場部機關沒有空置的房間，我不想因為我的上任而要求某位幹部騰出住房。而且，私下覺得住在學校單純一些，不像機關有那麼多婆媽的事。

我和梁場長花了一個多月時間下隊走訪，熟悉基本情況；又沿著農場地界考察了一遍，看看自己

的「勢力範圍」。在農場領導班子中，場長和我兩人對農場的認識比其他人淺，所以下去摸摸家底。梁場長在紅水農場當了近兩年場長，經營管理農場已經積累了一定經驗，我在僑辦主任和老徐面前雖然滔滔不絕講了幾個小時，但是，到生產隊和田頭山地實地走了一轉後，才知道發展生產，建設家園有許多艱苦工作要做。行政班子首先討論制定承包責任制，制定全場水稻、甘蔗、芒果和其它作物的種植計劃和林牧副魚發展規劃。討論制定分場（包括糖廠和各直屬隊）、生產隊、個人的承包計劃。從對責任制的認識，到承包的具體規定，都免不了爭論不休，又經過一個多月的大小會議，才把計劃制定出來。最後，全體幹部又分別下隊宣傳，把計劃具體貫徹落實下去。

場部的工作告一段落，我才抽出時間找伍老師，商量我離開後，組建中學領導班子的事。晚上進到伍老師家，我才開口，伍老師說：

「你現在是農場領導，你覺得誰合適，你說了算！」

我聽了不覺征了一下，然後真誠地說：「以前學校的大小事務，你都和我商量，從來也不是你一人說了算。才幾天功夫，我的本事不會突然就變大了吧？明天我請張老師來找你商量，得以你的意見為主。」

「張老師恐怕也說不出什麼意見，還是你提點建議。」

「那麼你先說，我看有什麼可以補充。」

「馮老師和阮老師兩位，恐怕都很難動員出來擔任領導工作，我想索性啟用幾個年輕人，方有朋任副校長，周孟北和陳林任正副教導主任；崔志岸仍然擔任團支書，抓團的工作，如果他有加入組織的願望，首先培養他入黨。老教師對這幾個年輕人都很支持，相信他們能挑起擔子。不過，就怕他們過兩年又在外地找著對象，要求調動離開。」

「提議小方擔任副校長完全對，從長遠看，還是要加緊培養本地民族幹部和教師。至於幾個年輕

老師，不要擔心他們將來調動工作，就是調到別的學校，也同樣是為教育服務。這包括歸僑老師，也不要因為有申請出國打算，或已經申請出國而不敢使用。有人今天走了，明天再選人補上就是了。」

「培養本地教師計劃我也考慮過了，去年送去師專學習的，明年才能畢業，今年應該再繼續選送，傣族、彝族、難民，只要有高中程度，有培養前途的，盡可能多送幾個。不單為中學，也要為小學培養。前幾年，小學的骨幹老師都差不多抽完了。這幾年，批准出國的歸僑比較多，確實對學生影響很大。昨天我還和幾個老師商量，準備大張旗鼓宣傳表揚幾個歸僑學生，他們家裡批准出港，直到動身的前兩天，還堅持到校認真上課。」

「培訓老師的事我會在辦公會上提出來。你說的宣傳表揚歸僑學生的想法太好了！高一班那個李國華，本來學習很用功，成績也好，因為申請出港就退學，我很久都覺得心裡難過。讀書不單是為了謀一碗飯吃，可惜，中學生這個年齡還不太理解！」

第二天，等張老師上班後，我找他交代了中學的事，拜托他多操心三所小學的工作，我一時關顧不到小學。說完後，我便到醫院去看醫生，這兩天一直流鼻水，可能感冒了。才進到醫院藥房門口，見一個五十幾歲的大媽正在和藥房的小金吵架，藥房裡只有小金一個人，藥房負責人老朱可能臨時有事走開了。小金一見我，便從藥房裡走出來，對那大媽說：「好啦，剛好管醫院的古副場長來了，你問他可不可以給你？他說可以我就給你。」說完回到藥房去了。

我看這大媽中氣很足，說話聲音大，周圍又有幾個病號等著拿藥，便讓她走到旁邊，對她說：「大媽，這裡是醫院，有事慢慢說，不要吵行不行？」

「我沒有吵。就是來要避孕藥，這藥以前還發到隊上，現在我自己來要都不給！」

我聽了覺得有點好笑，問：「大媽，你怕有五十幾六十了吧，還要吃這個……藥？白天要下田幹活，晚上叫你老公悠著點。」

「哪裡是我吃！是我那小姑娘叫我要的，要不著又要罵我笨，這點事都辦不成。」

「你姑娘叫你要的？你剛才不是說這藥還在隊上發過，沒有發給你姑娘嗎？」

「就是因為她還沒有結婚，所以不發給她。」

我聽了不禁吃了一驚：「大媽，你姑娘還沒有結婚，怎麼就怕懷孕？她跟誰……」

「你們不是一天宣傳晚婚嗎？不到年齡不給結婚，結了婚沒有證明又不能生孩子。老天爺生了那東西在人身上，到了年紀不讓人玩，人都憋出病來了。」

「這個……你看……」小金和兩個經過的小護士，聽到大媽說出那麼有水平的話，整得剛上任的古副場長不知道怎麼應付，低著頭咕咕咕地笑。

幸好藥房負責人老朱回來了。老朱是印尼歸僑，用印尼話跟我說：「古老師，你不用理她，我來跟她說。」然後大聲對大媽說：「大媽，醫院的避孕藥都發到隊上的衛生員那裡去了。藥房的藥要醫生開了處方才可以按處方給你藥。你姑娘也好，你也好，現在醫生都不會開避孕藥給你。你姑娘還沒有結婚又要和男人睡覺的話，叫她去找婦女主任小郭，小郭會教她不會懷孕的辦法，懂了沒有？」邊說邊推著大媽走。

大媽可能曾經來過，知道朱醫生不會給她藥的，嘟囔著走了。滇南的某些少數民族，在對待少男少女的性關係上，比較順其自然，不像漢族有那麼多封建禮教約束。直到現在，山上的某些少數民族，村裡還有「公房」。男女青年長到十五六歲，就可以到公房裡留宿，自由交往，直到女的有了孩子，才落夫家。壩子裡的傣族，不像山上的彝族和哈尼族那麼自由，思想傳統比較接近漢族，但也比漢族的管束要寬鬆。過去出現未婚先孕時，事後領取結婚證就解決了，現在貫徹落實計劃生育政策，未婚發生關係懷孕了，才成了一個問題。

成了副場長，一出門走在路上，就會有人向我提出問題，要求解決問題。而這些問題，沒有哪一

件是以前在學校裡學過的。羅醫生和孟醫生，是我的入黨介紹人，現在，我成了他們的頂頭上司。他們不來找我，我就不去管他們。我對醫院的工作不熟悉，不敢去瞎指揮。兩位醫院領導有時會上來場部「請示匯報」，我也是實事求表示不懂，請他們大膽主動地工作。當前，水庫引水渠工程的承包工作要落實，今年的榨季很快就要開始，這些工作我都不熟悉，要抓緊時間學習，邊學邊幹。

水庫大壩已經基本完工，接下來是修建從水庫到干壩的引水渠和壩子裡的蓄水塘。這幾年，為了安置難民，增加了大量基建工程，這些工程多數由外地建築隊承包。省裡和北京來的大建築隊主要人馬撤走了，只留下少量技術人員在收尾。農場裡仍然有不少小包工隊，以前不管事時沒有留意，現在才發現這些包工隊還不少：本省的有玉河地區各縣的，外省的有四川、湖南來的。跟北京和省裡的大型建築隊不同，他們都是城鎮和人民公社的基建隊，屬集體企業。這些人的鼻子很靈，我們的行政分工會議才開完，第二天走在路上，就有人「古場長！古場長！」的，叫得我心裡發毛。

我對工程技術和工程核算都不熟悉，每天晚上加班看書，向基建隊和水庫上的工程人員請教。有幾個很熱心教我，也有幾個謙虛表示不敢教的。幸好有幾個農場中學高中畢業的學生，一直在水庫當測量員和施工員，現在輪到老師向他們請教，他們都很耐心地向我講解，協助我工作。水庫建設，暫時由工交公司下設一個隊分管，等水利工程全部完工後，會專門成立一個部門管理。這個隊的隊長何思壯，也是農業學校畢業生，他雖然不是學基建和水利工程的，畢業分配到農場以後一直在基建隊工作，後來，又成為水庫建設負責人之一。行政會議初步研究過，修築引水渠和水塘的工程款，有五十萬左右的預算。我組織工交公司經理和何隊長等人研究工程時，要求他們將工程分段承包，因為布朗壩和干壩的水渠以及水塘，各地段的地質結構不同，施工難度不一樣。招標由公司經理和何隊長負責，最後由我決定。

才當上副場長不久，晚上回到家裡，有時會看到廚房裡多出一些不是自己買回來的東西。餅乾、

茶葉、菸、酒、木耳、香菇之類。老婆也說不清是哪一個人拿進來的，說那些人進來放下東西就走了。第二天，我把這些東西拎到辦公室，問場長怎麼處理，場長看著東西笑笑說：「你們看著處理吧。」陳副場長說：「茶、菸留在辦公室，用來開隊長會時招待用，其它東西送到機關食堂去。」場長聽了還是笑笑。後來，有包工頭向我暗示曾表示過心意，我說知道，已經送到辦公室了。

每天在場長辦公室坐班的是梁場長、陳副場長和我三人。張副場長仍然在生產科辦公室上班，沒有搬上來。李副場長、普副場長和范副場長，行政分工時已經作出安排，不開會和沒有重要事，他們便在分場上班，不到場部辦公室坐班。梁場長是我見過的少數不抽菸的基層幹部。他的辦公桌上，每天上班後，外單位來談工作的人，都會敬菸，場長不接，便放在桌子上。陳副場長和我不好意思去拿來抽，下班時，有些科室的年輕人，會借口有事找場長，進來把菸拿去抽。

有一天晚上，老婆孩子都睡著了，我還在看書。有個包工頭來到家裡，先天南地北吹一陣，又是古場長「新人上任，年輕有為，前途無量」的吹捧一番，說著話，把身後揹著的綠色軍用包放在桌子上說：「現在城裡不管搞什麼工程項目，簽什麼產銷合同，都會有回扣。這回扣當然不會寫在項目收支賬上，實際上也就是給負責人的一點工作生活上的補貼。像古場長現在提到領導崗位上，工作大量增加了，工資也沒有增加。這是我們的一點心意，沒別的意思，我們這些包工隊到處跑，靠的就是各位領導信得過我們，給我們合作的機會。」

我看著那鼓鼓的挎包，心想：拾元一張的人民幣，一百張一疊就是一仟。這包裡沒有一萬，也怕有捌仟。前兩年，有些個體戶一年掙到一萬元，成萬元戶，能上報紙宣傳。我心裡有些發抖，手心冒出汗來，說：「這拿回扣的事，我也聽說過。有關工程承包的事，農場有一定的制度，到時你們可以參加投標。」

「我們聽梁場長說了，你是工程主管，工程項目的決定權古場長說了算。工交公司經理和何隊長我也找過了，開招標會時，我們照樣會提供工程報價，參加投標。過去農場裡有些小工程我們包過一些，質量上古場長盡可以放心。」

「你也知道我是新上台的，很多工作還不熟悉，還是那句話，工程的事，我們會按制度辦事。」

「那行！那我就不打擾古場長休息了。」說完起身要走。

我連忙把那軍用包提起來，掛在他肩上：「這東西你帶回去，這段時間有些包工隊的人都送了些東西給我，我也分不清是哪位送的，都拿到辦公室去了。」

包工頭聽了呆了一下，說：「那行。古場長，我們找機會再說吧！不是說山不轉水轉嘛。」說完挎著包包走了。

我躺在床上睡不著：一萬元，等於我差不多十五年的工資！有這一萬元，可以做很多事情：馬上就可以為老婆買架縫衣機；想回家鄉看阿媽，隨時都可以出發，不用左右計算如何節省費用；大女兒如果考上玉河中學上高中，也不必再擔心家庭開支變得緊張……把工程包給他，當然，這錢不會白送。羊毛出在羊身上，他們做工程時會盡可能節省成本，不但把送出去的錢省回來，還要盡可能自己多賺，因為我收了他的錢，不好嚴格檢查他的工程質量，還會包庇他。工程一驗收，他走了，萬一水渠塌了呢？不過，包給他二、三十萬的工程，才收他萬把塊錢，他們也不敢做得太過分，只要叫那幾個當施工員的學生看得緊一點，注意檢查質量，應該不會差到那裡去。幾個月工程完成了，人一走，這錢就……以前當老師，誰會送錢給你？才當上副場長，就有人大包的錢送上門來。

中文系大學生，除了文學作品，也還讀過些歷史書。封建社會的崩毀，制度和社會的發展是根本原因，而貪官污吏的貪污腐化，巧取豪奪，造成社會不公，則是激起百姓造反的主要導火索。文科學生多數自命清高，都會背誦「千錘萬擊出深山，烈火焚燒若等閒；粉身碎骨渾不怕，要留清白在人間。」等詩句。

「為臣貪，必喪其身」，「廉恥，立人之大節」。剛上中學時，聽老師講過劉青山，張子善的故事。那時候，利用職權收受七百元以上賄款，就是貪污犯，要槍斃呢！

第二天早上起來，看見老婆孩子吃了早餐，高高興興上學去。覺得心裡明亮了，「見利思義，見危授命，久要不忘平生之言，亦可以為成人矣。」我從小到大，聽到最多的客家人罵人的話，就是「某人不成人」！我平生之願，也就是做一個平凡的人。我怎麼能才當上芝麻綠豆都算不上的官，就「不成人」呢！。

引水渠和水塘工程順利承包下去，幾組負責監督的年輕施工員，多數是我教過的學生，雖然反覆交代他們要認真工作，堅持原則，卻還是擔心他們會和個別包工人員一起吃吃喝喝，忘乎所以。

實行承包制以後，有一些職工停薪留職，自謀出路，成為個體戶。農場第一個正式辦理營業執照的個體戶，是建設二隊的歸僑李豐盛。他租了生產隊一間公路邊的空置房間，開了一間小商店，賣日用生活品。華僑在印尼多數都是做小生意的，有人帶了頭，接連又有幾家申請，原來半公開利用星期天搞販運擺攤的，有些正式申請經營，有些仍然只用業餘時間做生意。

新班子分工時，除了工農業生產這類比較明確的項目作了明確的分工，有些新出現的項目，誰分管不是那麼明晰。遇到這種情況，如果不是重大決策，或只是一次性批准的事，梁場長把申請看了以後，會叫我，或叫陳副場長，或把張副場長叫上來，指示：「你把這申請批了吧。」申請個體經營是個新項目，也不常有，梁場長叫我批，我已經批了幾個。辦公會議討論過：不管是什麼成分的職工申請個體經營，只要認為符合有關政策規定，經營項目可以賺到錢，不至於影響家庭生活的，原則上都給予批准。申請營業牌照不是農場管，農場只是批准該職工暫時停薪脫離生產隊，去工商管理所申請牌照，進行商業活動。農場現在是勞動力過剩，有人自謀出路，如果掙得到比工資高的收入改善生活，是公私兩利的事。工商管理所只有兩位工作人員，對有關技術方面的要求，也沒有考核把關，口頭詢問一下，有舖子

有人，有點簡單設備，一般都給辦理執照。

這天剛上班，又有一位歸僑來申請經營汽車修理商店。農場已經有兩家汽車修理店。我看著他的申請問：

「十來公里的公路上，已經有兩家修理店。其中一間是關師傅開的，整個農場，講修理汽車他的技術最好。我不知道你從哪裡學來的修車技術，你再開一間，能不能找到飯吃？」

「我跟朋友學的，已經學了好幾年。反正試試看嘛，不行再說。」

「一停薪就沒有工資了，試下來找不著飯吃怎麼辦？」

「不是還留職嗎？不行再回來找古老師復職不就行了。」

聽他說得有道理，我提起筆給批上「同意」兩字。

下班後，我下去僑聯找趙伯。做生意的事得請教他。我說起剛才的事，趙伯說：「好些歸僑現在都想做生意，只要不影響隊上的生產，能夠自謀出路，這是好事。」

「問題是只集中在幾個行業，怕沒有那麼多生意做。」

「現在開了哪些鋪子？」

「雜貨、小百貨店有四家，都是印尼歸僑開的；小食店有三家，越南難民兩家，幹部家屬一家；還有一家越南難民正準備開照相館。這汽車充氣修理已經有兩家，也是印尼歸僑開的。」

「其它的應該都有生意做，只在於經營得法。至於汽車修理，農場這段不長的路上，開三家修理店，競爭恐怕比較大。老關的技術和鋪子的位置都最好，生意沒有問題。另兩家想要賺錢可能有些困難。」

「所以，歸僑很多想做生意可以理解。但是，農場地方不大，本場人口和流動人口都不是很多，允許私人個體經營是好政策，怎麼發展也要符合本地實際。」

「做生意不但會有樣學樣，也因為鄉里之間能互相幫忙。像印尼的華僑很有趣的：客家人開小商店，福建人賣鹹魚，海南人開咖啡室，潮州人賣貴刁（卷粉），湖北人做牙醫，山東人耍功夫賣大力丸……」

「那不是自己人爭生意？」

「有飯大家一起吃，有錢大家一起賺嘛。不過，說到底做生意要有眼光，又要苦得。紅旗二隊陳亮星從原鄉來的孫子，這幾個街子天我都見到他在賣豬肉，聽他說是從私人那裡買豬殺來賣，現在還是獨家生意，生意很好。」

「他那豬肉攤子我見了，的確生意很好，恐怕過幾天就有人學他了。前幾天，我和場長下隊，建設一隊有一家、三隊有一家，在後面山坡上承包了幾百棵芒果，今年開始收成，明年後年以後，收入會非常可觀。『前人種樹，後人享福』，到時歸僑就是批准出國，那果樹也是折價賣回給農場，不會白種。紅旗分場這邊，忠明叔生前的願望就是在隊後面的山上種芒果。那些歸僑來你隔壁商店買東西時，跟他們聊聊，發展芒果，是公私兩利的事。我的意思是，歸僑不要只想到開小商店，多找點其它能賺錢的門路。」

「這事我放在心上。你剛才說的那個申請開汽車修理店的，我也會找他問問情況。上任半年多了，工作怎麼樣？新班子相處得好吧？」

「班子相處沒有問題，場長為人很謙虛，老陳和老張對農場情況熟悉一些，我虛心向他們學習傣族、彝族、難民幹部，也覺得好相處。」

「你年紀最輕，不要以為自己是大學生，就自以為了不起。」

「我是時刻提醒自己要懂慎小心。外面的人，特別是外單位來聯繫工作的人，開口年輕有為、有知識、有魄力……有件事還沒有和趙伯說過。」我把包工頭那晚送錢的事說了一遍。

「那你還不乘機發點財，俗話說『人無橫財不富，馬無夜草不肥』嘛！」

「趙伯別笑話我，我的思想不是沒有動搖過，當晚翻來覆去，覺都沒有睡好。」

「古人說『君子愛財，取之有道』。貪欲，是人的本性，君子小人皆然，差別在於『取之有道』，就是要從『正路』上得到。做人，還是要讀點書。讀了書，才能認清是非、榮辱、貴賤，因此，做人才會有敬畏之心。人生只有幾十年，不管什麼人，成就什麼事業，過怎麼樣的生活，只有做到『食能知味，睡能安枕』，人生才有意義。」

從僑聯出來，想起趙伯提到的亮星伯的孫子，這也是農場碰到的一個新問題。亮星伯兩口子只有一個女兒，女兒結婚後隨丈夫一家出香港了。老兩口不想到香港去拖累女兒一家，沒有申請出港。亮星伯老家同樣有個大婆，有一個兒子。亮星伯剛回國時回過家鄉，大婆前幾年在家鄉去世了。女兒出國以後，大婆的兒子來農場探望父親和細媽，見老兩口沒人照顧，自已有兩個兒子，一個女兒，便叫大兒子和媳婦過來和阿公（爺爺）團聚。這家鄉來的小倆口，戶口沒有遷過來，也不是農場職工，不存在停薪留職的問題，現在自謀職業，他的身份、管理等問題怎麼處理，那天幾位領導議論了一陣，也沒有找出有關文件，一時不知道怎麼管理。

亮星伯老兩口領著退休金，女兒香港有錢寄來。孫子兩夫婦是從家鄉山里出來的年輕人，能吃苦，現在又能賺錢又孝順，一家人的日子過得其樂融融。我想起那年春節為了半斤豬肉吵架的事，無限感慨。

縣上召開榨糖工作會議，農場幹部由我和糖廠廠長兩人參加。會議主要是協調甘蔗砍伐輸送問題。從布朗農場往北走，有縣上的三個公社。布朗糖廠建立後，這三個公社的的甘蔗都送到布朗糖廠。送布朗糖廠與送到縣糖廠相比，近了一半多的路。前兩年，因為縣糖廠機器老舊，甘蔗多了榨不完，所以，人民公社把甘蔗送來布朗糖廠，他們也沒有什麼意見，去年，縣糖廠改造舊設備，添置新設備，壓榨量

提高了，便要求農場少收或不收公社的甘蔗，因此，縣上要和農場一起開會協調。

農場新班子建立之前，已經認識到縣糖廠更新設備後會要求所有公社的甘蔗都要送往縣糖廠，因此，農場已經研究過擴種甘蔗計劃。新班子成立後，已經落實和加大了擴種計劃。我在會上比較灑脫，表示會配合縣裡做好公社社員的工作。這幾個公社過去要求我們糖廠收他們的甘蔗：收購價一樣，路近，省時省運輸費省力。如何照顧好社員的利益，動員他們將甘蔗送往縣糖廠，主要是縣上有關部門做工作。

因為會議人數不多，晚上自由活動，不像開三級幹部會時，會組織看電影什麼的。兩天的會議結束後，要第二天才回農場，廠長找自己的朋友去了，我約好了和玉河中學的高中同學敘舊。在縣裡工作的只有周理平和張樹芬兩位，張樹芬兩口子才從西藏調回來不久，我們說好到張樹芬家吃飯吹牛。

一九六二年我到玉河中學插班時，元水縣在玉河中學上高中的六位同學中，張樹芬和李明山是白族；黃賢明是哈尼族，周理平是傣族，李相勇和我是漢族。張樹芬被動員回家，安排在縣法院工作，後來去了西藏幾年，回來後調到檢察院；李相勇沒有考上大學，在一個區上的小學教書；李明山考上春城工學院，分到一個邊疆縣化工廠；黃賢明和周理平考上春城農林學院，黃賢明學林業，分到黑江縣林業局；周理平學畜牧，分回元水縣。周理平回縣上被安排在農業局。

元水縣除了幾個小壩子，都是大山，發展不了畜牧業。周理平剛參加工作，年輕，臭老九，開頭那幾年，一年有十個月派去公社貫徹落實文件精神，指導農業生產。元水縣除了沿公路幾個公社交通方便些，其它公社都只有山間小路，最遠的公社，從縣裡出發，要走四天，不知要翻多少座大山才走得到。周理平身高腳長，能吃苦，幾年時間，全縣公社大隊，差不多都走遍了，正是「踏遍青山人未老」，沒有功勞有苦勞。後來被安排在一個山區公社當副社長，後來又升任社長，去年機構改革時，調到縣裡當了副縣長。

張樹芬的愛人在西藏工作幾年後，調回家鄉，當上法院副院長。

散會後，在機關找到周理平，一起來到張樹芬家。張樹芬兩口子正在廚房整菜，聽見我們的聲音，張樹芬出來打招呼，他愛人老白在裡面大聲說：「你們在外面坐著吹牛，我這裡忙著。」周理平說：「菜不在乎整多少，主要要有瓶好酒。」張樹芬說：「就只記得酒，給你準備好啦。」

坐下來，我說：「張樹芬，你還記得嗎？在玉河地區上學時，我們幾個當中周理平長得最矮，又黑，想不到現在比我高半個頭。」

張樹芬說：「怕是那時還沒有發育吧！」

周理平說：「讀小學時不說了，在元水中學讀三年初中，天天吃山芋（山上種出來的洋芋），在玉河讀三年高中，一日吃兩餐，飯裡差不多天天摻雜糧：老包谷粉，馬料豆（指庫藏時間太長只能用來餵馬的蠶豆或豌豆），菜裡見不著幾粒油星，一個月幾片肉，那裡『發』得起來！」

「不是吧！莫非真是到大學才開始發育？」正常高中畢業都十九歲了，我覺得周理平胡說。

「不是到大學才開始發育，是中學就『發』了，但是『發而不育』。就像營養不良的豆芽，芽已經發了，就是長不起來！」

聽得我和張樹芬都笑起來。我說：「這幾年你當山大王，土皇帝，樣樣都吃夠了吧！現在又升了官，身高不說，官位也跑到張樹芬前頭去了。」

周理平說：「你還不是一樣。你們農場是縣團級，副場長還不是副縣級別。」

「元水縣十幾二十萬人口，土地面積和人口在玉河地區都屬中等規模的縣，布朗農場才幾千人，說是縣團級，只是個帽子罷了，哪裡能比。」

周理平連連搖手：「這個說不成，說不成！我是『升官不發財，麻煩找上來；調職不調薪，糧食減五斤』。」

我奇怪地問：「工資沒有跟著調我知道，怎麼又會減你的口糧。」

張樹芬對我說：「公社幹部吃三十五斤，回到縣上吃三十斤。」又問周理平：「你上來半年多了，現在定下來分管什麼沒有？」

「農學院出來的，只能管農業部分畜牧獸醫那一攤。」

「剛上來時，不是叫你管過一陣計劃生育嗎？」

「那是臨時抓差。我剛回到縣裡時，原來抓文教衛生的副縣長馬某人，調到玉河市去當副市長，可能以為學畜牧的懂點獸醫，叫我先代管一下他管的計劃生育。有一天，我正在街上走著，一個婆娘走過來，一手抓著我的衣袖說：『聽說你是剛上台管計生的副縣長，這事你得給我做主』。我正想問是什麼事，那婆娘就在那裡叫：『你們強迫我做結紮手術，現在我腸粘連，天天痛得活也幹不成，老公也不跟我睡覺。』一邊說，一邊就撩起衣衫要脫褲子：『你要不信，你來看嘛！』一下子圍上來一大群人，搞得我跑都跑不贏。」

張樹芬笑道：「那是城裡有名的嵩婆娘（不講理又不怕醜的女人），剛好你才上來就遇上了。」

「其實還是公社主任工作好幹，雖然樣樣都要管，但是，只要手下有幾個得力的人就好辦。就是山太大，箐溝太深。前幾年，有些社員還說，再紅的紅太陽也照不進我們這深山老林裡。」

「我這幾次進城，覺得變化很大，整個縣城顯得比以前繁華多了。」

「現在人民公社分田到戶，社員自己種出來的東西可以拿出來賣，不單社員，連城裡好些市民，機關幹部家屬都可以做生意了。」張樹芬說。

「門前擺個攤，收入賽縣官，兩個軲轆轉，收入賽省長，一架摩托兩個框，收入賽過胡耀邦。好多農民都富起來了。」周理平說。

老白在裡面接嘴：「上班窮，下班富，開除就成萬元戶。現在不少幹部、工人都想出來自謀出路。」

六七樣菜，花生、洋芋，腊肉、干巴、木耳、香菇，都是放辣椒炒的，是最好的下酒菜。我不會喝酒，周理平和老白不勉強我，兩個人對酌。張樹芬也會喝酒，她倒了小半杯，一口乾了，撤去杯子，陪我吃菜。

我夾起一塊乾巴問：「這麂子（家鄉叫黃猄）乾巴（滇南人把肉類醃制後掛著風乾成的肉乾叫乾巴）哪裡買的？布朗壩已經好幾年都見不到。」

老白說：「現在我們縣裡很難打到麂子了，這是黑江縣一個同學帶來給我的。」

「我六零年來到布朗時，趕街天經常會見到新鮮麂子肉，才幾角錢一斤。」

「六零年以前各處山頭上麂子都多，不知道是不是文化大革命把野獸也革掉了，我七零年回到縣裡時，城裡已經很難吃得著。現在城裡的街子是熱鬧起來，可是，樣樣東西都貴。本地的好東西給外面的人搶貴了，外面拉進來的東西，又不便宜。蛤蚧你知道吧？古方智。」

「知道，一種像壁虎一樣的東西，說可以做藥，能治什麼病。」

「這東西我們縣好幾個區的山頭上都有，以前，那些哈尼族抓回來了，一對一對的捆在小木棍上，在汽車站旁邊擺著賣，三角錢一對都很少人買。」

「那是五十年代的事，還在做夢。」

「前久，一個春城的同學寫信來，說有胃病，叫我買兩對給他。我到街子上轉了半天，只見到有兩個哈尼族老倌（老頭）在賣，一問，二十五塊錢一對。我看那些蛤蚧又瘦又小，正猶豫，一輛摩托『嘎！』一聲停下來，跳下一個人：『三十塊一對，全部我要了！』把兩個籠子的蛤蚧全部擄走了，你說……」

老白說：「那些搞長短途販運的，只要是地方特產，都搶購，拉到外地去賣高價。以前叫做投機倒把，現在叫搞活經濟。就像周理平剛才說的，屁股底下有兩個、四個軲轆的，確實很容易賺錢。」

「你也是，叫山頭上的人給你捉兩對不就行了。」張樹芬說他。

「那不是只能這樣。叫我花一個月的工資去買，一家老小不用吃飯了？」

我問起其他三個同學，張樹芬說：「李相勇還在小學教書。黃賢明前久回來看他老母親，見過一面，他在黑江縣林業局，提上去當個育林科—是叫科長還是叫股長。」

周理平說：「讀書時，李明山成績最好，又是共青團員，他考上工學院，那時我們幾個都羨慕得不得了。可是，畢業後分配到外五縣一個小小的化工廠，在一個山溝溝裡。春城工學院還是國務院冶金部管的，怎麼會分配到那種地方，誰也想不到。」

「在那小地方，他不是可以更好發揮作用，當上廠長沒有？」

「當什麼廠長！才分下去沒有多久，不小心掉進碱水池裡，旁邊的工人趕緊把他拉上來，算他運氣，池不深，只燒壞了兩條小腿，要是把麻雀燒壞了，他愛人要哭一輩子。」

張樹芬罵他：「神經病，說不出一句好話！他出事後送到春城去醫，回廠路過時在縣裡停了兩天。他父母都不在了，有個叔叔在城裡。我見過他，兩腳皮膚傷得比較厲害，幸好沒有殘廢。只是聽他的口氣，好像得不到重用，很不得志，我也不好問他。」

「他愛人是哪裡的？」

「大學同學，我們滇南人，不知道是哪個縣的。」

李明山各方面都比我們強，在玉河中學時，老師同學都認為他是最有發展前途的。

我說周理平：「人的命運有時不是自己能掌握的，你還記得上次來布朗壩參觀時發過的牢騷嗎？」

周理平沒有回答，張樹芬問發什麼牢騷。

「那次是縣裡開畜牧工作會議，會後，一伙人上來布朗農場後面的茅草山上搞調研，他下山後到學校找我吹牛。他後悔讀農學院，後悔讀畜牧專業，說讀『人牧』專業就好了。」

「什麼『人牧』專業?」張樹芬奇怪地問。

我望望老白，說:「周理平說，他這畜牧專業，是管牛羊馬豬的，如果讀政治專業，出來做政治工作是管人的，所以叫『人牧』專業。」

「胡說八道!」

老白說:「大學學政治專業的，出來以後，多數當政工幹部是事實，但是，最後當官的總是少數，一輩子就是個辦事員的是多數，而且，還要看讀什麼學校。人民大學，中央和省裡的民族學院，就是其它系的，方向也是培養幹部。真正培養當官的，是中央和地方的『黨校』，那不是考進去的。」老白就是中央民族學院政治系畢業的。

張樹芬對周理平說:「你好好幹，到時把你送到中央黨校讀上一年，回來就是縣委書記，到時可別忘了老同學。」

「整不成，整不成!我只有跑腿的本事。古方智在玉河中學時就作文寫得好，又讀中文系，這幾年嘴巴也練出來了，大有發展前途。」

「華僑農場的幹部，能升到哪裡去?」

「難說，你們那系統，升起來一步到省，兩步到中央，不像地方，從人民公社到中央，不知道隔了多少座山頭。話說回來，古方智，華僑剛回來時，我還真是看不慣。穿一雙兩只腳趾頭夾著的拖鞋(人字拖鞋)，走路『啪噠啪噠』的，那裡會幹活。後來每次路過你們布朗壩，那變化可真大，現在都比縣城還要熱鬧。」

老白問:「現在農場申請出國的人多不多?」

「多!走了一半多了，互相影響，都不安心。」

周理平說:「以前是『海外赤子』，滿懷愛國之心、愛國熱情。回來那麼多年了，已經不是『赤子』，

是拖兒帶女，滿身風霜的『老子』了，想回去出生的老地方看看，是人之常情。」

「這是什麼理論？」

「我那來理論？我是農民見識。我那兩個娃娃，小時候覺得他媽天下最好，什麼都是對的，叫他吃屎就吃屎。現在，成日跟她媽頂嘴，說他媽這樣不對，那樣不行，巴不得快點長大，跑出去躲遠點。」

「扯到哪兒去了？這和歸僑出國有什麼關係？」

「剛才說了，華僑在外國叫『海外赤子』，就像才出生的嬰兒，祖國母親樣樣都好；回來以後，相處一段時間，長大了，見識多了，就覺得祖國母親原來有許多不是，因此，想離開。」

「你這比喻不對！『祖國』是人民共同的父母，『天下無不是的父母』！」

「這話絕對正確！問題是：總是有人或組織，借『祖國』的名義發號施令，因此，讓華僑或歸僑對『祖國』產生誤解，失去信心。是不是這樣，古方智？」

「這麼深奧的問題我沒有想過。還是喝酒吧。你們這酒叫『二鍋頭』是什麼意思？有多少度？」

老白拿起酒瓶看看，說：「我也不知道『二鍋頭』是什麼意思。這酒是46度，高的有60幾度。周理平，給你，一口乾了吧？」等周理平把杯子抬起來，老白把酒全部倒給他，兩個人把杯子裡的酒一口乾了。

第二天回到農場，在辦公會議上匯報了會議情況。因應人民公社的甘蔗以後少送，最後不送農場糖廠，行政會議無非再次檢討落實擴種甘蔗的計劃。今年的榨季馬上就要開始，糖廠的收入佔農場收入的大頭。農場的榨糖生產，從種植甘蔗到產出蔗糖，整個流程一環扣一環，任何一個環節抓得不好，都會影響農場的整體收入。比縣糖廠單純的是，農場從甘蔗種植，到蔗糖產出，都是單位內部運作，比較容易安排，不像縣糖廠，糖廠是國營企業，收購的是各個人民公社的甘蔗，要做好各方面的協調工作。

不久，糖廠開榨。廠長潘福光是個年輕人，文革前元水中學的初中畢業生。農場建糖廠前，派了一批人到元水縣糖廠當工人，學習各種技術和管理，他是派去學習的培養骨幹。糖廠建成後，正副廠長和主要技術工都是農墾總局從其它糖廠調來支援的，骨幹工人就是農場派到縣糖廠學習回來的這批職工。這些骨幹和新招的工人，經過兩年的工作實踐，已經可以接班。到恢復華僑農場建制時，從其它糖廠調來的廠長和技術員，除了三個技術人員願意留下來轉為華僑農場職工，其他人員都回原單位去了。現在廠裡的廠長、技術骨幹和工人，都是本農場職工，其中多數是農場中學的初高中畢業生。

這天，我進到糖廠，在壓榨車間看了一陣，轉進製糖車間，看見一個叫唐元中的小伙子在工作，這是中學前幾年畢業的學生。我跟在他屁股後邊看他操作。唐元中沒有和我說話，等忙過一輪停下來，才轉過身來跟我打招呼：「古老師今日得閒來參觀糖廠？」

「來參觀？你不知道我是管糖廠的嗎？」

我不久前才來糖廠召開職工大會，宣布今年糖廠生產承包和獎懲辦法。唐元中是歸僑幹部子女，我教過他，但不是他的班主任。唐元中成績中等，表現一般，就是話多，上課愛說小話，偏偏又有女同學喜歡和他說話。

「古老師教書行，但是，你不會煮糖，怎麼管糖廠？」

「我不管煮糖，是管煮糖的人。」

「你管了我們五年還沒有管夠，現在又來管我們。」

「我才不耐煩管你，我只管你們廠長、支書。你到現在嘴巴還是那麼討嫌，你服不服你們廠長管？」

「不服行嗎？煮壞一鍋糖都要罰，罰上幾次，連吃飯錢都沒有了！」

「你一鍋都不要煮壞，鍋鍋都煮得好，不是還有獎嗎？為什麼不爭取多得獎，只想到罰？」

「我從來都沒有煮壞過糖！我是說現在廠長的權力太大！」

「權力不大，管得住你這混小子嗎？」

我跟著唐元中看他煮糖，邊看邊問。榨出的蔗汁加入石灰乳，讓雜質沉澱，又經過多重蒸發，那本來很稀的綠顏色的甘蔗水，變成紅色的很濃的糖漿。糖漿進到糖罐時，唐元中不和我說話了。當罐子裡出現結晶粒以後，他從一根管子裡抽出一些樣本，放在小玻璃片上，用放大鏡觀察。他在學校讀了五年書，我教了他三年，好像還沒有發現他有過那麼專注的神情。那些混著結晶粒的膏狀物又進到另一個鐵罐，有根鐵棒快速旋轉。這個我懂，是應用離心力把水分甩出去。轉到最後，罐裡剩下的都是白糖了，只是顏色有點黃。我高興地說：「成白糖了！」

「還沒有呢，還要洗，洗了還要吹乾，才成白砂糖。」

「白糖怎麼洗，用什麼洗？」

「當然用水洗。」

「用水洗？那不又變成糖水了？」

「你以為像你洗衣服那樣，用臉盆裝著用手搓咩，是邊用水沖邊用熱蒸氣吹，邊吹邊甩，才成乾燥的砂糖。」

「有很多學問哩，今天你是老師，我當你的學生。你煮糖這道工序最關鍵的技術是什麼？」

「關鍵是做種。」

「做種？又不是撒秧種豆，哪來的『種』？」

「那糖漿裡結晶的是砂糖，不會結晶的是糖蜜。結晶從無到有，晶體由短變長。這最初產生出來的晶體就叫『種』，如果掌握不好，『種』出不來，或出來後『長』得不好，就煮不出砂糖，或雖然煮出來，產量和質量都受影響。」

「那剩下的糖蜜還能做什麼？」

「用來做酒精和其它。」

看著唐元中又在準備煮下一鍋糖，我和他告別。離開車間時，不禁回頭望了他兩眼。幾個車間我都轉了一下，大家都在忙。廠裡的年輕人，打招呼仍然叫我「古老師」，使我感到親切。我在中學或到小學、生產隊時，老師和職工也還是叫我「古老師」的多，叫副場長或省掉「副」字，直接叫「古場長」的，都是幹部或外邊的人。

最後轉到辦公室，只有黨支部書記刀維民在裡面。刀維民是傣族，還不到四十歲，是個退伍軍人。刀維民只有小學文化程度，當兵七八年，入了黨，當過幾年班長。退伍回來以後，在分場當過民兵連長，後來調到糖廠任支部書記。

我問了工廠一般情況後，詢問：「最近這兩年農場批准出港的歸僑比較多，有沒有影響到職工的情緒？」

「會有一些影響，有些歸僑職工覺得以後要申請出港，香港也沒有糖廠，不想學好技術。」

「有這種想法的歸僑各個單位都有，關鍵不要影響到正常工作。現在各車間的骨幹各種職工的比例調整過來沒有。」

「已經作了調整，加強了其它成分職工的培訓工作，把他們調到技術崗位上去。這方面潘廠長做了很多工作。」

當初農場為建立糖廠送出去培訓的職工，歸僑職工佔的比例較大，這部分人後來都成了廠裡的技術骨幹，包括潘福光廠長在內。這兩年，這批骨幹工人有些批准出港了，糖廠只能加快培訓傣族、彝族職工補充。潘廠長也已經提出申請，行政會議已經討論過糖長的接班人選。

「越南難民職工的情況怎麼樣？」

「越南難民職工人數現在不多，表現還可以。」

「除了做好各個崗位人員的安排調整，做好技術培訓工作，支部也要注意抓一抓歸僑職工的思想工作，像你們在部隊時宣傳的，教育他們「站好最後一班崗」。這幾年，出去香港定居的歸僑，不是經常有回來探親的嗎？他們都說，離開農場以後，很懷念布朗壩。我留意一下，如果回來的港客中有合適的人選，請他們來糖廠開個座談會，既聯絡感情，也有利安定糖廠職工的思想情緒。」

「這事我會告訴潘廠長。還跟你說個情況，有好幾個歸僑小伙子和我們傣族姑娘談戀愛，不是都要申請出香港嗎？不知道是不是真心的？」

「怎麼能輕易懷疑他們是不是真心呢！談得成談不成是他們的事，我們要樂見其成。這事你得做做你們傣族小伙子的工作，不要吃醋，怕好姑娘被歸僑帶到香港去了。同時，也要教育那些小姑娘，婚姻大事不能兒戲。將來結了婚，要遠離家鄉，遠離父母，能不能適應那邊的生活，要好好考慮。」

潘廠長下分場了解砍運甘蔗情況去了，我沒有什麼事要等他回來商量。走出廠門時，又見到唐元中。

唐元中這批學生，是回國後在布朗出生的歸僑子女，他們和國內幹部職工子女一起上中學，一起出來工作，他們和國內職工子女，不但感情上比海外出生的「歸僑」親密，就是思想方式，生活習慣等方面，也更加接近。這些歸僑子女和國內同胞子女戀愛結婚是自然而然的事，想起刀支書會對此表示擔憂，可能有個理解過程。

沿西邊山坡的引水渠，已經修進干壩。聯合國難民署來了一位官員，男的，頭髮淺黃，那年齡很難估，可能和我差不多。有三位僑辦幹部陪著下來，農場場長和我接待和匯報。場長簡單作了介紹以後，叫我匯報。我照準備好的資料，把水庫建設過程，當前引水渠的建築進度，一一作匯報。我講的時候，那洋鬼子用不是很藍的眼睛瞪著我看，看得我不舒服。等我講完一段落，國務院僑辦陪同的幹部作翻譯時，我也仔細看那洋人的臉。這是我第一次那麼近看白種人，和畫報上或電影上看的平面圖，感覺完全

不一樣，但我看不出他是哪個國家的人。洋人簡單地做點筆記，抬頭看到我一直不眨眼地看他，可能也感到不舒服。一行人到了大壩上，那官員問得很詳細，我說不出來的，便叫工程人員補充。

難民署的官員看完後就和國內幹部走了，兩級僑辦陪同的都是負責外事工作的幹部，他們沒有叫領導班子作其它工作的匯報。

按計劃，三個月以後，水庫的水引進了干壩，整個壩子的生活用水解決了。但是，水庫第一年蓄水量太小，不能完全解決整個干壩的生產用水。原計劃建兩個水塘，暫時建一個，擴大干壩水稻種植面積的計劃也不急於進行，引水先滿足擴大甘蔗種植和芒果種植。僑辦現在也不像過去一直強調貫徹「以糧為綱」的國策，布朗壩子水稻面積，按正常年景糧食自足有餘，農場要大力發展經濟作物和其它副業，才可以很快改變面貌和改善生活。

隊上正在收芒果，農場的芒果種植面積已經有一定規模。華僑農場成立以前，布朗壩只有土芒果。土芒果是傣族老鄉村子裡，或壩子周圍山邊，有意或無意種植的，這些芒果樹被當成風景樹的意思多些。土芒果樹長得很高大，壽命很長，結果也多。土芒果雖然味道很香，但核大肉少，沒有多少經濟價值。六零年前後，元水縣農科所根據本縣的自然條件，從外面引種各種熱帶水果，其中，芒果品種引種了白花芒、三年芒、象牙芒等三十多個品種。華僑農場建立農中的同時，成立了苗圃隊，在縣農科所的指導下，苗圃隊和農中，同時試驗種植各種熱帶水果。到文革後期，農中停辦，果樹和果園都交回給生產隊。生產隊沒有派專人很好管理，後來，除了芒果樹，咖啡等其它果樹都敗落死亡了。苗圃隊後來也是只發展芒果種植，其它逐步被淘汰。兵團和農墾局管理時，芒果開始引種上山，中學是最早在山上大面積種植芒果的，因為中學沒有耕地，只能開山種樹。小團山上的芒果，這兩年已經開始豐收。用「高壓苗」方法移栽的芒果，三年就會開花結果，第七年到十七、八年是豐收期。新班子成立後，制定了大力發展甘蔗、芒果的遠景規劃，特別是干壩的難民生產隊，各家各戶都安排了一定的山地面積，承包給

職工分別種植甘蔗或芒果。

這天剛上班，生產科的小白進來說，場部下面的公路邊，有兩個人在收買芒果核，兩分錢一粒，很多小學生撿來賣給他們。往年，芒果成熟後，很多人吃了芒果將果核隨處亂拋。新班子規劃大力發展芒果，作出了收集果核育苗的計劃，但是，也沒有想到要發動群眾，在全場範圍把果核收集起來。現在有人出錢買，小學生非常高興，上學放學回家路上，放亮眼睛撿得十粒八粒，就可以賣一角多錢，用來買零食。場長一聽，叫小白再下去打聽一下是哪裡來的。一會兒，小白上來說，是廣西來的，廣西那邊要大力發展芒果，了解到元水縣出產芒果，前兩天才來到元水，又來到布朗壩。場長一聽，連叫：「不行不行！把芒果核都收走了，我們種什麼？」又叫我：「快叫張副場長和生產科所有人上來辦公室開會。我們前幾天才重新落實擴大芒果種植計劃，想不到他們動作比我們還快，跑到這裡收購芒果種子來了。」等大家來到辦公室，場長把情況一說，大家你一言我一語，經過討論，決定改變原來的安排，制定新辦法以應對出現的變化。本來，生產科制定的計劃和往年一樣，發動群眾義務收集芒果核，生產科收集後交給苗圃隊或指定某個生產隊統一育苗。育好苗後，再由生產科按計劃分配給生產隊的種植戶。原來的安排是農場職工的日常勞動，整個過程吃的是大鍋飯。育芒果苗是很簡單的農活：找來廢棄的塑料袋或塑料薄膜，剪裁後縫成口袋，裝上耕熟的泥土，把果核出芽方向剪開，埋進土裡，把塑料口袋放在牆腳下，適當灑水使泥土保持濕潤，半個月以後，果核就會長出幼苗。原來的部署是因循守舊。按農場計劃，今年主要的芒果種植戶是干壩的越南難民，這些難民多數過去沒有育過芒果苗，按老辦法統一育苗，統一分配，再進行內部經濟核算，簡單易行。

現在，為了不讓芒果種子被人收購，制定出新辦法：發動布朗壩子裡的職工家屬，包括幹部家屬，個人收集果核，私人育苗。苗育出以後，按農場規定價格，育苗人直接出售給生產隊種植戶，種植戶開給育苗人私人簽名的白條子，育苗人憑條子向財務科領取款項。有人剛說：「拿假條子來怎麼辦？」

張副場長說：「農場誰不認得誰？會為了幾塊錢來騙人？」短會開完，場長叫幾個副場長先到各科室傳達精神，要求可以放下手頭工作的幹部，下到各生產隊去作宣傳。剛要出門，場長又補充說：「差點忘記，那天商量的芒果苗價格，最後沒有統一，我看就定一角伍分一棵。這帳將來由財務科具體核算，行不行？」大家說聲：「行！」各人來到各科室一傳達，大家都覺得這辦法好。我們三個副場長，又把不同科室的幹部，分別安排到各個分場，各個隊。場長留在辦公室打電話叫三個在分場的副場長，向他們傳達新的安排。

傣族生產隊和歸僑生產隊的種植戶，都是已經簽訂合同的承包戶，他們承包的多數是原來隊上的芒果地。新開山地種植芒果的，主要是干壩的越南難民和部分彝族職工。

第三天，坐在路邊收購芒果核的人不見了，可能轉到元水縣其它地方收購去了。往年路邊隨處可見的芒果核，今年再也見不到一粒。以前，隊上把芒果賣給職工，每斤才收二角五到三角錢，一斤有五六個。原來，不好的、或者不夠熟就採下來的芒果，沒有人要，現在再不好都有人要，有些人還專要個頭小的，可以多育兩棵芒果苗賺錢。那段時間撿芒果核、育芒果苗最積極的，是幹部家屬。前兩年，社會上流傳「老大靠了邊，老二分了田，老九上了天，不三不四賺了錢。」農場裡敢於出來做小生意的，多數都已經賺了錢。其它職工實行承包制，看勢頭，不管糖廠、基建、運輸隊的工人，生產隊的職工，今年的收入都會有明顯增加，老九「上了天」的，農場裡算起來只有我一個，中學老師成了副場長，不過「升官不發財」。意見比較大的是幹部家屬，特別是中小學教師家屬。這部分人不在生產隊，多數在農場附屬機構做後勤工作，沒有搞承包，還是領取「乾工資」。現在有這個機會，當然不能放過。

中學的圖書管理員小方，是個傣族，女的，住在我家斜對門。小方在小學六年級時，因一次支農勞動中工傷，一隻手留下殘疾，屬因公負傷，農場把她保送到縣中讀初中，畢業後回到生產隊勞動，前兩年為了照顧她，把她調到中學工作，領三十元工資。她丈夫在隊上勞動，同樣一支腳有殘疾，領二十

多元工資。夫婦養著一男一女兩個孩子，都還小。她家住在中學，沒有條件搞什麼家庭副業，這次發動私人育芒果苗，是難得增加點收入的機會。晚飯後，看到她在剝芒果核，便走過去打招呼。她廚房後的屋檐下已經整齊地排著十幾二十個育苗的塑料包，我招呼她：「小方，育芒果苗啊，已經賣出去一些沒有？」「前天賣了三十棵，現在撿不著芒果核了，今天這十幾棵，是中午回家時，我媽撿好在家裡的。」我一看，有幾個是土芒果核。土芒果核又大又圓，核的果肉很飽滿。其它品種的果核，都是扁長的，很容易分辨出來，但是，如果育成苗，不是有經驗的人分不出來。農場已經交代過各生產隊長，不能用土芒果核育苗，小方不在生產隊，中學伍校長不管育芒果苗的事。我剛想提醒小方，可腦子裡轉了個彎，為這幾棵芒果苗的事說她，傷了感情不說，更怕她說出不好聽的話來。我把到嘴邊的話嚥了進去，轉身回家來了。第二天上班，去找張副場長，說起小方育土芒果種的事。他說：「知道，也不單她一個。只能靠自覺，又不能一棵一棵去檢查。」「那種出土芒果來怎麼辦？」「不會多。」張副場長轉頭望望左右，小聲說：「生產隊職工不會育土芒果，反而是有些幹部家屬會裝糊塗育出來賣錢！不要緊，等長到能分辨出來時，再剔除補種。還有一個辦法就是進行嫁接，土芒果嫁接成功，很有生長優勢，只是結果要慢幾年。」

今年的芒果大豐收，除了按包產額上交農場，超產部分，承包戶可以拿出街市自由出售。那一個月，不但趕街天，平常日子也有人在公路邊擺上一籮半籮芒果，過路的汽車司機和客車上的旅客，都會停下車來購買，使街市邊的公路兩旁非常熱鬧。

新班子制定的芒果上山，大面積擴種計劃，最後圓滿地完成了。場長當時的決斷，使計劃完成得很順利。原來的計劃是按部就班，想不到廣西有人來收購芒果核，促使我們「不按計劃辦事」，反而提前、超額完成了種植任務。把完成計劃的情況匯報上去，得到省僑辦的表彰，還發給五百元「芒果上山」成果獎。

我跟梁場長說：「這五百元獎金應該發給中學。真正在荒山上大片種植芒果的，是中學師生。當時帶著學生開山種樹的，就是我這個班主任。」

「那你向僑辦反映，以你副場長的身份反映，上面會聽的。」場長半真半假地答我。

「雖然是開玩笑，但是是真的。最先在山坡上種芒果的，是苗圃隊，他們也只是在他們隊後面山坡上種了三排五排，二三百棵。不是他們種不出來，是不給他們開山種樹。當時農場貫徹的是『以糧為綱』政策，不能發展其它農作物。中學老師本來只是想把後面的荒山綠化起來，後來走『五・七』道路，種成芒果，這叫歪打正著。這兩年，每個老師都會免費分給十斤八斤芒果，學生分三斤兩斤。我還住在學校，學校照樣分給我。實話跟你說，我愛人和娃娃把芒果核收起來育苗，也賣得二十多元。」

「原來你也撈著油水。我們制定的大力發展甘蔗芒果的方針是對的，再過幾年，不但農場的面貌會大改變，職工的個人收入也會大大增加。」

年終總結，新班子上任一年，實現了扭虧為盈。全場四千多職工幹部，絕大多數不但領足全部工資，還領到了超產獎。歸僑生產隊和傣族生產隊，有幾個承包芒果的收入很高。建設三隊的歸僑余在群，原來就在隊上管理芒果地，宣布搞承包時，因為怕缺水，沒有人願意承包，老余全部包下來。苦了一年，今年得到大豐收，有人說收入有一萬多元。現在，進干壩的引水渠又經過他的承包地，以後遇到天旱都不怕了，人人都稱讚他有眼光。他說：「哪來的眼光，我有風濕病，怕下水田，我以前就是管芒果，當時大家都不願意承包，我包下來，不是還有人笑話我嗎？」另一家是傣族職工，家裡勞動力多，甘蔗、芒果，承包的面積都比較大。大家都傳說這兩家是農場的萬元戶，他們自己不承認，說收入其實沒有那麼多。

個體戶賺得多少沒有人知道。幾個開小商店的歸僑，現在衣著光鮮，頭髮梳得整齊發亮，坐在小舖子裡，儼然又是印尼小老板的樣子。亮星伯的孫子，鳥槍換砲，不但買了一輛大摩托，還私人買了一

輛手扶拖拉機。那豬肉攤位，有時忙得要請臨時工。

兩個班子開完年終工作總結會，梁場長剛說：「小古，這工作總結你……」我沒有讓場長把話說完，趕緊說：「梁場長，一年多來，您事無巨細，既抓好全面工作，又做好各項具體工作的指導。我們幾個，特別是我這個教書出身的半桶水，沒有你的幫助和支持，什麼事也幹不成。寫工作總結不是文人寫小說散文，要妙筆生花。這總結工作一定要場長親自動手，才寫得出水平。」場長說：「不是想借重一下你這大學生嗎？」我不再回答，離開辦公室回家了。

梁場長是部隊指導員出身，寫一份農場的年終工作總結不成問題。我不管場長是有意「借重」，還是「看重」，真讓我來寫的話，我還覺得不知如何下筆：這一年來的工作成績，好像來得太容易。農場黨政新班子，不能說不健全，但是，有點先天不足。強調黨政分開以後，我覺得三位書記好像除了讀讀文件，沒有做多少深入細緻的思想工作。行政班子工作，其實就是搞了承包，制定了各項獎懲規則，如此而已。當然，農場領導和各科室人員，經常下去搞調查研究，幫助下面解決生產過程中遇到的困難，做好各方面的協調工作。我認為這些工作只是「苦勞」，不是「功勞」。能夠激發職工生產積極性，發揮群眾創造能力的，不是思想教育，政治宣傳，而是金錢掛帥，物質獎勵。這些，恰恰是前幾年大批判的毒草，復辟資本主義道路的企圖。農業學大寨、為革命種田、支援世界革命，已經沒有人提了。

這年的春節，最熱鬧的是傣族村子。他們把塵封了多年的象腳鼓，芒鑼，金龍等抬出來，大年三十，在村子裡唱歌跳舞，舞龍放爆竹，熱鬧了幾天幾夜。歸僑生產隊反而沒有以前熱鬧了，大半歸僑出港，人少了，各個隊都顯得冷清。我們幾個農場領導到處去拜年，不管去到傣族，歸僑還是難民家，都受到熱情款待。所有的年糕都是糯米為主，甜、油炸，讓人看著就飽。特別是干壩難民家的越南粽，有小臂粗，裡面有鹹有甜，蒸熟了的，吃時又再用油煎炸。我和場長幾個進到一個我教過的學生家裡，我被學生家長熱情地壓著吃了一小碗，結果肚子漲得難受，弄得一晚上都沒有睡好覺。

春節期間，召開了各種座談會，主要聽聽大家對新班子一年來的工作意見。座談會上，多數人的看法都充分肯定新班子的工作，聽得我如坐針氈。歸僑座談會，由僑聯主持召開，書記和場長被邀請到縣上開會去了，交代我和陳副場長參加。參加座談會的老歸僑和難民，對新班子的工作說了幾句場面話，便說到申請出港的事去。

「現在批准到香港的條件放寬了，有些申請與兄弟叔伯團聚的都批，去年一年就批了二十幾家。可是，有些條件好的又沒有批。」

「有一家只批了一半，說是佔的名額太多，要分兩次批。有一家一樣多的人口，又全部批了。」

「有的說子女結了婚的要另外申請，可是，有一家一起申請的又一起批。」

「總之，怎麼批又不會公開，認得人，會走後門的批得快！」

「我們難民申請出國，同樣是和親人團聚，就比印尼歸僑難批。」

唐主席看看我們兩個，我見陳副場長不說話，便對唐主席說：「大家隨便說吧，有什麼說什麼，問題、意見、建議都可以談談。」

「聽說有人批出港以後，把自留地都送給老區伯母（區科長的母親），他家的自留地多到種不完，要雇短工了。」

「有些人一個星期下幾次元水公安局，拎著包包下去，不是送東西是什麼？」

「上玉河地區公安處，上省公安廳的，經常都有人去！」

這些議論，平時也有聽到，我只好說：

「有些人向上級反映自己的合理要求，是政策允許的。是不是送禮走後門，不能憑想像猜測。如果有人這樣做，那是違紀違法，查出來要受到處分……」

陳副場長說：「古副場長說得對！至於批准的家庭有先有後，人多人少，各個家庭情況不同，上

級部門是根據政策審批的。至於難民的申請，由於香港政府不接受已經安置在中國的難民，所以，農場不能接受難民的出港申請，到其它國家和親人團聚，要向其它國家申請簽證，這情況我已經向難民同胞宣傳過很多次了。」

趙伯說：「出國申請只能按國家的政策辦事，像張漢英家，他老婆是越南難民，那是以偕同丈夫出國探親批准的。申請表交上去了，有時間可以到公安局去問一問，但是，不能著急，也不能做違法的事。」

「反正批准了就走，沒有批准，在農場一天，就要好好過一天。像建設三隊的余在群，今年芒果收入上萬元。都是一樣勞動掙錢，總不能現在農場有錢不掙，留著力氣到香港才掙。」

「香港的打工仔，一兩個月就掙上萬元，農場苦一年掙一萬元的有幾家。」

「生活水平不同，開支不一樣。在外面，掙得多，開支大，這不好比。說實在話，在農場每年有個萬把塊錢，日子會過得很好。」

一個個體戶委員說：「在農場一年掙一萬塊錢不容易，有些政策要放寬一些，像供應給個體戶的汽油，沒有訂給固定的數量，每次到油站，都要向老石（農場油站站長）求爺爺告奶奶的，他給多少就多少。」

一個委員說：「僑聯要盡快增補一位難民副主席，現在農場的難民人數遠遠多過老歸僑。」

會議從兩點開到六點，真正是座談會，坐著邊吃邊談，只要是有關歸僑的事，難民的事，從國家政策，方針大計，到已經在香港定居的歸僑張家嫁女，李家添兒，都談論一番。

散會後，陳副場長、我、唐主席和趙伯，四個人不想回家，飽年飽節，不會肚餓。陳副場長說：

「剛貫徹探親政策時，真正符合申請條件的不多，現在，幾乎都有了條件，再過幾年，印尼歸僑要走完了。」

唐主席說：「不單是出到香港的歸僑回來找對象，這些年，農場裡歸僑互相攀親，創造條件。像張長發一家五個兒子，找了對象以後，就有了五家夫妻關係，母女關係。你們紅旗二隊的呂有良，兩兄妹打架，妹子跑到廣西一個華僑農場和一個批准出港的歸僑結婚，出去後他哥和爸媽申請出去了，她在香港和老公離婚，又回來和原來的對象結婚，也批准出去了。」

趙伯聽了笑道：「男婚女嫁是感情事，也是喜事，不必和申請出國扯在一起。印尼歸僑都要出國，除了經濟、生活、政治待遇等問題，還有一個隨大流心理。六零年回國安置在布朗的印尼歸僑，雖然在印尼不全是同一個地方，但是，坐同一條船回來，如果大家都走了，自己不走，有被遺棄的感覺。不管最後是不是所有歸僑都走完，什麼時候走完，兩位副場長還是要注意，農場對歸僑的生產生活上的扶持幫助不能放鬆，特別是個體戶和承包戶。剛才有人提到青少年賭搏問題，你們要引起注意。暫時沒有批准出國的年輕人，收工後百無聊賴，容易走歪路，這裡面有些是方智以前的學生。至於是不是有人送東西，走後門，我看難免，要跟上面反映一下。」

我和陳副場長答應向書記、場長匯報，研究如何做好各項工作。

春節後的一天上午，我從場部下班回家，遠遠看見水井旁萬年青樹下站著一個人，有點眼熟，走近一看，果然是榮生叔的女兒，我高興地喊道：

「真的是鳳雲！哪天回來的？跟你爸還是你媽回來？」

「古老師好！我一個人回來。我在香港就聽說你當副場長了，恭喜你！老師一家都好嗎？」李鳳雲看到我也很高興。

「都好，還不是一樣幹工作，沒什麼好恭喜的。你爸媽怎麼沒有和你一起回來？他們好嗎？你住在哪裡？」

「我爸媽都好，他們都忙工作。我是要轉工，找新工作前先休息幾天，回來看看，住在三隊麗麗

家。」

「有好幾個從香港回來過春節的，有些還沒有回去。農場這幾年還是有些變化，回來看看好。你在外面幹什麼工作？過得怎麼樣？」

「原來在製衣廠，想轉去電子廠。怎麼說呢？這兩年外面的工作很好找，人工當然比農場高得多，不過，生活費比國內高，工作也比國內辛苦。香港是花花世界，有錢就什麼東西都有，各方面都很自由，不像國內有那麼多限制，只是……」

「只是人情比較淡薄是嗎？」

「都是這樣說，因為大家都忙工作，各人只顧自己，不像在農場，大家會經常在一起閒聊。」

「經常和農場出去的同學朋友見面嗎？」

「很少，也就是春節放幾天假，跟親戚和比較要好的互相拜年時見見面。」

可能是穿著打扮不同，我覺得幾年時間，李鳳雲看起來很成熟了。我試探著問：「聽那些回來的人說，我剛回農場時教的幾班學生，好些都成家立業了。時間過得真快，和你同班的那些同學生活怎麼樣？」

「我們這班同學，女的差不多都結婚了，我是比較遲的，準備回去後註冊結婚。」

「那是大喜事，老師恭喜你！對象是哪裡的？」

「也是印尼華僑，從一個城市批准出香港的，在同一間工廠做工認識。」

馬上要結婚了，好像看不到李鳳雲臉上的喜色。可能外面的工作確實太緊張，再說，她也不是十七八歲的小姑娘了。我剛想邀約她到家裡坐坐，李鳳雲問：

「老師還住在學校？沒有搬到場部？」

「學校住慣了，暫時也懶得搬動。上去家裡坐坐吧？」

「不了！那王叔叔他們還住在場部嗎？」

「他家還在場部，志鋒他爸媽也還在生產科和供銷社工作。」

看到李鳳雲欲言又止的神情，知道她想問王志鋒的情況。王志鋒的情況，她的小伙伴應該已經告訴過他，不過，如果由老師嘴裡說出來，她會覺得更準確。

「你家批出去不久，王志鋒去當了幾年兵，在部隊學會開汽車。回來後找關係安排在縣供銷社當司機。他找的對象，在城關鎮的銀行營業所工作。他不經常回農場，聽他媽媽說，吃住都在女方家裡，應該是領結婚證了。」

「那就好了。他媽媽以前就一直說他們是復員軍人家庭，要為志鋒找個幹部子女。現在達到願望了，應該過得很幸福吧！」

「幸福要靠兩個人去創造，不是靠家庭出身和門戶關係。鳳雲，你以前喜歡看書，現在還有時間看看書嗎？」

「有時候還是看。外面什麼樣的書都有，不過，我們不看那些講政治的書。」李鳳雲說完，偷偷地笑了，可能想起以前古老師天天在教室裡的思想教育。接著又說：

「香港的書都是繁體字，我買了一本字典，又是台灣出的，拚音和國內的不一樣，變成……」

「簡體是從繁體簡化來的，字形大致還是一樣，兩相對照很容易認識，我有幾本小字典，送一本給你。」

「那謝謝老師，多少錢買的，我把錢還給老師。」

「一元多錢的東西，不必那麼計較。你出去好幾年了，你覺得在香港最不習慣的是什麼？」

李鳳雲昂起頭想了想，說：「最不習慣呀？在農場，別說離得幾公里，就是跟縣裡離得幾十公里，

有很多人都認識，會找來一起玩；在香港，就是住在同一層樓，隔道門的鄰居，都叫不出名字。」

我笑著說：「這不單是香港，恐怕大城市都是這樣。」看到李鳳雲說這話時，那回憶、嚮往的神情，我彷彿又看到了十幾年前上初中時的女學生。

我又問了一些學生的情況，李鳳雲有的知道，有的不知道。最後，她說好回港前來探望其他老師，取我送的小字典。

李鳳雲轉身回三隊去，我看著路下面的菁溝，想起多年前兩個少男少女被女方父母兄長追趕的情景。

過了差不多兩個星期，李鳳雲還沒有來我家。在路上見到陳麗麗，我問她李鳳雲什麼時候回去，陳麗麗說：「早已回香港了。」

「她說好來我家拿字典的，怎麼不打聲招呼就走了，是不是家裡有什麼急事？」

「那天王志鋒從縣裡上來，找到阿鳳，說要重新和她『好』。」

「重新『好』是什麼意思？他不是已經結婚了嗎？」

「就是！王志鋒說，他要馬上下去和他愛人離婚，再和阿鳳結婚，然後申請出香港。阿鳳嚇得第二天一早就上春城買飛機票回香港去了。」

禮拜天下去趕街，見到兩個從香港回來找對象的港客，一個叫阿狗，一個叫阿茂。

家鄉客家人的子女，小時候男的叫阿狗，女的叫阿妹很普遍，但是年紀大了，特別是男的上中學，女的長成姑娘以後，就不會再叫。可能又是語言敏感性原因，回到布朗的客籍歸僑中的「阿狗、阿妹」，成人後如果是在隊上當農民，就是結了婚，做了父母，別人還是這樣叫也沒有人覺得不妥。因為這小名農場不止一個兩個，便冠上「一隊阿狗、三隊阿妹」區別，真名反而被人忘記。這次兩人一起回來，如果別人一起叫他倆的名字，聽成「阿狗、阿貓」，會覺得好笑。

他們都是像我弟弟一樣文革期間小學畢業的，現在已經過了三十歲，這次回來主要目的就是找對象。我見他們兩個不慌不忙走在一起，不由得問：「怎麼樣？兩位是不是有收穫了？」

阿茂說：「真奇怪，才走了幾年，現在布朗的歸僑裡面，別說姑娘，連年輕點的婆娘都見不到幾個了。」

「年輕的翅膀硬，先飛走了嘛。」

阿狗說：「古老師認識的學生多，幫我們介紹一個。」

「大白天做夢！我的學生成人的差不多都嫁人出香港了，年紀小的，他們的家裡都已經申請，誰會嫁你們這半老頭。你們在香港找老婆真有那麼難嗎？」

「新移民、住寮屋、文化低、年齡大、做苦力、人工低，誰願意嫁你？」

「這幾年從廣東、福建、廣西出去的歸僑不是也很多嗎，找華僑是不是容易一些？」

「香港的華僑很多，我們工廠就有五六個歸僑姑娘。可是，人往高處走，她們都想嫁有錢人。」

「有錢人總是少數，除了嫁給了有錢人的，剩下的就不嫁人了？」

「反正人人都希望嫁有錢人，所以，香港不少女的一直在等有錢人上門，最後等老了的也不少。」

阿茂說：「等我回去中六合彩或買馬發一筆財囉。算了，阿狗，是不是決定回去，回一趟布朗，當作旅遊休息罷了。」

我和他兩個邊說邊走，來到了僑聯門口。看見趙伯，兩人向趙伯打招呼，我們三個一起進去坐下來聊天，趙伯也問他們找對象的事。

聽著他們兩個又在奇怪，怎麼現在港客找老婆也那麼難，趙伯笑笑說：「現在農場裡適婚年齡的歸僑姑娘，家庭沒有條件申請出港的，已經一個也沒有了。你們不就是回來找老婆嗎？為什麼那麼死心眼，除了歸僑，農場裡那麼多傣族姑娘，漢族姑娘，不也是女人嗎？」

「趙伯的意思是找一個本地姑娘？不會……」

「不會什麼？怕會混了你這華僑的種？像你們這些好幾代的僑生男女，身上雜了多少印尼人、荷蘭人的血統都不知道。布朗這些漢族，傣族、彝族，都是正統的中國人，她們哪點比不上歸僑姑娘？關鍵看你們之間有沒有感情，能不能互相了解。」

兩個港客聽了恍然大悟，阿茂對阿狗說：「趙伯說得對啊！喂，前兩天在路上見到的小白，我看她對你很有情意哩，又長得那麼漂亮，你是不是考慮一下？」

「我以前在基建隊工作，小白是後來進基建隊的，雖然相處時間不長，看得出那姑娘脾氣好，又勤快，不知道她現在……趙伯，如果討傣族姑娘，申請出去沒有問題吧？」

「有什麼問題？等你們領了結婚證，說不定比歸僑還批得快。」

「年齡相差稍大一點，不知……」

「傻仔，談戀愛要年紀相近的，找結婚對象成家，相差五七歲最好！」

兩個王老五就坐在僑聯商量，先不回香港了，重新定目標，找以前同過學、共過事、有過來往、有過印象或產生過感情的姑娘。

一個星期以後，阿狗和小白姑娘，阿茂找了個漢族幹部的女兒，兩人都領了結婚證，準備先回香港，安排好再回布朗擺酒鋪張辦喜事。

平常的日子，廣場上很冷清，沒有人來打球，也很少小孩子在嬉鬧。住在場部的幹部家屬和一隊二隊還沒有出港的歸僑，晚飯後的集中地，轉移到供銷社與公路之間擺攤子的小廣場上。

這天，我從學校下來，見李紹祥一個人坐在水井旁發呆。這是一口水泥和磚砌成的長方形泉水井，井水水量不大，很清很涼。這本來是一口食水井，因為水量小，不夠場部和兩個隊的人食用，場部在水井下方的菁溝邊挖了一口機井，把水抽上來引到場部後面的水塔，場部和兩個隊都用上了自來水。這口泉水井後來成了我們打完球後洗澡的地方，也有紅旗一隊的人來洗衣服，貪圖涼快，提水方便。

李紹祥他們三個，現在農場裡已經沒有幾個人會想起他們是馬共游擊戰士。和印尼歸僑相處那麼多年，他們都說得一口流利的印尼話，別人也看不出馬來西亞華僑和印尼華僑有什麼不同。三個人各有特點：張漢英年紀最輕，腦子最靈，善於和上下左右打交道。恢復華僑農場體制不久，當上了農場汽車駕駛員，前年又找到一個難民姑娘，結了婚，後來和國外的家人聯繫上，申請出國團聚，已經在去年批准出港；徐安雄年紀最大，最初也是在隊上勞動，後來照顧他在糖廠守大門；李紹祥後來和阿祥一起從生產隊調到基建隊，阿祥後來又調到車隊開車，紹祥後來調到水庫當施工員，現在還在水庫上工作。紹祥已經上四十歲了，一直省吃儉用，積了點錢，一心想成家，只是沒有女的看上他。徐安雄和李紹祥已經和國外的家庭失去聯繫，兩人從不提申請出港的事。

我跟李紹祥開玩笑：「你一個人坐在這裡，沒有帶衣服，不是洗澡，不會是想不開吧？」

「就是想不開這水井也淹不死人。」

「那一個人坐在這裡發什麼呆？」

「剛才去糖廠找老徐吹牛，回到這裡坐著休息一下。」

「老徐現在怎麼樣？張漢英兩口子已經到香港了，你們有什麼打算？」

李紹祥嘆了口氣說：「我們能有什麼打算？老徐現在只要有二兩小酒，每天都在雲裡霧裡，過一天算一天。叫他在糖廠守大門，我怕他連自己都守不住，哪天被人抬出去丟進菁溝裡都不知道。」

「張漢英能找著一個難民老婆，你怎麼不想辦法找一個。」

「我沒有那小子的本事！他能說會道，又會開車。我有什麼？」

兩人說著話，見阿祥從醫院那邊回來，見到我兩個，便走下來。阿祥也在井沿上坐下來，望望左右，又望望井水，說：「這井水那麼清，現在沒有人來用了，以前這裡多熱鬧。」

想起來確實令人懷念，七零年我剛回農場時，每天傍晚十一、二個年輕人打完球在這裡洗澡，非常熱鬧。

紹祥說：「不知道他們在香港過得怎麼樣，他們的娃娃都上小學，上中學了。」

阿祥說：「只有最後出的有良出去後沒有再生，其他幾個出去後，都又生了兒子或女兒，盛昌還後悔沒有在農場時早點生。」

我說：「張漢英是老婆一生下孩子馬上遞申請，不久就批准出港。」

「他會計算，農場申請到馬來西亞探親的只有他一個。」紹祥不免羨慕說。

阿祥說：「他和老徐先不說他了，方智，你現在是副場長，紹祥的困難你要幫他解決一下。」

「工作上我可以考慮安排，找老婆還得你自己努力。不是說姻緣是命注定的，天底下有個公就有個婆，有桿秤就有個砣。前幾天，兩個港客回來，找不到印尼歸僑，一個找了個傣族姑娘，一個找了個幹部子女。你的姻緣，也許是在哪個民族姑娘身上。」

「現在布朗壩的傣族、彝族姑娘，眼界比歸僑還高，山蘇（彝族分支）又住在山頭上，不認識人，怎麼去找？」

「每年的農歷三月三，周圍山頭上的彝族，不是下來壩子裡趕花街跳舞嗎？跳到晚上，女的丟包，你接到女的丟給你綉花荷包，就是看上你了。」

阿祥聽了說：「紹祥哪裡會跳舞？我看有一個辦法：我見有兩個山上的彝族小伙子下來趕街時，會到你家坐著喝酒吹牛，你跟他們說說，叫他們幫忙給你找一個。」

我說：「還有一條路子，中學馮老師的愛人是彝族，我找她說說，請她幫忙介紹一個。」

過了半個多月，有一天下半夜，突然聽到阿祥在外面叫門。我連忙起身，開門問出了什麼事。

「快下去看看，紹祥從山上揹回一個姑娘，看看該怎麼辦。」阿祥顯得興奮地說。

「從哪裡揹回來的？他一個人就揹回來了？」我奇怪地問。

「他說是從大丫口村子揹回來的。當然不是一個人，和他認識的那兩個彝族小伙子一起去的。」

進到紹祥家裡，見紹祥搓著兩手，在房間裡轉來轉去，一個穿著藍布綉花裙子的姑娘，坐在床邊面對牆壁，沒有見到有彝族小伙子在屋裡。我和阿祥把紹祥叫出門外，小聲問他是怎麼回事。紹祥說：「昨天那兩個彝族朋友在我家喝了一天酒，說大丫口彝族寨子裡今晚有人跳月（在月光下跳舞），我們去參加，看上了，就搶一個回來……

「你是不是想老婆想瘋了？怎麼去搶人！」

「這是他們的風俗，說丟荷包也是先看上了，兩個人有意思，女的才會丟荷包給你。然後男的和女的約好，帶著朋友去女的家裡，把女的搶回來，才成親。」

「那你更是糊來，不認識人家，也不知道人家喜不喜歡你，就把人家搶回來！」

紹祥急忙說：「是認識的！她叫阿夏，還是阿霞，我聽得不明。她們上次來水庫挑土方，我給她們記工，我經常和她說話，她還答應下來趕街時找我玩。我感覺她有點喜歡我。」

「不管怎麼說，你這事做得有點荒唐，那兩個帶你去的彝族小伙子呢？」

「跟我回到家裡，他們就回去了。」

阿祥指指那姑娘說：「先別說其它，現在怎麼辦？找誰幫忙？」

我跟紹祥說：「你們原來認識的，這或者好辦一些。我馬上去找馮大嫂，讓她先問清楚這姑娘的心意再說。」

我趕忙回到學校，叫醒馮大嫂，把馮老師也吵醒了。聽我把事情經過一說，馮老師說：「這李紹祥太不懂事了。他們彝族的搶親，是一種風俗，那是一對戀人約好了，雙方的年輕人湊個熱鬧，做個樣子的。哪像他冒冒失失真的去把人搶回來。」

我說：「是有點冒失，不過，聽李紹祥說，他們兩個修水庫時就認識了，看起來那姑娘也喜歡他，不然，那麼大一個人，哪裡揹得下來。」

大嫂說：「如果是這樣那好辦，只要那姑娘願意嫁他，去她家說親就是了，我們下去看看。」

進到紹祥家，馮大嫂一開口說話，那姑娘就轉過身來。大嫂坐在她身邊，拉著她的手，嘰嘰呱呱說了半天，馮大嫂起身對紹祥說：「算你有福氣。姑娘說，在水庫上做工時，你經常幫她，覺得你人很好。如果你真心喜歡她，她也願意嫁給你，只是你事先沒有說好，一下把她搶來，把她嚇著了。她要你上山去好好和她爸媽說，要她爸媽也同意，才能嫁給你。」

紹祥一聽，高興得搓著手對馮大嫂說：「我真心！我真心！真的喜歡她！天一亮，我就上山去跟她爸爸提親。」

馮大嫂說紹祥：「你這憨包，就這樣空著手去提親，還不被她爸爸用棍子打出來！」

「那要帶些什麼？」

「起碼帶上兩支雞，一支豬腿，兩瓶酒，兩條菸，還有布料和綉花線什麼的，還要送上奶水錢！」

「奶水錢？娃娃都還不知道什麼時候生出來，給什麼奶水錢？」

「混小子，奶水錢是給你丈母娘的。人家姑娘從小吃奶吃飯養到那麼大，難道白送給你？」

「那不就是還給她家伙食費嘛，吃奶才吃多久！」

「別胡說八道了，這個禮數還是從你們漢族那邊學來的，以前我們彝族也沒有那麼多講究。」

馮大嫂說完又和那姑娘說話，說完起身要走，紹祥趕緊上前求她：「別走別走！馮大嫂，別忙走，別忙走。我求你幫人幫到底，送佛送到西。你說的東西和錢，我一早就去準備。可是，你看看這副場長和這個華僑，哪個像會幫我辦得成事的。所以，無論如何得請大嫂辛苦一趟，帶著我去提親，幫我娶回這老婆，我要記你一輩子！」說完連連向大嫂作揖。我和阿祥也幫著紹祥求馮大嫂，馮大嫂答應下來，

天也亮了。

幾天後，紹祥辦了一場雖然簡單，卻熱鬧非常的婚禮。左右鄰居的叔母，幫他煮好菜飯，請來吃飯的多數是女方從山上下來的親戚。這些親戚不在乎什麼美味佳餚，只要有酒，從中午喝到晚上。歸僑中的男女也來看看布朗歸僑娶回來的第一個彝族新娘子，和紹祥開開玩笑。阿祥說他：「紹祥，花那麼大力氣，也不揹一個胖一點的回來，那麼瘦，那天才養得肥。」紹祥說：「黑咕隆咚，幾十里山路，像你以前在酸角樹下吹吹牛就哄到一個咩。就是大白天，叫你老婆上山去，你把她從上面背下來試試！」大家一齊起哄，一直鬧到下半夜。

農場將原來的街市重新作了規劃。公路旁趕街的空地上，原來只有供銷社三間平房。現在，將原來分散在其它地點的稅務所和銀行營業所，和縣上主管部門商討後，重建在供銷社旁邊，連成一排。農場在後面起了一排兩層樓的服務大樓，開辦飯店和旅店。供銷社側面通往布朗城的村道兩邊，由個體戶按農場規劃，私人建設各種房子作商店經商。

以前的個體戶是白天擺攤，晚上收攤。現在，個體戶建成簡易房子，形成一條短街。短街上印尼歸僑、越南難民、幹部家屬、傣族同胞、彝族同胞，各色人開設的小商店，出售各種農副產品、小吃、小手工藝品，加上周圍縣區來擺攤的流動小販，街子上顯得色彩鮮明，非常熱鬧。布朗壩的街市有幾樣東西很能吸引過路的旅客：一是印尼歸僑的糕點、難民的越南卷粉等小吃；二是六月到九月農場出產的芒果；三是幾個民族的小手工藝品。這幾樣東西別的地方少有。加上這兩年別說印尼歸僑和難民，連傣族青年男女，穿的衣服都越來越港澳化，那小商店裡播放的，是真正從香港帶回來的錄音帶。這些特色吸引路過的客車、貨車停下來吃飯，購買東西。後來，農場和有關部門聯繫，原來停宿元水縣城的長途客車，安排了部分在布朗壩住宿。現在，場部下面從短街到廣場，不但白天熱鬧，晚上也熱鬧，各種球賽又自動組織起來，還經常有男女青年在球場上組織舞會，跳無師自通的「的士科」。因為外來人口增

加，有了來往旅客住宿，根據縣公安局的規定，農場建立了派出所。農場保衛科科長區德根，順理成章擔任所長，配置了三位公安員。

看到街子上越來越熱鬧，印尼歸僑卻越來越少，心裡說不出是什麼滋味。這天從學校下來，路過僑聯辦公室，見只有趙伯一個人，我便走進去。

我說：「趙伯，隔壁僑聯商店的生意，遠不如以前了。」

趙伯說：「做生意要隨機應變，現在街子上東西多了，他們還是買賣原來那些東西，生意當然越做越差。」

「商店的經理和售貨員好像換了兩屆了。」

「現在這兩個家裡也都交申請表，沒有多少心機做生意了。等他們有一個批准出港，僑聯商店就準備結業，算完成歷史使命。」

「農場的歸僑越來越少，看來『華僑農場』也要完成歷史使命了。如果六零年回國以後，國家政策就像現在這樣開放，農場大力發展經濟，生活不斷得到改善，歸僑是不是都會申請出國呢？」

「歷史只有『已經』，沒有『如果』！華僑的回國和出國，有多樣多樣的原因，恐怕我們討論不出所以然來。不過，單從工作生活上講，已經在香港定居的歸僑，特別是一些老人，也不是都比在農場過得更好。」

我問過阿祥和阮老師，他兩不準備申請出港。趙伯一家已經出去了，只有他和一個侄兒留在農場，不知道他最後怎麼打算，我一直沒有問他。看見我好久不說話，趙伯問：「方智不會因為印尼歸僑都走完了，影響你的工作情緒吧？」

我點點頭，承認說：「說沒有影響是假的，但是，不是說我只願意為歸僑幹工作，而是覺得許多熟悉的人和事不見了，有點惆悵。」

「六零年你從家鄉來到滇南，先在農場勞動，後來得到機會上了大學，想不到畢業後又回到農場工作。再過兩年，你子女大了，老婆孩子照樣會要求出香港。人生不會也不必一條直路走到底，要隨時制宜，與時並進。」

有一天開科室主任以上幹部的辦公會時，有個科長提到一種現象：「縣銀行布朗營業所的曹雲山，農場生產科的代春富，一個是兒子，一個是女兒，和歸僑子女談戀愛，這兩人在積極拉關係，走後門，為子女對象的歸僑家庭活動早日批准出港。」

「現在不但歸僑要出香港，連有些國內幹部也受到影響，嚮往資本主義生活，想到香港去！」

「國內幹部比歸僑人面廣，關係多，如果走後門批得快，也會造成矛盾。」

我想起糖廠白支書反映的情況，提出自己的看法：「歸僑子女，特別是回國後在農場出生的歸僑子女，他們和傣族子女，幹部子女，現在的彝族和難民子女，一起上學讀書，畢業後不少又在同一單位工作，青年男女產生感情是正常的。年輕人之間的戀愛，結婚，將來夫妻隨家庭出港，是政策範圍內的事，我們不應該想得太複雜。就是國內幹部職工是不是有申請出港的想法，也不應該猜測有什麼政治傾向。」

梁場長說：「我同意古副場長的看法。年輕人的戀愛結婚讓其自然發展，不能干預，國內幹部和職工有沒有想法，或希望將來子女出港以後也申請出港，我們按政策辦事。」

不久，區德根所長提出辭職，他岳母一家批准定居香港後，他愛人一直要求申請出港團聚。按有關政策規定，在國家保密機關工作的幹部，要離開工作崗位三年後，才可以申請出國。農場批准他辭職後，讓他回到生產科當一般工作人員。

討論派出所所長繼任人選時，梁場長提議由辦公室副主任小白擔任。李副書記說：「我聽別人說，小白的姑娘也和一個歸僑小伙子談戀愛，以後領了結婚證，也申請出國怎麼辦？」

「既然區所長都可以申請出港，他姑娘和歸僑結婚，申請出港和他爹有什麼關係？」

「誰知道那個姑娘會和歸僑戀愛？總不能有少男少女的家長，就不能當所長吧。」

我說：「以前確實有影響，有些國內幹部還不敢讓子女與歸僑談對象呢，怕影響革命幹部家庭的清白身世。」

最後，丘書記說：「只要符合條件，又能勝任工作，就可以擔任。子女和誰談戀愛，不應該影響到父母的工作！」

把農場意見報到縣公安局，公安局任命小白接任了派出所所長。

省僑辦通知農場派人上去匯報工作。新班子成立後一年來的工作，不久前書記和場長已經上去作過匯報，這次主要是匯報水庫和引水渠工程完工後，水庫效益和干壩甘蔗芒果種植情況。梁場長對我說，農場的總體情況，我們才匯報過，這次主要是匯報水庫工程，我跟上面請示了，叫你一個人上去匯報就行了。我便一個人上春城去。一個人坐在農場的北京吉普車上想，匯報完工作後，可以找同學聊聊天，這幾年，不斷有同班同學調回春城，安排在不同單位工作。

省僑務辦公室的地址在春城華僑補校。滇南省的僑務工作全面開展起來，是在六零年安置大批印尼歸僑以後。最初的省僑務辦公室，設在省政府機關大樓裡，機構小，人員少。後來，省僑辦機關和下屬十三個華僑農林場，經過兵團、農墾局，又恢復華僑農場，幾次改制，僑務系統增加了大批幹部、職工和家屬，再加上原華僑補校被下放到五・七幹校，後來回城的教師職工，共有幾百號人。這批人四處分散，省政府機關也沒有地方安排，後來，省政府把停辦的華僑補校一分為二：教學樓，禮堂，教學樓前後大院，面積大的部分由省政府辦公廳經營招待所；原學生宿舍和運動場，面積小的部分劃歸省僑辦。

省僑辦把原來四層樓的學生宿舍作為辦公室和單身宿舍，在原運動場地方建起兩棟職工宿舍，省僑辦大小幹部職工家屬幾百號人，才有了自己的安樂窩。

匯報工作由主管經濟工作的李副主任主持。段主任不住在補校的僑辦宿舍，他身體不好，在家養病。聽匯報的有幾位各處室主任或副主任，原來的工作組組長—經營管理處處長葉世華是主管農場生產的，剛好下農場去了。老徐也沒有參加，不知道是有事，還是因為他不分管經濟工作，因此不參加。

我是第一次到省僑辦，李副主任也是第一次見面，當上副場長，向幾位領導匯報工作，也是第一次。雖然坐在車上時把匯報的內容默誦了幾遍，但是，匯報時還是免不了心慌，講得不順暢。李副主任很耐心，匯報中遺漏或講得不清楚的地方，不時加以提醒，讓我補充。慢慢地我的心情靜下來，才越講越順。幾位領導對農場的情況都比較熟悉，在我匯報過程，幾位處室領導提了不少問題，我盡自己知道的做了回答。到匯報完了，李副主任微笑著點點頭說：「很好！」隨後對農場各項工作作出指示。等我在筆記本上記下最後一條指示，看看已經過去三個小時，見李副主任合上筆記本，抬起杯子喝茶，我不覺鬆了口氣，心想這第一次的工作匯報看來可以結束了。李副主任放下杯子，望著我點點頭說：「說點其它的話題吧。農場中層領導班子的情緒怎麼樣？」我回答說：「把有些科室改組成公司搞責任制時，有個別幹部思想一下轉不過彎來，通過做工作，已經把問題解決了。」

「有個叫呂ｘｘ的幹部，寫信反映農場扣發了他的工資，你們怎麼處理的？」

這件事已經過去半年多了，書記場長上來匯報時應該匯報過，今天又提出來，因為這事是我處理的。農場把科室改為公司，其中工交公司經理任命呂ｘｘ擔任。呂ｘｘ最初沒有意見，但是，研究決定要將公司管理責任、公司收入與各負責人工資掛勾時，他想不通，提出辭職不幹了。我做了幾次工作沒有做通，只好同意他辭去領導職務，公司暫時由副經理主持工作。呂ｘｘ辭職後，成為普通職工，安排他仍在工交公司上班，呂ｘｘ因此鬧情緒，曠工閒在家裡。為此，我徵得場長同意後，提出處理意見：無正當理由不上班，當曠工處理，曠工第一個月，扣10％工資，曠工第二個月，扣20％的工資。

連續曠工三個月，取消幹部待遇，降為普通農工，如果仍然罷工，取消工資，自謀出路。結果，到第三個月他上班了，並且擔起公司經理的擔子。當然，其間，書記、場長和我都做了不少工作。

我把事情的經過詳述了一遍，然後主動說：「我分工管工交公司，這事是我處理的。社會主義的分配原則是『按勞取酬，不勞動者不得食』。老呂對分配的工作有意見，可以通過商量調整，不能閒在家裡不幹工作。」

「小古啊！你這做法不對。呂ｘｘ也是個工作多年的老同志，一時思想不通，要做工作，直到把工作做通。不能動不動就扣人家的工資，他一家老小還要吃飯嘛。你們才上台不久，人家的告狀信就寄上來了。」

「我當時是急燥了些，幸好場長下去把工作做通了，第三個月最後那個星期他上班了，把扣下的20％工資也補發給他。」

「第一個月的10％呢？」

「那沒有補發。」

李副主任笑著搖搖頭。

有個不知道哪個處的幹部提出：「有人反映，農場申請個體經營，只要找到古副場長都會批准，特別是你的熟人和學生，有這事嗎？這對農場經營和職工生活有沒有影響？」

「只要認為符合有關規定，又能夠賺到錢，收入不會低於本人原來工資的，都會批准。職工個人的收入增加了，農場的工資支出減少了，這是兩利的事。農場職工大部分都相識，我以前的學生，申請個體戶的很少，可能因為年輕，沒有什麼技術。」

又一位處長問：「有個承包芒果的歸僑，聽說去年收入上萬元，有人反映他承包的芒果地面積要比其他承包戶的大得多，因為他是古副場長的親戚，不知道有沒有這回事？」

我聽了不以為然：「那是歸僑三隊一位歸僑老職工，收入上萬元是傳說，不過起碼有八仟以上。原來，隊上好幾家承包戶，因為擔心山上的芒果天旱沒有收成，不想承包了，他全部包了下來，所以，面積比較大。」

「那是不是包多大的面積都可以，是不是因為是你的親戚？」

「承包多大面積，根據職工本身勞力和生產隊的實際，這些，合同有規定。包得多，產量達不到目標，要罰款扣工資的。我和他成為親戚，也是幾個月前的事。他哥哥的女兒嫁給了我愛人的一個表兄弟。」

李副主任笑著說：「你這親戚結遲了，不然，芒果大豐收，會送點給你這副場長親戚。算了，差不多吃飯了。小古同志走上領導崗位時間不長，年輕人，有一股衝勁，勇於挑擔子，這是好事。但是，一定要注意掌握政策，工作中要謙虛謹慎。以後要經常和辦裡聯繫，不能上來，可以在電話上請示匯報嘛，對不對？」

「是！我記住了！」

晚飯後，跑去找老徐。

「工作匯報過了？主任有沒有參加？」

「沒有，不是說在養病嗎？怎麼你沒有參加？」

「他的病也不是重得動不了那種，有重要事還是會參加，你這工作匯報只是小事一桩。至於我，這會可參加可不參加，便沒有參加。李副主任聽了匯報說些什麼？」

「農場的全面工作，上次梁場長和丘書記上來作了詳細匯報，我主要匯報水庫工程和以後水庫水渠管理安排，李主任聽完表示肯定，我最後講到農場準備生產果脯、果汁、糖果的遠景規劃，他問得很仔細。」

「這個規劃上次聽梁場長提過，想法不錯，就怕缺乏技術人才。」

「說到人才，辦裡舉辦電視大專班，我們想送幾個來讀。」

「沒有問題，這個班主要是為農場培養僑務幹部和中學文科教師，辦一個班，人數可多可少。你想派幾個來。」

「三個吧。」

「怎麼樣？你想派五個、六個都可以，可惜你派不出人來。現在歸僑的情緒怎麼樣？老梁他們上次講了一下，我再聽聽你說。」

「怎麼說呢，『青山遮不住，畢竟東流去』。改革開放，政治氣氛改善了，經濟政策放寬了，歸僑的收入增加了，生活水平提高了。可惜，憑這些留不住老歸僑的的心。現在，除了少數因某種原因決定不走的，都提了申請；難民中，南越回來的，能投奔怒海的已經走了，有條件申請到美、加、澳等國的，是少數。那些邊民，邊境上仗還在打，不會跑回去。總的講，難民相對穩定。」

「從五十年代，特別是六零年大批回來的歸僑學生，在滇南上大學，畢業後出來工作的，全省範圍已經走了不少。這些還不是農場的農業工人，是有專業知識的人才，說不成了。你們要加緊對當地青年和難民青年的培訓，不然，布朗壩要回復到以前只有一所小學的水平。」

「不至於吧，今年以後，就陸續有大專院校的傣族學生畢業回來了。」

「要是他們不回農場呢？你們也得提早做做這方面的工作才行。」

回農場之前，約好同學聚會。先後調回春城的同班同學，有許達志、紀亦明、李明新、陳浩言、劉洪光、楊仕清、李雲英。劉洪光後來也當了兵，和陳浩言先後轉業，安排在省裡某大機關。他們都是城裡人，加上原來分在城裡的三位，已經有十位。這些同學有的在黨政機關，有的在新聞單位，有的在大學、中學，約好在紀亦明家聚會。我早早到了紀亦明家，等了一陣，陸陸續續來了八位，有兩位說有事來不了。

城裡的變化很大，市場比以前繁榮得多。人到中年了，個個同學都紅光滿面，精神飽滿。男同學雖然還是中山裝，李雲英是幹部服，衣料和剪裁都比較講究。不管哪一個一到，見了面，都是先互通些各種消息，吹些軼事異聞，然後打聽別人單位的補貼、福利。因為大家的工資標準都是一樣的，不必問，但是，不同的單位，油水不一樣。

八九個人你一言我一語吹了一陣，在中學當老師的楊仕清咋呼：「想不到古方智會當上副場長，還整了個副處級。」

軍訓連分配回城和後來調回城裡的十位同學，有一個副處級，三個科級、兩個副科級，其他是一般幹部和老師。

李雲英說：「就是，在學校時悶聲不出氣，走著誰的後門吧！」

我說：「不是說『來得早不如來得巧』嗎？這叫時來運到，推都推不掉。我倒是想知道。當時僑辦派人調查我文革中表現，是找著哪位學兄？」

紀亦明舉手說：「僑辦外調人員找過我，我只說了一句話：『古方智呀，逍遙派！一聽說要武鬥，就不知摺到哪裡去，跑得不見綜影了！』」

「我不是那麼差吧，多少也和大家一起戰鬥過幾天嘛！」

達志兄說：「你憨啦，這句話是對你的最高評價，說明你對文革早有認識，用消極方法進行堅決抵制，你還不趕快感謝老紀。」

「說得極是，謝謝老紀誇獎！時間過得真快，轉眼就人到中年。聽說大餅兄調到農墾局一個農場中學後，和一個農場職工結了婚，已經有兩個孩子，總算成家立業了。」

「金鳳凰在滇西，她老公是同級另一個系的，老公當縣委書記，她當生計委主任。」

「在邊遠地區當個縣長縣委書記，這個七品芝麻官是個苦差使。我們這兩屆大學生，其它大學，特別是當年從外省分來和我們一起下軍訓連的，現在有不少成省裡的中層幹部，有幾個還調到北京去了。」

「算啦算啦，『人比人氣死人，馬比騾子馱不成』。還是現實點，『朝中無人莫做官』，你們幾個在省委、省政府機關的都爭氣點，早日爬上去，到時對班上的同學也有個照應……」

「各人的情況一下說不完，當官的事也一時說不清。古方智，現在都說『三個公章，抵不上一個老鄉』。我們搞了個通訊錄，所有同學的工作地址、電話號碼，擔任職務、連家庭簡況都寫上去了。正好你上來，等會兒給你，不用寄了。」

陳浩言問李雲英：「李雲英，還記得在軍訓連表演節目唱『吃菜要吃白菜心，嫁人要嫁解放軍』嗎？你那解放軍叔叔當上司令還是政委了沒有？」李雲英的愛人原來在軍區當文化幹事。

「已經轉業，派去當『司空』。」

「司空是什麼官？」

「古代管土木工程、水利建設的官，莫非轉業到城建局還是水利廳？那都是油水單位。」許達志說。

「安排在市宣傳部，前幾天才叫他去創辦一份『個體經營者協會』報紙。沒有人，沒有錢，只安排了幾間空房子給他。我見他兩手攢空拳，所以叫他司空。」

劉洪光說：「你憨！現在兩手空空，過幾天怕你油水多到三支手都撈不完。現在滿街都是個體戶，你辦一份宣傳他們，為他們說話的報紙，還怕沒有人送好處給你。」

李雲英說：「你們見到伍益民沒有？那天我在街上見到他，他原來分到郊縣一個廠辦學校，他告訴我已經停薪留職，自謀出路做生意。」

「做什麼生意?跑運輸還是開飯店?伍益民好像不是做生意的材料。」

「做什麼生意等見著再問他,還是講眼前的。古方智,你們農場主要出產什麼?現在農民富起來,城裡人沒有農民好過,你下面有什麼東西整點上來。」

「有甘蔗、白糖,等有人上來時帶點給你們,芒果要明年七月份才有了。」我想起上次上來時,幾個同學送給我香皂、餅乾的情景。

「劉友德和謝永福怎麼樣?在香港發大財了沒有?潘希卓和范美英的情況我們知道,他兩個前不久上來過,都還在學校教書。」

「劉友德和謝永福都成了家,有了孩子。他們兩個都在工廠做工,過得去,發財不那麼容易。」

「謝永福家好像很有錢,他沒有回印尼去做生意?」

「回印尼不容易,出去的歸僑都在香港定居。他來信不會談家裡的事。」

「那倒也是,何況,都已經成家了。不但師院同學,以前安排到我們中學,後來考上醫學院,工學院的幾個華僑,都到香港去了。」

大家又問華僑農場的情況,我簡單介紹了一下,沒有說印尼歸僑多數都申請出港的情況。

老紀問:「前幾天我碰到僑辦一個頭頭吹了一陣,他說你們農場新班子很不錯,一年時間農場就扭虧為盈了,話中還提了你兩句。」

我說:「其實沒有什麼新東西,就是上面經營政策放寬了,下面打破了大鍋飯,搞了承包,落實了獎懲辦法。」

「我們都搞過四清,現在人民公社的政策,都是以前批判的資本主義道路,還走得更遠。」

「『田地分到戶,不要黨支部』,現在的農村幹部都成甩手幹部,沒有事幹了。」

「所以有些農村幹部說：辛辛苦苦幾十年，一夜回到解放前。」

老紀說：「不爭論，不爭論！趕緊擺桌子吃飯。」

今晚沒有整飯吃，吃涼米線，同學聚在一起，主要是吹牛。米線吃完了，就著一大盤炒花生喝酒。除了李雲英，幾個男同學，不但茶、菸的癮大了，酒量也很不小，他們喝酒，我和李雲英喝茶，邊吃邊吹。大家都是道聽途說，順口溜，胡說八道，不負責任。每個人說到最後，都喜歡用一句滇南人的口頭語：「說不成了！」，大家說完聽完就忘記了，直到十一點多才散伙。

第二天回家時，我一個坐在吉普車上閉目養神，想起「馬比騾子馱不成」這句滇南俗語。滇南多山，過去很多貨物的運輸都靠人揹馬馱。騾子馱得多，但不善走山路，也跑不快；馬馱的重量比不上騾子，卻善走山路，跑得快。如果以己之短去比人之長，就無法相比。解放三十多年了，當年打天下的革命幹部，年齡和治理能力都已經老朽，一批讀過書的知識分子逐步取代他們，是人類社會的自然發展，就像公路開通以後，汽車已經逐步取代了馬和騾子一樣。我們這班師範學院畢業生，大部分分配在中學教書，有幾位成了校長，有兩位調到大學，教書才是我們的專長。其中有幾位是像我一樣改行的，成為黨政幹部。全國的情況我不了解，滇省的知識分子和專業人才都缺乏，許多單位在機構改革中，各種崗位找不到專業對口的「知識化」人才，只好從教師隊伍中選拔。我從學校調到場部，改行搞行政工作，有些同學以為時來運轉，從此步入仕途，有了向上發展的機會，我卻不敢有任何妄想，只想競競業業地工作。

五、學而時習之

回到農場，把匯報經過在行政會議上作了匯報。不久，兩個班子在去年總結的基礎上，制定了新的生產發展計劃。新班子一年多的工作得到上級的肯定，大家都覺得可以邁開步子幹了。農場準備派人到春城、廣州、上海等地，學習考察水果和糖果的加工技術。我內心是想到廣州去，但是怕提出來有公私兼顧之嫌，便沒有提。而且，我分管的工作，還有很多都還不夠熟悉。

這天到糖廠去，看廠裡榨季結束後的機器維修保養工作安排，直到下午才回家。晚飯後剛要出門走走，見老徐和一個有點面熟的幹部走進門來。我又驚又喜：「什麼時候到的，怎麼不先打電話通知一聲。」

「中午到的，說你到糖廠去了。」老徐說著指指身旁的幹部：「這是人事科長老崔。」我和老崔互相點點頭。

「單你兩個下來？有什麼重要指示？」

「調你到僑辦，另外安排工作。」

「調我上僑辦？上去幹什麼？」我一時想不出為什麼會調動工作。

「去年底，國務院轉發了國務院僑辦關於歸還佔用僑房的文件，各地都在落實有關政策。我們省的歸僑僑眷，對省政府辦公廳佔用華僑補校作招待所，一直反映很強烈。在廣大歸僑的強烈要求和國務院僑辦的督促下，省政府辦公會議已經作出決議，搬遷省政府招待所，將校舍歸還省僑辦，復辦華僑補校。僑辦黨組研究決定，調你上去負責接收和復辦春城華僑補校的工作。」

我還是反應不過來。歸還僑房的政策我已經知道：有一天和趙伯閒聊時說到，家鄉已經在落實這項政策，土改時被沒收、徵用的華僑房產，包括分給貧下中農的房屋，都要清理歸還。春城華僑補校被

佔用，我聽到過不少歸僑議論。但是，現在那裡還有華僑子女回國讀書，復辦什麼華僑補校？

我說：「老徐，現在歸僑都忙申請出國，海外華僑也沒有聽說有人回國升學，還辦什麼華僑補校？」

「有一座大房子還給你，你總不會說不要吧？要馬上收回來，而且要名正言順收回來，調你上去，今年就要招生，復辦華僑補校。」

「我又不會變戲法，原來的補校，教職員工一兩百，學生有幾千呢！」

「這些上去再商量，你和家裡交代一下，明天就走。」

「這簡直像做夢一樣。這事你們跟丘書記、梁場長他們商量過沒有？十三個農場，那麼多人不調，怎麼就調我上去？」

老崔說：「已經和農場黨委溝通好了，我們先用『借調』的辦法把你調上去，因為歸還補校的交接事項要馬上進行，免得夜長夢多。正式的工作調動手續以後再辦，你的家屬也是等你正式調動後才安排，你給他們做做工作。」

老徐說：「黨組數著人頭研究過的，師範學院畢業的本科生，教了十多年書，有辦學經驗，組織成員，副處級別，其它農場找不到更合適的人選了。農場老丘和老梁當然不願意放，但是，要從大局出發！明天就走，真的要趁熱打鐵，上面已經安排好秘書處處長老姚，僑政處處長老苗，和你一起進行接收工作。」

臨時借調只需和單位領導口頭協商，不必辦什麼手續。第二天，我去辦公室收拾物品時，因為調動太突然，整個機關聽到消息的人都感到驚奇，問這問那。多數人對我又調升，又到省城工作很羨慕。李副書記拉著我的手說：「太可惜了，好不容易發現一個人才又要調走了，我們農場怎麼就留不住人才啊！」我聽得滿臉通紅，不知道怎麼回答。老丘不知道去哪裡了，沒有見到。我清理好辦公桌以後，把梁場長叫我看的《廠長必讀》等有關經營管理的工具書還給他，他一句話也沒有說，握著我的手，從樓上的辦公室一直把我送到樓下。

老婆孩子當然捨不得我一個人走，我只好安慰他們，許願不會超過一年時間，就可以調他們上來團聚。三個孩子年齡還小，不會有太多的想法。老婆可能對進城沒有多大興趣，她的心思和其他歸僑一樣，已經是希望出港和家人團聚。晚上又是好久沒有睡著，腦子裡閃過一幕幕影像，從家鄉來到布朗，從布朗到玉河、到春城讀書，到解放軍農場接受再教育，回到布朗工作，現在又回春城去。

第二天一早出發，三個人坐在僑辦下來的吉普車上。車子已經翻過幾座山，我心裡就像這翻山越嶺的小車一樣，一上一下。心裡想：自己讀上師範學院，回到農場當上中學教師，本來就是想好好教書，當一個好老師，想不到當上副場長。幹了一年多的副場長，覺得工作已經上手了，想不到又要幹回老本行。說心裡話，講熟悉和愛好，我還是喜歡教書，而且，我還喜歡教初中學生。每天和幾十個古靈精怪、調皮搗蛋的的學生在一起，看著他們從不懂得害羞的娃娃，慢慢變成一本正經的小大人，自己覺得和他們一起成長，好像永遠年輕。在農場中學當老師，比起當副場長管理幾千個男女老幼的穿衣吃飯，生老病死，要簡單得多，也有意思得多。現在要去復辦華僑補校，我沒有教過補習班。上次聽同學說，全國恢復高考以後，春城不但正規學校辦補習班，還有私人辦的補習班，為高考、中考落選的學生補習。

走得那麼急，趙伯他們都來不及告訴一聲。中學的歸僑老師只剩下阮老師一個。紅旗一隊、二隊，以前一起玩的同齡人，只剩下阿祥一家。

一九六三年從華僑補校考進師院，和我同班的有劉友德、謝永福、潘希卓、范美英，其它系、科，同級的有李有光、王連生等十多人。大學期間，和他們一起考上省裡其它大學的華僑補校歸僑同學，有時會到師院玩，因此，我認識不少華僑補校學生。那時，大家聚在一起，吹牛打鬧，沒有想過將來幹什麼，現在，如果他們聽到我要去當春城華僑補習學校的校長，可能會叫起來：「哈，古方智怎麼會當我

們母校的校長！」

我對春城華僑補校的認識，主要來自這些從華僑補校考進師院的同學的介紹：春城歸國華僑中等補習學校，從一九六零年創辦到一九六八年停辦，八年中先後接收了印度尼西亞、緬甸、越南、印度、馬來西亞、柬埔寨、老撾、泰國、新加坡等國，共三千多名歸國華僑學生就讀。在文化大革命大學停止招生前，已有一千四百多名學生，經統考考上全國各大專院校和中等技術學校。

華僑補校停辦，最令人遺憾和傷心的，是緬甸歸僑學生的遭遇。當年從緬甸回國的學生，很大部分是初中生，回國後沒有正式上過一天學，後來被安排上山下鄉。那時我們還在軍訓農場鍛鍊，幾個歸僑同學在一起閒話，潘希卓聽到這些學生下鄉的消息，禁不住長長地嘆息，好幾天都茶飯不思。

見到我半天不出聲，老徐問：「小古，怎麼不說話，想些什麼？」

「我在想這華僑補校怎麼辦！現在已經是四月份，我一個光桿司令，赤手空拳的上去，今年就要把華僑補校復辦起來，談何容易！」

「怎麼會是光桿司令？我們都在著嘛。僑辦原來有個五 • 七幹校，有十幾位教職工，這是基本隊伍。關鍵是把華僑補校的招牌掛出去，盡快著手招生，把補習班辦起來。你說說你的打算。」

「怎麼打算？昨天不是提了一下：現在春城有人已經辦起了私立的中考、高考補習班。華僑農場的中學教學質量都比較差，升學率低，把所有華僑農場中學沒有考上高一級學校，又願意重讀的學生，招上來辦補習班，也不管是不是歸僑或難民，只要是農場幹部職工子女都招收。再招收一部分春城的歸僑子女，先辦起初、高中兩個補習班再說。」

「教師從哪裡來？」

「教師反而好辦。我前次在春城聽我同學說，城裡不少中學老師都半公開地在外校上課撈外快，到時請課時老師不難。」

「還有個好消息昨天沒有跟你說，聯合國難民署給了僑辦五萬美金，是指定用來給難民進行職業培訓的。布朗農場中學不是把高中班改成職業班了嗎？你們搞過什麼職業培訓。」

「還是上高中的教科書，就是減少了基本課程的份量，增加了農業方面，榨糖技術，水利管理，果樹栽培管理等方面的基礎知識。」

「這就對了，我們除了初、高中補習班，辦一些以難民為主的，短期的職業培訓班，加上培養僑務幹部和農場中小學教師的電大班繼續辦下去，已經可以辦成六七個班級了。回到辦裡，我們就按這個路子向領導提出辦學計劃。」老徐指指老崔對我說：「你上去後當然要找幾個人幫手，調人的事老崔會支持。」坐在前面的老崔沒有回頭，抬抬手說：「盡可能在城裡找人，如果調農場的人，拖家帶口的，辦起來麻煩，加上如果是農場戶口轉城市戶口，就更麻煩。」

來到僑辦的第二天上午，老徐帶著我去見段主任。進到主任辦公室坐下，等老許把有關借調工作向主任匯報以後，段主任點頭說：「很好，很好！」然後，拿出省政府文件，將省政府有關歸還補校的文件精神說了一下，指示說：「小古同志，你是學師範的，在農場教了十多年書，又當過中學副校長，對辦學有一定的經驗。辦黨委決定把你調上來，就是要抓緊時間，今年就把華僑補校復辦起來。你們先談談自己的想法，辦裡各部門會積極做好配合工作。」老徐讓我把在路上議論的，如何復辦補校的想法，向主任作匯報。段主任聽完後說：「這個想法可行。復辦補校的具體工作，由徐處長負責，你們再下去商量著辦。小古同志今天就正式上班，一會兒我們到幹校，宣布辦黨組對小古的任命，幹校一鍋端移交給補校，復辦華僑補校工作便正式開始，你們馬上和省政府招待所進行移交接收工作。從省裡下達文件，到和省政府辦公廳的落實交涉過程，是李副主任具體負責的，下午上班以後，李副主任會召集你們開會，布置具體的移交工作進程。」主任的話一說完，老徐望望我，我表示服從組織安排，在辦黨組領導下努力工作。主任沒有問布朗農場的工作，又強調了組織對我的信任和安排，對我作出勉勵，便帶著老徐和我來到五・七幹校辦公室。

幹校辦公室裡有十來個人在坐著聊天，他們事先得到通知等在這裡，見我們進來，起身打招呼。段主任開門見山說：「今天給你們安排一位新領導，叫古方智。古方智是布朗華僑農場的副場長，調上來主持復辦華僑補校。為了更好地開展工作，黨組決定，就不再搞那麼繁瑣，又先安個臨時負責人之類了。黨組事先已經研究過，現在直接宣布，任命古方智為華僑補校校長，人事處會補下任命書。等任命書下來，便取消五・七幹校名稱。電大班繼續辦，改為華僑補校僑務幹部培訓班，再辦起歸僑子女補習班，難民職業培訓班，三塊牌子，一套班子，仍然掛以前的春城華僑補校的牌子。老田的黨支部書記不變，在座的都是幹校的老同志，大家團結起來，支持古校長搞好工作。」老田帶頭拍起掌來，我起身向大家鞠躬。段主任工作忙，說聲：「徐處長以前就是幹校校長，你們把情況互相介紹一下，熟悉熟悉。」然後向大家點點頭，出門走了，留下老徐和我。

老徐先把我的情況簡單介紹了一下，有的老師說：「聽說過了，古校長很年輕啊！」我聽了笑笑，沒有說話。老田向我介紹幹校和各位同事：教師有五位：張老師五十出頭，是電大班班主任；艾老師和沈老師老兩口，年齡快六十歲了，是六零年創辦補校時的老師，現在在電大班上課，幹老本行，一位教語文，一位教數學。兩位年輕女老師：林老師是滇南大學化學系六八級的，算起來和我一樣，是六三年考上大學的，在電大班擔任理科課程。尚老師，是文革中的高中生，在電大班擔任輔導工作。其他幾位是會計、出納、總務、打字員、醫生，還有兩位炊事員、一位水電工，都在上著班，有一位長期在家養病的。一共十五名教職員工，四男十一女，年齡由三十多歲到五十多歲。這是我的基本隊伍。

老田五十多歲，身材瘦削，精神很好。老田是部隊轉業的，參加過援越抗美，文革中當過一間國營企業的支左部隊負責人。輪年齡和資格，與兵團時的政治部顏副主任差不多。老徐調出幹校以後，他成了臨時的黨政負責人，現在黨組正式宣布，我是校長，他是黨支部書記。其他人走了以後，老徐和我又與老田和張老師一起聊了好一陣。

下午，李副主任召集有關接收華僑補校的會議。參加會議的是僑政處處長老苗，後勤管理處處長老姚，老徐和我，沒有叫老田參加。

開會前，李副主任先叫後勤管理處處長老姚，把省政府辦公會議關於歸還春城華僑補校房產的文件，給我看了一遍。

李副主任說：「有關歸還華僑補校房產的會議和手續，段主任和我已經和省政府辦公廳開過幾次會，移交手續的文件也已經簽署了。這次把小古同志調上來，全面負責復辦春城華僑補校的工作。復辦學校的工作我們另行研究。現在召集你們幾位要做的首要工作，就是和省政府招待所交涉，要求他們盡快搬遷，清出所有房子。這事由老姚牽頭，苗處長和小古配合。等招待所一騰出房子，老姚馬上安排工人，進行清理裝修，把我們的處、室、食堂、車庫等等，全都搬過去。和招待所所長打交道和搬遷工作，主要由老姚和老苗去做，小古在老徐指導協助下，趕快部署辦學的事。最好能把原來的學校招牌找出來，找不著就重新做一塊，等省政府招待所的牌子一摘下來，華僑補校的牌子馬上掛出去。」

會議結束後，馬上開始工作。苗處長是僑辦老幹部，對華僑補校的情況比較熟悉。我問他：

「六八年補校停辦以後，那些教學設備和辦公用具哪裡去了。」

「大部分分到市裡其它學校，有些被破壞了。」

「也就是什麼教學設備都沒有了？」

「當時保留了部分課桌和辦公用具，後來辦五・七幹校時使用過，現在電大班還在使用。這些課桌都很陳舊了，復辦補校，所有設備要重新購置。」

跟著兩位處長找政府招待所所長交涉時，我很少說話，主要是老姚和老苗跟所長扯皮。招待所所長知道招待所遲早要搬，只是拖得一天算一天，招待所一天有好幾千元的收入。

政府招待所應該是得消息之先，他們不但去年已經在教學樓左側地皮上蓋起了兩憧六層的樓房，現在在食堂後面，又正在起一憧六層的職工宿舍。補校以前的設備已經沒有了，無所謂歸還，招待所自己購置的客房設施，不可能送給僑辦或補校，能提出要求保留的，主要就是水電設備、食堂和浴室的用具。這些小問題很快就解決了，最後是劃界。原則上講，將佔用的華僑補校全部歸還，那是文件上的話。實際上，招待所三憧房子都起在補校地皮上，不可能把房子拆了把地皮還給補校，所以，要在這三憧房子和補校校舍之間劃一條分界線。那界線劃在哪裡，免不了爭執一番。按道理說，招待所三憧樓房現在都佔著華僑補校的地皮，可是，如果把分界線劃到他們的樓梯下面，不給樓前留一定的空間，情理上說不過去。為此，招待所所長和姚處長，都想在樓房和教學樓之間的空地上，爭取最大的空間。苗處長先把華僑補校原來的的範圍說了一下，就不再說話。他知道說這些話其實意義不大。我初來乍到，也沒有多少發言權。主要是姚處長和招待所所長在爭論。看到處長和所長拿著粉筆、皮尺，在地上劃來劃去爭論不休，我想起古代故事中的一首詩：「千里修書為一牆，讓他三尺又何妨；萬里長城今猶在，不見當年秦始皇。」時代不同了，我們現在是人民內部的爭論，可是，不同的單位，「各為其主」爭取最大利益，能反映一個幹部的工作能力和責任心。爭執在姚處長盡可能作出讓步的情況下，劃出了分界線。招待所的動作非常迅速，劃界當晚，就在白線上砌起了一堵牆。

當初辦公廳把補校改成招待所，只是剷掉了講台和黑板，把教室間隔成房間，其它都沒有改動。所以，招待所把客房設施搬走以後，僑辦請工人進行清潔消毒，第二天，省僑辦所有處、室和五・七幹校，便一起搬了過去。

根據僑辦的辦公會議決議：歸還後的華僑補校，教學大樓一分為二。東翼和主樓由僑辦機關使用，西翼復辦華僑補校。華僑補校教學樓主樓六層，東西兩翼四層。共有教室四十八間、試驗室八間、辦公室十六間，大小會議室三間。

華僑補校分到的教學樓西翼，四層樓有二十四間教室，四間試驗室，八間辦公室。全體老師開會後決定：一樓和四樓的間隔不作改動，作學生宿舍。三樓全部改回教室，二樓部分改回教室，部分作辦公室。說實在話，電大班搬遷進去，只用了一間教室，二十幾個學生用了四、五間宿舍，幾個教職工用了四間辦公室。看著那些空著的教室和宿舍，我發愁去哪裡找那麼多學生。

省僑辦搬到東翼和主樓，房子也多得用不完。只把三樓、四樓用作辦公室，一樓、二樓，仍然用作招待所，把省政府招待所改為省僑辦招待所。

食堂、禮堂、浴堂，還有球場等其它設施，僑辦機關和補校兩家共用。

大門口掛了三塊牌子：滇南省僑務辦公室；省僑務辦公室招待所；春城歸國華僑學生中等補習學校。

按上級文件，復辦後的華僑補校編制三十人，為正處級單位。把幹校十五名教職工轉過來以後，還可以招兵買馬十五名。兵馬未動，糧草先行，葉處長叫我先到省財政廳去落實補校辦學經費。

到財政廳前，我先去會計出納那裡了解學校現在的財務情況。

來到會計室，先詢問會計老謝，出納小楊，難民署撥的五萬美金到賬了沒有，換了多少人民幣？會計老謝歪歪嘴說：「聽說換了將近二十萬人民幣，到我們賬上只有十五萬。」我奇怪地問：「華僑補校的牌子才掛出去，學生都還沒有進來，這錢怎麼就少了，用到哪裡去了？」

老謝說：「這個我不知道，而且，這錢又不是補校的，是難民署撥來給難民的。」

「對呀，是為難民開辦職業培訓班用的，可現在這職業班還沒有辦呀？」

「你問我有什麼用？僑辦的賬戶進到幹校帳戶的錢就只有這麼多。你去問經營管理處老葉，要麼去問李副主任。」老謝說完不再理我。

幹校留下的十五位教職工，除了老田和張、艾、沈三位老師。其它教職工，都是僑辦幹部的家屬：

大部分是僑辦現任，或前任處長或副處長的妻子或女兒。

我還是先去找老徐。老徐把我拉出辦公室，在走廊上對我說：「前天忘記跟你說了，難民署的錢是撥到僑辦賬上的，因為要準備開辦難民的職業培訓班，先購買了些設備，有複印機、照相機等等，花了好幾萬元，這些設備現在僑辦使用著。」

「什麼時候還給我們？」

「都在一幢樓裡，不必分得那麼清楚嘛。你們現在只有一個電大班，有什麼材料要複印，送過去叫他們幫你印就是了。你到省財政廳去申請辦學經費，按財政廳的制度，這錢也不會直接撥到補校賬上，還是要撥到僑辦經營管理處統一管理，由管理處再轉到補校賬上。省級機關不像農場那麼單純，有很多複雜的規章制度。好了，慢慢你就熟悉了。」老徐說完，拍拍我的肩膀，回辦公室去了。

拿著復辦華僑補校的批文，到省政府去找財政廳。這是我第二次到省政府機關，第一次是要求重新分配回布朗壩，那時還是革命委員會。現在，我雖然成了省僑辦幹部，進到省政府機關，還是有鄉下人進城裡大機關的感覺。找到財政廳，從一樓走到二樓，走廊兩邊都是各個處、室，望來望去，不知道進哪道門。再走上一層，見有一間是廳長辦公室，一時不知那來的膽氣，上前去敲門。一位年輕幹部打開門走出來，瞪著眼睛看著我問：「你找誰？」

「想找廳長。」

「找廳長？你是誰？什麼單位的？」

「我是省僑辦的，我姓古。要復辦華僑補校，找廳長批辦學經費。」說著把批文遞了上去。

那幹部不看我手裡的文件，說：「辦學去找教育局、教育廳，到這裡來幹什麼？到處亂闖，一點都不會辦事！」說完打開門閃進去了。

自己想想，確實有點唐突。這幹部年輕，應該不是廳長，但他說得對，辦學校應該是教育廳、教育局管的事。

吃了中午飯，又去政府機關找教育廳。在教育廳那層樓走廊上，看到有間門前掛著財務處的牌子，很高興，想著這裡應該是要錢辦學的地方了。進去打了招呼，做了自我介紹。一位年長的幹部聽我說明來意，接過我的批文。看完以後說：「華僑補校我知道，以前辦得很好，可惜後來停辦了。現在要復辦？還有華僑回來讀書嗎？」

「現在全省還有不少歸僑、僑眷，補校復辦後，先辦初、高中補習班，為歸僑子女升學創造機會，將來有條件時，再吸引國外華僑華人子女回國讀書。」

「好事，好事。不過，小古同志，你找錯地方了。教育廳管的是地方的教育，廳裡的教育經費也是撥給地方教育局的。你們這華僑補校屬企業辦學，經費應該由省僑辦撥給。」

農場中學就是企業辦學，所以縣教育局不管我們，更不會給我們辦學經費。我醒悟過來，這位同志不是敷衍我。

回到僑辦去請教老葉，老葉問我找了誰。我把去過兩個廳的經過說了，老葉說：「誰叫你去找教育廳，你還是要找財政廳。你明天去財政廳的企業管理處，找左處長。把你上次跟李副主任匯報時講的辦學計劃，跟他匯報一下，提出你們大體的開支計劃，到時他們會按需要把款撥下來。」

第二天又去財政廳，企業管理處就在二樓，上次已經看見了。進到辦公室，有六七位幹部在等著。等左處長上班進到套間裡，等著的人便按先來後到，輪流進去。有些進去很久都不出來，有些進去的時間短些。到我進去時，已經快到下班時間了。我盡量簡明扼要地把復辦華僑補校的初步計劃向處長作了匯報，要求撥給相應的經費。處長沒有看我的批文，也不知道他聽進去了沒有，只是時不時點下頭。最後說：「好，知道了，這經費我們研究以後會撥下去，過幾天你可以來我們辦公室，跟下面的同志催一催，問他們下撥了沒有。」

看到處長疲累的樣子，我趕緊道謝後告辭出來。一個星期以後，又接連去了幾次企業管理處，都沒有見到處長。下面的工作人員不是推說不知道，就說上面還沒有研究，叫我回去等待，總之不得要領。

這天正在機關大院裡東張西望，突然看見李明新。李明新在省政府一個什麼調研小組上班，上次來辦裡匯報工作才見過面。這次一上來就忙工作，還沒有和其他同學見面。因為不熟悉辦事先找熟人的門道，一時竟沒有想起他就在政府大院裡，可以找他指點。見到他喜出望外，我把到財政廳要辦學經費，不知跑了多少次的事向他訴苦。李明新聽了笑笑說：「你調上來復辦華僑補校的事，我已經聽老紀說了。辦學經費這事你還得跑，還要多跑幾趟才會有結果。」

「這錢遲早要給，為什麼要拖著，非讓人跑來跑去不可？」

「你剛才說了，你這補校是企業辦學，財政廳只會把錢撥到僑辦，由僑辦再撥給學校。」

「既然這樣，我已經把復辦學校的開支計劃向僑辦領導匯報過了，由僑辦經營管理處來辦不就行了，何必又叫我自己來跑。」

「那不行。這開支計劃，由你直接向財政廳的企業管理處提出來，比僑辦其它處室的領導來說當然更直接些。不然，你這校長不是沒有事幹了嗎？連這個腿你都不想跑，那你這錢也來得太容易了。這錢你想快點到手，越要跑勤點。」

「這錢又不是要來自己用，不是為了革命工作嘛，真是浪費時間。」

李明新不理我的牢騷，問：「你是騎單車來的？」

「當然騎單車來，補校到這裡，好幾公里哩！」

「你們這補校定的是什麼級別？」

「定了個處級單位。」

「處級單位，僑辦沒有給你們配一輛車子嗎？」

「剛上來時，辦裡要給我們一輛老掉牙的北京吉普，主要用來以後請老師用的，現在連司機都沒有。」

「你趕快調個司機進來。再破的吉普，你坐著都可以直接開進政府機關大院，省得你騎單車，每次進門都要登記。」

聽了李明新的話，回去跟人事科老崔一提，老崔想了想，問：「你在農場時有沒有比較熟的駕駛員？」「農場那幾個駕駛員都是認識的。」「你沒有聽懂我的意思，找駕駛員，你要找一個好使的，你自己打電話跟梁場長商量，也是採取借調的辦法，明天就可以叫人上來。」我當晚掛長途電話給梁場長，跟他商量，想調陳永祥到補校，請他找阿祥徵求本人意見。誰知，梁場長回電說，他詢問了陳永祥，陳永祥回答無意到補校工作。我只好向梁場長提出調鄭天福，梁場長同意了。小鄭三十歲出頭，還是單身。他父親已經去世，哥哥姐姐已經成家，他和一個兄弟母子三人一起生活。由於條件不充分，還沒有申請出國。我當副場長不久，他曾經和我提出過想離職到城裡找工作。因為他在城裡也沒有什麼關係，當時我勸阻了他。果然，第三天傍晚，小鄭就上來了。他在農場開了幾年貨車，上來後讓他開著小吉普在城裡到處轉了兩天。

第一次坐吉普車去省政府，再去催問撥款的事。車子開出校門不遠，來到一個十字路口，遇見紅燈，便停了下來。到轉成綠燈時，車子打火打不著，後面的不知有幾輛汽車，那喇叭便一齊響起來，小鄭急得頭上冒汗。左拉右推的，等車子動起來，過了十字路口，後面一輛貨車超過去，車上的司機伸出頭來罵道：「鄉巴佬！看女人看呆了，車都不會開了嘓！」小鄭沒有回嘴，我不覺好笑。心想：我們兩個也確實是才進城的鄉下人。北京牌小吉普是縣處級使用的車。每個縣都有二、三輛。布朗農場是縣處級，也有一輛。我擔任副場長後，只坐過兩次。那車其實不好坐，特別是走山區公路，顛得人頭暈腦脹。城裡的處級單位，以前也用北京吉普，廳以上用上海牌，省級主要領導是紅旗牌。我上次上春城時，見

到城裡多了進口的日本車，吉普車已經比較少見。下面的縣裡，多數都還是用吉普車，所以，那貨車司機看見我們的車，在十字路口的紅綠燈轉換時起動得不夠快，知道開車的是縣裡進城的，才會罵我們「鄉巴佬」。小鄭在城裡多走了幾天，熟悉了城裡的交通規則和道路以後，也學會了罵人和吵架。

終於聽到老謝報告，僑辦把上面批給的辦學經費撥到學校賬戶，今年撥了廿三萬元，明年經費另定。華僑補校復辦第一年的經費，加上難民署的十多萬，有三十多萬，又有那麼多房子，我覺得自己成了大財主。

按原定計劃，向十三個華僑農林場，春城地區及一些有歸僑生活和工作的地、縣，招收初中、高中補習班各兩班，農場學生全部住校，春城地區學生走讀。如果報名人數太多，將按學生去年參加統考的分數擇優收生。擬定了招生章程，發到各華僑農場，和一些縣僑聯，春城地區發到市僑聯。然後就著手聘請臨時兼職教師和招聘教師。

城裡有不少教師都願意到校外兼課，各科老師都是按課時計算，既有基本價格，也可以討價還價。通過幾個同班同學一打聽，這些出來教課的老師，基本都是師院出來的校友。原來教電大班的，除張老師的班主任不動，其他三位改教高中補習班，尚老師教初中補習班，同時擔任班主任。電大班各科教學，全部聘請大學老師。電大班學生明年畢業要寫畢業論文，論文的輔導評卷老師，必需是大學副教授以上級別。

抽出一天時間回師範學院，十多年來第一次回母校探望老師，心裡很激動。跟秦老師才聊上幾句，秦老師就說：「古方智，你的普通話還是不過關嘛。」我無奈地說：「華僑農場的語言太複雜，互相影響，真是沒有辦法。」秦老師聽了笑笑。本來準備請幾位老師來教電大班的，最後只請得夏老師來教政治，其他老師課程太多，忙不過來，只好從其它大學聘請。

調動教師的工作比較困難，說句心裡話，我希望能把一些師院畢業分到縣裡當老師的歸僑老師調

到華僑補校來。可惜的是，經過了解，這些認識的或不認識的歸僑校友，絕大部分都已經申請出港定居。至於少數在春城當教師的，因各種原因，不太願意到補校工作。

最後從城裡的其它中學調來三位中年男教師，又從大學畢業生中，分配來一名女大學生。不久，僑辦和我「協商」，安排進一位總務，一位圖書管理員，加上駕駛員，共增加了七位教職工。

經過全校教職工近半年的努力，到八月底，教室重新裝修粉刷，重修黑板，講臺，課桌椅配齊。各班班主任和各科任教師已經落實，學生宿舍裡的雙層床、寫字桌已經擺好，連外面的籃球場都重新鋪了水泥，安裝了新籃球架，只等學生來報到上課了。這天下午上班後，我坐在校長辦公室，終於覺得可以鬆一口氣。

一個郵遞員進來辦公室，送給我一封電報。我疑惑地打開一看：「阿媽昨晚病逝……」我翻來覆去看，是從家鄉的郵局發來的，接收的就是學校對面的郵局，收報人是古方智。「阿媽昨晚病逝！」我拿著電報，恍恍惚惚地離開辦公室。

回到臨時單身宿舍，躺在床上，望著天花板，在想這電報的意思：「阿媽昨晚病逝」。這是勉智的話，告訴我，阿媽昨晚上因為生病，去世了！前兩年勉智來信，說阿媽有肺氣腫，有時覺得氣喘。不是說看了醫生，吃著藥，無大礙嗎？我每個月按時寄生活費回去，勉智在工廠工作領工資，老婆在大隊工作，兩個兒子上小學，經濟上不會有困難。怎麼一說生病就去世了呢！我再拿起電報看，後面還有一句問我能否趕回去的話。阿媽是兩天前的晚上去世的，前天發出的電報，今天才送到我手裡。如果明天能順利買到飛機票，後天到廣州，第二天再從廣州坐一天的長途汽車，到家已經是第七天了。八月的家鄉天氣還是正熱的時候，阿媽等不得我回來見面了。過幾天，農場的學生就要來學校報到，給這些全省各地農村來的學生安排食宿，幫助他們適應城市生活，安下心來學習；聘請的校外老師第一次來上課，要搞好接待工作。開學時還有許多工作要做，學校剛復辦，這時候因私事離開學校，對學校工作有什麼

影響？領導會怎麼看？學校的老師又會怎麼議論？六八年回去時，見到阿媽和我六零年離開時沒有多大變化，可是，現在又過去十多年了。阿媽離世都不回去，那些親戚和叔伯會在背後罵我的，沒有辦法，誰叫我現在是校長呢！

躺在床上，沒有開燈，也不覺得肚餓。阿媽的影像一幕一幕出現在腦海中。小時候的印象，村子裡見到的老人多數都是阿婆，因為男人一般都比女人去世得早。算起來，今年阿媽才七十二歲。十年前開始，我每次寫信時都要交代勉智，不要讓阿媽下田，連菜地都不要叫她上了。可是，恐怕說了也不會聽。家鄉的婦女，就像阿婆、震伯婆一樣，除非已經躺在床上不能動，才不幹活。只要起得了身，就手腳要動著，家裡家外，門前屋後，總會找得著活幹。

十多年來，阿媽只寄過兩次照片。一次是勉智結婚，一次是抱著勉智一歲的兒子。我寄回去的照片也少。農場沒有照相館，一家人去一趟縣城的機會不多。阿媽的來信，每次都是說完勉智的兒子後，就問什麼時候帶著孩子回去。現在，回去也見不著面，說不上話了。

瞪著眼睛直到天亮。第二天起來，回了一封電報給維生叔和勉智，一切事項請幾位叔父和兄弟料理，望阿媽入土為安。我調上來時是一個人，當時自己打算：如果在下學期開學前，不能把老婆孩子調上來，我準備在春節期間一個人回家鄉去看阿媽，一個人回去費用要省得多。上春城時，我把家裡積蓄的存款取了一半多出來，存進學校附近的儲蓄所裡。我上來半年，也沒有寄錢給老婆，餘錢存進了戶口。現在，把存款中共有四百多元取出來，一起寄給了勉智。

我沒有把阿媽去世的消息告訴任何人，甚至連老婆孩子都沒有寫信告訴。任何人的安慰，都無濟於事，我把全部思念與自責強壓在心裡。有幾個老師見我那幾天臉色不好，都以為我這段時間工作太累了，關心地勸我注意休息。

農場的學生陸續到校。遠在滇西華僑農場的學生，要坐三天的長途汽車才到春城。四個補習班的學生，華僑農場和地縣來的，都住進了學校，新招的二十六名電大班新學員也報到了。

復辦後的春城華僑學生中等補習學校終於開學了。初高中補習班各兩個班，有一百六十多人，加上兩個電大班五十人，共有二百一十多名學生。在六樓會議室舉行開學典禮，我的心情既激動，又不免遺憾。華僑補校的復辦，說明十年動亂成為歷史，國家可能走上正確發展的道路，讓千千萬萬的海外華僑華人看到希望。只是，望著眼前這兩百多名學生，我對華僑補校的發展前景，並沒有多大信心。農場上來的學生，多數是本地幹部和當地職工子女，歸僑子女只有幾名；地縣和春城的學生，都是僑眷子女和僑務幹部子女。兩個電大班是大專文科班，學生是在職培訓的農場教師和幹部，其中只有四名印尼歸僑，兩名越南難民。

補習班的教學工作穩定以後，學校著手辦難民職業班。據了解，華場農場比較需要的職業，有照相、鐘錶修理、縫衣等。我決定先從簡單的的辦起，開辦一個照相、鐘錶修理技術培訓班。職業班只招收越南難民，性別、年齡不限。對職業班學員不收學費、住宿費，只收伙食費。學習時間兩個月，結業後回農場，學員是否自謀出路自行決定。把通知發下去，有三十二人報名，男女都有，都是年輕人，全部招了上來。師傅是從照相館、鐘表店請來的，參照補習班教師的工資，高低稍有差別。

補校在短短的時間內，辦起了七個班。每天上午十點多鐘，補校的課間操時間，廣播一響，兩百多名學生在球場上集合起來，僑辦機關幹部也下來，和學生一起做廣播操；下午課外活動時間，經常有學生和機關幹部組織起來打籃球，進行一些非正式比賽；晚上，教室的日光燈發出的白光，不像招待所客房的白熾燈昏黃，整座補校，還是顯現出一角校園的氣氛。

開學後三個星期，調回春城的十幾位同班同學，相約專門來補校參觀。

約好星期天早上十點，我在校門口等他們。大家前後到了，聚在大門口，先站在那裡發議論。

「華僑補校這氣勢就是不凡！你看這六層高的教學樓，一進大門，左右兩邊迴旋路，路前後兩排

樹，這教室綠樹掩影，鬧市中求靜，還真是辦學的地方。」

「那還用說，當年中僑委廖承志主任，也是站在這個地方，說這學校『建得有氣魄』！」

「華僑補校的環境和設備，當時在全市中學中，是數一數二的，現在不好說了。」

一進教學樓大門，是僑辦招待所售票處，幾個同學東張西望，李雲英驚奇地問：「古方智，你有本事嘛，學校還辦起了招待所？」

大概她剛才進大門時沒有注意到「省僑辦招待所」的招牌，我連忙說：「往後邊走，往後邊走，等一會兒再說。」

轉到大樓後面，是一個大院子，兩層樓的大禮堂兼食堂。楊仕清驚叫：「還有一個這麼大的禮堂，都趕上師院的大禮堂了。」

進到食堂，星期天不開飯，裡面空無一人。上到二樓的禮堂，裡面也是空空的，各位學兄不禁奇怪。我解釋說：「華僑補校歸還後，補校暫時沒有那麼多學生，省僑辦利用教學樓一部分教室改為客房，辦了個省僑辦招待所，接待華僑農場上來辦事的幹部職工。這禮堂和食堂，正準備添置一些設備，現在學生不多，慢慢來吧。」

省政府把補校改作招待所以後，經常在這裡召開會議，包括全省性的幹部會議。我剛上來時，禮堂擺滿椅子，舞台上音響，帳幕等設備齊全，在歸還補校時，那些設備全部搬走了。

伍益民指點說：「古方智，就你那幾個學生，用這麼大的禮堂是個浪費。你不如把它租出去，給人家辦舞會、結婚酒會什麼的，一年起碼收幾萬塊錢，用來給員工發獎金和辦福利。」

許達志說：「伍老板現在掉進錢眼裡去了，只看得見錢。學校是教書育人的地方，何況，租給人開舞會，每天晚上『嘣嚓嚓』，學生還怎麼上晚自習？」

伍益民做的是皮包生意，倒買倒賣，什麼都做，到處跑，同學找他不容易，他就不時會來找同學。

伍益民說：「這麼大一間學校，反正不能讓它空著。古方智，我倒是想問你，你剛才說，這學校另一半是省僑辦用著，這華僑補校的產權，究竟是屬於誰的？是學校的，還是僑辦的？」

「這個……我沒有想過。」

「哪一個的，都是國家的，莫非是古方智自己的嗎？真是！」

紀亦明說：「有關『產權』、『法人』『法人代表』等等法律上的術語，也是最近這兩年才經常聽到。古方智，我覺得，關鍵的是，你這華僑補校能不能發展，如果發展得起來，什麼都好說；如果發展不起來，甚至維持不下去，那就什麼都是空的。」

我回答：「這話說到點子上，我只能說，盡自己的努力吧。像平時說的：『形勢比人強』，現在已經不會有華僑回國求學，歸僑也多數想出國。沒有生源，辦學是無米之炊，只能走著瞧。」

我招呼同學在外面吃了一餐飯。都是人到中年，有了家庭，有了閱歷，而且，除了自謀出路的伍益民，其他同學，現在都成了單位的中層領導幹部或骨幹，所以，說話比以前穩重得多。

六零年創辦的春城華僑補校，學生是清一色的海外僑生，復辦後的補校仍稱華僑補校，以學生成份論，已經名不符實。

這年春節。省僑辦和省僑聯，聯合舉辦春城歸僑春節聯歡活動，因為聯歡地點在補校，我這個校長便不能回家，留下來幫忙。昨晚上城裡到處響著爆竹，我被吵得時睡時醒。天快亮時，突然外面走廊上不知誰放起一串爆竹，我被震得一下從床上跳下來。省僑辦的辦公室全部搬到教學樓以後，學生宿舍一樓臨街面仍然是僑辦下屬的僑匯商店，二樓成了商店的辦公室和貨倉，三樓大部分仍然堆放著僑辦各處室搬家後留下的雜物，四樓住了幾個僑辦的單身職工，還有不知從哪個農場上來做生意的國內職工。我上來時也住在四樓，這爆竹不知道是哪個人放的。那串爆竹聲很短，十幾秒鐘就停了。我想起文化大革命到處發生武鬥的日子，那時有人打槍，沒有人放爆竹；現在沒有人打槍，便有人放爆竹。我躺回床

上，睜著眼睛看著灰黑的天花板，想起和連生、友德在水塔裡聽槍聲時的胡說八道。連生現在到哪裡去了呢？友德、永福和有光他們，在香港的生活究竟過得怎麼樣？希卓調回華僑農場中學工作，去年底提為教導主任，范美英還是廠辦中學普通教師。

大年初一，八點鐘以後學校開始熱鬧起來，先是食堂和禮堂來了不少歸僑，擺出攤子張羅自己做的點心。我到處轉來轉去，一些歸僑進來後，一認出自己的同學、朋友、熟人，便高興得拉著手久久不放。可惜我認識的人不多，有幾個師院的校友，認識人，一時叫不出名字。我很希望能見到陳明先，已經十幾年不見，不知道他的情況怎麼樣，見到他，可能會知道王連生的消息。

見到老徐和一個人進來，我上前打招呼。老徐分別介紹我們兩人：「這就是從布朗農場調上來的古方智，擔任華僑補校校長。這是市僑辦的副主任老 x，緬甸歸僑，老 x 和我是緬甸中學時的同學。」

我握著老 x 的手說：「我聽老徐提過，還沒有來得及上門拜訪，學校剛復辦，以後有不少事情要請你們幫忙。」

「有什麼事儘管說，你才上來不久，我們在市裡各方面的人比較熟。教師隊伍配齊了沒有？」

「還沒有完全配齊，主要想物色幾個歸僑教師，正向各地調查了解。」

老 x 對老徐說：「六零年建校時的楊校長，那是個三八年參加革命的老革命，五十年代初就已經是處長級幹部。」

老徐說：「在五・七幹校時因病去世了。楊校長身體不太好，發病時下面的醫療條件太差，當時的社會秩序不好，沒來得及送上來就……」

老 x 嘆息說：「如果活到現在，起碼是個廳級幹部！」然後轉頭問我：「你現在算是哪一級？」

我說：「我原來一直在農場中學當老師，講資歷說不上。」

老 x 說：「老徐，不如幫小古物色一個資格老點的黨支部書記，不然，壓不住陣腳。」

老徐說：「現在的黨支部書記是老田，補校現在也沒有幾個黨員。」

和兩人告別後，我又到處轉，見到一位省僑聯副主席，是個印尼歸僑，他在滇南大學讀書時，我們有過一面之緣。他和我一樣都是在軍訓連鍛鍊後再分配的，最初分到一個邊疆縣中學，後來調到地區僑聯，也是前年機構改革才調到省僑聯當副主席。他說，上來將近一年時間，全省各地到處跑，調查全省僑情。我一聽，趕緊向他打聽陳明先。他說知道這個人，他們一家已經出國，到法國去了，可惜他出去後沒有和僑聯聯繫。聽他這麼說，我有點悵然，不過，知道陳明先和親人團聚了，為他感到高興。

大會十點鐘開始，僑辦主任和僑聯主席分別作了簡短講話，也有幾位代表上去發表感言。然後，除了歸僑自己組織的歌舞表演，還請了市裡的專業歌舞團和雜技團來演出。表演結束後，大家分成一群群的吃點心，互訴闊別，閒話家常。六十年代以前，春城的歸僑僑眷人數不多，可能也沒有什麼組織和活動。六零年大批印尼、印度、緬甸等國家，歸僑回國安置在滇南各地華僑農場和春城後，各級僑聯組織和聯誼活動才開展起來。春城的活動最紅火是六三、六四年，年節的聯歡活動，平時的各種文藝演出和體育競賽，經常組織。那時的主要參加者，是東南亞各國回來在大、中學校讀書的學生，在各單位工作的歸僑幹部職工家屬。文化大革命十年，這些活動都停止了。現在，借春城華僑補校歸還復辦的機會，組織聯歡活動，城裡的歸僑僑眷，多數都前來參加。

省僑辦開幹部會時，主任經常提到滇南兩個五十萬：五十萬華僑，五十萬僑眷。至於歸僑，六零年以前有多少不知道，六零年大批回國的主要是印尼華僑，大部分安置在華僑農場。後來回國的，主要是緬甸華僑，學生安置在華僑補校，家庭安置在華僑農場。越南、印度、柬埔寨等國家回來的，人數相對不多，分散在各地不同的單位。前後回到滇南省的歸僑，大約共有三四萬人。七二年以後，這些前後歸國的華僑，大部分都出國定居香港了。

春節前，農場的學生放寒假已經回家，春節後，我回布朗看老婆孩子。老婆孩子的調遷，要到下

學期，因為老婆在農場小學教書，大女兒上高中、兒子上初中，小女兒要上小學，都涉及到聯繫學校插班的問題。回到家第二天，去看趙伯。趙伯一個人在家，見到我非常高興。說起去年走得急，沒有來告別，趙伯沒有見怪，認為應該以工作為重。誰知，才說上幾句，當我告訴他，阿媽去世，我因為工作走不開，沒有回家鄉時，趙伯聽了非常生氣，並且不聽我的解釋，怒形於色的說：「別說了，你先回去！後天我和你一起去上你爸爸的墳。」說罷不再理我，轉身進了房間。這形同趕我出去，我只好惴惴不安地從趙伯家出來。

從趙伯家出來，覺得渾身痠軟。近一年時間，工作確實夠忙夠累。復辦補校，自己上去時就是要回來空房子，從購置設備、聘請教師、招收學生，經常忙到飯都忘了吃。九月份開學後，本來要調一位副校長，要任命一位教導主任，因為這樣那樣的原因，一直沒有落實。老田負責著電大班的工作，他那一攤子工作夠忙，加上他對補習學校的運作也不熟悉，當時的工作確實是走不開；何況，要花幾天的時間在路上，阿媽等不住……總之，自己沒有回去送終，種種理由，在當時好像都說得過去，可以為自己開脫。而今天看到趙伯的怒色，才意識到自己處理得不當，走在回家路上，想到自己父親母親去世都沒有送終，不禁眼淚滂沱而下，雙腳抬不起來，坐在大水塘堤壩上抱著頭盡情流淚，直到天黑好久，才起身回家。

到後天早上，趙伯很早來到家裡，看著我們準備好祭品，然後一起上山。等我們擺好祭品，點上香燭，趙伯在一旁靜靜地站著抽菸，看著我們一家拜祭。香燭燃盡了，老婆帶著孩子先回家。

剛才，我們一家拜祭時，趙伯只是點燃一支香，默默地插在阿爸的墓牌前面，沒有說一句話。直到後來，只有我們兩人時，趙伯眼望著周圍的墳，自言自語地說：「骨肉既歸塵土，命也；至於靈魂，則無處不在。」轉過頭，望著阿爸的墳，說：「你阿爸，生前沒有回去，離開軀殼後，應該回過家鄉了。可現在，一家分成幾處，他又能眷顧誰呢？」我沒有回答，兩人靜靜地站著，趙伯抬頭望著壩子對面

的遠山，悠悠地說：「恐怕從你們這代人開始，中國就沒有『孝道』的教育。不懂『哀哀父母，生我劬勞』，『慈烏有反哺之恩，羔羊有跪乳之義』的『天理』。『父慈、子孝、兄友、弟恭』，是最簡單、最基本的做人的道德。時代不同了，『晨昏定省』做不到，可生離死別，無論如何你也不能不為你阿媽送終！」「當時，學校工作……」「那是為不孝辯護的藉口！不就是『革命工作第一』嗎？古時也有『忠孝不能兩全』的說法，那是在特定的環境中說的。六零年印尼政府排華前，已經有不少華僑先送子女回國讀書。當時，台灣也有人來到印尼做宣傳，號召華僑送子女去台灣。他們說：共產黨不講人性的，他們的學校，從小讀的書就是：『不愛爸爸，不愛媽媽，只愛國家。』我不相信，共產黨不至於如此淺薄。回來後，我特地去翻看小學生的課本，看見教『愛祖國、愛人民，熱愛社會主義、熱愛中國共產黨，為人民服務，建設祖國』等等，覺得也沒有什麼不對。可是，到了文化大革命，天天聽見廣播、宣傳隊唱：『天大地大不如黨的恩情大，爹親娘親不如毛主席親，千好萬好不如社會主義好，河深海深不如階級友愛深』，我聽得心寒。階級，政黨，是一個為共同的政治經濟利益組成的集團，階級、政黨，是可以變化的，而人倫，是天生的，是不會改變的，兩者永遠都不能互相代替。沒有父母，何來偉大領袖？何來共產黨員？」我長長地呼出一口氣，難過地說：「講孝道，小時候還時常聽到大人的教導，後來，特別是上中學以後，確實是天天講階級鬥爭，講階級感情，父母兄弟，兒女情長的事情被忽視甚至淡忘了。『樹欲靜而風不止，子欲養而親不待』，這句話很早就學過，可是，到後來，都把『樹欲靜而風不止』這句話用在階級鬥爭上去，用來指階級敵人蠢蠢欲動，而『子欲養而親不待』就不知丟到哪裡去了！」「所以，想來想去，也不是你一個人會這樣，怪你也沒有用。算啦！什麼時候把家遷上去？上去以後好好安排家裡的生活，教育好子女，才能讓你父母安息。」趙伯隨後問我學校的工作，我把上去以後復辦學校的經過講了個大概。聊了一陣，我本來想問農場歸僑的情況，覺得兩人的心情都沉沉的，沒有再問，就回來了。

在家住了幾天，到場部看望梁場長等人，覺得大家都把我當成客人。趕街天，街子上都是傣族、

彝族、難民，印尼歸僑已經見不到幾個。回春城前又去趙伯家。趙伯已經不在僑聯上班，在家又閒不住，圖書室的小謝批准出港後，便去圖書室看管半天。趙伯一家申請出港，在農場上報時，他把自己的申請撤下來沒有上報，當時是說，等伯母和幾個孩子先出去，他和一個還沒有申請的堂侄，過上一兩年再一起申請。後來，伯母和幾個孩子都批准出港了，他一個人留了下來。趙伯這個堂侄，父母回到農場先後去世了，沒有兄弟姐妹，和趙伯住在一起。這侄兒小時候發燒把腦子燒壞了，反應有些遲鈍，田間勞作和日常生活沒有問題，快四十歲了，沒有成家。

進到趙伯家，見他正在看報，侄兒阿貴不在。招呼我坐下後，趙伯向屋裡叫了一聲，見一個女的拎著茶壺出來，又回頭抬出兩盤糕點。那女的給我們沏茶，趙伯揚手指指說：「叫小普，山頭上的人。」我不知道是什麼關係，只點點頭。

「伯母和阿英、阿中他們在香港都過得好吧？」我問。

「阿英中秋節才回來。你伯母本來要回來過春節的，有兩個印尼的親戚到香港玩，要陪他們，就回不來了。」

我喝著茶，撿起一塊「薄片」吃。「薄片」是用米粉摻麵粉、木薯粉，加白砂糖和鷄蛋，打成漿，用模子烤出來的。這種糕點只有印尼歸僑會做。

「這些印尼糕是請人幫忙做的？」我問。

「不是，是小普做的。」

「小普？她是……

「是紹祥他老婆的表妹還是堂妹，他們彝族的叫法我也分不清。她父母都不在了，結過婚，還生了個女兒。老公遊手好閒，喝了酒就打老婆，過不下去，離了婚，女兒也給男的帶走了。一個人跑下山來，在紹祥開的米線店裡幫忙。紹祥跟我說：可憐她父母都死了，現在連家也沒有，不如叫他跟阿貴過。

我想來想去，也是好事。再不給阿貴找個人，將來我走了，他孤零零的怎麼辦？」

「給他們辦喜事了？」

「沒有。前幾天才請他們大隊的人下來，我把意思跟他們說了，大隊上的幹部都支持。我叫紹祥的老婆反反覆覆詢問她，告訴她阿貴的情況。她說願意，不嫌棄。那就好囉，年紀相當，也勤快。你看，教教她，就會做這些印尼糕。準備過些日子去領結婚證。」

「好事。不見阿貴，去哪裡了？」

「紹祥叫他幫忙，一起到縣城拉什麼東西去了。」

明天回春城後，不知道又要哪天才再見到趙伯。我忍不住問：「趙伯，伯母他們已經出去幾年了，您一個人在這裡，怎麼打算呢？」

趙伯端起茶杯喝了口茶，微微笑著說：「出去香港的華僑不是說：『香港是年輕人的戰場，孩子的天堂，老人的墳場』嗎？不管這話確不確切，不過，沒有工作的老人在外面是個負擔，這是事實。特別是剛出去的新移民，子女要工作，住房又困難，老人在香港不會過得安逸。現在交通方便，香港坐飛機回來也簡單。他們輪流著回來，你伯母回來還想多住些日子。阿貴也不想出香港，說阿爸阿媽都在這裡。那就順其自然吧。」

看到趙伯那麼豁達，我問：「我想請教趙伯，對人生的過去未來之說，有什麼高見？」

「神鬼之說，我不固執於信或不信。為何這樣說呢？還是『天、地、人』這三個字：天和地，據說有多少億年、人和地上萬物，也有幾十、幾百萬年。何況，天外有天，宇宙之大，人豈能認識其萬一？所以，就自己短短幾十年的人生見識，我不敢說沒有神鬼；然而，有生就有死，『人死如燈滅』，骨肉歸於塵土，當然就沒有了。至於『魂歸故里』、『樂返瑤池』之類。我覺得，就是真有神鬼，生人也應該著眼於過好今生今世，無所謂未來歸於何處！」

「我覺得，以自己所學的自然科學知識，無法解釋世人所傳的神鬼之說；而已經知道的宇宙之浩遠，人類又還是非常無知，所以，對所有神仙鬼怪，我都不敢輕言有無。」

「老子說：『無，名天地之始；有，名萬物之母』，我覺得這句話說盡了『所有』或者『所無』。宗教和政黨的產生，宗教教義，政黨主張。由原始到複雜，說到底，最初是出於對天地的敬畏，以後是人類文化的發展。但是，就人類本身而言，再怎麼發展，以人為本，父母子女相傳，這基本的天道人倫，永遠不會變，如果變了，人類就不再是『人』，人類社會也不知道變成什麼社會了。至於有神論，還是無神論，只要不執著於所謂前世今生，不孜孜追求所謂造物主，就對人生沒有多大影響。」

「是這個道理！趙伯現在看圖書室，來看書借書的人多嗎？」

「平時人少，星期六、星期天人多些。我下午三點鐘以後才去，有些學生下課後會上來看書，問題是圖書室的書太少。前久，跟場部要了點錢，到縣上去買了點書。新華書店的書比以前多，現在連街上也有人擺著各種書賣，五花八門，我翻了一下，有好多書會看壞人。」

「僑聯的工作趙伯沒有管了嗎？」

「開會還是參加，現在，僑聯主要是那些難民在搞。印尼歸僑多數走了，剩下的幾個也沒有興趣做這些工作。」

「以前和您一起閒聊的永明伯他們都出港了，趙伯不會很悶嗎？」

「老孟、老胡幾個都跟著子女出香港了。老林一家去年八月間也批准走了。有時有些場部的幹部，會進來圖書室翻翻雜誌，吹吹牛。沒有人的時候，我就一個人看看書。不要說，想不到如今老了，還能認認真真讀點書呢。可惜值得好好看的書沒有幾本。」

「就是在省城，也不是經常能見到有好書賣。我逛新華書店時，見著好書就買幾本回來。」

「那行，到時記得把發票一起帶回來，好去報銷。不但是農場，聽說城裡的歸僑也不多了，你家

阿二妹和娃娃，不會鬧著要出去？」

「也都想出去。她家和我細媽他們都出去好多年了。老婆現在不說，等調到春城，一家在一起以後，就會鬧著要申請，到時再打算吧。」

才回到學校，老田告訴我：省工商局發出通報，指省僑辦下屬僑匯公司，與香港商人利用向華僑補校捐贈之名，明贈暗買，從香港進口兩輛日本小汽車，經查屬偷稅漏稅的違法行為，因此，按規定沒收該車輛，並對有關人員作出處罰，港商則另案處理云。我聽了莫名奇妙，老田也說不清楚，叫我去找老徐。找到老徐，他叫我：「不用理會，沒有你的事」。我說：「既然牽涉到補校，你總得讓我知道前因後果吧！」老徐才告訴我事情的前後經過：

省僑辦幾年前開辦了一間僑匯公司，下面有一間百貨店，一間小吃店，主要是安排機關部分幹部和家屬，生意不好不壞，負責人之一是某個華僑農場調上來的老袁。

有一位和老袁同一個華僑農場，後來出港定居的歸僑，叫潘先生。潘先生去年回滇南探親訪友。老袁和潘先生以前同是農場的幹部，老袁和僑匯公司幾位幹部招待潘先生吃飯，飯桌上無話不談。

說起最近春城大街上有不少進口的日本車。老袁說，我們僑匯商店也想買一輛日本車，只是進口稅太高，買不起。潘先生說：「改革開放以後，有不少海外華僑華人和港澳同胞，向國內的學校、醫院等事業單位捐贈款項和物資，特別是廣東、福建兩省，很多都是捐贈車輛。話說回來，大老板的錢，也不是天上掉下來的，捐了錢或買了車輛捐贈給地方，地方沒有點政策方面的便利給他們，讓他們賺回錢來，誰會當這大善人？」酒酣耳熱之時，幾個人商量：剛好春城華僑補校復辦，可以借這個機會，由潘先生提出向復辦的華僑補校捐贈兩輛日本產小麵包車。只要省裡把有關手續批下來，車子就可以免稅進口。潘先生的購車款從何而來呢？潘先生在香港開設一個公司，僑匯公司和這公司簽訂一份僑匯公司向該公司出口某商品的合約。合約中規定，如到期遺約，不能提供商品，僑匯公司需賠款若干。這賠款額，

當然遠超過購車款。至於僑匯公司的賠款又從哪裡來呢?當時的進口日本車在國內正吃香，可以賣好價錢，公司將其中一輛車賣掉，就可以把賠款額填上，剩得一輛車，就變成公司的。這算盤其實打得挺好，一邊賺了錢，一邊得了一輛車。當然，也有膽小的提出疑問：「這事怕整不得」。又有人說，明贈暗買這種事，沿海省份多了。還有人說：「前久，在廣東召開僑務工作會議，人家還介紹經驗：『看見綠灯跑步走，看見黃燈快步走，看見紅燈繞著走。』這種辦法也就是繞路走罷了。』又有人說：『大家都見得到啦，現在街上跑的日本車越來越多，都照國家規定上稅，那個單位能買得起?『要想富，偷稅漏稅是條路』。現在不但個體戶，連集體企業，國營單位，差不多都偷稅漏稅，不然，怎麼經營得下去。」等商量好了，不知道是誰以復辦華僑補校名義寫出有關申請上報，等上邊批文下來，潘先生以他香港的獨資公司名義贈車，僑匯公司與這公司簽合同，不久，兩輛日本車就從深圳開回來了。

我從農場上來不久，那兩輛日本車剛開回來停在院子裡。我還跟著大家圍觀了一陣，才過幾天，那兩輛車又不見了。有關捐贈的事，學校裡沒有人和我通過氣，也可能他們不知道內情。至於無償撥給補校一輛北京吉普，有沒有利益交換的意思，也沒有人知道。

這件事是僑辦內部的人去告狀爆出來的。工商管理局發文，說要處理這個處理哪個，也是一句空話。香港同胞潘先生人早已回香港了，錢已經到手；僑匯公司的老袁，也已經批准出港。這事與我無關，我便沒有當一回事。

過了幾天，工商管理局托一位僑辦幹部帶話給我：可以發還一輛車給補校，只要交一筆辦理有關手續的費用就可以。又有人私下向我透露：工商管理局沒收這兩輛車，也有風險。港商向華僑補校捐贈汽車，是有省裡的正式批文的；至於港商收錢，也有商業合約，違約罰款，白紙黑字寫在那裡，雙方簽了字蓋了章。飯桌上講的內幕，沒有證據，也不會有人出來作證。再說，就是有錯，也是僑匯公司和某相關人員有錯，補校沒有什麼過失。如果補校拿著批文追問工商管理局：這車是經省裡批准捐贈給華僑

補校的，你們憑什麼沒收？工商管理局只有告密者的口說，拿不出文字上的根據，就要承擔責任。所以，他們才會提出退還一輛車給補校。

最初說要交一萬元，後來又說還要交這樣那樣的費，一共三萬元。說老實話，我不是很想要這輛車：一個小小的補習學校，每次接送一位老師，有輛吉普已經夠了，要輛日本麵包車幹什麼？而且，我不想惹事，怕再有人找麻煩。學校所有教職工卻主張要回來，三萬元換回一輛日本車，真是大划算了。特別是駕駛員小鄭，跟在我屁股後面說個沒完沒了。最後，我只好聽從多數人的意見，決定要回來。小鄭跟著會計出納到工商管理局交了錢，就把車開了回來，這是一輛半新車。這車第二次出現在院子裡，大家又圍著議論：「太漂亮了，還是空調車，如果是新車，起碼值二十萬，才三萬元，補校撿著了。」「聽說另外一輛比這輛小，賣給滇西一個華僑農場了，賣了十八萬。」「連僑辦都買不起日本車，那輛國產小麵包車，爛花花的，開出去都害羞人。」「怎麼這車只有前面有兩排座位，後面空著一大截？」僑辦車隊隊長王師傅說：「這是輛日本的『農夫車』。日本的農民下田時，人坐前面，後面空著的地方用來擺農具。」回到辦公室，我吩咐小鄭：「找一家汽車修理店，按前面座位的式樣，在空著的後半截再加一排座位，留著一排的空位就行了。到時不再擺農具，可以擺採購的書籍文具之類。同時保養一下。」過幾天，車修整好了，看起來面貌一新，像一輛「麵包車」了。小鄭開起來很神氣，來兼課的中學老師、大學教授，也說這車坐起來比吉普舒服。

有一天下午，劉洪光上來辦公室，說出去辦事路過，上來看我。劉洪光當兵後，在連隊鍛鍊了一年，在師裡當了幾年幹事。後來轉業到一個國營大企業當政工幹部，比當一個中學普通教師強得多。我們幾次聚會時，分配回布朗他曾經幫過我的事，我都沒有向其他同學提過，也沒有當面向他道謝過。我見他手裡提著一個小皮包，肩上揹了一架日本富士照相機。

「這相機起碼一千多塊，你在哪裡發了橫財？」我好奇地問。

「差不多兩千塊。未來妹夫買的，巴結大舅子，怕我阻攔小妹嫁他。要說起來，還要謝你們華僑補校。」

我聽了莫名奇妙：「你未來妹夫怎麼又扯得到補校，謝的哪門子？」

「這未來妹夫在工商局工作。你們補校去年底不是給沒收了兩部日本車嗎？他們把車賣了十幾二十萬。上交了一部分，剩下的用來發獎金，今年過了個肥年。」

「真叫人想不出來，還有這種轉彎抹角的關係！要說謝，我還一直沒有謝過你在思蘆時幫我找徐師長批條子的事。」

「哪個徐師長？」

「思盧地區革委會主任，ｘｘ師副師長，你不是說認識他，才帶著我們去找他的嗎？」

「忘記了，我認得的部隊首長多了，記不得那麼多。」

又吹了一陣，劉洪光問我：「聽說你們有個僑匯公司，要進口一批二十九寸日立彩電，到時幫我搞一台。」

「不單要人民幣，還要僑匯券才買得著。」

「那你用你的僑匯券幫我買一台不行嗎？」

「僑匯券是有親人從國外寄外幣到中國，國內兌換成人民幣時，按比例發給的證券。這是國家鼓勵外匯的政策，以前就有的。用僑匯券可以買一些進口貨或緊俏商品。」

「我還以為是國家發給你們僑務系統幹部的。」

「當然不是，不過，我可以幫你這個忙。我家裡人不是都在香港嗎？我可以叫他們匯港幣來，兌換成人民幣不就有僑匯券了。等我打聽一下要用多少張僑匯券，寫信叫外面寄錢。」

劉洪光想了一下，說：「那麼麻煩，算啦！不用你整了，我另外想辦法。」說完，擺擺手走了。

劉洪光幫過我的忙，雖然說不上「湧泉相報」，但是，我兩家親人在香港，叫他們寄點外匯完全可以辦到。農場已經定居香港的歸僑，如果國內還有親人的，像趙伯和亮星伯，逢年過節，外面都會寄點錢回來。不過，沒有人會直接從香港寄港幣，都是過來深圳，在黑市上把港幣換成人民幣，直接寄人民幣。黑市兌換人民幣，要比政府的公價划算得多。

有兩位分配到下面的同班同學，還有一位在學校時認識的同級不同班的同學，聽到我當了校長，寫自薦信或親自上門來要求調來補校。還有幾位是朋友，也介紹自己的在縣裡工作的親戚或朋友，希望調來補校擔任教師或其它工作。

我本來希望能調動歸僑同學到補校工作，至於同班的國內同學，我沒有考慮過。同班幾十位同學，大多數都在縣裡的學校當老師，如果有幾位提出來，補校要不了那麼多語文教師，調這位不調那位得罪人。其他朋友的朋友或朋友的親戚更不好應付。

有一天同學聚會，我說起這有點煩心的事。有同學說：「莫憨！同班同學不好要，水平怎麼樣且不說，你怎麼好管？捏緊了不行，捏鬆了也不行，別自找苦吃。」

「朋友的朋友，朋友的親戚更不行。來之前求爺爺告奶奶，進城以後如果幹不成事，怎麼趕都趕不走，如果有點本事的，等到把戶口落進城裡，便馬上跑去更好的單位了。」

有個同學提醒我：「老古，華僑補校復辦，大家眼睛都瞪著你哩！你才從農場上來，還是小心點。我聽說：滇南省僑辦的幹部，除了國內的，最初有泰國歸僑，後來有印尼歸僑，再後來是緬甸歸僑。省僑聯的幹部，情況也一樣。所以有『五十年代泰國幫，六十年代印尼幫，八十年代緬甸幫』的說法。」

「你說漏了一個『七十年代』。」

「七十年代是『四人幫』，這還用說！」

「你這話有點說過頭了！我知道僑辦的幹部中，還有不少是部隊轉業的。」

「以前省僑辦和所有華僑農場，歸生產建設兵團，那些部隊幹部後來留下來一部分。」

我說：「別說無聊的話了，還是說說，我該怎麼應付好？」

「不管誰來了你都往上推，就說你沒有人事權，調人的事是省僑辦人事部門管的。至於班上那幾條漢子好辦，我們幫你答覆。大家說好啦！我們幾個盡量幫他們想辦法聯繫其它單位，調得上來就調，調不上來也沒有辦法，反正不要整到老古這裡給他為難。」

經過了解和協商，不久從一個華僑農場調來一位副校長，是緬甸歸僑。在此之前，我曾經寫信給潘希卓，提出請他來補校工作。不巧的是，他剛好被應聘到一個企業職工子弟學校去當校長，我就沒有再提。後來又從城裡的兩所中學調來兩位中年教師，他們本來就是我們請來給高考補習班上課的，現在正式調進來。

學校各項工作已經走上正軌。兩個電大班的學生都是華僑農場的幹部和教師，其中有兩位黨員，七八位團員，這些黨團員和學校黨團一起過組織生活，這兩個班基本上由他們自己管理。職業班是短期的，難民學員都很認真學習，希望學得到技術可以回去自謀職業，也很不用操心。比較讓人操心的是初、高中補習班。首次參加統考落選，有各種各樣的原因。學校提出「自尊、自愛、自強、自信」的口號，鼓勵所有同學發奮圖強，努力學習。表面看起來，課堂和晚自習多數同學都在認真讀書，但是，我覺得，現在這些補習班學生的內心世界，比起以前教過的學生要複雜許多。

有一天下午下班回到宿舍，聽見有人敲門，開門一看，是三個布朗來的初中補習班學生。我很高興他們上來找我，他們的父親和我都是認識的。我剛要問有什麼事，其中一個從拎著的布袋裡拖出一個西瓜，放在桌子上，掏出牛角刀，切開西瓜，遞給我一塊。我接過西瓜，咬了一口，西瓜很甜。

我問：「很甜，是誰從農場上來，你們哪家種西瓜？」

「沒有人上來，這西瓜是從學校門外抱來的。」

「哇！」我驚得把嘴裡的西瓜吐了出來，「小混蛋，這西瓜是你們偷來的！」

「那些農民的西瓜，在校門外堆得到處都是，昨晚上我們見看瓜的睡著了，順手了抱了兩個回宿舍，吃著很甜，便送一個給老師。」

「糊塗東西，你們以為這裡是布朗壩，摘人家兩顆芒果不當回事？給人捉住要送去公安局的。真是！我警告你們，還敢去拿人家的東西，馬上讓你們滾回布朗去！」

三個人灰溜溜走了。

有一天下午，我到學生宿舍巡視。進到一個高中補習班學生宿舍，見一個學生在坐著看書。我見他的書桌上方牆上，貼著一張不知從什麼雜誌上撕下來的印刷圖片，那圖片是一位穿著白色半透明連衣裙的少女全身像。我不懂得作者和出版者的意思：那半透明的裙子中，小腹下半部的陰影非常明顯。我看了不禁皺起眉頭，問那學生：

「這張畫是從哪裡撕下來的？貼在這書桌上面，不影響你讀書嗎？」

那學生一本正經地回答說：「古校長不覺得這張畫很美嗎？如果您覺得美，這就是藝術；如果有人會想到其它方面，比如色情之類，那當然就不是藝術，可能會受到影響。」我聽了竟不知道怎麼回答，只好敷衍他，叫他用功讀書，爭取考上大學，說完趕緊離開宿舍。

學校請來上課的幾位老師中，有一位曾老師，原來是華僑補校物理教師，現在在春城ｘｘ中教學。曾老師下課後會到辦公室坐一會，他非常懷念以前在補校教學的日子，說起那些回國求學的華僑學生，他們追求知識和追求進步的精神，仍然讓他感動。言談之中，曾老師雖然沒有直接說，言下之意是現在的華僑補校不會有發展前途。

到七月份，初高中補習生都回原籍參加統考。等放榜以後反饋回來的消息，成績都不理想，高考

只有兩個考上大學本科，三個考上專科。中考稍好，有將近一半考上高中或中專。這樣的成績比我的期望差。

暑假期間，老婆孩子調上來，老婆安排在僑辦招待所工作。要調進城裡的小學不容易，老婆也不太想教書，覺得自己是農村學校教師，擔心不會教城裡的孩子。三個孩子都插班進了高中、初中、小學。有幾位在學校教書的同學幫忙，辦起來沒費多大的勁。

新學年的規模還是一樣：初、高中補習班、難民職業班、電大班。老師們都希望學校能夠發展，首先提出開設夏令營，吸引東南亞華僑華人學生暑期來春城旅游的設想。

我通過出港定居的親戚和朋友，聯繫到一位從春城出港的泰國歸僑。不久，這位歸僑剛好回春城旅游，約到補校見面，他介紹自己有一位親戚在泰國就是開辦旅行社的，願意到泰國聯繫，促成此事。全體教師熱烈討論，提出許多建議，我將意見整理後，擬了個初步計劃，先交給僑政處徵求意見。僑政處領導看了以後，認為可行，讓學校先到省市有關部門跑跑，落實入境簽證等有關事項。

接連一個多月，我從市旅遊局、市公安局、市外事辦事處、省旅遊局、省公安廳，不知道轉了多少個圈，終於轉到沒有信心。同學提醒我：我們國家現在外國汽車、電視機等各種商品可以大批進來了，但是，開放大批外國人進來，恐怕還不到時候，過上一段時間再說吧。

上來這幾年，城裡的變化很大。剛提出改革開放時，春城效區那個賣豆腐的王大媽，一年賺了一萬元，被稱為「萬元戶」，小報廣為宣傳。到我們布朗農場都出現萬元戶時，城裡已經沒有人提「萬元戶」，好些做生意的，隨身的包裡裝著三萬五萬都是平常事。這兩年，國家機關幹部，企事業單位幹部，有些人停薪留職，自謀出路做生意。這種暫時或從此就離開單位的幹部，叫「下海」。僑辦已經有兩個幹部「下海」，我們班原來只有伍益民停薪留職，現在，又有一個在政府機關工作的辦了手續，下到「海」裡去。晚上，大街上熱鬧非常，大街小巷，廣場公園，到處都是擺攤賣吃食的。連許多學校，

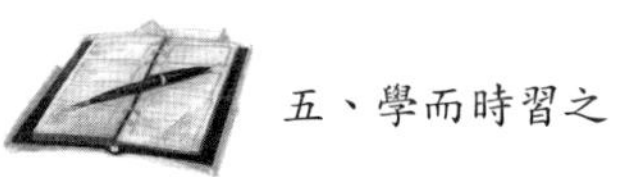

也把圍牆拆了，或出租給外人做生意，或老師家屬自己做點小吃擺賣。報紙宣傳，要讓一部分地區，一部分人先富起來，只要能賺錢，八仙過海，各顯神通。

我們學校還有些房子空置，不知道是誰介紹的，有廣東、福建、香港等地來滇南做生意的人要求租房子，我都沒有答應，怕影響學生讀書。華僑補校門前，是一條城鄉結合部的街盡頭。街道兩旁，各色小販都有，擺賣的是各種從外地泊來的新奇小百貨，出口轉內銷的衣服，各種書名驚險暗示的書籍。白天，那些小攤子上錄音機播放的音樂，小販叫賣的吆喝聲，穩約傳進學校；晚上，不知哪裡來的幾十家小食攤，臨時拉起的電燈，整條街照得通明，到處菸薰火燎，那油菸味和菜肴的香味，陣陣飄進教室，這些聲音和氣味，每天早上九點多鐘開始，直到深夜十二點才會停息。

不知不覺又過了一年，從廣大歸僑、僑辦領導到華僑補校，剛復辦時的的熱情和勁頭沒有了，大家都按步就班的工作。

有一天，我正在廚房做飯，聽見客廳的三女兒在唱：「豬八戒，十八歲，參加美國健美隊，討了個老婆叫OK，生了個兒子叫寶貝，寶貝寶貝你過來，老子教你外國話：米西米西是吃飯，八格呀嚕是笨蛋。」我聽了不覺又好笑又好氣，罵道：「你都唱些什麼？亂七八糟的！哪裡學來的？」

「跟老師學的。」

「你們老師在上課時教這些東西？」

「不是上課時教，是下課時和同學一齊跳橡皮筋時唱的。」

「會唱成這樣！還唱些什麼？」

「一年級的人，二年級的鬼，三年級的賊，四年級的單車帶女人……」

「好啦好啦！別唱了！」我生氣地罵道。

晚上，和老婆說起這事，老婆卻很泰然：「有什麼好大驚小怪的。跳橡皮筋時都是亂唱的啦。以

前是唱『我愛北京天安門……』現在解放思想了，誰還唱那些！」

「可也不能唱得亂七八糟，胡說八道！」

「怎麼是胡說八道呢？你進城都幾年了，腦袋還留在布朗壩。現在城裡到處搞健美比賽，連醜八怪都參加；學外語、出國、嫁外國人，這些已經成風。小學老師最貼近老百姓生活，唱的正好反映出當前的社會現實。」

「那『一年級的人……』呢？」

「這是老師的牢騷話，說明受到社會上各種風氣影響，現在學生難教。」

聽到老婆這樣說，又想想最近城裡的情況，感覺到自己確實有點跟不上形勢了。

段主任離任了，有人說是調其它單位，有人說是病休。省僑聯的蔡有為副主席調任省僑辦主任。蔡主任是緬甸歸僑，滇南大學畢業生。他從緬甸回國後曾在春城華僑補習學校就讀。蔡主任才四十出頭，任職正廳級幹部，屬年輕有為。新主任上任不久，多年來實際主持僑辦日常工作的李副主任，到年齡退休了，上級調派一位轉業軍人任副主任，又提拔了一位處長任副主任，處室幹部也作了一定調整，總之，整個僑辦機關作了調整以後，給人面貌一新的感覺。

可惜，華僑補校發展不起來，農場上來補習的的歸僑和難民學生越來越少，電大班和職業班也不知道還能辦幾屆。開辦海外華僑華人學生夏令營的計劃，一時難於實現，我不免有點意興闌珊。

不久，省僑辦傳達中央有關華僑農場實行體制改革的文件。根據文件精神，全國設有華僑農場的省份，多數省的僑務辦公室主張將華僑農場歸屬地方政府，只有少數省決定繼續由僑務部門管理。滇南省僑辦黨組和省政府主管領導，根據本省華僑農場過於分散等實際，將十三個華僑農林場劃歸地方的意見比較統一。文件傳達以後，安排各處室進行認真學習，提出意見，僑辦大部分幹部主張將所有華僑農林場劃歸地方。華僑補校教職工的討論也就是走走過場，同意多數人的意見。接下來，辦領導和各處室

領導，都在上下穿梭，下去與農林場所在地的地方政府研究移交細節，回來向省政府有關部門匯報，進行各種研究工作。華僑農場歸地方以後，農場學校也將歸地方管理，農場的學生不會再跑幾百公里到春城上學。華僑補校要改變辦學方向，學校要面向國外，開辦海外華僑華人學生夏令營，或者改辦成華文學校，只是不知道什麼時候才能辦成，我和幾位學校領導都心中無數。

有個星期天，八九個同學到一個離補校不遠的公園聚會，大家提前回來，到我家裡吹牛。我把親戚從香港帶回的咖啡和餅乾拿出來招待，邊吃邊吹。

楊仕清撿起塊餅乾送到嘴裡，問：「老古，這是什麼餅乾？味道不錯！」

劉洪光說：「鄉巴佬，這叫丹麥藍罐曲奇，不叫餅乾。」

「他媽的，『餅乾叫曲奇，果凍叫啫喱，戀愛叫拍拖，親嘴叫 KISS……』都不會說中國話了。」

「所以，你這個當老師的也要跟上潮流，不然，說出話來，學生會以為你是上個朝代的人。」

「話說回來。老古，現在好多人都鑽頭覓縫的想辦法出國，你有條件怎麼不出去？」

我說：「我正想請教各位學兄，本人出去好，還是不出去好？」

「你的情況你自己清楚，香港的情況你也比我們了解，還來問我們？」

「我不是在諸位面前唱高調，把我調來春城時，我是想好好辦學的。不說全心全意為人民服務，起碼想為歸僑子女做點好事。可是，現在歸僑都出國了。華僑農場也要歸地方了，這學校已經很難辦下去。」

「你這補習學校本來就半死不活的。問題是，你現在大小是個處級幹部：上班坐辦公室，出門有車，幹好幹壞一個樣，工資一文不少。去到香港當工人，幹體力勞動，向資本家要飯吃？」

「幹體力勞動我不怕，當產業工人也不是要飯吃。如果只從物質生活方面比較，出去會比國內好。前久，有個歸僑出去探親回來，我們聽他說香港的觀感，他開口就說：出去才知道，在國內這幾十年，白活了！」

「說得太誇張了吧！」

「他說……」我望望李雲英，沒有說下去。

李雲英看我一眼說：「望我幹什麼？又不是剛上大學時的大姑娘，什麼東西沒見過？什麼話沒聽過？」說得大家笑起來。

「那歸僑說：飲食男女，人之大欲。這是人生的基本要求。出到香港才知道，以前活得太可憐：幾十年，一日三餐，吃的就是那簡單幾樣，有時還要為填飽肚子發愁；兩公婆睡覺，幾十年都是老一套，都整得沒有興趣了。」

「什麼都是老一套？」李雲英問。大家一聽都大笑起來，說她：「又說什麼沒見過？你和你老公睡覺沒有變點花樣嗎？」

李雲英罵道：「二流子！」說完，跑到隔壁房間看書架上的書去了。

「那歸僑說：到外面才知道，人生，就是吃飯、睡覺這簡單的兩件事，原來是那麼豐富多彩。他一個發了財的同學請他們吃飯，一餐飯就花了一萬多元，都是沒見過、沒吃過的東西。去到夜總會，見到以前電影裡才見得到的妖精似的各國女人，他朋友叫了一個洋妓女陪他，說那妖精精通幾十種玩法……」

「典型的資產階級生活方式，腐朽沒落的人生觀……」

「別吵，讓老古說完。後來呢？」

「沒有『後來』了。這老兄那裡見過這陣仗，硬不起來，朋友把他送回酒店，嘲笑了他一頓。」

「這些都是資本主義社會才有的醜惡現象。人生不只是為了吃喝玩樂，還有許多崇高的理想和追求。」

「話雖如此，想吃好點、過好點也沒有什麼錯。為實現共產主義奮鬥，不也是為了過好日子嗎？」

「資本主義社會是有錢人的天堂，窮人的地獄。人剝削人的的私有制制度，肯定是不合理的，資本主義必然走向滅亡，被共產主義代替。」

「可是，現在看來，資本主義不是那麼快走向滅亡啊！」

「算啦，別扯遠了。老古，劉友德和謝永福他們最近有信來嗎？」

「有來信，工作生活上還是一般，在外面除了買不起房子，住在政府的廉租屋，其它方面比國內好。」

「那思想方面，心情方面怎麼樣，覺得日子過得愉快不愉快？」

「香港社會，只要你幹活幹得好，其它，老板、管工不會管你；只要你不犯法，政府也不管你。外面當然沒有政治學習，思想教育這些。就是覺得『思想』上很自由，在國內的種種『禁錮』沒有了。但是，我不是為他兩個唱高調，他們幾個每次來信，都很關心祖國的發展變化。」

「國內剛好相反：只要思想好，政治覺悟高，工作幹得怎麼樣還在其次。」

「算啦，我看老古還是出去吧，要走趁早。發了財回來，我們沾點光。」

「我這人發不了財，說心裡話，如果出去，我也只是想出去看看世界，認識一下什麼是資本主義。我們從小學到現在，批判資本主義，揭露它的黑暗和罪惡，可是，我們誰見過資本主義？」

「說來也是，前幾年有人提出姓社還是姓資的問題，又說不爭論，讓大家糊涂著。」

「現在有些人確實是富起來了，但是，是不是勤勞致富，我實在有點懷疑。」

「伍益民呢？好久不見他，不知發財了沒有。」

「發什麼財！他原來從家鄉倒賣點香菇木耳土特產，還掙了幾個錢。可他嫌賺錢太慢，跑到中緬

邊境去買賣玉石，沒有這方面的知識，又沒有門路沒有後台，給人騙得差點光著屁股回來，整得老婆和他離婚了。」

「慘啦！我們這些文人，做生意恐怕不行，靠勤勞想賺大錢看來不容易。」

「人無橫財不富，馬無夜草不肥，做買賣這行，不靠關係，不心狠手辣，哪裡發得了大財。」

「『毛澤東的兒子上前線，劉少奇的兒子蹲牛圈，趙紫陽的兒子倒彩電，鄧小平的兒子賣彩券』，現在社會上的順口溜多了，說明什麼！」

「老紀怎麼不說話，別只顧吃。」

老紀放下手中的杯子說「我贊成老古申請出香港，唯一的理由就是與家人團聚，你們剛才說的都是廢話！」

其他同學先回家去了，老紀家離得近，留下來我們兩個可以多吹一陣，我說：「老紀，你這個當年班上的政治科代表，現在又在新聞單位工作，我想再聽聽你的意見。」

老紀說：「剛才大家說的只是沖瞌子（沒有多大意義的吹牛），你這個華僑補校沒有發展前途，不是華僑農場歸地方後沒有生源的問題。你以前提的辦夏令營，吸引華人華僑學習中華文化的想法，也不是靠你個人的力量能辦成，這涉及到我們國家的發展形勢。新中國成立後，國外華僑華人的情勢，已經和解放前上至封建時代的華僑華人完全不同：不管是經濟狀況、思想感情、與祖國和故鄉的關係、對僑居國的認同感、對宗教和主義的信仰等等，總之，僑情僑心都發生了巨大變化。在你老古的眼裡，辦好華僑補校是你的事業，但是，別說在省一級的眼裡，就是在僑辦的工作日程上，你這學校恐怕也微不足道。你幾個娃娃也大了，出去香港工作生活不成問題的話，我贊成你的想法，趁還有點力氣，出去看看世界。」

「可是，我覺得自己和友德永福他們還有點不同，自己在國內出生長大，在社會主義生活工作了幾十年，現在要到資本主義地區去生活，心裡還有點不踏實。」

「我們這些人名義上讀了十幾年書，成了知識分子，實際上對社會主義不認識，對資本主義更不認識，前兩年有人討論『姓社還是姓資』，提出所謂『異化』問題，輿論上剛放開一點，又宣布『不爭論』，後來反『自由化』連總書記也換掉了。連上面都說在『摸著石頭過河』，這些理論問題，你我又哪能知道深淺？」

「我們這個年紀的知識分子，兩種社會都經歷過。現在開放搞活，引進外資，讓一部分人先富起來，確實刺激了經濟，但是，也產生了貧富懸殊，以前被清除的醜惡現象又出現了。」

「我小時候聽見左右鄰居最痛恨的，一是官僚的貪腐，二是社會嫖、賭、毒。前者不說了，社會上的污泥濁水，解放初一聲令下就禁絕了，可是，賣淫和賭搏，在三年經濟困難時期，雖然極少數，城裡也曾死灰復燃，現在卻有泛濫之勢，加上這兩年出現的吸毒販毒，政府把它說成是『開放』中從外面鑽進來的蒼蠅蚊子。其實，這裡有人性，有國家管理制度，人民道德教育等等，是個複雜的社會問題，恐怕不能單一的歸罪於某種主義和社會制度。」

「為什麼會這樣說？」

「很多資本主義國家不也是禁止吸毒賣淫嗎？我們現在看到的社會現實是什麼？私有制的資本經濟刺激欲望，刺激競爭，促進經濟發展，科技進步；過去的公有制並沒有調動群眾的生產積極性，不但沒有發展生產，而且阻礙科學文化的發展……」

「那是因為人民的思想覺悟還沒有高度提高……」

紀亦明笑起來說：「人類中有許多聰明人，但是沒有聖人，孔夫子不是，革命導師不是，偉大領袖也不是。生產力的發展靠的是科技，科技發展靠的是競爭，甚至戰爭，這種競爭或戰爭，是因為人類的追求，貶義說法就是欲望。」

「那共產主義不是永遠都無法實現？」

「生產力高度發展，產品無限豐富，人民的思想覺悟高度提高，國家消亡，就實現共產主義了，這是美好的藍圖，什麼時候才能實現我不知道。每一種社會制度的發生發展，都有它的必然性和合理性，就我現在所能理解的，百姓追求的還是『王者以民為天，民以食為天』，『倉廩實知禮節，衣食足而知榮辱』的社會，我相信人類在整個社會發展過程中，會有能力和遠見發展真善美的東西，淘汰假醜惡的東西。至於將來的社會叫什麼名稱並不重要。」

「怎麼發展，怎麼淘汰？又是通過階級鬥爭？」

「剛才說的，人類為了追求生存、生活，國家、民族之間，階級、政黨之間，統治者與被統治者之間，各種鬥爭從來都沒有停止過，那已經不只是階級鬥爭。我希望人類會因為鬥爭變得聰明，而不是因為鬥爭變得兇殘，我相信最終會鬥出一片新天地。」

「老紀為人忠厚，人人都像你一樣心地善良，世界一定會出現一片新天地。」

紀亦明笑笑說：「不是說『老實是無用的別名』嗎？我們班幾十位同學，有兩個升到副廳級，成為省裡的中級幹部，有兩個寫了幾本書，成了作家，有三個在大學評上副教授，其他還在下面當娃娃頭。我們這些四零年前後出生的人，戰亂中出世，饑荒中成長，前半生在階級鬥爭中渡過，後半生迎來改革開放。中國傳統文化，共產主義教育，西方文明，塞進腦子裡成了大雜燴。做學問不如上一代，做官經商遠遜下一輩。刻苦、勤勞、認真、節儉、本份、誠實、理想主義，是我們這代人的特徵。今後幾十年，我們還有機會見到更多的歷史巨潮，我們每個人都不妨自己總結一下，以便以後活得更好一些。希望你出去以後工作順利，生活得更愉快。剛才說的只是私心話，你提出申請，就是為了與家人團聚，不必有其它想法。」

「那當然！」

之恩。

　　我決定提出出港申請，先去找老徐。僑辦把我從農場調上來復辦華僑補校，現在，學校辦得不死不活的，沒有做出點成績，自己拍拍屁股走了，總覺得過意不去。從省僑辦工作組到農場整黨，進行機構改革，把我從中學教師提升為農場副場長，又調到省僑辦擔任華僑補校校長，我一直對老徐懷有知遇之恩。

　　快下班時，我到老徐辦公室，約他一起到外面吃飯。

　　吃著飯，我誠懇地說：「華僑農場歸地方，農場幹部職工子女可以就近上學，不會有人老遠跑來補校讀書了，僑務幹部培訓班和難民職業班，辦上幾年也就完成任務。吸收國外華人華僑子女辦夏令的事，一時辦不起來，這學校沒有什麼發展，我想離開學校。」

　　「我們當初對復辦補校，也沒有抱多大希望，更不會有把補校辦得像以前一樣規模的想法，形勢與當年完全不同嘛。」

　　「可是，我當初上來時，因為聽到全省歸僑僑眷都滿懷熱情，大力支持把補校要回來，確實心裡很熱了一陣，希望把補校辦好。早知沒有多大發展前途，我還不如在農場當副場長。」

　　「當時大張旗鼓造出聲勢復辦華僑補校的目的，就是要把學校要回來。把你調上來擔負這項工作，當然是覺得你合適。把補校要回來以後，僑辦機關搬了過來，幾百號人有個落腳點，有個安身之處，這是大家的願望。你上來這幾年，不管怎麼說，下功夫辦了各種類型的班級，大家也看得見。但是，補校想要有什麼發展，確實不可能，這是現實。」

　　「照你這麼說，華僑補校辦不下去，沒有什麼可遺憾的地方！前天我和幾個同學吹牛，他們還問我為什麼不申請出香港。」

　　「申請出港是你個人的事，我不會提供什麼參考意見。你愛人和孩子是什麼想法？」

　　「老婆孩子和在香港的家裡人，當然希望出去團聚。」

「那就走吧，現在城裡不管哪個國家回來的歸僑，只要有條件的，都在申請出去。沒有條件的，還在積極創造條件。」

「那你呢？沒有想過出去？你父母兄弟都還在外面。」

「我父母都健在，兄弟幾個在仰光，生活也還可以。我老婆那邊一家人都在城裡，自己有個位置在這裡，這個年紀了，安於現狀吧。」

「像你說的，這個年紀了，如果真出去，我也就是想看看世界。已經活到快『知天命』之年，其實，別說『天命』，我恐怕連『人命』都還知道得不多！」

「從這幾年的發展看，只要國家改革開放的政策不變，不走回頭路，國家只會越來越好。不是有人出去後混得不好又回來的嗎？今年，東南亞幾個國家的華人華僑，批准到滇南旅遊探親的多起來。政策一允許，我就會回緬甸看望父母。離得那麼近，那邊生活水平也低，用自己在國內的工資都可以經常來回。」

「滇緬相鄰，政策允許的話，來去方便得多……」

老徐知道我父母都不在了，不再說這話題，便吹其它。

過了一個星期，我走進主任辦公室，向蔡主任正式提出申請出港的要求。老徐應該把我準備申請出港的打算告訴主任了，主任說：「你和你愛人的家人都出去好些年了吧。我們按政策辦事，出去一家團聚也是好事嘛。新班子調整以後，整個班子的幹部素質增強了，各處室的工作效率得到很大提高。前段時間，十三個農林場的體制改革已經基本完成。農場歸地方以後，辦裡根據新形勢，新任務，要放開手腳，把著眼點放在國外，把握重點，使我省僑務工作創出新水平，新境界。古校長復辦華僑補校，還是做了不少工作的。希望你出去以後，繼續發揮作用，加強與我省定居港澳的歸僑同胞的聯絡，繼續做好宣傳祖國，為僑服務的工作。」

我虛心地聽著，後來又聊了一陣補校現在的情況和將來的展望。

第二天，我寫好申請書，交到市公安局。公安局有個接待室，就在市中心的大街上。我把申請交上去以後，也就免不了要去追問一下。有次出外辦完事，經過接待室時見裡面只有五六個人，不像往日那麼熱鬧，便進去打聽消息。坐在凳子上排隊等著，不久，進來一個小伙子，認出是補校的學生，一下又回憶起來，就是問我懂不懂藝術的那位同學，只是叫不出名字。他看見我，叫了聲「古校長。」我站起來打招呼。

「你是來辦……」

「我從美國回來，護照被小偷偷走了，來申請補發。」

我記得這學生姓張，爺爺是醫學院教授，這學生補習一年沒有考上大學，不知道什麼時候去了美國。

「你到美國是繼續求學還是工作了？」

「邊工作邊讀書吧。怎麼？古校長也申請出國，不留在國內搞四化建設了？」

接待室裡的幾個人一齊望過來，我一下滿臉通紅。深深呼出一口熱氣以後，鎮定下來，緩緩地說：

「我母親和兄弟定居在香港，好幾年不見了，我出去探親。你到美國去，要入籍美國，不打算再回來了嗎？」

「先拿到綠卡再說，等到祖國實現四化，到時再回來吧！」

聽到裡面接待人員叫我的名字，便進裡面去。到裡面坐下來，才覺得其實沒有什麼話好說，便只簡單地問：「不知道申請是不是已經上報省公安廳？想知道大概什麼時候能批，對自己的工作有個安排。」，接待員說了句：耐心等待，會按政策審批的。

我從裡面出來，那學生要站起來，不知道是不是還想和我說什麼。我按著他的肩膀說：「坐著，

坐著，回去向你爺爺問好！我有點事，先走了。」

我不認識他爺爺，也不認識他爸爸，當然也沒有見過面。補校每年招收的初高中補習班學生中，會有幾個解放前後從歐美等國回來的學者的後代，這些城裡的學生和農場的歸僑學生不同，他們和幹部子女一樣，不再受壓以後，都有一股豪氣。我想起剛才的尷尬，不禁有點欣賞這位弟子，「腰中雄劍長三尺，君家嚴慈知不知」。

我們一家的工作和學習如常。補校的職業班辦了三屆就停辦了，第一班電大班已經畢業，第二班電大班明年才畢業，今年是不是招第三班，正和改制後的華僑農場研究。初、高中補習班各兩個，不足兩百名學生。有副校長和教務主任擔負著主要工作，我已經可以隨時離任。

終於接到批准出港的通知。辦好各種手續後，僑辦開了一個座談會表示歡送。除了補校全體教職工，蔡主任、老徐和僑政處處長都參加了。一個小時不到，座談會上，大家只說些場面上的客套話。會後，老徐、老田和一些老師的難捨之情，讓我感動。

第二天，一家人回到布朗壩。當天到阿爸的墳上去，告訴阿爸，我們要離開滇南，到香港與細媽與兄弟團聚了。我沒有像其他人一樣擺祭品，只點了幾支香燭，放上一包香菸，斟上一杯酒。老婆孩子等香燭燃盡後，在整座墓地走來走去看墓碑或墓牌。整個「華僑公墓」修整得很整潔，有好幾座墳修得很堂皇，應該是出港定居的子孫回來重修的。

想起家鄉讀小學時照北先生對「白雲迴望合，青靄入看無」的解說：「說好亦好，說壞亦壞」，我到現在也不真正理解他的意思。古人說「詩無達詁」各有各的理解罷。

找不出什麼詞彙來形容自己的心情。伯父母葬在異國，父親長眠在這裡，只有母親睡在故鄉。如果我帶著子女出港以後，不再回鄉，古塘村裡，我們那棟屋八家人，又有一家沒有傳人了。我在家鄉生活了近二十年，來到滇南生活了二十多年，過兩天要到香港去。如果從祖父算起，我們祖孫三代是：客家人、華僑、僑眷、歸僑、華僑人。聽說香港政府把包括華僑在內的新出港的國內人，統稱為「新移民」。從農場出國居港的歸僑，有些人的子女又到外國求學或工作，如果將來又再回國，還是稱為華僑、歸僑嗎？阿爸只能孤零零長眠在這裡，弟妹和我以後會找機會來看他。英雄豪傑和文人的話是：「青山處處埋忠骨」；老百姓的話是：「黃土何處不埋人」。上次趙伯說的：骨肉既歸塵土，靈魂無處不在。願阿爸在天之靈，永遠和我們在一起。

趙伯早早就叫阿貴來叫我們上去。一進家門，有充滿生機的感覺。小普已經換裝，和歸僑婦女還是有較大區別，但有點像印尼民族。阿貴顯得比以前精神，那兩歲多的小侄孫女，不像阿媽長得黑，穿一身香港帶回來的衣裙，像是從港澳回來的小姑娘。趙伯還是腰板挺直，聲音宏亮。

我申請和批准出港，沒有什麼可說的，知道趙伯不會申請出港，卻還是免不了問：

「趙伯最終都是決定不走？」

「不走了，還是那句話，將來在這裡陪陪那些一起回來的老伙伴。」趙伯爽朗地笑著說：「不過，是到場部那邊公墓湊熱鬧，還是去後面的山上陪阿忠看芒果，還沒有決定。」

我沒有答話，轉身逗剛學會說話的小姪女。可惜她說的話我聽不懂，却聽見小普跟趙伯說了幾句印尼話。

我說：「剛才在路上見到幾個小姑娘，從穿著打扮上，都分不出是歸僑還是傣族彝族了。」

趙伯笑起來，說「這幾年，國內幹部子女，傣族彝族姑娘，已經走了十幾個，而且，他們批出去以後，有幾家父母也像歸僑一樣批准到香港定居了；越南難民本身就有不少親人在海外，這兩年從農場批准出去到美國、加拿大、英國、荷蘭定居的年輕人，有幾個回來找對象結婚，不單找難民，也找傣族、彝族姑娘。所以，布朗壩現在有幾十家有海外關係的，也要像家鄉一樣成僑鄉了。」

「好事！我剛來布朗時阿爸對我說：布朗壩像一塘死水，養不活魚蝦。人類社會也要流通，社會才有生氣，這是一樣的道理。」

「不過，現在的人出國和以前家鄉人出南洋不同。家鄉的祖輩，出南洋是為了謀生；現在的人出國，多數是為了謀出路。出國謀生，是因為祖國貧窮、積弱，所以，老華僑愛祖國，希望國強民富的心，熱切深沉。剛解放時，許多國家對新中國進行『封鎖』，企圖『困死』中國。那時候，從印尼帶橡膠、咖啡等種籽回國，是要坐監的。不少華僑，特別是青年學生，用皮箱夾層、挖空皮鞋後跟，偷帶橡膠種籽回來。當時的橡膠種子，比黃金還貴，他們都無償地獻給了國家。經過二三十年發展，海南、滇南生產出來的橡膠，已經滿足了國家建設需要。現在到國外去謀出路的人，不能說他們不愛國，但是，注重自身利益多些。與舊中國出南洋的家鄉人，二者很難相比。」

「我有個同學和我閒談時說，現在的僑情和過去不同了。我可能從小受家鄉父老的影響，總覺得自己是中國人，到國外謀生只是人生中的一段路，終歸還是要葉落歸根。華僑人不管到哪裡，始終應該不忘祖國，不忘自己是炎黃子孫，才是正統思想。」

「以前，華僑在印尼加入印尼籍，覺得無奈，因為國家不實行雙重國籍。很多華僑就是加入了印尼籍，也不會忘記自己是中國人，傳了許多代，仍然記得自己的原鄉在哪裡。但是，社會在發展，世界在變化。現在和將來，多數華僑華人不再歸根，後代變成外國公民，這不必有疑義。人類各種民族一直都在融合，更重要的是：人類各民族不同文化的互相認知，互相交融，形成一個多元的和諧社會，這才能使人類不斷進步，最終建成最美好的社會。」

「趙伯胸懷寬闊，把世事看得如此透徹，讓我十分敬佩！」

到最後，趙伯才問：「不先回鄉下？」

「不了！工作二十幾年，養大三個孩子，還不敢說很好地照顧了阿媽和細媽。現在也沒有什麼積蓄，退職費換成港幣不敢動用。準備出到香港工作一年後，籌足一筆錢，帶一家人回鄉拜祭，並好好修一座墓！」

趙伯點點頭，沒有說話。

體制改革以後，華僑農場歸元水縣管理，行政上屬青龍區。布朗國營華僑農場的牌子沒有變，農場原來的兩個領導班子，副場長陳建新、張梅生、黨委書記丘森發，都已經先後申請出港定居，其它有的退休，有的調職，只有梁任遠場長還在任。我只到梁場長家裡、到伍校長和阮老師家去話別。離開農場好幾年了，農場變化很大，我不了解情況，找不著多少話題，相同的只有感慨，特別是和多年一起教書的伍老師、阮老師。

晚上在阿祥家，紹祥和阿祥喝酒，我喝茶，有一句沒一句的吹牛。紹祥先回家去了，我和阿祥坐到差不多天亮。阿祥是我來布朗第一個認識的朋友，還是我學講普通話的老師。他仍然開車，農場比較照顧，只安排他跑短途。他只有一個女兒，考上春城一間藝術學校，老婆在場部婦聯（婦女聯合會）上班。

「和印尼的親戚常通信嗎？」

「我姐姐，叔叔兩家都常有信來，希望印尼那邊也開放一些，我可以回去看他們。」

「他們過得怎麼樣？阿祥，你一直都沒有出香港的想法，布朗的華僑只剩下幾家，你不覺得孤單，或者後悔回國嗎？」

阿祥端起酒杯嗫一下。

「直到恢復通信以後我才知道，六六年印尼『九・三零』事件時，我們那地區有些華僑遭到殺害，我姐姐和叔叔算大難不死。聽說有幾個華僑參加印尼共產黨，我一個小學同學的父親被打死了。」

「那時我還在大學讀書，《參考消息》刊登印尼共產黨主席艾地被殺的消息。報紙不會透露有華僑參加印尼共產黨，學校裡，就是和我同宿舍的印尼歸僑同學，也絕口不談。印尼參加鬧革命的華僑多嗎？」

「很少。我們那裡是個小地方，華僑也好，印尼人也好，都比較窮。我們家養豬，種椰樹，榨椰油，生活過得去。我在外面讀書時，不覺得會有多少華僑去鬧革命，雖然窮，也還是只想本份過日子。」

「六零年來布朗農場勞動鍛鍊的北京華僑歌舞團，華僑副團長看上你，要吸收你進去，你不去。我調到春城時，要調你上來開車，你也不願意來。你為什麼那麼留戀布朗壩？」

「我一家如果沒有回國，六六年在印尼是禍是福不知道；六零年要我去北京，我離不開有病的父母；前幾年你要調我上去時，我確實不想離開布朗壩。」

「城裡總比農村好吧？你姑娘畢業以後，也會在城裡找工作。」

「你上去，是當校長，我上去，仍然是開車。我開車拉貨，比起開車接送人要自由舒服得多。在印尼，那是在別人的國土上生活，回國生活這二十多年，我覺得：離那些政治、文化中心越遠的地方，生活得越平靜，越安寧。」

「那你不搬到山上去？那年你和我們上山搞電視中轉站，那旁邊的獨家村，山青水秀，最清靜了。」

「一家人住在那深山裡也不行，生病了，沒有醫院，等抬到山下人都成僵屍了。布朗現在各方面條件都不錯，兩公婆的工資夠吃夠穿，也供得起女兒上學。我現在確實不想再見紅旗飄飄，歌聲嘹亮的日子，只想過幾天安靜的生活。姑娘的事，她大了以後有她自己的路。」

在布朗前後生活十幾年。說心裡話，我也喜歡農村，但不是喜歡當赤腳下田的農民。最初的幾年教師生活我過得很愉快，想不到後來當上副校長，副場長，華僑補校校長，從鄉下進到省城，現在要移居到國際大都會香港去。

「你女兒讀藝術學校，是遺傳了你的藝術細胞吧，她在學校過得怎麼樣？」

「說很習慣，和同學處得好，老師很喜歡她。這姑娘從小就瘋，不愛讀書寫字，愛唱歌跳舞，只要她喜歡，隨她啦。你去到香港，有什麼打算？」

「出去後兩口子和大姑娘當工人。三個勞動力供兩個小的讀書，應該不成問題，無非希望找到一個好點的工作。」

「不管怎麼說，有文化總比沒文化強，等熟悉環境以後，你可以找一個能發揮專長的工作。」

「當苦力我也還能幹幾年，以後的事以後再說。單是六零年回國的印尼歸僑，全國有幾十萬，據說大部分都已經出港定居。當時回到布朗的一千多，大多數也出去了。過去，剛出到南洋的中國人，被叫做『阿新』，六零年你們回到布朗壩，幹部和本地職工把你們叫『華僑人』，去到香港叫『新移民』。」

「明天幾點出門？」

「什麼時候睡醒什麼時候出門，不趕時間。」

最後，兩個人靜靜地坐了半個多小時一句話都不說。

第二天，在紹祥的小食店裡吃米線，在公路邊上車時，只有幾個認識的職工和場部幹部路過見到後，打聲招呼，就像見到有人坐車上春城一樣。我和趙伯、阿祥、阮老師三人，在路邊依依惜別。當汽車經過「華僑公墓」，繞行山邊離開布朗壩時，心中充滿留戀。

回到春城，和學校的同事和在春城工作的同學告別時，我感覺他們羨慕多於惜別，我是惜別和傷感多於對未來生活的嚮往。

坐在飛機上等起飛，聽說兩小時就可以到廣州。六零年來滇南時，從廣東家鄉坐汽車、火車，走了一個星期才到達滇南。當年走出古塘村時，一個人，揹了一個小挎包，裡面有兩套洗換的衣服，口袋裡有一百多元錢，一張大隊開的到滇南投親的證明。現在身旁坐著老婆、兩個女兒、一個兒子。行李艙裡有我們的三大件行李。口袋裡除了前往港澳通行證，還有六千多元香港的錢，這是按政策可以帶出去

的。批准出港的國家工作人員，辦理退職手續。我領正處級工資，每月一百三十八元，按工齡退了三千多元人民幣，全部給予兌換成港幣。

前幾年，《參考消息》刊登過一篇文章，是一個出港後的越南歸僑寫的，文章中有一句「我愛祖國，但是祖國愛我嗎？」的話。據說，這篇文章曾引起中央高層的注意。

「我愛祖國嗎？祖國會不愛我嗎？」

我從小就唱《我愛祖國》，不知唱了多少遍。再過不到十年，香港就要回歸祖國，我在香港定居，也還說不上離開祖國。聽友德來信說，好幾個定居香港的師院校友，因為恐懼香港回歸，已經打算移民外國。

小時候，我有過出南洋，繼承父親生意的願望。解放後，村子裡已經沒有人出南洋，這想法也就沒有了。沒有了離開祖國的打算，「愛不愛祖國？祖國愛我嗎？」這問題我也就從來沒有認真想過。

近五十年來，我經過各種風雨，可以說「幸運」，也可以說我一直努力「謀生」，自己沒有受到什麼傷害，也不認為自己得到過特別的好處。我一直在認真工作，按勞取酬；待人處世，稱得上正直善良。

我看看身邊的老婆孩子，覺得有了他們以後，日常生活中，自己心中的「愛」，都在他們身上。祖國沒有「到了最危險的時候」，我也就沒有想過會不會「冒著敵人的炮火前進！」

國家曾經遇到「右派要翻天」、「赫魯曉夫式的人物就睡在我們身旁」，國家經濟處於「崩毀邊沿」。我自覺只是一個普通百姓，沒有拯救國家的雄心壯志，救民於水火的能力，也就只會和許多人一樣嘆息，發牢騷、發議論。有過幾天餓得不成人樣的日子，但是，離「今亡亦死，舉亦死，死國，等死可乎？」的絕境尚遠。

自己覺得，「國家」對我的愛與不愛，只能從最高統治者的治國之道，各級政府工作人員治理的

好壞中，才能感受得到。

與文老師和趙伯等人的閒聊，使我長了許多學校學不到的知識：「祖國」永遠愛她的子民，她的子民，也永遠愛「祖國」。華僑，特別是在舊中國出國謀生的華僑、華人，包括回國後又出國的「華僑人」，不管過去，現在，將來，他們永遠對「祖國」愛得深沉。

兩個小時到了廣州，當天坐上汽車到深圳，第二天走過羅湖橋。羅湖橋是一座黑色的鋼樑架設，上面鋪木板的橋。一起過橋的人多，我帶著老婆孩子隨著眾人走過時，那橋嘰喳嘰喳的響。腦子裡出現一九五八年大躍進時家鄉牆壁上的標語：單幹好比獨木橋，走一步來搖三搖；互助組好比石板橋，風吹雨打不堅牢；合作社鐵橋雖然好，人多車多擠不了；人民公社是金橋，通向共產主義天堂路一條。

幾十年來，我走過「獨木橋，石板橋，鐵橋，金橋」現在，又走過這段鋼樑上鋪木板的橋，去認識和體驗新的社會生活。

現代文學35

留情布朗嶠

作　　者：古方智
美　　編：林育雯
封面設計：林育雯
執行編輯：高雅婷、黃義
出 版 者：博客思出版社
發　　行：博客思出版事業網
地　　址：台北市中正區重慶南路一段121號8樓14
電　　話：(02)2331-1675　傳　　真：(02)2382-6225
E—MAIL：books5w@gmail.com
網路書店：http://bookstv.com.tw/
http://store.pchome.com.tw/yesbooks/
博客來網路書店、博客思網路書店、
華文網路書店、三民書局
總 經 銷：成信文化事業股份有限公司
電　　話：(02)2219-2080　傳　　真：(02)2219-2180
香港代理：香港聯合零售有限公司
地　　址：香港新界大蒲汀麗路36號中華商務印刷大樓
C&C Building, #36, Ting Lai Road, Tai Po, New Territories, HK
電　　話：(852)2150-2100　傳真：(852)2356-0735
總 經 銷：廈門外圖集團有限公司
地　　址：廈門市湖裡區悅華路8號4樓
電　　話：86-592-2230177
傳　　真：86-592-5365089
出版日期：2017年3月　初版
定　　價：新臺幣300元整（平裝）
ISBN：978-986-93783-0-7

國家圖書館出版品預行編目資料

留情布朗嶠 / 方古智著. -- 初版. -- 臺北市：博客思, 2017.03
面；　公分. -- (現代文學；35)
ISBN 978-986-93783-0-7(平裝)

855　　105018815